EL LAZO PÚRPURA DE JERUSALÉN

JESÚS MAESO DE LA TORRE

EL LAZO PÚRPURA
DE JERUSALÉN

Grijalbo

Primera edición: abril, 2008

© 2008, Jesús Maeso de la Torre
   Derechos cedidos a través de Silvia Bastos, S. L. Agencia literaria.
© 2008, Random House Mondadori, S. A.
   Travessera de Gràcia, 47-49. 08021 Barcelona

Quedan prohibidos, dentro de los límites establecidos en la ley y bajo los apercibimientos legalmente previstos, la reproducción total o parcial de esta obra por cualquier medio o procedimiento, ya sea electrónico o mecánico, el tratamiento informático, el alquiler o cualquier otra forma de cesión de la obra sin la autorización previa y por escrito de los titulares del *copyright*.

Printed in Spain – Impreso en España

ISBN: 978-84-253-4210-3
Depósito legal: B. 12.912-2008

Compuesto en Fotocomposición 2000, S. A.

Impreso en Limpergraf
Mogoda, 29. Barberà del Vallès (Barcelona)

Encuadernado en Imbedding

GR 42103

Y no pasaba día que no saliera de las murallas de Acre un cruzado de España que llamaban el Caballero de las Dos Espadas y que traía las armas verdes. Cuando comparecía en el campo de batalla, las huestes de Saladino se turbaban de temor.

De la *Crónica Latina*, siglo XII

El príncipe bizantino Constantino Colomán le dijo a Amegdelis: «¿Sabes quiénes son aquellos guerreros cristianos? Nunca vi otros semejantes en valentía». Díjole Amegdelis: «Son caballeros del tiempo viejo que han guerreado en Hispania al servicio de su rey y de la Cruz».

La historia perfecta, de Ibn al Athir, 1160-1233

Para combatir al infiel en Palestina, el conde de Sarria, don Rodrigo Álvarez fundó en 1173 la Orden Militar de Monte Gaudio. Sibila, hermana del rey Balduino IV de Jerusalén le concedió fortalezas en Ascalón y Jaffa.

Crónica de Alfonso VII, siglo XII

Prefacio

¿Se cierne sobre ti la amenaza de la muerte, del destierro, el dolor, la injusticia o la violencia de los tiranos? No sumas tu alma en la desesperación y empújala fuera de ti, pues, ¿acaso no morimos cada día un poco y estamos encadenados a la pesada carga de nuestros cuerpos mortales?

L. A. Séneca, *Epístolas a Lucilio*, Libro III, EP. XXIV, 16

El juicio

Carcasona, palacio obispal, febrero del año del Señor de 1174

El mazo del juez sonó en la sala como un trueno. Un majestuoso silencio se adueñó de la sala de audiencias.

El sudor se deslizaba por las sienes del acusado hasta una cicatriz de la tonalidad del marfil que le zigzagueaba por el pómulo hasta perderse en el cabello. Su frente, surcada por arrugas transversales, indicaban determinación y arrojo, y sus ojos grises, matizados por reflejos verdosos, llameaban con el fulgor de los cirios.

A pesar de ser un hombre recio y de rostro curtido por el viento del desierto, se le adivinaba exhausto por las penalidades sufridas en la cárcel. Los grilletes le habían abierto llagas profundas en las muñecas y su ánimo parecía quebrantado. Las mejillas pálidas, la barba, los cabellos desgreñados, las uñas largas y sucias, y los párpados enrojecidos por el insomnio, incitaban a la compasión.

El caballero, que frisaba los veinticinco años, se mantenía dueño de su voluntad a pesar del suplicio sufrido, y centraba las miradas de los magistrados. Su sola presencia inspiraba respeto y sus ademanes cautivaban tan intensamente, que, una vez contemplados, seducían hasta no poder olvidarlos. Se cubría con un hábito blanco y deshilachado de la Orden cruzada de Monte Gaudio, y en el pecho y la capa lucía la cruz octógona roja coronada de gules. Un guardia protegido con cota de malla lo agarraba del brazo, como si fuera un ladrón.

En la vetusta sala del palacio obispal de Carcasona se había reunido el tribunal, bajo la autoridad del legado pontificio Hugues de la Roche, que iba a juzgarlo sumariamente. Bajo las arcadas reinaba un ambiente frío y las candelas exhalaban un acre hedor a sebo. Un sol sin ardor hacía brillar las vidrieras pulidas con grisalla. Se escuchaba el viento zarandeando los álamos de las orillas del río Aude y, en la distancia, el volteo de las campanas de Saint-Nazaire.

Una terca corriente de intransigencia circulaba por el salón.

El caballero se persignó y apaciguó su respiración. No era la primera vez que debía responder ante una curia de clérigos corruptos y prevaricadores y se estremecía. La chusma —mendigos, reatas de ciegos y pedigüeños—, al tufo del oropel y subyugados por la morbosa curiosidad de ver humillado a un monje guerrero, se había agrupado en la puerta a pesar de la helada, atraídos por la identidad del acusado, un completo desconocido, aunque cruzado de Tierra Santa. Constituía una novedad: no todos los días un caballero, que ya olía a hoguera, era juzgado por traición, robo, herejía y asesinato.

Ostentaba la autoridad de la audiencia un cardenal llegado de Roma, un viejo achacoso que, embutido en un sitial de nogal, se asemejaba a la efigie de la muerte. Era asistido por un fraile del Císter (de cuyo abad dependían los caballeros de Monte Gaudio) de amoratadas ojeras, desaliñado hábito, cogulla y escapulario descolocado.

A su derecha se acomodaba el instructor del caso, monseñor Trifon de Torcafol, un eclesiástico picado de viruelas y algo contrahecho, vicario del arzobispo de Narbona, que se había propuesto conducir al reo a la pira o a la horca. Su afilado rostro mostraba sin cesar un muestrario de gestos nerviosos y miraba al acusado con menosprecio. A la izquierda del purpurado se sentaba el magistrado Guiot de Provins, doctor de derecho canónico por Perpiñán, cuya papada ensanchada por la gula le colgaba por la esclavina como una bota de vino. Para certificar los interrogatorios asistía el relator de la curia fray Suger Vitalis, un calígrafo benedictino de tonsura perfecta y mentón anguloso, que manoseaba sus útiles de trabajo, las plumas y péndolas de plata, los pergaminos, vitelas y el tintero de *atramentum*.

Sometidos a juramento, asistían como parte agraviada dos personajes de enigmática presencia que presentaban los cargos contra el inculpado; sus rostros estaban marcados por el deseo de reparación y escarmiento. Se trataba del gran maestre de Monte Gaudio, el conde don Rodrigo de Sarria, que había regresado precipitadamente de Jerusalén, y del poderoso prior del Temple en Provenza y visitador de Ultramar, *messire* Boniface de Poitiers, un guerrero de cabeza rasurada y desgreñada barba pelirroja. Los dos jerarcas lo vigilaban, pues las instituciones a las que representaban se sentían atropelladas por las dudosas y culpables acciones del incriminado. ¿O quizá temían algo y preferían escuchar de primera mano su defensa?

El caballero sabía que poseían una opinión deplorable de él y que algún día habría de contestar sobre hechos enigmáticos de su vida reciente, pero no ante curia tan notable y adversa. «¿Qué juego se traen? ¿Cómo puedo suscitar tanta antipatía a mi alrededor? Temo al Todopoderoso, pero tiemblo ante los hombres de Dios versados en leyes», pensó desalentado. Aquellos jueces no le infundían ninguna seguridad. Había sido detenido en raras circunstancias y estaba persuadido de que no permitirían que saliera incólume del juicio; sino vencido y con una sentencia que le helaría la sangre. Por eso la desazón comenzaba a encaramarse por su garganta.

El silencio era ominoso, siniestro.

¿De qué excesos cometidos le acusaban aquellos jueces de rostros sebosos y mirada turbia? ¿Por qué la Santa Sede se había molestado en enviar a un cardenal de la Curia de Letrán y el Temple a uno de sus provinciales? «Los templarios están en todas partes, como invisibles ejecutores de venganzas inexplicables», caviló. ¿A qué se debía que su maestre don Rodrigo esquivara su mirada? ¿Qué tenía el severo juez Torcafol contra su persona? Se creía un hombre de honor y no se consideraba responsable de ninguna atrocidad, aunque sí portador de crípticos secretos. ¿Podía esperar misericordia del nuncio pontificio, a la vez su juez y su defensor? ¿Qué conspiración de Estados se ocultaba tras el juicio?

«Me presentan como un *Homo reus*, un hombre culpable. Qué insulto a la justicia y al orden de Dios. Pero es el signo de mi destino», pensó mientras permanecía tenso como un combatiente antes de la batalla.

Como guerrero de Cristo no podía ser juzgado por nadie que no fuera el Papa o su representante. Pero percibía miradas de hostilidad y se sintió como si estuviera en una fosa de serpientes o ante una tempestad a punto de descargar su acopio de rayos y truenos. Alzó la vista hacia la techumbre del salón, y prendió sus ojos en los flameros que aventaban las tinieblas de la mañana. Una amarillenta claridad limitaba el círculo que formaban el tribunal y él mismo, cuya blanca fisonomía parecía una columna de alabastro.

Posó su mirada en un tapiz de Bayeux de la Anunciación de Santa María que se alzaba tras la tribuna, y en el ritual Cristo crucificado de ojos vacuos, alrededor del que se disponían los magistrados, su acusador y los miembros del jurado, investidos de su celo indagador. Tras invocar al cielo con un *paternoster*, el cardenal besó la cruz pectoral de amatistas y trazó el signo cristiano en el aire. En el dialecto lemosín que se hablaba a ambos lados del Pirineo, rompió el silencio:

—En el nombre del Todopoderoso, contestad. ¿Sois Brian de Lasterra, monje de la Orden de Monte Gaudio, al que llaman «el Caballero de las Dos Espadas»?

El aula se sumergió en la cautela, como si los pulsos de la creación se hubiesen paralizado de repente. Pero al cabo resonó con aplomo su voz, rebotando en las dovelas y rincones.

—Ése es mi nombre y a él respondo, eminencia.

—¿Hacéis profesión de vuestra fe?

—*Sanctam catholicam et apostolicam Romanam Ecclesiam omnium ecclesiarum matrem et magistram agnosco*: «Reconozco a la santa, católica y apostólica Iglesia romana como madre y maestra de todas las Iglesias» —contestó el acusado.

El juez Torcafol no deseaba conceder el menor resquicio a su inocencia. Encendió sus pupilas amarillas de lobo, y le espetó con mordacidad:

—Habéis sido el defensor de la Cruz más buscado de Oriente. ¿Huíais de algo? ¿Temíais la ira de Dios? Os ruego respondáis a cuantas cuestiones se os pregunte y sin ambigüedades falaces.

Brian se quedó sobrecogido y experimentó una mezcla de vergüenza e indignación. ¿Tenía que admitir lo inadmisible? ¿Por qué dudaban de su testimonio, él que seguía la severa Regla del Císter y había servido a la Iglesia hasta la extenuación?

—*Messire* —protestó el acusado con una mueca desgarradora—. Se han presentado juramentos falsos sobre mí y se ha arrojado la inmundicia del descrédito a mi misma cara. ¿Cuál ha sido mi afrenta a Dios? ¿Deserción, quizá?

—Sois un insolente y vuestra impertinencia me indigna —afirmó el juez.

—Estoy dedicado a Dios por votos sagrados y he vertido mi sangre por su causa en Tierra Santa. ¿Por qué dudáis de mi sinceridad?

Ante la firme réplica, Torcafol bramó con la mirada enloquecida:

—¡Habláis de sinceridad! Poseemos motivos fundados para pensar que debéis ser excomulgado, degradado de las enseñas militares y condenado a la pena capital, pues bien parece que vuestros actos los ha dirigido la mano del Maligno. Muchos de ellos, de naturaleza contradictoria, han despertado recelo en Roma y también en altas instancias del Temple y de vuestra orden; y si habéis sido encarcelado es porque debéis declarar ante este tribunal sobre cuestiones que han puesto vuestra alma en peligro y la causa de Cristo en Jerusalén en entredicho.

El rostro del caballero se puso pálido; fue entonces cuando tomó conciencia de su vulnerabilidad. La sangre le bullía en las venas como un torbellino de ortigas, ardoroso e incontrolable. El juez Torcafol trataba de envilecerlo, por lo que pensó que su optimismo inicial había sido inmoderado y que había confiado excesivamente en la imparcialidad de sus acusadores.

—Ignoro aún los cargos que pesan sobre mí —indicó secamente.

El nuncio, que no le apreció una actitud adecuadamente contrita, expuso:

—¿Insistís en haceros el honrado? Sin duda sois el caballero irreverente que describen estos pliegos. No me cabe duda alguna de que habéis sucumbido a las tentaciones de Satanás.

El procesado pensó que debía actuar con cautela y no desgastar sus fuerzas en enfrentamientos banales. Observó las miradas torvas de los jueces y se puso en guardia. La sesión era cerrada, pero algunos prebostes, bailíos y senescales del obispado, ataviados con jorneas y birretes del color del vino, asistían a la vista por si atisbaban alguna sospecha de herejía en sus confesiones. Cuchichearon y sus murmullos ocultaron el rasgueo del escribano Vitalis, que transcribiría el proceso al latín canónico.

Torcafol, en el papel de acusador, arremetía contra él sin misericordia. Sus retinas lo controlaban todo. Se incorporó de su sitial y abrió las manos en fingido gesto de exasperación. Sus pupilas se volvieron súbitamente opacas y las paseó por los sitiales con ira. Era un inquisidor experimentado y había condenado a la hoguera a famosos heresiarcas de Aquitania, Poitou, Armañac y el Languedoc en teatrales juicios públicos, sin haber apelado a atormentar a los reos con el potro o el hierro.

—¿Sabéis, caballero Lasterra, lo que significan las palabras perjurio, homicidio, deserción, robo y traición a la Santa Madre Iglesia? —preguntó.

No consiguió acobardar al acusado, quien afirmó con aplomo:

—Soy un guerrero y mi oficio es rezar y matar por la Cruz, con lo que conseguiré la salvación eterna y un lugar de privilegio en el Juicio Final. No temo a la muerte, que según mi regla es preciosa a los ojos del Creador. No entiendo de teologías y sólo sé de armas, estrategias y caballos, y por tanto me tengo por escasamente ilustrado, aunque sé lo que significan esos excesos, señoría.

—Pues bien —declaró Torcafol con tonalidad reprobadora—, a fin de validar vuestro testimonio con las acusaciones, y antes de que fray Suger levante acta del proceso, os preguntaré. ¿Admitís la autoridad del Papa y de sus ministros para juzgaros, según la infalibilidad de la Iglesia romana?

—¡Claro que sí! *Credo in unum Deum*. Soy un *miles Christi* —dijo exasperado.

—Nadie lo diría —comentó con ironía—. Es pronto para extraer conclusiones, pero son claras las discrepancias entre la fe que pregonáis y vuestras acciones. El dedo acusador de tres altas instancias de la cristiandad os señalan como culpable.

Brian se sentía espantosamente desamparado y comenzó a impacientarse.

—¿De qué se me acusa? ¡Necesito saberlo! —exigió.

La prontitud de la respuesta del inquisidor desorientó al acusado.

—*Monseigneur* De Provins, leed ante este tribunal las imputaciones.

El orondo doctor en leyes, un sudoroso saco de grasa, gozaba viendo temblar a los procesados. Se incorporó y pasó su bocamanga por la frente para secarse el sudor. Con su vozarrón leyó los antecedentes del caso:

—Bajo la presidencia del nuncio de la Santa Sede, su eminencia Hugues de la Roche, protodiácono de San Pietro in Montorio de Roma, y ante el juez inquisidor Trifon de Torcafol, en el pontificado de Alejandro III, *Servus Servorum Dei*, comparece ante el tribunal conciliar de Carcasona, el monje guerrero Brian de Lasterra, en otro tiempo súbdito del soberano de Navarra y del rey de Jerusalén, y luego profeso de la Orden de Monte Gaudio. Deberá rebatir o acatar ante esta Signatura las acusaciones denunciadas por el gran maestre del Temple, por el prior de su orden y por Roma. Al dicho caballero se le imputan los siguientes delitos:

»*Primus*. Por la Orden del Templo de Jerusalén, la desaparición y muerte del templario Urso de Marsac, al que se conocía como el Halcón del Temple, con el que cooperó para clarificar el robo sacrílego del tesoro templario de la encomienda de Londres, así como el desfalco de varios pagarés por una cuantiosa suma, que obraban en poder del citado hermano, perdido en extrañas circunstancias.

»*Secumdus*. Por el Tribunal de Roma, de ser espía del gran enemigo de la Cruz, el sultán Saladino, el Anticristo. De convertirse en aliado de herejes, de complicidad con el Diablo, de connivencia con infieles y sectarios de Mahoma, como los conocidos *hashashin* de Alamut, los drusos del Líbano y los suníes de Egipto.

»*Tertius*. De la pérdida de documentos secretos de importancia capital para la supervivencia de la Fe de Cristo en Oriente, así como de reliquias sagradas depositadas como garantía de un préstamo por el emperador de Bizancio en el tesoro del Temple de Inglaterra.

»*Quartus*. Por el priorato de Monte Gaudio —cuyo maestro don Rodrigo Álvarez, honra con su presencia esta corte—, de la deserción por parte del procesado del puesto de combate de Ascalón en Tierra Santa, así como su deshonrosa ruptura de los votos de pobreza, castidad, piedad y obediencia que había prometido en Jerusalén ante Cristo Crucifixo y su Santo Sepulcro.

»*Quintus*. De la liberación de infieles, hecho intolerable a los preceptos de la Iglesia y de su orden.

»*Sextus*. De la tenencia de amuletos paganos opuestos a la regla del Císter.

»Bajo la autoridad del cardenal prelado, se abre el procedimiento número XXVII de esta Curia Pontificia para que sean oídos el enjuiciado y los testigos, y se alcen conclusiones por el relator. *Laus Deo*. Festividad de la Candelaria, en la ciudad obispal de Carcasona. Febrero, *anno Domini* de 1174. *Dixi*, Guiot de Provins, *magister* del *Studium Generalis* de Perpiñán.

Brian se quedó paralizado.

Entonces comenzó a temer lo peor.

Y al recuperar el aliento, se mostró exasperado. Pero se dominó para no dejar traslucir la impresión que le había causado el acta del acusador. Sus párpados se entreabrieron y luego se cerraron con pavor. Torcafol creyó llegado el momento de hundir la daga de la acusación hasta la empuñadura y enviar al caballero a la hoguera o al cadalso, con lo que se anotaría otro éxito judicial ante personajes tan ilustres.

Dio un golpe en la mesa y señaló al acusado.

—Es bien cierto que habéis socavado con engaños la confianza que el maestre del Temple y el prior de Monte Gaudio depositaron en vos. Teníamos la sospecha de acciones deplorables en Oriente, pero ahora poseemos las pruebas de vuestra deserción a la causa de Dios, que os hacen merecedor de ser separado del cuerpo de la Iglesia y condenado.

Al caballero se le quebró la voz. El terror, la cólera y la impotencia lo embargaban. ¿No se trataba de un colosal malentendido?

—Veo que el rencor endurece vuestro corazón. Andáis errado, *messire*. No soy culpable de ninguno de esos cargos —afirmó seguro de sí mismo.

Torcafol soltó una histriónica carcajada y elevándose de su sitial, adoptó el tono de hallarse en el púlpito. Luego lo reprendió severamente.

—¿Seguís negándolo? *Messire* Odon de Saint-Amand, maestre del Temple os reclamó colaboración para desenmascarar a los enemigos de la fe y vos respondisteis con la traición. Os unisteis con infieles, urdiendo maquinación tras maquinación. ¿Os dais cuenta de vuestros pecados?

El purpurado decidió intervenir, proponiéndose como único recurso de salvación del reo. Carraspeó, antes de unir su voz al torrente de acusaciones.

—*Deus donat nobis omnipotentiam suma u tea utamur.** Y yo, sólo yo, puedo enviaros al patíbulo o salvaros. No puedo culparos, ni tampoco absolveros, hijo mío, pero en este tribunal soy vuestro único valedor, ya que vuestro compañero, el freire templario Urso de Marsac ha desaparecido de la faz de la tierra. ¿Fue eliminado por vos en el curso de la investigación que compartisteis con él?

---

* «Dios nos concede el don de su omnipotencia para que usemos de ella.»

Por designio del cielo y para vuestra desgracia no puede comparecer ante este tribunal. Un cadáver no puede hablar. Vaciad vuestra alma como si de un secreto de confesión se tratara. Sólo así tendréis la oportunidad de redimiros.

Con las cejas enmarañadas temblándole, Torcafol insistió:

—¿Tenéis algo que explicar en vuestra defensa? ¡Confesad de una vez! ¿Habéis asesinado a vuestro hermano de espada? ¿Dónde se hallan sus despojos y los tesoros robados en el New Temple de Londres? ¿Habéis traficado con ellos?

Lasterra, aunque seguro de sí mismo, se sentía inquieto ante los cuchicheos incriminatorios. Su miedo era real y temía una trampa.

—Observo con tristeza que vuestras señorías me han juzgado de antemano.

Torcafol entresacó de su bocamanga lo que parecía un talismán de piedra negra que pendía de un colgante de cuero. Con estudiada circunspección se dirigió al prior del Temple y se lo colocó ante los ojos atónitos, balanceándolo como un péndulo.

«Por Dios vivo, el "Aliento del Diablo" —musitó Brian entre dientes—. ¿Cómo ha llegado a sus manos? Esto se complica indeciblemente.»

—*Messire* Boniface, ¿es este amuleto idólatra e infernal el que se halló en las cámaras del tesoro del Temple de Londres tras ser éstas expoliadas?

El jerarca templario lo estudió con sus ojos miopes y exclamó sorprendido:

—¡Sí, lo es! Pero lo creía en poder de mi hermano Urso de Marsac.

—¡Pues no! Se hallaba a buen recaudo en la escarcela del escudero del acusado —aseguró triunfador—. ¿Calláis ante tan contundente prueba, Lasterra? ¿Tenéis algo que ver en el robo? ¿Por qué guardabais este símbolo satánico? ¿Para protegeros quizá? ¿Lo adorabais tal vez? ¿Se lo arrebatasteis con violencia al templario desaparecido? —inquirió el acusador arrojando saliva—. ¡Merecéis un castigo ejemplar!

Brian, con las mejillas rojas, bajó la cabeza. Luego alegó:

—Creo que podré explicarlo. En la imperfecta vida humana, incluso las cosas más oscuras poseen su lado hermoso.

Murmullos de desaprobación se alzaron en la sala.

—¿Lo creéis así? Verdaderamente sois reo del castigo —replicó el juez.

El acusado lo tomó como una afrenta y se defendió.

—Os hurtaré el placer de verme morir. Estoy al corriente de secretos que pueden desenmascarar a los que ahora me acusan. Y yo os pregunto, *micer* Boniface, ¿interesará a vuestra Orden de los Caballeros Pobres de Jerusalén que yo esclarezca los hechos que hoy se me incriminan? ¿Creéis que muchos de vuestros hermanos se comportan como devotos hijos de Cristo?

La tormenta había estallado en el estrado del tribunal.

El culpado examinó uno a uno el rostro de sus acusadores, los rictus de alarma y las oscilaciones perturbadas de sus ojos. «Condenados clérigos sibaritas y podridos», pensó Lasterra.

No esperaban semejante declaración, sino lágrimas de clemencia, por lo que ya no lo observaban con desdén, sino con malestar. Inquietos, se impacientaban en los asientos. El provincial templario consideró la respuesta del acusado con pavor. ¿Habría sido un error conducirlo ante el tribunal? ¿Estaba al tanto de secretos infamantes de su orden que él desconocía? ¿No aseguraba Torcafol antes del juicio que suplicaría de rodillas el perdón?

—Evidentemente precisamos de pruebas para exoneraros de las imputaciones —intervino De la Roche, con muestras de estupefacción.

—Lo sé, eminencia— asintió el caballero, conciliador—. Y vos, que representáis a la Sede de Pedro, ¿pretendéis averiguar la verdad, conociendo las maquinaciones de la Curia Apostólica, la despótica política de Letrán y de los *scrittori* de la Cámara del Archivo Secreto de Roma? ¿Sabéis que en este asunto está involucrado el cardenal y secretario pontificio, su eminencia Eneas Aldobrandini?

El prelado se sobresaltó. Se resistía a creerlo, pero se revolvió y lo señaló con su índice, hinchando las venas de su cuello.

—¡Probadlo caballero, o arderéis en la hoguera!

—Así lo haré, eminencia, y si el Cielo es justo me concederá la ocasión para aclarar estos improcedentes agravios. Restituiré la verdad para que se tranquilicen vuestras conciencias. Pero alguien aquí presente se sorprenderá con lo que salga a la luz, y entonces, lo lamentará.

Los jueces se intercambiaron miradas de asombro. ¿Cómo aquel hombre no rogaba clemencia devorado por los remordimientos? Guiot sudaba como una res en el matadero, el cisterciense tragaba saliva y Torcafol, simulando entereza, bufaba irascible como un fauno. Sonrió irónicamente mientras seguía sometiéndolo a su fogoso interrogatorio.

—Desconfío de las tretas de los culpables. ¡No os creo! Son bravatas que preceden a la asunción del pecado y a la apelación de indulgencia.

—Únicamente un hombre en paz con su conciencia y con el Altísimo se puede expresar con veracidad —señaló el acusado.

De repente el corazón del procesado se detuvo, y sus pupilas se clavaron en los asientos de su diestra. Aunque la iluminación de la sala era exigua, le pareció distinguir un rostro inquietante, de ojos saltones y nariz aquilina, recortado al contraluz. Desconcertado, reparó en un agente de la Serenísima República de Venecia, al que conocía muy bien; un hombre enigmático, que había aparecido y desaparecido de su vida en los últimos años, siempre rodeado de un halo de misterios. Atendía al nombre de Orlando Scala, y lo acompañaba un sujeto de elegante presencia, vestido con una garnacha milanesa de terciopelo zeglí. El veneciano estaba consagrado a la secreta Orden del Temple, la hermética hermandad de seglares de La Fede Santa, cuyos cofrades, reclutados entre lo más granado de la cristiandad, se dedicaban al saber, al arte, a las finanzas y a la alta política de las cancillerías, dentro del todopoderoso engranaje templario. Su rostro se le iluminó. ¿De placer, de temor?

«El secreto dentro del gran secreto», pensó. ¿Qué hacía allí Scala? ¿Qué papel desempeñaba en la turbia farsa? ¿Asistir como un buitre al reparto de la carnaza? ¿Amarrar el nudo en su garganta? ¿Auxiliarlo? Él sabía más de lo que ocultaba, pero ¿qué conocía del proceso el pulcro italiano que le miraba con una sonrisa socarrona?

En la sala se recrudecían los ataques verbales. Entonces se le acercó el conde Rodrigo, el gran maestre de Monte Gaudio, la única orden hispana con fortalezas en el reino de Jerusalén. Vestía el mismo hábito e insignias que el acusado, al que tenía en gran estima. La piel marchita y la barba blanca le asemejaban a un patriarca bíblico. Una tajadura de un alfanje sarraceno le cruzaba la nariz blanqueándole una de sus pupilas. Se incorporó del sillón y con la mirada afligida anduvo unos pasos hasta detenerse ante él. Apoyó su mano paternal sobre el hombro, y lo confortó.

—Hueles como un cabrón de establo y te veo agotado y enflaquecido, Brian.

—Me siento abochornado, maestre. Me he cruzado con la codicia de algunos hombres poderosos y he salido malparado —contestó el caballero.

—Brian, ¿has transgredido la ley de Dios? Extraviaste tu reputación y has ultrajado la creación de mi vida, la Orden de Monte Gaudio. ¿Tienes una motivación vergonzosa que desconozco y que lo explica todo?

—Pronto lo sabréis, maestre. ¿Creéis que basta una sola opinión para determinar el destino de un cristiano? ¿Es ésa la sensatez de la justicia de Roma?

—Nadie desea como yo tanto que transformes tu derrota en victoria —afirmó el conde—. Eras el primero de todos nosotros y con tu marcha se ha eclipsado la estrella de nuestra orden en Tierra Santa. ¿Cómo lucharemos sin ti?

—La defensa de Jerusalén ya pertenece al mundo de los sueños, señor.

—Siempre fuiste digno de ser emulado por mis soldados, pero has perdido tu lugar en mis afectos. Eras para mí insustituible, pues unías a tu carácter de hierro el valor en el campo de batalla. ¿Por qué te fugaste dejándonos huérfanos, y te uniste a infieles, con la muerte de ese templario sobre tus espaldas? No he tenido más remedio que inculparte, pero ésta es una ocasión perfecta para acallar a los maledicientes, o penar en el infierno por tu baldón maldito. Deseamos una respuesta a tu deserción, Brian. Eras el paladín elegido por Dios, pero te has convertido en el caballero más odiado de Oriente.

El reo lo escuchó con la prudencia del silencio. ¿Le había mostrado también su maestro una presunción de culpabilidad? Sonrió por vez primera y dos cautivadoras comisuras se abrieron junto a sus labios. Sus cejas rectas se dulcificaron. Amaba a aquel hombre rudo como a un padre y deseaba ser cuidadoso con su respetabilidad. Se sentía encadenado al pasado por lazos misteriosos, pero su voz surgió ahogada.

—Maestre, vivimos en una edad de miedos, donde la doctrina de Cristo tiene dos caras: una la que predican sus ministros y otra la que practican. He perdido la esperanza de encontrar un credo que se preocupe por la felicidad de mis semejantes, pero vais a escuchar de mi boca lo más insólito que habéis oído nunca. Ignoro si servirá para redimirme de las faltas que me imputan y que manchan nuestro estandarte, pero será la verdad, os lo juro.

—Qué extraño destino te ha tocado vivir, hermano Brian.

—Un signo que ha conmocionado mi vida, maestre —contestó grave.

—¿Qué hay detrás de todo este asunto? —preguntó el viejo soldado.

—Una conspiración inmensa que atañe a reyes, emperadores, obispos y papas. Me quieren arrastrar a la perdición por transgresiones a los mandamientos de Dios que no he cometido. ¿Por qué vos no creísteis en mí? No soy un desertor y mucho menos un cobarde. Os demostraré la sinceridad de mis actos.

—Nuestra orden no te ha acusado. Sólo ha notificado de tu desaparición —declaró el conde, consternado—. Únicamente el Temple te ha denunciado a Roma presentando cargos. Créeme, estoy de tu parte. No aguantaré por un momento más la arrogante acritud de ese Torcafol y de los templarios, que parecen no conocer la compasión. Ánimo.

En el recinto la atmósfera se había vuelto irrespirable. Los magistrados, antes atrevidos, contenían la respiración y observaban desconcertados al procesado. ¿Había arriesgado su vida en Tierra Santa, cruzado el océano dos veces, y llegado tan lejos, sólo para morir recluido en una mazmorra o subir al patíbulo? No, no estaba dispuesto a sufrir más vejaciones del inquisidor Torcafol. Tenía vocación de guerrero y debía cumplir con el voto de obediencia, pero no comportarse como un estúpido mártir.

Un espeso mutismo, de esos que retumban colmando de estremecimiento, revoloteó por la sala. Brian espero con la mirada baja, suavizando la tensión del instante. Había llegado el momento del desquite. Emergiendo con dificultad de su abatimiento, adoptó un tono reprobador y manifestó:

—*Messire* inquisidor, y vos hermano relator, tomad nota de mis palabras, y que la fe en Jesucristo me inspire. Es posible que el fiel de la balanza el día del Juicio Final se vuelva contra algunos de los presentes por perjuros. ¡Escribid, hermano!

La pálida luz invernal afloró por los ventanales camino de la hora de nona, iluminando el rostro del caballero. Un oleoso aroma a cera, incienso y resina impregnó el ambiente. Brian se aferró a la emocionante narración de su vida para explicar su pasado reciente, aunque sabía que no existe mayor pesar que evocar un tiempo perdido. Hora tras hora y sesión tras sesión, ante la atenta vigilancia de los magistrados, refutó las acusaciones, transformó lo inconcebible en verosímil; cada frase la acompañaba con un acento de franqueza.

Sus descargos caían con el mismo furor con el que zigzaguea el rayo.

Comprobaron que su cerebro era más afilado que su espada; conduciéndolos a la golosa evocación de los últimos años vividos en Oriente. Y los censores tuvieron que concluir que sus palabras nacían de la clarividencia. Diecinueve deliberaciones duró la vista del Caballero de Monte Gaudio, con las que el relator fray Suger rellenó más de un centenar de pliegos.

El segundo sábado, Brian de Lasterra solicitó la presencia de un testigo no presente en la sala, quien con su testimonio estremeció a los magistrados, sumando portentosas y esclarecedoras pruebas, lo que retrasó el juicio dos semanas más. La pluma de cuervo de Vitalis se deslizaba sin descanso por los rugosos folios de vitela, precipitándose hacia la reconquista de la verdad. Redactó otras tres transcripciones de las actas que, tras ser lacradas con el sello del cardenal De la Roche, encerró en otras tantas cánulas de cuero de Couserans, embreadas y anudadas con bramante. Dos meses después, una se envió *specilassimo modo* y con el membrete pontificio de *Secretum Summus* al Archivo Vaticano del Monte Aventino.

Otra fue guardada en el registro de reservados del inquisidor de Carcasona, a la que únicamente el obispo y Torcafol podían acceder. La tercera fue cursada a París, al nuevo maestre del Temple, Gerard de Ridefort, con sellos de alto secreto, y luego puesta a buen recaudo en el tesoro parisiense. La cuarta copia fue entregada en mano a don Rodrigo Álvarez, que hubo de jurar ante los Evangelios su inviolabilidad.

Pasado el tiempo, desaparecieron misteriosamente sin dejar rastro.

Durante las semanas que duró la vista, día tras día, las techumbres de Carcasona se habían ido cubriendo con un lienzo de nieve. La maciza arquitectura del torreón de Trésau aparentaba ser un gigante de piedra amenazador y los baluartes cónicos de las murallas de la *cité*, sobrevolados por bandadas de cuervos hambrientos, parecían carámbanos de acero incrustados en el cielo.

Las copas de los árboles se desplomaban cargadas con el sudario de la nevisca, mientras gotas cristalinas se pegaban como garabatos en los vidrios emplomados. Brian había perdido la noción del tiempo. De forma persuasiva demolió la acusación ante la perplejidad de sus enemigos. Su mirada se había vuelto tan azabache como la obsidiana. Y los rostros de sus acusadores, tan pálidos como máscaras de cera.

Fuera nevaba o llovía, y rugientes ventiscas hacían temblar la sala.

John Saint-Clair y la cuarta crónica

París, Bretaña y Rosslyn, dos siglos y medio después, año del Señor de 1441

John Saint-Clair y Lasterra era un descifrador de secretos.

Una fuerza atávica le hacía sentir añoranza por sus antepasados escoceses y navarros y estaba convencido de que algún día completaría el jeroglífico inconcluso de su progenie. Era una cuestión de paciencia y astucia.

Los templarios habían llenado las fantasías de su infancia, pero ahora ya eran sólo un recuerdo difuso en su memoria. Su antepasado más ilustre, el príncipe Henry Saint-Clair de Rosslyn, había amparado a los fugitivos templarios, y desempeñado el cargo de prior de la Orden de San Andrés, o del Cardo —emblema de Escocia— y de Heredom, o sea la Hermandad del Asilo del Temple, una sociedad secreta que había atraído desde siempre a John, como el imán a la ferralla.

John, segundón de la ilustre estirpe escocesa, como su padre, no había conocido a sir Herry, pero la aureola de héroes de los Saint-Clair, junto su mitad de sangre hispana, habían colmado sus ilusiones juveniles de quimeras, batallas contra infieles, resonar de armas y oriflamas de combate al viento. Su padre había emigrado a Francia siendo aún joven, y por la secular Alianza Auld entre Francia y Escocia había ingresado en la Garde Ecosse del rey Carlos VII, un cuerpo de élite con reminiscencias templarias. En su estancia en París había conocido a la bellísima patricia del Reino de Navarra, Ximena de Lasterra, con la que contrajo matrimonio ante el altar de Saint-Eustache. Muerto heroicamente en la batalla de Vernueil contra los ingleses, el monarca francés, en reconocimiento a su valor, otorgó a su primogénito John la dignidad de caballero de la Orden de San Miguel.

Pero la revelación que conmocionó la vida de John tuvo lugar durante la convalecencia de su madre doña Ximena, aquejada de fiebres tercianas. La navarra era una mujer de cabello de oro y cutis de rosas, entrañable y sensible, que lo llamó ante su lecho una tibia tarde parisiense. Sobre el dosel de terciopelo de Zoagli, bordado con hilos de plata, refulgía el escudo de armas de la casa de Lasterra, un castillo con dos osos de brocado, los guardianes del linaje, tres barras, la cruz de Jerusalén, cuatro estrellas, la espada y las dos cruces de consagración, en memoria de un antecesor que guerreó en la Primera Cruzada como capitán de Ramiro de Navarra. Godofredo de Bouillon, el gigante de Lorena, le había regalado en recompensa una alforja con tierra del Santo Sepulcro y un *Lignum Crucis* que él mismo había besado en el santuario de Santa María del Olivo de Navarra. El joven observó a su madre con sus ojos asombrosamente azules y le acarició las manos. Luego en romance, que declamaba como una melodía, la señora le reveló:

—John, mi querido hijo. Muchas veces te narré leyendas de mis antecesores navarros. Pero un antepasado especialmente amado por mí descuella sobre todos como un lucero en el firmamento, el enigmático Brian de Lasterra, al que llamaban «el Caballero de Monte Gaudio» y también «de las Dos Espadas». Desde niña sentí por él una admiración desmedida, como la dama seducida por su paladín, con lo que me atraje las burlas de mis hermanas.

—Siempre te gustaron las proezas de los caballeros, madre.

—Lo imaginaba con su hábito blanco, como un elegido de Dios, y campeón de mis sueños. Pero mis padres silenciaron el capítulo más seductor de su vida. ¿Sabías que fue acusado por el Capítulo Superior del Temple y juzgado sumarísimamente por Roma en Carcasona? Aseguraban en voz baja que cayó sobre él un deshonor infamante, pero en mí, su culpa, lejos de avergonzarme, agrandó su figura fascinante, y rezaba cada noche por la salvación de su alma. Sin embargo, nuestro prestigio nos obligaba a callar y jamás supe qué conflicto tuvo con sus superiores y con el Tribunal Pontificio.

—¿Y por qué lo inculparon, madre? —se interesó el joven.

—Corrieron un velo de silencio sobre el asunto. Lo ignoro, hijo.

—¿Y no exigió la familia las actas del juicio? ¿Acaso era un hereje?

—¡En modo alguno, John! —protestó—. Pero lo más sorprendente es que, siendo acusado por los priores del Temple, murió como comendador templario.

John reflexionó unos instantes, e insistió:

—¡Por la cruz de San Andrés! Qué incoherencia tan incomprensible. ¿Perdonó a sus acusadores? ¿Quiso quizá redimirse de algún pecado ingresando en la orden?

—Su vida siempre estuvo rodeada de una aureola de misterios, de esos que sobrecogen. ¿Por qué lo llamaban el Caballero de las Dos Espadas? ¿Qué fatalidad le asignó el destino? ¿Qué hado cruel pudo levantar tal injuria contra él? —reflexionó con arrebato la mujer—. Pero escucha, hijo. Hoy eres un prohombre en Francia. Perteneces al regimiento del rey y te codeas con los prebostes de la Hermandad de San Miguel. Ha llegado el momento de satisfacer mis despechadas ilusiones y quiero rogarte que uses tu influencia para rescatar la memoria calumniada de Brian de Lasterra, cuya imagen ha sido inseparable a mi vida. ¿Lo harás por mí, John?

—¿Yo? ¿Y cómo, madre? No te entiendo —alegó, confuso.

Ximena, por toda respuesta, se incorporó del lecho y abrió el arcón de sus pertenencias personales, de donde extrajo un objeto envuelto en un paño escarlata y una caja de ébano y marfil de fina taracea con signos árabes. Desplegó primero el lienzo y lo expuso ante la confundida mirada de su vástago. Envolvía una piedra plana de un palmo, semejante a los cantos rodados de los ríos. Pero, para su asombro, en su envés aparecía esculpida una calavera, y bajo ella un ininteligible acrónimo, unas iniciales gastadas por el tiempo: Fr. B.L. † S.T.F. T.C. La imaginación de John vibró como la llama de una lamparilla, y algo semejante a un deslumbramiento cegó al joven: «Al fin se revela la primera huella de mi pasado».

—¿Qué significa esto? —se interesó.

—Es una «piedra templaria». Los monjes guerreros de Cristo solían guardarla en sus zurrones para meditar sobre la muerte cuando se disciplinaban o rezaban. Luego eran enterrados con ellas como único signo de prestigio.

—¿Y qué simbolizan estos inextricables criptogramas, madre?

Doña Ximena no tardó en aplacar con un gesto de cariño su curiosidad.

—Simplemente *Frater Briantius Lasterrae.* † *Sigillum tumbe filii Templi Christi*, «Hermano Brian de Lasterra. Sello de la tumba de un hijo del Templo de Cristo».

—¿Perteneció entonces esta piedra a nuestro antepasado Brian de Lasterra?

—Presumiblemente, John. Es más, estoy segura. Suprimiré por prolijo el relato de cómo llegó a mis manos. Únicamente te diré que deseo reconciliarme con el pavor que sufrí al verla, pues su evocación aún hoy me intimida. Escucha: no hace mucho apareció en esta casa un desconocido como por obra del destino, devolviéndome la fe en mis ficciones juveniles.

Madre e hijo vibraron al unísono y un soplo de complicidad flotó en la cámara.

—Préstame toda tu atención, John —siguió Ximena en tono enigmático—. Una luna antes de la muerte de tu padre, hace ahora dos años, me hallaba hilando con las dueñas en mi estancia. París estaba envuelto en su acostumbrado cielo encapotado. Sonó el aldabón de la puerta y uno de los criados anunció a un individuo de aspecto vulgar que se decía llegado de Bretaña. Preguntaba por tu padre, quien había partido para la guerra en la que infaustamente perdió la vida.

—¿Y qué deseaba? ¿Qué tiene que ver con esta piedra?

—Esto es lo más sorprendente, hijo mío —apuntó—. Decía llamarse Beton Lauribar y era un *cagot* o cordelero, como se conocen a esos extraños e impuros artesanos menospreciados por el mundo, pues distinguí la pata de oca roja cosida a su capa, distintivo de precaución para que la gente no se les acerque.

—¿Te refieres a esa ralea maldecida de leprosos que viven apartados en las aldeas de Francia? Les está vedado mezclarse con gentes de bien. ¿Por qué lo recibiste? Contagian el aire como el azufre del infierno. Hasta los sacerdotes les tienden la hostia sagrada con una vara para no contaminarse. Es una infamia y una vergüenza tener tratos con ellos. ¡Maldita sea! Fuiste muy imprudente, madre.

Doña Ximena se justificó para acallar sus miedos.

—Me mostró esta piedra y no pude sustraerme a su seducción. Además dijo saber el paradero de las actas secretas del juicio de Brian de Lasterra, las únicas que habían perdurado tras la extinción del Temple. ¿Cómo iba a expulsarlo de la casa? Además, esta raza maldita estuvo vinculada a los templarios, que los contrataban como artesanos, escultores y carpinteros para levantar catedrales y encomiendas por sus excepcionales cualidades para la cantería y la arquitectura.

—¡Qué extraño! ¿Y qué relación pudo tener Brian con esos *cagots*?

—Lo desconozco, pero atiéndeme. Me aseguró que era un *magister carpentarius*, «maestro carpintero», y que poseía la cuarta crónica del Caballero de Monte Gaudio. Pero a cambio de ella quería solicitar un apoyo especial del señor de Saint-Clair, nuestro primo, de vital trascendencia para su clan. Luego puso en mis manos esta piedra templaria, y me dijo que si deseábamos canjear los legajos por la ayuda, se hallaba en su villa de La Madeleine cerca de Belz, en Bretaña, a dos días de marcha de aquí.

Y volviendo sobre sus pasos, desapareció tan enigmáticamente como había aparecido.

—No querrás tener tratos con esos siervos del demonio… —la corrigió.

El tono de la dama se alzó. Era preciso convencer a su hijo.

—¡Resulta imprescindible para mí conocer ese testimonio escrito de Brian! Posiblemente estos *cagots*, o alguien cercano a ellos, violaron la tumba de nuestro antepasado, donde por una cabriola del destino, alguien, quizá él mismo, depositó las actas de su propio juicio. ¿Vamos a malograr esta oportunidad que nos regala el azar? Hemos de intentarlo al menos, hijo mío.

—Pero ¿no ves que son leprosos y embusteros? ¿No lo comprendes?

—Los *cagots* no deben ser tan perversos, ya que ni Dios les ha vuelto la espalda cuando los monjes del Temple los apreciaron por sus obras excepcionales —insistió.

Ablandado, prometió a su madre hallar la memoria de quien había nutrido su sangre, el caballero navarro Brian de Lasterra, aunque le seguía pareciendo un desatinado error. John fijó entonces su mirada curiosa en la arquilla, que seguía cerrada junto a los almohadones del lecho.

—¿Esa arqueta también perteneció a Brian? Parece un joyel árabe.

—Lo es, John —aseguró reservada.

Doña Ximena, por toda respuesta, abrió la aldabilla de plata y expuso su interior a la luz de los velones. El joven lo escudriñó con inquietud y contempló las figuras armónicamente encajadas de un juego oriental de ajedrez o escaques, al que tan aficionados eran los nobles y reyes. Fabricadas en purísimo cristal de Catay con ribetes de oro, debía de haber pertenecido a un emperador o a un sultán de Bagdad.

—¡Un ajedrez tallado en vidrio! —exclamó el joven, fascinado—. Jamás vi nada semejante. ¡Debe de valer más de cien besantes de oro!

—Y eso no es lo más importante —insinuó la *dame*—. ¿Adviertes esas inscripciones en árabe en el interior de la caja? ¿Las distingues?

—Sí..., las veo, pero ¿qué significan, madre?

—Aquí es donde surge lo más asombroso sobre el caballero

Brian de Lasterra, nuestro antepasado, que estimuló mi imaginación hasta la más irreal de las fantasías. Lo llevó él en persona a nuestro castillo de Artajona y allí siempre fue venerado como la reliquia más meritoria de la familia. Mi padre me la regaló al casarme como dote y constituye mi más preciado tesoro.

—Nunca lo había visto entre tus enseres. ¿Por qué?

—Porque tu padre, al ser un objeto ejecutado por infieles, creía que podría ser de mal agüero y traer alguna maldición. Lo guardé en mi arcón y sólo lo contemplaba en mis horas de soledad —le explicó—. La leyenda que está grabada nos la tradujo un alarife musulmán de Estella. Dice así, y te asombrará, te lo aseguro: «Regalo de Yusuf Sahah ud-Din ibn Ayub, Malik al-Nasir, «El Rey Victorioso», el Adalid de los Leales, al caballero de Yspaniya, Brian de Lasterra, hombre de honor y defensor de la palabra sagrada del islam. El cadí, al-Fadil. Al-Kairyya, en el día fasto del Malud, del año 568 de la Hégira del Profeta».*

—No entiendo nada, madre —dijo confundido—. ¿Qué tienen que ver esos infieles con sir Brian? ¿Por qué le otorgan el dudoso honor de protector de infieles?

—¿No te das cuenta, John? No son unos infieles cualesquiera. Quien se lo regaló fue nada más ni nada menos que Saladino, el gran caudillo musulmán, el conquistador del Reino de la Cruz, el que nos arrebató Jerusalén. Está validado además por el cadí o juez de El Cairo, la capital de Egipto, su gran visir, el poderoso al-Fadil que narran las crónicas de las Cruzadas. Y está señalado hasta el día y el año en el que se lo regaló, aunque se ignora por qué. ¡Todo un misterio de la historia, hijo! ¿Qué llevó a Saladino a conocer a nuestro ancestro? ¿Eran amigos o enemigos? ¿Cómo un monje de la guerra cristiano llegó a entrevistarse con el azote de la Cruz y recibir de él un presente?

—Resulta pasmoso. ¿El temible Saladino, el vencedor de batalla de los Cuernos de Hattin, era el poseedor de esta maravilla?

—El mismo, John —señaló la señora, concluyente.

---

* Corresponde al año de la era cristiana de 1173.

—¿Y qué relación pudo tener ese personaje con el caballero Lasterra? ¿Por qué pasó a su poder una obra artística de tan inmenso valor? ¿Sirvió al islam?

—Jamás soltó una sola palabra. Por eso deseo tan vivamente conocer esa crónica perdida, para al fin desvelar un misterio más que asombroso. Algo me dice que una y otra cosa están entrelazadas.

—Porque lo veo lo creo, madre. La vida de Brian debió de rayar lo insólito.

—¿Deseas más razones para indagar sobre las intenciones de esos *cagots*?

—Creo que no —reconoció John, convencido—. Me parece que ambos objetos esconden portentosas sorpresas y la curiosidad empieza a morder mis entrañas.

A John le fascinaban los vestigios antiguos. El ajedrez de cristal chino de Saladino y aquella piedra templaria de meditación le parecían conmovedoras. Su perfil se recortó en el turquesa del cielo de París.

Jonh estaba firmemente decidido a emprender el viaje a Bretaña.

El mediodía teñía de carmesí los arenales y la brisa arremetía contra los capotes con los que se protegían los jinetes. Sir John, desfallecido por la cabalgada, estaba impresionado con la belleza del paisaje bretón y con los furiosos abordajes de las mareas. «¿Persigo el sueño pueril de una madre enfebrecida?», se preguntaba. Traspasó con su montura la empalizada de un mísero poblado acompañado de escoltas. Exploró con sus ojos indagadores el lugar y se dirigió a las inmediaciones del cementerio donde malvivía una tribu de *cagots* que, alertados, se escondieron tras los portones al avistar a la partida armada.

Los recién llegados cruzaron el postigo de una muralla derruida tras la que se alzaba una veintena de casuchas de madera, piedra y heno, de las que escapaban humos blanquecinos. Los cerdos husmeaban entre el barro y las escorias, mientras las mujeres y los niños asomaban sus rostros desconfiados. Poco a poco fueron saliendo de las zahúrdas envueltos en capuchas raídas y túnicas remendadas, y John los observó con espanto. Impaciente, comprobó que extrañamente todos parecían gemelos, o hijos de la misma madre, pues exhibían por igual la misma fisonomía, el semblante ancho y blanco, los pómulos prominentes y los ojos intensamente azules. La higiene no parecía formar parte de su vida: mostraban greñas de rubia estopa en la cabeza, y en sus mejillas, manos y cuellos había minúsculas manchas rojas. Se extrañó al no distinguir a ningún enfermo gafo* con pústulas ulcerosas que el padecimiento de la lepra solía provocar en los contagiados: «Pero ¿no los tacha la gente de leprosos?», pensó.

—¡Busco a Beton Lauribar! —gritó en voz alta, deteniendo el caballo.

Al poco, una comitiva de ancianos que hacían de escudo a su jefe, surgió de la capilla del poblado. Amparaban a un extraño hombre, un anciano de cabellera pelirroja, ojos de rata y quijada prominente. Vestía con decencia una túnica flotante y se tocaba con una escarcela frigia. Sobre su veste portaba un escapulario con el símbolo de la cruz llameante de San Lázaro y una pata de oca encarnada en su hombro. Se acercó al aristócrata y le habló con una afabilidad vacua.

—Yo soy. Sed bienvenido a nuestro refugio. ¿Quién sois vos, *messire*?

—John Saint-Clair de Rosslyn y Lasterra —repuso, y sacando de la escarcela un envoltorio, expuso ante su mirada la piedra templaria, traspasándolo con su mirada—. Y os cortaré el cuello si no regreso de este inmundo lugar con una explicación convincente, ¡viejo del diablo!

John quedó pendiente de sus labios, caracoleando con su montura.

—*Monseigneur*, acompañadme hasta la ermita, os lo ruego —le pidió con gentileza.

---

* Leproso, en la Edad Media.

El escocés desmontó intranquilo, aunque el venerable anciano parecía un hombre afable, desenvuelto e incluso educado. John se sentía zarandeado por una fuerza invisible, mientras el silencio del poblado era roto por el golpeo del yunque y las instrucciones de unos carpinteros que fabricaban un *trabuquette*, gigantesca estructura de madera o fortaleza movible para asediar ciudades y castillos.

—No parece lepra lo que vuestros vecinos sufren en la piel —dijo conciliador.

—Es que no somos leprosos, milord. Padecemos lo que los físicos llaman el *mal de la rosa*, señoría. Pero la malevolencia de la chusma nos ha colgado ese infame baldón de contagiados —explicó—. Los *cagots* no somos leprosos, tan sólo heredamos un estigma en la piel que lo parece. Las historias de nuestros antepasados nos ligan a absurdas maldiciones bíblicas tras la construcción del Templo de Salomón, donde nuestros ancestros trabajaron como arquitectos de una de sus columnas, la que estaba rematada con una pata de oca, cruz patada o flor de lis, nuestro distintivo. Nos llamamos a nosotros mismos los «hijos del maestro Jacquin», su constructor.

—Entonces, ¿por qué os escondéis del mundo?

—Escuchad, os lo ruego. Tras la disolución de los templarios, para los que trabajábamos en iglesias y fortalezas como carpinteros, comenzaron nuestros días más sombríos. Desde aquel lunes 11 de marzo de 1314 en el que el último maestre templario Jacques de Molay y el preceptor de Normandía, Geoffrey de Charney, nuestro protector, murieron quemados bajo la sombra de Notre Dame, nos vimos obligados a refugiarnos en la Corte de los Milagros, el lugar más vil de París, así como en pueblos perdidos como éste y en las breñas extraviadas de ambas laderas de los Pirineos. De ese modo estamos a salvo de la malevolencia, aunque para nuestra desgracia vivimos como auténticos perros.

—¿Los *cagots* habéis trabajado en las grandes catedrales de Europa?

—Todas las bóvedas de madera en las que se ensamblaban luego las piedras, de Chartres a Toledo, han salido del ingenio de nuestro pueblo. Mi gente conoce las proporciones geométricas, los enunciados de Tales y la ciencia de Pitágoras, y ha alumbrado al mundo carpinteros muy estimados por los arquitectos de Dios.

—No conocía esa honrosa labor, sino únicamente vuestra fama de apestados de ese mal endemoniado que es la lepra —dijo John, y continuó—: Bien, maestro, visitasteis a mi madre en París por un motivo que la ha conturbado. ¿Qué es lo que queréis realmente, Lauribar? ¡Contestad! He recorrido muchas leguas y no pienso irme de aquí de vacío.

—Lamento haber turbado la paz de dama tan ilustre y piadosa, milord —contestó, adusto—. Pero no perdamos tiempo y prestadme oídos. Nuestros antepasados, que ya hace siglos eran maestros consumados de la madera y la forja, siguieron muy de cerca el espectacular robo del tesoro del Temple de Londres de 1170, pues algunas voces de Satanás corrieron el rumor de que los *cagots*, casta que se repudia como a bestias sarnosas, estábamos implicados en el sacrílego saqueo. Hasta se llegó a asegurar que en el lugar de los hechos se halló un cordel con nudos *cagot*, nuestro sistema secreto de medidas. Vuestro antepasado, el llamado Caballero de Monte Gaudio, o de las Dos Espadas, anduvo tras el rastro de los salteadores de Londres y conoció claves secretas del hurto, por lo que mi pueblo siempre estuvo muy interesado en las actas de su juicio, hecho que alzó gran revuelo en su tiempo. Por medios que no vienen al caso, la cuarta copia, la única que había prevalecido a los inquisidores pontificios, se halla en nuestro poder.

—¿Robada de su tumba?

Lauribar contestó instintivamente con el fuego en sus pupilas, poco ceremonioso y con las facciones desconsoladas:

—¡Los *cagots* somos artesanos, no ladrones de tumbas ni alimañas abominables, *sire*! Pero sí os manifestaré que hemos leído una a una las actas del caso número XXVII de Carcasona, llamado *El del Caballero de Monte Gaudio*, y hallado en sus líneas un balsámico maná perdido en el polvo del tiempo, que ha enriquecido nuestro saber sobre las edificaciones de templos.

—No os entiendo, Lauribar. ¿De qué estáis hablando?

—Pues del Número de Oro, el guarismo que aparecía grabado en las Tablas del Testimonio de Moisés, milord. Tal vez extraído de los templos del antiguo Egipto, o revelado por el Todopoderoso. ¡Qué sé yo! Ése fue uno de los objetos robados, entre otros, en el Temple inglés.

John contempló la piel arrugada pero rosácea del maestro, que no delataba estigma alguno de la execrable enfermedad, y la finura de sus largos dedos, acostumbrados a manejar el lápiz de plata de carpintero y el dibujo de planos. Se mostraba reacio a concederle crédito a cuanto le relataba, pero deseaba saber qué contrapartida codiciaba.

—¿Y qué pretendéis a cambio de esas actas, Lauribar?

—Que hagáis valer vuestros buenos oficios ante vuestro primo sir William Saint-Clair en nuestro favor. Nada más que eso, milord.

—No os entiendo. Sed más claro.

—Escuchad, *monseigneur* —detalló el viejo con respeto—. Actualmente vuestro ilustre pariente está edificando una capilla en Rosslyn, según secretos trazados templarios, que nos han alertado. Además ha instaurado la logia* centenaria de los maestros de obras y canteros, la Compañía de los Deberes, también bautizada como *La Compagnonnage* o El Compañerazgo, una fraternidad de artesanos, canteros y arquitectos que se han transmitido los secretos de la construcción boca a boca desde la antigüedad. Se reunieron no ha mucho en Reims, pero no nos convocaron, aun sabiendo que desde antaño pertenecemos a los gremios de artesanos, los llamados *Fratres Solomonis*, quienes han logrado descifrar la geometría secreta de los constructores del Templo de Salomón. Los *cagots*, mi respetado señor, hemos sido olvidados arteramente y relegados de estas asambleas y deseamos recuperar nuestra influencia perdida. ¡Nos pertenece por herencia y tradición!

—¿Y qué pretendéis, que interceda ante el conde de Saint-Clair?

---

* Lugar donde se reunían los *magistri comacini* o arquitectos.

—Ésa es nuestra modesta exigencia, sí. Queremos que admita a tres *cagots* de Francia en ese Capítulo de maestros de catedrales, con el grado de *magister carpentarius* —repuso—. No se nos puede excluir de estas cofradías, pues fuimos iniciados hace más de mil años en los misterios de los Antiguos Reglamentos de Constructores. Nos sentimos como unos proscritos y no somos leprosos; queremos ocupar el lugar que nos corresponde.

—¿Creéis que soy un necio? Sir William es un señor ocupado, y dudo que atienda mis ruegos aunque llevemos la misma sangre.

Lauribar sopesó la réplica y se dispuso a explotar la fisura abierta en la terquedad de su interlocutor, por lo que expuso con una sonrisa rota y molesta.

—Los Saint-Clair no precisan esos pergaminos del juicio del caballero, pero los Lasterra de Navarra sí. Soportan una afrenta infamante en su blasón desde hace dos siglos y anhelan librarse de él. Vuestra familia de Navarra peregrinaría sobre ascuas por obtener esas actas, pues el caballero Brian siempre fue señalado con el dedo de la infamia. Ambos nos necesitamos, señoría.

—Veo que sois un insolente —lo cortó sir John desabridamente—. ¿Y por qué no solicitáis vos mismo ese privilegio de mi primo?

—Ya lo hemos hecho, milord, por escrito y a través de mensajeros —se lamentó el anciano—. Pero éstos no se han tomado con fervor el cometido. Se vierten sobre nosotros nefastos prejuicios y nos temen como si fuéramos endriagos del infierno, por lo que hemos recibido la callada por respuesta. Si vos le informáis que en modo alguno sufrimos el estigma satánico de la lepra, os empeñáis en defendernos y le expresáis que nos animan razones virtuosas, aceptará. Unas palabras vuestras y las dificultades se allanarán. Nuestro pueblo dejará de ser un pueblo errante.

—¿Lo creéis así, Lauribar del demonio? —dijo John frunciendo las cejas.

—Conocíamos las formas persuasivas y de convicción de vuestro padre y confiamos en las vuestras. De lograrlo, se os harán llegar los dictámenes del juicio de Brian de Lasterra, pues nuestra palabra está bendecida por el Creador Supremo.

La expresión del escocés desveló duda y estupefacción.

—No sé si hacerle caso a vuestros dislates, Lauribar, o prenderos ahora mismo en nombre del rey y someteros a tormento hasta que nos devolváis lo que pertenece a mi familia.

—Señor, no incrementéis nuestra aflicción. Vos sois un hombre compasivo.

—¡Por mi salvación que me tenéis confundido! Pero me inspiráis confianza. —Se rió tras cavilar unos instantes—. Vuestra causa me parece justa, si es que no mentís como un bellaco. Le debo a mi madre un lenitivo para su enfermedad. Estáis de suerte. Hace meses que debería resolver unos asuntos de mi padre en Escocia. —Y antes de volverle la espalda declaró—: Antes de la Pascua Florida tendréis noticias mías. Pero no me engañéis, o lo lamentaréis.

—Los *cagots* no bromeamos con los asuntos de Dios —afirmó con santurronería.

Comenzó a llover. Una lluvia densa que les goteaba cuello abajo y les golpeaba con fuerza los capotes, las cabezas y los hombros.

Empapados, los visitantes abandonaron el poblacho.

Tres semanas después, John cruzó el paso de Calais en una nave portera.

Sufría por su madre el suplicio de las frías aguas, el salitre y las arcadas, pero en el fondo de su corazón anhelaba oler el aire de su tierra y mojar su cabellera pelirroja con la lluvia de Lothian. Con los ojos fijos en las olas del océano, se preguntaba qué relación podían tener aquellos *cagots* con su antepasado Brian de Lasterra. ¿Por qué el terror de la cristiandad, Saladino, lo había obsequiado con su espléndido ajedrez personal? ¿Qué crimen había cometido, para que, aun siendo un guerrero de Cristo, fuera acusado por la Signatura Romana de pecados tan graves?

A pesar de su escepticismo, tras cumplir un encargo de su padre, se reunió con su primo, sir William Saint-Clair, tercer príncipe de las Orcadas y jefe del clan familiar, uno de los hombres más poderosos de Escocia, quien a pesar de su autoridad, no sometía a sus vasallos a injustas vejaciones. No hubo de insistir sobre la petición de Lauribar, pues como protector de templarios refugiados conocía a los *cagots* y su reputación como constructores. Convencido por John de que los elegidos no presentaban las máculas de la lepra, reunió al Consejo de la Hermandad, que aprobó la petición y selló tres nombramientos de maestros puros —no gafos— para el capítulo del verano, que se celebraría en Aberdeen.

Hacía sólo un mes los *cagots* no existían para John. Ahora los admiraba.

Antes de regresar a Francia, quiso visitar la enigmática capilla de Rosslyn, alzada cerca de las murallas de Edimburgo, de la que su primo se vanagloriaba, como si en su interior se ocultaran los mayores secretos del conocimiento. Conforme se acercaba al santuario, vadeó un arroyuelo de agua helada y holló un prado selvático cubierto de sauces, que lo condujo a una iglesia sorprendente, erigida en una planicie donde florecían las anémonas y los rododendros. Era de tal belleza que prendió su mirada y le recordó las palabras de sir William:

—Quiero edificar un templo que se asemeje al de Salomón, John.

Ingresó en el templete junto a un grupo de peregrinos y escrutó las robustas columnas abigarradas de relieves y efigies, iluminadas por el dorado fulgor de las velas de los blandones. Jamás había contemplado una iglesia tan ornamentada y de tan compleja decoración. Signos esotéricos, muchos de ellos con escenas del ceremonial templario, aparecían por doquier. Se arrodilló frente a un bajorrelieve que representaba al Rex Deus, y a un caballero del Temple con los ojos vendados y una soga al cuello. En la mano sostenía una Biblia.

—¡Dios Santo, es la representación del juramento templario! —exclamó.

La hermosa iglesia le pareció a John un relicario de enigmas, capaz de despertar el interés del alquimista, el sabio o el quiromante.

John visitó, acuciado por la fascinación de lo oculto, las encomiendas templarias de Ballantrodoch —al que los lugareños llamaban el «poblado del Temple»—, Neidpath, Lorne y Argyll, buscando algún misterio de los Saint-Clair y de los monjes guerreros del Temple. En la abadía de Ayrshire inspeccionó el cementerio, donde se alzaban un centenar de tumbas de los monjes de la espada e insólitas pirámides de la altura de un hombre, esculpidas con raros jeroglíficos que glosaban su vida, pero que infundían pavor y respeto.

De niño había presenciado con sus inocentes ojos los enterramientos de los pobres Caballeros de Cristo, boca abajo, sin ataúd, clavadas las mortajas blancas a una tosca tabla de pino, sin nombre, sin emblema y sin una fecha o una hazaña que los identificara. Y para su sorpresa advirtió, embutidas en la tierra, piedras con la calavera, semejantes a la de Brian de Lasterra. Las lápidas estaban limpias y adornadas con ramos de aulagas. Se prosternó ante una al azar, y pensó: «¿Por qué insólito dilema siendo Caballero de Monte Gaudio, Brian de Lasterra terminó sus días como templario? ¿Qué esconderá la crónica de los *cagots*? ¿Probarán su inocencia, o corroborarán su indignidad?».

Regresó a despedirse de sir William y testimoniarle su vasallaje como *clasmenn* del linaje Saint-Clair. Su tierra seguía pareciéndole ese lugar de ensueño descubierto en su infancia. John abandonó Escocia reconfortado. Había conseguido una significativa victoria y su empeño de conocer su pasado seguía intacto.

El firmamento de París se semejaba a un manto de Cuaresma.

Las campanas de Saint-Merry y Saint-Germain tocaban a nona, cuando John Saint-Clair se dirigía a su casa, oliendo las esencias que un viento ábrego trasladaba de los jardines del Louvre. De repente, un hombre encapuchado y de anchas espaldas cruzó el puente de Saint-Michel. Se detuvo ante el escocés, que se sorprendió hasta el punto de llevar la mano al pomo de la espada. Las facciones del viandante permanecían ocultas, y su mirada gélida lo sobresaltó. Sin embargo, el desconocido, acostumbrado al lenguaje del sometimiento, inclinó la cabeza y expuso ante su mirada una cánula de cuero negro y ajado.

—*Messire*, aquí tenéis la instrucción del proceso del caballero de Monte Gaudio. Os pertenece. Sabed que nuestra gratitud será eterna hacia los Saint-Clair Lasterra. Dios valga a vos y a vuestra familia.

El mensajero se escabulló entre los estibadores y las rameras del Sena, que se apartaban aterrorizadas a su paso al ver la oca encarnada en su capa. Como un vulgar delincuente se dirigió a los embarcaderos, lugar frecuentado por traficantes y truhanes, y se eclipsó. El distintivo en el hombro le hizo comprender que era un *cagot* enviado por Lauribar con las actas prometidas. Los pliegues más recónditos de su alma se agitaron. El *magister carpentarius* había cumplido su palabra. Ocultó la noticia a su madre y entró en su estancia, deseoso de intimar al fin con la palabra escrita de Brian de Lasterra e introducirse en su impenetrable vida. Lo rescataría de las sombras y su reproducción sería el mejor regalo de la Pascua para su madre. Reescribiría la historia y se la regalaría a su querida madre.

«Así mitigaré el espantoso vacío de su viudez», imaginó.

Soslayando las fallas de la escribanía, las leyó unas veces con arrebato, otras con pavor, algunas con indolente paz, y siempre con un nudo en la garganta. Y como un milagro, ante sus ojos, los legajos del redactor cisterciense se volvieron diáfanos; los colores del negro *atramentum*, el azul de cinabrio y el ocre de Siena, cobraron vida, mientras los descifraba pacientemente. Los hechos relatados por fray Suger Vitalis en las actas de Carcasona, arrojaron luces desconocidas que hicieron asomar la prodigiosa historia del Caballero de Monte Gaudio. La fue restaurando como una fábula griega, interpretando el relato surgido de la académica y fría pluma del fraile relator y de un fárrago de ilegibles pergaminos grasientos en infame estado.

Su levemente inclinada letra sajona, resultó atrevida e impecable.

PRIMERA PARTE
El testimonio del caballero

Terribilis est locus iste

Desenvainadas las espadas, que hasta aquel día había conservado limpias de sangre, declaró: «No luché por mi libertad, sino para vivir en compañía de hombres libres, pues la situación del linaje humano es descorazonadora».

L. A. Séneca, *Epístola a Lucilo*,
Libro III, EP. XXIV

1
Robo en el Temple

Encomienda templaria, Londres, año del Señor de 1170

El sol crepuscular cubría los tejados de Londres con una envoltura escarlata. Era lunes de Pascua.

Una compañía de saltimbanquis húngaros y de cómicos de Sicilia, los Mimos de Siracusa, dejaron atrás los campos moteados de endrinos y brezos en flor y embocaron hacia el arrabal de la Torre Blanca del Támesis, la lúgubre cárcel y residencia real erigida por Guillermo el Conquistador sobre el castro romano.

Los artistas conducían a un oso pardo amaestrado atado a una cadena, y bajo sus capas y capuchas exhibían sedas de colores. Se apostaron tras una recua de asnos que transportaban carbón y cruzaron el único puente tendido sobre el Támesis, que guardaban dos torres formidables que por la noche se unían mediante gigantescas cadenas, mientras que el tránsito terrestre se cerraba con portones de hierro. A ambos lados del puente, y sobre sus doce arcos, se asentaban dos hileras de tenduchas, apretadas unas a otras, despachos de escribanos y cambistas, boticas y buhonerías, frecuentadas por sacamuelas, pedigüeños, soldadesca y descaradas rameras. Las inmundas callejuelas olían a pescado podrido, a estiércol, a humo de leña y a salchichas. Había que sortear el paso de los carros, las inmundicias, los empujones y los bastonazos de los lacayos de algún noble, curial o preboste.

Los cómicos se adentraron entre el bullicio en los callejones de Lombard Streed, el arrabal de los banqueros y comerciantes, tras un tropel de vendedores de mojama, filtros y amuletos y de expertos en las más insolentes truhanerías. Como por su condición de actores carecían de derechos y de alma según la doctrina de la Santa Iglesia, buscaron refugio en una miserable posada de la muralla, concurrida por mercenarios, hampones y trovadores.

La penumbra del ocaso se tragó a la ruidosa comitiva extranjera.

Amparados por el lienzo gris de las arcadas de las iglesias, los comediantes actuaban cada día sorteando la fina lluvia londinense. Representaban escenas de la vida de los santos, los *miracle play*, y las gestas de los héroes artúricos Uther Pendragón, Lot de Lothian, el Rey de los Cien Caballeros, sir Lancelot, Merlín el Brujo, el rey Arturo, Galahad o Morgana, muy del gusto de los vecinos sajones y normandos. En las horas de mercado interpretaban fragmentos de las obras del griego Menandro, enlazadas con canciones pícaras y trucos de ilusionismo. Entre el frescor veraniego hacían bailar al oso al son del pandero y la flauta, mientras uno de los saltimbanquis, un hombre poco locuaz, solitario y desapegado, cuyo rostro tenía el color de la ceniza, lanzaba puñales tártaros sobre una muchacha, con una destreza impecable. Cosechaba tanto éxito que llenaba de monedas el platillo de peltre. Sólo entonces sus ojos rasgados, del color de una laguna profunda, parecían dejar escapar un destello de humanidad.

La séptima noche de estancia en Londres, el lanzador de cuchillos no bajó a la taberna con la *troupe* de Siracusa, arguyendo una fiebre impertinente. Pero era sólo una excusa. Una pajiza luna creciente ascendía por encima del Támesis arrebolada de nubes negras que anunciaban tormenta. La oscuridad se propagó por el cuchitril. No podía calmar su atormentado espíritu; se incorporó del catre y encendió una vela. Parsimoniosamente comenzó a vestirse de un modo extravagante, insólito. Se cubrió las piernas con perneras de cuero y calzones apretados de piel de tejón, el torso con una oscura pelliza de comadreja untada con grasa de foca, y la cabeza con un capuz de badana de turón, impermeables al agua.

Se colocó en bandolera tres zurrones de␣pelleja de lobo, dos vacíos, y otro con cuerdas de nudos, una soga, ganzúas y palancas. Apagó la candela y, como un ladrón en la noche se descolgó por la ventana sigilosamente. Al poner pie en tierra la tempestad estalló en un fárrago de rayos zigzagueantes. La cólera de los cielos pareció abatirse sobre su cabeza, pero esbozó una sonrisa de complacencia. La vigilia se había vuelto oscura y desoladora, lo que convenía a sus propósitos. Ráfagas de viento y gruesas gotas le golpeaban la cara como látigos.

No había un alma en la parte vieja de la muralla y a pasos agigantados se escabulló hacia las arcadas del ruinoso puente de Southwark, donde se hallaban anclados los bajeles reales, iluminados por el fulgor acerado de la cellisca. Caminaba con seguridad y parecía conocer cada palmo que pisaba y el camino exacto que debía recorrer. Súbitamente se detuvo. ¿Una imprevista preocupación?

Por unos instantes un relámpago iluminó fugazmente las almenas de su objetivo: el Temple de Londres, la fortaleza fundada por Hugo de Payns en el arrabal de Strand y Aldwych, centro principal de la actividad financiera de la orden, junto a la encomienda de París. Lo había estudiado concienzudamente en sus idas y venidas con los cómicos; aunque su imagen intimidaba, no era más que un viejo emplazamiento fortificado carente de muros de roca viva, que se extendía hasta las aguas del Támesis, donde las naos templarias poseían su propio muelle. Las armerías, establos y cobertizos se cobijaban bajo techos inclinados de paja de retama. Su destino, la cámara del tesoro, según los informes sacados en la rueda de tormento a un viejo templario medio loco, era una estancia subterránea construida con arcilla roja, bejuco y piedra de arenisca.

El temor a la orden guerrera disuadía de su asalto.

El ladrón sabía que el fortín se había convertido en la inviolable caja fuerte de los reyes de Inglaterra y de los hacendados del reino, y también en la cripta de los secretos tesoros del Temple. La honradez de los monjes guerreros de la cruz paté los habían convertido en los banqueros preferidos de la cristiandad, por encima de los usureros judíos y de los cambistas lombardos. Con su eficiencia para multiplicar el dinero, habían innovado el mundo financiero del orbe cristiano creando modernos sistemas bancarios, emitiendo créditos y pagarés y moviendo la plata y el oro por Oriente y Occidente, como jamás se había visto hasta entonces.

Pero él no venía por el oro. Otro propósito distinto lo impulsaba.

El falso comediante exhaló vaho por la boca y las gotas se le congelaron en la sotabarba. Dedicó unos instantes a estudiar la situación con su mirada turbadora. Los guardias, protegidos con capotes y armados con yelmos, picas, cotas de malla y escudos colgados de la espalda, guardaban la puerta de entrada y las arpilleras. Protegían la entrada, los patios y las almenas, pero nadie vigilaba el subsuelo y las primitivas cloacas romanas, ahora enfangadas y cubiertas de agua salitrosa y helada. Pero, ¿quién podía sumergirse en aquel gélido lodazal y no morir en el intento?

Sólo él.

La opacidad de la noche recortaba la mole del Temple. Varias ventanas, iluminadas con la amarillenta luz de los velones, parecían ojos de cíclopes en la negrura. Con el halo del resplandor de la tormenta, el fortín surgía ante su mirada como un castillo encantado, cubierto de aulagas que espejeaban como cristales con la lluvia. En el torreón tremolaba la insignia blanquinegra templaria, la Beauséant, agitada por la ventisca. La encomienda estaba en obras. Sus arquitectos construían la nueva iglesia, y maderas, andamios, grúas, poleas, tornos y sillares de granito aparecían como espectros desperdigados por el recinto. Un mes después, la misión que se disponía a perpetrar resultaría inabordable, y lo sabía.

El desbarajuste de las obras lo favorecía, y eso lo animó.

¿Cuál era el propósito del osado extranjero que se asemejaba a un ángel negro? ¿Trabajaba para sí mismo? ¿Había sido enviado por alguna potencia rival del Temple? El comportamiento del asaltante era el de un chacal del desierto.

Evidenciaba que era un hombre curtido en el ejercicio de las armas y habituado a acciones osadas. Aseguraban de él que poseía un notable talento para escurrirse de la mazmorra más profunda, la destreza de un ladrón de tumbas, la paciencia de una cobra y el aguante bajo el agua de un buscador de perlas de Filoteras. Con unción besó el amuleto de la fortuna que colgaba de su cuello, y rezó con los ojos cerrados y el corazón contrito.

«Dios Clemente, lo hago por ellos, sólo por ellos», musitó.

El aliento se le cristalizaba y su mirada cobró una intensidad imperturbable.

Se deslizó con sigilo hasta el canal que unía la fortaleza templaria con el Támesis. Extendió la mano para tocar el agua, mientras notaba la helada bruma en la garganta. Las ciénagas que separaban la ciudad del río se levantaban con el viento del norte, castigándole el rostro. Su empresa sería aún más dificultosa. La crecida de la marea amenazaba con desbordar el viejo muelle y destrozar las naves que se balanceaban en el embarcadero. Así que sin pensarlo se hundió en la frialdad del oscuro légamo y nadó por el dique que se adentraba hasta las mismas murallas del Temple.

Después se sumergió y buscó a tientas una poterna oculta a varios pies de profundidad, en la vertical exacta del ventanuco del torreón del homenaje. Palpó y la halló a tientas a la tercera zambullida. Pero maldijo a todos los demonios del Averno al tocar con sorpresa dos traviesas de hierro que la clausuraban, impidiéndole el paso. Se quedó de una pieza. «No puede ser», se lamentó. Nadie le había hablado de esos barrotes. ¿Cómo iba a superar tan ingente obstáculo? Eso lo exasperó, pero no se desanimó. Era un hombre de recursos.

«No me detendrán ni las mismas puertas del infierno», se dijo.

Salió de nuevo a la superficie y tomó unas bocanadas de aire, al tiempo que asía una lima que ocultaba en uno de los zurrones. Se zambulló y trató de cortar los hierros. Pero la falta de aire, la presión del agua y el grosor de las barras lo hicieron desistir tras varios intentos por cercenarlas. La operación se complicaba.

¿Debía renunciar a la idea y regresar con las manos vacías? ¿Sucumbiría ante la primera dificultad? Amaba el riesgo y no podía desertar. Emergió de nuevo, se concentró, y sin perder la frialdad ideó otra forma de acceder al fortín templario. Intentaría despejar la base de la piedra donde se insertaban los barrotes, pues había percibido que por la erosión de las mareas estaba agrietada.

«No puedo permitirme el lujo de abandonar ahora», pensó.

Con la respiración contenida socavó la piedra pacientemente, rodeado por una oscuridad tenebrosa y un frío devastador. Salía a respirar cuando los pulmones estaban a punto de estallarle. Pero no podía prolongar la labor o todo se iría al traste. Forcejeó y trabajó incansablemente. Tras un rato de esfuerzos, inmersiones y salidas a la superficie, con los dedos helados y cuarteados, el sillar se resquebrajó. Ató una soga a los hierros y con un esfuerzo sobrehumano tiró de ellos. El bloque cedió, y el barrote se soltó de su sostén hundiéndose como un extraño pez filoso en las profundidades del canal.

Se coló por el hueco; frente a él aparecieron unas escalerillas que conducían hasta una antigua cancela de acceso a la fortaleza que jamás se usaba, por encima del nivel del desagüe. El baluarte del Temple era una vieja encomienda en renovación y con muchos habitáculos en desuso que favorecían su secreta misión. Aunque el riesgo era grande, eso le ayudaría en la huida para no ser ni oído, ni descubierto. El fugaz centelleo de la tormenta y el titilar de las antorchas de los centinelas le ayudaron a encontrar el viejo acceso, mientras su distorsionada silueta se reflejaba en el muro.

Al alcanzar la verja percibió que estaba atrancada con una cerradura enmohecida. Usó una de sus ganzúas y la abrió sin dificultad, aunque antes tuvo que liberarla del moho y la arena reseca y hacinada por la falta de uso. La desplazó con esfuerzo y, asistido con la escasísima luz de las antorchas, ascendió por las revueltas de los subterráneos que había memorizado hasta la extenuación. Se tropezó con un pasillo reducido por el que apenas cabía un niño y se detuvo. ¿Podría cruzarlo? Parecía una empresa descabellada, pero se dejaría llevar por su instinto.

El borde irregular del corredor que comunicaba con el sótano del monasterio fortaleza era tan afilado como una espada y le hería las manos y los pies. Corrían las ratas y fluía un aire viciado y maloliente; el intruso se asfixiaba, mientras su sudor se mezclaba con el relente de la noche. Con las prendas mojadas y helado hasta los huesos, respiraba los miasmas pútridos de un lugar inhabilitado como cloaca desde hacía años. Con no poco desagrado lo cruzó y accedió a un tramo de escalera que lo condujo hasta otro corredor también angosto, no más grande que el tiro de una chimenea. Hubo de asirse a los bordes ennegrecidos y a las vigas podridas y reptar como una alimaña. Aunque se adaptó pronto a la oscuridad, el cuerpo de un hombre apenas si podía colarse por allí. Sintió un leve miedo claustrofóbico; le faltaba el aire y parecía no acabar nunca.

Al poco, un vaporoso fulgor comenzó a asomar; el hombre descendió de golpe dándose un batacazo infame contra el suelo de una bóveda labrada en lo que parecía una cripta en la que aún quedaban en pie algunas lápidas funerarias. El firme estaba cubierto de verdín y un haz de la luz vibrátil, proveniente de los fuegos del patio de armas, se colaba por las rendijas, ayudándole a orientarse.

Según sus referencias se hallaba bajo una de las cimentaciones que sostenían el piso de las cámaras del tesoro del Temple. En su mirada brilló un repentino fulgor de triunfo. Extrajo la palanca del zurrón y se asió a un reborde lo suficientemente ancho para impulsarse hacia arriba. Se colocó a un palmo de la losa maestra de uno de los rincones y giró la barra con un movimiento circular, horadando la piedra que deseaba levantar. Al cabo de incontables giros, una nube de polvo y arenisca del sillar cayó como la lluvia sobre sus ojos. Había cedido. Alzó el pedrusco con cuidado para no alertar a los vigilantes y se aupó cautelosamente hasta la sala que buscaba. Estaba en penumbras y en ella reinaba un silencio monacal.

La escrutó con sigilo e intensidad y pudo observar los perfiles de su mobiliario y oler el aroma a sándalo, genciana y pergamino que despedía. Se trataba de una estancia abierta a otras más reducidas, austera, sin claraboyas y de techo bajo, sostenida por cimbras de madera y suavemente iluminada por lamparillas de aceite y sebo. Las paredes estaban cubiertas de colgaduras de lana, y los candelabros permanecían apagados; oscuras hileras de estantes, cofres, arcas, baúles y mesas de escribanía llenaban la habitación, que se asemejaba a la gruta cargada de botín de un pirata. El ladrón examinó con minuciosidad los objetos del aposento; los cálices de alabastro, los espejos egipcios, las armaduras, los yelmos, adargas damasquinadas, el oro y la plata refulgían sobre los anaqueles con el tenue fulgor de las candelas.

El intruso respiró con temor, pues parecía haber profanado un lugar sagrado. ¿De dónde emanaba la fascinación que ejercían sobre él los tesoros y la ventura? No olía ni a humedad ni al acre tufillo de las bibliotecas, señal de su continuo trasiego. Luego se dejó absorber por la esplendidez y riqueza del tesoro templario con el que disfrutaban sus ojos. Advirtió con sorpresa que la única puerta de acceso a la sala disponía por dentro de una cerradura con llave giratoria, dos cerrojos y una mirilla de inspección con una corredera que podía abrirse tanto por el exterior como del interior. Ése era y no otro el único lugar por donde podría sobrevenirle algún peligro indeseado. No lo perdería de vista.

Se hizo un ovillo y en cautelosa y solitaria espera se ocultó en un rincón, donde aguardó las inminentes campanadas del rezo de completas.

A esa hora comenzaría su secreta tarea.

En medio del batir de la lluvia se oyeron las campanadas de los rezos canónicos de la noche y las pisadas de los monjes guerreros que se dirigían a la capilla a rezar, al otro extremo de la encomienda. Era el momento para abordar su cometido. Para familiarizarse con la escasa claridad paseó sus pupilas por la sala y se fijó en cada uno de sus detalles. Se escurrió en una pequeña estancia adyacente anunciada con unas letras doradas: WARDROBE, el tesoro y la oficina financiera del monarca de Inglaterra. Según las órdenes no debía tocar una sola de sus monedas.

Allí se depositaban los más valiosos bienes de la Corona y se efectuaban las operaciones más importantes del Reino. Más de medio millón de libras tornesas se amontonaban una sobre otra, y el ladrón sofocó una exclamación de asombro; y de decepción por no poder hurtar aunque fuera una sola de las monedas. Luego abrió cauteloso un *armarium* donde se guardaban en lingotes de plata los beneficios acumulados por las sesenta casas del Temple en las islas Británicas, encasilladas en cajones de roble. Allí se amontonaban escritos con los donativos, donaciones de rentas y testamentos a favor del Temple de toda Inglaterra. En aquel *scriptorium* el tesorero custodiaba los caudales de la orden, administraba el tesoro real y satisfacía los pagos del monarca inglés. Hizo una estimación y reflexionó: «Más que un depósito de fortunas esto parece el corazón financiero de un imperio. Aquí no debe de haber menos de cincuenta mil libras de plata y no menos cantidad en besantes de oro y dinares árabes. ¡Qué presa tan suculenta para un ladrón que no trabaje para un amo como yo, por mil diablos! El Temple tiene más poder que cualquier rey o sultán, o que la misma Roma. Y todo gracias a la usura».

Detuvo luego sus ojos exploradores en una portezuela de haya que daba paso a otra pieza algo mayor. La abrió y ante su contemplación asombrada surgió el opulento caudal que almacenaba en su barriga de piedra. Arcones que no podían levantar ni diez hombres, y estanterías que soportaban el peso de documentos cuidadosamente clasificados, los monjes guardaban el archivo del Temple inglés: los inventarios de los títulos de propiedad que administraban, y los tributos recibidos por el pueblo del esquileo de sus rebaños, de las lanas vendidas en Oriente y de las cosechas de las haciendas templarias, regaladas por los nobles para asegurarse el cielo. Una colección interminable de lacres blasonados, mensajes cifrados escritos en lengua normanda, en el idioma secreto templario, latín, griego, hebreo y árabe, que codiciaría cualquier canciller real, completaban el registro secreto del Temple de Londres.

—¡Avariciosos destripaturcos! ¿Ésta es su lucha por la Cruz y sus planes visionarios? Aquí el único rey es el dinero y el oro —murmuró mordaz.

Candelabros e incensarios de plata, crucíferos de marfil, coronas, cruces pectorales, relicarios sobre los que se juramentan los señores normandos, y diademas adornadas con gemas y topacios, se acopiaban en los baúles junto a las sedas de Persia y las mesas bagdadíes con pedestales labrados. Al fondo, bajo el fulgor de una candela de aceite de roca, el salteador distinguió membretes en letras sajonas, pegados en cajas de hierro cerradas con fallebas. Se limitó a ojearlas y descubrió nombres como: «*Thesaurum Episcopalis* de York, de Canterbury. *Thesaurum* de la abadía de San Agustín. *Viaticum* de la reina Leonor de Aquitania. Subsidios de Tierra Santa, depósitos del *Justiciar* de Irlanda, archivos del conde de Northumbria, de Sussex y de Godwing. Y finalmente el codiciado *Wardobre** del rey Enrique». Pero no debía tocarlos.

«Las riquezas más valiosas de Inglaterra al alcance de mi mano. Es como si a un león hambriento se le ofreciera una tierna gacelilla y no pudiera ni olerla.»

El cazador de secretos rió sardónicamente y cerró la portezuela.

No podía detenerse y debía centrarse en su plan. Con precaución se dirigió hacia una mesa repleta de Juramentos de Fidelidad de los caballeros templarios, carpetas de piel grofada, hojas de vitela, plumas de ganso, lápices de plata, secantes, péndolas y tinteros donde se sentaba el *keeper* regio, el templario administrador de las finanzas de Enrique II y de los ricos monasterios de Inglaterra. Las gotas de sudor le resbalaban por el rostro mientras revolvía entre los papeles. Los examinó y sus retinas brillaban a cada ojeada.

—¡Qué opulencia! —balbuceó.

Halló el sello personal del provincial del Temple en Inglaterra, Ricardo de Hasting, varias *instrumenta ex causa cambii* —cartas de crédito o pagarés escritos en códigos secretos—, empleados por

---

* Junto al Exequer, el segundo depósito de fondos e ingresos del rey de Inglaterra.

los peregrinos que visitaban Tierra Santa. Era un genial invento del Temple, pues así evitaban llevar en sus faltriqueras grandes cantidades de dinero —a riesgo de ser robados— e ir sacándolo poco a poco en las encomiendas templarias extendidas a lo largo del camino hacia los Santos Lugares.

Ojeó un papel firmado por el gran maestre del Temple en París, Philip de Nablus, a favor del Viejo de la Montaña de Alamut, el guía de los *asesinos* y se sonrió malévolamente: «Templarios y *hashashin*, amigos hasta la muerte». Echó después un vistazo a una acusación de desfalco de un tal hermano Gilbert de Ogrestan, por el conde Flandes. Alzó un opúsculo de lo que se asemejaba a una segunda contabilidad, y descubrió sorprendido la sustracción fraudulenta y sistemática que se hacía desde Londres de los caudales allí depositados por la vieja *comitessa** Alice, señora de Angulema, por valor de 40.000 marcos, a la que el Temple estaba esquilmando en nombre de Dios. «¡Defraudadores hipócritas!», farfulló el ladrón.

Violentó luego con un gancho uno de los cajones y tras rebuscar concienzudamente llevó la luz de la candela a una arquilla incrustada en el mueble mediante una cadena que tuvo que romper. Era el cajón personal del tesorero mayor del Temple. Debía hacer el menor ruido o alertaría al vigía que con toda seguridad se hallaba tras la puerta. La lujosa caja estaba repleta de apergaminados pliegos y pagarés a cuenta por millares de besantes.

Pero un documento misterioso y espectacular, oculto en el fondo de la caja, cayó en sus manos por casualidad, mientras la registraba. Lo miró y lo releyó; no salía de su sorpresa. Una sonrisa beatífica cruzó por su rostro ennegrecido por la suciedad de los subterráneos. «Por mil demonios. ¿Qué es esto? Dios Misericordioso a veces favorece a sus hijos más sufrientes», pensó exultante e incrédulo.

Lo expuso ante la temblorosa llama de una de las candelas y suspiró agradecido, como quien ha hallado la clave que mueve el mundo. La asombrosa esquela aparecía firmada y sellada por el

---

* Condesa.

obispo de Cesarea. En ella autorizaba el pago de un asesino a sueldo para financiar la muerte del emperador Balduino de Bizancio, aprovechando la visita imperial a Jerusalén. El atracador no salía de su estupor, y la guardó en la faltriquera. «La Providencia del Altísimo la ha puesto en mis manos como un maná salvador. ¿Quién soy yo para desdeñar este guiño favorable del destino?» La conservaría entre lo más valioso de sus posesiones y tal vez algún día la podría esgrimir, si deseaban desembarazarse de él. El feliz hallazgo lo había cogido por sorpresa, olvidando el motivo de su misión; y sonrió satisfecho con una prueba que comprometía a la mayor autoridad eclesiástica de Oriente.

—¡Sorprendente, por todos los demonios! Unos y otros están metidos en asuntos turbios hasta las cejas —masculló para sí.

Maravillado, detuvo su mirada sobre varios *vadium*, bonos o pagarés, firmados por el maestre Hasting, remunerables cada uno por mil besantes árabes en cualquier encomienda templaria, banco o mercado de Oriente u Occidente, donde eran muy apreciados por los prestamistas. Contó mentalmente, y con precisa escrupulosidad robó diez títulos, en los que se caligrafiaba «*Boni aurei et justi ponderis*», como certificación de que debería pagarse en cualquier banco o tabla de cambio en contante y sonante oro del Sudán. Era el pago a su misión.

Luego descansó y miró hacia la pared sur con ojos de ansiedad.

Allí debía hallarse el objetivo y empeño que lo había conducido hasta Inglaterra y por el que había recorrido cientos de leguas, sobornando a hombres, machacando pescuezos de salteadores, escurriéndose como un proscrito por media Europa, sufriendo el irritante picor de los piojos de las malolientes tabernas de Grecia, Dalmacia, Italia, Francia e Inglaterra y cruzando el frío mar del Norte. Sintió una ansiedad indescriptible pues se hallaba ante el término de su misión.» «¿Y si lo han cambiado de lugar, o lo han trasladado de nuevo a París?», recapacitó, y las piernas le temblaron.

Con suave murmullo al rozar el suelo descorrió la cortina en la que aparecía bordado con hilos de oro el emblema del Temple: dos hombres —el monje y el guerrero— sobre un mismo corcel y la conocida consigna templaria: *Non nobis, Domine, sed Nomini tuo da gloriam.** Pero cuál no sería su sorpresa cuando al descorrerla completamente, lo que pensaba ver había desaparecido. Su decepción resultó descorazonadora. Allí no había ninguna puerta.

«¡Por las mil furias del infierno! ¿Y el hueco?», caviló desesperado.

No pudo contener su desazón y rabia, y golpeó la pared. La oquedad que el confidente había indicado antes de morir, había sido sustituida por la seguridad de una vidriera ojival que representaba a un anciano templario con el *abacus* o bastón de mando en la mano izquierda y en la diestra una paloma. Carecía de herrajes y aberturas, y se desesperó. ¿Habían abierto un ventanal al muro y ocultado el tesoro en otro lugar secreto? ¿Se trataba de una puerta camuflada o de un ventanal? Sin embargo recapacitó que la iconografía dibujada en la vidriera le era extremadamente familiar. Una imagen le vino inmediatamente a la mente.

La vidriera, lisa, sin asideros y de unas dimensiones que llegaban desde el techo hasta el suelo, mostraba una enigmática escena que atrajo la curiosidad del salteador, que la contempló con delectación. Descubría la hierática imagen de un anciano templario que lo miraba fijamente con sus pupilas de vidrio; a sus pies pudo leer tres nombres venerados tanto por judíos como por cristianos: *Bêtel*, la piedra donde durmió Jacob; *Jerusalén y Josafat*, el valle del fin de los tiempos, y una frase aterradora bajo ellas: *Apage isti Loci*, «aléjate de este lugar».

Los policromos cristales desprendían una tonalidad dorada y estaban decorados con cabezas de dragones, hidras, invocaciones de significados ocultos, triglifos y animales sagrados como unicornios, peces, becerros y pavos reales. No le cabía duda alguna. Aquella vidriera era la puerta que conducía a la cámara secreta donde se hallaba lo que buscaba. Pero ¿cómo la abriría? ¿Dónde se hallaba el resorte que servía de abertura? Lo invadió una sensación de turbación y se sumió en un debate de posibilidades.

* «Nada para nosotros, Señor, sino para dar gloria a tu nombre», salmo 115, 1.

«Maldita sea, qué pronto se han contagiado estos templarios de los secretos de Oriente», musitó exasperado.

La situación hubiera desesperado a cualquier ladrón, pero no a él.

No podía romperla, pues el ruido alertaría al vigilante, pero tras ella se hallaba el objeto de sus empeños. Sabía que debía poseer algún resorte o gozne oculto que la franqueara, pues de lo contrario, ¿por qué dejaba traslucir una leve luz ambarina en plena noche, si presumiblemente al otro lado sólo había un muro o el aire? No podía demorarse. Antes del alba sonaría la esquila para cantar los salmos de laudes y los monjes soldados regresarían a la capilla para reanudar la vida cotidiana de la encomienda. Se abrirían los cerrojos, entrarían los escribanos y administradores, y las cocinas, cuadras, caballerizas y herrerías comenzarían su actividad. El tiempo se acortaba y sudaba copiosamente.

No dejaba de reflexionar sobre los dibujos zoomorfos, donde estaba seguro de que en ellos se encontraba la clave para vencerla. Él conocía las costumbres de las tribus yazidíes que habitaban el territorio de Sinyar en Mesopotamia, territorio frecuentado por los caballeros templarios, así como sus creencias sobre la Sagrada Dualidad, el predominio del Príncipe de las Tinieblas sobre el Ángel de Yahvé, y la veneración por las Torres del Diablo, el toro de oro y al pavo real, ave en la que aseguraban se escondía Satán. Estaba al tanto de que empleaban el toro como empuñadura de sus espadas, como amuletos contra el aojo y también como pomos y llamadores de sus casas, templos y lugares sagrados.

—Estos templarios han adoptado el sistema de apertura de los constructores de Zorobabel y de las Torres del Diablo. No me cabe duda —se dijo con satisfacción—. ¡Condenados! Debo empujar una a una estas figuras y accionarlas, o de lo contrario todo mi esfuerzo habrá sido en vano. Que el cielo me favorezca.

Mientras el asaltante cavilaba frente al toro pintado entre los plomos y nervaduras de la cristalera, recordó la historia del patriarca Jacob y sus palabras en Bêtel, el lugar donde Dios le mostró el pasaje secreto que unía la tierra con el cielo y donde luchó contra el ángel. El combate entre las fuerzas del mal y las de la luz. «¿Acaso no es sabido que los templarios han mantenido contactos con sectas esotéricas de Persia?», meditó.

Apuntó el haz de luz de la vela y estudió la cristalera palmo a palmo. Debía seguir las reglas yazidíes y comprobar si había acertado con la combinación. Respiró hondo y hundió sus dedos en la figura del pavo real, pero la vidriera permaneció imperturbable. Hizo lo propio con el becerro pero tampoco cedió. Su inicial expresión de triunfo se desvaneció. Tenía la boca seca como el esparto y sintió una angustiosa decepción. Pasaba de una opción a otra en su mente, como una balanza desquiciada, pero aquella empresa era como vencer a un enemigo invisible. Miró uno a uno los contornos de los animales y detuvo sus iris negros en la paloma que sostenía el templario, que parecía levemente descascarillada. Sólo se oía su propia respiración, rítmica y potente.

«Ésta debe de ser —caviló exultante—. Parece muy usada.»

Pulsó la paloma con fuerza, atento al menor ruido. Pero no escuchó ni sintió cambio alguno. La frustración y la impaciencia lo corroían. Súbitamente, de la terca intensidad en que estaba empeñado su cerebro, surgió un fulgor de clarividencia que lo iluminó. Fue entonces cuando se detuvo y masculló un reniego.

«¡Por las barbas de Noé, qué estúpido soy!», se lamentó irritado, al tiempo que se formulaba una pregunta: «¿Esos paganos de la Mesopotamia no honran a la Sacra Dualidad, el bien y el mal? ¿Serán los dos juntos, *el bien* la paloma y *el mal* el becerro de oro, los que debo accionar al mismo tiempo? Probaré esta asociación, apretándolos a la vez.»

El corazón le latió atropelladamente, desbocado. La elección se produjo inevitable. Pulsó ambos al unísono, pero para su desgracia tampoco se abrió.

«¡Diablos! —dijo abatido, pero reflexionó—: Tranquilo. Recapacita.»

Dio unos pasos hacia atrás y se sentó con la espalda pegada al muro. Deseaba tener una panorámica completa del frontal. Observó los alrededores de la vidriera con detenimiento, cuando de repente reparó en un utensilio que antes le había pasado inadvertido. Se trataba de una pila de agua bendita de piedra de granito, con una cruz presidiéndola. «¿Agua bendita en un *scriptorium* donde sólo se manejan dineros, pagarés y deudas? Lo lógico es que se halle fuera, pero no pegada a una cristalera. ¡Qué extraño!», balbuceó. Se incorporó de un salto y examinó el agua. No estaba negra de la tinta, ni mohosa, sino velada por una tenue escarcha. Introdujo la mano en el líquido lechoso con precaución, y cuál no sería su asombro cuando dos de sus dedos encontraron fácilmente otras tantas hendiduras que encajaban perfectamente en sus falanges. Las hundió con fuerza, sin pensarlo. Al instante se oyó un ruido sordo y metálico, algo así como si se hubiera liberado una aldaba de su gancho tras los cristales.

Tiró de la vidriera y ésta se abrió suavemente.

2

Terribilis est locus iste

«¡Al fin! ¡Por los cuernos de Alejandro!», farfulló lanzando un suspiro.

El salteador miró alborozado, con los ojos desorbitados y expresión expectante hacia dentro, creyendo que detrás se abría el vacío. ¿Sería un abismo engañoso que lo apresaría irremisiblemente? ¿Era una trampa preparada para ladrones ingenuos? Unos peldaños desgastados descendían hacia un habitáculo, semejante a una cripta, levemente iluminado por lamparillas perfumadas de sándalo y áloe indio. En el arco que la presidía se podía leer: *Terribilis est locus iste*, «éste es un lugar terrible». Al otro lado se hallaba la respuesta a sus muchas noches de insomnio. Sosegó los latidos de su corazón desbocado y se decidió a descender.

Su sutil olfato debía permanecer más ágil que nunca.

Se decidió. El apego por lo incógnito le hizo descender aprisa.

De inmediato sucumbió ante la armonía de la arquitectura de la pieza, el nuevo orden difundido por los monjes de fray Bernardo de Claraval, el impulsor de la orden, que reinaba en la deslumbrante bóveda. Tenía los ojos enrojecidos por la tamizada luz y los abrió desmesuradamente. Abrigaba la sensación de que descendía a un abismo prohibido de la Madre Tierra. Espiras que exhalaban a modo de velo un humo blanquecino, ocultaban un sarcófago antiguo, quizá romano, de mármol travertino.

No le cabía duda, allí se hallaba el receptáculo de las santas reliquias y de los documentos que buscaba. La tarea no era fácil y debía procurar no demorarse. Con sigilo y apremiado por el paso inexorable del tiempo, accionó la tapa con la palanca y unas agujas de bronce. Con un supremo esfuerzo corrió la tapa. Chirrió como un breve lamento. Algo inquietante encerraba aquel catafalco, pues el atracador comenzó a sudar y las manos le temblaban. Asomó la cabeza al borde poliédrico del sepulcro y la lúgubre resonancia de su respiración lo asustó. Sus pupilas se reavivaron por la curiosidad. Una insondable opacidad reinaba en su interior.

En el vacío en el que en otro tiempo había yacido seguramente un cuerpo patricio, y escrupulosamente colocados, se encontraban los cuatro objetos que se disponía a expoliar y por los que había recorrido medio mundo, sorteando azares y privaciones sin cuento. Dos libros, un rollo de papiro y una arqueta de marfil.

Con los dedos nerviosos abrió el primer libro, el más grande. Se asemejaba al devocionario de horas usado por los monjes para sus rezos. El códice, con cuatro nervios y pentáculo en la cubierta de piel de lechón nonato, poseía una inscripción en el frontispicio. Al sorprendido ladrón le pareció un tratado de demonología, pues con sus centelleantes ojos percibió sobre la estrella davídica un Lucifer en postura sedente. El título, que aparecía en latín, era «Poema de la Virgen del Temple». Estaba escrito, según leyó, por Achard d'Arrouaise, el prior templario de Jerusalén. Según sabía, al publicarse había levantado un gran revuelo y fue considerado por los jerarcas cristianos herético y contrario a la fe. Pero él no sabía latín e ignoraba qué palabras del Diablo contenía.

«Estos clérigos son capaces de matarse unos a otros por una sílaba mal colocada y enviar al más pintado a la hoguera. ¿Qué azufres contendrá?», musitó.

El otro librito, de delicadas pastas de cordobán rojo y estampado con adornos de oro, era una delicada y primorosa obra ejecutada por miniaturistas expertos. Sólo sabía de él que también era un libro comprometido para el Temple, y que había sido mandado redactar por el maestre de Inglaterra, *messire* de Hasting. Estaba al corriente de que había sido requisado por el gran maestre y prohibida su difusión, a fin de evitar discrepancias y enfrentamientos con los inquisidores de Roma. Para alejarlo de sus posibles enemigos se había conservado su original, el que tenía frente a él, mientras que las copias fueron cautelosamente destruidas.

Junto a los dos volúmenes escritos por freires templarios, reposaba la otra obra que debía sustraer. Se trataba de las valiosas Tablas del Testimonio de los constructores del Templo de Salomón; un papiro enrollado en una cánula, del tamaño del brazo de un hombre y una pequeña regla dorada, o bastón de constructor, en el que se marcaba la llamada *proporción áurea*, una copia exacta del que perteneció al legendario arquitecto Hiram de Tiro. El sedoso papel, fabricado en morera blanca y seda de Catay, tenía los bordes carcomidos. Se trataba de un vetusto ejemplar escrito en griego, hebreo y escritura hierática sacerdotal egipcia. Contenía fórmulas de matemáticas y álgebra, aplicables a la arquitectura de edificios que retaran al tiempo y a las leyes de la física, y que los monjes del Císter poseían tras la conquista de Jerusalén por los cruzados.

Con premura lo metió en un zurrón junto a los libros y dirigió la mirada más al fondo, fijando sus retinas en el rincón izquierdo del sarcófago, donde sobresalía su último empeño: una arqueta de dos palmos y poco grosor en madera de espino con incrustaciones amarfiladas. Reposaba envuelta en un paño púrpura primorosamente bordado con pasamanería bizantina. Antes había estado en el Temple de París, pero por razones de seguridad los templarios habían interpuesto un océano de por medio que disuadiera de su robo a cualquier potencia osada o ladrón audaz. Encerraba dos reliquias de valor inapreciable para la cristiandad, el *lignum crucis* de santa Elena, el fragmento más grande conocido de la Cruz, y una tablilla que los cristianos llamaban *Titulus Crucis o Titulus Damnacionis*, una lámina de madera ajada y embadurnada de yeso amarillento del tamaño de dos palmos. Conservaba parte de la inscripción en hebreo, griego y latín que había sido clavada en el madero del Gólgota: el INRI, el rótulo que significaba *Iesus Nazarenus Rex Iudeorum*.

La cogió en sus manos y la remiró con asombro.

Una y otra reliquia habían sido depositadas en el fortín templario por el emperador de Bizancio, Balduino Comneno, como fianza y aval a un millonario préstamo solicitado al Temple que no había podido pagar, y que se mantenía en el más estricto de los secretos. Con contenido placer había desmantelado la urna de mármol y depositado los objetos en las alforjas de piel de lobo. Cerró cuidadosamente las talegas con bramante y lacre, que calentó en la candela, para librarlas de un posible contacto con el agua. Luego repasó con su mirada felina cada uno de los rincones. No podía dejar abandonado ningún testimonio. Si lo cogían los templarios, no se mostrarían complacientes con su sacrílego hurto.

Al volver la cabeza advirtió en un rincón una arqueta de hierro que alertó su curiosidad. Su mente de ladrón no le permitía dejarla allí sin curiosear en el contenido. Manipuló la cerradura con un garfio y la abrió. Y cuál no sería su asombro, que allí había otra caja más pequeña, que también hubo de agredir con el acero, para finalmente dar con una preciosa cajita de ágatas. ¿Qué raro tesoro contendría la misteriosa arquilla que precisaba de tres cofres para ser custodiado? Abrió el fijador sin dañarlo y ante su mirada aturdida apareció una llave de oro.

«¿Será una de las tres llaves del tesoro de Jerusalén?», dijo para sí.

En Jerusalén era *vox populi* que el tesoro cruzado era guardado por tres llaves distintas. Una era guardada por el gran maestre de los Hospitalarios de San Juan, en el Krak de los Caballeros, la inexpugnable fortaleza cristiana de Siria. Otra dormía bajo el techo del patriarca de Jerusalén, y la tercera, cuya copia observaba encandilado, la custodiaba el prior de Ultramar del Temple.

La cabeza de la llave estaba repujada magistralmente, y exhibía la caprichosa forma de un águila de dos cabezas. Forjada por un maestro herrero experto, había sido golpeada con un hierro sobre otro, lo que le confería un brillo áureo. El vástago estaba retorcido, en forma de espiral, y rematado con cuatro hendiduras de abertura de diferente grosor y longitud. Extrajo de su corselete un trozo de cera de abejas y cerote que llevaba entre sus herramientas de latrocinio, y moldeó la llave de todas las formas posibles, consiguiendo un vaciado perfecto y múltiple. Concluida la pulcra operación se cuidó de eliminar cualquier vestigio de la blanda mixtura.

«Esto lo ocultaré. Nunca lo sabrán. Será mi secreto», pensó satisfecho.

Devolvió la llave a su lugar y asió fuertemente con sus inquietos dedos los zurrones, pensando que muchas cabezas coronadas y altos dignatarios musulmanes y cristianos estarían dispuestos a pujar por aquellos tesoros, exhibirlos en almoneda pública o canjearlos en fraudulentas maniobras políticas. Pronto, con la noticia del espectacular robo, tocarían a rebato en las encomiendas de la orden, y en los centros de poder de Roma, Tierra Santa, Bizancio, Chipre, Venecia, Siria, Armenia, Egipto y Persia, que se llenarían de espías y agentes de las cancillerías de Oriente y Occidente, dispuestos a pagar lo que fuera por poseer alguno de los tesoros, si es que conseguía sacarlos de Inglaterra. Al escurridizo ladrón le satisfizo su aseado trabajo y lanzó un hondo suspiro. Había demostrado su habilidad, perpetrando el más extraordinario expolio cometido en el corazón mismo del Temple de Inglaterra. Se deshizo de las cuerdas de nudos y ganzúas y salió de la cripta discretamente.

Pero la fortuna hacía tiempo que le había vuelto la cara.

Al dirigirse hacia la angostura por donde había penetrado, la correa de uno de los fardos derribó un tintero de peltre que sonó en la quietud de la noche como el badajo golpeando la campana. La amenaza del guardián del santuario, que estaba tras la puerta, se perfilaba. Inmediatamente se oyeron pasos y ruidos de sables y lanzas. El vigía descorrió la mirilla por fuera.

—*Who goes there?* (¿Quién va?) —dijo una voz conminatoria.

El ladrón se quedó petrificado y vaciló, presa de una angustiosa indecisión. Las piernas le temblaron y hubo de aspirar aire para sosegarse. Tenía toda la apariencia de un animal atrapado en el cepo. Pero inmediatamente actuó con la astucia, confianza y diligencia que proverbialmente guiaban sus actos. Se lanzó hacia los cerrojos interiores del robusto portón y los atrancó. El guardia, que lo miraba desconcertado por la mirilla como si fuera un espíritu maligno surgido de las sombras, se resistía a creer lo que veía.

¿Por dónde había entrado aquel engendro con cuerpo de lobo o de diablo de las profundidades? Llamó a grandes voces a los tesoreros para que abrieran la puerta por el lado exterior. Más tarde habrían de ingeniárselas para descorrer los cerrojos del interior, o tirar la puerta. Mientras tanto, el escalador contaba con el tiempo suficiente para escabullirse por las cloacas y desaparecer. El ladrón tomó conciencia de su vulnerabilidad. ¿Qué sentido tenían los sacrificios y desvelos que había soportado si lo atrapaban? ¿Por qué no había considerado esa posibilidad?

Con los ojos vidriosos por el pánico relajó su autodominio; como un trasgo, se descolgó por el agujero y huyó por el pasadizo arrastrando los fardeles. Sin embargo, por una desafortunada coincidencia y por el nerviosismo que descontrolaba sus músculos, una de las aristas le arrancó el talismán colgado del cuello donde se apreciaba grabado un toro alado. Su insistencia por recuperarlo sólo consiguió partirlo en dos. Una parte quedó aprisionada en la grieta de la losa y la otra se deslizó hacia el interior de su pecho. «¡Por todas las furias! He cometido dos errores imperdonables por dejarme llevar por el nerviosismo», pensó. Estaba colérico por su torpeza, y la amenaza de ser identificado le hacía sentir pánico. Era tarde para volver atrás, y pensó que si lo apresaban podría considerarse el artífice de su propia desgracia; y además, tras atormentarlo, su muerte sería terrible. Tenía que asegurar su misión, proseguir la huida y no exponerse a ningún riesgo más.

—¡Las piedras no hablan, adelante! —gruñó para contentarse.

Desembocó en el canal, y se sumergió en el agua negruzca como si fuera un objeto más de cloaca. Allí no había nadie y nadó frenéticamente hasta el río en una vertiginosa fuga. Saltó a tierra firme y recuperó la compostura, restableciendo su equilibrio. Sin embargo, una obsesión, como un remordimiento sicótico, golpeaba sus sienes cuando recordaba la fatalidad de la mitad del amuleto extraviado. ¿Se trataba de un castigo divino?

Apresuró sus zancadas, mientras aspiraba el aire fresco con fruición. Escuchó en la lejanía el vibrante carillón del Temple tocando a rebato, la ruidosa confusión de las voces de los soldados y las órdenes conminatorias de los sargentos en la jerga normanda. Había cumplido su misión, pero aún estaba muy lejos de concluirla con éxito. «¡Cuántos valiosos secretos y caudales he dejado atrás!»

Espesas nubes negras cubrían el firmamento de Londres, y un búho ululó en la noche, que moría lánguidamente con la leve claridad de la aurora. Para su suerte, el astro de las tinieblas y el piélago de estrellas se habían oscurecido cuando escaló el muro de la hospedería y se echó sobre la yacija sin que ninguno de los clientes, en su mayoría ladrones, prostitutas y cómicos, hubiera notado su ausencia.

Sacó de la camisa el fragmento partido de su amuleto y lo besó.

«Aliento del Diablo y soplo de Dios, aunque roto, me has protegido.»

Qué acogedores le parecían ahora los muros de aquella sórdida posada.

Con la cabellera apelmazada por el salitre, que él achacó al sudor de la fiebre, el rostro macilento por falta de sueño y las manos con ampollas, que se cubrió con unos guanteletes, el contorsionista lanzador de cuchillos, que estaba de un execrable humor, actuó al día siguiente en Winchester con los Mimos de Siracusa, donde el oso bailó su animalesca danza levantando el entusiasmo de la plebe, de las comadres, pilluelos y de los fervorosos devotos de la abadía.

Regresaron tres días después a Londres, bajo el abrazo de un cielo grisáceo. Se internaron por el arrabal de los curtidores que hedía a suciedad y a pieles mojadas, hasta darse de bruces con las murallas de la fortaleza templaria, donde aún reinaba un alboroto desacostumbrado y un tumulto de imprecaciones y quejas. La patrulla real detenía el ganado, a los vendedores de sal y labriegos y a las carretas de bueyes, mientras los caballos piafaban nerviosamente y las acémilas, cargadas de serones, rebuznaban con los fustazos de los arrieros. ¿Habría estallado una revuelta popular? El jefe de la farándula, un juglar siciliano, no ocultó su irritación y preguntó a un mercader sobre la causa de la algarabía y de la mezcolanza de tal gentío en las puertas del Temple.

—El maestre ha ajusticiado a uno de sus tesoreros después de una sentencia sumarísima. Pende de la horca del patio de armas como un pingajo —replicó el comerciante.

—Pues a uno de ellos que metió la mano en las arcas lo echaron a los perros —intervino otro ciudadano.

Al músico del grupo de saltimbanquis se le demudó el gesto.

—Decididamente Satanás no deja de menear la cola —dijo, y se interesó—: Muy grave debió de ser la falta cometida para ser ahorcado por sus propios hermanos.

El mercader alzó la voz pavoneándose de estar al corriente.

—Esos monjes de la espada son incorruptibles y muy duros en sus castigos. El heraldo ha pregonado que ha sido ejecutado por desidia y por rompimiento de los votos; aunque corre el rumor de que han robado en el tesoro templario, los arcones mejor protegidos de Inglaterra, y él era el guardián. Parecen muy agraviados y el deshonor ha caído sobre la seguridad de sus cofres, que se creían inviolables.

—¡Qué descrédito! ¿Así administran sus finanzas? —dijo el rabelista con sarcasmo—. Se entendía que en esas mazmorras los caudales estaban más seguros que Satán en los infiernos. No obstante, ningún cristiano se atrevería a meter sus narices en esa fortaleza atestada de soldados donde por un suspiro te rebanan el pescuezo. ¿No os parece raro? ¿Y de quién sospechan?

—Aseguran que ha sido un grupo de vikingos del norte que han aprovechado las negruras de la noche y la violencia de la tormenta para escabullirse hasta los sótanos. Se han visto *drakars* anclados en Dover, y han hallado entre el fango una piedra con un ídolo pagano con los que esos salvajes de los fiordos suelen tatuarse —informó el mercader seguro de lo que afirmaba.

—Curioso embrollo. Ya ni la Santa Cruz, ni los hábitos, ni las limosnas para Tierra Santa se respetan —se lamentó con incredulidad el cómico persignándose

—Los guardias del justicia mayor inspeccionan a cuantos cruzan el puente, carros y personas —informó con desdén el comerciante—. Londres anda revuelto y esta mañana han zarpado cuatro naves porteras del rey y seis galeras templarias en persecución de los piratas daneses. El maestre aún tiene esperanzas de descubrir la identidad de quienes han perpetrado el nefando robo. Si los apresan lo pagarán caro.

—¡Que pierdan su alma esos idólatras! —gritó el cómico, y escupió al suelo.

Los cómicos atajaron por un embarrado camino de sirga espesado de juncos, mientras un halcón planeaba en el aire. El ladrón disimuló su impaciencia. No había abierto la boca, pero observó con delectación al ave rapaz, juzgándolo un buen presagio. No obstante, un gesto de enojo afloró en su cara. La pérdida del amuleto se había convertido en una obsesión que lo perseguía como un anatema. El fragor de la pugna en su cerebro seguía inalterable. ¿Acaso no era lo bastante grave como para perjudicarle en el futuro?

Su mirada, perdida en lontananza, se volvió glacial y apagada.

El día había adquirido el matiz de la porosa humedad que reinaba en el ambiente y el frío les calaba los huesos. El sargento del Puente de Londres, un sujeto desdentado, barrigón y malencarado, golpeó el suelo con el bastón, y con un ademán negligente, ordenó a los guardias que examinaran el carromato de los comediantes y que palparan uno a uno los zurrones, sacas y talegos de los cómicos.

—¡Este animal! ¡Quitádmelo de mi vista! —los apremió al ver el oso ante él.

El cuidador de la patética bestia, que portaba en su espalda un morral amarrado con unas correas y del que sobresalían ristras de frutas y bayas, su pitanza habitual, tiró solícito de la cadena y se escabulló hacia la orilla, rogando perdón al oficial con reiteradas inclinaciones de cabeza.

—¡Excusad mi torpeza, sargento! —le rogó mil perdones.

«Aman su pellejo por encima de todas las cosas», pensó el ladrón, eufórico con el papel representado durante los últimos meses y con la treta que había ideado para ocultar el botín robado en el peludo oso y sacarlo de Londres indemne.

Los Mimos de Siracusa se dejaron envolver por la marea de campesinos que entraban y salían de Londres, y tomaron la calzada romana que se prolongaba desde Porstdown hacia Southampton. Nimbos blanquecinos suspendidos sobre el océano, espejeaban la dársena, donde anidaban millares de chillonas gaviotas. Hileras de casitas de pescadores y decenas de barcas de pesca delineaban el horizonte. Sonó la caracola convocando a los tripulantes recién llegados de Londres a embarcar. Las aguas del cauce, del color verdinegro de las alas de una libélula, espejearon como cuchillos al romper la quilla. El sol del mediodía brillaba como una tímida ascua cuando la nave zarpó dejando atrás la tierra firme de Britania. Con disimulo el lanzador de cuchillos rozó el Aliento del Diablo y respiró profundamente.

Sólo entonces experimentó un inmenso alivio.

3

Brian de Lasterra

Artajona, Navarra, año del Señor de 1169

El barón de Lasterra aprobó el ataque y la tropa se lanzó al trote.

Brian, segundo hijo del señor de la fortaleza, comandaba el grupo de guerreros que abandonaban el bastión del Cerco de Artajona envueltos en recios tabardos. Partieron discretamente, emboscados en la negrura de la noche, para no alertar a una partida de salteadores de Bigorre y Bearn, quienes, tras cruzar Roncesvalles, asolaban el territorio sembrando la destrucción y el pillaje en caseríos, alodios y aldeas. Según los campesinos, se habían refugiado en las ruinas del castro romano de Ardelos para repartirse el botín y huir al amanecer por las impracticables estribaciones de la sierra del Perdón. Pero habían dejado rastros en la nieve convirtiendo el camino en un cenagal y era fácil seguirlos.

El joven capitán percibió que los fuegos estaban apagados y que las cabañas habían sido quemadas por los mercenarios con devastadora barbarie. Los aldeanos, en su mayoría leñadores, pastores y cazadores de lobos, habían huido a ocultarse a las cuevas del Arga y a los reductos fortificados del valle Salado. Los treinta jinetes cabalgaron con cautela por los desolados marjales y cruzaron los puentes y poblados que se hallaban sin custodia. Se acercaron sigilosamente a la iglesia de Santa María de Pamplona y avistaron la casa del vicario, donde al parecer dormían los bandidos, ajenos al peligro que se les venía encima. El vigía dormía borracho y los otros somnolientos centinelas no habían notado la llegada de la tropa de castigo, que aguardó emboscada en un robledal, a un tiro de piedra. Un grupo de guerreros en marcha tenía ventaja sobre otro dormido y fatigado, y Brian lo sabía.

La atmósfera estaba en calma, pero se iba trocando en espesa y tirante conforme pasaba el tiempo. Brian esperó a que la primera luz de la alborada se encaramara sobre el horizonte. Agitó su ondulada melena castaña, se caló el yelmo empenachado con plumajes y desenvainó el acero, cuyo pomo verde de jade brilló herido por el fulgor naciente. Se alzó en la montura y ordenó con un gesto seco que rodearan el recinto sagrado. La vida o la muerte de los mercenarios dependían de sus decisiones.

—¡Rendíos y aceptad vuestra derrota! ¡Estáis cercados! —gritó.

Se oyeron voces de los sorprendidos bearneses y órdenes de su jefe convocándolos a las armas. Pasaron unos instantes de mutismo que fue roto por el sibilante rumor de una docena de flechas incendiarias dirigidas al lugar de donde había salido la voz. Ante la evidente negativa a entregarse, Brian ordenó lanzarse al ataque, y los jinetes navarros con las lanzas de fresno en ristre derribaron cercados y setos, obligándolos a salir a la plazoleta de la aldea con el sol de frente, que los cegaba. Un enjambre de guerreros irrumpió ruidosamente en la explanada, dispuestos a defender su botín como alimañas hambrientas.

—¡El santuario de la Virgen es inviolable! ¡Que ningún ladrón lo alcance! ¡Pueden pedir asilo sagrado! —gritó el joven adalid—. ¡Mantenedlos fuera!

Los salteadores se batieron con desesperación y denuedo para alcanzar los caballos que se hallaban sujetos a los muros de la iglesia y huir; pero cargados con los fardos del botín les resultaba dificultoso y además les impedía defenderse. Los disciplinados soldados de Lasterra los exterminaban sistemáticamente y los abatían entre alaridos de muerte, sembrando el caos y la desolación. No pasaban del medio centenar, pero apretados en grupo, se defendían encarnizadamente. El rostro del cabecilla, un gigantón bisojo, irradiaba un furor que amedrentaba. Babeando, señaló con su enorme hacha de guerra a Brian.

—¡Me llevaré tu cabeza a Bearne como trofeo! —le lanzó con arrogancia.

—Pagarás por tu ruindad y libraré al mundo de una bestia —contestó Brian.

El joven saltó de su bridón y decidió luchar a pie contra el embrutecido jefe, a quien retó en singular combate, mientras sus hombres, expertos en la guerra contra el moro, aniquilaban metódicamente a sus secuaces, rodeándolos por los flancos y lanzándoles mandobles a diestro y siniestro.

—¡Defiéndete, matón de mujeres y niños! —lo provocó el joven.

El bandido, sumergiéndose en el corazón de la contienda, se abalanzó sobre Lasterra blandiendo su arma y rugiendo como un energúmeno. Un torbellino de golpes precedió al combate contra el bandido, quien, lejos de desprenderse de su saco, lo utilizaba de escudo, aunque el peso lo imposibilitaba para moverse, lo que daba ventaja a Brian. Los dos combatientes, el uno sobre el otro, convirtieron la lucha en un duelo salvaje entre acometidas y tajos que les astillaban las cotas y armaduras, mientras chorros menudos de sangre brotaban de sus cuerpos. El duelo se eternizaba y ninguno cedía. La pelea proseguía a su alrededor y el desafío de los dos cabecillas se convirtió en el centro de la escaramuza.

El guía de los mercenarios, un rival temible, no aminoraba sus embestidas y llegó a derribar en dos ocasiones a Lasterra, que estuvo a punto de perder la espada. Pero el joven capitán, aunque debilitado por la pérdida de sangre, se sobreponía y respondía implacablemente. Un dolor agudo lo devolvió de golpe al presente, y cuando parecía haber perdido la ventaja, desarmó al coloso haciéndole pedazos el lanzón; con un mandoble preciso le abrió una herida mortal en el cuello y luego le atravesó el corazón con una cuchillada certera. Con las rodillas dobladas, el alarido del gigante fue el de una fiera en los estertores de la muerte. Brian, recordando el dolor de las pobres gentes indefensas a las que había matado y robado, lo decapitó de un tajo; su cuerpo cayó de bruces en el barrizal, bañado en un charco de sangre.

El pánico cundió entre los bandidos quienes, arremetiendo como carneros, se abrían paso con embestidas ciegas y a machetazos hasta sus monturas. Resonaba el piafar de las caballerías en las persecuciones, el claveteo de las botas y el entrechocar de las adargas. Muchos salteadores perecieron en la fuga y yacían en el suelo con los cráneos destrozados por las mazas de los soldados de Artajona, quienes cortaban los tendones de los caballos y los destripaban para que no huyeran los mercenarios. Un líquido sanguinolento de las vísceras de los corceles y los miembros cercenados de los bandoleros corría por el fangal.

Brian se apresuró a reunir a sus hombres, instante en el que observó consternado que uno de los bandidos, con objeto de sembrar la confusión y poder escapar, enarbolaba una tea ardiente y se dirigía a la iglesia para incendiarla. Pidió a uno de sus hombres una ballesta que dirigió hacia el incendiario. Debía impedirlo a toda costa. Le clavó el dardo en el hombro, cuando buscaba la blandura del cuello, por lo que el bearnés no murió. El tiro no había sido preciso, y el salteador, moribundo, la arrojó hacia unos haces de forraje seco que se apiñaban en el pórtico. Súbitamente, la crepitación, como el clamor de una tormenta, llenó el aire de chispas, pavesas y ascuas. En menos que se reza un pater nóster, la vicaría y el tejado de madera de la iglesia se convirtieron en una antorcha formidable que iluminó todo el valle. Las llamas consumían la ermita de Santa María, para consternación de Brian.

—¡Maldito bellaco! —exclamó con el rostro encendido.

Sin pensarlo un instante trepó a su cabalgadura y con bravura franqueó las escalinatas del santuario, con la sola protección de su lanza erecta y la capa sobre la cabeza. El animal resopló y coceó corveteando asustado, negándose a seguir, en medio de una lluvia de partículas incandescentes de materias indescifrables. Se encabritó y se le estremecieron las orejas erguidas, pero el jinete le cubrió los ojos con la capa y picó espuelas. Con renovada furia salvó los portones que en aquel instante se desplomaban en medio de una nube de destellos y carbones encendidos.

—¡Deteneos, señor, es una locura! —gritó su lugarteniente.

Sus hombres no sabían lo que pretendía y se quedaron petrificados. ¿Acaso había perdido el juicio el hijo de su señor? ¿A quién pretendía salvar? Volaban las astillas del crucero y la iglesia era una colosal pira. Una espesa humareda escapaba por los tragaluces y rendijas, envenenando el aire. Los atónitos soldados de Lasterra contuvieron el aliento, soltaron las armas y aguardaron consternados. Pero Brian apareció a los pocos instantes entre el humazo gris, tosiendo, con la cara tiznada y faltándole el aire. Descabalgó, y sus hombres observaron que en el arzón del palafrén, que relinchaba furioso y escupía espuma por el freno, se hallaba la talla de la Virgen de Pamplona. Brian de Lasterra, despreciando su vida, había salvado lo más valioso: la imagen de la Madre de Dios. Se hincó en tierra casi sin fuerzas y se despojó del yelmo. Las piernas le flaqueaban y los ojos se le nublaban. Los cabellos y el rostro, cubiertos de sudor, costras de sangre y negros como el tizón, lo asemejaban a un engendro de los infiernos. Sonrió, y su rostro se iluminó con el tibio sol matutino. Después, jadeante, alzó la espada y la clavó en la tierra.

—*Salve Regina mater misericordie vita dulcedo spes nostra, salve!* —rezó.

—¡Salve María! —voceó el sargento—. ¡Victoria!

El viejo soldado, un hombre magro y de cerrada barba pelirroja, de nombre Alvar Andía, en cuyo curtido rostro se adivinaba el mapa de las cien batallas vividas como veterano de guerra, se aproximó a él y lo abrazó. Luego le restañó las heridas con telarañas y se las limpió con agua. Era su ayo, confidente e instructor de armas y lo quería como a un hijo. Todo lo que era como guerrero se lo debía a aquel bravo soldado que sabía comportarse sin tosquedad.

—Has salvado a Santa María con tu valentía, aunque me has encogido el corazón —le manifestó—. Ella preservará tu vida y no dejará que tu alma se condene, como que yo te vi nacer, mi señor.

—Ignoraba que entendías de teologías, Alvar —le sonrió.

—¿Sabías que tu abuelo, el cruzado de Jerusalén, también regresó de Tierra Santa con una imagen de Nuestra Señora atada a la albarda de su corcel?

—Quizá sea el destino de mi sangre honrar a la Reina del Cielo.

—Y al Señor de los Ejércitos. Tu choque con el jefe ha resultado glorioso.

—Sí, pero me siento culpable de la destrucción de la capilla. ¿Hay desdicha peor que haber permitido que un altar de Dios ardiera con sus cálices y eucaristías? Erré el tiro, Alvar. Todos lo vieron. Si lo hubiera abatido, no habría perpetrado su maldad.

La bonanza y la quietud retornaron al arrasado castro de Ardelos.

Pero las llamas lo habían arrasado todo.

Sólo tenían que lamentar tres heridos de flecha y los soldados se desgañitaban alborozados por haber acabado con los ladrones y recuperado el provecho de sus pillajes, que entregarían al abad de San Saturnino para que lo repartiera entre los perjudicados. Sin embargo, a Brian de Lasterra lo corroía una nefasta premonición. Algo le indicaba en su interior que el fortuito incendio de la iglesia le acarrearía aprietos. Lo debía haber previsto como jefe de la partida. ¿Caería sobre él una maldición desde lo alto por tan sagradas pérdidas?

El ara de las reliquias, las hostias sacras, el crucifijo de marfil, los misales silenses y los objetos sagrados habían sido pasto de las llamas, y las posibles consecuencias se despeñaban por su cabeza como una amenaza. Le dolía el hombro de una tajadura del brutal mercenario y el cuello por el impacto de un tizón incandescente. Alvar percibió que el júbilo por la victoria se había disipado en su rostro, reemplazado por una sensación de tribulación; y mientras alzaba el estandarte para partir, Andía se interesó:

—¿Cuál es la causa de tu tristeza, Brian? Deja ya de pensar en el incendio. Tu padre y tu hermano estarán orgullosos de ti.

—¿Crees que es de buen agüero que en mi primera acción de guerra arda en llamas un lugar sagrado? El Creador no lo aprobará.

—Salvar la talla de la Virgen ha sido una proeza y se convertirá en leyenda

—O en infamia —dijo Brian—. ¿Supones que los clérigos ponderarán nuestro servicio? Conociendo a los capellanes tolosanos, esta desgraciada adversidad puede acarrearme disgustos. La censurarán como una desidia para sacar provecho de mi padre.

—El condado está en deuda contigo. ¿Qué recelos puedes abrigar?

—Siempre temí a los administradores de Dios —se sinceró Brian—. Contra la suspicacia de esos eclesiásticos sólo cabe la docilidad o la condenación.

Ni la invocación a la Virgen María lo había reconfortado. Inquieto, el joven paladín comandó la hueste de regresó al Cerco de Artajona, y aunque los pastores de las majadas, los carboneros y campesinos lo saludaban con entusiasmo, se perdió afligido por la pesadumbre entre las luces del alba, mitigadas por nubes de tormenta. Y como si el cielo respondiese a su abatimiento, comenzó a llover copiosamente; chorros de agua le caían por la visera del yelmo. Ajeno al chaparrón, la imagen del santuario destruido por las llamas, del que sólo había quedado en pie un roble calcinado, lo angustiaba. La euforia de la victoria había quedado atrás.

El vacío corrió por sus venas y la alegría por el triunfo se eclipsó.

La litera morada, enarbolando la cruz episcopal, avanzaba lentamente.

Tres canónigos de Saint-Sernin de Tolosa, patrones y titulares de la iglesia de San Saturnino de Artajona, vislumbraron en la distancia las escarpaduras del castillo del barón que se erguía entre el légamo pardo de la colina, y celebraron el fin del viaje. Recordaban con orgullo que el cuidado de las almas y limosnas de aquel próspero burgo navarro, en otro tiempo dominio de doña Urraca, hija de Alfonso VII de Castilla, les hubiera sido encomendado por el señor de Lasterra, proporcionándoles pingües diezmos y tributos.

Venían comisionados por el arzobispo tolosano a indagar sobre la destrucción del santuario de Ardelos y a esclarecer el deplorable suceso. Alguien debía pagar el entuerto y traían bulas y excomuniones en sus escarcelas. Atravesaron los valles circundantes alfombrados de flores color violeta y pasaron de largo ante los monumentos paganos de Eneriz, erigidos poco después de que naciera el mundo. El viento transportaba hojarascas que sacudían sus cabalgaduras y se alegraron al cruzar bajo la torre de la fortaleza.

El señor del castillo de Artajona los aguardaba para hacerles entrega de la imagen rescatada de la Virgen, que entronizarían de nuevo cuando la iglesia quedara restaurada con cargo a sus rentas. Los recibió en el *Aula Regis* de la fortaleza, ornada con paños de Flandes y alfombrada con esteras orladas de bordados. Varios troveros, cortesanos y damas, primorosamente engalanadas con briales y roquetes, acompañaban al barón de Lasterra, quien no obstante mostraba el semblante receloso, pues al descabalgar, los clérigos habían hecho preguntas en el patio de armas a la servidumbre y a los soldados. Los clérigos franceses, ataviados con birretes y hábitos morados, avanzaron por la sala, sofocados por el esfuerzo de subir la empinada escalera de caracol.

Al concluir el ágape de bienvenida servido por el maestro cocinero, brindaron con borgoña. No obstante, cuando parecía concluida la visita, y se daban por satisfechos con los donativos del barón, en el gesto del arcediano asomó una mueca a medio aflorar, como si aún le quedara algo en su mente que demandar. La corte del señor de Lasterra guardó un silencio expectante. El atrabiliario eclesiástico, un vejestorio de rostro barbilampiño, desplegó sus labios.

—Vuestro segundo hijo apenas si ha abierto la boca —comentó, ladino.

Brian de Lasterra, que se acomodaba junto a sus hermanas, Amaranta y Adeliza, sintió que una garra de hierro lo ahogaba. Una rápida sucesión de sensaciones adversas lo inquietaron. Se incorporó del sillón y el canónigo pudo comprobar que era un hombre con la juventud y la audacia esculpidas en su semblante. Su melena y barba castaña, discretamente recortada, y la nariz recta apuntaban firmeza y aplomo. Los penetrantes ojos grises, carentes de engreimiento, estaban llenos de astucia y penetración, en una combinación fascinadora. La túnica y el manto verde con bordes de armiño enaltecían su figura, propia de un señor de la guerra, templada con las prácticas de la lucha, los duelos de esgrima, las justas y las cacerías en los bosques de Urbasa. Flexible como una vara de sauce, pero nervudo, se erguía altivo como el tenso arco de un sarraceno.

—La Iglesia se congratula por el rescate de Nuestra Señora que llevaste a cabo, hijo mío —siguió el clérigo—, pero deplora la desidia y el caos que dieron lugar a la devastación del templo de Dios. Nunca debió ocurrir. No se puede ofender a Dios y a su Santa Madre por recuperar un miserable botín.

Las palabras del tolosano presagiaban tormenta.

El joven recorrió nerviosamente la mirada por entre los presentes, posándola en la de sus padres, que revelaban perplejidad. Un espasmo de incredulidad lo estremeció, aunque venía a confirmar sus temores.

—¿Negligencia dice vuestra paternidad? Abatimos a una tropa de perros salvajes —adujo hosco—. Creí que servía a la comunidad de los hijos de Dios y a sus bienes. Libré a la cristiandad de unos indeseables, *pater*.

—¿Cómo llamarías entonces a que las hostias consagradas, la sangre de Cristo y los utensilios de culto fueran sacrílegamente menoscabados y que ahora se pudran entre los carbonizados escombros como pasto y nido de ratas y alacranes?

—Me presentáis como un blasfemo de Nuestra Señora.

—A veces el Maligno engaña a los hombres sirviéndose de lo más sagrado —sentenció el clérigo secamente.

—Entonces no tenéis en cuenta la sacrificada acción de mis hombres, sino la eventualidad de un accidente fortuito. ¿Es eso justo? —se defendió el joven—. Para probar la justeza de mis acciones podéis consultar a Alvar Andía, mi sargento.

—Hemos hablado con él y con otros testigos, no es necesario. Y compréndelo, hijo, el arzobispo de Tolosa y la curia sinodal, bajo cuyo amparo se halla la iglesia quemada, cree que habéis incurrido en un desliz de desamparo del santuario de Santa María y que estáis en peligro de condenación eterna. Es mi obligación advertirte, pues se trata de tu alma inmortal —manifestó el canónigo con dureza—. En la guerra, un caballero es siempre el custodio de la casa de Dios. Antes que matar, por muy ruin que sea el enemigo, debe velar por la protección de su templo.

El barón era la bondad echa carne, pero en su faz se reflejó la incredulidad.

—¿Queréis decir, *monseigneur*, que mi hijo es un rufián? ¿Y la sangrante prueba de su hombro herido? ¡Salvó del fuego la imagen de Nuestra Señora!

El eclesiástico suspiró, extrajo de la bocamanga un pliego doblado y lacrado y alzó los brazos como si se hallara en el púlpito. Sus mejillas se encendieron.

—El arzobispo de Tolosa os transmite en esta carta su decisión y saldréis de dudas, *messire*. Vuestro hijo será excomulgado y separado del cuerpo espiritual de la Santa Madre Iglesia si antes de Pentecostés no responde con una penitencia excepcional de reparación acorde con su culpa —expuso—. No obstante, si contribuís al óbolo de San Pedro con la cantidad de mil piezas de plata como compensación por el sacrosanto lugar arrasado, sus pecados le serán perdonados al instante.

—¿Qué mal he hecho al Creador? —preguntó el joven, abrumado.

—Preguntar ya es pecado. Dios sólo espera de ti obediencia y expiación.

«¡Malditos y avarientos rezalatines! Está claro, o pago la bula, o me condeno —pensó Brian—. ¿Qué pretenderán de mi?»

El barón se resistía a creerlo, y nerviosos murmullos se elevaban en la sala. Consternado, se fijó con pena en la dubitativa expresión de su hijo.

—¿Y qué penitencia espera de mí el señor arzobispo? —preguntó Brian.

Ni tan siquiera acudió a la diplomacia el canónigo, que señaló con gravedad:

—La tienes al alcance de la mano, hijo. El segundo domingo de Pentecostés, nuestro señor Foulques, conde de Tolosa, parte del puerto templario de Cotlliure rumbo a Trípoli, la ciudad gobernada por su primo Raimundo III. Acude en ayuda del rey de Jerusalén, Amalric I, que se halla enfrentado a ese ángel del mal, el sultán Saladino, que el cielo confunda. Precisa de caballeros de sangre noble que gobiernen sus tropas, de caballos y de hombres de guerra para la santa causa de Dios.

Una corriente de temor descompuso el ambiente del salón.

—¿Me pedís que me convierta en cruzado para lavar mi descuido?

—Sólo así redimirás tu culpa, hijo —sentenció el clérigo.

—¿Y debo arriesgar todo cuanto amo por un pecado que no veis sino vos?

—¡No seas blasfemo! —lo cortó el canónigo—. Dios te recibirá en sus manos si mueres peleando por la Cruz. Serás un bienaventurado que podrás rogar por nosotros en el Paraíso. De guerrero pasarás a ser un santo del cielo.

Aquello había sido una estocada inesperada en el centro de su joven corazón. ¿Debía abandonar su tierra y a los suyos por el pecado de haber abatido a una banda de facinerosos? ¿Ésa era la justicia de Dios que predicaban aquellos presuntuosos presbíteros?

El arcediano, un hombre filoso y relamido, añadió:

—De lo contrario serás excomulgado y te aventurarás a arder en los fuegos del infierno, Brian. ¿No ves en todo esto la mano del Diablo? Sólo defendiendo Jerusalén te exonerarás. Has dado pruebas de ser un guerrero admirable. A Cristo le gustan los hombres decididos, y como recompensa te promete la Gloria.

Por su hipocresía merecía que lo atravesara allí mismo con su espada. A Brian se le quebró el alma y su cólera estalló ante su padre, como culpándolo por no oponerse a tan caprichosa e injusta sentencia.

—Supongo que no tengo otra alternativa. ¿No es así, padre? No creo que en vuestras arcas haya más de mil marcos de plata. ¿Y pensáis también como los canónigos que yendo como cruzado es posible salvar mi alma?

—Visto así, es tu única oportunidad, hijo —afirmó el barón—. Es en la guerra donde se forjan las grandes estirpes. La opulencia, la lujuria de la carne, la gula y la ociosidad destruyen al guerrero. Marcha a Tierra Santa y volverás transformado en un héroe.

Brian movió la cabeza con desaliento y suspiró derrotado.

—O no regresaré nunca y mis huesos se pudrirán en esos desiertos, padre.

Otro de los clérigos, viscoso como un sapo de charca, lo miró y sopesando el efecto de sus palabras le habló melifluamente.

—Busca la grandeza en una guerra auténtica y la reparación de tu alma será tu recompensa. Pero cuídate, pues allí el arma más peligrosa suele ser la ambición.

¿Puede ser el corazón de los seres dedicados a Dios tan negro y artero? Parecían más esbirros del conde que servidores del arzobispo. ¿Qué recompensa recibirían si accedía a sumarse a su expedición?

El barón miró a su hijo y asintió con los ojos acuosos y afligidos.

El aire del salón se había cargado con un halo de suspicacias, pero el joven aceptó la evidencia que encerraban aquellas palabras.

—Señorías, cargaré con gusto con la cruz de soldado de Cristo, al que ruego humildemente perdone mis yerros —manifestó el joven—. ¡Dios lo quiere!

Los canónigos, con sonrisas de zorros, asintieron con júbilo. Pero Brian, tenso de cólera, se sentía la víctima de un embrollo injusto. «Extraño privilegio con el que me carga el destino.» Los eclesiásticos se despidieron del barón, que inmediatamente buscó a Brian para consolarlo. Cuando se hallaron solos, tomó afablemente del brazo a su hijo.

—Brian, acompáñame a mis aposentos. He de confiarte algo de gran importancia para esta familia. Un objeto que me quema las manos —dijo misterioso.

Con un gesto supersticioso que incomodó a Brian, el señor del castillo extrajo de su arcón un libro de tapas grofadas, de una hechura asombrosamente perfecta e iluminado con signos de soberbio colorido. Era un ejemplar escrito en árabe y la tapa estaba decorada con una alineación de perlas negras que en su ordenación formaban lo que parecía un lazo. Estaba muy cuidado y refulgía como el joyel de una reina. ¿Qué significaba aquello? ¿Por qué su padre atesoraba entre sus objetos predilectos un libro herético escrito en la lengua de los infieles que escupía azufre de los infiernos? Brian miró con ojos de sorpresa a su padre, aguardando el movimiento de sus labios:

—Esto que ves aquí es un Corán musulmán. El perverso libro de esos secuaces de Mahoma por el que matan, fornican y viven —le informó serio.

—¿Y por qué lo guardáis vos, padre? ¿Una promesa acaso? ¿Forma parte de un botín de guerra?

—Perteneció a tu abuelo Saturnino, el cruzado de Jerusalén —explicó asombrando a su hijo—. O mejor dicho, le fue confiado por un musulmán moribundo, cuando mi padre participó en la Primera Cruzada, la que reconquistó el Santo Sepulcro de manos ilegítimas. El albur quiso que fuera de los primeros soldados en presentarse en las murallas de Maarra; allí el destino le tendió esa trampa.

—Nunca me refirió nada el abuelo, y me contó muchas cosas de Tierra Santa.

—Porque pertenecía al capítulo de las promesas secretas de un hombre, lo más sagrado para un caballero; y porque tenía miedo de que se supiera que conservaba un libro de mahometanos, siempre lo ocultó. Podía haber acabado en la hoguera. Siempre lo mantuvo alejado de ojos indiscretos, primero en la sacristía de la ermita de Santa María y luego en la iglesia templaria de San Adrián de Sangüesa, pero yo lo rescaté hace unos años, cuando comenzaron a alzarse algunas habladurías. Un judío le aseguró que todo el islam lo andaba buscando.

Brian no estaba interesado en aquel volumen intruso, pero hermoso.

—¿Y qué tiene de excepcional este libro, aparte de su belleza?

—Pues sencillamente que este Corán era tenido como el más sagrado de entre los que se veneraban en Palestina antes de la llegada de los cruzados. Para los musulmanes posee una importancia especial, pues lo acompaña una extraña profecía que yo ignoro. Se trata al parecer de un Corán único, créeme. Según tu abuelo perteneció a la mezquita principal de Jerusalén y le llaman el Corán de Uzman,* o el Lazo Púrpura de Jerusalén. Antes de la llegada de los cristianos lo sacaron a hurtadillas para preservarlo de una más que posible profanación. El hombre que lo escondía en secreto se dirigía a Damasco, donde debía entregarlo al sultán, pero fue atacado por los loreneses. Antes de morir se lo confió a tu abuelo, el primer mortal con el que se cruzó antes de expirar desangrado, con la promesa de que lo devolvería o lo entregaría en un lugar santo del islam. ¡Se lo hizo jurar por su fe y por su salvación! ¿Lo comprendes? Es una misión que le atañe a toda la familia. La palabra de tu abuelo está empeñada y no gozará de la paz del cielo si no se cumple.

—¿Y por qué no lo llevó a cabo cuando estuvo allí?

—¡Tu abuelo era aún un muchacho inexperto y apocado, Brian! Demasiado que conservó la vida. Tuvo miedo y no supo qué hacer con él. Podían haberlo tachado de ladrón de objetos sagrados o de perjuro, y también de complicidad con los sarracenos. El caso es que tuvo miedo de propalar que lo poseía y regresó con él escondido en su faltriquera, más como botín de guerra, que otra cosa. Siempre le tuvo gran reverencia, pero me hizo prometer en el lecho de muerte que, si algún miembro de la familia regresaba, bien de cruzado o de peregrino a los Santos Lugares, lo entregaría en alguna mezquita; y que si pasadas tres generaciones no se había cumplido ese deseo suyo, que fuera enviado a la alja-

* Tercer califa *rashidun*, «Bien Guiado», tras el profeta Mahoma.

ma de Córdoba con todo el respeto y piedad. ¡Lo juró por la redención de su alma inmortal!

—Y ahora parece que me toca a mí ese honor —comentó Brian con ironía—. ¿No es así, padre? ¿No estaríais en connivencia con esos clérigos disolutos?

—¿Cómo te atreves a dudar de mis sentimientos? ¡Por Cristo! —contestó el padre, airado—. Pero prométeme que cumplirás el juramento del abuelo Saturnino. Eres un hombre con el suficiente coraje como para enfrentarte a todas las vicisitudes que te salgan al paso. De no ser así, su alma vagará eternamente por la nada; y a mí, desde que me lo confió, me escalda como un ascua en mis entrañas. ¡Promételo, Brian! ¡Es un voto que atañe al corazón de la estirpe Lasterra!

—Puedes estar seguro de que cumpliré vuestros deseos y los del abuelo.

El padre lo abrazó y lloró en su hombro. No era un hombre de guerra y le había tocado un mundo cruel para vivir, cuando su espíritu era más el de un clérigo, un campesino o un trovador. Luego le pidió ir a cumplir con el ritual más sagrado de la familia: abrazarse al roble centenario de los Lasterra para apropiarse de su vigor. Una costumbre que se perdía en la oscuridad de los tiempos. Lo ciñeron con las dos manos, recordando a los vástagos que antes de acudir a la guerra estrechaban el viejo arbusto para recibir la fuerza de su sabia.

—Siempre deseé verte con la cruz bordada en el hombro, hijo, partiendo hacia Tierra Santa. Yo nunca tuve el valor suficiente. Así salvarás el honor de nuestra sangre y la de nuestros ancestros, y la remisión y la absolución de tu pecado. Mi padre me rogó en su lecho de muerte que yo tomara las armas y luchara con honor en Jerusalén. Hoy te traspaso ese deber, que tu hermano no ha podido cumplir pues ha de defender nuestras tierras.

Habían convertido su hazaña en un demérito. Brian se derrumbó.

Pero cumplimiento tan oportuno lo indujo a reflexionar. ¿Era una conspiración entre los canónigos tolosanos, su padre y su hermano, o simplemente una coincidencia de deseos? Los tolosanos no podían odiarlo, pues no lo conocían, pero la actitud de su padre lo encrespaba. Sus únicas glorias eran sus seres queridos, su espada, su caballo y su armadura y ahora tenía que abandonarlos. Resultaba evidente que su familia deseaba que el cachorro descendiente del león de Jerusalén lidiara contra los moros en los desiertos de Ascalón, Jaffa y San Juan de Acre. Evidenciaba tristeza en su semblante, pues un futuro se había desbaratado como una gota de agua al chocar contra la roca. Ni su padre, ni su querido hermano, al que idolatraba, lo habían defendido. ¿Era su destino soportar los pecados de los Lasterra sobre sus espaldas y cumplir tal penitencia?

«Mi casa es un nido de víboras —musitó—. En aquel lejano lugar trataré de refrescar la hoguera en la que se ha transformado mi memoria.»

Únicamente Alvar se acercó para consolarlo ofreciéndole una copa de vino que le supo al joven tan amarga como el acíbar.

—No te autocompadezcas, Brian. Cumple el deseo de tu abuelo, el único que te ha querido con afecto en esta casa. La paciencia comienza con lágrimas, aunque al final sonríe con la fama, la gloria y el poder. Aquí, en este mísero lugar, tus únicos galardones serán la desidia, una muerte deslucida y el olvido.

Con el ánimo ensombrecido permaneció todo el día enclaustrado y ensimismado en sus erráticos pensamientos. ¿De cólera, de indignación? Sus pupilas grises miraban al vacío y en su mirada no se podía adivinar ningún ademán de sumisión, sino de ira mal contenida. Buscó refugio en el recuerdo de Joanna, la muchacha que lo había despertado a la vida y al amor, pues en sus venas corría un flujo helado. Y con una mueca de amargura por tener que abandonar lo que más quería, su ánimo se desmoronó. Se sentía como si lo hubieran enterrado vivo bajo su culpa y aún le quedaba muchas dudas que satisfacer.

Demasiadas.

El frío crispaba el aire, empañándolo con un matiz metálico.

4

La penitencia

Verano, año del Señor de 1170

El resoplido de los caballos y el choque de los arneses en el patio de armas apenas si arrancaron una sacudida en las venas de Brian, que yacía lánguido y ajeno al mundo en el camastro. No acudió durante tres días a la palestra y se resistía a hablar con los suyos. Sólo pensaba en el largo viaje, en Jerusalén y en aquel extraño libro que le había confiado su padre. Una bandada de cornejas cruzó al mediodía el ventanal, graznando y desplegando sus tétricas alas. Después desaparecieron en frenético aleteo, perseguidas por un azor que abatió a la más indefensa.

Brian observó la captura y pensó que su heroicidad había tenido un final tan desolador como aquél. Cabalgó en solitario con el corazón desgarrado. Sin haber hecho nada a nadie lo habían denigrado por un pecado contra el cielo que no había cometido. Recordaba la batida de Ardelos, que ya consideraba como un lugar maldito. «¿No me han tratado los clérigos tolosanos como el peor de los rufianes? ¿De qué injusto pecado me acusará el Juez Terrible en el día final?» La respuesta estaba lejos de sus entendederas.

Quedaban horas para la puesta de sol; vagó solitario por el valle.

Bajó luego por el camino y se acurrucó en la blandura de un gavillar de heno, cerca del silo. Pronto se alistaría en la hueste del conde Foulques de Tolosa y sería el segundo Lasterra que hollara con sus botas la tierra en la que vivió el Señor. ¿No resultaba un desmerecido honor y no una carga? Sentía que el bien y el mal planeaban sobre su cabeza y no sabía distinguir cuál de ellos lo impulsaba a emprender el obligado exilio. Sin embargo, el recuerdo de su abuelo, el barón Saturnino de Lasterra, parecía animarlo. Hizo un ejercicio retrospectivo y recordó su última plática, un terrible soliloquio que le pareció entonces la confesión de un asesino, la memoria terrible de quien no podía olvidar tanta sangre vertida.

«Estoy condenado a una eternidad vacía —le había confesado entre lágrimas—. No sé, mi querido Brian, si Dios quería en verdad que conquistáramos los Santos Lugares de aquella forma tan sanguinaria y violenta; ni tan siquiera creo que fuera un acto de honor propio de caballeros cristianos. Nosotros, los llamados soldados de Cristo, matamos con furia desatada a hombres indefensos, mujeres, ancianos y niños de tez morena durante semanas enteras. Tras conquistar Edesa y Antioquía, la ciudad del apóstol san Pedro, donde se halló la Santa Lanza, nuestros capitanes, Godofredo y Bohemundo, se olvidaron de nuestro principal objetivo: Jerusalén. Entonces, los soldados francos, para demostrar que estaban dispuestos a todo, arrasaron por su cuenta una población desguarnecida y sin valor militar, Maarra, pero con tanta impiedad que, al recordarlo, se me llenan los ojos de llanto. Pasaron a cuchillo a la población sin piedad, y por la noche, después de acopiar el botín, violar y matar, cortaron a pedazos los cadáveres y los asaron para comérselos. Corrían entre el vino las ollas con carne guisada de aquellos infelices, y los espetones con niños empalados y tostados en las ascuas como liebres. Querían demostrarle al mundo que estábamos dispuestos a todo, incluso a devorarlos. Pero allí me aguardaba una treta del destino. Al cruzar la devastada ciudad, el Señor quiso que asistiera en su agonía a un místico infiel, un *mutazil* moribundo, con el que crucé una promesa de honor, que otro día te contaré.»

—¿Se referiría al juramento del Corán de Uzman? Seguramente —se dijo Brian en voz alta.

«Pero fue en Jerusalén donde viví los más espantosos horrores de la conquista, Brian —siguió recordando las palabras de su abuelo—. En la misma Ciudad Santa quemamos vivos en la sinagoga a los judíos con sus rabinos y arrasamos la tumba del padre Abraham. Fue una matanza cruel de criaturas inermes, llevada a cabo en nombre de Jesús. Cuerpos mutilados y retorcidos y críos moribundos que nos rogaban misericordia en las puertas del Santo Sepulcro. Hasta sometimos a tortura a los sacerdotes griegos para arrebatarles el secreto del paradero del Leño de la Cruz. ¡Qué indignidad! ¡Me deshonré a mí mismo! La sangre, que corría como un río rojo por las calles, manchaba nuestras botas. Yo, en aquel entonces un jovenzuelo asustado, degollé con mi espada a inocentes llevado por un arrebato de extraña exaltación que hoy no alcanzo a comprender. Nadie predicó la clemencia, la caridad o la tolerancia, y hasta los clérigos francos nos incitaban a seguir matando y vengar la muerte del patriarca cristiano, ocurrida cien años antes.

»Parecíamos un ejército de animales salvajes excitados por la sangre. Jamás olvidaré aquel 15 de julio del año del Señor de 1099,* Brian. Cuando tomada la ciudad ascendí en procesión de triunfo junto a mi señor don Ramiro, el duque de Flandes, Godofredo de Bouillon, Raimundo de Saint-Gilles y Roberto de Normandía, a dar las gracias ante el Santo Sepulcro, creí hallarme ante las puertas de la Ierosolima Celestial. Pero únicamente rogué perdón por haberme dejado llevar por un furor tan ruin. Que Dios me perdone y que mi alma no vague por la eternidad por aquella innoble gesta.

»Hoy siento espanto, Brian, y experimento cada noche remordimientos que no me dejan conciliar el sueño. Huelo el tufo asfixiante de la sangre y oigo en mi cabeza los gritos ininteligibles de aquellas criaturas de mirada cándida, que tiritaban ante el brillo de mi acero, y los rostros de los cruzados embrutecidos ani-

---

* En la crónica lateranense de las cruzadas está probada la intervención del señor de Lasterra.

mándome a segar cabezas de infieles aterrorizados. ¡Éramos la ira de Dios! Pero no sé si el cielo nos perdonará tan monstruosa escabechina. ¿Precisaba Cristo que lo vengáramos con un exterminio tan contrapuesto a sus preceptos? Jerusalén brillaba tétricamente tinta en sangre y yo maldije a Dios por haberlo consentido. *Miserere mei, Domine.*»

Luego recordó con pavor cómo su gotoso abuelo se precipitó por el túnel de la locura y se hundió en visiones de remordimientos y atrición.

«¡Creador y Padre mío, acoge en tu seno el alma de este soldado engañado por los poderosos. Aplaca tu justa ira y retira de mis ojos esa espada de fuego. No tortures mi alma, como hicimos nosotros con aquellos pobres huérfanos. ¡Oigo crujir las sogas de los ahorcados, los gritos que suplicaban piedad, los atronadores cascos de los caballos! Fue una abominación, lo sé. Y mis sueños de servirte se volvieron contra mí. Pero protégeme en la hora última, mi Señor Jesucristo. Veo a mi vera cráneos hundidos, bocas y pechos sangrantes, niños agonizantes y mutilados, rostros contraídos y cuerpos partidos por las mazas. La sangre me chorrea por las manos. Necesito curarme del horror, Dios Clemente.»

«¿Y la fama y el honor que lograste en Jerusalén, abuelo?», le había dicho Brian.

«La única victoria que merece la pena es la de vencerse a uno mismo.»

«¿Quién conoce los misterios del alma de un hombre? El que nada se perdona a sí mismo merece que le perdonemos todo», reflexionó Brian.

Después de evocar las palabras de su abuelo, un hombre valiente y arrepentido, Brian pensó que se le ofrecía una oportunidad única en Tierra Santa para purificar su dignidad. Estaba firmemente decidido a cumplir su promesa de devolver el Corán sagrado a alguna mezquita musulmana y así acallar sus remordimientos para que gozara de la paz en la otra vida. Pero el armazón de su mundo había estallado como el cristal y debía renunciar a cuanto quería. A su compasiva madre Leonor, a su aya, a su indeciso padre, y sobre toda a su amada Joanna, una dulce muchacha, hija del rey de armas del castillo y de una bordadora de Estella, con la que había conocido los secretos del amor.

El viento de la tarde levantó pellas de polvo de las troneras de la fortaleza, y la trémula ascua del sol se ocultó por el horizonte. Nunca había exteriorizado su fragilidad ante el mundo, pero unas lágrimas de ira resbalaron por sus pómulos, entremezcladas con las cenizas del torbellino.

El sopor de la tarde se abatía sobre las almenas del Cerco.

El tiempo bostezaba, las horas se tamizaban en una trivialidad inacabable y los días de la partida de Brian se acortaban. Los prados de Artajona rielaban de verde y los espinos en flor perfumaban el aire. Joanna y Brian aprovechaban los últimos momentos para entregarse a sus pasatiempos predilectos. Aquella tarde se habían citado en la fuente del abrevadero. Haces de luz, como dardos de oro, iluminaban los campos preñados de mieses y bajo la frescura de un sauce centenario, el joven se despedía de Joanna con la que el destino había dispuesto un amor imposible por condición de su casta.

De su mano había explorado el desconocido mundo del deseo, como quien descifrara el misterioso mecanismo de la naturaleza. Joanna apareció por el camino fresca y lozana, con un brial malva de mangas caídas hasta el suelo y la cabeza coronada de flores. Brian se sintió tan desdichado al contemplarla, que creyó desfallecer. La joven lo miraba con el cariño de sus grandes ojos garzos, un trozo del cielo azul, cercados de delicadas pestañas y de unos párpados enrojecidos por el llanto. La muchacha abrió su boca sensual y se deshizo la trenza rojiza del pelo, con la que rozó la cara de su amado. El color de sus facciones pasó del rosa al encarnado, pues siempre se sonrojaba cuando se amaban.

Brian amaba a Joanna con toda la pasión de la juventud. Contempló su delicado cuerpo, sus pupilas brillando bajo los reflejos del sol y cómo se le ofrecía como un fruto en sazón. Besó sus labios, los rincones de sus comisuras y sus manos pequeñas. Joanna era dúctil, como una blanda codorniz en el regazo. El joven le acarició delicadamente el cuello y el repliegue tibio de sus senos gráciles, y a la muchacha le pareció vivir un sueño, aun a sabiendas de que aquel hombre nunca podría ser suyo. Además, al regreso de Oriente, cumpliría el deseo de sus padres y se casaría con una aristócrata de Foix, seis años menor que él, delicada y vacua, pero rica y de generosa renta. ¿Qué podría ofrecerle ella sino entrega y pasión? ¿Qué había de indecoroso en su amor que los hacía esconderse como dos gorriones asustados? ¿Qué importaba la diferencia de alcurnia si se amaban con la vehemencia del océano?

Mientras los arrullaba el gorjeo de los pájaros, la brisa jugaba con la muselina y dejaba ver sin pudor los hombros y el vientre terso de Joanna, que los dedos ávidos de Brian recorrían febrilmente. Después la joven abrió sus muslos, apretó su vientre contra el de su amante y ambos, entre sofocados gemidos, se retorcieron bajo la inmensidad del cielo. Gritaron como poseídos, se contrajeron, hasta que tras un prolongado espasmo de deleite se derrumbaron vencidos por la embriaguez del instante.

Cuando despertaron, Joanna se escapó suavemente de su abrazo y el joven guerrero le colocó en el dedo una joya cincelada en oro; y dichosos rodaron por la hierba. ¿Por qué razón del cielo o del infierno no terminaba imponiéndose la fuerza de su amor? Ella se lo agradeció con un arrumaco que lo dejó sin aliento. ¡Cuántos secretos de amor morían con aquel beso! Brian jamás olvidaría la adhesión de sus ojos y la sonrisa soñadora de Joanna, y la evocaría en la soledad de sus recuerdos.

—Tengo miedo de abandonar esta tierra.

—El que nunca tuvo miedo, no puede paladear el dulce sabor de la esperanza. Partes como un peregrino obligado y volverás como un héroe, Brian, lo sé.

—Has sido un regalo de Dios para mí, Joanna, pero ¿hará el Creador el milagro de que mis padres acepten algún día nuestro cariño? —insinuó, viendo cómo su idílico universo de afectos se derrumbaba irremisiblemente.

Tras un momento de tímida confusión, la muchacha contestó:

—Las leyes de los hombres son así. Ya me he resignado a perderte.

Brian la envolvió con dulzura y alzó la mirada al infinito azul, testigo mudo de un amor insostenible y vedado. La desdicha le embargaba el corazón y se sentía distante de los demás, a la deriva. Y aquel lugar, todavía querido, alargaba el eco de sus incertidumbres; y para su desgracia debía renunciar a los matices del amor por mucho tiempo.

Quizá para siempre.

Brian había cumplido diecinueve años y le habían destrozado la vida.

Después de la misa mayor en la iglesia de San Saturnino, la familia, los vasallos y deudos del barón asistieron al festín de despedida. Brillaban las panoplias de las armas y las láureas de flores, mirto y laurel. Bajo un dosel de brocado la comida de gala servida por el maestro trinchador duró hasta el atardecer, cuando los sirvientes comenzaron a encender los flameros. Sobraron trozos de cebón, *harisa*, una sopa espesa con carne picada, cabezas de ternera, faisanes, jabalíes, tetillas de cerdo aderezadas con salsas de jengibre y pimienta malabar, confites y empiñonadas, que los criados distribuyeron entre los mendigos y reatas de ciegos que aguardaban las sobras ante el portón del castillo.

Asistió al convite su amada Joanna, como hija del rey de armas del señor, un hosco soldado del Sobrarbe. Destacaban sus bellísimos ojos que parecían siempre pasmados por el esplendor de la vida. ¿De dónde procedía la seducción que ejercía sobre él? ¿Surgía de su encanto, o era un atributo de la juventud? Aunque recatadamente, dejaba entrever su cuerpo voluptuoso y sus ademanes demostraban fuego interior y orgullo, detalles que no pasaron inadvertidos a la madre de Brian, doña Leonor, que, aunque le parecía agraciada y hacendosa, no podía aprobar aquel amor que rompía el orden de Dios.

La muchacha poseía los gestos de una dama, con sus incitadores labios rojos, serena belleza y su leonada cabellera rojiza que resplandecía con una luz insólita. Brian la galanteaba con la mirada, ansioso de la sed de sus besos, y le lanzaba delicadas atenciones. La baronesa la miraba con indiferencia, no exenta de desprecio, y su reto era difícil de evitar. Brian sabía que los suyos no aceptaban su amor, y se preguntaba si su madre no deseaba en el fondo de su corazón que pusiera tierra de por medio para frustrar tan pasional afecto. De golpe enmudeció, pues Leonor le lanzó a Joanna una mirada de ira, que le rompió el corazón. Brian jamás comprendería aquella actitud de su madre.

El señor de Lasterra, con un halcón árabe en el guantelete, despidió entre lágrimas a su vástago, quien sentado en el sitial de honor lucía un jubón rojo y una camisa flamenca de Yprés. Su madre, llena de apego y de orgullo, lo besó, rendida en lágrimas. Al atardecer sólo se escuchaban los laúdes y vihuelas de los trovadores, los cánticos de los invitados borrachos y los perezosos rumores de los amantes en los pasillos y en las selvas silenciosas de la fortaleza.

Con la campana del rezo de vísperas cayó la noche, y Brian entendió que su viaje a Tierra Santa debía tomarlo como la primera recompensa de su vida de señor de la guerra y no como un castigo. Besó la espada de sus antepasados que su padre le había ofrendado con las palabras entorpecidas por el vino, y pensó que un corazón capaz de afrontar las malicias del mundo era un corazón imbatible.

«Querido nieto —le declaró un día su abuelo y lo recordó en aquel instante—, en este miserable mundo hay dos clases de hombres: los que arriesgan su vida y los que esperan en el escalón de su casa a que les llegue la muerte. Tú eres de los audaces, de aquellos que son capaces de vivir con el riesgo, la muerte y la generosidad en la boca. Déjate envolver en su armonía y vive lejos de aquí, pues no existe ninguna razón, ni buena ni mala, para vivir o morir.»

Luego, con los ojos cansados examinó la leyenda esculpida en la hoja que había pertenecido a la estirpe de guerreros Lasterra, y la leyó emocionado: *Cedat gladium meum solum veritati*, «que mi espada sólo se rinda ante la verdad». Las reflexiones, el recuerdo de su abuelo Saturnino, y el gélido brillo del acero aclararon las tinieblas de su mente y dulcificaron las penas de amor que sentía en sus entrañas. Era la Virgen de Agosto y lo aguardaba un mundo desconocido. Su destierro era forzado, pero a él acudía sin furia destructiva y sin sed de venganza.

—Nacemos y vivimos por accidente. Qué más da morir aquí o allá —musitó.

El miedo a lo desconocido afectaba profundamente a sus creencias y a la percepción que tenía de lo que era honesto o deshonesto. Su sino pendía del abismo y el único asidero donde podía asirse no era otro que aquella afilada espada. ¿Con quién debería competir? ¿Con qué espantosos enemigos y lugares remotos y hostiles se tropezaría? Se echó en el lecho, aferrando con su mano el pomo de la espada. Bajo las almenas sonaban las estridencias de los grillos.

—¿Crees, Alvar, que un ejército en guerra puede estar bendecido por Dios? —preguntó a su ayo

—Vivimos un tiempo regido por la impiedad del hombre y nuestros predicadores nos incitan a matar por la Cruz —contestó el sargento—. Hasta que no convirtamos el acero de nuestras espadas en arados, nada cambiará.

—Si no me atenaza el pavor es porque mi abuelo me ha prestado su alma —le confesó.

Luego, insensible al infortunio, pensó en la piel afrutada de Joanna.

Aspiró el frescor del musgo de los robles y se durmió.

La tropa atravesó una comarca salpicada de campiñas y viñedos. Valles alfombrados de anémonas pregonaban la eclosión de la naturaleza. Brian de Lasterra cabalgaba dejándose guiar por su instinto, con la certeza de su fragilidad a cuestas y pegada a la nuca su maldición. Tras él arreaban las caballerías su maestro de esgrima Alvar Andía, un escudero, un mozo de cuadra y tres caballos de combate cargados con las impedimentas: cotas de malla, lanzas y yelmos.

Avanzaban en silencio por las verdosas planicies, las pedregosas trochas y los enmarañados pastizales, camino de Cotlliure, el puerto templario desde donde partiría la expedición de cruzados del conde de Tolosa. Desdeñaba la lástima de los demás y prescindía de la autocompasión, pero su apagada mirada estaba perdida en la distancia, y contestaba a Andía con monosílabos.

Sobrepasado el Summus Portus, se juntaron con otros caballeros, un centenar de hombres de guerra, en su mayoría tolosanos, loreneses, aquitanos y bearneses, que lucían en sus pechos y escudos la cruz roja de la Cruzada de Tolosa. Se les unieron soldados de fortuna de aspecto patibulario, que eran contratados por su coraje e impiedad contra el enemigo. Los aldeanos salían a los puentes y se agavillaban para saludarlos, y las doncellas agitaban los pañuelos y elevaban cánticos a Nuestra Señora que se entremezclaban con el entrechocar de las armas, los resoplidos de los corceles y las gualdrapas de las monturas adornadas con grifos, quimeras aladas y gules de plata.

La ciudad de Cotlliure apestaba a salitre y a bosta de caballo.

A primera hora del domingo, un día después de la llegada de Brian, las esquilas y bronces repicaron a rebato y la ciudad entera, abandonando lechos y jergones, se echó a la calle. Había llegado el conde Foulques de Tolosa con su ruidoso destacamento de ballesteros, infantes y jinetes; y los niños lo admiraban con los ojos espantados, como si contemplaran a Rolando o Arturo. En su austera tienda de campaña recibió el abrazo de vasallaje de los caballeros extranjeros. El conde era un hombre corpulento, de barba y cabellera rizadas y nariz aplastada, y aseguraban de él que con sólo sus manos podía estrangular a dos sarracenos juntos.

Experimentado en la guerra de España y de Tierra Santa, acudía por segunda vez en ayuda del rey de Jerusalén, su primo. Cuando Brian inclinó la rodilla ante él, percibió que su yelmo estaba adornado con un dragón alado y que su mirada era fría como el metal y que le faltaban varios dedos de sus manos encallecidas por el uso de las armas. Desplegó su capa blanca de lana con la cruz encarnada, lo besó en las mejillas, y se interesó por él:

—¿Cómo te llamas, caballero? ¿De dónde vienes?

—Me llamo Brian de Lasterra y provengo de Navarra, *sire* —declaró en la *langue d'oc*, la habitual del sur del Loira.

—¿Sabes que vas a un lugar erizado de peligros? Pero no receles, la fuerza de la Cruz es grande. Pronto te enfrentarás a los enemigos de la fe, que no tendrán piedad de ti. Aunque los hombres que luchan conmigo no claudican, no dejes de ser clemente aunque sean tus adversarios. Ellos también luchan por una causa que creen justa —lo previno—. Únicamente la traición y la deslealtad podrían convertirte en mi enemigo. Bienvenido a mi hueste, Lasterra.

—Mi espada os pertenece, *messire*.

El conde lo estudió de arriba abajo, y le complació su apostura.

—¿Qué conoces de los reinos cristianos de ultramar, Lasterra? Es un territorio de alto riesgo, ¿lo sabías?

—Poco o nada, señor. Mi abuelo, cruzado en la primera expedición, me contó que existen cuatro feudos donde ondea la cruz de Cristo. El reino de Jerusalén, con los señoríos de Galilea, Jaffa, Sidón, Transjordania y Cesarea, y los tres grandes principados de Trípoli, Edesa y Antioquía.

—Estás en lo cierto —replicó—. Y todos acosados por los infieles de Nur ad-Din y su lugarteniente Saladino, un león de la guerra, y mal vistos por Bizancio que no nos ve como hermanos libertadores, sino como usurpadores. Lucharemos en tierra hostil y dividida.

—Pero ¿no es una empresa querida por Dios y tutelada por la Iglesia?

—La Iglesia de Roma —se sonrió el conde con mordacidad— ha fracasado en su tentativa de instaurar un Reino de Dios en los territorios de Palestina con la regencia del patriarca de Jerusalén, que no obstante ejerce como autoridad moral y recibe tributos y riquezas fabulosas. Su supervivencia depende de nuestra fuerza.

—¿Y los caballeros del Temple y los hospitalarios de San Juan, señor?

—Dos gemelos salidos del mismo vientre que se odian y se destruyen a dentelladas. Chocan violentamente como dos ejércitos en una batalla campal.

—¿No luchan juntos contra el infiel? —preguntó Brian.

—No, lo hacen por obediencia y sumisión al Papa, no al rey. ¡Mala cosa, Lasterra! No siempre sus relaciones son las más óptimas con los príncipes cristianos que, según mis noticias, viven de forma ostentosa y más parecen sultanes que nobles francos, austeros y temerosos de Dios.

—Espero que en esa tierra de milagros pueda cumplir mis promesas.

—Allí no existen los milagros. Sólo los que cada uno se fabrica. No te engañes. El día a día en Palestina será duro.

Brian besó la mano que le tendía y le expresó al conde, conmovido:

—*Nulla dies sine honos*, ningún día sin honor —dijo, y se despidió ferviente.

Salió de la tienda, no sin alivio, pero hondamente impresionado. ¿Se dirigía al Reino de Dios o del diablo? Las esperanzas del conde no eran precisamente propicias, pero sus guerreros, placenteramente borrachos, disfrutaban en los burdeles y tabernas de sus últimos días de libertad.

Las cumbres, de un oscuro azul cobalto, habían atrapado la coloración de las brasas del fuego. Brian olvidó las fatigas de las cabalgadas y admiró el brillo del sol en el coral del Mediterráneo. De inmediato sosegó su espíritu, desgarrado como si la cera de una vela lo quemara.

Ningún orfebre de la tierra podría cincelar belleza tan arrebatadora.

Los días que siguieron a la llegada del conde se precipitaron uno tras otro calmosos e indolentes. Brian y Alvar merodearon por la encomienda templaria, una máquina de multiplicar remesas de alimentos, víveres, ropajes y atalajes de guerra para las encomiendas orientales, donde se observaba una ajetreada actividad. Al no estar en estado de alerta como en Tierra Santa, los monjes guerreros cumplían las horas canónicas de los rezos como cualquier fraile de monasterio. El puerto de Cotlliure se alzaba, junto al de Marsella, como el proveedor de efectivos de los castillos templarios de Siria y Palestina. Brian percibió cómo estibaban en las bodegas vituallas, armas, animales y trigo, y vaciaban sacas de pimienta, sedas, nuez moscada, alumbre, azúcar y ébano, y comprendió la fortuna y el poder del Temple.

Cinco galeras, otras tantas cocas normandas y diez *huisier* templarias para embarcar una treintena de caballos, con nombres tan adecuados como *La Flor del Temple, La Bendita, La Paloma de Nazaret, El Águila de Sión, Santa María Magdalena, San Jorge* o *La Cruz de Jerusalén*, se preparaban para trasladar la tropa de cruzados del conde de Tolosa, servicio que les reportaría pródigos beneficios. Junto al alcázar ondeaban las oriflamas del Temple y del conde.

Brian, para quien todo era nuevo, no dejaba escapar un solo detalle. Huía de los falsos mendigos, de los posaderos avarientos y de los vendedores de filtros, bálsamos y reliquias, expertos en las mayores pillerías y capaces de engañar al mismísimo conde Foulques. Al observar el trasiego hora tras hora, advirtió que un extraño individuo de ojos saltones y mayúscula nariz de halcón, vestido con ropas lujosas, conversaba con dos comendadores templarios en el rastrillo del fortín, y luego era despedido con obsequiosos saludos. Pero cuál no sería su sorpresa cuando en el embarcadero volvió a tropezarse con él. Merodeaba entre los pasajeros que atracaban provenientes de las islas Británicas y de los mares del Norte, hacía preguntas a marineros y estibadores y espiaba a los peregrinos que se disponían a partir para Jerusalén uno por uno. ¿Quién era aquel sujeto que al parecer sólo él había notado y que se comportaba como un sabueso? ¿Por qué se movía con tanto secreto y circunspección? ¿Qué buscaba con tanto celo y ahínco?

De estatura mediana, hablaba en latín, francés y en la jerga italiana, movía sus manos gordezuelas con nerviosismo y adornaba su elegante jornea con una estola borgoñona. Sus inquietos ojos de batracio escapaban como ascuas de un rostro salpicado de venillas moradas, indicativo de su afición al vino y al néctar del aromático hidromiel. ¿Era un espía del conde Foulques, de Roma, de la orden guerrera? ¿Por qué gozaba de la benevolencia y la hospitalidad del Temple? ¿Qué indagaba con tanto denuedo, y por qué preguntaba tan secretamente a los pilotos y capitanes de los barcos? ¿Cuál sería la identidad y el propósito que animaba a aquel misterioso italiano?

Brian guardó su estampa en las retinas y regresó a la posada.

En plena vendimia, en la festividad de San Mateo, día de la partida del contingente de cruzados, el conde Foulques convocó a los combatientes con sus arreos en el arenal del embarcadero, donde serían investidos como cruzados antes de abandonar tierra cristiana. A media mañana, entre una nube de dalmáticas, cirios e incensarios, el obispo Enguerrand clamó con ardor:

—¡Caballeros de Cristo y defensores del Santo Sepulcro! Los signos de los tiempos proclaman el inminente triunfo de la Cruz, y resultaría una blasfemia negarlo. Estamos en tiempo de guerra santa contra la casta maldita, pues esos adoradores del diablo han irritado a Dios, hollando con sus pies los Santos Lugares. Si morís, recibiréis el ciento por uno, como proclama el Evangelio. ¿Qué es el hombre sino carroña y putrefacción? Sólo vuestra alma inmortal os debe importar.

Unos sacristanes convocaron a los caballeros por sus nombres y les fueron imponiendo un peto blanco con la cruz roja burdamente cosida.

—Los votos se hacen ante Dios y como soldados suyos jurad

y besad la Santa Cruz —gritó el obispo—. *Tole signum crucis in nomine Patris et Filii et Spiritu Santo.**

—¡Dios lo quiere! ¡Dios lo quiere! —gritaron los ordenados.

Un estruendo de atabales atronó la dársena, acallando los graznidos de los alcotanes. Brian contrajo su rostro con expesión de éxtasis, a pesar de la incertidumbre que planeaba sobre su destino. Sentía pánico a hacerse a la mar y casi arrojó el queso que había comido al acomodarse con Andía en la amurada, oliendo a sal húmeda, a salazones apestosos, a dátiles podridos de Sicilia, a agua salobre y a excrementos de rata. Estaba mareado y sentía unas náuseas horribles.

Al caer la tarde, las proas de la flota pusieron rumbo a Oriente. Un contingente de mil trescientos hombres de guerra, entre caballeros, sargentos, escuderos y mozos de cuadra atestaba las cubiertas y bodegas de las naos porteras del Temple, donde iban estivados más de cien caballos. El caballero observó a los embrutecidos galeotes, tres por remo, en su mayoría circasianos y esclavos libios, esclavos de la orden. Comidos por los piojos, llenos de pústulas y bubas, con muecas de horror en sus rostros, gritaban improperios ininteligibles, que acallaba el cómitre con el látigo.

La postiza, el maderamen donde estaban sentados, despedía un olor repugnante, pues cuando remaban, cumplían con sus necesidades bajo los bancales. Los miró con compasión, pues sabía que si alguno desfallecía durante la bogada, era atrozmente apaleado por sus mismos compañeros hasta morir y ser reemplazado por otro. La tarde anterior, el almirante de la flota había permitido a las meretrices más inmundas de la pontana que los visitaran, a cambio de una ración de rancho y de unas monedas de cobre. Brian volvió la cara y abandonó la cubierta ante el espectáculo de ludibrio y barbarie que se mostró ante sus ojos.

La flota se dispuso en línea de defensa por si eran atacados por los piratas tunecinos de Sirte, Berbería o Argel, los más audaces del Mediterráneo, siendo empujada por un impetuoso viento gregal.

---

* Toma el signo de la cruz en el nombre del Padre, del Hijo y del Espíritu Santo.

Las naves enarbolaban la insignia marina del Temple, una bandera blanca y negra con la calavera y dos tibias sosteniéndola, y en la cofa trapeaban las oriflamas de la casa de Tolosa y la enseña del Santo Sepulcro. Al salir al mar abierto, las olas golpeaban el casco y un estruendo atronador competía con el tronar del viento. Brian sintió un miedo pavoroso y muy pronto el recelo a ser tragado por las frías aguas del océano hizo presa en él. Recordó a la dócil Joanna y a su familia, y no pudo apartar de su mente el origen de su destino, la imagen del árbol quemado de Ardelos con las yemas calcinadas.

«Cuando vueles de tu hogar sé el rey de ti mismo», le había aconsejado su abuelo Saturnino. Y a sus solas fuerzas y a su decisión se encomendaba. Pero también debía asegurar la salvación de su alma.

Amanecía para él otro tiempo, otra medida, otro universo. Silencioso, en la cubierta, bebió a sorbos su revuelta inquietud, mientras las olas saltaban a su costado y un viento amenazador silbaba entre las jarcias. Temía a la muerte en tierras lejanas, pero se sujetaba a su destino como si fuera una tabla salvadora.

Y el azul celeste de la costa se volvió gris. Un repentino aguacero azotó las lonas de la embarcación con un estrépito ensordecedor. Ahora su futuro planeaba sobre él con la misma oscuridad que se cernía sobre el mar.

5

La Princesa Lejana

Trípoli, Oriente, año del Señor de 1170

Zahir, el lanzador de cuchillos, añoraba su hogar de Trípoli.

El barco, un *uxer* mallorquín, inició la maniobra de atraque en el puerto con el viento de babor. El hermético viajero, que se hacía pasar por músico y cantor desde que había abandonado Inglaterra, no se separaba un solo instante de un albogue y un laúd bagdadí, que guardaba en dos zurrones de cuero. Se enderezó de golpe y recibió en la cara el salino viento del mar y un efluvio a yedras y jazmines de su tierra.

El piloto sorteó los acantilados del puerto y atracó en la dársena. El pasajero avizoró a su alrededor con sus ojos rasgados de añil oscuro y se movió inquieto como un potro que bregara en el cercado por escapar. Zahir miró de reojo al capitán por si le tenía guardado algún contratiempo y cuando un marinero lanzó la escala bajó como una exhalación, despidiéndose de la tripulación con la mano.

—Ese músico sirio es un sujeto raro y desconfiado —señaló el capitán.

—Y no se ha separado de sus instrumentos ni para soltar el vientre —comentó el piloto, que lo vio desaparecer por las callejuelas del atracadero.

La ciudad, principado franco desde hacía sesenta años, estaba tomada por las huestes del conde Raimundo III, el señor de la ciudad mestiza, un *pulano*, un noble franco, aunque nacido en Palestina. Conocido por su gigantesca estatura, el príncipe tenía la piel tan morena como la de un etíope y era conocido por sus súbditos musulmanes como Raymondas ben Sanyili.* Se sentía amado tanto por los sirios como por sus súbditos cristianos, que lo tachaban de excesivamente pacífico. Astuto político, había entregado la defensa de las más formidables fortalezas de su reino a las dos órdenes rivales de monjes guerreros: el Krak de los Caballeros a los Hospitalarios, y el Chastel Blanc y Tartous o Tortosa a los templarios.

Su gobierno era apoyado sin pretextos por los caballeros del Hospital de San Juan, aunque era criticado abiertamente por el Temple, que le achacaba insuficiente agresividad contra el infiel. Por sus años como prisionero del sultán de Damasco, era un compendio de saberes orientales. Conocía el árabe a la perfección, leía el Corán, tocaba el rabel y escrutaba los astros con las azaleas islamitas. Atrevido y generoso, Raimundo armonizaba encuentros dialogantes entre doctores de ambos credos para especular sobre el álgebra, la omnipotencia de Dios, el mensaje de Cristo, los tiempos del Madhi o Elegido, o la biografía secreta de al-Bakri sobre el profeta Mahoma. Propiciaba personalmente el acercamiento entre los dos pueblos, que lo tenían por un caudillo justo, y únicamente una ambición insana por convertirse en rey de Jerusalén lo alejaba de su natural ponderación.

No obstante, para Zahir, el recién llegado de Inglaterra, Trípoli era una capital ocupada por extranjeros *frany*** a los que tenía por gentes arrogantes, despiadadas y brutales.

«Malditos bárbaros que trajo un mal viento del oeste —dijo para sí—. Algún día me vengaré de las atrocidades y de los actos innobles que habéis cometido con los míos.»

Sorteó la compleja fortificación vigilada por los caballeros

---

* De Saint-Gilles, su padre.
** Nombre con el que los musulmanes conocía a los cruzados, en su mayoría francos.

hospitalarios de capas negras, y se escurrió por las callejuelas del zoco, inusualmente frecuentadas por servidores persas que compraban corderos para la *Aid al-Kabir,* la fiesta del sacrificio del padre Abraham, templarios adustos, mercaderes coptos, mujeres con los rostros tapados que acudían a los baños, ulemas de la mezquita, almuédanos y clérigos cistercienses, los administradores del príncipe Raimundo.

Zahir pensaba que su presencia debía ser invisible, y aceleró el paso con los instrumentos en bandolera. Empujó la puerta de su casa del arrabal de los alfareros, y una *aakla,* mujer drusa vestida de azul y con las manos tatuadas que la cuidaba, lo saludó con una reverencia, marchándose silenciosamente. Con sigilo atrancó los ventanucos y escondió los efectos robados en el Temple de Londres en una trampilla oculta en un oscuro rincón, bajo el suelo de madera. Situó encima una alfombra de lana, un brasero de bronce y un arcón. Había pasado demasiado tiempo, casi año y medio cruzando mares, caminos, bosques y ríos helados, y si el destino no lo hubiera querido así, podría estar muerto. Hizo sus abluciones rituales, besó con devoción lo que quedaba del Aliento del Diablo, se vistió con una *zihara* limpia y tomó un té con menta en un vaso de arcilla de Samarra.

Se despertó al alba, comió en silencio y se marchó.

Zahir salió por la Puerta de Antioquía a lomos de una mula rezongona, tras dejar atrás las empinadas y hediondas calles de la medina y esquivar a los viandantes y a las reatas de asnos atestadas de aguaderas y cántaros. Acarició las crines de la acémila y cabalgó hacia el este, envuelto en la azulada oscuridad del amanecer. Se cuidó de que nadie lo siguiera y en el trato a su cabalgadura denotó ser un buen jinete. Se dirigió luego hacia el norte, a Dahr al-Kadib, un territorio cercano al Monte Líbano plagado de cuevas, donde vivían los Hijos de la Naturaleza, místicos de las dos religiones imperantes en aquellas tierras, los maronitas, defensores de la fe de Cristo desde la época de los apóstoles, y los drusos islamitas, cuyo credo profesaba Zahir, que tenía parientes y amigos entre ellos. Se tropezó con algunas patrullas templarias, a las que eludió, y bajo la sombra de las cumbres perpetuamente nevadas y los cedros milenarios, cruzó el valle de la Qadisha, donde se mezcló con algunos peregrinos que se dirigían a la Gran Gruta a ofrendar a Mirian la madre de Isa, el Profeta cristiano.

Hizo un alto y ascendió a pie divisando en la lejanía el cristal zarco del Mediterráneo, que brillaba como un inmenso collar de espejuelos con la erupción del sol. Desde hacía diez siglos, el patriarca de los maronitas y su indomable pueblo vivían aislados del mundo y en aquellos inaccesibles promontorios habían hallado la más inexpugnable fortaleza para defender sus vidas, su libertad y su credo. Tenían muchos adeptos en el Monte Líbano. Con la llegada de los *frany* su soberano, el cadí Yuhhanna, que gozaba de gran prestigio, había abandonado la clandestinidad, protegido por Raimundo. Los maronitas seguían la liturgia del apóstol Santiago en lengua karchauni, un extraño árabe escrito con signos siríacos.

Zahir era un guerrero druso, un *ukkal*, o sea un iniciado de la fe, pero no reverenciaba en demasía al gran maestro, el sultán Hakim Biamerlah, fundador de la secta drusa y causante con sus provocaciones a los peregrinos y clérigos cristianos de la llegada de los cruzados a Oriente, ni de su discípulo ad-Dazari, «el Zapatero», que dio nombre a la secta. Seguía empero la doctrina de los Cuatro Libros Crípticos que comentaban los sabios ulemas, y frecuentaba las *jaulat*, casas de oración y de iniciación esotérica drusa, habitualmente alejadas de las poblaciones y que se distinguían por representar al toro sagrado en sus portones y exornos.

Cada jueves, desde que era un niño, aprendía en ellas las doctrinas y los ritos iniciáticos de su fe y era considerado como un hombre devoto. Creía en Dios Uno que se reencarnaba en distintas personas, una de ellas Jesucristo y la última Hakim, que un día regresaría a dominar el Universo, presumiblemente encarnado en un mendigo, un anciano o un pobre de solemnidad, para confundir a los soberbios. Zahir admitía la transmigración de las almas y no celebraba fiesta alguna, salvo la de la Noche del Destino, en la que se inclinaba en el suelo para adorar a Dios y rogarle lo que más deseaba: la liberación de su familia, prisionera de su amo, su eminencia Héracle de Guévaudan, el amoral, vicioso y venal obispo de Cesarea, del que era esclavo.

Zahir ibn Yumblat, que aún no había sobrepasado la raya de la treintena, había nacido en el corazón del Líbano, en el Chuf, donde convivían en perfecta armonía drusos y maronitas. Lo llamaban en su pueblo *Kiliq-Arslan*, «la Espada del León», por su astucia, valor y temeridad. Pero el infortunio se había cebado en su sangre. Dos años atrás, dos de sus hermanos habían atentado estérilmente contra el prelado de Cesarea, al que los drusos llamaban al-Yazar, «el Carnicero», por las sangrientas represiones llevadas a cabo en el Líbano contra los indómitos drusos.

Habían intentado apuñalarlo mientras oficiaba la misa dominical, pero fueron apresados por cuatro diáconos armados. A cambio de no ser ahorcados por el sacrílego intento, Héracle los castigó a una flagelación pública en la plaza del mercado de Cesarea, encarceló a toda la familia, incluida la mujer de Zahir, y los confinó luego en las mazmorras de Jerusalén; a él, conocido guerrero y escurridizo espía, agente e informador de la tribu, lo tomó a su servicio como emisario de sus oscuras ambiciones, tras castigarlo con cien vergajazos en la espalda.

«Si me sirves con lealtad y discreción, perro druso, por la cruz que cuelga de mi pecho, que en tres años tú y tu familia seréis libres y quedaréis exonerados de vuestro ultraje», le había prometido el ávido eclesiástico, que había cifrado en ese tiempo el plazo para hacerse con el beneplácito de Roma, y atesorar pruebas contra todo aquel que se opusiera a su más oculta ambición, sustituir al viejo y decrépito monseñor Aumery de Nesle como patriarca de Jerusalén, la autoridad eclesiástica más influyente, rica y poderosa de Oriente.

El frío de la montaña le hizo acelerar el paso. Zahir buscaba el escondrijo de un anciano eremita, hermano de su padre, la única persona en la que confiaba en este mundo. Cuando al fin encontró la ergástula, los dos parientes se abrazaron en la semioscuridad de las sombras, y una punzada les traspasó el corazón. Pero el anciano tenía los ojos en blanco, como los de una estatua griega. Era ciego. Un sentimiento recíproco de afecto los embargó, y el viejo, un hombrecillo encorvado, de larga barba como la nieve y de rostro reseco como el barro, exclamó entre lloros:

—Que el Misericordioso te haga fuerte en la aflicción, Zahir.

—Que Él refresque tus ojos, tío —dijo, y besó sus mejillas.

—Te has convertido en el druso errante, en el infatigable esclavo atribulado por esperar, padecer y sufrir estérilmente, y todo por poseer un alma revolucionaria.

A Zahir se le ahogó la voz, y adivinó en su tío el inexorable paso del tiempo.

—Es mi destino, tío Ibrahim. Pero tú has envejecido desde nuestro último encuentro. ¿Estás enfermo? —se interesó demostrándole su afecto.

—No, pero no es grato estar siempre huyendo —contestó—. ¿Y Héracle? ¿Te sigue utilizando como una marioneta y como cómplice de sus excesos?

—Para mi desgracia, tío. Es la única garantía de salvación de los míos. He estado muy lejos de aquí, pero no puedo revelarte la naturaleza de la misión y los bastardos intereses que lo mueven, pues correrían peligro sus vidas. ¿Has podido visitarlos últimamente?

Ibrahim el ciego se pronunció con palabras de consuelo, apaciguándolo.

—Sí, estuve con mi hijo en Jerusalén no ha mucho. Y tras dejar caer algunas monedas de oro en manos oportunas, visitamos a tu padre, a tus dos hermanos y a tu mujer. No puede decirse que estén bien, pues la desesperación y la mala alimentación los abruman, pero resisten con esperanza dentro de las penurias, y lo que es más importante, los respetan.

—¡Que Allah le seque a ese Héracle el agua del Deyenet!* —exclamó con exasperación y escupió en el suelo maldiciendo al obispo—. Con gran peligro de mi vida he tenido que satisfacer otro oscuro deseo de esa alimaña de dientes afilados. Un asunto

---

* Paraíso de los musulmanes, bañado por cuatro ríos.

que bien puede conmocionar Oriente. No sé qué es lo que pretende en realidad, pero es algo gordo, tío. Jamás pude concebir que existiera mente tan perversa como la de ese maldito hombre que se dice ministro de Dios.

—No te alteres, Zahir. La carga que te ha enviado el Misericordioso está a punto de concluir, y te convertirás en el salvador de tu sangre. Si sirves con eficacia a ese obispo del infierno, pronto conseguirás la recompensa que tanto deseamos. Tu luna está en cuarto creciente y pronto se convertirá en luna llena.

—¿Y crees, tío, que ese escorpión de dos cabezas cumplirá lo que juró?

—¡Cómo dudarlo! Por muy impío que sea, ese obispo está obligado por votos sagrados, como nosotros los ulemas drusos. ¡Peligraría su salvación!

Como si hubiera agraviado su honradez, Zahir replicó:

—A ese clérigo no le importa la inmortalidad, sólo lo anima la sed de poder y de riquezas. Y yo quiero ayudarle a no olvidar su compromiso.

—No creo que sea el innoble ser humano que sugieres. Confía en él.

—Es peor aún, pero en la última empresa en la que me he embarcado, el destino ha puesto en mis manos una carta que lo compromete muy seriamente en la preparación de un asesinato grandioso, nada más y nada menos que en el regicidio del emperador de Bizancio, un crimen atroz que planeó su mente diabólica.

—¿Qué dices? —se extrañó—. No quiero poner en duda tu entusiasmo pero te recuerdo que no debes enojarlo, podría resultar fatal para tu familia encarcelada. Además ese papel inculpador contra el obispo de Cesarea no lo debes emplear tú, sino una tercera persona, pues de hacerlo estás condenado al fracaso. ¿Qué crédito posee un infiel y un ladrón como tú? Te mataría y luego a tu familia la haría desaparecer. Sé prudente y esgrímela cuando estés seguro del que el chantaje sea efectivo.

—Lo tendré en cuenta, tío, pero la partida ha cambiado y los dados de la fortuna me empiezan a favorecer. Con esa prueba escrita de su puño y letra lo lograré, aunque aguardaré. Escucha —le comentó con gravedad—. Los templarios que todo lo ven, lo oyen y lo controlan, se hicieron con esa carta, la orden de pago del atentado, y la guardaron a buen recaudo en una encomienda muy lejana, para usarla, me imagino, en el momento oportuno.

—Y ahora, por la voluntad del Altísimo, está en tu poder.

—Así es. El obispo nos ha impuesto a mí y a mi familia un infierno anticipado y yo estoy dispuesto a volcar el veneno de este letal escrito en su corazón. Algún día le hundiré mi cuchillo en el corazón. Así que he venido para que tú, en la seguridad de estas cuevas, la guardes junto a algunas de mis pertenencias y de unos pagarés templarios por valor de diez mil marcos, por si hubiera que comprar voluntades. Pronto regresaré por ellos, y debes saber que puedes morir si alguien sabe que guardas esa prueba.

Ibrahim enmudeció y dirigió una mirada seca a su sobrino. Tomó en su mano el escrito, que se caracterizaba por la delicadeza de los trazos.

—Léemelo, Zahir. Quiero saber en qué grado lo inculpa.

Con gran circunspección, casi con miedo, se adentró en la escritura como si estuviera trazada por las fuerzas del mal. Pero era cierto cuanto le había revelado.

—«Rectio* Yehuda ben Sholomo prestamista. Páguese de mis fondos personales al portador de esta carta, Shafar, llamado el Turco, la cantidad de cuarenta dirham de oro y el mismo monto cuando realice su cometido. Firmado y sellado: Héracle de Guévaudan, *episcopus cesarensis, civitas Ierisolimitanis, dixit.*»

—¿Y eso qué demuestra, Zahir?

—A ti nada, tío Ibrahim, pero a un senescal cristiano, todo —lo ilustró—. Ese asesino, Shafar, fue detenido en Jerusalén antes de la llegada del fallecido emperador Balduino de Bizancio, acusado de intento de asesinato. Fue sometido a tormento, pero casualmente al verdugo se le fue la mano con el hierro justo cuando iba a confesar a su inductor. Muchos señalaron a Héracle con dedo acusador, pues

---

* «Dirigido a».

el anterior emperador se negaba a reconocerlo como sustituto al cargo de Patriarca. Pero ¿cómo demostrarlo? Él negó la imputación con apasionamiento, pero los templarios, que tienen ojos en todas partes, sí podían hacerlo y guardaban la prueba, que ahora está en mis manos, gracias al Todopoderoso. ¿Cómo explicará ese pago?

—No sé si estás en tu sano juicio, Zahir, y si el Misericordioso rige tus actos —indicó el anciano—. No obstante, nadie puede negarte que no sólo eres «la Espada del León», sino el león de tu pueblo. Que el Muy Sabio aliente tus actos. Siempre has obrado con exceso de caridad, y Él te lo premiará. Mis labios quedarán sellados.

—Defenderé a mi patria de estos despiadados invasores aunque me vaya la vida. Y si he de jugar sucio lo haré con sus mismas armas de la codicia y la perversión. Cuando consiga la libertad de los míos me esconderé en un lugar tan perdido que ni Satanás ni los *ifris* del infierno me hallarán.

Ibrahim percibió que se comportaba como un felino salvaje y contrariado.

—Bueno ya es hora que cumpla con el deber de la hospitalidad y te ofrezca pan, higos, un cuenco de *kubbe** y agua de mi manantial. Veo que estás fatigado. Tranquilicémonos y que se haga la voluntad de Allah —lo alentó el anciano, que avanzó tanteando con su cayado, mientras se preguntaba si Zahir sería favorecido por la fortuna y si podría llevar a cabo la espectacular venganza que urdía su cerebro.

Dentro de la cueva olía a hierbas aromáticas y a sándalo volatilizado y una olla colgada de una cadena bullía en el interior. Se sentaron sobre una piedra. Su tío, a pesar de la ceguera, cuidaba de un huerto párvulo, dividido en bancales cuadriculados. Murmuraba el chorro que brotaba a escasos pasos, y las adelfas mostraban toda la belleza de su esplendor, mientras una sinfonía de trinos armónicos acompañaba la charla. Aquel microcosmos de siseos rumorosos irradiaba paz, la paz del alma que goteaba del venero y que Zahir precisaba.

---

* Plato de carne de carnero machacada y trigo mondado macerados con especias.

—*Allahuu aalam*, Zahir, «sólo Dios lo sabe todo, Zahir» —aseguró el anciano.

A lo lejos, las cumbres nevadas del Monte Líbano irradiaban un esplendor diáfano y refulgían como el cristal.

Los cuernos de guerra sonaron al anclar la flota cristiana en el pantalán de Trípoli, la próspera Tarabulus musulmana. Las oriflamas ondearon en las almenas de la fortaleza cuando Foulques de Tolosa, de rodillas en la quilla, entonó el tedeum, que los guerreros llegados de Occidente entonaron alborozados. ¡Al fin estaban en Tierra Santa! El cielo enrojecía con sus llamaradas, piafaban los caballos y una barahúnda de gritos y repiques de timbales recorrían el embarcadero, atestado de frailes armenios tocados con turbantes negros, marinos y guerreros. Para acoger a su primo, compareció el conde Raimundo montado en un caballo engualdrapado y con la espada colgada de un cinto con virolas de oro.

Se guarnecía bajo un parasol anaranjado e iba envuelto en una clámide carmesí. Parecía un *basileus* oriental acompañado de su nutrida corte de pulanos, armenios, sirios y *frany*. Una escolta de templarios y hospitalarios, y el obispo de Trípoli, que enarbolaba una cruz de plata, se adelantaron a recibirlos. Raimundo y el conde de Tolosa se fundieron en un largo abrazo, momento en el que el prelado alzó el hisopo y bendijo a los expedicionarios que acababan de pisar Palestina.

—¡Sois el maná que acude a alimentar nuestras decaídas fuerzas, la sangre nueva que precisa el vacío cáliz de Cristo! —exclamó ampulosamente—. Arribáis de Troyes, de Tolosa, del Albigeois, de Champaña, de Navarra, del Rosellón, de Auvernia, de Perigord y de Cataluña. Desde hace años el Anticristo devasta Tierra Santa como la langosta. Únicamente vuestras espadas podrán detenerlo.

—¡Amén! *Laus Deo!* —replicaron a una los soldados.

Aunque cansados, malolientes, sucios y demacrados, desde que hicieron escala en Chipre, ardían en deseos de enfrentarse a Saladino, o al Maligno en persona en la guerra más santa que un caballero cristiano pudiera participar. ¿Existía empresa más provechosa para asegurarse el Paraíso? ¿No contaban con la bendición de la Iglesia para matar hombres? En la soflama, el obispo de Trípoli despotricó del islam y peroró sobre la magnanimidad de Dios, las sacrílegas conductas de los sarracenos y la inminente llegada del Reino del Cordero.

—¡La Santa Cruz tiene que recuperar su dignidad! ¡Que Dios os de fuerzas!

Brian, de pie junto a su sargento, el pelirrojo Alvar, sentía en su vientre los mordiscos del hambre y no quería recordar el tormento de la navegación, el fétido olor a humanidad y vomitera, la sed, la infección que había sufrido en sus partes pudendas que casi lo mata, los alimentos podridos y el suplicio de las ratas arrebatándole la ración de galleta y tocino. El calor le traspasaba la cota de malla, sudaba copiosamente y sentía las dolorosas quemaduras que le había producido la exposición al sol en la cubierta de la nao templaria.

Los ojos le escocían y las llagas de las manos lo atormentaban, mientras escuchaba enfebrecido los salmos de los chantres. Trípoli le pareció a Brian una ciudad hermosa sobre la verde colina de Uahlia y devoró con su mirada virgen cuanto veía de nuevo: el gentío en las almenas, las palmeras, los sicomoros y los naranjos que parecían echar fuego, el avance lento de las nubes, el color terroso de las casas de Trípoli, la maciza Torre de los Leones y el brillo del sol en los arneses.

¿Debía sentirse dichoso o apenado? ¿No le habían ofrecido la remisión de su pecado con aquella acción de honor? Aspiró el aire de su primer ocaso oriental, cuando la tierra caliente se reducía a un tapiz color violeta que se contraía en la línea del horizonte. Las siluetas de los cipreses, que se asemejaban a lanzas negras, no se movían. Y aunque oscurecía, aún hacía un calor agobiante y la túnica y la malla se le pegaban a los poros de la piel

Aquel lugar de fragancias y tibiezas le parecía el paraíso.

Allí reconstruiría su vida.

Brian se recuperó en unos días. El aire perfumado a cedro de las colinas, el aroma de los fértiles valles, las arboledas bañadas por un sol intensísimo, el índigo infinito del mar, los estanques, los jardines y los vergeles deliciosos como edenes, le habían provocado entusiasmo y ansiaba enfrentarse a la horda sarracena.

La noche del séptimo día se presentó estrellada y plena de languidez.

El conde Raimundo III de Saint-Gilles y Tolosa, señor de Trípoli, de Monte Líbano y del valle del Orontes, recibió en la ciudadela a los treinta nobles y caballeros del contingente cruzado, mientras la tropa pernoctaba en los cobertizos del fortín. La urbe franca de ultramar crepitaba a los pies del recinto amurallado, mientras aires balsámicos ascendían de los huertos. Los caballeros penetraron en la sala precedidos por el bizarro Foulques, quien tomó asiento junto al gigantesco Raimundo y a la esposa del príncipe, la altiva Schiva de Bures.

Brian se había recogido la cabellera con una cinta de cuero y vestido con una túnica de lino, cinturón y botas rojas de cordobán, regalo de su padre, y su acostumbrada capa verde con ribetes dorados. Junto al conde se sentaban algunos personajes y damas, de las que el caballero hispano ignoraba su identidad, aunque las observaba con fascinación por su belleza y exotismo.

—Bienvenidos, amigos míos, recibid mi hospitalidad y gozad de los regalos de Oriente tras la dura travesía —los invitó el conde, pleno de generosidad.

La recepción se celebraba, por el bochorno de la noche, en un pórtico al aire libre rodeado de bancales de flores y bajo el frescor de las parras, yedras y jazmines. Una orquestina de músicos yemeníes tañía con los laúdes una música sosegante que subyugó a Brian. Los siervos, en su mayoría sirios, y ataviados como birretas emplumadas, les lavaron las manos en aguamaniles con jugos de rosas y azahar, costumbre que ignoraba más de un caballero.

El navarro, mientras degustaba en silencio guisos sazonados con cilantro y vino de Qyos, sábalas de Chipre, huevas de esturión del país de los varegos, y frutas confitadas que jamás había paladeado, observaba con intriga a los comensales, hasta que de repente posó su mirada escrutadora en una mujer cristiana, aunque vestida a la usanza oriental y con un turbante amarfilado que le caía por sus hombros redondeados. Era aún joven, luminosa y extremadamente agraciada, y su belleza sólo se podía comparar con la aurora del Pirineo. Sin embargo, su mirada y sus gestos parecían poseer la insensibilidad de una roca. Permanecía ausente del festín, contestaba con palabras parcas y de vez en cuando suspiraba con tristeza, como si sus esperanzas estuvieran oscurecidas. Su corazón debía de guardar algún secreto infamante, a pesar de la frescura de sus labios y los reflejos anacarados de sus mejillas. ¿Se hallaba recluida contra su voluntad en la fortaleza? ¿Era una rehén política? ¿Quién era aquella fascinante mujer? Un sutil tul celeste le cubría el rostro, aumentando su misterio.

—¿Quién es la dama del turbante? —le preguntó Brian al compañero de mesa.

—Melisenda de Trípoli, la Princesa Lejana —comentó enigmático.

—¿Por qué la llamas así?

—Es largo de contar, amigo y también doloroso. Pero te mencionaré que es la hermana predilecta de *messire* Raimundo, una mujer codiciada y ahora trastornada, a quien su estrella ha zarandeado sin piedad —le aseguró en un tono de sigilo que lo alarmó—. Hace unos años fue elegida como esposa por el nuevo emperador de Bizancio, Manuel Comneno, por su esplendorosa belleza y discreción. Nuestro conde dispuso una dote excepcional para verla ante el altar de Santa Sofía y una flota sin parangón para conducirla a Constantinopla, como correspondía a su rango de emperatriz de los romanos. Sin embargo, la mano negra de sus enemigos, la del padre del actual rey de Jerusalén, Balduino, el yerno del emperador, y la del fallecido maestre del Temple, Bertrand de Blanchefort, conspiraron con doblez para que Manuel repudiara el casamiento ya acordado y prefiriera como esposa, no a *dame* Melisenda, sino a María de Antioquía, otra de las aspirantes al trono imperial. Sus adversarios recelaban del incremento de poder y del prestigio de nuestro príncipe si la boda tenía al fin lugar.

—Y por lo que veo consiguieron su propósito.

—Así es. La boda se malogró —le informó sin reservas—. Mintieron sobre sus virtuosas cualidades y la difamaron sin compasión, hasta que finalmente el *basileus* Manuel, un emperador ilustrado que sabe de medicina y álgebra, pero que parece desconocer la maledicencia de los hombres, fue engañado por los difamadores y se inclinó por la avispada princesa María, a la que convirtió en su esposa. El conde Raimundo, fuera de sí y furioso, con la misma escuadra dispuesta para conducir a su hermana al tálamo de Bizancio, arrasó las costas imperiales de Chipre, para resarcirse de las pérdidas contraídas por el casorio frustrado y juró enemistad eterna hacia el emperador. Melisenda aún no ha encajado la humillación y permanece constantemente melancólica.

—De ahí el nombre de Princesa Lejana.

—Rehusada, rechazada y apenada. Los trovadores la llaman así y cantan su ultraje y su tristeza con poético afecto. Y desde entonces padece la enfermedad de la melancolía, que ni los elixires de los mejores médicos de Oriente consiguen mitigar.

—¿Y vuestro señor no pidió cuentas a Balduino y a los templarios?

Su interlocutor se azoró. Bajó la voz y apuntó reservado:

—Al inexorable destino le correspondió tomarse poco después cumplida venganza del rey Balduino, el que más influyó para cambiar el deseo del emperador. Regresaba de Bizancio de las bodas gravemente enfermo, y pidió hospitalidad bajo este mismo techo. Nuestro señor, como buen vasallo, le ofreció ayuda y su médico personal (aquel musulmán que ves allí, Barac el Sirio), que cuidó de la precaria salud del rey de Jerusalén, quien no obstante se empeñó en seguir el viaje; murió pocos días después en Beirut. Su hijo y sucesor, el actual rey, Amalric, acusó veladamente a mi señor Raimundo de envenenamiento.

—¡Por la corona de espinas! —exclamó Brian—. ¿Y ocurrió tal como dices?

—Sólo Dios y ese sabio físico lo saben —rió irónico, y volvió la cabeza.

El hispano se quedó ensimismado; y entre bocado y bocado siguió presa del magnetismo de aquella bella mujer revestida de joyas y velos, de cabellos de fuego, labios golosos, rostro perfecto y tez ambarina. ¿Sería verdad que estaba prisionera del mal de la locura? ¿No parecían sus ojos resecos por el llanto? Era evidente que aquella joven no se había resignado al rechazo y su corazón desgarrado luchaba contra las fuerzas del desconsuelo. «Pocas cosas podrán aliviarla», caviló Brian, que no le quitaba ojo, comprobando que no hablaba con nadie. Sólo escuchaba.

—Y de los templarios, ¿no se vengó nunca de ellos el conde Raimundo?

—Andan a la gresca desde entonces —descubrió— y por eso se inclina más a favorecer a los monjes negros, los Hospitalarios de San Juan. Los templarios, con su altivo orgullo, se llevan muy mal con la realeza del país.

En la sobremesa, cuando los criados servían granizados de menta y áloe, el conde Foulques de Tolosa, algo achispado, preguntó alzando la voz:

—¿Cuál es la situación real en Tierra Santa, primo? Tu llamada de auxilio retumbó en Francia como un tambor de batalla y pronto llegarán más refuerzos.

Raimundo se secó la sotabarba y entristeció su talante.

—Si no desesperada, sí preocupante, primo —le explicó—. El gran peligro para la cristiandad procedía hasta ahora del emir de Damasco y Alepo, el virtuoso y justo Nur ad-Din, «la luz de la religión». Siempre se comportó como un gran adversario, he de reconocerlo. Es un hombre irreprochable y con sentido de estado que está entregado a la guerra santa contra los enemigos del islam, pero ahora cuenta con un lugarteniente temible, el general Saladino, un estratega temerario que se ha granjeado fama de invencible y que está revolucionando estos territorios. Yo fui su prisionero y siempre me trató con honor. Convivíamos en paz en medio de un sutil equilibrio que nadie se atrevía a quebrar. Pero sucedió que se dio cuenta de la descomposición del califato fatimí de Egipto, que era shií y por tanto herético para los suníes como él. Así que puso sus ojos en el país de los faraones, para nuestra desgracia, pues se quebró el precario contrapeso de la región.

—¿Una guerra santa dentro del islam? —preguntó el tolosano.

—Por contradictorio que parezca así es. Los suníes desprecian a los shiíes, a los que consideran herejes —replicó el conde—. Sin quererlo, eso nos ha involucrado directamente en la guerra. A todo movimiento en la balanza de poderes, hay que responder con otro que controle al enemigo. Algo así como una partida de ajedrez de movimientos precisos.

—¿Y por qué consideras tan importante el dominio de Egipto? —se interesó un viejo caballero aquitano con el rostro surcado de cicatrices.

Raimundo cruzó los brazos sobre su tórax poderoso, un gesto muy propio de él, y declaró, con la voz inflamada de un visionario:

—Creedme, caballeros; en Egipto se dirime el futuro de los reinos francos de ultramar. Yo siempre lo sostuve así. El que al fin se apodere del valle del Nilo se hará con el control de Tierra Santa. Su dominio es capital en esta jugada y por ahora Nur ad-Din y su gobernador en Egipto, Saladino, se nos han adelantado, *vive Dieu!*

—Por todas las furias, ¿y cómo permitisteis que ese zorro diera ese paso?

—Escucha, primo Foulques —replicó el señor de Trípoli—, la paz en esta parte del mundo es el producto de una tupida red de precarios contrapesos. Nadie es más fuerte que nadie, y son las alianzas las que deciden. Con el pretexto de ayudar al visir egipcio Sawar, Nur ad-Din, el viejo zorro de Damasco, envió varias expediciones al mando de uno de sus generales más prestigiosos, Shirkuh «el León», un guerrero obeso, tuerto y cojitranco, quien con la ayuda de su sobrino, Salah ad-Din, el afamado Saladino, un demonio de la guerra, ocupó El Cairo, creando una tenaza letal sobre los reinos cristianos de Tierra Santa. Hemos quedado aprisionados entre dos fuegos enemigos, Siria por el norte y Egipto por el sur, el nuevo teatro donde se dirimirá nuestro éxito, o nuestra derrota. ¡Dios nos ayude!

—Así que es ése el gran conflicto que te alarma y que tanto preocupa al Papa y a los reyes de Europa —confirmó Foulques—. Y el rey de Jerusalén, ¿se ha quedado con las manos cruzadas? ¿Por qué no se dirigió a Egipto con todas sus fuerzas?

—El soberano de Jerusalén es víctima de su propia ambición —se revolvió—. Amalric contestó a la agresión ayudado por los contingentes guerreros del Hospital, pero no por los templarios, celosos de las preferencias del rey sobre los monjes negros.* En principio las cosas quedaron en tablas y cada cual regresó a sus tierras. El visir egipcio Shawar firmó un tratado con el rey de Jerusalén y aceptó un tributo anual y una guarnición franca permanente para defender las puertas de El Cairo. Pero hace poco se rompieron las hostilidades. Ese demonio de Saladino irrumpió por tercera vez en Egipto al mando de un ejército formidable y bien entrenado, y con más de ocho mil jinetes turcos, audaces como lobos. Nada pudo hacer Amalric para rechazarlo. Así que la concordia se ha roto definitivamente y todo se ha vuelto convulso. Saladino se yergue como líder único de la causa islámica y como nuestro mayor adversario, convertido en señor y amo de Egipto. Ha venido desde sus tierras kurdas para quedarse definitivamente, para aplastarnos y para echarnos de estos territorios, tarde o temprano. Ése será el final, amigos.

El desánimo cundió entre los caballeros, que se miraron consternados.

—¿Está todo perdido entonces, *sire*? ¿Hemos cruzado entonces el Mar Interior estérilmente? —preguntó un cortesano originario de Troyes.

—A decir verdad depende de nuestra cohesión interna, caballero, pues el reino de Dios se resquebraja. Si los reinos cristianos de Oriente nos mostramos divididos, y los templarios guerrean a su antojo, nuestro dominio en Palestina y sobre el Santo Sepulcro

---

* Así llamaban a los hospitalarios en Tierra Santa, por sus capas y túnicas negras.

habrá acabado en pocos años. El rey Amalric ha demandado a Alejandro III la predicación de una nueva cruzada, pero la enemistad entre Roma y ese artero emperador Manuel Comneno han dado al traste con la expedición. Los bizantinos no nos quieren aquí, y bien que lo he sufrido en mis carnes y en mi dignidad. Ése es el estado de las cosas, amigos. Nada halagüeño, ¡vive Dios!

Recibieron sus palabras como, si hubieran agraviado su orgullo.

Brian, extrañamente osado, se animó a intervenir en la plática como caballero que era, aunque quizá más para llamar la atención de Melisenda.

—Permitidme, *messire*. Sé que la fe y la liberación de los Santos Lugares nos condujeron hasta aquí. Mi abuelo luchó codo a codo con el vuestro en la conquista de Jerusalén. Pero yo me pregunto, tras un siglo de ocupación, ¿alguien desea nuestra presencia aquí? Veo que todos nos detestan —curioseó Brian animado por la afabilidad del conde, que preguntó en voz baja a su primo quién era.

Por toda respuesta y con frío escepticismo, el anfitrión le contestó:

—Yo he nacido aquí, mi interesado amigo, pero puedo asegurarte que después de mucho reflexionar, creo que ni Dios mismo desea oler más el tufo de sangre en la tierra que eligió para que ascendiera a los cielos Su hijo Jesús. El reino de la Cruz es un dominio al que la Providencia le ha puesto fecha de extinción.

—¿Y no contamos con el poderoso apoyo del Temple y de los hospitalarios? —volvió a interesarse el hispano, que concitó la atención de los invitados.

—Indudablemente, Lasterra —replicó benévolo por su interés—, pero he de revelarte con pesar que la insolidaridad y la soberbia que demuestra en las acciones militares el Temple nos hace más débiles cada día. Del Puy, actual maestre del Hospital, y Blanchefort, el de los templarios, mantienen una dura pugna porque prevalezca su orden sobre la otra. Son dos gallos de pelea que se destruyen entre sí. El primero acusa al Temple de acumular riquezas y se ríe de su título de «pobres caballeros de Cristo». Y Blanchefort ataca a los hospitalarios, a los que tilda de serviles lameculos del Papa y de domésticos del rey de Jerusalén.

—Terreno abonado para que Saladino nos arrase —indicó otro noble.

—Que la Vera Cruz nos aliente a todos y nos ayude —se resignó el conde.

—Gracias por vuestra explicación, *sire* —respondió Brian, observando que Melisenda abandonaba su gesto ausente y lo miraba con intensa atención, como si un soplo de interés le hubiera espoleado el alma.

—Lasterra, haz honor a tu abuelo y a otros caballeros hispanos que elogian las leyendas de esta tierra. Aún se recuerda en Oriente a Golfer de Torres, a los infantes Alfonso del Jordán y a tu señor don Ramiro; también a Hugo y Galcerán de Pinós, terror de los sarracenos en Antioquía, Ascalón y Damasco.

—Aunque en Hispania los moros nos acosan en la puerta de casa, puedo aseguraros que venir aquí ha sacudido mi vida, *sire*. Servir a la causa de la fe me inspira una confianza ilimitada.

—Acepta mi consejo —opinó el conde con mordacidad—. Aquí la regla para sobrevivir es protegerte incluso de los que llevan una cruz bordada en el hombro. Sólo así podrás regresar algún día sano y salvo a tus tierras.

La revelación conmocionó los pensamientos de Brian. «¿Es posible que los poderosos reinos francos de Tierra Santa, que hicieron temblar los cimientos del islam se hallen acosados y en tan decadente descomposición?», reflexionó. Y aunque esbozó una mueca de desazón, sus serenos ojos grises, llenos de vehemencia, y su pelo y su barba del color del oro viejo, bajándole desparramados por los hombros, le conferían una magnificencia que no pasaron inadvertidos para *dame* Melisenda, que le regaló la mejor de sus atenciones, inclinando levemente la cabeza, mientras sus labios temblorosos musitaban unas palabras que no entendió.

«Tiene toda la apariencia de un animal herido, como si una pena profunda, y una sospecha inexplicable la paralizaran. Es una flor pisoteada por la codicia de los hombres», pensó el navarro.

La siguió con la mirada y aunque la doncella no mostraba ninguna actitud impúdica, sintió una excitante atracción.

La ciudad se preparaba para el invierno, sumida en una calma gélida. Una bruma se dispersó desdibujando el perfil de la luna rotunda, pero las dudas afloraron en la mente de Brian. ¿Qué viejas rencillas enfrentaba al conde con el emperador de Bizancio, con los templarios y con el rey de Jerusalén? ¿Había arribado a Tierra Santa en la menos óptima de las circunstancias? ¿Era realmente Saladino el diablo del que hablaba con inquietud Raimundo? Y la misteriosa Melisenda, tan asustadiza como un pajarillo, ¿mostraba algún interés en su persona? ¿Qué sucesos la habían hecho tan vulnerable?

La noche se volvió descolorida para Lasterra.

6

Jerusalén, las tres veces santa

Otoño, año del señor de 1170

Una luz azafranada lamía las vetustas piedras de Jerusalén.

Zahir, con un zurrón colgado del hombro, se adentró por la Puerta del Agua en la ruidosa ciudad santa tomada por las tropas del rey Amalric, confundido entre un rebaño de ovejas. Sin dejar un instante de atender a las alforjas, se ató la sandalia en el portal de la sinagoga de los Libertos y siguió a una recua de jumentos que se dirigían al arrabal de Ofel, el barrio de los alfareros.

Tenía prisa, y no dejaba de avizorar a su alrededor por si alguien lo seguía. Los techos de arcilla mudaban a cada reflejo del sol de la mañana, mezclándose con los habituales efluvios de la ciudad: el olor a ciprés, a sirle de cabras, a especias, a incienso y a rosas de Canaan. La urbe santa crepitaba en una infinitud de ruidos indolentes, con el zureo de las palomas y de las tórtolas del Jordán, que llenaban el aire de arrullos.

En la lejanía resonaba el repique de las campanas de San Esteban, el griterío de los vendedores de agua y las quejas de los arrieros, tenderos y pastores. Apartó a unos andrajosos pedigüeños que le metían las escudillas en los ojos, y tras ser blanco de sus improperios se mezcló entre los comerciantes que atestaban el zoco próximo al Muro de las Lamentaciones. Le encantaba aquel lugar, que bien parecía la Babel del mundo, atestado de orzas de aceitunas de Jericó, artesas con higos secos de Samaria, dátiles del Yemen y sacas de especias de Orán y Arabia.

Conversando y regateando en árabe, se entremezclaban las voces de los soldados *frany*, de los árabes de Saba, de los nabateos, armenios, sirios, samaritanos, de los cargadores etíopes, de los peregrinos llegados de Occidente y de los legos coptos de hábitos negros, con las de los mercaderes llegados de Lalibela, El Cairo, Samarra, Chipre, Bizancio, Damasco o Jaffa. Jerusalén era el gran mercado de las reliquias, de las cruces de marfil, de los relicarios, de los exvotos de Getsemaní y del Gólgota, y también de los falseados recuerdos de los Apóstoles y de Jesús el Cristo.

Franqueó la mezquita de Omar, la Cúpula de la Roca, sobre el pelado monte Moriah, sacrosanto lugar para un musulmán, donde el padre Abraham deliberó si sacrificar a Isaac, Mahoma dejó las marcas de sus pies antes de ascender a los cielos y el sabio Salomón erigió el templo de los templos. Ensimismado, tuvo que apartarse ante el ímpetu de un destacamento templario que regresaba a su cuartel general. Envueltos en los mantos blancos y enarbolando su conocido estandarte, el *Boussant*, bandera partida en dos colores, el blanco y el negro, y la cruz paté del Temple, se asemejaban entre el ruido de los cascos y el batir de las armas, corazas y escudos, al pelotón del exterminio final de Almagedón. El viandante los maldijo para sí con una mueca furibunda: «Malditos asesinos».

Zahir sabía que el obispo, micer Héracle, se levantaba al alba. Abandonaba las sábanas calientes de alguna de sus amantes y su sedosa compañía y cantaba los laudes en la iglesia del Santo Sepulcro con los monjes. Luego oficiaba la misa junto a su superior el patriarca de Jerusalén, su eminencia Aumery de Nesle, al que aborrecía, pero a quien tenía que soportar dada su aureola de mártir y de santo. Apasionado por la equitación, solía cabalgar después por las cañadas de Hebrón y el manantial de Gihon, para desde la hora de sexta, dedicarse a su afición favorita, la conspiración y el galanteo con las *belles dames* de la corte franca. El bullicio cesó. Zahir, el lanzador de cuchillos, se detuvo y contempló la

Ciudadela de David, un lugar que detestaba, pues allí, en sus malolientes mazmorras, purgaba su familia la venganza del obispo, su amo, señor y carcelero.

«El afortunado soy yo, que al menos disfruto de libertad», masculló.

Se filtró sin ser visto por un portillo trasero, donde fray Zacarías de Tesifonte, el benedictino secretario del prelado lo aguardaba. Le pidió que lo siguiera con un gesto enérgico, observándolo con mirada de desdén. Empujó una puerta y lo invitó a aguardar a su ilustrísima, en lo que parecía la biblioteca, una estancia que olía a humedad, cera y pergamino. De reducidas dimensiones, la sala se hallaba sumida en las sombras, hasta que unas manos invisibles descorrieron la cortina, y una luz diáfana dividió la estancia en dos mitades, una de luz y otra de penumbras.

Zahir había cumplido la misión de su vida y estaba exultante.

Entre la de opacidades de la habitación descubrió una figura inmóvil. Se hallaba de pie, envuelta en una túnica blanca y una esclavina y capelo morados. Se trataba del obispo Héracle de Guévaudan, un hombre de expresión autoritaria, incipiente calva, espaldas erguidas y facciones distinguidas. Su presencia causaba más temor que respeto en la corte. Era del domino público que compartía el lecho con la reina repudiada del rey Amalric, la intrigante Inés de Courtenay, con la que incluso se hacía ver en público, con la consiguiente irritación de los cortesanos y del propio monarca. Amonestado por el patriarca Aumery, mantenía la relación en el anonimato, aunque su lascivia lo llevaba a ser un cliente asiduo de los prostíbulos para gente adinerada de la Puerta Dorada. Súbitamente, clavó su mirada penetrante en el druso y retumbó su acerada voz.

—*Laudetur Iesus Christus* —lo saludó.

—*Salam alaikum*, «la paz sea contigo», ilustrísima —respondió.

—Las noticias te han precedido, Zahir, y aunque nada ha trascendido, pues se oculta en la más secreta de las reservas, el Temple se halla revuelto con el robo y andan buscando el botín como locos. Nuestra empresa ha alcanzado el éxito.

—No sin superar innumerables peligros y jugarme la vida en parajes y geografías humanas que ignoraba que existieran. El Muy Sabio me ha asistido, señoría.

—Lo que no puede un ejército, a veces un hombre astuto lo logra solo. ¿Traes contigo los objetos? —se interesó con avidez el eclesiástico, mientras su rostro se volvía rígido y sus labios se convertían en dos líneas temblorosas.

—Aquí están, ilustrísima, acarreados desde el *finis terrae* —se envaneció.

—El pago de tu recompensa está cerca, hijo. ¿Cómo lo lograste? Existen diferentes versiones de otros tantos narradores de los hechos, pero prefiero la tuya. Hablan de normandos, de salteadores escoceses pintados de azul y hasta de súcubos y demonios escapados del infierno entre azufres que asaltaron la obra predilecta de Dios, el Temple —comentó y esbozó una sarcástica sonrisa.

Ostensiblemente ufano, Zahir, mientras desenvolvía los tesoros robados, que primero durmieron en las entrañas de un zurrón de piel de lobo, luego en las espaldas del oso de los saltimbanquis, después en el vientre de un alborgue y de un laúd, y finalmente en las oscuridades de un cuchitril de Trípoli sin despertar el menor recelo, le relató con detalle sus movimientos desde que levara anclas en Acre según su mandato, hacía ahora un año y medio, omitiendo la pérdida del talismán con el toro tallado y obviamente la esquela acusadora y la estampilla de la llave, que se hallaban en poder de su tío Ibrahim. Algún día las precisaría.

—¡El Temple en mis manos! —se anticipó a su gloria Héracle.

El eclesiástico estaba paralizado, mientras sus dedos golosos palpaban las piezas tan largamente deseadas. El clérigo aceleró su respiración y se detuvo en las rugosidades del «Poema de la Virgen del Temple».

—¡Eres un hereje, Achard d'Arrouaise! —se expresó con voz anodina y sonrisa de zorro, refiriéndose con sorna a su autor, el provincial del Temple de Palestina y luego al Comendador de Inglaterra—. Tú y el maestre Hasting sois mis presas, y sé que tembláis pensando quién las poseerá. ¡Os convertiréis en carne de hoguera cuando yo quiera!

Después de componer un ademán de deleite y lanzar una carcajada que hizo estremecer al druso, tomó en sus finas manos las preciadas Tablas del Testimonio de los constructores del Templo de Salomón. El papiro enrollado brilló con la luz que filtraba las celosías, y haciendo gala de una profusa erudición sobre matemáticas, álgebra y arquitectura, lo sorprendió manifestándole que muchos matarían por poseerlas.

—Bernardo de Claraval y los templarios han blasonado más de un siglo de ser los únicos poseedores de los secretos de Hiram de Tiro, el constructor del Templo. Y hoy, gracias a tu contribución, Zahir, un infiel irredento, zafio pecador y carente de escrúpulos, yo, Héracle de Cesarea, siervo de los siervos del Altísimo, lo acaricia entre sus manos —y esgrimió una mueca diabólica que amedrentó al druso, creyéndolo un perturbado.

El obispo, transformando su semblante en un rictus seráfico, volvió su rostro hacia el monte Gólgota, y alzando los brazos rezó con los ojos cerrados. Los labios le palpitaban trémulos y parecía haber entrado en un estado de éxtasis, como si se hubiera apartado efímeramente del mundo. Al cabo clavó sus ojos garzos en el estuche amarfilado de las reliquias y contemplándolas con asombro, manifestó:

—¡Los muros de San Juan de Letrán* estallarían si supieran que estas reliquias, insustituibles para la Iglesia, se hallan en mi poder! Pero ¿acaso mis manos no están consagradas con los santos óleos? ¿No soy tan digno como ellos? ¿No predico el reino de Dios en tierra de infieles? —y poniéndose de rodillas, las besó con tal recogimiento, que dos lágrimas resbalaron por sus pómulos apergaminados.

—*In nomine domini*, Zahir! Has transportado desde ese país de bárbaros sajones el *lignum crucis* de santa Elena, y el *Titulus Crucis*,

---

* Sede en Roma de la corte papal, que no se trasladó al Vaticano hasta Martín V, tras el Cisma.

la leyenda en hebreo, griego y latín, clavada en el madero. *Iesus Nazarenus Rex Iudeorum*. ¡Las reliquias son autoridad, riquezas, influencia y el favor del cielo!

El druso se agitaba sobrecogido, incluso asustado, con la inesperada reacción de Héracle, quien con sus gestos exagerados y su figura hierática presa de la convulsión, lo amedrentaba. Sus brazos, de proporciones desmesuradas, parecían los de un convocador de demonios, y temía su mal carácter.

—Cuando tenga a los templarios de rodillas, te redimiré y liberaré a tu sangre.

—*Messire* —se animó Zahir con interrogativa mirada—, mi corazón se alegra por haberos prestado mi ayuda tan certeramente y conforme a vuestros deseos, después de jugarme la vida en el fin del mundo. Y ya que mi comportamiento no supone ninguna amenaza para vos, os pido humildemente que no demoréis más el ejercicio de piedad que me prometisteis y dejéis en libertad a los míos. Ya han purgado su pecado con creces. ¿Accederéis a mi ruego, *messire*? El Creador os lo pagará con venturas y con un lugar en el cielo.

El obispo se divertía con el sibilino ingenio de su cautivo. Después lo miró fríamente y lo corrigió de forma brusca:

—Yo mantengo mis promesas y no consentiré en modo alguno que me apremies, Zahir. El odio y el miedo te mantendrán atado a mí como el náufrago a su madero de salvación. Puedes irte de la lengua y me juego mucho en este envite. No, dejemos todo como está. ¿Acaso no te permito que vivas?

—El odio sobrevive a la esperanza, eminencia, pero nada debéis temer de ellos, y yo os serviré eternamente —le aseguró Zahir aunque atropellado.

—No me fío de un infiel y menos de un druso. Me asistirás mientras sepas que tu infame casta se pudre bajo mis pies —le espetó al rostro enojado.

«Maldito seas por toda la eternidad, tizón de los infiernos. ¿Dónde está tu evangélica caridad?», pensó Zahir para sus adentros, apretando los puños.

—Os serviré como deseáis, señor obispo —aceptó mordiéndose la lengua.

Héracle recompuso su desabrida fisonomía, enarcó las cejas enmarañadas de cabellos plateados, y con una mordacidad hiriente le soltó:

—De modo que tu fervor por los ídolos te sirvió para apoderarte del tesoro templario. Veleidades del destino que una deidad pagana, un toro, nos condujera al premio, y ante una dificultad que no habíamos previsto. ¿No te parece, Zahir?

—Yo no adoro a los ídolos, ilustrísima. El profeta nos lo prohíbe.

Héracle, con ademán reprobador, acarició su cruz pectoral de amatistas.

—Pero perdiste parte de tu talismán en el Temple de Londres con esa figura idólatra grabada en él. ¿Sabes que puede acarrearnos graves inconvenientes? —se lamentó y observó la reacción del musulmán con ironía.

A Zahir se le heló la sangre. ¿Cómo conocía aquella hiena el detalle de la pérdida? «Qué fatalidad, lo han hallado», pensó, y se le revolvieron las entrañas.

El olor rancio de los pergaminos se le coló por la nariz como un veneno.

—Extravié parte de él en uno de los subterráneos, ilustrísima —se excusó balbuciendo—. Apenas si cabía un hombre y me perseguían. Nunca creí que lo encontraran. Pero jamás lo relacionarán con vos.

—Debiste ser más cuidadoso, Zahir, y lo has omitido en tu narración. ¿Por qué? ¿Me ocultas algo más? ¿Has robado alguna otra cosa que me ocultas? —lo asedió con la pregunta y el druso comenzó a temblar—. Tarde o temprano lo descubrirán, y aunque nadie podrá asociarme ni a ese fetiche ni a ti, no deja de ser un fastidio que debes arreglar pronto. No puede quedar ningún cabo suelto en este delicado menester. Ya sabes mi consigna: «Buscar, luchar, encontrar…, matar».

Aquel clérigo poseía la virtud de volcarle la hiel en el alma y emponzoñarle la sangre, y cuando gozaba de la certeza de tenerlo atrapado en sus manos, invertía la situación que lo volvía a colocar a su merced. Parecía poseer la fatal premonición de las fuerzas del mal y por eso lo odiaba en los pliegues más profundos de su alma.

—Nada os oculto, mi señor. Excusadme, no cometeré ningún desliz más. Soy vuestro más constante servidor. Pero mostraos clemente con mi familia.

—Si fueras cristiano te impondría una severa penitencia —señaló.

Ofuscado con el tesoro que tan arduamente había perseguido y conseguido tras el espectacular robo, producto de largos meses de indagaciones, tanteos, sobornos, confidencias sacadas en la rueda y salido de su inteligencia intrigante y sutil, Héracle alzó la barbilla y bendijo a su infiel servidor, dictándole:

—Estoy satisfecho con tu trabajo, Zahir. Y a pesar de tu infiel y despreciable insignificancia te necesito. No abandones Jerusalén. Hospédate en la posada de Jeremías de Megido y espera mis órdenes. Pronto te necesitaré. Te permito que visites las mazmorras y así te volverás más escrupuloso. Vete en paz —declaró entregándole una bolsa repleta de besantes de oro y dándole a besar el anillo.

—*Salaam*, ilustrísima —le respondió bajando la testa, en postura servil. «Aún me queda un arma contra ti que desconoces, obispo ambicioso, pero ¿qué inquina te mueve contra los templarios que adoran como tú la Cruz? ¿Qué hecho y de qué naturaleza habrá ocurrido que ha puesto al Temple en contra del poderoso obispo, voz y oídos de Roma? —pensó al descender por la escalera de caracol—. Estos *frany* no persiguen otra cosa que el poder y son capaces de crucificar por él a su Cristo otra vez. Su soberbia y ambición no conocen límites.»

Una sonrisa de gozo tremolaba en la boca del jerarca mientras el druso sentía en su garganta una pavorosa desolación.

Un guardia provisto de un farol, acompañó a Zahir al submundo.

Las brutales facciones de los guardianes de las mazmorras lo intimidaron, pero siguió adelante hasta toparse con las rejas de una celda subterránea, maloliente e insana, donde expiaban sus deudas una docena de enemigos del Patriarca, algunos clérigos herejes y varios islamitas rebeldes, entre ellos el padre, la mujer y sus dos hermanos, que encogidos en un rincón, apartaron la vista de la lucerna, gruñendo como alimañas.

El druso pudo contemplarlos con el breve destello del tragaluz y ver sus anquilosados y raquíticos miembros comidos por los piojos y las bubas, y cómo padecían demacrados por la humedad y la falta de aire, alimentación y cuidados. Los muros rezumaban agua salitrosa y ratas repugnantes se escurrían por la paja, en un miasma de podredumbre e insalubridad. Un jarro de agua, pan de centeno y un trozo de queso duro, constituían su único condumio. Una figura menuda, tapada con una indecorosa y deshilachada *zihara* azul, su mujer Assia, se acercó a los barrotes inundada por un llanto devastador.

—Sólo el generoso corazón de uno de los carceleros nos mantiene vivos, pues nos respeta y nos trae leche de cabra y almendras. Sueño con pesadillas que aterran mi alma —le refirió entre gemidos —Y tú, mi amado Zahir, ¿estás bien?

—Soy un afortunado y vuestro recuerdo me mantiene con vida —la alentó.

Sus hermanos, con las greñas y las barbas mugrientas, estaban maniatados con cadenas por atentar contra la vida del obispo. Su piel magullada y ennegrecida se les pegaba a los huesos y Zahir entrelazó sus manos, reconfortándolos con vanas promesas, que le traspasaban el corazón.

—¿Hasta cuándo permaneceremos en estos calabozos, hijo? —abrió la boca desdentada su padre—. La muerte sería una dulce liberación. ¡Mata a ese chacal!

—Padre, el obispo ejercerá pronto su clemencia y os liberará, así me lo ha prometido —lo consoló—. Rezad para que ese día llegue pronto. Tened paciencia. Allah no ha permitido para nosotros la más dura de las sentencias y vela por nuestras vidas. Démosle gracias, estamos vivos. «Pero ¿conseguirán sobrevivir al duro castigo del obispo?», se preguntó pesimista.

Los dejó llorosos en la oscura soledad del calabozo, presas de su negro destino, mientras observaba a otros encarcelados que gemían con los cuerpos dislocados por el potro, los mazos y las garruchas. «Así debió de sacarle ese obispo de Satanás la información sobre lo que contenía el tesoro de Londres a aquel loco templario inglés al que dieron por desaparecido.»

La única esperanza para verlos libres significaba seguir complaciendo los caprichos y favoreciendo las ambiciones de Héracle de Cesarea. Al salir al aire libre le entregó un puñado de monedas al carcelero, un sirio picado de viruelas y con la nariz cortada, que le sonrió malicioso.

—Gracias a tus limosnas todavía no han abusado de tu mujer.

No contestó, pero lo atravesó con su mirada dura y cortante. Era el precio que tenía que pagar por su supervivencia. Apretó los puños y rezó al cielo: «Loado sea el nombre del Clemente que nos guía por la senda recta». Un silencio sobrecogedor lo estremeció. Era el eco triste de la frontera entre la libertad y aquel infesto lugar de desdicha, dolor y agonía.

En el espíritu de Zahir no podía anidar más desamparo.

Con un estremecimiento de cólera, se precipitó hacia la salida.

Brian de Lasterra se consumía por la inquietud de la espera.

El conde de Tolosa, el príncipe Raimundo y el enviado del rey de Jerusalén acordaban la distribución de la tropa cruzada en Tierra Santa, pero no se decidían. Brian, entumecido por la rutina, cabalgaba con Alvar y otros caballeros hasta las orillas del Orontes y a las planicies de Hermel, o se ejercitaba con el estafermo en el patio de armas de la fortaleza hasta caer rendido. Cuando el sol se ocultaba por el mar, asistían con el señor del castillo a la cena, a la que concurría *dame* Melisenda, tan provocadoramente hermosa como una diosa pagana, pero callada y melancólica.

El navarro se extasiaba en la vigilancia del añil de sus ojos tintados con antimonio y de sus labios sensuales; y aunque no se atrevía a conversar con ella como otros nobles, que incluso alardeaban de haber recibido en privado sus favores, le enviaba miradas de embeleso que en el fondo lo atormentaban. ¿Debía prestar oídos al rumor de que algunos pretendientes se habían quitado la vida al verse rechazados por la inaccesible beldad de Trípoli? ¿Tendría que amarla sólo con el pensamiento? ¿Era cierto que doblegaba hasta la humillación a sus amantes en vez de amarlos?

A él no le importaba.

La princesa, siempre rodeada de admiradores, le despertaba un sentimiento de indescriptible seducción, pero no se atrevía a acercarse; y cuando ya pensaba rendirse y olvidarla, decidió hacerse notar, aunque le parecía un empeño difícil de lograr. Cuando la cadencia final de un cantor persa se perdió en la languidez de la noche, dando por cumplida la velada, Brian reclamó a un criado para entregarle en secreto un poema a Melisenda, que aquella noche brillaba deslumbrante con un brial de seda de Palmira bordado con hilos de oro. Brian poseía cierta facilidad para ajustar versos en la *langue d'oc*, según las pautas del trovador Bernart de Ventadorm, quien una noche había actuado para sus padres en el castillo de Artajona, transfigurando la vieja casa solariega en una *corte del amor*, comparable a las de Francia. Aún recordaba el rubor de su madre Leonor, ante los requiebros del poeta.

Aquella misma tarde, en un rapto de inspiración, extremó la eficacia de sus cualidades poéticas y le compuso una loa al modo árabe con la que esperaba llamar su atención: «Luna de buen agüero, princesa lejana Melisenda, son tus ojos dos arpones de rocío que se clavan en mi corazón. Tu blanca figura, vestida de pétalos de rosa, se envuelve en el manto del crepúsculo, temerosa del halcón de mis miradas».

Dos días después, cuando la duda lo exasperaba y pensaba que había importunado a la aristócrata, le llegó la respuesta de la señora de Trípoli. Una rosa roja, amuleto del amor en los ambientes poéticos de Provenza, junto a un trozo de papiro perfumado y exquisitamente caligrafiado, lo colmaron de júbilo:

> Mi hermano Raimundo —decía la nota— no consiente la menor mudanza en los usos del palacio, pero como buen tolosano rinde culto al deleite de la vida y permite que en privado se alteren las costumbres. Os espero en mi cámara tras el rezo de completas y pondremos música a vuestro atrevido, pero sublime poema. Melisenda.

Orgulloso del logro, Brian acicaló su cuerpo en los baños, se perfumó y ungió la melena con aceites perfumados. Un silencio expectante acompañó sus pasos por la galería del jardín, aunque no conseguía atenuar su respiración acelerada. Los rayos de la luna jugaban con las celosías, cuando observó que una criada de la señora lo llamaba por su nombre.

Una tenaza de inquietud inquietó su garganta cuando franqueó la puerta de la alcoba de *dame* Melisenda. Se asemejaba a una gruta natural, a un santuario pagano embellecido con dorados arabescos y edificado por los antiguos dueños sirios expulsados por los francos. Una docena de candelas la iluminaban con un fulgor que modelaba estrellas y miríadas de puntos de luz que revoloteaban por las paredes. La princesa, que vestía una sarga árabe y unas sandalias bordadas con gemas, y se adornaba con brazaletes y ajorcas, lo aguardaba indolentemente acomodada en un diván persa.

Brian exhaló un suspiro de satisfacción incontenida.

—Pasa, Brian —lo tuteó—. Desde el primer día en que te vi, deseé conocerte.

—Magnífico presagio, señora. Nunca mi persona recibió tal dignidad.

—Me dijeron que eras un joven aventurero que venías en busca de fama.

—Yo sólo soy un rústico caballero del Pirineo, y vos, una princesa de Oriente, más bella que un amanecer. He venido a cumplir una promesa, pero me apasiona esta cruzada en defensa de la fe.

—Ambos pertenecemos a noble estirpe, y eso me basta. Pero me asombra ese idealismo que tienes de esta guerra brutal. Aquí sólo interesan el botín y el poder.

Después, envanecida, parangonó su poema, y asiendo una zanfonia que adornaba una mesita hexagonal, la pulsó y cantó con sus voz nostálgica los versos compuestos por el sorprendido caballero. Pasaron dos horas juntos, y sus corazones se intercambiaron en la jerga franca las penas mutuas, prometiéndose afinidad de sentimientos y una amistad sin límites para curar sus almas sufrientes. Brian, desde aquella noche, y mientras el conde Foulques decidía su destino, frecuentó la golosa compañía de la dama, que se resistía una y otra vez a derribar sus muros de hielo.

La quinta noche de pláticas y complicidades, Melisenda lo sorprendió. Nunca había advertido en ella mirada tan felina y pasional. La mujer deshizo su trenza anudada con alfileres de aljófar, y derramó su cabellera rojiza por los cojines de terciopelo *frappé*. Sus labios y sus párpados, maquillados intensamente, brillaban como perlas, aunque su mirada parecía perdida en el vacío. Una perfumada tintura de ligustro y cilantro aromatizaba su cuerpo desde la cabellera a los pies, y Brian la aspiró enajenado. Con tierna simpleza y ojos incitadores acarició su barba, luego su cuello y su torso, y el joven, respondiendo a sus halagos, recorrió con los labios las suavidades de la mujer, suplicante de amor. Se entregaron el uno al otro codiciosamente, con los sentidos enardecidos y anhelosos de placer. Las pupilas de la princesa se hundieron en el vacío del placer y de sus poros escapó un sudor oloroso que Brian inhaló con fruición. El ardor los quemaba y Melisenda notó en sus miembros desmadejados unas punzadas de excitación como jamás había sentido.

Noche tras noche vivieron veladas de pasión; y con las miradas arrobadas se amaban en la clandestinidad de la alcoba con una sensualidad feroz, hasta que rayaba el alba. El vino Lacrima Christi que le traían de Corinto, la música y la difusa atmósfera alimentaban sus intimidades, aunque nunca se hacían promesas de amor duradero. La exótica cámara se convirtió para Brian en un lugar de sortilegios fuera del tiempo. Lo atraía el sentimiento de lo prohibido y el trato con una mujer tan extrañamente apasionada, que concebía el acto del amor como una pelea sin cuartel, como una codicia sin felicidad, o como una emoción estética, pero no como el culmen de un sentimiento compartido. ¿Albergaba en su corazón un secreto inconfesable que él desconocía y que no le permitía querer? Como dos amantes selváticos se contemplaban, se enloquecían, se desgarraban, se buscaban en la pasión, a veces se rechazaban, y siempre se entregaban como dos indómitos amantes. Brian, aunque admitía sospechas sobre la pureza de su afecto, disfrutaba de la clandestinidad de aquella relación prohibida y sentía que cada día ennoblecía su sangre, a la par que permanecía intacta su dignidad, pues lo mantenían en el más estricto secreto.

—Me has devuelto el deseo de vivir y recompuesto mi alma rota —llegó a confesarle Melisenda—. Pero has de saber que mi corazón es difícil de conquistar.

Brian, cuando abandonaba la estancia con las luces de la alborada, se sentía saciado y se extasiaba contemplando los torreones de la exótica Ciudadela, azulados como el mar. Una falta inesperada de nostalgia por Joanna, cuya presencia siempre soñada había desaparecido de su mente, hizo que el huésped pensara que la princesa la había sustituido en su corazón. Disfrutaba de una rara mezcla de amor y admiración, aunque Melisenda, pasional pero ausente, merodeaba por la frontera de ese punto sutil entre el afecto, el despecho y la frialdad. Encanto, seducción, coquetería e impudicia en el lecho, definían su extraña personalidad que al navarro lo arrebataba. Secretas jerarquías, que Brian jamás descubrió, reinaban en su cabeza y llegó hasta pensar que fingía su afecto por él.

Pero conforme avanzaban los días, la noble dama comenzó a someterlo a una vigilancia obsesiva.

—No actúa con prudencia, Alvar —se sinceró con su escudero—. Es una mujer rebelde, inestable y exaltada, pero demoledora en el tálamo. Se comporta como si cumpliera una penitencia impuesta por su alma misma y le gusta humillarme.

—Parece como si hubieras recibido la picadura letal de una cobra, mozo inexperto. Una mujer por muy princesa y hermosa que sea no merece la entrega incondicional de un hombre como tú.

—Añora el trono del Imperio, es evidente, pero posee un corazón volcánico —aseguró Brian.

—Esa mujer es para ti como una manzana madura. Pronto se secará y pudrirá.

Siguieron los encuentros clandestinos, y aunque la amaba pasionalmente comprendió que padecía algún rasgo de desequilibrio, pues lo atormentaba con sus aires irascibles y sus celos infundados. Aunque su amor había nacido al cobijo de sombras cómplices, mantenía una disputa recelosa hacia él y se interfería en su vida con una injerencia ofensiva. Incapaz de cualquier rasgo de comprensión, daba por presunta su lealtad incondicional y se enfadaba histéricamente si lo veía conversar con alguna otra mujer, como si temiera ser rechazada de nuevo. Sin embargo, para mitigar sus infundadas sospechas, por la noche se le entregaba como un torrente crecido, de una forma más propia de una furcia del puerto que de una *dame* de noble estirpe. «Su perversión erótica resulta pasmosa», se decía el caballero, perplejo con su voluptuoso comportamiento en el lecho.

Quizá por el sufrimiento padecido al ser repudiada, experimentaba cada noche ritos eróticos tan atrevidos, que Brian creía rayanos en la transgresión divina. Le mostraba dibujos egipcios e indios de extrema libidinosidad que luego imitaba con su amante, e incluso invitaba a un esclavo circasiano con los ojos vendados a que participara en los juegos del tálamo, explorando fantasías propias de meretrices de prostíbulo. A veces lo obligaba a beber elixires que descontrolaban su voluntad y lo hacían caer en momentos de un éxtasis desenfrenado. Negada para obtener el placer con prácticas habituales, lo sometía a perversiones asiáticas que al joven le sorprendían, pues se extralimitaban del mundo de la pareja que él conocía. ¿Acabaría su amor con un trágico desenlace como le profetizaba Alvar?

Brian decidió espaciar los encuentros, pues la consideraba una mujer sublime, pero resentida e inestable. Pero su embeleso por aquel dechado de belleza lo mantenía prendado. Comenzó a sufrir un tortuoso infierno de amor y desamor; y aunque seguía volcado hacia la dama franca, pensó en una traumática ruptura. Pero como si el dios Eros se confabulara contra él, Melisenda volvió a mostrarse más afectuosa que nunca y el extranjero se sintió de nuevo atraído más ardorosamente por la gravitación de la peculiar ternura de la princesa.

—El amor es una insensata ceguera preñada de temores y tormentos, Alvar. Desde que la conocí he extraviado la serenidad y me siento como un esclavo de sus pasiones.

Pero su sentimental, aunque agitado, frenesí recibió una oportuna mudanza. Foulques y Raimundo decidieron al fin que los caballeros de Navarra, Troyes y el Rosellón, dependieran directamente del monarca Amalric, con asiento en el cuartel de Jerusalén, pero como compañía nómada y de vigilancia de la costa. Brian se sintió afortunado, pues así podría despegarse de un amor deseado, pero devastador para su espíritu. No obstante, podría verla de vez en cuando y recapacitar sobre tan desemparejada pasión. Y aunque se arrepentía con amargura de su delirante enamoramiento, se extasiaba al recordarla en el lecho, desnuda, provocadora, con el gesto ausente, tan desalentada y llorosa, con los pómulos mojados por el llanto, o los labios entreabiertos de sensualidad.

La última noche, con los ojos vencidos por el vino y cogidos de la mano, Melisenda y Brian respiraron desde el ventanal el tufo aromático del vergel, al que se unían los efluvios del mercado de Trípoli y del zoco de las especias. Los invadía una imperceptible corriente de melancolía por la despedida. La mujer, distante, se agarró a su brazo, que arañó con las uñas tintadas de ocre.

—¿Me olvidarás como hacen todos, Brian? —le preguntó taciturna.

—¿Cómo dudas de mis afectos, amada mía? A mi regimiento, aunque pernoctará en Jerusalén, se le ha ordenado vigilar la calzada entre Trípoli y Ascalón. Un soldado debe obedecer a sus capitanes. No tengo otra opción.

—En esas tierras es difícil conservar la vida y puedo perderte —lo atajó.

—La razón de mi vida es el combate, pero vendré a visitarte, y si viajas a Beirut, Sidón y Jaffa, avísame con un correo y nos encontraremos en secreto. Dos enamorados, si así lo quieren, hallan el lugar y el momento justo para amarse. Será bueno para nuestro afecto sosegarlo con la distancia durante un tiempo.

Melisenda debatió con furia su inminente soledad.

—¿Sabes a qué corte vas, Brian? El rey Amalric ya no se dedica a vencer el deseo del dinero, el placer y la codicia, como manda el Evangelio, sino a exacerbarlos —le anticipó con recelo—. Jerusalén es la nueva Sodoma.

—Lo ignoraba, pero yo voy a guerrear, no a holgazanear entre damas. En mi naturaleza está marcada a fuego la disposición para arriesgar la vida.

Con ansiedad creciente, puso su mano en el pecho y prosiguió:

—Vivirás en una corte despiadada, aunque no dejo de reconocer que nuestro primo, el rey Amalric, es un guerrero valeroso que mantiene a raya a Saladino.

—Posee fama de soberano sagaz y alma compasiva con sus enemigos.

—Dios lo guarde de esos degenerados pulanos, los caballeros cristianos nacidos en estas tierras —dijo Melisenda con sarcasmo—. ¿Sabías que el Patriarca y el mismo Papa le exigieron al coronarse soberano que debía repudiar a su viciosa esposa Inés de Courtenay, si deseaba ser reconocido como soberano de Jerusalén?

Brian parecía no entenderla y se interesó, curioso.

—¿Por qué? ¿Qué pecado había cometido esa mujer?

—¿Pecado? —sonrió con sorna—. Infinitud de pecados. Había convertido el palacio en un burdel y se acostaba desde el obispo Héracle de Cesarea, hasta el lancero más vulgar que vigilaba su cámara. Le era infiel a Amalric hasta con sus servidores turcos y con los esclavos etíopes. ¡Una furcia de harén peor que Mesalina o Salomé! Cuídate de sus garras, pues pierde la cabeza por los caballeros jóvenes.

—Entonces, ¿es un rey sin desposar?

—¡No! —se rió—. Amalric necesitaba una madre para sus dos hijos, Balduino y Sibila, y se casó con una bizantina, sobrina de mi despreciador Manuel Comneno. No dejo de reconocer que es una mujer bella, pero vanidosa y banal. Guárdate de sus damas y de ella misma, pues siempre está deseosa de calentar sus sábanas con los nobles llegados de Europa. Ya están hartas de sus amantes armenios y pulanos.

Dame Melisenda, la refinada compañera de su culpabilidad, y a quien amaba con toda la pasión de su juventud, era una mujer atractiva y apasionada, pero dominada por las contradicciones y el rencor. Disfrutaba dominando a los hombres y comportándose como la voluptuosa hurí de un serrallo de Bagdad. «¿Ama a alguien? ¿Es su pasión atraer a los caballeros, el placer de la seducción y la violación de las leyes de Dios?», se preguntaba el navarro.

Al inexperto caballero le pesaba el alma y sus labios se movían trémulos cuando la despidió con un largo beso, aunque conjeturaba que había corrompido su alma para siempre. ¿Era una consumada simuladora? Un sabor al acíbar del fracaso en sus afectos le invadía la boca y sintió sutilmente como si un puñal se le clavara en el pecho. ¿De amor, de indecisión, de alivio? ¿Existía una frágil mujer tras la apariencia de témpano de hielo de Melisenda? ¿Comprendería lejos de ella la fuerza irresistible de su amor? ¿Conseguiría olvidarla? ¿Se avivaría el fuego de su pasión?

Pero a pesar de haber envenenado su corazón, Brian la amaba.

Jerusalén, la ciudad de los prodigios, tremolaba sobre un promontorio pelado, impostada entre lo ficticio, lo divino y lo real. Su solo nombre evocaba a Dios y a su principal atributo, la paz, que a pesar de ser mancillada cada día, permanecía viva en la médula de sus piedras, magnetizando a quien la contemplaba.

Los refuerzos irrumpieron por la Puerta de Damasco de la Ciudad Santa, tras dejar un camino polvoriento salpicado de olivos silvestres. Los artesanos abandonaron sus talleres y de los balcones surgían damas y doncellas que saludaban a los soldados llegados de Occidente, con los rostros ocultos por las celadas, protegidos por las armaduras y jinetes sobre garañones de guerra engalanados con petrales de cuero. Los chiquillos se agolparon en las fuentes y ventanas para tocar las capas y oriflamas de los cruzados, mientras los frailes los bendecían para que su valor no decayera en los desiertos de Palestina.

Brian contemplaba a la soldadesca y a los arqueros ingleses que vigilaban las calles, y que con aspecto de forajidos de caminos, apartaban a la chusma. Los falsos mendigos, los mendicantes de andrajosas túnicas y los jorobados les pedían una merced, ahogados por las aclamaciones. Los tiempos habían cambiado y por vez primera los cristianos eran los acosados y no los acosadores. Se palpaba cierta anarquía, y el miedo y la alarma afloraban en sus ojos. Por eso los aclamaban con tanto fervor. Los señores de los feudos no querían renunciar a sus derechos y no permitían que Amalric de Jerusalén ejerciera la autoridad suprema en el Reino de Ultramar, y esa anticristiana regla los hacía más débiles.

—¡No existe lugar más santo que éste! *Laus Deo* —decía a gritos el capellán.

La mesnada se sumergió bajo el alfombrado de los tejados rojos, el torreón de Jaffa y las techumbres blancas de las iglesias del Santo Sepulcro, San Esteban o Santiago el Mayor. Los experimentados guerreros enristraron las lanzas, embrazaron los escudos y lanzaron gritos a favor de la Cruz, de la fe y de la religión, maldiciendo al Profeta, a Saladino y a Nur ad-Din. En la ciudad del Gólgota todo era exaltación guerrera y los recién llegados, soldados expertos y disciplinados, eran recibidos como héroes.

Algunos ya se veían devastando tierras de infieles, mientras presagiaban batallas grandiosas en nombre de Cristo. Brian recordó a su abuelo Saturnino de Lasterra, que había pisado con sus botas y contemplado con sus ojos aquel santo lugar, aunque su espíritu reclamara perdón desde la tumba, y pensó en su libro herético, oculto en su zurrón, y en su promesa de entregarlo en una mezquita aljama. Pero ¿dónde, cuándo y cómo? ¿Sería capaz de restituir el honor perdido de los francos, que eran considerados como matarifes por los musulmanes? ¿Aplacaría el temor que brillaba en los ojos de los ciudadanos con sus acciones heroicas, o moriría al primer envite?

Brian contemplaba absorto cada rincón de Jerusalén, la de los mil nombres, y mientras ascendían hasta la alcazaba real, la urbe mestiza le sugería concordia, aunque dentro de sus muros se hubieran librado más de cien cruentas batallas en nombre del Señor de los Ejércitos. Evocó a su madre doña Leonor que le había hablado de pequeño de la jerosolimitana Gehena, la ciudad de la muerte, y también del Valle de Josafat, lugar de resucitados, pero él quería pensar que aquella mágica ciudad de olores embriagadores y destellos dorados era aún la ciudad de la paz.

Un viento racheado, caliente y molesto se alzó con ferocidad en la explanada, y el portón de una taberna de la Ciudadela se abrió de par en par, mientras los cruzados cantaban el tedeum de acción de gracias con sus bocas desgarradas. Al instante, un hombre de rostro cetrino, conocido como Zahir, el lanzador de cuchillos, con una mirada semejante al color de un lago de montaña y un semblante tan inexpresivo como una máscara griega, cruzó sus retinas con un caballero cristiano de mirada gris, que se hallaba frente a él, Brian de Lasterra.

Ambos se devolvieron miradas de extrañeza y repulsión.

—Endiablados *frany*, acuden como buitres a las sobras del festín —musitó Zahir, aunque ignoraba que pronto el destino, ese albur caprichoso que guía a quien lo sigue con gusto y que arrasa al que se resiste, los uniría irremisiblemente.

Muchas lunas habían transcurrido desde que saliera de sus tierras de Navarra, y Brian ya no se sentía como un errabundo arrastrando su culpa. Por vez primera percibió una poderosa fuerza cerca de él e intentó retener en su mente aquella repentina sensación. Un polvo de luz blanca que provenía de Getsemaní y de la Tumba de los Profetas, cubrió a la hueste en una nube, en un instante en el que a Brian le pareció de supraterrestre hermosura.

Aquella blancura irreal lo llenó de fervor guerrero.

7

Non nobis domine

París, fortaleza del Nuevo Temple, año del Señor de 1171

A Urso de Marsac sólo le importaban la gloria del Temple.

El caballero templario era un veterano en la milicia de Cristo y en la lucha contra el infiel en San Juan de Acre, Castell Blanch y Gaza, donde había batallado cuatro años contra las belicosas tribus de Nur ad-Din de Damasco y de su lugarteniente el *atabeg* Saladino. Desde que había ingresado en la orden, sus superiores habían depositado en él grandes esperanzas, pero cuando rayaba la treintena únicamente había alcanzado cargos de rango medio, como *camerario* tesorero de Aquitania y capitán de una nao de caudales y reservas en el Mediterráneo, que no colmaban sus esperanzas.

En una orden donde la mayoría de los hermanos eran analfabetos, maldecía ser un erudito en álgebra, griego, latín, árabe, matemáticas y un maestro en el manejo de los ábacos. Aquel conocimiento, aprendido con los monjes de Miraval, su ciudad natal, lo había apartado de su gran pasión: la carrera de las armas. ¿Acaso había manchado su limpio acero, siempre sediento de sangre infiel, con alguna falta que ignoraba y que le impedía escalar jerarquías en la Orden del Templo de Jerusalén?

El monje guerrero, en contra de sus deseos, se había convertido en uno de los oficiales más jóvenes de la flota templaria, la *Navis Templi*, que la orden utilizaba para transportar productos a Tierra Santa, peregrinos, alimentos, caballos y armas, en franca competencia con las naves de los Hospitalarios de San Juan, mejor dotadas, más marineras y numerosas. Pero su garbosa galera tenía un cometido secreto que muy pocos conocían, y sobre el que sobrevolaba un legendario mito entre las gentes de la mar, los estibadores y los contadores de leyendas de los puertos. La importancia de la nave, *El Halcón*, residía en ser considerada un banco flotante de caudales, plata y oro, capaz de gestionar en el día las más inimaginables operaciones de préstamo y cambio. Su insignia negra y blanca, una calavera con dos tibias* y un caballo montado por dos jinetes templarios, era temida e idealizada en los dos mares.

Equipado con los mejores pertrechos y remiches de la Orden militar de la cruz paté, la bodega estaba colmada de arcas con dinero de todas las procedencias para formalizar empréstitos, comerciar y depositar los ahorros de los peregrinos, de los nobles europeos, bizantinos e incluso árabes. La guardaban de cualquier ataque cinco galeras de guerra, entre ellas la expeditiva *La Bendita*, el barco de guerra más temible de la orden, equipado con culebrinas y más de cien aguerridos caballeros, que a las órdenes de Marsac, impedirían cualquier asalto indeseable. En el castillete se realizaban más contratos financieros en un año que los prestamistas lombardos y las *taulas de canvi* catalanas juntos. Y el hermano Urso de Marsac era su eficaz ejecutor, sellador y tasador de los pactos. Se aseguraba que los beneficios anuales del barco errante superaban el millón de libras torneas.

Escoltada por los cinco *huisier* de velas cuadradas donde ondeaba la cruz roja, y dotada de un castillo en la proa y un alcázar en la popa, timón de caña, tres palos con el de mesana, bogaba sin descanso, acosada por los piratas turcos, recién llegados a la fe islámica, pero fanáticos y crueles, y por los filibusteros del Mediterráneo, que soñaban con sus tesoros. Como Marsac capitaneaba *El Halcón*, hermanos y enemigos llamaban al templario «el Halcón del Temple»; y lo mismo se la avistaba en los Dardanelos que

---

* Esta insignia templaria sería adoptada siglos después por los corsarios de todos los mares.

en Sicilia o África, en el mar de Liguria que en el golfo de Génova, en las islas Pelagias que en el Egeo, en Asinara, o en Mallorca, actuando en especulaciones millonarias. En sus singladuras solían recalar en Chipre, donde se guardaba la mayor parte de los caudales del Temple, y a veces hibernaba en Tiro o en Rodas, siempre rodeado de grandes medidas de seguridad y sobre todo de misterio, como si se tratara de una inaccesible cornucopia de la abundancia.

Urso nunca había mandado tañer la campana de zafarrancho de combate, y su erguida y corpulenta figura blanca, el pelo casi rapado y la barba albinos, los pómulos salientes, la nariz alzada y la capa flameando con el viento, vigilante en la espina de la crujía y oteando el mar durante horas, era conocida por los pilotos, cómitres del Mar Interior, que la habían idealizado como guardián del tesoro más deseado del mundo. Guardaba en un baúl del que nunca se separaba las cartas de crédito, los pagarés y los legajos de contabilidad; él mismo supervisaba los *debemus ei*, los ingresos, y los *debet*, los gastos del banco flotante. Dos sargentos vigilaban día y noche el tesoro, estibado en la bodega, para los préstamos, unas trescientas mil libras de plata, así como los secretos portulanos del Temple, en los que se decía que estaban delineadas rutas secretas del Mar de los Atlantes y de tierras ignotas allende el *Finis Terrae*. Sabían que cualquier robo lo pagarían con su vida; y nadie, salvo él, tenía acceso a los arcones de documentos y cartas marineras.

«Mi alma está consagrada a la cruzada contra el infiel y a la mayor gloria de la Orden de Cristo. ¿Qué puedo temer?», se decía para resistir y vencer el miedo que le profesaba el piélago y a la inexorable ley del mar.

Hacía dos días que había recibido en Cotlliure, donde se hallaba surta la flota, un despacho urgente del nuevo maestre, Odon de Saint-Amand, en el que le instaba a que en dos semanas se presentara en la fortaleza del Nuevo Temple de París. ¿Habría cometido una falta desconocida para él y debía responder ante el capítulo general? Si le imponían la pérdida temporal del hábito, prefería antes morir ahorcado. No ignoraba que las sentencias del Consejo eran firmes y sin apelación y que en la última Pascua, a un tesorero sajón lo habían arrojado a los perros como castigo por una malversación de caudales de la orden.

Releyó varias veces el papel, y se inquietó. Pero ordenó al Halcón zarpar y levar anclas, dejando la flota bancaria al mando de su contralmirante. En dos semanas, aprovechando los vientos propicios, atracó en el puerto atlántico de Marsaclle, centro templario de las exportaciones de sus viñas de Poitou a Inglaterra y a los países nórdicos. Y como no podía armonizar el sueño con la preocupación, se puso de inmediato en camino hacia París por la calzada real, acompañado por dos sargentos y su escudero Warin, un normando narigudo, cachazudo y flemático, pero leal y valeroso.

Un nubarrón descargó violentamente un aguacero de gotas heladas. Urso se arrebujó en la capa blanca y colgó en la montura la cota de malla y el escudo con la cruz roja, la lanza, las grebas y la alforja con los indumentos personales: el cuchillo, el cazo y la piedra de meditaciones. Cabalgaba al paso rezongón de un corcel bretón en medio de una sensación de desagradable incerti dumbre. ¿Por qué era reclamado con tanta urgencia por el capítulo general? ¿Lo acusaban de alguna irregularidad en las cuentas? ¿Habían vertido sobre él alguna calumnia deshonesta? El robo del Temple de Londres, del que no se sabía nada, había agriado las relaciones de los freires entre ellos, transformando la orden en un virulento avispero de sospechas y recelos. La proverbial hermandad entre los templarios parecía haberse resquebrajado como un cántaro al golpear con un peñasco.

Tras el rezo de los oficios y un frugal desayuno, cruzaron bajo las almenas formidables del Château-Gaillard, encaramados sobre las descarnadas peñas. Antes de que clareara y el gallo anunciara el día, bordearon el Sena y el bosque de Rouvray, donde cazaba el rey Luis VII. Ante sus ojos se revelaron las esbeltas agujas de Saint-Denis, Saint-Ferry y Notre Dame; Marsac ordenó aguardar frente a la muralla cubierta de salitre, verdín y espejeante de rocío.

La amanecida matizaba de carmesí las colinas de Saint-Pol, mientras la ciudad de París despertaba envuelta en una vaporosa claridad. Al abrir la guardia mercenaria los colosales portones, el caballero se apresuró a franquear la Porte de Saint-Martin rodeado de sus hombres y de una marea humana de viandantes, carretas de heno, jinetes y de los carromatos de los carniceros, toneleros y agricultores que descendían del villorrio de Montmartre para comerciar con sus productos. Una sucia neblina flotaba por encima de los adoquines embarrados y llenos de inmundicias y bosta de caballerías. Sólo los campaniles del convento de los Celestinos sobresalían como cipreses de piedra, sobre las bajos tejados de las casas de París.

El pandemonio de gentes se perdió entre las hediondas, frías y vocingleras calles de la urbe real, que paulatinamente se iba inundando de los ruidos de los cascos de las monturas, de los embates de los herreros en los yunques y del griterío de los vendedores ambulantes, de los molineros y de los estibadores de los muelles del Sena. La partida templaria eludió un carro hundido hasta los ejes y a una caterva de mendigos, y detuvo la cabalgadura para que cruzaran sin ser salpicados unos curiales de chapines morados y unos bachilleres de la Sorbona.

Urso dejó a un lado la isla del Sena, donde se alzaba el palacio real de La Cité, dirigiéndose sin prisas al recinto del Nuevo Temple, un barrio amurallado en el corazón mismo de París, en cuyos subterráneos se atesoraba el banco de reservas de la orden y los caudales del rey de Francia y de muchos nobles del reino. Traspasó el rastrillo entre un cortejo de *clercs du Temple*, los contables reales, secretarios vestidos de azul con los emblemas de la flor de lis, que administraban el erario regio.

Rocelin de Namur, el giboso *camerarius* de la orden y antiguo maestro de Urso, abrió los cerrojos del Tesoro, donde se guardaban las cajas y cofres de seguridad, y saludó con un gesto afable a su aventajado alumno, al que hacía años que no veía, y al que besó dos veces en las mejillas, deseándole suerte ante el gran consejo. Marsac había trabajado a sus órdenes y lo tenía por un algebrista y administrador excepcional. Sus decisiones financieras y óptima gestión habían cuadruplicado las reservas del Temple. Especialmente dotado para los negocios, administraba con una legión de escribanos las donaciones, las ventas de los productos de las prósperas encomiendas y el comercio a gran escala con Oriente, donde los *miles Christi*, los soldados de Cristo, habían cimentado una posición privilegiada, haciéndolos inmensamente ricos. Eximidos de pagar diezmos, el colosal tesoro de los Pobres Caballeros de Cristo no hacía sino aumentar bajo la dirección de aquel viejo templario incansable y lúcido, que sólo rendía cuentas al gran maestre.

«¿Qué hará aquí Urso? —se preguntó el magíster—. Algo no anda bien.»

La cristiandad tenía a aquellos monjes guerreros como hombres célibes de vida ejemplar, sometidos al voto de pobreza y, aunque acaudalados y poderosos, no se les conocían lujos en su vida diaria. Los parisienses los veían jugar a las tabas y a la rayuela en el patio de armas, como único e inocente entretenimiento, y los respetaban, pues eran hombres de Dios y de guerra, disciplinados y carentes de soberbia. Los freires de la hermandad guerrera no poseían nada propio, salvo el ajuar personal y las impedimentas de combate, la cota de malla, el escudo o el yelmo, y soportaban de buen grado las durísimas disciplinas y los rigores de la regla que Bernardo de Claraval les había impuesto como brazo armado de la cruz frente al islam. Y Urso se sentía feliz y seguro dentro del protector cosmos de seguridad, orden y disciplina que era la Orden del Temple.

En la neblinosa mañana, como en cualquier encomienda, resonó el esquilón convocando al rezo de prima. La *Beau Seant*, la bandera depositaria de su honor en el combate, fue izada en el torreón mayor. Clareaba el alba y con el manto sobre los hombros los monjes guerreros se dirigieron a la capilla a rezar los preceptivos cuarenta paternóster por los hermanos vivos y por los muertos, y luego a oír la misa que oficiaba el capellán mayor. El vasto patio del Temple se llenó de la actividad silenciosa de los monjes, sargentos, siervos y domésticos. Marsac, mientras descabalgaba, contempló la prominente aguja de la iglesia, que se clavaba en el cielo morado como una saeta gigantesca, y sin quererlo sintió una ráfaga de alarma.

Aquella amanecida se respiraba un aire inquietante en la encomienda.

Tras los oficios, los miembros del *Consilium Templi* irrumpieron en la sala capitular, en la que en letras de oro podía leerse el lema de los Caballeros del Templo de Salomón: *Non nobis, Domine, sed nomini tuo da gloriam.** Una luz plomiza penetraba por los estrechos vitrales convirtiendo la atmósfera en un frío escenario de recelos y silencios. El nuevo gran maestre, fray Odon, un hombre de baja estatura, recio y de anchos hombros, que gobernaba con aplomo, mano de hierro y poderes absolutos sobre quince mil caballeros de Oriente y Occidente, pronunció el salmo de inicio y los hermanos inclinaron la cabeza contritos.

—«Nuestro escudo está en las manos del Señor —rezó—. Nuestro manto blanco y la cruz con los colores rojos de Galaz son la armadura de la cristiandad. Cíñete, caballero templario, la espada con gloria y con honor; anda y cabalga por la causa de la verdad, la piedad y el derecho de los hombres. Tu Trono, oh Rex Mundi, permanecerá firme para siempre con el esfuerzo de tus pobres caballeros. Cetro de rectitud es el de tu reinado, Salvador Nuestro.».

—¡Amén! —retumbaron los vozarrones en las dovelas del salón.

Después, desde la cátedra y con todos en pie, Odon declamó con el *abacus*, el bastón de mando, en la mano, un exigente sermón ante el capítulo, aludiendo al único punto que debían tratar: la espectacular e insólita violación de las cámaras del New Temple de Londres, que pasados los meses seguía envuelta en un velo de misterios. Con severidad amonestó al provincial inglés, *messire* Fitz Stephen, al que censuró por su desidia y falta de prevención. Sus cicatrices y las costras blancuzcas, vestigios de su valentía contra el

---

* «Nada para nosotros, Señor, sino para dar gloria a tu nombre», salmo 115, 1.

infiel, se contrajeron de ira mal contenida. Para los monjes soldados, el maestre era una persona sagrada, y su palabra, la ley suprema. Cuando intervenía en batalla era protegido por diez guerreros que darían su vida por salvar la suya. Pero a pesar del carácter jerárquico de la orden, no existía diferencia entre los indumentos, privilegios o trato preferente entre los rangos templarios.

—¡Que entre el hermano Urso de Marsac! —ordenó tajante.

El tintineo de las espuelas del recién llegado resonó en el enlosado.

El caballero estaba sorprendido al verse invitado a tan magna reunión. Observó que los rostros de sus superiores estaban trastornados y se inquietó aún más. Aquella atmósfera era turbadora y sus miradas erraban huidizas de un lado a otro. Olía a humanidad y sólo un pebetero exhalaba un dulce tufo a sándalo. Junto a la enseña, el convocado apercibió la calavera de un Bafomet de mirada terrible, con el que los templarios, al igual que otros monjes, clérigos y místicos cristianos, solían meditar sobre la muerte, lo efímero de la vida y la perfidia del Maligno. Como tenía las manos ateridas las frotó, más que para entrar en calor, para mitigar su impaciencia.

Urso presentaba el bizarro aspecto de un veterano de guerra. Era un hombre fibroso, esbelto y con el corto pelo y la barba tan intensamente rubios, que parecían albinos. Sus acuosos ojos azules, que brillaban con una inexplicable luminosidad, se asociaban al mirarlos a una aguda inteligencia. Sus virtudes más preciadas eran su fe ciega, casi irracional, en sus superiores, su incansable dedicación a las tareas que se le encomendaban y una idolatría desproporcionada a la orden, en la que había ingresado como oblato siendo muy joven, hijo segundón de un noble venido a menos, pero de rancia estirpe, en la fortaleza templaria de su pueblo natal de Miraval, llevado, según él, por el amor a Dios y el ansia por redimir sus pecados.

El silencio era angustioso, estremecedor. Y nadie osaba quebrarlo.

Pero el maestre, antes de hablarle, le ofreció un semblante conciliador.

—*Pax tecum, douce frère** —lo saludó paternalmente.

—*De par Dieu, Beau Sire* —dijo con la fórmula de sumisión de la orden.

—Te hemos convocado, hermano, al capítulo en relación con el robo de Londres. Pasamos un trance doloroso y el diablo está al acecho para engañarnos y perdernos —se lamentó el prior con reserva.

—Somos víctimas de una conspiración, y la desaparición de esos documentos es la prueba manifiesta —manifestó el provincial de Jerusalén.

El gran maestre asintió y en actitud escéptica se dirigió al caballero.

—Me imagino, hermano, que, aunque navegas desde hace más de un año, estás en antecedentes sobre el robo de las cámaras de Londres.

—Sí —dijo lacónico—. Un escándalo sin precedentes, una afrenta a Dios mismo.

—Y lo peor es que se ha extendido como un mal viento por ciertos círculos de la cristiandad, que aunque callan, conocen nuestra desgracia y se alegran. ¡Esta situación no puede seguir así! Pasan los meses y nada trasciende, ¡por Jesús!

—¿Acaso están extorsionando a la orden, *beau sire*? —se expresó Urso, alarmado.

—Nadie hasta ahora ha revelado sus exigencias —repuso el maestre—. Aún no es del dominio público y nadie parece saber nada oficialmente; es el secreto mejor guardado del orbe cristiano. Sin embargo —replicó el maestre y le detalló cuanto se sabía del sacrílego saqueo—, conocemos el modo de operar del anónimo ladrón o ladrones, sus consecuencias y el botín saqueado.

Urso no supo qué responder y seguía ignorando qué tenía que ver el funesto caso con su cometido en la flota templaria y con el banco ambulante del mar. Seguía inmóvil, de pie y como

---

* «La paz sea contigo» (latín), «dilecto hermano» (palabras en francés muy empleadas en el Temple). Más adelante, en la réplica: «Dios os guarde, excelente señor».

inmerso en una indescifrable meditación ¿Por qué le hacían aquellas confidencias? No le quedaba sino escuchar y luego obedecer.

Con las espesas cejas fruncidas y sus severos ojos perdidos en la lejanía, el maestre lo observó intensamente mientras acariciaba un costurón blanquecino que le ascendía desde el cuello hasta la poblada barba grisácea, recuerdo de una cuchillada en la victoriosa batalla de Boquée.* La capa blanca sobre el hombro derecho caía indolentemente sobre el sitial de madera taraceada, y según sus reflexiones, Urso no presagiaba nada bueno. Pero aguardó.

—Nos han golpeado de una manera artera, hermano Marsac —señaló el maestre—. Sin embargo, este capítulo desea, por raro que te parezca, que el asunto siga envuelto en ese velo de oscurantismo, aunque nos subleve a todos nosotros. Hemos decidido averiguar el enigma del robo por nuestra cuenta, secreta y reservadamente. Opondremos un zorro a esa serpiente que aún no ha dado la cara, pues ni nos ha chantajeado, ni ha puesto en almoneda al mejor postor el tesoro robado. ¡Y es esa inacción la que nos quita el sueño y nos enfurece!

Urso de Marsac estaba pálido, inquieto.

—¿Y qué desea vuestra paternidad de mí? —preguntó comedido.

Sin la menor apariencia de desazón, le confió:

—Atiende, hermano. Hemos concebido un proyecto de indagación en el que tú serás protagonista. Ni la impenetrable red de nuestros agentes, ni los nautas que merodean por los puertos del Mediterráneo o el Atlántico, ni los comendadores o simples hermanos de la orden, tanto de Oriente como de Occidente, poseen el menor rastro de los objetos robados, lo que nos hace pensar que anónimos enemigos intentan utilizarlos contra nosotros en el momento preciso para desprestigiarnos o destruirnos, ya que han sustraído documentos comprometidos y de alto valor para la super-

---

* Año 1163, batalla de Boquée, o de al-Bucaia, en la que el rey de Jerusalén derrotó al sultán Nur ad-Din.

vivencia del Temple. Y por lo tanto, alguien desconocido en las jerarquías de nuestra orden y utilizando sus mismos métodos, debe seguir como Ariadna en el laberinto del Minotauro, el único hilo que dejaron suelto, no sabemos si intencionadamente, o por una cabriola del azar.

—¿Me convertís en el zorro que debe acosar a la presa, *beau sire*?

La voz del prior se elevó tonante por encima de los murmullos.

—En efecto, hermano Marsac —declaró severo—. Tu reputación de hombre sagaz te precede. Eres poco inclinado a la controversia, hermético, digno de confianza de tus superiores, discreto, hablas el hebreo y el árabe y eres esforzado en el combate. Este Consejo así lo cree y el buen nombre de la orden te lo demanda.

Urso, orgulloso de la elección, pero desconcertado porque cargaran sobre sus espaldas tamaña empresa, paseó sus curiosas pupilas por los mandatarios que lo asistían, el provincial de Francia *messire* Eustaquius Canis, el senescal de la orden, el comendador de Jerusalén y magíster de finanzas del Temple, el visitador general, el preceptor de Normandía, el comandante de Aquitania, el turcoplier —jefe de las tropas auxiliares—, un gigante tuerto por una saeta infiel perdida en la fortaleza de Acre, el provincial del Temple de Londres y el prior de Antioquía, que tenía un brazo en cabestrillo, señal de su último duelo con los sarracenos.

—¿Y qué pista han dejado en el lugar del robo? Podría resultar determinante.

El maestre, como recobrándose de una pesadilla, entresacó del cinturón una bolsita de piel de cabritillo y se pronunció con palabras de consuelo.

—¡Este endiablado fetiche partido por la mitad! —refirió mostrándoselo—. Una piedra en la que parece grabado medio toro alado de los que veneran los fanáticos de Zorobabel y los adoradores de Mitra. Pero ¿acaso no es un galimatías impenetrable? Cuántos paganos llevan en Oriente este distintivo. ¿En qué manos impías se hallarán las reliquias de Nuestro Señor Jesucristo, el INRI y el trozo del madero, el Árbol de la Vida, Bizancio? ¿Y las obras, *el Axis Mundi*,* garantes de un préstamo del emperador de Bizancio? ¿o las obras escritas por nuestros hermanos y que muchas autoridades eclesiásticas consideran heréticas, cuando son meros símbolos y un deseo de acercarnos a hombres de otro credo? También nos preocupa la copia de las herméticas Tablas del Testimonio. El saber de los antiguos maestros de obras de templos que nos hacía ir por delante del tiempo de las construcciones, intimar con el Número Sagrado y loar a Dios con santuarios que glorifiquen su Nombre, está ahora en no sabemos qué manos indignas, *par ma foi!***

—La ciencia y la santidad arrojadas a los cerdos —sentenció el viejo Sthefen.

—*Mort de Dieu!**** —gritó el maestre con la usual blasfemia templaria—. Ha sido un rudo golpe que tendrá sus consecuencias en Tierra Santa si no lo recuperamos. No es el robo de un vulgar ladrón, sino algo más peligroso, dispuesto por una mente maligna. Una trama retorcida y siniestra, hermano.

Tras unos instantes de mutismo y de incredulidad, argumentó Urso:

—No me cabe duda, *sire*, de que el golpe no ha sido asestado de una forma improvisada, sino que responde a un plan premeditado. Pero ¿de quién?

—Lo ignoramos, pero es precisamente esa clandestinidad y esa precisión en la operación lo que nos ha sublevado. ¿Cómo conocían la forma de penetrar en la cripta? Resulta inexplicable, Marsac. Era una entrada en desuso, impracticable

Urso no sabía qué responder y consideraba que le colgaban a sus espaldas una misión infame, peligrosa y difícil de coronar con el éxito.

—Llevo muchos años en el mar y en Tierra Santa y veo tras todo esto a nuestros adversarios más deletéreos: los hospitalarios

---

* La Cruz: el eje del mundo.
** «Por mi fe.»
*** «Por la muerte del Señor». (Exclamaciones ambas muy del uso de los templarios).

de San Juan. Son listos y taimados. Nos odian y envidian, y nos tachan ante el Papa de Roma de avaros y licenciosos. ¿No habrán sido ellos los ejecutores, *sire*?

El turcoplier irrumpió con cortesía, pero firme y rojo de ira.

—¡Esos freires no hacen sino agraviar nuestra dignidad! Marsac está en lo cierto. Yo los señalaría con el dedo acusador, *sire* Odon.

El maestre negó con la cabeza, mientras manoseaba el pomo de la espada.

—¿E iban a atreverse a robarnos en el corazón mismo de nuestra casa de Londres, abocándose a un escándalo colosal ante el Papa si llegara a saberse? ¡No! Debe, tratarse de otro enemigo más oculto, menos llamativo —evaluó la situación Odon—. Este asunto es un preludio de desgracias. Lo presiento.

El silencio se prolongó y Urso se impacientaba. Carraspeó y preguntó:

—¿Cómo sabían lo que se guardaba en el New Temple de Londres, *beau sire*?

—Constituye todo un misterio, Marsac. Y cada día que transcurre me pregunto qué mente diabólica lo guarda y por qué no lo saca a la luz, lo vende o nos acusa sin más. Hemos perdido la reputación de custodios de los recursos de Dios —respondió el jerarca—. ¿Quién pudo llevarlo a cabo con tanta astucia y osadía? ¿Fue ayudado quizá por el diablo?

—Los ejecutores aprovecharon la lamentable confusión de las obras y utilizaron un viejo canal abandonado y cegado que no podía ser navegado ni por el mismo Jonás —se pronunció el provincial inglés, excusándose.

La consternación del gran maestre subió de tono.

—Creemos que recurrieron a la tortura, a algún interrogatorio por la fuerza, o a un método ilegítimo que ignoramos. Hace unos años fueron apresados cerca de Alepo, en una operación de castigo, tres hermanos nuestros. Uno de ellos era fray Robert Seward, un sajón, antes tesorero en Londres, que no pudimos rescatar de las mazmorras de Nur ad-Din y que desapareció enigmáticamente. Pero sólo es una conjetura, hermano Urso.

Marsac lanzó al aire una presunción nada tranquilizadora.

—¿Creéis, *messire*, que pudiera haber algún traidor dentro de la orden?

Saint-Amand se sobresaltó y replicó con aire agobiado:

—No todos los templarios somos santos, lo admito, y alguno nos denigra acusándonos de que únicamente atesoramos riquezas, olvidándonos de la defensa del Santo Sepulcro. Puede ser, pero resulta harto improbable. Respondo de nuestros hermanos.

—¿Pretenden entonces achacarnos alguna herejía, *magister* Odon? Habláis de documentos comprometedores. Eso resultaría muy grave ante Roma —señaló Urso.

Odon se frotó el mentón, pensativo, y se expresó con dignidad:

—¿Tenemos los templarios alma de conspiradores de la fe acaso?

—¡No, en modo alguno, *sire*! Pero me pregunto sin hallar respuesta quién ha podido entonces urdir un plan tan temerario que puede socavar los cimientos del Temple, robando documentos tan señalados, y guardados además en una cámara del fin del mundo y con dos mares de por medio —contestó Marsac—. ¿No estará tal vez el Papa detrás? Ya conocéis los métodos de la Curia Pontificia, maestro.

El maestre consideró la pregunta, y objetó negándola.

—Alejandro III es un hombre de convicciones inconmovibles y nos protege.

Urso insistió, dejándose ganar su confianza y señalando culpables.

—Y entonces, ¿Bizancio quizá, los asesinos de Alamut, Saladino mismo, el rey de Jerusalén? ¿Quién desea infamarnos y probarnos? Tampoco hay que desdeñar a los banqueros lombardos, pisanos y genoveses. Vos sabéis que sufrirían los suplicios del infierno por vernos destruidos y desaparecidos del mapa.

—Inspiramos más confianza que ellos y no somos codiciosos. No lo creo.

El caballero quiso ir más lejos y reanudó la lista de posibles responsables.

—¿Y el viejo Aumery de Nesle, el patriarca de Jerusalén, o alguno de sus colaboradores y altos eclesiásticos? Todos sabemos que nos miran con recelo, pues somos testigos cumplidores de la fe, frente a su lascivia y malas costumbres.

—¡Nunca! Estamos sometidos a su jurisdicción y nos necesitan para defender a la Santa Iglesia, Marsac —respondió con incredulidad—. ¿Cómo van a estar relacionados con el robo nuestros grandes protectores en ultramar? Recházalo.

—Sí, claro, tenéis razón, señor. Pero resultará complejo descifrar quién pudo ser el autor o autores y el alentador del robo. Tenemos muchos enemigos —se lamentó Urso—. No poseemos ningún asidero cierto y la labor será ardua y peligrosa. Pero ¿por dónde empezar, *sire*?

El gran maestre reflexionó y sopesó las palabras de Urso.

—Resultará una ardua labor que precisará de valor, sacrificio y reserva —se lamentó el prior—. Nos enfrentamos a la solución del jeroglífico más dislocado que se pudiera imaginar. Descartamos el móvil económico, pues sólo robaron diez insignificantes pagarés, cuando había oro y plata para enterrar una catedral. Los móviles son evidentemente políticos y estratégicos. El ansia de poder quema el corazón de los hombres. Pensamos en oscuras tácticas de hegemonía que se están agitando en Oriente, de maniobras en la sombra de reyes, príncipes, condes, obispos, patriarcas y emperadores. ¡Qué se yo, *ma foi*!

—Algo muy importante para el futuro de la fe se está fraguando en los Santos Lugares que ignoramos y que no hemos detectado —reveló el maestre de Jerusalén.

—¡Ahí reside la clave! —sentenció Saint-Amand—. Está gestándose algo que está por suceder. Mi corazón me dicta que los templarios vamos a ser tentados por Satanás y sometidos a duras pruebas, hasta ahora desconocidas. Que Santa María nos proteja. Nos aguardan tiempos de tribulación, hermanos. Encomendémonos a Dios.

El prior de Jerusalén, Achard d'Arrouaise, el autor del herético «Poema de la Virgen del Temple», a cuyas órdenes debía investigar Urso, un hombre de aspecto de místico, creyó oportuno intervenir.

—Hermano Marsac, nuestras esperanzas de recuperar lo robado residen en tu perspicaz y urgente gestión. Si el emperador de Bizancio llega a demostrar que hemos perdido la garantía del préstamo, las dos reliquias de Nuestro Señor, dejará de pagarnos más de tres millones de besantes de oro, y yo podré ser condenado y quemado por hereje. Por otra parte, el secreto de la construcción de las catedrales, que hoy se alzan para gloria de Dios en Occidente bajo nuestra dirección, pasará de ser un arte sagrado a una habilidad conocida por cualquier albañil o cantero pagano. Extrema tu rigor y encuentra lo que nos han usurpado con malas artes. Te lo pedimos en nombre de la Cruz sagrada que adoramos.

—Mis actos obedecerán al interés de la orden —asintió Urso.

En las palabras del prior había un acento de angustia.

—Hermano —siguió D'Arrouaise—, me veo obligado a comunicarte también que en la indagación no podrás acogerte a ninguna autoridad cristiana, o exigir tus derechos de templario, pues actuarás de incógnito. Deberás utilizar muchas caras, oídos, ojos y lenguas. Caminarás solo, no podrás utilizar nuestra red de agentes y únicamente te comunicarás conmigo según nuestra escritura secreta. Has de mantener total confidencia aun a costa de tu vida y hallar lo robado por ti mismo en el más absoluto de las sigilos.

A Urso se le rompió la voz, y en medio del silencio manifestó:

—Tendréis la respuesta que merece nuestra enseña. Lo juro por mi espada.

Ya imaginaba lo que le esperaba y no se sentía precisamente feliz. El gran maestre, más paternal, lo comprometió más aún en la búsqueda

—Este pleito es de nuestra exclusiva jurisdicción y no debe trascender. Hemos recibido una bofetada brutal y traicionera en pleno rostro. Así que compra conciencias, corrompe con oro, desvela con la mentira y mata sin pudor si fuera necesario. Todo para mayor gloria de Dios y del Templo.

—Me consagraré a la causa en cuerpo y alma —ratificó Urso.

—Nos tendrás al tanto de lo que averigües, pero anda con pies de plomo. Será una empresa espinosa y correrás riesgos. Partirás para Acre mañana mismo.

—*Domine, paratus sum et in veritatem et in morten ire** —sentenció Marsac en un clásico latín, aun a sabiendas de que le esperaba un tiempo de penalidades corporales, tribulaciones, angustias físicas y espirituales, desánimos e intimidaciones.

El gran maestre avanzó hasta el centro de la sala capitular y le plantó su enorme mano en el hombro. Se situó tan cerca, que Marsac percibía su aliento.

—He enviado en busca del tesoro robado a un ejército de borregos que se creían leones y han fracasado uno tras otro. En ti quiero reconocer a un león con piel de cordero. Te acompañará el sargento turcópolo Togrul, de la encomienda de Acre, y Wrim el normando, tu escudero. Ellos te protegerán y harán los trabajos sucios que hubiera menester.

—Creo, *messire*, que la desaparición de esos títulos debía haberse esclarecido ya. Se ha perdido un tiempo precioso —discrepó el templario.

—Pero ahora confío en ti y en tus méritos. Haz honor al sobrenombre con el que te conocen tus hermanos, el «Halcón del Temple» —manifestó el maestre, quien con misterio depositó en su mano un sello de metal del tamaño de una moneda, que sólo usaban los grandes maestres y los prebostes de la Orden del Temple. Él lo observó con detenimiento y sorpresa. No podía creerlo.

—¡El Abraxas, el *Secretum Templi*! —exclamó asombrado y sin poder reprimirse—. Me creéis digno de utilizarlo, *messire*. Es para mí un inmerecido honor.

—Este sello secreto que sólo utilizamos los altos dignatarios de la orden te abrirá muchas puertas, pero también te cerrará otras. Utilízalo como salvoconducto para transitar por tierra enemiga y protégelo con tu vida.

* «Señor, estoy listo para adentrarme en la verdad, o en la muerte.»

—Descuidad, *sire* —replicó envanecido; contempló la figura diminuta del abraxas, burilado en el centro del anillo, un símbolo oculto, alabado y temido dentro de la orden, que sólo se utilizaba en misiones clandestinas y por los priores en los capítulos secretos. El personaje cosmológico del Abraxas surgía con su peculiar cabeza de gallo rematada con la cruz paté, recubierto su cuerpecillo con una armadura, dos serpientes como piernas y se resguardaba tras un escudo con las letras alfa y omega, el principio y el fin. En la mano diestra esgrimía un látigo, signo del poder, el dominio y la ley del Temple en el mundo.

—Que Dios y el Santo Evangelio te ayuden, hermano Marsac.

Urso besó el *Secretum Templi* y comprendió la dignidad y el costoso deber que le conferían. Debía hacer acopio de valor. Emprendía la caza de un fantasma inaccesible e ignorado.

Nubarrones cenicientos impedían que la claridad del firmamento de París asomara en la tibieza de la mañana. Más tarde comenzó a llover.

8

El príncipe *mezel*

Jerusalén, Pascua Florida del año del Señor de 1171

Cuando el rey Amalric recibió la noticia, arrojó su copa contra la pared.

Reunió al consejo inmediatamente y los caballeros notaron su cólera, asustándose de furia tan rebelde. La frustración del monarca atañía al dominio de Egipto, su gran objetivo militar desde que ascendió al trono. Se revolvió con brusquedad y dijo:

—*Messires*, un regimiento del sultán de Damasco Nur ad-Din, que se dirigía a Mansura, en Egipto, ha asaltado varias defensas cercanas a Gaza y se han hecho fuertes en aquella línea de defensa. ¡Estamos acabados si las perdemos! El mensajero cree que su objetivo es atacar Ascalón, la puerta del reino del Nilo y congraciarse con su *atabeg*, Saladino. Partimos al amanecer. La situación es sumamente grave y no podemos permitirlo.

Avanzaron en marcha de tanteo y las patrullas de reconocimiento animaban a seguir sin descanso. El rey de Jerusalén condujo un ejército de dos mil hombres a través de las quebradas del mar Muerto dando un rodeo, para no ser advertidos por los espías damascenos. La Santa Vera Cruz, recubierta de oro, era llevada a hombros por el patriarca Aumery y sus clérigos como irrevocable talismán de la victoria. Avanzaron sin descanso, jinetes sobre los incansables *destriers**

---

* Caballos normandos pertrechados para el combate como fortalezas andantes.

entrenados para la guerra en el desierto que coceaban y mordían, pero que resbalaban por las trochas pedregosas. El cielo conservaba un fulgor ígneo, que caía como un incendio sobre sus cabezas. Brian había abandonado su estancia, fría como una cripta, y probaba por vez primera la áspera soledad del desierto y los embates del viento ardiente que le hacía cubrirse los ojos con un pañuelo. La marcha entre piedras resecas en la que sólo se escuchaba la arena crujir bajos los cascos de los caballos y el batir de las armas contra los arneses, resultaba tiránica. Le dolía todo el cuerpo, destrozado por dos días de cabalgada incesante cubriendo legua tras legua por las hoyas de Ascalón, que ardían como fogatas. Y sentía un temor horrendo.

—¿Cuántas posibilidades tenemos de salir vivos de ésta, Alvar?
—¡Pocas! Pero tendrán que arrancárnosla cara a cara, mi señor.

Se detuvieron a menos de una milla de Gaza, a esperar. Se ocultaron en unas escarpaduras, mientras los exploradores hacían un recuento del enemigo husmeando como una jauría de canes hambrientos de sangre enemiga. Cientos de pupilas brillantes escudriñaban cualquier movimiento en el horizonte entre los soplos inclementes del Sinaí que acarreaban tolvaneras de aire incendiario. Chirriaban las cigarras y se oía el sonoro revoloteo de una nube de tábanos y moscas, cuando el sol germinó por levante.

—El viento nos favorece, pues nos dará de espalda y a ellos en los ojos —manifestó el monarca cristiano al disponer el plan de ataque—. Rodearemos los cuatro torreones y los sorprenderemos. ¡Adelante por la cruz!

Cuando los centinelas musulmanes dieron la alarma, las huestes cristianas ya habían cercado las defensas y el fortín de Natrón. No obstante, los damascenos se defendieron de forma disciplinada, rechazando el primer ataque con nubes de flechas, resultando estéril e infructuoso el acoso cruzado. Amalric se enfureció, pues estaba hecho para el combate cuerpo a cuerpo y ordenó cesar la ofensiva y acampar a su alrededor. Sin embargo, la ocasión se le presentó ideal cuando las tropas zenguís, sabedoras de que no podrían sostener un asedio por mucho tiempo, se ordenaron junto a la muralla en tres hileras, frente al contingente cristiano, dispuestas a hacerle frente en combate abierto. El soberano jerosolimitano, gozoso, transmitió la orden de asalto a las fortalezas.

El sol estaba en todo lo alto y enviaba tajos de fuego y polvo.

Los guerreros cristianos golpeaban los escudos y cantaban aleluyas e himnos sacros mientras avanzaban como una oruga gigantesca de hierro, cuero y acero. Flameaban los estandartes del Santo Sepulcro y del Hospital de San Juan, pues la del Temple, una vez más, no estaba presente en la batalla por disensiones con el rey. Antes del mediodía, los dos ejércitos se contemplaron frente a frente, arremetiendo primero los jinetes sarracenos que inundaron el cielo de saetas terribles. El combate se inició en todas las alas encarnizadamente, sin la menor tregua. El ejército cristiano era más numeroso, vociferaba y estaba confiado en el triunfo.

—¡La Santa Cruz nos conducirá a la victoria! —gritó el rey.

A lo lejos se escuchó aterrador el redoble del atabal gigantesco de los islamitas, que con su ronco redoble enardecía a los fieles en la batalla.

—*Allahu akbar!* —se oyó como un trueno—. ¡Dios es grande!

Para Brian suponía su primera intervención militar en Tierra Santa y se le heló la sangre y se le sobrecogió el alma; pero se le adivinaba en la mirada la decisión de un veterano, impulsiva y valiente. Se caló el yelmo empenachado de plumas verdes y se ató al cuello su capote de paño verdemar, el color de su estirpe navarra. Hombro con hombro junto a Alvar Andía, repartían mandobles a diestro y siniestro. Una masa confusa de combatientes se enfrentó cuerpo a cuerpo, blandiendo sus armas, banderas y lábaros con una violencia inusitada. Pero los sarracenos habían organizado un enérgico contraataque, valiéndose de la experiencia y la agilidad de un escuadrón de sesenta arqueros selyúcidas que habían aguardado escondidos en unos peñascos hasta que se inició la pelea.

—¡La victoria será nuestra! —gritó el senescal alzando el acero.

Irrumpieron como escorpiones de las peladas peñas y rodearon el campo de batalla en un círculo de muerte, que muy pronto sembró el terror entre los cruzados, pues derribaba uno tras otro a los cristianos con la precisión diabólica de sus certeras saetas. Los cogían de espaldas y los abatían erizados de flechas. Se asemejaban a centauros con las corazas de escamas, los cascos puntiagudos y los pequeños caballos peludos, ágiles y guarnecidos de jaeces de piel de camello. El rey envió a un grupo de jinetes para que los interceptaran, pero cayeron traspasados por sus letales dardos. Frente a frente, la ballesta y el arco eran superiores a la espada y el hacha de doble filo. Amalric contemplaba consternado la inesperada matanza de sus soldados, que caían como cañas batidas por un torbellino.

Entonces Brian se acercó al senescal Plancy y le habló a gritos.

—*Excusatio sire!* Si me proporcionáis cuatro buenos lanceros acabaré con esos jinetes.

—¿Y cómo? Nos están aniquilando la retaguardia. ¡No podréis, por Cristo!

—Correré en sentido inverso a su galope y los cogeré a contramano de su carrera. No usaremos la espada sino el venablo y os aseguro que acabaremos con ellos. En la frontera de al-Andalus es una estrategia muy conocida; ¡Decidíos, por Dios! ¡Están haciendo estragos en la tropa, *messire*!

—¡Sea! —accedió—. Os llevaréis a los hombres del normando Gawain y que Dios os aliente! Adelante, y abatid a esas almas negras de Mahoma!

Brian, Alvar y los normandos llenaron varios carcaj con venablos pequeños que colgaron de las sillas de montar. A una orden del navarro se lanzaron al galope, también en círculo, pero en sentido inverso a la carrera de los selyúcidas que seguían sembrando el terror con sus arcos entre los infantes y caballeros *frany*, los cuales no podían hacerles frente impedidos por las pesadas armaduras. A una señal de Lasterra se acercaron a los arqueros, que se vieron sorprendidos en su matanza por unos jinetes que no combatían a la usanza de los pulanos y que se les venían de cara lanzándoles certeras jabalinas. ¿Qué pretendían aquellos locos?

Los guerreros de Lasterra, en una maniobra envolvente, los cogieron a contramano y desde cerca les lanzaron azagayas como virotes que los atravesaban de parte a parte. Cayeron de sus monturas, en un confuso torbellino de alaridos y lamentos. Muchos morían con las rodillas hincadas en la tierra roja; otros, con la espina dorsal rota, mientras se oía en las rocas el eco desgarrado de sus lamentos y el relincho de los corceles aterrorizados por el aquelarre de sangre y fuego. No esperaban semejante estrategia y dudaron qué hacer. Pero ya era tarde.

Con agilidad y rapidez, Lasterra y los hombres de Gawain, aprovecharon el desconcierto y derribaron uno tras otro a los arqueros de las estepas del Taurus, que fueron diezmados en varias galopadas sin tregua, cediendo terreno en su sistemática matanza. Se escuchaban por encima de los golpes las invocaciones de los enemigos; Brian gritaba como un poseso, viendo cómo los lanceros normandos y Alvar hacían pedazos los cuerpos de sus enemigos, según su plan.

—¡No me quedan ya lanzas, Alvar! —gritó el hispano.

El ayudante picó espuelas y se acercó para llenar su aljaba. Pero en aquel único instante de inmovilidad y descuido, uno de los arqueros selyúcidas tensó el arco y disparó hacia el que comandaba el grupo punitivo: Brian, «el caballero verde». La flecha, con una precisión implacable, penetró por las rendijas del yelmo. Pudo clavársele en el ojo y dejarlo muerto allí mismo, pero en aquel preciso instante había ladeado la cabeza para asir una de las jabalinas y el asta se le incrustó en el yelmo hiriéndole la ceja, el pómulo y la oreja. Sintió la calidez de su sangre cayéndole por el rostro sudoroso, pero comprobó que podía seguir cabalgando.

—¡A por ellos, en nombre de Cristo y de Santiago! —exclamó indómito.

Los damascenos ya no podían resistir los impactos y acometidas de los cruzados que los acosaban con bravura en todos los flancos. Ya no dependía de la destreza de sus cimitarras, sino de un milagro, pues el empuje ciego de los cristianos resultaba demoledor. Se sucedieron las embestidas y los mandobles, y los cuerpos de los sarracenos se amontonaban con los miembros seccionados, las tripas y vísceras desparramadas y las seseras machacadas con las mazas y espadones de los hombres de Amalric.

El rey, jadeante de fatiga, atacaba con furia, viendo la victoria cercana, pues los hombres de Nur ad-Din retrocedían y escapaban al desierto.

El monarca conquistó uno a uno los torreones y, con su estado mayor, observó el campo de batalla, donde su ejército, que ya lanzaba gritos de victoria, glorificaba a la Cruz y conseguía cercar y rendir a sus enemigos. De haber resistido los musulmanes en los fortines, hubiera supuesto una seria amenaza para Jerusalén, que se hallaba a sólo dos días de distancia. Fijó su mirada con perplejidad en un caballero con indumentos verdosos y distinguió vagamente en su escudo un castillo con dos osos, cuatro estrellas y dos cruces. Se batía como un bravo y con una flecha incrustada en la celada, y aunque manaba sangre por la armadura no daba un paso atrás. Reparó con estupor y admiración cómo derribaba a los arqueros selyúcidas con una precisión demoledora y se quedó atónito. ¿Cómo podía combatir con una saeta clavada en un ojo y lanzar los venablos con tanta precisión? ¿De quién había aprendido aquella añagaza tan providencial y certera?

—¿Quién es ese caballero, Miles? —preguntó impresionado al senescal.

—Brian de Lasterra, un noble de Navarra y vasallo del señor Foulques de Tolosa. Su estratagema nos está ayudando a lograr la victoria, *sire*. Él y los normandos han puesto en fuga a los selyúcidas que nos estaban diezmando.

—Cuando arribemos a Jerusalén, quiero conocerlo —le ordenó.

—Así se hará, *sire* —aseguró Plancy.

La carnicería cesó. Los musulmanes huían por los pedregales y los gritos de victoria atronaban el aire inerte y ardoroso. Alvar Andía, concluido el combate, condujo a su señor a un repecho, donde lo tendió y le dio de beber. Con cuidado le retiró el casco, cortando el astil ensangrentado. Brian estaba muy débil por la sangre perdida, pero le contuvo la hemorragia untándole polvo de piedra *xantranch*, una arcilla que vendían en los mercados de Castilla los nazaríes de Granada, de gran poder cauterizador.

—Te has portado como un titán y has hecho que estos herejes se hinquen de rodillas ante la Cruz. Parecías un diablo de la guerra.

—A todo hombre le aguarda algún día la derrota, y es entonces cuando se verá si es lo que es verdaderamente —respondió Brian casi sin habla—. Doy gracias a Dios por haberme asistido en la batalla. ¡Las fuerzas me abandonan, Alvar!

Descansó su cabeza enloquecida por los golpes de espada, los gritos de los sarracenos, los responsos de los clérigos por los soldados muertos y la fiebre que se apoderaba de sus miembros. Al atardecer le siguió una noche descolorida, dominada por los fuegos que quemaban los cuerpos de los muertos. Brian oía en su cerebro cansado los alaridos de los arqueros abatidos por su lanza, deformados por las llamas purificadoras y sus gemidos al caer derribados. Había comprendido de golpe lo que significaban la desolación y la veloz eficacia de los cruzados del rey Amalric. «Éste sí es un ejército disciplinado y terrible», pensó fascinado.

Luego abrió los párpados y vio el perfil anaranjado de la luna. El silencio del desierto, el viento silbante y el yermo abandono del lugar, lo vencieron al fin.

Entró en un mundo de sopor, fiebre y abandono, y luego en la nada.

Había ingresado en un bendito estado de ensoñación y de paz.

La luz de Jerusalén disipó la neblina, mudándola en un frescor que atemperó el bochorno que sentía Brian al salir de la iglesia de la Resurrección, junto a su fiel Alvar, tras dar gracias a Dios por la victoria en los campos de Gaza. Erguidas sus piedras doradas, la ciudad de David se recogía como una dama recatada entre las murallas que se elevaban hasta calar con sus torreones el firmamento. Habían asistido a los oficios divinos junto a otros caballeros: el rey Amalric, los grandes señores, sus hijos y su esposa María Comneno, una hembra de cejas arqueadas y de ojos negros y oblicuos, alabada por su discreción y belleza, en contra de las aseveraciones de Melisenda, que la detestaba por su cuna imperial.

El monarca y Miles de Plancy, el poderoso senescal y señor del Transjordán, agradecieron ante el altar el arrojo mostrado por los caballeros llegados de Occidente y admiraron la bizarría de Lasterra y de los normandos de Gawain. El soberano abrazó al hispano y ante su familia lo llamó «hermano», honor que Brian jamás olvidaría. El soberano se rodeaba de una pompa digna de un emperador, aunque sus costumbres eran espartanas. *Amalricus Rex*, se vestía como un sultán de Bagdad, con una túnica de seda púrpura y una cruz del Santo Sepulcro bordada en el pecho, calzas de piel lombarda y un bonete de terciopelo cetí, exornado de plumas. Con su corpachón vigoroso y robustecido por el palenque, la caza y la cabalgada, parecía un héroe homérico. Hacía nueve años que había sucedido a su hermano, el piadoso Balduino III, al que incluso habían llorado los musulmanes por su dulzura y justicia en el gobierno.

Nacido en Siria, Amalric, o *Morri*, como lo llamaban sus súbditos musulmanes, era un auténtico pulano, un hijo brotado de la tierra Palestina. Conocido por su abundante y leonada cabellera, que le caía sobre sus hombros poderosos, tartamudeaba como un cómico de aldea y su risa inacabable contagiaba a quienes lo rodeaban. Osado y temerario en la batalla, amaba el país y a sus gentes y distinguía como un sabio ulema lo que los unía y los que los separaba del islam. Aunque carecía de los corteses modales de su hermano, no había capitán que lo igualara en valor en la batalla, granjeándose la admiración de la clase militar franca y bizantina, salvo de una facción, que no se consideraban sus súbditos y que le mostraban una litigante oposición e incluso desprecio: los templarios.

«Me irrita esa altanería del Temple —solía lamentarse—. Su pasividad es intolerable. ¿No son soldados de Cristo como yo? ¿No lucho contra sus mismos enemigos? ¿Por qué me vuelven la espalda y me muestran su desdén una y otra vez? Qué intentan, ¿fundar un nuevo linaje real en Jerusalén? ¿Por qué desprecian mi corona y mi sangre?»

Brian había cabalgado a sus órdenes en la reconquista de la fortaleza de Gaza y se sorprendía de que siendo tan grueso y pesado, con el cuello embutido en su seboso corpachón, de tez colorada y con la respiración como el fuelle de un herrero, se mostrara tan intrépido en la lid y soportara las fatigas de la campaña como el más esforzado de sus paladines. Sin embargo, Lasterra había acreditado que era un hombre calculador, austero, de efervescente vitalidad y un insaciable conquistador de territorios. Pero dos obsesiones lo embargaban hasta el delirio: la primera proteger contra cualquier aspirante al trono a sus hijos Balduino y Sibila, dos niños de mirada cándida y porte augusto a los que adoraba, y luego conquistar Egipto, su gran sueño, por ahora imposible.

«Quien domine el país del Nilo, dominará Oriente», solía decir a sus estrategas.

Balduino, su heredero, era un chiquillo abierto y agraciado. Estaba siendo educado para sucederle por el sabio Guillermo de Tiro, y la niña, Sibila, por su tía abuela Ivette, abadesa del convento de San Lázaro de Betania. Aquel día solemne se hallaban los dos en Jerusalén, y su padre, que le dedicaba toda clase de mimos, se mostraba exultante con su presencia. El primogénito, a pesar de los torvos excesos de su familia, era un joven despierto, de espíritu sagaz y un excelente jinete, que competía en las justas con los caballeros de su padre, aun siendo tan joven. Sin embargo, Dios le había vuelto la cara con un perverso anatema. El muchacho padecía una enfermedad incurable: la lepra, el estigma de Dios, la maldición de la carne. Había brotado hacía un año, callada e inesperadamente. Su tutor, el archidiácono Guillermo, había observado que cuando competía con sus compañeros en los juegos, no se quejaba del dolor físico. ¿Era insensible al sufrimiento? Fue examinado por físicos judíos e islamitas, entre ellos Barac el Sirio, que apreciaron en su cuerpo minúsculas escamas ulcerosas y la insensibilidad al tacto y al calor del fuego.

—Vuestro hijo se ha infectado de la más nefanda enfermedad que Dios puede enviar a un ser humano: la lepra. La abominación bíblica. Es un *mezel** —le comunicaron al rey, quien desde entonces se sumió en una pesadilla y en un terror supersticioso y enloquecedor. ¿Acaso la lepra no era considerada como una maldición divina, un castigo del cielo dirigido al corazón mismo de su estirpe?

Amalric soportaba el más intenso de los desconsuelos. Se preguntaba una y otra vez cómo el Creador podía afligir a su adorado hijo con semejante purgatorio. Lo observaba feliz, juguetón, ajeno al mal leproso, con las manos enguantadas, los brazos cubiertos con lino y untados con bálsamos olorosos, la cabeza cubierta con un capacete de algodón e hilos de oro que ocultaba sus pústulas rosáceas. El monarca se resistía con rabia a aceptar que Dios hubiera contagiado a aquella criatura adorable y risueña, a aquel vástago de su sangre, con la prueba más horrenda ideada por su inexorable ley. «¿Por qué me has enviado este Satán para que lacere mi alma, oh Señor? ¿Cometieron mis antepasados o yo mismo algún grave pecado y me castigas con esta fatalidad?»

Según la ley franca, inmediatamente de conocido el diagnóstico, debía perder sus derechos de sucesión, ser excluido de la vida familiar y pública y confinado de por vida a un lazareto; pero Balduino, el «príncipe leproso», por su indudables cualidades, carácter afable, erudición y gentileza, no fue nunca considerado como un *mezel* por los sarracenos, ni impuro por los cristianos. Sus nobles virtudes eclipsaban la enfermedad. Cuantos lo rodeaban sentían por él una gran compasión y aprecio, incluso los mahometanos; y aunque entendían que moriría pronto, lo amaban por su bondad, simpatía y arrojo.

Pero lo que más sorprendía a Brian era que, aun a sabiendas de que estaba estigmatizado por una enfermedad incurable e infamante y que su pronta muerte estaba sellada, el joven Balduino afrontaba sus duras circunstancias con un espíritu y una entereza impropios de su edad. Nunca se quejaba y actuaba como si estuviera sano. ¿No resultaba sorprendente?

* «Leproso» en árabe.

Sin embargo, en el rostro sonrosado y grasiento de Amalric se leía como en un libro de misa que el reinado de su estirpe se hallaba herido de muerte; que su fin, si un milagro de la Cruz no lo remediaba, estaba cercano. ¿Había llegado el momento en que Saladino les asestaría el golpe de gracia arrebatándole Jerusalén? ¿Estaban los templarios al acecho para cumplir sus ocultas aspiraciones al trono del Santo Sepulcro e instaurar su desquiciada y secreta estirpe del Rex Mundi?

Brian, al salir de la iglesia, se unió a unos caballeros ociosos en aquel día, ardiente y mustio, y se dedicó a explorar los recovecos de la Ciudad Santa, mientras sus pensamientos se dirigían a su amada Melisenda, recordando su último y apasionado encuentro en Tiro, donde la había hallado más melancólica que nunca y sometida a las secuelas de las pócimas de Barac, que la curaba de su patología doliente con elixires hindúes. Pero lejos de declinar su mal, se acrecentaba cada día que transcurría, pues parecía transportada a otro mundo y sin ánimos para vivir.

Aún le dolía a Brian la herida sufrida en Gaza, y una fina cicatriz que le escapaba de la ceja, iba a morir entre sus cabellos. Desde que llegó a Jerusalén no hacía sino pensar en el Corán que escondía en su faltriquera, oculto a los ojos de cualquier cristiano. Las mezquitas habían sido clausuradas y el navarro no veía la forma de deshacerse de aquel ejemplar que le escocía en las manos. ¿A quién entregárselo y que no lo comprometiera o lo denunciara por robo sacrílego? Estaba persuadido que de publicar su existencia habría de dar muchas explicaciones, por lo que resolvió guardarlo a buen recaudo, lejos del cuartel general de los cruzados. Como le corroía las entrañas, Andía le aconsejó que visitara a un banquero judío muy conocido por los occidentales, Joab ibn Efrain; y en su casa de préstamos depositó sus ahorros, un collar que le había donado su madre por si pasaba por algún aprieto y el Corán de Uzman, guardado en un talego de piel de cabra sellada su hebilla con cera y ocre. Su corazón le dictaba que debía aguardar una ocasión más propicia para donarlo a una mezquita del territorio, pero fuera de Jerusalén, coyuntura que aún no se le había presentado.

Deambuló por el mercado de las especias, callejeó por las tabernas de la Puerta de Siloé, ascendió por la ladera de la iglesia de la Ascensión, la que remata el monte de los Olivos, cerca del lugar donde Jesús ascendió a los cielos. Bajó luego por un sendero accidentado que se abría ante la tumba de Santiago Apóstol, el hermano de Cristo, que compartía con los profetas del tiempo antiguo, Zacarías y Simeón. Luego se detuvo en la cantera que antes había sido el Monte del Calvario, y que los arquitectos del emperador Adriano habían allanado cuando arrasó la ciudad para alzar sobre sus ruinas la nueva metrópoli romana, Helia Capitolina.

En una cueva de su abrupta geografía había sido descubierta la Santa Cruz por santa Elena, madre de Constantino, tras sobornar a los rabinos judíos que la habían escondido. El sagrado madero fue hallado, designios del destino, junto a una estatua de la diosa Afrodita, cuyo templo se alzó en el mismo Gólgota. La emperatriz, para mostrar al mundo la prueba de la gloria del Nazareno, la distribuyó por el Imperio en fragmentos, y uno de ellos, el que soportó su divina cabeza, antes de la entrada del califa Umar en Jerusalén, fue enviado para su admiración a Hagia Sofia de Constantinopla, junto al *Titulus Crucis*, el INRI, siendo las reliquias más veneradas y valiosas de la ciudad imperial, ahora hipotecadas por los templarios.

Vagó sin rumbo fijo pensando en Melisenda y admiró, bajo la bóveda azul del cielo, una curiosa inscripción en las afueras del Santo Sepulcro que representaba un barco de peregrinos nórdicos con el palo mayor quebrado y que pregonaba: *«Domine ivimus. Seculus IV»*.* Deambuló después entre el Muro de las Lamentaciones, el único lienzo de piedra que quedaba del templo, y la Puerta Dorada, el lugar donde se había alzado el Templo de Salomón, ahora habitado por los templarios, que también usaban parte de la mezquita de al-Aqsa, la «mezquita lejana», denominada así por los musulmanes por ser el tercer centro espiritual musulmán más alejado de la ciudad de La Meca. El suelo estaba aún

---

* Señor llegamos. Siglo IV.

embaldosado de ricos mármoles, y los seguidores de Mahoma la llamaban la Cúpula de la Roca, la Piedra del Sacrificio, la Tumba de Adán, el Trono de la Salvación y también del Juicio. «Lugares sagrados para el hombre unos sobre otros y que sólo nos traen la guerra. Aquí compareceremos todos el día del Juez Severo y Él hablará», dijo para sí.

Los monjes del Temple, que ocupaban el ala sudoeste, en lo que había sido el Templo de Salomón, habían colocado en la cúpula una cruz gigantesca, reluciente como una saeta de oro, que le escoció los ojos. En su interior, los templarios habían construido una iglesia, Santa María Laterana, y bajo ella tenían sus cobertizos, caballerizas y refectorios. Brian sabía por sus amigos cortesanos que los monjes de la Cruz habían excavado túneles verticales, hallando preciosos objetos del antiguo templo judío destruido en el año 486 antes de Cristo, que algunos cifraban en más de doscientos quintales de oro y plata. ¿Buscaban reliquias, el gran poder espiritual de la cristiandad y también el negocio más rentable del momento?

¿Habían hallado, como aseguraban los más fantasiosos, el Santo Grial, el perdido Evangelio de Santo Tomás, que ponía en tela de juicio muchos principios de la Iglesia, o tal vez el Arca de la Alianza? ¿Qué urdieron en aquellos años de anonimato los primeros templarios? Después de un siglo de permanencia en Tierra Santa, nadie comprendía que sólo nueve caballeros comandados por Hugo de Payens, y todos oriundos de la Casa de Champaña, constituyeran una fuerza suficiente y temida para guardar los caminos y a los peregrinos; y de hecho no lo hicieron. ¿No parecía insólito? Tras nueve años de secretos trabajos en las entrañas del Templo, los nueve caballeros fundadores del Temple, regresaron incógnitamente a Europa. Y acto seguido se convirtieron en la más apreciada orden de la Iglesia y en la fuerza militar más poderosa del orbe, apoyados por los reyes europeos, por el papa Inocencio II y por el influyente fray Bernardo de Claraval.

¿Por qué esa oculta protección del Papa? ¿Habían desenterrado algo más allá de lo imaginable que comprometía los principios del cristianismo y que todos debían callar? Sus votos de castidad, obediencia, pobreza y piedad, hicieron furor entre la casta caballeresca de Europa y muy pronto donativos ingentes, rentas de nobles, testamentos a su favor y cesiones de tierras prósperas, lo convirtieron en el más temible y mejor equipado ejército profesional del mundo. Un templario jamás abandonaba el campo de batalla. O vencía, o moría atajando la senda del Paraíso.

«Estáis protegidos por la armadura de la fe y no debéis temer ni a hombres ni a demonios. Sois invencibles», proclamaba el santo monje Bernardo, su protector.

A Brian, por lo que conocía, le parecía una formidable máquina de combate temida por los infieles, aunque les sobraba arrogancia, ardor guerrero y sobre todo riquezas, de las que hacían alarde innecesario, y absolutamente inadecuado al título de Pobres Caballeros de Cristo, el paradigma de la sencillez y la bondad.

Enfrascado en estos pensamientos, se dispuso a saciar su sed en la fuente de la concurrida plaza. Pero antes de refugiarse en el frescor de su acuartelamiento en la Ciudadela de David, donde tiritaba de noche y se asfixiaba de día, observó a un rapazuelo que corría como alma llevada por el diablo. Debía de haber robado algo y chocó contra un extranjero que protestó airadamente.

—¡Maldito seas, rapaz! —juró disgustado en el idioma toscano.

El insulto lo hizo detenerse. Era el mismo personaje elegante y distinguido de ojos saltones y nariz salpicada de venitas azules, con el que se había topado en la encomienda templaria y en el puerto Cotlliure. Se fijó con más atención y observó que su expresión era astuta, como si estuviera en guardia permanente y todo lo inspeccionara, buscando algo o a alguien. Brian lo escrutó con los ojos llenos de curiosidad y caviló para sí: «¿Qué hace aquí este italiano? ¿Me sigue como el trueno al relámpago allá donde voy, o se trata de simple casualidad? ¿Qué buscará en Jerusalén? ¿No es extremadamente coincidente su presencia?».

Encerrado en su mutismo, Brian abandonó el lugar, cabizbajo.

Las parras cargadas de racimos, los jardines alumbrados con antorchas, los estanques cubiertos con pétalos de flores y la lánguida brisa invitaban a la fiesta.

El banquete Pascual se celebró al atardecer en el patio porticado del palacio de Jerusalén. En aquel sagrado lugar, siglos antes, habían vivido el rey persa, el emperador bizantino Héracle, santa Elena, el califa Uzman y Godofredo de Bouillon, el defensor del Santo Sepulcro, y Brian se sintió animado y prestigioso. Pilares jaspeados, fuentes rumorosas y parasoles anaranjados, convertían el lugar en un edén de sultanes. Músicos chipriotas tañían los alborgues, mientras algunos caballeros, como en las Cortes de Amor de Francia, improvisaban versos a las damas francas.

Sonaron los pífanos y compareció el rey ataviado a la usanza islamita con un albornoz tejido de oro y la corona sostenida por un *keffiyeh* o turbante de seda. No obstante, Amalric permanecía abstraído; él y la reina, espléndida con una túnica malva, presidían el festín. ¿Sufría el rey por no poder llevar a cabo sus vastos planes visionarios? ¿Quizá por la incurable enfermedad de su cachorro? Los acompañaban el patriarca de Jerusalén, Aumery de Nesle; el maestre del Hospital, el apuesto senescal Plancy, un verdadero señor de la guerra, y el obispo francés Héracle de Cesarea, con el orgullo de su mirada desafiando a todos.

Balduino, en el que todo era distinción, se acomodó al lado de su padre, concitando la atención de los invitados. Comía en su propia bandeja de plata, bebía de un vaso de ónice, y un siervo limpiaba su sudor continuamente con agua de rosas. Un austero tapiz de Flandes enmarcaba su andrógina figura, en la que destacaban la suavidad de sus facciones y los párpados ligeramente enrojecidos por el mal. Sirvieron en grandes fuentes rebanadas de pan candeal con perniles de corzo, huevos escalfados con cilantro, cordero del Jordán, esturión circasiano y avestruz etíope, adobados con almendras y exóticas frutas. Criadas islamitas, dirigidas por un maestresala árabe, escanciaban en las copas vinos de Volpaia, Quíos y Lesbos, que muy pronto alegraron a los cortesanos.

Cuando sirvieron los postres, Brian percibió que el señor de Tiberíades, Miles de Plancy, se incorporaba de la mesa, convocándolo con un gesto más propio de un beodo, que de un personaje de su rango.

«¿Qué querrá de mí el poderoso *messire* Tiberias?», se planteó alarmado.

Junto a una fuente adornada con un fauno, le habló de los óptimos informes llegados del primo del rey, Raimundo de Trípoli, y del secreto a voces de su relación con la princesa Melisenda, quien gracias a sus afectos no había sucumbido a la locura. Brian se quedó sorprendido por las habladurías de la corte, y aunque se sonrojó, pues lo creía un secreto bien guardado, escuchó al senescal.

—No os preocupéis por ello, Brian. Aquí se valoran vuestras cualidades en el combate, no en el tálamo, que pertenece al secreto de los afectos —lo tranquilizó—. El rey aún recuerda vuestra gesta de Gaza. Resultó homérica, creedme.

—Gracias, señor —dijo en francés—. Es una satisfacción para mí.

De repente el senescal arrugó el ceño y su gesto se tornó frío y vigilante. Tomó la copa, la alzó y el francés propuso un brindis.

—Brindemos por el príncipe Balduino y por su salud.

—*Salutem* y larga vida a la sangre regia —lo acompañó Lasterra.

No pudo terminar la dedicatoria, pues el viejo soldado con las facciones rebosantes de compasión, se sinceró con Brian, vivamente apesadumbrado.

—Caballero Lasterra, os he llamado porque el rey os viene observando desde que arribasteis a Jerusalén. Él reconoce el sentido común, la astucia y el valor a cien leguas. Quiere que forméis parte de su séquito personal y que adiestréis a su hijo Balduino enseñándole el ejercicio de las armas, junto al normando Royns de Gawain. Ha pensado en vos porque sois un caballero prudente, valeroso y sin los vicios de los pulanos. Por su primo Raimundo, príncipe de Trípoli, sabe de vos y aprecia vuestra valía.

Los labios de Brian se abrieron y sus ojos fulguraron.

—¿Yo? —se extrañó—. ¿Estáis seguro de que reúno esos méritos, señor?

—Sin duda alguna, y si aceptáis, mitigaréis el tormento del rey por su hijo primogénito, al que sabéis que idolatra.

—¿Qué lo atormenta? El príncipe es un muchacho muy capaz.

—No es preciso andar con tapujos. Balduino es un enfermo sin probabilidad de curación. La estabilidad del reino corre peligro y Amalric quiere protegerlo a toda costa. Su padecimiento es incurable e irá a más conforme transcurra el tiempo. Me asombra que aún no haya estallado en toda su virulencia. Es indómito y capaz, sí, pero la luz de su estrella palidece día a día. ¡No sabéis cuanto lo compadezco! ¿Aceptáis formar parte de la corte de caballeros del rey?

—Tendrá en mí el más encendido defensor.

—Intimaréis con secretos de estado que hubierais preferido no oír. ¿Estáis dispuesto a silenciarlos y correr un cerrojo en vuestra boca?

—Que la Santa Cruz me lo demande si no cumpliera. No puedo sino serles fiel hasta la muerte. Contad conmigo, *monseigneur* —contestó el hispano.

—De todas formas os daré una buena noticia —le comunicó el senescal—. Vuestro primer servicio será participar en el cortejo de la embajada a Bizancio, donde el rey cumplimentará a su suegro, el emperador Manuel. Sus hijos lo acompañarán y así tendréis ocasión de conocer a Balduino en la intimidad.

Un gesto de asombro asomó en Brian, y su imaginación se disparó.

—Acepto el honor. Considerad mi decisión como firme —le corroboró.

—No podíais haberme complacido mejor, Lasterra. ¡Por vos, por el monarca y por el príncipe! —alzó la copa Plancy, que sonrió satisfecho.

—Que vivan largamente.

Brian meditó sobre el cambio de rumbo. «Mi vida al lado de Amalric y de ese muchacho me marcará para siempre, lo sé», especuló. Balduino, el delfín leproso, parecía haber nacido viejo, reflexivo y maduro. Era consciente de la impresión que causaba alrededor y de la aureola de mártir que lo perseguía. Sobresalía allá donde aparecía con sus ojos marinos escudriñándolo todo, el cabello rubio peinado en bucles, los labios resecos pero sonrientes, la túnica de seda de Palmira y el cuello y los brazos vendados con linos olorosos. Sólo tenía trece años y aunque en su rostro comenzaban a florecer las pústulas sonrosadas, ya era considerado como sucesor a la Corona. Vivaz y agudo, su talento para la diplomacia sobresalía por encima de lo común, como había demostrado con los enviados de Saladino que escribieron al gobernador de El Cairo, sorprendidos por sus virtudes:

«Mi señor Salah ad-Din, Allah ha bendecido a este muchacho *mezel* con todas las bondades que puedan adornar a un rey. Es afable, erudito y gran jinete.»

Lasterra se unió con otros caballeros y algunas damas que paseaban entre las pilas y los surtidores de agua, rodeando los setos de alhelíes y lirios. Un vaporoso velo de gotas de agua mitigaba la calurosa atmósfera y los vapores del vino. El olor de las flores le recordó a Melisenda y evocó sus noches de amor con la princesa.

Su intuición le dictaba que la vida en su castillo remoto de Navarra podía haber sido más confortable, pero inevitablemente más trivial. En aquella parte el mundo se le ofrecía una vida vibrante y fascinadora, con la que jamás había soñado. El destino siempre guía a quien lo sigue con agrado, pero al ruin, lo arrastra.

Aquella noche tachonada de estrellas, rutilaba regida por una luna creciente, que brillaba en la negra infinitud como un alfanje turco.

Brian nunca se saciaba de contemplar las noches de Jerusalén.

El otoño seguía su curso de tibieza y de noches estrelladas.

Brian, antes de partir para Constantinopla, se vio con *dame* Melisenda en el palacio de Tiro que habitaba la reina Inés de

Couternay, la esposa repudiada del rey Amalric y amante de Héracle de Cesarea, donde disfrutaba de su compañía y de su complicidad. Melisenda cuidaba con sus manos un jardín abierto a un pozo donde crecían las rosas del Yemen, los jazmines y arrayanes y una alfombra de florecillas azules de espliego donde salvaba su abatimiento en los largos días del estío. Bajo un baldaquín tocaba la zanfonia, leía en un atril el libro de horas y los poemas de los trovadores de Provenza, o jugaba con las damas al ajedrez, mientras la brisa del Mediterráneo hacía ondear los velos de muselina y los altos tocados de reflejos amatistas que usaban las *dames frany* en Palestina.

El caballero ascendió por la escalera de caracol, deslizándose en el aposento tras la camarera. Lámparas persas colgadas del techo exhalaban un oloroso tufo a ámbar y almizcle. Lo recibió con los labios pintados de ocre y la melena del color del ocaso, entrelazada con peinetas de oro. Se acercó y le besó la cicatriz.

—Me encanta besar tu bautizo de sangre, Brian. Y ahora que me fijo, te hace mucho más apuesto y viril. Me gusta. Pareces un guerrero del tiempo viejo.

—Pude perder la vida, pero mi estrella me salvó.

Lasterra la halló más pálida y serena, quizá a causa de las pócimas de Barac el Sirio que ingería para aminorar su tristeza crónica. Pero, ¿qué atraía más al hispano de la princesa? ¿Su sonrisa melancólica, o la gracilidad de su cuerpo opulento? Brian percibió aquel atardecer que a pesar de su volcánico amor, la aristócrata seguía invadida por una ola amarga de pesar, por la sempiterna degradación de haber sido rechazada por el emperador de Bizancio; y que oprimida por la pesadumbre, se resistía a perdonar y a olvidar. ¿Podría alguna vez recobrar su vitalidad, su inocencia y su alegría?

Dame Melisenda era cada día para Brian un territorio virgen por conquistar. Una mujer huidiza e inaprensible, que difícilmente exteriorizaba sus emociones.

Su boca firme, la intensa belleza y sus ojos verdemar se le ofrecieron con voluptuosidad al poco rato de hincar la plática. La muchacha se abalanzó sobre su amante y lo besó, prodigándole inflamadas caricias. El contacto de su cuerpo despertó en Lasterra el fuego de la pasión. Notaba su pecho palpitando pegado al suyo y notó su aliento cálido en las mejillas. ¡Cuánto lo necesitaba! Con sensualidad, la joven se soltó la cabellera, que cayó como una cascada por sus hombros. Brian desabrochó los cordones de la casta túnica que la envolvía, que se desparramó por la alfombra de Samarcanda. Se echaron en el tálamo, mientras los flameros reflejaban sobre sus siluetas una aureola cárdena.

El instante, los licores de Corinto y la luz hechicera, invitaban a la intimidad. Con el crepitar de los cirios, el hispano sintió los destellos de la mirada de su amor y se inclinó de forma silenciosa sobre ella. Entrelazaron sus dedos y doblegaron su indocilidad con besos y agasajos. Cada halago, cada roce, constituía un estallido de deleite. Sus miradas estaban cargadas de brillos incitadores y sus manos quemaban en los regazos. El caballero rozó las bayas tintadas de ligustro de sus senos, se escurrió en sus honduras y se retorcieron como las yedras en un muro. Mientras, la mirada perdida de Melisenda se escapaba hipnotizada entre los arabescos del techo, como si el incendio de sus venas la transportara al mundo de la nada. Finalmente gruñeron de deleite, atravesados sobre los cojines del diván.

Brian departió con su amante sobre la embajada a Bizancio, pero Melisenda callaba. La observaba llena de turbación, como si sus retinas estuvieran cegadas. Se mostraba extremadamente severa consigo misma, como si permaneciera al acecho de alguna perversidad interior o pugnara por ocultar su desasosiego. Ni tan siquiera las horas de amor gozadas le proporcionaban placidez y sufría por una tensión que invadía su espíritu de oscuras premoniciones, que Brian percibía.

El pecho había dejado de agitarse, la respiración se había sosegado en sus gargantas. Las candelas de la cámara se habían agotado y exhalaban tenues hilos blanquecinos. La jarra de vino de Qyos guardaba los posos y un suave perfume a dama de noche ascendía del jardín. Se adormilaron, pero Brian descubría con pesar que un veneno extraño se extendía por sus venas. Melisenda lo tenía en su poder, era una mujer vengativa, y no podía creer en sus promesas. Su cuerpo mentía cada vez que lo acariciaba. La tomó de la mano y rompió el silencio molesto.

—Debo regresar a Jerusalén. El príncipe me aguarda, amada mía.

—¿Ya quieres abandonarme? —le mencionó en tono de reproche—. Aseguran que Amalric y tú cabalgáis juntos y que adiestras a su hijo Balduino en el palenque. ¿No tienes miedo a contagiarte del mal leproso de ese cachorro real?

—Una legión de médicos lo cuidan, y cuando se ejercita lleva un velo sobre el rostro para empapar el sudor —le aseguró—. La higiene y las atenciones no pueden ser más esmeradas. No como, ni bebo, ni duermo con él, *dame* Melisenda. Descuida.

—Parece que estimas mucho a ese *mezel* desgraciado —le espetó.

—No he conocido un ser humano que soporte con más entereza una enfermedad. ¡Y además es un gentil mozalbete! A otro caballero normando y a mí, mientras cabalgamos o nos ejercitamos en la esgrima, nos enseña las maneras de hablar, vivir y saludarse con los judíos, los árabes y los griegos, cómo debemos presentarnos ante el rey, o un sultán y los rudimentos del Corán, así como el idioma árabe. Siento una verdadera veneración por ese príncipe afable y sabio.

—¡No durará mucho en el trono de Jerusalén! —aseveró perversamente—. La sucesión se complica. Quiera Dios que Amalric tenga más hijos varones y larga vida, o este reino se convertirá en pavesas.

—Balduino puede gobernar y hacerlo como su padre, créeme, Melisenda. Su valor corre parejo a su nobleza. Inspira consideración y respeto a cuantos le rodean, y cada día que pasa me ofrece su amistad sin trabas. Hablamos en francés y también en árabe. Será un gran rey, pues nunca profana su palabra y carece de doblez. ¿Qué príncipe atesora esas cualidades en la cristiandad?

Melisenda admitió los argumentos de su galán, pero siguió con su ironía.

—Veo que ha surgido entre el príncipe y el caballero una amistosa complicidad. Espero que no te arrepientas. Los secretos de los reyes queman los sueños de sus vasallos —comentó extrañamente premonitoria.

Las opacidades del ocaso se iban adueñando del cielo y en la atmósfera del aposento flotaba una atmósfera intimista. Brian la abrazó meloso.

—¿Por qué no te opones a tu pena con la misma pasión que Balduino rechaza su terrible padecimiento, querida? Puede significar un ejemplo para ti.

—Deseo como cualquier mujer la felicidad, pero nada pesa más al alma que un corazón engañado —le confesó—. Cuando me hallo entre tus brazos siento la dicha, pero cuando estoy sola se arremolinan en mi cerebro las nubes de mi vergüenza. Entonces creo morir de tristeza.

—Rezo a Dios para que esa tormenta desaparezca en ti. Mereces ser dichosa —le deseó Brian besándola.

—Tal vez si cuando te hallaras frente al emperador Manuel le sacaras los ojos en mi nombre, podría ver cumplida mi venganza y entonces sería feliz. Entretanto rumiaré mi deshonor como un suplicio enviado por el Señor.

Brian comprendió que jamás se alteraría el horizonte de resentimientos de la mujer a la que idolatraba. Habían compartido momentos de plenitud inconmensurable que no podían ser explicados con palabras, sino por el lenguaje inaudible del alma. Se incorporó y se cubrió con la camisa, derramando su mirada por el crepúsculo que se le ofrecía a sus sentidos. El brillo rojizo del sol sobre el mar de Tiro, las flores amarillas del jardincillo, el rumor que ascendía del puerto, el revoloteo de las alondras y el zureo de las palomas en el vergel lo sosegaron. Volvía a abandonarla otra vez y sufría en secreto por Melisenda, la Princesa Lejana, que soñaba extrañas venganzas bajo un dosel de tules.

Luego la amó de nuevo, como si aquel día fuera el último.

9

El emperador es el sol

Constantinopla, tiempo de Cuaresma del año del Señor de 1172

Tres ciudades habían sido fundadas bajo el símbolo de la magnificencia y el poder: Roma, Constantinopla y Jerusalén. Así lo habían anunciado los augures a lo largo de los tiempos. Nacida para la gloria, el destino de Constantinopla estaba trazado por la admiración del mundo, pero el crepúsculo de su esplendor apuntaba cercano. No obstante, no había palabras para ensalzar una ciudad tan embrujadora.

A Brian se le iba a abrir otro mundo desconocido y lo invadía el contento. Notaba como si hubiera tomado asiento entre los dioses del Olimpo.

El día de Carnestolendas, tercero anterior al miércoles de Ceniza, las gigantescas puertas de bronce de la capital del Imperio Romano de Oriente se abrieron a la embajada del rey de Jerusalén. Una entusiasta marea humana se dejó enbriagar por el desfile, apelotonada en las inmediaciones de la muralla, a pesar del frío. El firmamento era una refulgente bóveda del color del bronce, serena y plácida. Saludaban a la comitiva de Amalric I, al que arropaban dos regimientos a caballo de templarios y hospitalarios con las capas blancas y negras al viento, mientras un sol medroso sacaba destellos dorados de las trompas, tubas y flautas, de las banderas y de los uniformes y corazas de la guardia imperial. Brian, rígido sobre su yegua, admiraba a los bizantinos, congregados desde el alba para aclamar a su emperatriz, María, y al rey aliado, el Defensor del Santo Sepulcro. Lo precedían los estandartes reales, seguidos de una carroza donde era aclamada la familia real franca.

Cruzaron bajo el grandioso hipódromo, adornado con caballos de bronce y obeliscos egipcios; y se detuvieron para ser bendecidos por el patriarca Anaxágoras ante las puertas de Santa Irene y en la catedral de Hagia Sofía, la maravilla de Bizancio, rodeada de moreras blancas. Vitoreados por un público enfervorizado, se adentraron en la avenida de la Mesé, donde Brian, absorto con lo que contemplaba, admiró la más fastuosa calzada que jamás habían visto sus ojos. Enlosada con placas de mármol, sus pórticos estaban adornados con estatuillas de dioses paganos y de santos de la cristiandad. Centenares de mercaderes vendían bajo sus arcadas los objetos más exóticos de Oriente, en una algarabía de lenguas.

Traspasaron un arco fastuoso que habían adornado con láures de mirto, para desembocar en el Foro de Constantino, famoso por su gran columna púrpura que, aunque representaba al dios pagano Helios, recordaba al que dio nombre a su ciudad. Los rayos que salían de su cabeza, recubiertos de oro, no eran sino los clavos del madero santo de la Cruz. El emperador Manuel Comneno los aguardaba en el gran palacio, al que se accedía por la Columnata de los Perfumes, el bazar de las esencias y el Milión, la pilastra que medía las distancias entre la capital del Imperio y sus posesiones en el mundo. Un ejército de eunucos, funcionarios, patricios, generales y palafreneros dieron la bienvenida al rey Amalric I, a su esposa María, sobrina nieta del emperador, y a sus hijos Balduino y Sibila.

En medio de una etiqueta escrupulosa, fueron conducidos al Crisotriclino, el salón del trono, donde los *basileus* bizantinos, como Reyes de Reyes, recibirían a sus invitados. Una talla de alabastro de Jesús crucificado, con un lábaro morado de Cuaresma, como correspondía al tiempo litúrgico, presidía el friso del gran recinto al que se accedía por el pórtico del Lausiaco, donde se guardaban los regalos ofrecidos al emperador por los aliados del orbe conocido. Brian, que estaba extasiado con las maravillas de la ciudad, se quedó sin habla cuando concurrió al salón de recepciones, la Sala Dorada.

Los precedían el senescal, el patriarca Aumery y los dos grandes maestres, Odon de Saint-Amand, del Temple, con sus inmaculados indumentos blancos, y el prior del Hospital, fray Roger des Moulins, con la amplia capa negra y la cruz de Malta sobre el hombro.

No cabía mayor opulencia y solemnidad. Lámparas de oro colgadas como arañas, pesadas cortinas, mosaicos persas, iconos de sublimes belleza, santos cincelados con vestimentas regias y frisos fabricados con piedras preciosas y lapislázuli, exornaban la sala agradablemente perfumada por incensarios. El suelo, tallado en cedro, brillaba primorosamente taraceado.

«Esto parece la antesala de la mismísima corte celestial», pensó Brian.

El caballero descubrió que los emperadores de Bizancio, quizá para ocultar su decadente debilidad, se habían rodeado de un ceremonial complejo y excéntrico. El aire enrarecido se le hacía irrespirable, pero pretendía guardar en sus retinas tanto lujo y esplendor. En el frente, bajo un dosel de sedas tornasoladas, descubrió los dos tronos imperiales en oro macizo. Los escoltaban una veintena de hieráticos notables, dignatarios religiosos, las más altas jerarquías del Imperio y la guardia platina con los lábaros y los emblemas romanos. Los sitiales estaban vacíos, y todos, en profundo silencio, aguardaban la llegada de los emperadores.

«¿Atesoran quizá más respetabilidad con tanta y tan estéril pompa?», se dijo.

De repente, los *cubiliarii*, los servidores personales del emperador, corrieron el *lorthos* imperial, un grandioso velo de terciopelo carmesí, que ocultó los regios asientos. Al punto comenzaron a sonar las tubas y fanfarrias y el velo se fue descorriendo lentamente, revelando, para estupor del navarro, que los dos sitiales habían desaparecido. Pero un ruido inexplicable, desde una altura de unos treinta pies, atrajo la atención de Lasterra, que observó pávido cómo una plataforma con los dos tronos desaparecidos descendía pausada y solemne entre los efluvios del incienso y el fragor de unos engendros mecánicos, que se movían a su compás, hasta posarse lentamente en el piso. Al fin, mayestáticos e imponentes, el emperador Manuel y la emperatriz María de Antioquía, la rival que había arrebatado la corona a su amada Melisenda, aparecieron sentados en los sitiales en toda su grandiosidad, frente a los perplejos embajadores.

A Brian, la garganta se le secó de golpe. Se había quedado tan rígido como un virote. ¿Podía existir tan suprema grandeza en la tierra y tan teatralmente representada? «El trono de Dios debe de ser semejante», caviló estupefacto. Las manos le transpiraban y observó cómo el joven Balduino se sonrojaba con la parafernalia. Los dos augustos, envueltos en los mantos purpúreos, los *epikoutzoulon*s de sus antepasados y las coronas de oro y pedrerías, las *stephanos*, le evocaban a los dioses de la antigua Hélade. Y aunque el sueño del navarro no era admirar una corte principesca sino lidiar en el campo de batalla, aquel ritual lo arrebató de tal manera, que lo dejó sin pulsos.

«Ahora comprendo la decepción de Melisenda. Aquí se toca el cielo, y en el pabellón de Trípoli, donde ella permanece encerrada, se masca el purgatorio.»

—*Ho Helios basileuei*, el emperador es el sol! —declamó el chambelán.

—Me siento complacido con vuestra presencia. Bienvenidos a Bizancio —los saludó el emperador en un instante bendito para todos.

—Estamos impresionados por vuestra grandeza, venerable majestad imperial. Que Cristo preserve vuestra vida y salud —contestó Amalric—. Venimos de Tierra Santa para honraros, renovar el juramento de fidelidad y pediros consejo, augusto.

—Hablaremos sosegadamente esto días en Blanquernas,* mientras disfrutáis de mi hospitalidad —los emplazó el *imperator*, alegrándose con una vacua sonrisa.

* Palacio de recreo de los emperadores bizantinos.

Manuel Comneno, que consideraba a los *frany* como bárbaros a los que sólo se podía tener sujetos con el miedo y el oro, los recibió con beneplácito y extrema deferencia, pero en el fondo se mostraba desconfiado. Era un hombre que se sentía solo y temeroso. Únicamente le interesaba, después de las derrotas sufridas frente a Saladino y Nur ad-Din, proteger las fronteras de su Imperio. Jerusalén era una quimera.

La coalición cristiana de Oriente no era posible ante tan poderoso enemigo acosándolo en sus mismas fronteras. Sabía que los restos del antiguo Imperio romano que él regía se deslizaban hacia y la destrucción total, y sólo trataba de detenerla. Brian creyó que recelaba de Amalric y que quería disipar cualquier sospecha sobre su ayuda al reino de Jerusalén. Su poder estaba tan agrietado como su rostro, ceñido por una barba rala, gris y pajiza, y marcado con unas bolsas amoratadas bajo sus ojos. Parecía carecer de cuello y su voluminosa cabeza se encastraba directamente en los hombros.

Se inició la *Praxis*, el ritual de bienvenida y el besamanos. El chambelán golpeó el suelo tres veces y las más altas dignidades —patricios, mariscales y embajadores— pasaron ante los emperadores inclinando la cabeza con respeto. Pero súbitamente un musulmán vestido con una túnica blanca recogida con un cinturón rojo, y con aspecto de asceta, se incorporó a la hilera de agasajadores. Esbozó una respetuosa reverencia al pasar ante el rey Amalric, que le correspondió con una leve sonrisa.

Nadie pareció prestar atención al gesto, salvo el orgulloso maestre templario Saint-Amand, quien, atónito, y al parecer enfurecido, se dirigió a su alférez en voz baja, protestando indignado por la presencia ante cristianos del místico ismaelita. Sin embargo, el reproche le llegó nítido a Brian, situado tras ellos, que observó cómo se agriaba el gesto del prior templario.

—¿Qué hace aquí ese *hashash*? —le susurró enojado.

—¿Os referís, *sire*, a ese sicario de Alamut?

—¿A quién si no? ¿No lo ves? —Siguió indignado—. Es un enemigo de Dios y un peligro letal para cualquier gobernante.

¿Por qué ha saludado a Amalric? ¿Qué deslealtad se está fraguando aquí? No se detienen ante nada, *mort de Dieu*.

Sus palabras, contundentes como un epitafio, no tuvieron respuesta, pero alarmaron a Lasterra. ¿Quiénes eran en realidad aquellos misteriosos «asesinos», que tanta preocupación y rechazo habían provocado en el gran maestre templario? ¿Por qué le había contrariado que mantuviera una cortés consideración con Amalric? Un gesto de sorpresa recorrió la mente de Brian. ¿Acaso no traslucían gravedad las palabras acusadoras del prior del Temple? Instintivamente se preocupó por su rey. ¿Habría alertado Saint-Amand de algún peligro inmediato?

La estancia en Bizancio, que presumía de diversión y solaz, presagiaba un panorama inquietante y enigmático.

La comitiva real de Jerusalén se mostraba complacida en la capital del Imperio. Gozaban del favor de Manuel y se sentían sumamente honrados.

El emperador invitó al rey Amalric a una jornada de caza.

Tímidamente, en el residuo de la noche, las estrellas colgadas del firmamento se ocultaron con el alba. Los cazadores y batidores cabalgaron hacia los bosques de Filopatón a través de las sombras de las primeras luces, atravesadas por un sol medroso de primeros de marzo, en el nacimiento de la estación de la vida. Aún flotaban jirones de niebla en los palmerales y un viento frío cortaba sus rostros. La partida de jinetes y perreros, dirigida por el montero mayor, se asemejaba a un ejército furtivo envuelto en arneses vaporosos.

Brian, que cabalgaba al lado del somnoliento príncipe Balduino y de Gawain el normando, volvió sus ojos hacia Constantinopla, que despertaba en la lejanía como un caravasar opulento apostado a la sombra de los ribazos del Bósforo, el Cuerno de Oro y la Propóntide. La visión era mágica y deslumbrante.

No habían comparecido en la patrulla de caza los dos grandes maestres, pues sus reglas no le permitían tomar parte en ejercicios de cetrería y rastreo. El rey sonrió para sus adentros. Era la oportunidad que estaba aguardando, verse libre de la tutela de los dos priores, en especial de Odon, del Temple, por el que sentía una enojosa antipatía. Gestionaría una conversación privada con el emperador de un tema capital para su reino que lo inquietaba desde hacía meses y detestaba su presencia.

No anhelaba otra cosa desde su llegada a la capital del Imperio.

Cazaron durante toda la mañana en las espesuras, aspirando las resinosas fragancias y cruzando riachuelos y quebradas tras las manadas de ciervos, corzos y jabalíes. A Brian le atraía el aroma de la naturaleza, el tumulto de los cuernos de caza, el desafío ante las embestidas de las fieras y la soledad de la selva. Y mientras perseguían las presas, observaba la impulsiva presteza del monarca Amalric, con el que cada día que pasaba adquiría una relación que iba más allá del respeto y la sumisión, hacia una amistad sin tapujos.

La servidumbre, al rayar el mediodía, preparó un almuerzo en un calvero del bosque, bajo la sombra benefactora de un hayedo gigantesco, para restaurar las fuerzas de los exhaustos cazadores. Un tapiz alfombrado de florecillas blancas confería al lugar una calma que invitaba al sosiego y la plática. El emperador, un hombre escrupuloso y distante, que parecía un misántropo solitario y amargado, jadeaba al menor esfuerzo. Parloteaba moviendo las manos, mientras Amalric asentía con sumisión, carcajeándose de sus bromas con su innata risa contagiosa.

Cuando se servían los postres, los caballeros se fueron tras las damas y quedó en el pabellón imperial un reducido número de leales de ambas cortes, Balduino y sus dos caballeros escoltas, Brian y el normando, Plancy *Tiberias*; el atrabiliario obispo Héracle, que por unos días había dejado a sus amantes en Jerusalén, uniéndose a la plática el *logoteta* o cónsul imperial y el mariscal. El emperador, que bebía en una copa de oro con asas argentadas, miró a Amalric con interrogativa mirada. Desde su llegada a Constantinopla lo había notado profundamente inquieto.

Y Amalric no fingía.

Las facciones de Manuel se mostraban inescrutables, pero se

dio cuenta de su nerviosismo. El emperador lo interrogó en un tono solícito, con los ojos fijos en él.

—¿Qué incertidumbre te intranquiliza? Creo conocer cada rincón de tu mente y sé que te preocupa algo. Se trata de algo personal, o concierne al gobierno de tu reino. Me gustaría dar contento a tu corazón. Te escucho, sobrino.

—Estamos ante oídos fieles y os hablaré con llaneza, majestad imperial —le contestó en la jerga pulana, franco sazonado con palabras árabes y armenias—. Veréis: en la ceremonia de bienvenida descubrí en el salón del trono a un discípulo del Viejo de la Montaña. Ya sabéis, uno de esos terribles *hashashin* o asesinos ¿Los conocéis bien, señor?

Nadie esperaba aquella consulta que gravitó provocadora en los oídos de los bizantinos. La conversación se prometía tensa. De todos era conocido el tartamudeo del rey de Jerusalén. El emperador frunció el ceño y dudó en responder, aunque aquel rey impulsivo estuviera casado con su sobrina predilecta.

¿Tanto temía Manuel a los sicarios de Alamut?

¿Qué espantoso secreto escondían?

10

El secreto de los asesinos

El ambiente era reprobador, casi de alarma, y los bizantinos cuchicheaban entre sí.

Manuel ya no sonreía, sino que liberaba extrañas inspiraciones por su boca. Al fin, al emperador, en un tono sin inflexiones, le borbotaron las palabras.

—¿Por qué quieres saber de ellos, Amalric? —señaló precavido.

—Os contestaré después, tío. Me acucia una grave incertidumbre. Os lo ruego, esclareced mis dudas, está en juego la supervivencia del Reino de Dios.

Apresado en la pregunta, Manuel esbozó un gesto de recelo.

—¿Respondes de la reserva de cuantos caballeros te acompañan? —demandó sopesando el compromiso del ruego—. Hasta hablar de ellos lejos de sus oídos puede resultar fatal. Esos diablos se disfrazan de lo más inimaginable y pueden hallarse en cualquier lugar, incluso aquí mismo.

—Como respondo de mi fidelidad a los Evangelios, majestad.

Manuel pensó lo que iba a decir, pues su miedo era real.

—Escucha entonces y aliviaré tus dudas —refirió Comneno bajando la voz—. Aquí en Bizancio se los conoce como los batiníes, «las gentes del secreto». En Siria y Persia se los llama *hashashin*, o comedores de hachís, y también *ghulat*, o fanáticos. Se trata de un ejército secreto de fanáticos que se oculta en sus escondrijos de Alamut y Masyaf, peñascos cortados por desfiladeros inconquistables. Verdaderas guaridas del diablo, créeme. A veces hasta las nubes las ocultan, desapareciendo de los ojos de los mortales. Su sola mención intimida, pues su brazo ejecutor llega a los lugares más insospechados.

—Necesito saberlo todo de ellos, señor. ¿Creéis que puedo confiar en la buena fe de esos sicarios que asesinan y perpetran venganzas ejemplares sin temblarles el pulso?

Tras salvar el primer recelo, Comneno soltó su lengua. Estaba intrigado por las preguntas de Amalric, que de seguro conducían a un reservado secreto que deseaba saber.

—¿Confiar en ellos? Yo confiaría antes en un áspid del desierto —afirmó de manera categórica—. ¡Tan sólo te diré que hasta Saladino los teme como al mismo diablo! ¿Sabes que desde hace años el señor de Egipto duerme con una cota de malla por temor a ser asesinado por esos homicidas? Nadie está libre de los crímenes de los asesinos de Alamut, pues actúan en la clandestinidad con total impunidad e inmunes al peligro. ¡El Maligno los asiste y los alienta!

—Sé que sus crueles proezas se relatan en secreto en las calles y plazas. Y hasta mis capitanes temen el puñal invisible de alguno de esos «asesinos». Pero ¿quiénes son realmente los *fidayin* de Alamut, majestad?

No reaccionó Manuel con su habitual afabilidad, sino escamado.

—Los *fidayin*, que significa «los que se sacrifican», han sembrado el pavor a lo largo de un siglo desde los farallones de las montañas del Rumbar, bajo el gobierno del Viejo de la Montaña, quien adoctrina y manda a un grupo de exaltados, indomable e invisible y una tupida red de agentes que recorren Oriente en busca de informaciones, prestos a acuchillar a cualquier renegado de la fe musulmana, o algún enemigo que les estorbe. Por eso son tan temidos. Sublevan a las gentes contra los gobernantes que se desvían de la fe, se filtran en las mezquitas, en los mercados y en los campos de batalla donde acechan a sus adversarios, o los que muestran tibieza en sus prácticas religiosas. Y allá donde su jefe les ordena, organizan sangrientas revueltas y asesinatos teatrales que amedrentan al pueblo. ¡Son verdaderos demonios!

Amalric, que quería ir más lejos, pensó la pregunta, y señaló:

—¿Consideráis entonces a la secta de los «asesinos» como un temible instrumento de guerra al que debe temer como gobernante?

—Te diré una cosa, Amalric, y no la olvides nunca. Esos sicarios comedores de hachís pueden acabar con el más amenazante de los ejércitos sembrando el terror con acciones aisladas, pero decisivas. Yo siempre los tendría como aliados.

El emperador hizo una pausa y aunque ignoraba dónde quería llegar, siguió:

—La osadía y el fanatismo de esos sicarios no conocen límites. Pueden asesinar en la clandestinidad a los personajes más respetados sin que se mueva una hoja. Es como si un puñal invisible recorriera tronos, cámaras reales y púlpitos, sin ser alertado. Controlan con su terror un vasto territorio que va desde Siria y Persia hasta Kuhistan. Sus misioneros, los *dai kabir*, llevan una vida errante predicando el credo shií, el único que creen verdadero, y los *fidayin*, sus ejecutores, forman un formidable instrumento de matar en manos de su maestro, el Viejo de la Montaña.

—Siguen el lema de matar a un gobernante y atemorizar a cien mil seguidores —se rió irónico el monarca cruzado—. Inteligente táctica, majestad.

—Algo así —corroboró el emperador—. Predican el rigor del credo musulmán shií, convierten a los relapsos y asesinan a los heréticos. El círculo de sus adeptos es desconocido y la audacia de sus actos resulta insólita y monstruosa. El señor de Alamut ha inventado una máquina hasta ahora no ideada, pero que es terrible para enfrentarse a sus enemigos: el terror psicológico. Los dirigentes turcos y los suníes de estos territorios, sus más deletéreos adversarios, saben que entre su guardia personal se ha infiltrado inexcusablemente algún *asesino*, y por eso temen y reverencian al Viejo.

Amalric emergió con dificultad de su asombro. Estaba impresionado.

—¡Asombroso! El miedo, utilizado como arma de guerra —aseveró el rey, que devolvió con presteza la plática a lo que intentaba conocer—. ¿Y su religión les permite convertirse en asesinos, *sire*? ¿No va contra la Ley de Dios y del Corán?

—Deduzco, Amalric, que algo muy importante referido a esos esbirros de Alamut se fragua en estos territorios, pues si no, no me someterías a este interrogatorio. Parece obsesionarte esa secta.

—Así es, mi emperador, y en unos instantes os desvelaré el motivo. Deseo vuestro consejo y es una de las causas por las que he venido a visitaros.

—Me hago cargo, Amalric, y muy grande ha de ser ese secreto que quieres confesarme —apuntó, intrigado, Manuel—. Bien, sea por la gloria de Cristo, como me aseguras. Te diré también que se proclaman a sí mismos como seguidores de Ali y buscan el sentido esotérico del Corán. Sus doctrinas son una mezcla de las enseñanzas de los sufíes, de algunas creencias de la vieja religión persa de Zoroastro y de los credos ismailíes. No obstante, los doctores musulmanes suníes, sus enemigos, los estiman herejes. Yo, que nunca los he perdido de vista, los considero como un movimiento de iniciación mística, una especie de caballería espiritual musulmana.

—¿Parecida a nuestros templarios, pero islámica? —preguntó el rey de Jerusalén.

—Podría entenderse así —le repuso—. La *Yaw an mardi*, una tradición caballeresca muy arraigada en Asia desde hace siglos, les sirvió como norma que debían seguir; y muchos de sus modelos han sido copiados al pie de la letra por el Temple. En el fondo se ven con buenos ojos y se respetan.

La información no le pareció nada alentadora a Amalric.

—¿Creéis que a ambos los mueve un mismo fin? —insistió el rey.

—A veces lo parece —reveló sorprendentemente—. ¡No te muestres tan incrédulo! Está claro, Amalric. Los *hashashin* de Alamut son de raza persa y odian con toda su alma a los turcos y a los árabes, enemigos también del Temple. Poseen afinidades que me han desconcertado siempre. Comparten fronteras y en la fortaleza templaria de Tartous mantienen contactos de toda índole, comerciales, guerreros y culturales. Eso es sobradamente conocido y mis agentes podrían ilustrarte de su íntima relación. ¡Paradójico, pero cierto!

Amalric siguió indagando, y el emperador se preguntaba con qué intención. ¿Acaso el poder de los «asesinos» no estaba difundido por todas las cancillerías de Oriente? ¿Por qué razón le hacía preguntas tan precisas? Estaba seguro de que en breve escucharía un misterio que lo intranquilizaría, y frunció las cejas.

—¿Y esa fama de depravados consumidores de alucinógenos?

—Bueno, eso es lo más llamativo, pero no lo más importante —puntualizó Manuel—. En realidad, en Siria y Persia el hachís ingerido, no fumado, está permitido desde el principio de los tiempos, ya que creen firmemente que las flores del cáñamo estimulan la conciencia mística. Toman esa hierba mezclada en tortas dulcificadas con sésamo y azúcar en un lugar que ellos llaman el Jardín del Paraíso, un pabellón de cristal alzado en los jardines de Alamut rodeado de vergeles y fuentes. En ese oasis edénico los *fidayin* ingieren esas drogas mientras son servidos por huríes bellísimas y deleitosas que los contentan con placeres inimaginables que harían enloquecer a cualquier hombre con sangre en las venas.

—Y con la promesa de alcanzar ese edén eternamente son capaces de obedecer la orden de su guía, e incluso de matar a un rey o a un sultán.

En una declaración comedida, Manuel asintió paternalmente:

—¿De qué te extrañas? Un cerebro alucinado en tu poder puede transformarse en un arma muy poderosa, Amalric, pues la puedes dirigir a tu antojo. Son maestros en degollar o envenenar a sus víctimas mientras duermen, sin dejar el menor rastro.

Amalric contuvo la respiración. Sus oídos estaban en alerta.

—¿Y es cierta esa aureola de santones que envuelve a sus líderes?

—No conocí a su fundador, el *sheij* Hasan Sabbah, un fugitivo, un paria. Fundó la secta hace más de un siglo, y se convirtió en el terror de la región. Sus caballeros, los *dai*, vestían un hábito blanco con un cinto rojo, como los templarios. Estudió en la Casa de las Ciencias de El Cairo donde intimó con los poderes de «la hierba de la confianza», el hachís, que según él ayuda a soportar las penalidades y el tormento, aparte de poseer cualidades afrodisíacas. En Alamut, Hasan adiestraba a sus acólitos en el manejo de las armas, los ejercitaba en la piedad y en el estudio de las lenguas, formando una élite de monjes guerreros prácticamente invencibles, que luego actuaban en el secreto de las sombras. Los sucesivos Señores de la Montaña, sus sucesores directos, se han ganado la fidelidad ciega de los *fidayin*, a los que les prometen si mueren en acto del deber los mismos placeres vividos en su paraíso particular. Por eso son tan terriblemente amenazadores y temidos en la región.

—¿Es ahora la orden igual de poderosa que en tiempos de Hasan? Intuyo por lo que luego os desvelaré, que revelan signos de debilidad.

—También yo lo creía, pero no es así. Siguen igual de fuertes. Decayó algo su virulencia en tiempos de su sucesor Kiya Burzug. Pero el actual Viejo de la Montaña, Rashid ad-Din as-Sinan, ha recuperado su inicial eficacia. Me envió un embajador de buena voluntad, que el otro día conociste en la recepción. Sinan es un hombre de carácter introvertido e indeciso, pero lo envidio porque posee la mejor biblioteca del mundo. Lo considero un líder sabio y piadoso que induce a sus discípulos a sentimientos bondadosos.

—Cuyo mayor enemigo, aunque no se atreva a atacarlos, es precisamente Saladino, nuestra mayor pesadilla. ¿No es así, majestad?

—Claro está —respondió el emperador—. ¿Quién ignora que los asesinos aborrecen a los suníes y a los turcos advenedizos y que son aliados seculares de los fatimíes de Egipto, sus hermanos de fe? Por eso detestan con un odio infinito a Saladino, que ha impuesto por la fuerza el credo suní en el país del Nilo asesinando a cientos de sus hermanos. ¡Reniegan de él y lo odian!

—Cualquier día podrían asesinarlo y su muerte significaría la paz y un respiro para ellos y para nosotros —ironizó Amalric, que esgrimió una sonrisa ladina.

—Ya lo intentaron en el sitio de Alepo y no lo consiguieron.
—¿De veras?
—Sí —explicó el emperador—. Aunque no ha trascendido, fui informado por mis agentes de que fue atacado en su tienda por un «asesino de Alamut». Le asestó una cuchillada en la cabeza, aunque salvó la vida milagrosamente. Presa de un arrebato de furia, Saladino puso cerco a la fortaleza de Masyaf, con idea de exterminarlos y sembrar de sal sus campos. Sin embargo una noche, a pesar de la cerrada protección de la guardia, y de un manto de arena impoluta extendido alrededor de su perímetro, que además iluminaban cientos de antorchas, apareció una torta envenenada en su almohada con este mensaje: «Estás en nuestras manos». Saladino levantó el asedio y volvió a Damasco, aterrado. Su miedo era tan real como su alarma. Desde entonces jamás ha irritado ni molestado más al Viejo de Alamut.

—¡Increíble! Entonces, majestad, no preciso de más pruebas. Es evidente que su poder es incuestionable —se convenció el rey ante la apabullante información del cansado emperador, que bebió un trago de agua helada.

—Como tu malsana ansia de saber de esa secta famosa por la audacia de sus acciones —replicó irónicamente Manuel—. ¿He satisfecho tu curiosidad? ¿Por qué ese interés en esa raza maldita, hijo? Has preguntado mucho y sembrado en mí la inquietud. ¡Por Dios vivo!

—Porque Jerusalén y la fe de Cristo se juegan mucho, majestad.

Manuel Comneno no se sentía tranquilo y observó en silencio al regio marido de su sobrina sin saber qué responderle. ¿Qué quería insinuar?

—Ahora os voy a revelar la causa de mi curiosidad señor. Escuchad.

—Ardo en deseos de oírla. Habla, te presto atención —apremió el emperador.

Únicamente se percibía el rumor de un manantial de aguas turbulentas, que brotaba en un herrumbroso roquedal cubierto de robles. El emperador frunció el ceño pues temía una revelación indeseada del soberano de Jerusalén, quien consideró sus palabras con formalidad. Alisó su manto, se secó el sudor y tamizó sabiamente su silencio. Luego relajó el semblante y sus cejas rubicundas. Y sonriendo misteriosamente, corrió el velo del secreto:

—Rashid ad-Din al-Sinan, el Viejo de la Montaña, me ha enviado una carta manuscrita en la que me asegura que él y sus adeptos están dispuestos a convertirse a la fe de Cristo y aliarse conmigo. ¿Entendéis ahora mi curiosidad?

El emperador se descompuso y su artificiosa fachada se derrumbó. Permaneció inmóvil, como absorto por la insondable sorpresa. La barbilla se le estremeció y se asió con fuerza a los brazos del sitial. Amalric, mientras tanto, examinaba los rostros del reducido círculo de ministros y caballeros y en todos observó signos de estremecimiento, confusión y duda. Su asombrosa revelación no había sido nada tranquilizadora, y si el palacio de Blanquernas se hubiera prendido en llamas, no habría provocado tanto desconcierto en los cortesanos, que se quedaron mudos, mirándose unos a otros. ¿Había entrado Amalric en un estado de transitoria demencia?

—¡Por la Santa Lanza! —barbotó Manuel con los ojos desorbitados—. Es la confidencia más inconcebible escuchada en estas tierras desde la llegada de los primeros cruzados. ¿No tratarás de impresionarme y de reírte de este viejo emperador? Has conmocionado mis oídos, sobrino.

—Que mis palabras os inspiren total confianza, augusto señor —replicó el rey—. Esta misma tarde tendréis en vuestras manos la carta y la petición firme de una entrevista en Jerusalén, aunque me pregunto hasta qué punto debo creerlos.

—¡Me cuesta trabajo admitir esa locura! —dijo el emperador—. ¿Quieres de verdad sellar una alianza con esos despiadados asesinos?

Amalric esgrimió todas sus dotes de persuasión.

—¿Alcanzáis, majestad, la dimensión política de la retractación de su fe del Viejo de la Montaña? La paz en los territorios del norte y poder usar como aliada su poderosa y escurridiza red de agentes, me animan a tenderles la mano. Merece la pena la alianza. ¡Puede cambiar el escenario de Tierra Santa a nuestro favor!

—No veo cómo, Amalric.

—Pues cambiando el equilibrio de fuerzas en Oriente, mi señor. La coalición de Damasco y Egipto es la más temible amenaza que se cierne sobre mi reino, que soporta la tenaza de Nur ad-Din por el norte y de Saladino por el sur; si los discípulos del Viejo de la Montaña abjuran de Mahoma, será Saladino quien notará en su nuca el aliento de los «asesinos». Es una jugada política maestra.

—Entraña también un gran peligro. Y ¿no será interesada su inaudita decisión?

—No lo creo, son temores infundados. Resulta esencial para mí asegurar a mi descendencia un reino en paz y poderoso. ¡La cristianización de los «asesinos» es un regalo llegado del cielo! Una ocasión única para perpetuarnos en estas tierras y un golpe de gracia que Saladino encajará difícilmente.

Manuel hizo una mueca de disgusto. Desconfianza con el regio antojo de Amalric.

—Sí es cierto..., pero no me inspira sinceridad esa conversión. La debilidad es cierto que acarrea despiadadas luchas por el poder. Pero ¿por qué va a arriesgar Alamut una posición de privilegio? Resulta evidente que si se convierten al cristianismo dejarán de pagar el tributo de diez mil piezas de oro del Sudán a los templarios, pues Roma no permite cobrar parias a hermanos en la fe. ¿No los guiarán pretextos monetarios y espurios? —recordó Manuel resistiéndose a creerlo.

Amalric se sintió avergonzado y tartamudeó. Pero se defendió firme.

—Lo he pensado en la clandestinidad de mis meditaciones, augusto tío, y quiero creer que no es una falacia. La conversión a la fe del señor de los asesinos de Alamut se celebraría en todo el orbe cristiano como un milagro de la Providencia divina. La Cruz vence al islam. *Sire* Manuel, se trata de una ocasión única para la humanidad.

—No cabe duda de lo asombroso de la revelación y de los

efectos imprevisibles para los reinos cristianos de Ultramar, es cierto. Una abjuración de esa naturaleza no es un tema baladí, sino un giro político de imprevistas consecuencias para el islam y para nosotros —replicó el emperador—. ¿Lo sabe el Papa?

—Lo conocerá cuando los legados se reúnan con el patriarca Aumery y conmigo en Jerusalén, y nos expresen cara a cara sus verdaderas intenciones.

El emperador regaló al rey una mueca poco confortadora.

—No me fío de esa mudanza tan repentina. Se quieren vincular a la Iglesia de Cristo ficticiamente para ver a los suníes y a Saladino derrotados, así como por liberarse del oneroso tributo templario, que los sangra y que se resisten a pagar. Acepta mi consejo, Amalric, sé cauto en esta negociación. He sobrevivido a muchas traiciones políticas en mis años de gobierno del Imperio, y ésta puede acarrearte graves complicaciones. Lo presiento y hasta temo por tu seguridad y por tu vida.

—¿Por qué esa preocupación, majestad? ¿Por qué teméis?

—Quienes se acercan o mantienen tratos con los *assasiyum* tienen garantizada la muerte —apuntó rotundo.

Amalric insistió en la apasionada defensa de su testimonio.

—Sólo temo a mi condenación eterna —replicó Amalric concluyente.

—Muéstrate precavido, sobrino; los templarios no se mostrarán dispuestos a renunciar a un tributo que llena sus arcas. Necesitan que sigan siendo infieles a la Cruz. Es sabido que los Pobres Caballeros de Cristo muestran un celo ardoroso por el oro y que no renuncian ni a un dirham de cobre así como así.

Amalric se recobró de las sospechas del emperador.

—Entre el reino de Jerusalén y los templarios se libra una guerra sorda, cerrada e insidiosa. Es como tener al enemigo dentro de mi alcoba, majestad.

—Haz lo que te dicte tu conciencia, pero te prevengo que los templarios y el conde de Trípoli, don Raimundo, a quien esos demonios de Alamut mataron a un hijo, se te opondrán con todas sus fuerzas a tu plan —le aseguró con severidad.

—Sé que no contaré con su apoyo, pero he concebido un proyecto de supervivencia y lo defenderé con ellos o sin ellos. ¡Os lo juro, *sire*!

—Llevas en tu corazón la estrella de la fortuna y espero que lo logres, Amalric —lo animó Manuel palmeándole el hombro.

Brian, tras Balduino, atento a cada uno de los movimientos de los cortesanos, no le pasó inadvertida el rostro lampiño del obispo Héracle, que parecía regodearse con la rotunda promesa del rey. ¿Estaban en connivencia? ¿Sabía el clérigo algo de importancia capital que escondía? ¿No era conocida en Jerusalén su aversión a la Orden del Temple? Para el caballero hispano la sola mención de los «asesinos» le resultaba aterradora. Creía que era una leyenda que sólo concernía a los musulmanes, pero por lo oído a su rey, entraría muy pronto de lleno en sus vidas.

El emperador y el rey se cogieron del brazo y dialogaron en privado durante un largo rato. ¿Por qué Manuel lo prevenía de los templarios y de los asesinos, augurándole dificultades sin cuento? ¿No se suponía que como cristianos los monjes guerreros del Temple debían sentirse complacidos con tan grandiosa conversión? ¿Por qué el calculador obispo de Cesarea se relamía de placer con la noticia? ¿Ocultaba algún secreto sólo conocido por él?

Lasterra recordó entonces la recomendación de *dame* Melisenda: «Los secretos de los reyes pueden empañar tus sueños y arruinar tu vida. No te acerques demasiado a su aureola o lo lamentarás. Carecen de piedad y no tienen amigos, salvo ellos mismos».

De momento, a Brian le parecía que levitaba al lado de personajes de tanto porte y poder, entre los reflejos irisados del sol de Bizancio. El emperador Manuel, señor del Imperio Romano de Oriente, se creía el árbitro de Tierra Santa, aunque el Papa de Roma opinaba que él también lo era; y con la llegada de los francos y la irrupción en escena de Saladino, aquella parte del mundo se había transmutado en un escenario de contrapesos imposibles que pendían de un hilo sutil y letal.

«¿Cambiará el destino del reino de Jerusalén con el proyecto político que pretende mi admirado monarca?», reflexionó Lasterra.

Con alivio para Brian abandonaron el musgoso bosque ensombrecido por la maraña de ramas, que apenas sin dejaban traspasar la luz glauca del atardecer, propicia para los secretos. Cabalgó tras Balduino, sumido en sus pensamientos, e instintivamente dispuso sus sentidos en alerta.

El áspid del riesgo y el desafío serpeaba por las botas del rey de Jerusalén.

11

El Lirio de San Juan

Palestina, primeros días de junio del año del Señor de 1173

Urso de Marsac, el templario, desembarcó de incógnito en Acre.

Los huertos estaban en flor y los naranjos, albaricoques y cidros exhalaban una fragancia embriagadora junto al aroma a bálsamo de Jericó y canela de Omán que emanaba de los caravasares del puerto. El equinoccio de verano había comparecido en Levante con una calidez ardiente, sólo mitigada por la sombra de las palmeras y la brisa del mar. Las moscas que erraban en nubes negras eran un tormento, y ni con los espantamoscas era posible liberarse de su tortura.

Despojado de sus hábitos templarios, Marsac no parecía un miembro de la fraternidad de monjes de la Cruz, sino un beduino del desierto con un tupido turbante azul y un *jimar* cubriéndole el rostro. Se había rapado los cabellos albinos y la barba para no ser reconocido; sin embargo, el mentón anguloso y su piel lo revelaban como un occidental, hasta el punto de que en la caravana lo llamaban *zorkan*, «ojos azules».

Se cumplía casi un año de sus inquisitorias por Occidente y Oriente y pocas pistas del tesoro robado se le habían ofrecido como verdaderas. Había visitado Toledo, la capital esotérica del orbe, y husmeado en los tenduchos de libros y códices del Zocodover y en las callejuelas de San Román, donde en sus copisterías podían comprarse grimorios del saber arcano, pero no alcanzó el éxito deseado. En Palermo frecuentó los bazares cercanos al palacio de la Zisa, donde abundaban los objetos robados en palacios y monasterios; en Constantinopla recorrió la Vía Ateniense y la avenida de la Mesê, lugares aptos para hacerse por una buena bolsa con los secretos del fuego griego, de la furcia más cara de Asia y también del objeto más buscado del Mediterráneo, pero tampoco halló la más mínima pista.

«¿Quién lo guarda y para qué? Nunca desentrañaré este embrollo.»

Descorazonado, Marsac pasó a Chipre, término de cita de los mercaderes más bellacos y los piratas más desalmados del mar de Poseidón, quienes no tenían ni la menor noticia de lo que buscaba, tomándolo por loco. Aquella carencia de señales lo tenían fueran de sí. «¡Por la Pasión de Cristo, ansío un indicio, uno solo! ¿Dónde se halla ese endemoniado tesoro?» Su objetivo era devolver los hilos sueltos a la madeja del orden templario, castigar a los causantes del expolio y de camino tejer el tapiz de su destino hacia las más altas instancias del Temple, su gran ambición. Pero el azar le era esquivo. Jamás hallaría las extraviadas riquezas de la encomienda de Londres.

Precisaba de una intervención divina para conseguirlo, pero ésta no se consumaba. Mostrando el Abraxas, el sello secreto del Temple en la encomienda de Acre, se hizo con caballerías, salvoconductos y productos de mercadería con los que hacerse pasar por un proveedor occitano. Se presentó en los zocos de Palestina como tratante de tahalíes de cordobán, bocados de caballos, tratados antiguos e incensarios armenios. Tras investigar infructuosamente en Haifa, Cesarea, Arsuf, Jaffa y Jerusalén, y reunirse con agentes templarios, bribones de la peor calaña, soplones, estibadores de puerto y mercenarios, a los que hubo de untar con abundantes dinares de oro, se decidió a cruzar el territorio de sur a norte acompañando a unas caravanas en ruta desde El Cairo hasta Alepo.

«Los objetos robados se hallan en Siria o Palestina, pues allí es donde se dilucida el futuro de nuestra orden —le había asegurado el comendador de Jerusalén tras reunirse con él en Hebrón—. Rastrea esas tierras, y lo hallarás.»

Pero su hipótesis de que había sido robado por los sicarios negros del Hospital le seguía rondando la cabeza, y a su principal fortaleza se dirigía, convencido de hallarlos. Molesto por el calor y el traqueteo de su cabalgadura, Urso viajaba con Warim, su escudero, y Togrul, un turcópolo templario camuflado, que tiraba de una mula que trotaba bajo su carga, tras una reta de camellos de dos jorobas de Qaxán, los mejores para el mercadeo, y casi inmunes al agotamiento.

Había forjado muchas conjeturas para penetrar en el misterio de aquel asombroso robo y concatenado ideas disparatadas sin elaborar una conjetura definitiva. Según los agentes de la orden, el desfalco podía haber sido consumado por emisarios a sueldo del Hospital, suposición más que probable, pero también por los asesinos de Alamut, capaces de las mayores mezquindades y molestos por el tributo que les pagaban desde hacía años. Pero ¿su vengativo brazo podía llegar tan lejos? Igualmente señalaban con el dedo acusador a Amalric, que los culpaba de desobediencia y arrogancia, y que se deleitaría viéndolos arrodillarse a sus pies; en último lugar sus informadores habían conjeturado acerca de los esbirros a sueldo de Saladino, aunque Urso lo creía poco probable, pues el general kurdo admiraba el valor de los soldados de la cruz y los respetaba.

Mientras los acemileros hacían crepitar sus látigos, notó que Tierra Santa había cambiado desde que la había pisado la última vez. Los guerreros se ocupaban de guardar los caminos en vez de combatir y el pueblo permanecía en paz, en medio de una libre y tranquila circulación de bienes y de hombres, gracias a la política conciliadora de Amalric y del pacto de no agresión con Saladino, que en las delicias del Nilo esperaba una debilidad de los *frany* para asaltar Jerusalén.

Con expresión de tedio, Urso contemplaba la larga cuerda de camellos, dromedarios y caballos de la expedición, que traficaba con seda de Ispahán, incienso de Saba, cerámica qaxaní, mirra, algodón y lino egipcio, miel de Alejandría y cristales de Montecarmelo. Nada lo entretenía y se desesperaba urdiendo sospechas sobre el paradero del tesoro robado en Londres.

En Jaffa se unieron otros viajeros, y entre ellos el templario observó que en medio de una recua de camellos sobresalía sobre los lomos de un animal una tienda bamboleante recubierta de cortinas de tul, el refugio de una dama, al parecer de alcurnia, custodiada por dos hombres armados, jinetes de caballos kurdos.

De vez en cuando extendía su mano anacarada y sacaba el pañuelo, como si a través de sus dedos respirara el aire del camino. Entonces Urso ponía en marcha su imaginación y se olvidaba de sus preocupaciones, imaginado el rostro de la dama. Y aunque sus votos de castidad y la regla templaria se lo prohibían, se quedaba extasiado con la delicadeza de los movimientos de sus brazos adornados con caras ajorcas, interesándose por conocer su identidad, ante la extrañeza de Warim y de Togrul, que le reprochaban su conducta con miradas de desconcierto. Por la noche, en contra de su voto de pureza, la seguía hasta las fuentes de los oasis, vigilaba sus idas y venidas y sus lavatorios, mientras el veneno de la concupiscencia absorbía su mente y estimulaba su imaginación. Era una fuerza superior que se resistía a las disciplinas y que a cada instante lo enfebrecía más.

—¿Quién puede ser esa dama? Entérate, Togrul; estoy intrigado.

—Señor, no deberíais entrometeros en ese terreno. Es mujer y además infiel.

—Es sólo curiosidad, Togrul, así me curo del tedio. Es mi oficio indagar. Hemos sido eximidos temporalmente de los votos sagrados por nuestro capítulo general y debemos comportarnos como cualquier hombre. Así nadie recelará de nosotros.

La noche congregó miríadas de estrellas en su mantón azabache, aunque soplaba un viento que tornó la vigilia en glacial. Mientras el templario comía un trozo de queso de cabra y sorbía agua de la bota arrebujado en el manteo, el turcópolo se le acercó al oído y le reveló en voz queda:

—Señor, he averiguado algo de esa viajera que tanto os interesa y a la que debíais olvidar. Atiende al nombre de Jalwa ibn Hasan, y es una *alama*, o sea una mujer sagrada entre los musulmanes. Olvidaos de ella por vuestro bien.

—¿Una *alama*? —preguntó el templario.

—Sí, una «sabia» y también una *buhalí*, un espíritu que está en contacto con las fuerzas sobrenaturales. Suelen ser vírgenes y cultivan el saber antiguo y los cursos de los astros. Lo aprenden en las academias de la Sabiduría de Medina, Basora o Bagdad. Eso es lo que me han asegurado los arrieros. ¡Andad con cuidado, señor!

—¿Sabes de dónde viene? La guardan como al Corpus Christi.

—De Damieta, *messire*, y suele componer horóscopos en una casa de adivinación de esa ciudad, en el delta del Nilo. Ha muerto su padre en Alepo en el reino de los Zenguíes, un alarife* muy conocido, y acude a consolar a su familia. Aseguran que algunas noches recita poemas ante el fuego y los caravaneros la veneran y la temen, pues intima con lo oculto.

El templario, lejos de olvidarse de la mujer, sintió aún más deseos de conocerla y prestó atención a las palabras de su ayudante, instante en el que vio cómo la dama descendía del incómodo armazón. Envuelta de pies a cabeza en una túnica negra bordada de damascos, se perdía acompañada por una sierva en las oscuridades del oasis para cumplir con el *wudu*, las abluciones rituales. Dejó tras de sí una fragancia a algalia y ámbar y el sonoro tintineo de las ajorcas que le adornaban los brazos y tobillos y que magnetizaron al cristiano. Con el aroma de la desconocida zenguí en la nariz, Urso se acurrucó, durmiéndose al poco con la pecaminosa imagen de la *alama* en su cerebro.

Con el templario impaciente pasaron junto al Tiberíades, que cruzado por el Jordán, reflejaba la silueta añil de los altos del Golán, coronados por dos picos imponentes, los Cuernos de Hattin. Urso, lejos de olvidar a la islamita, cada día se sentía más atraído por el misterio de su presencia. Parecía haber olvidado su celibato y su misión sagrada y no perdía detalle de los movimientos de la muchacha. Con el ocaso avistaron las casas de color ocre de las orillas

---

* Maestro de obras.

mientras en el fondo del valle centelleaban las aguas del lago. Al anochecer acamparon en un cobijo de verdor al aire libre y Urso se sentó en torno al fuego junto a un grupo de mercaderes de barbas encrespadas que comían rodajas de melón y almendras tostadas, mientras otros bailaban un *haidus* a los sones de los panderos.

De repente se hizo el silencio y todos enmudecieron. Jalwa, la sabia *alama*, compareció en el corro, acompañada de su sierva, una etíope de risa ingenua. No debía de pasar la veintena, llevaba el *haik* o velo alzado y dejaba ver un rostro ovalado del color de la miel madura y unos ojos rasgados pintados de kohl, antimonio azulado que usaban las doncellas de alcurnia. Un turbante color azafrán le caía en bandas sobre los hombros y rezumaba delicadeza y distinción.

Pronto se convirtió en el vórtice de sus miradas y Urso palideció.

Los hombres del caravasar le demandaron que les narrara algunos hadices o tradiciones del Profeta, les cantara poemas, o les predijera el futuro. La doncella entonó una zalema con su voz de pájaro, que al forastero le pareció sublime:

> El Jordán de murmurantes riberas te hará creer que es una corriente de perlas; y lo ves camino de Jerusalén, envuelto en una túnica azul, como un guerrero tendido a la sombra de su bandera.

Las sombras se habían adueñado de la tierra creando una misteriosa atmósfera alrededor de la fogata, sólo rota por el zigzagueo de las luciérnagas, el crepitar de las ascuas y el chirriar del coro de grillos.

—¿Quién desea que le adivine el futuro? —preguntó la virgen—. El destino de cada uno está marcado en el cielo.

Durante un largo rato dedicó a los acemileros los más insólitos vaticinios que éstos creían a pies juntillas. Echaba en las ascuas una *tebjira* tras otra, una mezcla de hierbas, en las que aseguraba ver el futuro tras hurgar con un bastón de cedro entre las cenizas. Le entregaban luego unas monedas y guardaban la predicción en la clandestinidad de sus corazones. A veces, la adivinadora parecía entrar en trance y temblaba como una hoja seca, mientras un temor supersticioso cundía entre los caravaneros. De repente Jalwa clavó la mirada en el extranjero que la vigilaba fascinado.

—¿Desea el *rumi al-ashkar** que le revele su destino? —se brindó.

El sorprendido templario, a quien la rigurosa regla de san Bernardo no le permitía hablar con mujeres, ni menos aún creer en las supersticiosas historias de embaucadores y adivinos, ni en los dados plomados, ni en los naipes, ni en los agüeros de las habas secas o de los posos o tizones encendidos, se manifestó sereno:

—No creo en los manejos del diablo, señora. Soy cristiano.

—La astrología es una ciencia enseñada por Hermes a los mortales y proviene de la mano derecha de Dios —lo corrigió con sencillez—. ¿Queréis que ausculte el cielo entonces? Las estrellas no mienten y precisáis de ánimos que os alienten. Se os nota en el halo de vuestros ojos la preocupación y la congoja.

Un suave viento procedente del lago comenzó a mecer las ramas de las palmeras y los matojos que crecían en los arenales. El falso mercader se extrañó del creciente interés de la vaticinadora por sus problemas. Aguardó en prudente sigilo, con la respiración contenida y los músculos en tensión. Warin quiso detenerlo.

—Señor, pisáis un terreno resbaladizo que os acarreará problemas. Vámonos.

—Tranquilo Warim, esto es como un juego. Dejémosla hacer —lo tranquilizó.

Se desentendió del escudero y miró magnetizado a la *alama*, que en modo alguno parecía una conjuradora de demonios, sino un ángel anunciador de buenas nuevas. Una luna relucía entre las sombras uniéndose contra la razón, pero aliándose con la fascinación y las fuerzas de lo desconocido. El extranjero, que no solía sonreír, dilató su boca y dijo:

—Haced lo que os plazca, pero no creo en esos engaños.

* Literalmente «romano rubio». Los árabes solían llamar a los occidentales *rumis* o romanos.

Jalwa esgrimió una mueca cómplice que lo desarmó.

—No son engaños, son las leyes del Muy Sabio que están escritas en el firmamento creado por su aliento inefable. ¿Qué día, en qué lugar y en qué estación nacisteis, *sahib*? —se interesó la *alama*, que lo devoró con sus ojos oscuros—. No tentaréis al cielo, pues será él el que os hable, y no yo. Vamos, no temáis, *sahib*.

Marsac se rascó la cabeza mientras cavilaba, aunque se resistía a contestarle. No obstante, como si de un pasatiempo inocente se tratara, y por la admiración que le profesaba, le contestó balbuciente:

—Creo que la primera mañana de la estación de la vida, cuando el sol salía, en mi solar de Miraval, en Francia. Llovía a mares, me contó mi nodriza, y el granizo arrancó los primeros brotes nuevos. Es cuanto sé.

Como zarandeada por una mano invisible, la muchacha asintió y se balanceó hacia delante y hacia atrás, mientras escrutaba la cúpula celeste con los ojos dilatados de un búho. Un imperceptible temblor estremeció a Marsac que la miraba sin pestañear, convencido de que de un momento a otro podía desencadenarse allí mismo un evento prodigioso. Jalwa se mantuvo absorta en la contemplación del cosmos, hasta que en su rostro afloró un rictus como si hubiera hallado un signo pavoroso entre los luceros. Su expresión parecía atribulada, y el horóscopo que su cerebro elaboraba le acarreaba pesar. Permaneció unos instantes callada, como si lo adivinado en las estrellas poseyera un sentido oscuro que se resistía a revelar.

—Escucha, extranjero de ojos azules —lo tuteó con su voz sensual—. El Muy Sabio conserva las llaves de las cosas ocultas y no cae una hoja sin que tenga conocimiento. No brota un solo grano en la tierra, ni una palabra en el universo que no esté escrita en el Libro Evidente, donde están las acciones de los hombres. Naciste bajo el dominio de las estrellas *Farg*,* «la va-

---

* La astrología musulmana se fundamentaba en las enseñanzas de Ptolomeo y en la tradición babilónica.

sija que derrama el agua», en la constelación de Pegaso, pero esta noche tu destino se halla bajo la influencia de Orión y de un grupo de luminarias aciagas, las *Yawari*, las que adornan su corona. El Todopoderoso ha querido que se unan a una estrella infausta para los mortales, «la espada del gigante». Tu sino, propicio hasta ahora, se torcerá en estas tierras. Abandónalas, o resiste con valor a tu sino.

El corazón galopaba desordenadamente en el pecho de Urso.

—Por tu boca ha hablado un leviatán, mujer —se reveló, enojado—. No creo en el azufre de tu predicción, ¡déjame en paz!

Un murmullo de desaprobación se alzó entre los arrieros, que no podían admitir la desabrida reprobación del extranjero hacia una mujer sagrada e inviolable.

—Estás equivocado, *zorkan* —contestó Jalwa con estima—. Ha hablado por mis labios la omnisciencia de los astros y el tratado de la astrología de Sind-Hind,* que no la voz de la superchería de los *ifris* o demonios infernales. Naciste en una mansión estelar dominada por la incierta luna, el astro mudable, y resulta innecesario consultar las tablas o los astrolabios para confirmarlo. Un velo oscuro ha nublado tu ventura desde que partiste de Occidente, hombre errante. Has de armarte de valentía, pues tu espíritu sufrirá lo indecible y tu corazón destilará aflicción. Te lo juro por el Corán Sabio, pues así lo proclaman los Anales de lo oculto desde el principio de los tiempos.

Jalwa ibn Hasan había pronunciado el presagio como si leyera un decreto infernal. Los asustados escuchas se fijaron en el forastero con una mueca de pesar y fastidio por dudar de la sabiduría de la *alama*.

—Confiaré en el Altísimo, pues las estrellas están muy lejanas. Los que tenemos a Dios por escudo no recelamos del devenir, mujer. Sufrir pruebas va unido a la vida de los seres humanos —se pronunció el templario, que arrojó una moneda de plata que ni la adivina ni su esclava recogieron, rechazándola.

---

* Versión árabe de la astronomía hindú.

La muchacha se incorporó y, entre un silencio ultraterreno, el que sólo se percibe en los oasis y en los desiertos, desapareció entre los cortinajes de la tienda, regalándole al occidental una mirada llena de dulzura y el efluvio de un denso perfume a algalia y agáloco.

A pesar de su reconocido valor, un pavor sombrío paralizó a Urso, que se sintió vejado. Se quedó quieto y desolado, mientras todos se retiraban a dormir.

—Esta mujer, aunque sabia y bella, posee una lengua provocadora.

—Os lo aseguré, señor —le dijo Warin—; esa adivinadora os puede perder.

Una calma tensa se apoderó del caravasar aquella noche de plenilunio.

Era demasiado orgulloso para reconocerlo, pero alimentaba un sentimiento muy profundo por la vidente. Y al reposar días después en el poblado de Saffuriya, al norte de Nazaret, en un valle liso coronado de nimbos, Urso se dispuso a morder la fruta prohibida. No anhelaba otra cosa que conversar con la islamita. Era tan abarcadora la pasión que sentía por ella, que su regla y sus votos habían dejado de poseer sentido para él. Su conciencia le reprochaba que cayera en la tentación de la carne, pero ni un supremo esfuerzo de su voluntad había podido refrenar su atracción. Jalwa lo había hechizado y no podía sustraerse a su sortilegio.

En todo el día no pudo apartarla de su mente, así como la predicción vaticinada. El ocaso bendecía la pequeña aldea con un sol rojizo que parecía incendiarla. Apareció la mujer con el ocaso, tan dulce como la noche anterior, acompañada de su sierva y de los dos escoltas. Ricamente ataviada con una zihara de muselina violeta ceñida con una leontina de zafiros, se asemejaba a una princesa de Babilonia paseando por los jardines colgantes. El templario disimuló su sonrisa al verla pasar ante él y la saludó inclinando la cabeza.

—*Ahlan wa sahlan*, «sé bienvenida» —le habló con timidez.

La joven se detuvo y le contestó ocultando la cara tras el velo:

—*Al Hamdu li-lah*, «alabado sea Dios». ¿Has cambiado de opinión sobre el augurio, *zorkan*?

Las antorchas y los fuegos del campamento conferían a la muchacha un perfil perfecto. Se sorprendió de que le hablara y por un momento decidió volverle la espalda y escapar de allí, pero le sonrió con afabilidad diciéndole en árabe:

—Ya sabéis lo que pienso, *belle dame*. Me interesó más el corazón que dictó esas palabras que la predicción misma. Mi fe no me permite creer en imposturas.

—Acompáñanos al pozo y allí conversaremos, extranjero. Siempre quise saber cosas de Occidente. ¿Os lo permite vuestro credo? —señaló con dulzura.

—Es un obsequio inmerecido para mí, *douce dame* —murmuró Urso.

Con una modesta y pueril vacilación, la siguió como un corderillo.

Mientras tanto Warin se mesaba los cabellos y movía la cabeza, desolado.

—Desearía disipar tus recelos sobre la astronomía —le declaró mansamente—. Me encanta convencer al que duda, pero me confunde el hecho de que siendo un occidental versado no creas en la disciplina de los astros. Es una ciencia, *sahib*.

—Es tan sólo cuestión de fe y de prohibición religiosa. Nada más.

—Hablas como un monje intransigente de los que queman herejes.

El templario sonrió, pero calló. Estaba obligado a ocultar su identidad. La pronosticadora se sentó en el brocal del pozo mientras su sierva sacaba un balde de agua y los escoltas vigilaban. Conforme conversaba y le expresaba dónde había aprendido el método adivinatorio, su labor de estudio en su mansión de Damieta y la ilustre clientela que acudía a su observatorio, sorprendía en la joven un alma afín, bondadosa y erudita, y tan devota de su Dios y de su ciencia, que embelesaba con sus palabras. Le aseguró que, como *alama*, había dedicado su virginidad al Altísimo y que nunca había yacido con un varón.

«¡Es una joven virgen! ¿No resulta una coincidencia asombrosa?», pensó.

En su instintiva aprehensión la veía tan cercana, tan dueña de sí misma, que se extasiaba admirando su boca de cerezas, el pelo castaño y reluciente, sus ojos rasgados, la nariz recta y aquellas pupilas llenas de expresividad. ¿Qué era lo que tanto le atraía de aquella exótica mujer? ¿Su inteligencia, su belleza, su carácter o quizá que fuera virgen y célibe como él mismo, y que estuviera atada por un voto de castidad de por vida? Según la Regla del Temple, no podía ni tan siquiera conversar con ella, pero había sido eximido por el gran maestre de su observancia, por el bien de la misión encomendada y debía comportarse así para no acrecentar los recelos alrededor.

—Jalwa, habéis dado pruebas de una gran entereza tras la trágica pérdida de vuestro padre, arrostrando además un viaje lleno de peligros —intervino Urso.

—Es nuestro deber honrar a nuestros mayores, *zorkan* —aseguró la joven—. No estoy en la indigencia y debo devolver a mi familia la educación que mi padre me dio para ganarme la vida y ser respetada en un mundo musulmán, donde una mujer vale menos que un dirham de cobre.

La muchacha le contó escenas de su niñez en Alepo, Turbesel y Apamea, en las orillas del Éufrates, y su posterior formación en Bagdad, en la Academia de la Sabiduría y su estancia en Damieta, donde elaboraba horóscopos a la *jassa** musulmana. El templario también le narró sus vivencias en el solar natal de Francia, omitiendo su ingreso en el Temple y su vida de monje guerrero. Apasionadamente, Urso rastreó en el corazón de la muchacha y halló los vínculos que los unían. Sin embargo, al tenerla frente a sí tomó conciencia de la espantosa soledad que inundaba su vida, el celi-

* Aristocracia.

bato que le hacía no pensar ni tan siquiera en una mujer, y por el que a veces tenía que mortificarse con el cilicio para acallar los deseos de la carne.

Pero para su perplejidad constató que su corazón sentía nostalgias del amor de mujer. Y aunque no concebía ninguna esperanza de relación con la islamita, notaba la necesidad de reconocerla como su alma gemela. Jalwa, a su vez, mientras se hacían confidencias, con la luna como único testigo, se dio cuenta al instante de que aquel hombre no era como los demás. No se comportaba de manera maliciosa y grosera, y en sus palabras siempre había un matiz de circunspección y de respeto. ¿Escondía algún secreto críptico que estaba obligado a ocultar?

Aprovechando la brecha abierta en la vaticinadora, Urso le preguntó sobre su trabajo de profetisa en el puerto egipcio de Damieta.

—Realmente reconozco que vuestra profesión es admirable. Pero ¿por qué debéis mantener el voto de castidad para hacer predicciones y horóscopos?

Jalwa sonrió dejando ver su dentadura perfecta y amarfilada.

—Sólo un corazón puro puede escuchar la voz de las estrellas y el murmullo del cosmos. Y no creas que mi sangre no hierve como la de las demás mujeres. Pero lo prometí ante el Corán Sabio y ante Dios. Este voto de castidad me sirve para vivir con libertad y me complace auscultar el cielo en mi gabinete con las azafeas, sin las obligaciones de una madre o de una esposa. Componer horóscopos a los señores más principales de Arabia, Chipre, Egipto o Etiopía, que los pagan a precio de oro, me place; aunque con los pobres me muestro generosa.

Urso absorbía cuanto le revelaba y, como si un resorte oculto abriera su mente, comprendió que detrás de aquella apariencia frágil se escondía un espíritu y una mente gigantescos para insinuarse en el corazón de los hombres, sin pulsar sus más bajos instintos. Y él, hasta ahora un hombre solitario, se preguntaba qué mal había en intimar con una mujer como aquélla, pura, gentil y sabia.

Nunca había amado con la pasión de su juventud a ninguna hembra, no conocía la cara dulce del amor, y aunque pensaba que ya jamás sería capaz de mantener una plática con una mujer sin avergonzarse o incurrir en pecado, allí estaba extasiado, deseando que no pasara el tiempo. Pero su cerebro escalaba las cimas de la confusión y pensaba que resultaba descabellado pensar en los espejismos de una relación duradera con Jalwa, la *alama* de Damieta.

«No sigas con esta locura. Tus votos no te lo permiten», le susurraba su conciencia.

Durante los años de pureza que había vivido en la orden, encerrado en la cárcel de su hábito blanco, había especulado acerca de lo feliz que podría haber sido al lado de una mujer; ahora se reprochaba concederle una oportunidad al diablo, que lo tentaba con el pecado, personificado en Jalwa. «La vida en el Temple me ha negado la más elemental de las felicidades, llenando metódicamente mi vida de órdenes vacías, rezos, ayunos y combates, y enclaustrado en una estéril soledad, oliendo a salitre, sudor y estiércol de caballo.»

Ahora le asaltaba la apetencia al sentir el tacto de Jalwa y reparaba en la necesidad de recibir su abrazo blando y reclinar la cabeza en su pecho. De repente se hizo entre ellos un incómodo silencio. Jalwa, en un tono cálido, le preguntó por su vida, por Francia y por Roma. Urso, con una sonrisa, le comentó algunas parcelas sin mencionarle su gran secreto. ¿Sospecharía que no era lo que aparentaba? En su cerebro comenzó a arremolinarse una corriente de preocupación.

En modo alguno debía prendarse de la ismaelita o rompería sus votos, además de poner en peligro la misión que le habían encomendado. «Sigo estando solo, a la deriva, como he vivido toda mi existencia. Tal vez había sido un error aceptar la invitación y entablar una conversación tal como le aconsejaban Warin y Togrul.» Debía seguir confiando en sus cualidades: la perseverancia, la sumisión y la firmeza, y aunque el corazón le pedía declarar su identidad, la lealtad a la regla del temple se lo prohibía. Siguió mirándola en contemplativo silencio, mientras ella le contaba su vida en Arabia y Damieta, sus conocimientos de astrología y cómo elaboraba horóscopos a los niños recién nacidos, a los gobernantes y a los recién casados.

Urso tomó conciencia de su vulnerabilidad y cerró sus sentimientos en lo más recóndito de su alma. ¿Acaso su carácter no estaba forjado con fuego? No podía amar a aquella mujer y se percibía desconcertado al contemplar tal posibilidad. No quería asediarla más con sus preguntas. Le contó todo lo que quería saber y se retiró deseándole feliz descanso.

Sin embargo, en su interior distinguía que había caído en una trampa tan poderosa como los ojos de aquella mujer; aunque se esforzaba por desterrar de su cabeza la imagen de la adivinadora, no lo conseguía. La imaginaba envuelta en velos enigmáticos y cada vez se clavaba más en su mente. «Pasada esta luna ya no la veré más y regresaré a Acre, aunque tenga que abandonar la empresa.»

Se refugió en las olas del sueño, pero no pudo conciliarse con él.

¿Probaría el futuro el adverso vaticinio que le había pronosticado Jalwa? ¿Podían prevenir la Ley de Dios y la regla de su orden la unión de dos almas tan próximas? ¿No están los corazones únicamente en la mano de su Providencia?

El soplo de la noche parecía más liviano, y sus negruras, más misteriosas.

Marsac alzó la vista y se protegió del sol del mediodía con la mano.

A un tiro de arco, en la cima de un roquedal yermo y abrupto, surgió la inexpugnable imposta del Qalat al-Marqab, el Krak de los Caballeros, la más formidable fortaleza de Palestina, ahora en poder de los caballeros Hospitalarios de San Juan. Firme baluarte frente al vasto desierto de Siria, hasta Saladino lo eludía, pues como buen estratega sabía que su conquista resultaba inalcanzable por su escarpada situación y por el valor de los monjes *negros* que lo defendían.

Las torres y defensas se erguían como colosos, recortándose entre el cielo amarillo, donde bandadas de cornejas batían las alas entre las atalayas de piedra blanca. Sus pies, sus manos y todos los músculos del cuerpo le aguijoneaban con punzadas dolorosas, y el hedor humano y la freza de las cabalgaduras se le habían impregnado hasta los tuétanos. Deseaba refrescarse en la fuente del baluarte y descansar dentro de la seguridad de sus murallas, comer un guiso decente y dejar de una vez los endemoniados y polvorientos caminos del Jordán.

Y claro está, husmear, indagar y escudriñar hasta el último rincón, en busca del botín robado en la encomienda de Londres. El momento para penetrar en el recinto había sido cuidadosamente escogido por los agentes del Temple. Aprovechando las fiestas de San Juan, que se habían iniciado la antevíspera y que duraban dos semanas, el castillo se abría a los devotos de las poblaciones aledañas y se ofrecían justas, mercados y oficios divinos en honor de san Juan Bautista, que los caravaneros aprovecharían para mercadear.

Los haces del sol dibujaban destellos rutilantes en los estandartes que ondeaban en las almenas. Los camellos, mozos de cuadra y acemileros quedaron fuera del recinto, mientras los traficantes cristianos buscaron la hospitalidad del patio de armas, para ofrecer sus productos al hermano despensero. Crujieron los portones al abrirse y Urso temió ser reconocido como un monje rival. El amargo rencor que agravaban los celos mantenía enfrentadas a las dos hermandades de Dios. Sabía que la Orden de San Juan del Hospital había sido creada por unos mercaderes de Amalfi que habían solicitado un permiso al sultán de Egipto para instalar un hospital de peregrinos en Jerusalén. Pero no olvidaba que eran los grandes competidores del Temple y los principales sospechosos del hurto.

Él lo creía así y lo probaría.

En sus inicios, el Hospital no se había constituido como un brazo armado de la Iglesia, sino como una cofradía de legos que cuidaban enfermos, siguiendo una regla monacal. Pero poco a poco, a la sombra de los templarios, se fueron transformando en monjes de espada, aunque sin olvidar su dedicación a los enfermos y peregrinos. Su formación médica la recibían en el Hospital de Jerusalén, donde convivían con los hermanos de San Lázaro, religiosos consagrados a una enfermedad muy extendida en Siria y Palestina: la lepra. Adoptaron como insignia la cruz blanca de ocho puntas sobre la capa roja de combate, aunque negra en los tiempos de paz.

Para ingresar en la jerarquía de la elitista milicia hospitalaria había que acreditar dieciséis grados de nobleza. La orden era regida por la Asamblea de las Ocho Lenguas, o de las Ocho Naciones, así llamada por los reinos de los que eran originarios sus miembros. Los Ocho jefes, junto al gran maestre, gobernaban a un ejército temido y disciplinado de más de cuatro mil hombres, que guerreaba contra los infieles en perfecta sintonía con la estrategia de defensa de Amalric I de Jerusalén, alianza que irritaba sobremanera a los templarios.

La procesión del Lirio de San Juan, o de la flor de lis, con la que se iniciaban los fastos, y que partía del oratorio con una gran pompa, se iniciaba aquella misma tarde. Urso observó cómo los monjes negros enarbolaban las flámulas de la orden, mientras la campana del castillo repicaba a gloria y los chantres salmodiaban el himno del Hospital: «¿A quién temeré? El Señor es mi defensa. Si un ejército acampa contra mí y me declaran la guerra, mi corazón no tiembla».

Un monje con la cruz procesional abría el pomposo cortejo, entre vapores de incienso y el resonar de los neumas gregorianos cantados por los capellanes. El gran maestre, Roger de Moulins, bajo un palio bordado, portaba en sus manos una arqueta de plata, ante la que monjes y siervos se arrodillaban. Lo escoltaban los ocho consejeros: el gran conservador, un hermano de Provenza; el mariscal, un caballero auvernés; el gran hospitalario, francés de cuna; el almirante, un italiano como exigía la regla; un aragonés, que ejercía como gran visitador; el turcópolo, comandante de la caballería y las tropas auxiliares originario de Inglaterra; el gran oficial o bailío, un alemán gigantesco que cantaba con voz de trueno; y a su lado, como viceprior, un hermano natural de Castilla, que ejercía como gran canciller de la orden y que le sostenía la reluciente capa negra.

Urso, tras inclinarse ante el estandarte de la cruz, se fijó en un veneciano de ojos saltones, nariz rojiza surcada de venillas y de oficio desconocido, que atendía al nombre de Orlando Scala y que como él había llegado al Krak aquel día. Habían conversado varias veces en la caravana y creyó encontrar en él un aliado.

—¿Qué custodia esa urna de plata que tanto la honran y guardan estos monjes? —le consultó—. ¿Lo sabéis tal vez? La honran como si fuera el Lignum Crucis.

—Me ha asegurado el hermano despensero que guarda documentos secretos y capitales de la hermandad y un libro sagrado que llaman *La Flor de San Juan*, o *El Lirio de San Juan*. Es su objeto más sagrado y amado —le contestó en francés—. La protegen en la sala hipóstila* de esta fortaleza, lugar prohibido a los no profesos. Es una antigua biblioteca del cadí musulmán de esta fortaleza, quien poseía una abastecida colección de pergaminos antiguos, cuando se la arrebataron los cruzados.

—¿Qué es el Lirio de San Juan? Jamás he oído ese nombre.

—Lo ignoro, pero debe de ser algo de extraordinaria importancia para estos monjes, pues lo salvaguardan en ese recinto que os he dicho y que tiene la extravagante singularidad de carecer de puertas. Por dónde entran, lo ignoro. ¿No os parece sorprendente?

—¡Y tanto! —se asombró el templario, que comenzó a elucubrar en su mente.

«¿Y no podrían hallarse allí los tesoros que busco?», se preguntó.

El cortejo se perdió por el portón de la sala capitular entre el silencio devoto de los hermanos y de los recién llegados que se santiguaban ante la reliquia de san Juan. El esquilón de la capilla dejó de tañer y el hermano despensero convocó a los mercaderes en las cocinas para ojear los productos que traían de Occidente.

---

* Sala de columnas.

De los pucheros escapaban efluvios de carne guisada en sopicaldos espesos de jengibre y Urso se dejó llevar por una gula incontrolada. El despensero, de nombre fray Ubaldo, era natural de Auxerre, ciudad cercana al lugar de nacimiento del templario. Se enzarzaron en una amistosa plática, mientras le acercaba al tablón cuencos con capones, leche agria salpicada de canela y hogazas de pan mezcladas con yemas, hidromiel y vino dulce, el añorado caldo *vert jus* francés, que deleitó al falso comerciante, pues no lo probaba desde hacía años.

—*Gratias, frater* —le agradeció Urso, satisfecho con la pitanza.

—¿Y qué es lo que vendéis, amigo? —le preguntó el lego mirando sus alforjas.

Marsac apostó los zurrones de piel de muflón frente a la luz de una antorcha untada con sebo y que despedía un tufo nauseabundo.

—Algo para vuestra despensa y también para la comunidad, hermano Ubaldo —le explicó intentado tramar un ardid que urdía su mente—. Trasiego con libros raros, pero también traigo *albur* de Arabia y hojas secas de alazar para teñir los potajes de amarillo que os vendrán bien para vuestras ollas. Sin embargo, he observado grandes manchones de humedad en las celdas de los caballeros y fuera de la sala de las columnas.

—¿Y bien, traéis algo para remediarlo? —se sorprendió el monje ecónomo.

—Tengo la solución para eliminar esa humedad insana que pudre pulmones y llama a la terrible consunción[*] —lo amedrentó enseñándole unos pequeños incensarios de arcilla—. Mirad, *fratello*, basta con quemar en estos recipientes agáloco indio y ámbar gris durante un día y os aseguro que el aire se volverá más limpio que el de una montaña de los Alpes.

—¡Sería milagroso! —dijo el lego, alborozado—. El gran maestre se queja de su asma, y en la sala hipóstila hay que colocar braseros para preservar los manuscritos.

---

[*] Tisis, enfermedad muy frecuente en la Edad Media.

—Probadlos y veréis su pasmosa eficacia, *fratello*. Si lo queréis yo os ayudaré a instalarlos —se ofreció para poder husmear en el interior de la fortaleza.

—Mañana nos ocuparemos de ese menester. Ahora descansad.

El ocaso se cernía sobre el Krak de los Caballeros. Urso se echó en el colchón de paja forrado de piel de antílope de la hospedería junto a los demás mercaderes, Warin el escudero y Togrul el turcópolo. Rezó las oraciones con voz queda mientras cavilaba sobre los pasos a seguir en la operación. Se sentía la pieza elegida por la Providencia para hallar el tesoro perdido del Temple. Los servicios secretos de la orden no habían sido nada resolutivos. Poseía fundadas esperanzas de hacerse con el tesoro robado y que sus hermanos británicos no habían sido capaces de custodiar. Era su deber aminorar el drama temible por el que pasaba su orden. ¿Estaba el Temple rodeado de traidores, o fantaseaba su mente?

Sin embargo, sus pensamientos se desviaron hacia Jalwa, que ahora debería de estar acampada fuera de las murallas realizando sus abluciones y rezos. Su evocación lo paralizó, mientras con los ojos cerrados la imaginaban perfumándose el cabello de su larga trenza. Pero él debía seguir siendo un espejo de castidad y por nada del mundo debía penetrar en las fibras de su corazón el afecto por mujer tan delicada. En su interior le pidió a Dios que le concediera una oportunidad para enmendar la pasión que sentía por aquella mujer, pero en el espíritu del templario la mirada de Jalwa ya había hecho un daño irreparable; y lejos de aliviar sus dudas venía a confirmar que su vida había tomado un irónico rumbo cuyo fin ignoraba.

Desde que la había conocido ya no había vuelto a ser el mismo.

«¿Cómo, Dios mío, has puesto, a prueba mi fe con tentación tan poderosa?»

El aliento caliente de Togrul frente a su nariz despertó a Urso.

—Señor, he estado espiando al italiano, ese solitario micer Orlando Scala, o como se llame. Puedo aseguraos que no es lo que parece —le susurró al oído—. Está indagando entre los servidores y ha merodeado por los alrededores de la sala de las columnas, escudriñando un portillo secreto por donde penetrar. Busca algo.

—Es evidente. ¿Quizá lo mismo que nosotros? Vigílalo. No es casual su venida al Krak, coincidiendo con nosotros.

La inquietud lo atormentaba y la noticia de la extraña actitud del veneciano lo confundía. Sin embargo, no veía la forma de investigar sobre el tesoro robado, pues la impenetrabilidad y el misterio reinaban en la comunidad hospitalaria. Bebió vino con los sargentos, frecuentó las cocinas, donde regaló una bolsa de *albur* amarillo al despensero para congraciarse con él y rebuscó como un hurón por salas y cobertizos, aprovechando la presencia de los mercaderes y las fiestas de San Juan, que relajaban el férreo orden hospitalario. La fortaleza sanjuanista era un interminable laberinto de puertas y pasillos oscuros y era difícil no perderse. Simuló vender tahalíes de caballerías al condestable,* con el único objetivo de sonsacar alguna información, pero todo resultó en vano. Un velo impenetrable de discreción guarda la encomienda. Pasaban las horas y Urso se desesperaba. ¿Estaría equivocado en sus hipótesis de culpar a los Hospitalarios del latrocinio?

Con la noche cerrada abandonó el camastro con la excusa de aliviarse del vientre. Escuchó los cantos invitatorios de la noche y las plegarias recitadas por los monjes, y a la luz de las antorchas caminó bajo las severas piedras de la sala de las columnas. ¿Lo habrían visto? Se encaminó precavidamente tras dejar atrás una estatua en piedra gris del santo ángel Miguel con una espada flamígera en la mano, pero de repente observó una sombra que merodeaba ante la arcada de la sala capitular, por la que se accedía a la antigua biblioteca musulmana.

Urso pudo distinguir el rostro oscurecido por las sombras de *micer* Orlando y se detuvo. ¿Quién era en verdad aquel hombre? ¿Por qué vigilaba precisamente aquella estancia? ¿Pensaba como él que el expolio del tesoro del Temple se hallaba escondido allí?

---

* Palabra utilizada por vez primera en Inglaterra. «Conde de los establos del rey.»

Togrul tenía razón. Aquel extraño veneciano escondía algún secreto inconfesable. Al fin hallaba un asidero a sus hipótesis y no se desligaría de él.

Quizá siguiéndolo hallaría la contestación al enigma. «¡Albricias!», se dijo.

Se escurrió entre las tinieblas, momento en el que cesaron los cantos de laudes y retumbó el santo y seña de los vigías en las atalayas: «¡Quién como Dios!».

Un viento endemoniado, proveniente del desierto de Harran, lo zarandeó, y Urso regresó al dormitorio de la hospedería, donde reinaba el más absoluto silencio.

La búsqueda de los objetos expoliados adquiriría un sesgo asombroso.

12

Las dagas de la perfidia

La estación cálida se deshojaba y el aire de Jerusalén no mitigaba su ardor.

Los caballeros del rey Amalric se habían congregado al amanecer en el patio de armas, jinetes de monturas de combate. Bajaron las viseras de los yelmos y con las lanzas en ristre se ocuparon en los ejercicios diarios ante la mirada atenta del monarca, que deseaba mantener a sus guerreros en estado de alerta, como si Saladino los acosara con su ejército en las mismas puertas de Jerusalén.

El palenque se tornó en un alboroto de choque de hierros, relinchos de caballos, golpes de espadas, gritos del maestro de esgrima y resoplidos de los cuernos de órdenes. Brian se afanaba en alertar al príncipe Balduino de un punto débil en su defensa, pues dejaba sus axilas y el cuello al descubierto. Acentuó su ataque y, cuando el muchacho se disponía a asestar un golpe, se abrió paso con su falsa espada entre la cimera y la armadura del heredero que, lastimado en el brazo y aturdido, soltó el escudo desarmado.

—En un ataque real podríais haber muerto, príncipe mío —lo previno Brian.

—Espero que estés a mi lado en la batalla. Todavía nuestros duelos son desiguales, pero mejoraré a tu lado —repuso el joven leproso tambaleándose en su bridón engualdrapado.

—Sois el más valeroso de los caballeros de Palestina —lo animó Lasterra.

Concluyó el ejercicio a la hora de sexta, bajo la lánguida luz de un cielo cubierto de nubes. Brian, sudoroso y agotado, asió por la empuñadura la espada de su abuelo y la besó como hacía siempre al concluir una lucha o una instrucción. Envainó la hoja desnuda, mientras musitaba con los ojos cerrados: «*Cedat gladium meum solum veritati*». El rey, que había presenciado el adiestramiento, despidió a su vástago acariciando su brazo contusionado y los bucles rubios. Amistosamente llamó a Brian a su presencia con un ademán seco y el navarro lo obedeció. Se lo soltó sin tapujos, mientras el navarro hincaba su rodilla y le besaba la mano.

—Me has demostrado ser un consejero valioso en la guerra, en mis empresas personales y en la educación militar de mi hijo Balduino, que te venera y que progresa cada día más. Jamás te he visto enojado y menos aún obstinado en ninguna insolencia. Por eso no me agradaría verte sufrir por una mujer.

Brian lo miró perplejo, sin saber adónde conducía aquel súbito temor.

—No os comprendo, *sire*. ¿Qué deseáis decirme?

—He recibido en el correo de la costa una carta de mi prima, *dame* Melisenda, para ti. Es una mujer noble, pero despechada y caprichosa. No seas insensato. Su mirada es más peligrosa que un alfanje turco. Sus pretensiones no eran precisamente mediocres y su ambición social la ha desquiciado. Es un típico ejemplar de las damas de su clase, prepotentes y caprichosas, y no debes rebajarte ante ella.

—La vida de la corte no es para mí, *sire*, sino el campo de batalla para perderse entre las arenas y el cielo —le susurró con afabilidad—. ¿Trae malas noticias esa carta?

Ante su interrogante mirada, Amalric le entregó el pliego.

—Aquí la tienes, pero no te permitas una indecorosa autocompasión. O te sujetas a las riendas de la razón, o esa hembra arrogante y vanidosa te llevará al desastre. Es una criatura egocéntrica y sólo la divierte satisfacer su propia vanidad.

—La presentáis como si fuera el anzuelo del demonio, mi señor.

—Te prevengo, Brian. Los Saint-Gilles son gente descomedida y soberbia. Nadie vale tanto tormento. Olvídala como quien olvida una pesadilla.

Las advertencias le resultaban extrañas, aunque cuando se trataba de Melisenda se temía lo peor. ¿Acaso no era una dama que rezumaba inteligencia, pero también crueldad? ¿No retrocedía siempre que él la buscaba? ¿Con qué pretensión le escribía utilizando el correo del rey? Su felicidad y su seguridad interior estaban en sus manos, pero el navarro estaba persuadido de que ella temía el escándalo, y que no deseaba unirse a un caballero de rango inferior.

Lasterra se despidió del rey inclinando la testa y besándole el anillo.

Bajo el ámbar tintineante de las candelas de su cámara, Brian partió el crujiente sello de cera de un pliego cuidadosamente doblado que olía a perfume de algalia. Las llamaradas de la penumbra no hacían sino incrementar su alarma. Y el laberinto de contraluces descubrió lo que barruntaba del pergamino. Un diluvio de letras sajonas que se retorcían al final, se le grabó a fuego en sus retinas.

Al que fue el hermano de mis afectos, Brian de Lasterra. *Salutem.* En Trípoli, festividad de la Asunción, A.D. 1173.

Mi vida ya no es mi vida, de modo que te lo diré sin preámbulos: mi amor hacia ti ha muerto, extinguiéndose como el aceite de una lamparilla. Ya no queda ni un solo poso de afecto hacia ti. Esa poderosa fuerza que nos unía se ha difuminado en la nada. Ojalá pudiera expresarlo de un modo mejor, Brian, pero mi decisión es irrevocable. Ya me redimiré en la otra vida. Soy indigna de ti y desde hoy sólo nos soñaremos. Ya sabes, la indiferencia y el amor son dos sentimientos gemelos, y el nuestro no ha sido precisamente un afecto pasajero, te lo aseguro. Me acerco a los años crepusculares y sólo deseo estar sola con mi pena que es para mí una onerosa carga, un terrible collar de obsesión que me ahoga como una serpiente atada a mi cuello.

Cuanto más se ha vivido más grande es luego la soledad.

Fantasmas inaccesibles rondan a mi alrededor y una tortura

interminable va minando mi mente. Ahora mismo mi alma se siente como una barca naufragada en medio del océano, por lo que abandono toda esperanza de amar a un hombre. Presagios funestos revelan que mis entrañas se han convertido en una jaula de pesadumbres. Ya no necesito afectos y todo languidece a mi alrededor. Lamento que hubieras concebido planes de un futuro juntos, y por ello siento más desconsuelo.

Estoy condenada a un peregrinaje errante y atravieso desiertos de congoja, difíciles de soportar. Todo a mi alrededor parece dislocado, Brian, y ando como un espectro por los salones del palacio de Trípoli, sin consuelo ni sosiego. La desesperación se ha adueñado de mi vida y me impide amarte.

No creas que esta carta significa una ahogada llamada de auxilio, no; sólo es una carga de argumentos para que comprendas la causa de mi ruptura. En un tiempo fuiste para mí una luz, una ilusión, ahora sólo eres oscuridad. Recuerda mis últimos besos, y yo me consolaré con el rasgueo de mi laúd y con la lectura de libros sagrados, condenada a una vida sin amigos. Y ya que no puedo ser una mujer para una boda, tampoco deseo convertirme en una mujer sólo para la cama. Todo en la vida es un constante juego, y yo jugué una partida de naipes que perdí por una treta diabólica de mi sino. Una maldición misteriosa late en lo más oculto de mi corazón y no consigo sentir la felicidad completa.

Ahora he comprendido que la dicha auténtica no está en alcanzar el placer, sino en no sentir dolor, y mi alma, para mi pesar, se ha transformado en una fábrica de pesares. Siempre rememoraré tu voz como el dulce rasgueo de un rabel. Y compréndelo, Brian, el amor es el valor más preciado de una mujer, la estrella a la que dirige sus ojos y la brújula de su vida. Y yo lo he perdido irremisiblemente. Tal vez el Altísimo me está castigando por aberrantes pecados del pasado. Y ten por seguro que, al hacerte estas confesiones, se me llenan los ojos de llanto. Nuestro amor quedará definitivamente en el olvido, pues ha sucumbido. Surgió como una flor espontánea y no como una planta de jardín que debía ser cuidada. Alguna vez tenía que acabar.

Mi amistad hacia ti ya duerme en el fondo del olvido, con el misterioso encanto de algo que pudo ser y no fue. No sientas mi ausencia, antes bien, descubre en esta situación una liberación. Me abandono a una dulce y blanda muerte de desamparos, una vez que he arrancado de cuajo nuestra pasión. No intentes verme, será inútil. Sé que en ti dejará una sangrante señal; pero tu valor y decisión harán que tu tormento sea menor.

Que el cielo y Santa María te asistan. *Supremum vale.**

Melisenda de Saint-Guilles

La llama de las velas jugaba irregularmente con la misiva, que cayó de sus manos como una hoja seca. Era muy propio de ella ejecutar acciones inexplicables.

La flagrante evidencia era que la princesa lo abandonaba, y sin remisión posible. ¿Se podía ser más cruel? La presión que sintió en el pecho llegó a ser insoportable. Jamás había vertido sangre de una mujer, pero ahora la mataría si la tuviera ante sí. Había perseguido una quimera y ahora se veía condenado a una vida vacía. Había arrojado su corazón a los perros, arrancándoselo antes a tiras. Trató de ocultar el impulso devastador de su enojo, pero sólo consiguió patear el catre con la bota.

El pasado con Melisenda le parecía ahora un pasado de pesadilla.

Brian no ocultó su irritación. Se hallaba solo, desesperado y vulnerable. Giró la cabeza hacia el ventanal y contempló un cielo que mostraba una colección de apagados azules. Y sitiado por el abatimiento, se sumió en un torvo silencio. Fantasmas inaccesibles merodeaban por su alma, convirtiéndolo en un despojo, en un fracasado roto en pedazos. Su amor con Melisenda había sido un ensayo estéril de su corazón, y tenía que aceptarlo. La carta lo había conmovido indescriptiblemente. Lloraba su pasado con Melisenda y a la vez la seguía honrando en los pliegues más íntimos de su ser. Al fin, tras una hora articulando improperios se serenó, como se serenan las copas de los árboles tras la tormenta.

Ante él sólo se abrían la desazón y el abatimiento.

---

* «Adiós para siempre.»

Pasaron cuatro semanas eternas. «Qué presunción la mía al trazar rutas por encima de la lógica, y llamar con las puntas de mis dedos a una puerta inabordable. Ése ha sido mi pecado y ahora pago con un purgatorio merecido.» La imagen de Melisenda permanecía no obstante indeleble en sus pensamientos. Se la imaginaba encerrada en su cámara sufriendo su melancolía. «¿Por qué has actuado así? ¿Qué te ha impulsado a faltar a tus promesas? Jamás confiaré en una mujer, lo juro por Dios Vivo», pensaba, acosado por la aspereza del dolor.

Aislado y solitario arrastraba la pena de su soledad mientras añoraba sus años en Artajona, evocadores de placeres, afectos y galanterías honestas, sin las insidiosas traiciones de la corte de Jerusalén. Asistía a las justas en el patio de armas como un autómata junto al príncipe *mezel*, sin ofrecer sus acostumbrados alardes con el caballo, la rodela o la lanza, y deseaba que la trompeta anunciara cuanto antes el fin de los ejercicios para refugiarse en la clausura de su estancia.

Se dedicó enteramente a su carrera de las armas, mientras el sol salía y se oscurecía luego, en medio de una monotonía insoportable, sólo rota por dos expediciones de castigo a Ascalón, donde una columna de jinetes de Saladino se dedicaba a atemorizar a la población de la costa, incendiando alquerías y aldeas. Regresó semanas después, tras haberlos expulsado al desierto, demacrado y con un brazo contuso. Estuvo varios días en el lecho cuidado por Andía y por los físicos del cuartel, hasta que se recuperó. Convocó a Andía y, decidido, le soltó:

—Tengo que verla, Alvar. He de oír de sus propios labios que no me ama.

—¡Estás loco, Brian! Sólo conseguirás que te humille más. Y sufrirás.

El regimiento de soldados que comandaba Brian salió al amanecer de Jerusalén, rumbo a la costa, donde se habían avistado jabeques de salteadores turcos merodeando por los puertos de Beirut, Chatel-Pelerin y Arsuf. Fueron días de efervescencia guerrera, de defensa encarnizada frente a algunas patrullas de Saladino, pero también de alegría para Brian. Un capitán del conde Raimundo le aseguró que la princesa Melisenda se hallaba en viaje de cortesía en la ciudad de Arsuf, sólo a un día de cabalgada, y que gozaba de la hospitalidad de Inés de Courtenay. Estaba exultante.

Había renunciado a censurarla y anhelaba sobre todas las cosas volver a sus brazos. Con la sola compañía de Andía, se presentó al día siguiente, agotado y polvoriento, en el palacio fortaleza de Arsuf. Con sus salvoconductos atravesó sin dificultades varias puertas guardadas por los guardias sirios del conde Raimundo, reconocibles por los gorros de fieltro de color azul y las insignias de la casa de Tolosa. Algunos, al reconocerlo, inclinaban la cabeza, recordando otras visitas recientes. Caminaba ilusionado y deseoso de abrazarla, o al menos de escuchar de su boca que no lo quería. Se aseó en una de las fuentes y penetró sin ser oído en el jardín, con la seguridad de que allí hallaría a Melisenda, o a alguna de sus siervas, que la conducirían ante ella. Paseó su mirada por la maravilla de agua y verdor que tan bien recordaba de otras ocasiones, y la vista se le alegró. Aspiró el aroma de los bancales de flores y de los tupidos macizos de arrayanes y rememoró escenas pasadas con la Princesa Lejana.

Súbitamente se detuvo. Había oído risas y suspiros propios de amantes. Como atenazado por una garra de acero se quedó inmóvil, como petrificado, conteniendo la respiración. Aguzó el oído y contempló la tierna escena que se le abría a la visión de su mirada. Bajo la cúpula azul de un pórtico cubierto de campanillas, Melisenda besaba y abrazaba a un caballero, al que no llegaba a distinguir, pues se hallaba de espaldas, aunque creyó reconocer al aguerrido senescal, su amigo y protector, Miles de Plancy, monseigneur Tiberias. Aquélla no era precisamente la decoración que deseaba descubrir, pero la conservaría en sus pupilas mientras viviera.

«¡Dios de los ejércitos!», masculló.

No se trataba de un espejismo, sino de la puesta en escena de una traición.

Miró el penoso cuadro en dolorosa contemplación, y los pulsos le temblaron. Su mente se atropelló de imágenes recientes vividas en aquel mismo vergel, pero no pudo decir nada, pues se le rompió la voz: «Su carta ha sido una sarta de falsedades. Me ha mentido y me ha vendido por otro hombre». Sus miradas silenciosas se encontraron por unos instantes eternos, pero Melisenda, lejos de manifestar apuro, sorpresa o compasión por lo embarazoso del momento, sonrió ladinamente y siguió coqueteando con el caballero que, ajeno a Brian, la apretaba con pasión.

Penosamente el navarro le dedicó un gesto de fiereza y, escupiendo en el suelo de rabia y desprecio, volvió sobre sus pasos. La escena no admitía ningún argumento y no podía seguir allí ni por un momento más. No soportaba la mentira, la infidelidad y la deslealtad. ¿Por qué lo había engañado traicionándolo precisamente con *messire* Tiberias? ¿Estarían los dos de acuerdo?

—¡Mujer miserable y pérfida! ¡Que el cielo te maldiga! —exclamó al salir.

Brian se arrastró hasta una taberna cercana al castillo donde lo aguardaba Andía, a quien le relató furibundo lo sucedido. No sentía nada. No oía nada. E incapaz de proferir una sola palabra más, sus mejillas palidecieron; decir que la impresión había conmocionado su vida sería inexacto. Lo había hecho pedazos.

—Te lo advertí, señor. Una hembra mentirosa está dispuesta a jurar una cosa y hacer otra, aunque destroce una vida. ¡Pero es sólo una mujer! Olvídala con otra.

—La burla y la insidia son el refugio de los mezquinos, Alvar, y yo creí lo que me notificó en su carta. Estoy acabado y tardaré en rehacerme —se lamentó.

La vida, enemiga de su fortuna, se le enfrentaba otra vez de la forma más despiadada, destruyendo definitivamente el sueño por el que merecía la pena vivir. Se hallaba en una fatal encrucijada y no creía en los prodigios. Sufriría.

Más tarde, cuando reflexionó en la soledad de su tienda de campaña y mientras un crepúsculo azulado espejeaba las terrazas de Arsuf, un escalofrío ingrato se instaló en sus entrañas. Miró fijamente, como hipnotizado, el ocaso del sol y la aparición del pálido astro nocturno. El desconcierto afloró en sus labios, entre una confusión de desolación y angustia. En ese preciso instante, la vida para él se había convertido en desconsuelo. Aquella noche, bajo las estrellas como testigo, juró no entregar jamás su corazón a una mujer.

El silencio de la vigilia, como un mantón helado, enfrió su corazón.

Y la promesa que había hecho al cielo vibró en la eternidad del firmamento.

Desde hacía varios días, Jerusalén sufría tormentas de polvo, y las piernas le flaqueaban a Brian de Lasterra, el navarro. «Se han terminado las líneas curvas en el libro de mi vida. Desde hoy todo lo dictará mi razón, nunca el corazón.» Pensó en renunciar a la caballería y a su promesa de combatir por la Cruz, pues una obsesión maniática se había apoderado de su espíritu. Habló con Alvar Andía de emprender el camino de regreso a Navarra. ¿Por qué luchar al lado de hombres tan ruines?

Buscaba el consuelo en el silencio y sus ojos lo delataban, amoratados por el insomnio. Estuvo semanas sin reconocerse a sí mismo e inflingiendo dolor a aquellos que no lo merecían. Pero animado por el rey y por su fiel Alvar, clausuró con un cerrojo la imagen de Melisenda y se propuso como escape a sus tribulaciones forjar a un guerrero al que quería: el príncipe *mezel*. Con denuedo se dedicó a instruir y templar a Balduino, quien, a pesar de su galopante enfermedad, derrochaba un brío inexplicable. Siendo un leproso, se comportaba como el caballero más puro, bien nacido y noble de la corte cristiana de Tierra Santa.

Desde aquel día no miró directamente a los ojos del senescal Plancy, aunque no lo consideraba el culpable de su alejamiento de Melisenda, sino a ella, una mujer casquivana, pérfida y corrompida. Practicaba con Balduino con la lanza hasta caer rendidos, le enseñaba el arte de la pelea, a usar los estribos como un arma más y a guarecer en la batalla a su cabalgadura. Entrenaba al príncipe en el golpe de costado, su golpe más letal, guardando su amargura en los estratos más profundos de su alma, mientras pronunciaba retahílas de improperios contra su nefasta estrella y contra Melisenda, la causante de su suplicio.

Endulzó hora a hora el cáustico veneno de su furia y se resignó a una vida sin la devoción de una mujer. ¿Cuántos despertares dolorosos le exigiría su mente embotada? ¿Cuántos días obcecados y noches en vela, turbarían su existencia? Con la anochecida, Brian, sin que nadie lo viera y con los ojos nublados por el llanto, se lamentaba de su infortunio. Luego bebía un jarro de vino almizclado de forma irreflexiva, y tras rezar con Andía las plegarias de completas, se dejaba vencer por un sueño amargo y turbulento.

Pasaron los días, perezosos y lentos, y además de Alvar, su infatigable asistente, muchos de los caballeros de la corte de Amalric advirtieron en el hispano un insano abatimiento, pero lo respetaban silenciando su pesar. Percibía en su alma una agitación de pena profunda, como si le faltara el aliento, pues con ella había conocido un mundo de incitaciones ignoradas, al límite de lo irreal. Incapaz de dominarse, el corazón se le aceleraba sin motivo alguno y notaba un vértigo en la cabeza que lo hacía tambalearse como un borracho. Sin embargo, ocultaba su disgusto con la nostalgia, y para olvidar su pena, se escondía todas las tardes en un prostíbulo sembrado de olorosos arrayanes, cedros, limoneros y sicomoros, de nombre El Palmeral de Dra.

Se alzaba en la plazoleta que se abría a la Puerta de Siloé; y en sus estancias, donde afluía la hez de Jerusalén, pedigüeños de falsos muñones, desvalijadores de devotos, timadores al acecho de peregrinos timoratos, proxenetas, gozosos borrachines, cortesanos disipados y la juventud más depravada del reino, se divertía o purgaba su aflicción apostando a los dados, bebiendo hidromiel y vino de Jericó, hasta que perdía el sentido. Había gastado hasta la última moneda de sus ahorros, vendido el joyel de su madre y hasta le había pedido un préstamo al banquero Joab ibn Efrain, a cuenta de su soldada. Estuvo a punto de vender el Corán de Uzman, incumpliendo la promesa de su abuelo, pero se contuvo por la llamada de la sangre.

En la mancebía que frecuentaba conoció a una meretriz griega natural de Gallípoli, en los Dardanelos, de ojos de loba, cabello rojizo y piel aterciopelada, de nombre Naís. Cada noche se entregaba a la tersa suavidad de sus formas en el lecho de suaves sábanas, donde le aseguraba haber sido vendida al sirio bisojo que regentaba el burdel y que allí moriría cualquier día de una paliza, de consunción o degollada por un cliente ruin.

El entristecido caballero exploraba cada noche su cuerpo blando como un saco de trigo, oculto bajo sedas de la India y languidecía echado sobre los almohadones, mientras la admiraba bailar danzas sensuales. Apoyaba luego su cabeza en su vientre terso y besaba sus pezones turgentes como si fueran un fruto codiciado, hasta remontar los alcores de sus senos.

—La gracia de tu cuerpo ilumina mi pesar, Naís —le decía.

Con la avidez de sus dedos, Brian percibía como un bálsamo su sexo palpitante, sus sinuosas piernas enroscadas en las suyas y sus pechos dóciles, hasta que se abandonaban al placer, entrelazados como sierpes. A los pocos días ya conocía el mapa de su cuerpo voluptuoso, y en la bruma salada de sus besos soñaba con *dame* Melisenda, mientras bebía los néctares de jengibre, canela y menta que Naís le preparaba, intentando olvidar la tortura de su pasado. Con una emoción oculta libraba su mente del pesar, apartándola hacia el umbral del olvido.

Una de aquellas noches, Alvar Andía entró en la casa de trato como si fuera un templo misterioso o temiera una emboscada enemiga. Olía a almizcle, sándalo y a vino de Samaria. Giró la cabeza hasta encontrar entre las penumbras a su señor tendido en un diván y tan frágil como un recién nacido, con los ojos desvariados manoseando a la helena indolentemente.

—Señor —le dijo al oído—. El rey me envía a decirte que mañana llega la embajada de Alamut. Desea que estés presente en la recepción. Vamos, debes asearte y descansar.

Lasterra, medio borracho, se incorporó con dificultad, como si la identidad de los temibles *hashashin* le hubiera disipado el sopor y la embriaguez de golpe.

Al salir al aire fresco, todo parecía diferente, más ligero, como si las sombras de la noche le hubieran devuelto algo de la ventura que había extraviado.

Una tormenta de lluvia y estruendos resonó durante toda la noche.

A Brian le parecía que después de escuchar en la vaguedad del sueño el azote de las palmeras y aspirar el aire de un amanecer manso y oloroso, renacía a la vida olvidando los desengaños pasados. Se levantó del catre descansado, aunque mostrando seriedad en sus gestos. La luz del alba envolvía de luces mágicas la Ciudadela real de Jerusalén. La mañana se había presentado espléndida despojando de las sombras la policromía del palacio. Un color de oro viejo invadía los corredores y patios, tamizado a través de los ventanales.

Los legados del temido Guía de Alamut, *los asesinos*, habían arribado a Jerusalén.

Una imponente comitiva de nobles y pajes rodeaban el dosel donde se sentaba a la usanza musulmana el monarca Amalric y su delfín. Paulatinamente la sala de audiencias se convirtió en un universo emocionante de caballeros con uniforme de gala, dignatarios, parentela del monarca, obispos con manteos del color de vino y damas con aparatosos briales que observaban con ojos impacientes a los enviados del Viejo de la Montaña. Brian se empapaba de los gestos de aquel mundo artificial que muy pronto se convertiría en un palenque de tratos diplomáticos.

Los mandatarios de Din-Sinan, que presidía el ulema* Ali Maqab, vestían unos indumentos parecidos a los de los monjes del Temple, con la túnica y la capa blanca y el cinturón rojo. Componían el grupo siete hombres, místicos misioneros de Alamut, y

---

* Doctor en leyes musulmán.

sus miradas mostraban tensión. Devotamente pusieron a sus pies cinco cofres con regalos que abrieron para su contemplación. Mirra, tahalíes de rica piel, pimienta de Malabar, alcanfor y áloe del Ganges componían las dádivas de su amo, guía de fe y señor de los temidos asesinos de Alamut.

Amalric, agradecido, los recibió con su peculiar modestia y con los hombros hacia delante, en señal de afabilidad, y sin descortesías. Con un movimiento de su mano tendida señaló a los embajadores que se acomodaron frente a él. Con una sonrisa acogedora recibió las cartas del santón de Alamut, que un clérigo transcribió del árabe al francés pulano, que leyó en voz alta. No cabía duda alguna. El misterio más esperado de Oriente se conocía al fin. El Viejo de la Montaña, el ilustrado y santo *sheij* Rashid ad-Din ad-Sinan, tercero en la dinastía de *hashashin*, declaraba al mundo, de su puño y letra, la firme decisión de convertirse a la fe de Cristo; y con él sus seguidores, *fidawi* y misioneros, que obedecerían ciegamente su voluntad. Amalric se transportó de satisfacción. Luego permaneció en silencio mientras sopesaba el ofrecimiento.

La tirantez emotiva que se había adueñado de la sala se disipó.

—Ésta es la nueva más deseada en estos territorios desde que Nuestro Señor ascendió a los cielos, y Roma, creedme, la recibirá con inmenso alborozo.

El entusiasmo afloró entre los hombres de confianza del rey que lo asistían, el anciano patriarca Aumery, que parecía estar suspendido en una nube, el ladino obispo Héracle, el Senescal y sus consejeros, engalanados para la ocasión con capas bordadas en oro y calzas aterciopeladas. Un embrujo de regocijo envolvió el recinto, y el soberano, al que le encantaban las intrigas de la política, abrió su contagiosa sonrisa. Debía aprovecharse de la creciente rivalidad entre los *hashashin* y Saladino, y con el pretexto de la conversión se haría con una quinta columna dentro del mundo musulmán y con una red de agentes y espías poderosísima, que lo haría más fuerte y temido en Oriente. Amalric conocía como nadie los subterfugios del gobierno de Palestina y con su astuta sabiduría contestó afirmativamente.

—Habéis colmado mi corazón de gozo y acepto vuestra oferta de unión. Una nueva era de paz se inicia en Palestina. Pero contestadme, ¿encierra el ofrecimiento alguna sutileza que deba intranquilizarnos? —se interesó con vacilación.

Ali Maqab, el jefe de los legados, un hombre cetrino y de porte vulgar, pero con una expresión de águila, acentuada por una gran nariz ganchuda, se sinceró.

—Los adictos al Predicador Supremo nunca hemos sido seguidores estrictos del Corán, como lo son los suníes, defensores hipócritas de la ortodoxia del dogma que luego no cumplen. Nuestros espíritus se nutren de las enseñanzas de los Siete Imanes perfectos, no del Libro Sagrado musulmán, de la libertad de pensamiento y de la razón. Nuestro Guía Perfecto ha proclamado la Gran Resurrección, en la que únicamente los puros alcanzarán la verdad.

—¿Habláis de una revolución espiritual? —lo provocó el rey.

—Más que eso, señor, de la liberación de toda interpretación literal del Corán y del triunfo de la Razón Universal. El ismailismo shií, credo que seguimos, se identifica con la libertad, el librepensamiento y el entendimiento esotérico de la religión. Deseamos la venida de la Tercera Edad, la de la fraternidad universal.

Amalric evaluó con gravedad la pregunta. Resultaba sorprendente.

—¿Esperáis como los cristianos la Segunda Venida del Ungido?

—Aguardamos la Parusía* del Último Profeta. Eso es precisamente lo que nos une, un reino final de justicia sobre la tierra, alrededor del Espíritu Perfecto. Y creemos, según nuestros libros y profecías, que su llegada es inminente.

—Cuesta creer que deseéis abandonar el credo de Mahoma —objetó el rey.

La voz de Alí se elevó clara por encima de las cabezas de los cortesanos.

* Llegada del final de los tiempos.

—Es muy sencillo, mi señor. No creemos en la observancia estricta de la fe musulmana que, por reiterativa, se ha convertido en inútil y banal. Así es como la contemplan los pérfidos *suníes* y por eso hemos purgado a personalidades religiosas y políticas de Siria. No soportamos a los hipócritas de la religión.

El monarca siguió hurgando en la cuestión que más lo intranquilizaba.

—¿Y por qué esos asesinatos tan espectaculares? Vuestras audaces y sonadas hazañas se transmiten con alarma de boca en boca.

—Porque esos hombres blasfemos hacían de la religión una farsa. Escarmentando a la cabeza, escarmienta el pueblo. Somos humildes y estamos satisfechos con nuestra labor purificadora del islam. El Misericordioso nos lo premiará.

Amalric sintió un escalofrío por la espalda. Resultaban aterradores.

—Debéis comprender que es difícil entender el terror que sembrasteis y que alcanzó límites inconcebibles en otros años —se resistió Amalric a creerlo.

—Nuestro segundo Viejo de la Montaña lo aseguraba, señor: «Nada es verdad. Todo está permitido». Fueron actos de justicia a gobernantes soberbios e impíos que vejaban a sus súbditos con impuestos arbitrarios, fundamentándose en la palabra del Profeta. Somos el martillo de los tiranos y de los herejes. Le facilitábamos la tarea al Dios Misericordioso y Justo —explicó Ali—. Pero nuestra conversión es sincera. Creemos que Jesús de Nazaret es el Enviado Perfecto.

Ni hiriente ni desenvuelto, el rey insistió.

—Y tan repentina decisión, ¿no creéis que hará recelar a mis aliados?

El embajador balbuceó, como si no le salieran las palabras precisas.

—Ha sido una decisión largamente meditada de nuestro guía y sus consejeros ulemas, pero sincera. No debéis desconfiar. No obstante, antes de la solemne conversión debéis mitigar la ira de

Raymundo de Trípoli, con el que nos enfrenta una vieja deuda, y con los templarios, que no ven con buenos ojos la abjuración de nuestra fe.

El rey escrutó los rostros de los legados y soltó mordaz:

—Ellos sostienen que lo obráis así por libraros del tributo que pagáis al Temple —metió el dedo en la llaga.

Como si el rey hubiera violado sus principios más sagrados, el ulema adujo:

—Eso es una difamante falsedad, mi señor. Nos lo impusieron cuando en una escaramuza dimos muerte al hijo del conde Raimundo. Fue la venganza del Temple, que se instituyó en justiciera del conde de Trípoli para sacar tajada, aprovechando nuestra debilidad. Por injusto, podría ser un motivo legítimo, pero si se nos conociera interiormente sabríais que ésa no es la causa capital. Ponednos a prueba.

—¿Y cuál es entonces el motivo, dilecto embajador? —preguntó el soberano.

Se produjo un silencio incómodo, tras el cual respondió Ali molesto.

—Señor, detestamos y maldecimos tanto o más que vos al califa de Damasco Nur ad-Din, como al *atabeg* de Egipto, el pérfido Salah ad-Din, o Saladino, como lo llamáis. Esos despiadados *suníes* han enrojecido el Nilo con la sangre de nuestros hermanos de fe, los fatimíes. Aunque ambos se encontrarán algún día con un puñal envenenado que los haga purgar de sus yerros. Ahora sólo anhelamos luchar hombro con hombro con los soldados de la Cruz y verlos desaparecer de la faz de la tierra.

Amalric tuvo la tentación de renunciar a la alianza, al comprobar su odio, pero también Saladino era su adversario más deletéreo y letal. Era la esperada hora del desquite, la que le devolvería el sueño de conquistar Egipto.

—Es convincente vuestra explicación Maqab, pero puedo aseguraros que hasta el mismo emperador de Bizancio desconfía de la veracidad de vuestra cristianización —insistió el monarca—. Sin embargo, vuestros motivos nos tranquilizan.

Dentro de una complicidad creciente, Ali respondió sin hacerse rogar.

—Existe otra prueba aún más irrebatible, mi señor *Morri*. ¿Acaso no habéis advertido que desde que decidimos la reconciliación y el repudio de la ley del Corán hemos renunciado a las espectaculares empresas de escarmientos?

—Ciertamente, legado, pero de todos es conocido que los *hashashin* son capaces de gestos sublimes, como también de sanguinarios asesinatos —sonrió el rey.

—Creed a pies juntillas lo que esa carta afirma. El pueblo del Nosairi es otro, más indulgente, más pacífico —aseguró veraz, como censurando sus dudas—. Nuestro *sheik* y guía, pone a los pies del Papa de Roma y a vuestra voluntad el Paraíso de los Assasiyum, las fortalezas de Masyaf y Alamut, las aldeas del valle del río Xah-Rud y de las montañas de Rumbar que nos pertenecen. Nuestros *fidawi* y predicadores, y muchos adeptos, hace tiempo que abandonaron la violencia y se han convertido en inofensivos campesinos. Es por ello porque nos hemos visto obligados a pagar un tributo a la orden de los templarios que precisamos sacudirnos, pues nos ahoga por excesivo.

—Ese espinoso asunto dejadlo en mis manos —lo conformó el rey rascándose la cabeza—. Me entrevistaré personalmente con el maestre *messire* de Saint-Amand; y cuando el Santo Padre bendiga la petición, los templarios lo acatarán, pues de lo contrario cometerán un delito de apostasía contra los fundamentos de la fe cristiana. Podéis considerarlo atado; y antes de la próxima primavera podremos firma el pacto de hermandad, ¡como que Dios existe!

—¡Loado sea el Altísimo por su bondad y providencia! —exclamó el Patriarca.

—Ansiamos unirnos con fuertes vínculos con vos, rey honesto y justo, y establecer cuanto antes una comunidad fiel y unida por lazos indisolubles. Lo juramos por el Muy Sabio, cuya providencia ha dictado esta conversión. La alianza será sólida y el tiempo lo demostrará, señor. Las estrellas nos son favorables y Alamut vivirá una época dichosa adherida al reino de Jerusalén. Es lo que desea nuestro guía supremo.

Amalric se sentía el mejor de los príncipes, y eufórico testimonió:

—Vuestras palabras son regalos de sinceridad. Testimoniadle al erudito Rashid ad-Din al-Sinan que muy pronto enviaremos una embajada para sellar la alianza y clérigos virtuosos os visitarán para que seáis instruidos en el Evangelio de Jesucristo. La cristiandad entera lo celebrará. Uno de mis sueños más largamente deseados de convertir a la fe verdadera a hombres de tan reconocido valor se cumplirá. Nadie como yo desea tanto la paz en los florecientes territorios de Nosairi. En la próxima luna mis embajadores agasajarán a vuestro *sheij,* y en Jerusalén tañerán las campañas por tan provechosa buena nueva. Y hasta los ángeles en los cielos lo celebrarán, os lo aseguro. ¡Exáltate Deo!

—Dios Misericordioso ha escuchado nuestras plegarias. El pueblo entero de Alamut se pone bajo el ala poderosa de vuestra protección —aseguró Ali, que renovó con palabras devotas el juramento de fidelidad del Shaik Sian.

—Que Él os guarde y nos ayude en este acto de reconciliación —dijo el rey.

La inquietud se había apaciguado; y al levantarse del trono, Amalric, que sonría con delectación, fue aclamado por los cortesanos. Besó en la frente a Balduino y a Sibila con comedida entrega, sabiendo que con aquel pacto les dejaba un reino más fuerte, más pacificado y más poderoso. Se alegraba por sus iniciativas, pero sabía que se obligaba a una negociación ardua y llena de escollos entre los príncipes cristianos y sobre todo con los soberbios templarios. Pero confiaba en lograrlo si esgrimía sus dotes de persuasión.

No obstante, aquel día deseaba gozar de la gran ventaja obtenida.

Brian se preguntó si los corderos no habían sido invitados al banquete de los lobos. Luego se limpió el sudor de la frente con el guantelete, gozoso por el triunfo de su rey y señor, a quien besó su anillo en señal de fervor. Amalric le golpeó el hombro con afabilidad y le sonrió. Aquel monarca astuto conciliaba el arte de la palabra con la sutil inteligencia, la valentía, la generosidad y la prudencia, y Lasterra lo admiraba. Luego miró por el ventanal y divisó el monte Sión, clareado por radiantes rayos de luz, y lo deslumbró su belleza.

«Esta ciudad es la más perfecta creación del hombre», ponderó.

Un rumor alegre que provenía de la puerta de Siloé atrajo su atención. Pensó en Naís, en las parras del Palmeral de Dra, en las danzas de las bailarinas egipcias, en el hidromiel caliente y los dulces licores que le servía la griega. Salió por el portillo de las cuadras para no ser visto por Alvar Andía y tomó la vereda que conducía al burdel de Dra, en el que seguramente despertaría cuando apuntara el alba.

«¿Se marchitará algún día mi loca pasión por Naís?», se reprochó sin benevolencia hacia su alma.

Brian aguardaba un milagro del corazón.

13

La lección del águila

El desierto sirio era una inmensa masa arenosa y movediza, dorada al amanecer y cobriza al ocaso. Lo agitaba un viento seco y punzante que hacía escocer los ojos. Las miradas quedaban suspendidas en espejismos, y un juego de espejos de luz martirizaba la marcha de los embajadores de Alamut.

El regreso se hacía duro y el polvo les nublaba la vista.

Aunque retornaban gozosos por el éxito alcanzado, los legados respiraban soledad. Un camello muerto exhalaba un olor nauseabundo, y el trote cansino por las montañas de Hamah los mortificaba. Ali cabalgaba al frente colmado de contento por la misión cumplida y con extraordinarios regalos para Sinan, así como de las cartas de amistad selladas por el rey Amalric en su faltriquera. El Viejo de la Montaña podía sentirse satisfecho y muy pronto formarían un mismo pueblo en la creencia del Cristo de Nazaret. Y el gravoso pago del tributo al Temple constituiría sólo un recuerdo que entusiasmaría a la nación del Nosairi.

Ali Maqab bebió agua de su pellejo y se secó el sudor.

Ansiaba llegar a Masyaf y publicar a los cuatro vientos el acuerdo, con el que se iniciaba una nueva era para los *hashashin*. La marcha por las quebradas desérticas de Harran, lejos de los humedales del Jordán, se hacía penosa, y las caballerías, abrumadas por el sol, relinchaban y se detenían a escarbar cuando olían agua. El cielo quemaba, las chicharras chirriaban y las pendientes parecían aplastarlos contra las piedras del desolado camino de Damasco, que despedía fuego.

De repente, un jinete blanco se recortó en el horizonte pelado.

Maqab alzó la mano para avizorarlo y ordenó detenerse. Al contraluz no podía divisar con precisión a qué señor o credo pertenecía el desconocido. Un silencio alarmante se adueñó de los repechos, sobrevolados por aves carroñeras. ¿Quién sería aquel misterioso guerrero que los observaba impasible, como si fuera una estatua de sal? Súbitamente, como salidos del polvo del promontorio, surgieron un centenar de jinetes blancos con los yelmos calados y enarbolando espadas y azagayas, que galoparon pendiente abajo. Vociferaban como endriagos salidos del infierno con el grito de batalla templario:

«*Vive Dieu, Saint Amour!*»

Los enviados de Alamut desmontaron atónitos, paralizados por el desconcierto. Ali los tranquilizó agitando sus manos y alentándolos:

—Quitaos los albornoces y enseñad las túnicas blancas y los cinturones rojos. Así sabrán que somos sus hermanos. No temáis, seguramente nos han confundido con una avanzadilla de Nur ad-Din o con tratantes de esclavos de Palmira.

Pero el tropel de centauros blancos no se detenía.

El tronar de los cascos se multiplicaba y el suelo reverberaba, como si se fuera a abrir de un momento a otro. Las capas blancas al viento con la roja cruz paté visible, la blanquinegra enseña templaria flameando entre las lanzas, las gualdrapas de los caballos trapeando con el viento, los rostros ocultos por las celada y los escudos brillando con el sol, intimidaban; y las espadas desenvainadas parecían colas de llamaradas. El alboroto de las cabalgaduras y del entrechocar de las armas era atronador, como si cien dragones cruzasen las laderas arrancando la tierra a su alrededor. El caballero que los encabezaba, el comendador del castillo del Belvoir, Walter de Mesnil, sosteniéndose de pie en los estribos, voceó a un tiro de piedra de los legados la consigna del Temple de auxilio en batalla:

«*Baucent à la rescousse!*»*

Ali Maqab conocía bien aquella terrible y mortífera consigna. Significaba devastación y ataque letal en grupo. ¿Habían sido informados por sus agentes en Jerusalén del acuerdo? ¿Estaban furiosos por la pérdida de sus tributos? ¿Se trataba de un clamoroso error? La sangre se le heló en las venas.

—¡Estamos bajo la protección del soberano Amalric! —clamó desesperado.

Estaba aterrado. Los habían sorprendido en una emboscada tramada de antemano, cercenado una operación de esencial envergadura para la continuidad de los *frany* en Palestina y del triunfo de la fe cristiana en Siria. Pero unos son los propósitos de la concordia y otros los de la seducción del oro y el poder. Maqab lo comprendió al instante: los monjes de la Cruz no tendrían piedad de ellos.

—¡Os equivocáis, somos embajadores de paz! —exclamó pávido—. Nos aniquilarán sin remisión si no ocurre un milagro. ¡Cubríos tras las mulas!

Perdida toda esperanza, Ali alzó los brazos al cielo y, con un vozarrón implorante y salido de la impotencia, gritó desesperado:

—¡Somos huéspedes y aliados del rey Amalric de Jerusalén!

Fueron sus últimas palabras, pues un venablo que silbó en el aire como un rayo, se le clavó en la flema de la garganta, que atravesada de parte a parte, emitió un cálido chorro de sangre. Y como un fardo cayó de bruces en el pedregal. Los aterrados embajadores no tuvieron ni tiempo de alcanzar sus puñales envenenados y alfanjes, pues apresados bajo las patas de los caballos, fueron arrastrados por las arenas. Arrodillados imploraban piedad, pero fueron sistemáticamente decapitados y masacrados con una crueldad brutal.

Saltaba la sangre a borbotones y, fueran siervos o escoltas, iban cayendo uno tras otro con el cráneo descalabrado contra las rocas,

---

* Bandera o insignia en auxilio.

los tendones partidos y sus miembros cercenados entre alaridos. Mandobles tremendos de los guerreros cristianos, espinazos partidos, sangre derramada, jabalinas que atravesaban los cuerpos desarmados, barrigas de corceles encabritados, crines negras azotando como látigos y maldiciones de los heridos, se sucedieron durante un largo rato. Al fin todo terminó con el silencio de la muerte.

No había quedado un solo testigo de la atroz y vertiginosa matanza.

Walter de Mesnil desmontó con altivez, y con la bota golpeó y dio la vuelta al cuerpo ensangrentado de Ali. Hurgó en su zurrón y halló la carta de pergamino lacrada con el compromiso de Amalric. Iba dirigida al *shaik* de Alamut, Rashid ad-Din al-Sinan, con los plazos para sellar la productiva alianza, la conversión y el bautismo. El comendador la ojeó con desaire y escupió sobre ella, para luego hacerla pedazos con su guantelete de hierro.

—El Temple no admitirá nunca a herejes y asesinos en la grey de Dios. El Rex Mundi que un día gobernará el orbe lo hará con la Ley de Cristo en la mano, como un Juez implacable. ¡Bastardos! —profirió Mesnil, con la cara y la espada tintas en sangre—. Misión cumplida, hermanos. ¡Regresamos a Belvoir!

—*Ouil Sire, de part de Dieu* —asintieron los sudorosos templarios de la partida con la conocida fórmula de obediencia hacia un superior, tras limpiar sus aceros en la arena.

Cuando la *Beausant* y el destacamento, en un marcial orden castrense, desaparecían bajo el azul unánime de la planicie del Harran, los cadáveres de los embajadores de la alianza yacían desperdigados en las arenas. Sus alazanes, ajenos a la matanza, husmeaban entre los guiñapos sanguinolentos de sus amos exterminados, y bufaban en la soledad de la destrucción.

Sobre ellos parecía haber caído el más perverso de los veredictos divinos.

Una bandada de buitres aguardaba para dar cuenta del festín.

Mientras en el reino de Jerusalén prosperaban los buenos augurios, cinco días después, el cielo amaneció gris y encapotado. Una tenue bruma se levantaba del lago Tiberíades, ocultando los torreones del fortín templario de Sidón, donde se hallaba reunido el Capítulo General de la Orden del Temple.

Por primera vez desde hacía mucho tiempo, al arrogante maestre Odon de Saint-Amand lo corroía la inquietud y paseaba de un lado para otro como una fiera enjaulada. «Ese hombre no cree en Dios ni en la causa y no respeta ni lo más sagrado», aseguraban de él en la corte de Amalric.

El *Aula Regis* del castillo, iluminada por estrechos ventanucos, olía a humanidad y a cera de los velones que la iluminaban sesgadamente. Después del ataque a los emisarios de Alamut había convocado con urgencia el concilio del Temple en Tierra Santa. La asamblea de comendadores, sentados en círculo, tampoco estaba serena. Deliberaban y murmuraban entre ellos. Alguno defendía tímidamente que había constituido un serio error exterminarlos, un punto de vista que no complacía a *messire* Odon, que rugiendo, cortó las valoraciones sin vacilar.

—¡Se ha ejercitado el derecho a proteger los santos intereses del Temple!

De súbito se escucharon rumores cada vez más cercanos de caballerías, el estruendoso rumor de los timbales de una tropa y los cuernos de órdenes de Belvoir, el castillo más cercano, que anunciaban visita. ¿Había regresado a tan temprana hora la patrulla de la costa que cubría la franja entre Sidón y Acre? No era posible, a no ser que hubieran tenido un encuentro desafortunado.

Luego se oyó el crujido desapacible del rastrillo de la fortaleza que se abría franca, voces de órdenes, desconcierto en los sargentos y turcópolos y botas claveteadas que se dirigían a la sala de reuniones del Consejo, atravesando galerías y pasillos desiertos, sin oposición alguna ¿Qué demente osaba molestar a la más alta jerarquía del Temple, moviéndose como si fuera su casa? Los monjes guerreros echaron mano de sus espadas y miraron vacilantes el portón de entrada, como si aguardaran la aparición del Maligno y su cohorte de luciferinos leviatanes.

La puerta se abrió violentamente y las velas parpadearon.

Quienes lo conocían sabían que la cólera se lo comía.

En el dintel se recortaba la gigantesca silueta del monarca de Jerusalén, Amalric I. Bufaba como una bestia y la mirada severa y el gesto altivo era lo que temían de él. Vestía una túnica escarlata, capa purpúrea y se tocaba con un aro de oro y pedrerías. Velado por las volutas de los fanales, el corpachón del rey se agitaba nervioso y nada tranquilizador, como si fuera un desequilibrado peligroso. El torso y sus brazos macizos estaban tensos y respiraba con la dificultad que transmite la ira mal dominada. Su agresivo rostro, rojo de ira, parecía llamear, y sus ojos relampagueaban. El gran maestre se puso de pie, y fue imitando por sus consejeros, que contuvieron la respiración.

—Os doy la bienvenida a Belvoir, *sire* —lo saludó por pura fórmula el estupefacto maestre, que esbozó una sonrisa inequívoca mezcla de sorpresa y pavor.

Los templarios doblaron la espalda a una, más sumisos y rendidos que nunca, menos el maestre, que exhibía su mirada iracunda e imperiosa. Se originó un dilatado mutismo lleno de alarmas. Los comendadores miraban al soberano con comedimiento. Esperaban que hablara, y éste, avanzando con paso firme y rodeado de una escolta de veinte caballeros armados, entre ellos Brian, no se hizo rogar, rompiendo el parapeto de respetabilidad tras el que se amparaban los caballeros templarios.

—*Messire* de Saint-Amand —se expresó sereno e impasible—, os confié este castillo para que lo defendierais de los enemigos de la Cruz, no para que se convirtiera en un nido de facinerosos escorpiones que atentaran contra mis intereses y mataran impunemente a mis invitados. ¡Los embajadores de Alamut se hallaban bajo mi amparo, por Cristo!

El templario lo escuchaba sin parpadear, mudo y encogido, como si hubiera distinguido algo alarmante en el chispeo de su mirada.

—Mi señor, ha sido una acción de guerra en la que hemos exterminado a unos secuaces sanguinarios de esa buitrera de Alamut. Nada más —quiso excusarse.

—¿Llamáis guerra a asesinar a siete místicos indefensos y a sus escoltas? Sin un enemigo de rango no hay gloria en el campo de batalla, señor maestre. —Sonrió irónico—. Habéis cometido una infamia de consecuencias imprevisibles para nuestra subsistencia en esta parte del mundo. ¿Hubo quizá provocación en su conducta?

—Su sola presencia en territorio de Dios ya lo es, *sire* —replicó, medroso.

—¡Sois un inepto arrogante que además os creéis el guardián de Tierra Santa! ¿Acaso conspiráis para aniquilar a mi estirpe del trono de Jerusalén e instaurar en él al Rex Mundi que pensáis resucitar de vuestra locura, *messire*? ¿Qué es lo que maquináis?

El prior barbotó incoherencias. No sabía qué responder.

—*Sire* —se defendió tímidamente—. El objetivo de la Orden de los Pobres Caballeros de Cristo es disponer a sus vasallos para una monarquía universal bajo el liderazgo de un rey cristiano que los apacentará con la palabra divina.

—¡Dejaos de enredos, vos no creéis ni en Jesucristo! ¡Estáis avivando la desunión entre los cristianos!* —lo cortó firme—. El Reino del Cordero no necesita otro honor que el de la concordia entre los hombres. Antes de decidiros a ordenar esa bárbara degollina deberíais haber reflexionado, ¡por la Santa Virgen!

Todo el orgullo del monje se desvaneció ante las palabras del monarca.

—Sólo damos cuenta de nuestros actos al Papa de Roma, y vos lo sabéis —se evadió, mientras se mesaba la barba, nervioso—, ¡Dios es la guerra!

Mientras el monarca buscaba con sus ojos inquisitivos al cul-

---

* Según el historiador y obispo Guillermo de Tiro, coetáneo de Saint-Amand y de Amalric, la fama de arrogantes, intolerantes y despiadados, y adversarios del Hospital, se inició con este maestre francés.

pable de la carnicería amplificó su tremenda voz que hizo temblar a los formidables guerreros

—Cuando lo deseáis sois un ejemplo de disciplina y valentía, *messire*, pero esa carnicería ha sido una acción ruin, premeditada e innecesaria. ¡Éste es mi reino y esta fortaleza me pertenece por derecho de conquista, no al Papa! Los reyes que me precedieron fueron demasiado dadivosos con el Temple, y hoy se arrepentirán en sus tumbas de una generosidad mal pagada. ¡Vuestro ofensivo desdén me exaspera!

—Únicamente servimos a Dios, no a vos —se defendió, agobiado.

—¿Os habla cada noche al oído, maestre? —ironizó a sus expensas—. En vuestra impunidad habéis alternado los actos heroicos con otros de ingratitud hacia la Corona que os deshonran. La espada siempre prevaleció sobre la cruz en Jerusalén, ¡y por todos los diablos que el pontífice Alejandro sabrá muy pronto de vuestra infame e innoble felonía!

El maestre comprendió que no era el momento de vanagloriarse.

—Eran sicarios del Viejo de la Montaña, y por tanto enemigos. Cristo dijo: «No he venido a traer la paz, sino la guerra».

—¿No son también vuestros vasallos a los que cobráis pingües tributos? Extraña contradicción, maestre. Vos sabíais que estaban dispuestos a convertirse al cristianismo. No hagáis un uso injusto del Evangelio. Nadie ignora que amáis más el oro que la gloria y que el triunfo de la Cruz. ¡Me producís repulsión!

El maestre agachó la cabeza entre avergonzado y enfurecido, pero la sala se colmó de murmullos estridentes de rechazo de los comendadores, cada vez más alterados. Como si una jauría se dispusiera a abalanzarse sobre el monarca, los caballeros lo rodearon. Pero Amalric, lejos de amilanarse, vociferó indignado:

—*Messire*, vos habéis excluido de la salvación eterna a esos hombres negándoles la conversión y el bautismo; y ese baldón quedará marcado para toda la eternidad en la enseña de vuestra orden. ¡Que Dios os lo demande el día del Juicio!

Con un aire falsamente modesto lo contradijo.

—El Señor Misericordioso siempre perdonará al Temple.

El gesto de Amalric no era nada tranquilizador y echaba chispas.

—¡Pero no yo! —objetó el rey, iracundo—. Aunque sé que vos habéis autorizado la emboscada, os ordeno que me entreguéis ahora mismo a Walter de Mesnil, el jefe del destacamento y ejecutor de la vil matanza. ¡Os lo exijo, maestre!

Las retinas de Saint-Amand se llenaron del rojo arrebato de la fiereza y se volvieron duras como el granito. Con una mueca dubitativa se echó mano al pomo de la espada, pero se contuvo. Por toda respuesta manifestó balbuciente:

—No os atreveréis, *sire*, sólo Roma puede juzgar a un miembro del Temple y en un tribunal especial. Así lo proclama la regla de fray Bernardo de Claraval. ¡Nunca os lo entregaré!

Mesnil, un monje soldado fornido, alto y fibroso, sudaba como un toro en el degolladero, y sus alarmadas facciones se habían vuelto blancas como el estuco.

El soberano retó al gran maestre con miradas de desafío.

—¿De veras? No acepto la infantil excusa que difama mi talento. Yo soy el señor de hombres y bienes en esta parte del mundo, y vuestras vidas se hallan bajo mi autoridad. ¡Prendedlo! —ordenó señalando con su índice acusador a Mesnil, quien miraba a su maestre con pupilas de incomprensión—. Será ingresado en la prisión real de Tiro, donde se le juzgará por un tribunal justo; si no se pudre antes en sus mazmorras, que es lo que merece esta hiena del desierto.

Saint-Amand enarcó las cejas enmarañadas e inclinó la testa en señal de sumisión, pero traspasado de cólera. Ya tendría tiempo para la venganza. Los escoltas del rey se abalanzaron sobre el comendador, lo desarmaron y maniataron y luego lo cubrieron de cadenas ante la consternada mirada de sus camaradas, que a duras penas se resistían a intervenir. Mesnil no hizo ningún gesto para enfrentarse a los guardias, pues aún no podía creer lo que le ocurría. Amalric, con altivez y reciedumbre, le dio la espalda al gran maestre, que se quejó ofuscado:

—La orden del Temple rehabilitará su honor, *sire*. Os lo aseguro.

El monarca volvió su cabeza de coloso y desencadenó toda su furia reprimida. Las líneas de su rostro conservaban el lustre de su buena salud y de su optimismo. Sin embargo, su mirada era penetrante y heladora como el vaho de Satanás.

—Siempre desconfié de vos, Saint-Amand. Os lo advierto, es la última vez que os tolero una insumisión de esta naturaleza —replicó con una tranquilidad que asustaba—. Otro entrometimiento más en los asuntos de mi reino, y conmigo a la cabeza, y los príncipes de esta tierra, incluido el emperador de Bizancio, exigiremos a Roma que suprima de un plumazo vuestra altanera orden.* Y yo mismo os expulsaré de estos territorios a patadas. Con vuestra arrogancia e imprudencia habéis dado al traste a una ocasión única para perpetuarnos en estas tierras.

Su réplica entró como una afilada daga en las entrañas de los confusos templarios, que se miraron sobrecogidos y con la voz ahogada. El maestre se quedó con la boca abierta por la estupefacción.

Nadie jamás se había atrevido a tanto.

Pero para Amalric había sido la cima de un día lento, ardiente y triste.

El Viejo de la Montaña, Rashid ad-Din Sinan paseaba por el Jardín del Dejenet, o del paraíso, donde los *fidayin* de Alamut disfrutaban de sus momentos de placer con las vírgenes, eunucos y huríes. El guía y *shaik* de los *assasiyum* era un hombre enjuto, esbelto como un ciprés, de facciones aceitunadas y barba puntiaguda moteada de hebras blancas. Tocado con un turbante negro y una túnica blanca bordada de oro, la prudencia y la audacia se leían en sus ojos negrísimos, ahora velados por el sinsabor y el abatimiento.

---

* Fue la primera vez que un rey pidió la supresión de la orden, siendo Papa Alejandro III. Corría el año de 1173. No sería la última.

Se detuvo ante el desierto pabellón de cristal de los festines, rodeado de grandes faroles, para que la iluminación acrecentara con una luz prodigiosa el momento de la alucinación de sus fieles consagrados a la causa. En su acristalado interior y echados sobre los divanes, sus *asesinos* ingerían las golosinas de hierba de hachís tostadas con sésamo y azúcar entre delicias, gozos y esparcimientos que muy pocos hombres conocían.

«La auténtica sustancia alucinógena que nos eleva por encima del resto de los mortales es la fe inconmovible en nuestras ideas. El hachís es el secreto con el que el espíritu alcanza los sublimes lugares, una ascensión del alma libre al fin de las ataduras materiales», les repetía Sinan a los elegidos.

Protegidos por los vidrios huían del dolor, creyendo que se hallaban en las tierras del edén prometido, en el Monte Paraíso. Y vencían sus pasiones, liberando su mente, mientras rogaban la venida de al-Madhi, el Elegido, el profeta del Juicio Final, el descendiente de Ismail, el Imán Perfecto, y se preparaban para el sacrificio, el asesinato y el martirio, al que se entregaban con una fidelidad ferviente, pensando en los placeres que ya habían disfrutado por anticipado.

«Somos misioneros y debemos estar preparados para morir; y si matamos en público es para ejemplarizar a los poco creyentes, a los turcos paganos y a los suníes tiranizados por el Corán», se repetían para grabarlo a fuego en sus mentes.

Proliferaban en el idílico recinto las plantas exóticas trasplantadas de los vergeles de Mascate, el Yemen, Turkestán y el lejano País de los Aromas, regadas por acequias y manantiales rumorosos. Pájaros del Sudán, garzas y palomas se posaban en las ramas y en los surtidores de plata entre zureos y trinos. Declinaba un atardecer arrebolado que se enseñoreaba de los desfiladeros y de la montaña coronada de minaretes azules. Una vida misteriosa reinaba en el lugar de deleite de los *fidayin*, que parecía surgido de un universo irreal.

Sinan, el Tercer Viejo o Maestro de los *hashashin*, releía por enésima vez la carta de excusa y pésame que le había enviado el rey Amalric de Jerusalén, y se lamentaba sin comprender por qué sus «amigos» los templarios habían cercenado de un tajo una operación política largamente reflexionada y que su pueblo ansiaba, apurado por el agobiante tributo. Se acomodó con las piernas cruzadas en unos cojines frente a una mesita hexagonal y bajo la sombra de un sicómoro meditó. Llamó a su escribano, que lo seguía a una distancia prudencial. Una fuente de ónice contenía higos dulces, tajadas de melón y siropes de nébeda, enfriados con alcanfor. Se llevó a la boca un albaricoque maduro, y se dirigió a su amanuense con la voz impostada:

—Redacta, Hakim, y esmera tu escritura. Yo no puedo escribir, mis dedos garabatearían signos de amargura y decepción. Y lo lamentaría —le rogó.

Bismillah. Le galib inb-Allah: En su gracia. Sólo Él es el vencedor. En nombre del Altísimo, el Misericordioso, el Innombrable.

Clemente rey Amalric, que el Todopoderoso refresque tus ojos y guarde tu preciosa vida. Lamento como tú el infausto incidente de Harran que ha arrasado nuestra honra y nuestro honor y rezo para que mis misioneros y sus servidores gocen de la frescura eterna del Cielo de los Cuatro Ríos que riega la Mansión de los Justos.

Aunque creíamos tener garantizada la seguridad de mis enviados, mi gratitud será imperecedera por haber recuperado los cuerpos de mis fieles asesinados que recibieron los óleos y oraciones preceptivas, hurtándolos de los espíritus sombríos de la muerte y de la perpetua noche de la nada. Mi entendimiento se resiste a aceptar tan canallesco episodio, aunque conocido el acto de estricta justicia que habéis ejercido de forma ejemplar con el monje templario que lo perpetró, nos conforta.

Quiera el Muy Sabio que purgue su pecado con creces.

El Consejo de Alamut acepta las excusas de tu piadoso corazón, soberano Morri, que sé destila piedad e irritación refrenada, como el mío. Hemos contraído una deuda de lealtad contigo, que un día pagaremos. Sin embargo, es deseo de mis ulemas y hombres sabios no ofrecer en lo sucesivo nuestra conversión al cristianismo, hasta tanto cicatricen las heridas de la cólera y la incomprensión que hemos sufrido. Los templarios quieren someter los cuerpos y no los espíritus, y así lo prueba el hecho luctuoso que hemos padecido.

Sólo las inteligencias limpias del ansia de tesoros pueden elevarse por encima de los egoísmos y de las miserias de la riqueza. La Iglesia de Roma debe buscar aliados poderosos, no cosechar enemigos que los odien por su intolerancia y desprecio. Sólo así se perpetuará en la eternidad, pues no son el miedo y el anatema los apoyos que la harán poderosa, sino la mano tendida, la igualdad de hombres, la indulgencia, la tolerancia y la caridad. El Omnipotente sólo quiere seres humanos semejantes, no esclavos, aunque siempre que he querido comprenderlos ha sido en vano.

El Creador ha enmudecido en su morada celeste contemplando la desidia de los ministros de la Iglesia romana con la masacre de esa orden de monjes blancos que aseguran defenderla. Una gran oportunidad para afianzar la verdad de la Cruz en Oriente se ha perdido irremisiblemente en un duelo absurdo, y lo lamentamos en el corazón. Ha expirado el plazo de las acciones fraternas, *sahib* Morri. Seguiremos creyendo en la inmensa fe de nuestros adeptos y en nuestra secular resistencia, sabiendo que el martirio nos incorpora al instante al Paraíso.

Sólo la providencia de Allah sabe la razón de lo acaecido.

Que el Muy Sabio te favorezca e ilumine tus actos y quiera que ninguno de tus adversarios te sobreviva.

En Alamut, «la Lección del Águila».* Mes de Yumada del año 568 de Hégira del Profeta. Rashid ad-Din Sinan, *shaij* e imam de los Creyentes.

Ya nunca más se habló de la conversión de los asesinos del Nido del Águila a la fe de Cristo. Una coyuntura única para la aproximación de los dos credos irreconciliables se había perdido para

---

* Ese el significado de la palabra Alamut.

siempre. El Temple sabría por qué. Después, Sinan se entregó a la oración con el alma contrita, pues el desconsuelo enternecía su espíritu.

—Mi pueblo exigía un milagro imposible. Pero esos *frany* de la cruz encarnada seguirán siendo incapaces de liberarse de su fanatismo y arrogancia —musitó.

Silencioso, se ciñó el sable de acero curvo y se dirigió a su torre, en la cumbre del peñasco, la fortaleza dentro de la fortaleza, a más de seis mil pies de altura, donde ni las aves de presa se atrevían a anidar. En el sanctasantórum vedado a los mortales, meditaba, se dedicaba al ayuno y al estudio y lanzaba sus mensajes y anatemas al mundo musulmán, que lo temía y reverenciaba. Las lámparas propagaban reflejos caprichosos velando los espejos dorados, los cofres de maderas preciosas, las ánforas de cerámica qaxaní y las alfombras de Ispahan. Una alacena adornada con arabescos coránicos estaba repleta de pergaminos de vitela, rollos, papiros, tinteros, albarelos, flautas tártaras y elixires.

La más acopiada biblioteca de Oriente le pertenecía. Libros de álgebra, poemas sobre los Siete Imanes Perfectos, biografías sobre Ali, el venerado yerno de Mahoma, e Ismail, su gran maestro, colmaban las alacenas. Arcádicos tratados caldeos de astrología, matemáticas, alquimia, medicina y filosofía, atestaban una mesa, donde un ejemplar de Aristu* contenía anotaciones recientes de Sinan.

Posó su mirada altiva sobre el diván, donde se hallaban los dos tratados fundamentales de los seguidores de *Hasan*, el primer Viejo de la Montaña, *El libro de las Fuentes* de Sijistani, y el *Jaw an Mardi*, la meta del místico perfecto, el manual con el que sus discípulos eran enseñados. Detrás, en un facistol iluminado por un candelabro resaltaba un Apocalipsis de san Juan de Patmos admirablemente miniado por monjes coptos de Éfeso. Estaba abierto por el capítulo de la nueva Jerusalén, por el versículo sexto, un texto revelador y muy oportuno: «Yo soy el Alfa y la Omega, el principio y el fin. Yo le daré al sediento del agua de la vida del

---

* Aristóteles en árabe.

manantial. Pero para los cobardes e infieles, inmundos y homicidas, fornicadores, hechiceros, idólatras y mentirosos, su destino estará en el lago ardiente con el fuego y el azufre, que es la segunda muerte».

Una fuente interior con caños de plata, cuya agua nunca se extinguía, filtraba una luminosidad violeta. En un pebetero de jaspe chisporroteaban granos de resina y sándalo de embriagadoras fragancias. Sinan se aproximó al mirador cortado por un precipicio de vértigo, y vislumbró cómo la noche se adueñaba de los valles y de las montañas de Elburz. Las nubes ocultaban la fortificación, que paulatinamente desaparecía de los ojos de los vivos como por un sortilegio del cielo. En aquel lugar estaba a salvo del mundo exterior. Un baluarte inalcanzable de rocas peladas lo salvaguardaba del más temible de sus enemigos que osara asesinarlo.

En uno de los rincones sobresalía un potro de madera donde reposaba una silla de montar de cordobán andalusí, una cimitarra, un arco chino y un carcaj vacío de piel de gacela. Súbitamente el almuecín llamó a la oración a los fieles. Sinan se sentó en la alfombrilla a meditar, instante en el que las antorchas se encendieron en el invicto santuario, que parecía una piña de estrellas descendida a la tierra. No se escucha ninguna voz, ni música, ni tan siquiera el relincho de un caballo. Era la paz.

El baluarte de los «asesinos» se asemejaba a un lucero levitando en el cielo.

Una dolorosa tristeza embargaba al Predicador Supremo.

14

John Saint-Clair y el Aliento del Diablo

París, dos siglos después, invierno del año del Señor de 1441

El hallazgo de las actas del juicio XXVII, había alterado la vida de John.

En la frialdad de la tarde, una bruma opaca deformaba los perfiles de París. Un aire silbante se colaba por los ventanales, mientras en la desnudez del cielo, nubes negras cubrían los tejados y torreones de la ciudad. John Saint-Clair Lasterra, recostado en un sitial frente al fuego del hogar, contemplaba los pliegos concluidos del primer fragmento de su memorial. Pero en aquel día le rondaba una obsesión. ¿Qué relación pudo mantener su antepasado Brian de Lasterra con el templario Marsac, la *alama* Jalwa o el druso Zahir? ¿Encubrían los escritos de fray Suger Vitalis, un enigma infamante que hubiera deseado no conocer? Resultaba evidente que la vida de su antepasado estaba preñada de enigmáticos misterios.

Por unos instantes se ofuscó con los vibrátiles reflejos de la lumbre.

De pronto escuchó el destemplado golpeo de la aldaba del *hôtel* familiar que resonó en el silencio de la calle de Saint Martin. E incapaz de aplacarse, aguzó los oídos y aguardó. ¿Quién quebraba la paz de su casa a tal hora? Al punto apareció en la puerta su mayordomo, un escocés desgarbado y de juiciosa sensatez.

—*Messire*, un hombre llegado de Bretaña, que dice llamarse

Beton Lauribar, pide licencia para veros —le anunció—. ¿Lo echo a patadas, o lo recibiréis, milord?

Era un reclamo del suficiente atractivo como para no negarle su hospitalidad, aunque fuera tenido por un ser impuro y detestable.

—Hazlo pasar. Condúcelo tú mismo hasta aquí, y que mi madre no lo vea.

El anciano Lauribar apareció jadeante, embutido en su túnica gris de grosera estameña, la capa en la mano y la pata de oca sobresaliendo en su hombro. Seguía con su ceño perpetuo, los párpados entornados y su inquieta mirada centelleándole.

—*Pax tecum dominus*, Saint-Clair —lo saludó inclinando la testa.

—*Salutem*, Lauribar. ¿A qué razón debo vuestra visita?

Dubitativo, no se atrevía a hablar, pero su sonrisa le ayudó.

—Milord, sólo la gratitud me ha movido a visitaros. Habréis de saber que tras la reunión estival de la Compañía de los Deberes, de nuevo los *cagots*, gracias a vuestra ayuda, somos convocados en las grandes construcciones. A tal efecto el senescal de París no has encargado varios trabajos para la catedral de Notre Dame, y por eso me hallo aquí. La amistad de mi pueblo hacia vos será eterna.

—¡Por los clavos de Cristo! Ambos nos beneficiamos. Lo celebro, Lauribar. Sentaos. ¿Y por qué era de tanta importancia para vos pertenecer a esa cofradía?

—Porque deseábamos recuperar lo que en otro tiempo fue nuestro. El conocimiento sobre la edificación de las catedrales. Y gracias a la generosidad de vuestro antepasado Lasterra, supimos dónde llamar para ser oídos. Esas reseñas del juicio de Lasterra que vos recibisteis resultaron cruciales para nosotros. Por un tiempo constituyó el secreto intransferible de la Orden del Temple y de los frailes de Cluny y de Cîteaux, que se negaban una y otra vez a compartirlo con la Compañía Laica de los Deberes.

—¿Tan importantes eran esos estudios?

—De una importancia capital para los que nos dedicamos a alzar edificios, milord. El valor de esos datos numéricos se remonta al reinado del faraón Zoser de la III dinastía, y la mano autora fue ni más menos que el primer arquitecto del que se tiene noticia, Imhotep, constructor de la pirámide más antigua de Egipto. Después, ese conocimiento pasó a los maestros de Tiro y a los constructores griegos y romanos, que las llamaron las tablas de Hermes, o las tablas «esmeralda». En ellas se hallan los cálculos exactos de la elevación de los edificios, de los arcos y bóvedas apuntados, la localización de las cargas, la ejecución precisa del crucero de ojivas, la fabricación de las vidrieras que proporcionan la luz, así como el secreto del apuntalamiento de los arbotantes, para que el edificio sea grácil, garboso y eréctil como una plegaria dirigida al cielo. Ese arco equilátero es la perfección absoluta, y significa un avance técnico sin precedentes en la historia de la arquitectura, pues inventa la diafanidad y la claridad. El espíritu del hombre se eleva hacia Dios, que es la Luz Suprema.

Saint-Clair percibió en su interior una gran convulsión. Aquel hombre hablaba con una convicción brillante; pero no comprendía como la Orden Templaria, quiso sólo para sí un secreto arquitectónico de tal influencia para la humanidad.

—¿Y la recuperación de esa ciencia tuvo que ver con mi antepasado Lasterra?

Haciendo honor a su saber y afabilidad, el *cagot* contestó:

—Así es. Gracias a aquellos acontecimientos vividos por él, los constructores pudimos seguir el camino y rescatar de personas muy amadas los cálculos de los *collegia* romanos de Numa, del año 451 a.C., y sobre todo la naturaleza del Número Sagrado o Número de Oro, ya conocido por los egipcios y pitagóricos, luego extraviado y finalmente recuperado por los primeros templarios. El Número de Oro creemos que es el 1,618, y su derivado, el Triángulo de Oro. Poseemos noticias de que fue empleado por los egipcios en la construcción de la pirámide de Keops. Esa relación numérica fue muy usada por los maestros de las cofradías del Santo Deber, que intimaban con la ecuación cósmica y la ley divina del número. Los primeros templarios la aprendieron de los Batini de Alamut y de su estancia en Egipto, cuando visitaron la Casa de las Ciencias de El Cairo. ¿Os dais cuenta de su importancia, caballero?

—Ahora comprendo vuestro celo en conseguir esos nombramientos.

Siguieron unos instantes de tensa espera, hasta que el anciano preguntó:

—¿Os satisficieron los pliegos de las actas del caballero Lasterra?

—¿Satisfacer? ¡Están cambiando por completo mi vida, Lauribar! Aún me queda la mitad de los pliegos por reproducir. Los torturados espíritus de Brian, Marsac o Zahir están cobrando nueva vida de mi mano. Estoy reescribiendo las actas para ofrendárselas a mi madre. Arrebujados entre esos pliegos que rescatasteis, reposan los más inesperados misterios, y tan enigmáticos como la estrella de Brian de Lasterra. Este memorial, que espero concluir antes de la Pascua, se convertirá en el consuelo de la vejez de mi madre, doña Ximena, y en el alivio de mi orfandad. No obstante existen pruebas, como el talismán del Aliento del Diablo, que todavía me confunden.

El maestro carpintero comprobó que el amuleto del lanzador de cuchillos, retando al tiempo, originaba en el noble escocés una nostálgica fascinación, de modo que su visita resultaba providencial, pues le traía un presente que lo conmocionaría. El *cagot* introdujo sus sarmentosas manos en la escarcela.

—Imagino vuestro denuedo por extractar esos pergaminos deteriorados por el tiempo, labor nada sencilla, y veo que se ha convertido en un arduo desafío. Así que hoy quiero entregaros un objeto que también fue hallado junto a las actas, y que pertenecía a vuestro antepasado. Estoy seguro que su posesión os animará a seguir.

El *cagot* aguardaba una iracunda respuesta del lord, que preguntó:

—¿Acaso me ocultasteis algo, Lauribar?

Destilando afabilidad, el viejo maestro lo tranquilizó:

—Os traigo precisamente el talismán del druso Zahir: ¡el Aliento del Diablo!

—¿El Aliento del Diablo? ¿No os parece asunto de brujería? —masculló.

—Aunque el sol abrasa, no deja de ser un astro benéfico y luminoso —dijo el maestro—. Por eso no os lo entregamos con las actas, para que no recelarais de nosotros. Este fetiche —y lo expuso en la palma de su mano— no es un ídolo pagano, sino la representación del espíritu que se enfrenta a la divinidad, para así ensalzarla aún más. Es el credo de los drusos, hombres temerosos del Dios verdadero.

—Dejaos de palabras vacuas. Vos que sois versado en los misterios del conocimiento y en los credos de Oriente, decidme, ¿quiénes eran en verdad los drusos? Ese Zahir me tiene magnetizado con su épica vida y sus raras creencias.

—Prestadme oídos, milord. Os revelaré algo de ese pueblo singular —aclaró, y tragó saliva—. Poco antes de nacer Zahir, el califa Hakim, defensor de los fatimíes, murió en El Cairo en extrañas circunstancias. Una tarde salió a pasear en su asno y desapareció. Sus familiares y discípulos aseguraron que se había desvanecido en la nada por la voluntad del Altísimo, pues hallaron su pollino y sus siete túnicas intactas entre la espesura del monte. De modo que desde aquel día aguardan su triunfal retorno a la tierra, cosa que aún no ha ocurrido. Aseguran no obstante las crónicas que Hakim era un hombre gallardo que profesaba un amor incestuoso hacia su hermana, a la que comparaba con las diosas egipcias. Creyéndose un dios faraónico, Hakim decidió casarse con ella, como Isis hizo con Osiris, y lo cumplió según el ritual de la antigua religión. Tachado de loco por sus visires, fue internado en un lazareto para enfermos mentales de El Cairo. Pero su pueblo, que lo idolatraba, lo liberó y le devolvió el trono. Sin embargo, su destino estaba tramado por la fatalidad. Al llegar al palacio fue asesinado violentamente por el amante de su hermana, que hizo desaparecer su cuerpo descuartizándolo. No obstante, sus seguidores no creyeron en su muerte y lo elevaron a la categoría de divinidad reencarnada. Sus dos grandes discípulos, Hamad y el Derrzi (de donde proviene la palabra «druso»), extendieron por Siria y el

Éufrates esta enigmática secta, que cuentan los adeptos por millares. Entre ellos, el esforzado Zahir.

—Insólita historia, Lauribar. ¿Y dónde alzan esos drusos sus santuarios?

—En templos llamados las Torres del Diablo. Dicen quienes los han visitado que se trata de lugares peligrosos e infernales, donde practican sus ritos yazidíes. Se alzan en las montañas próximas de Sinyar, en Mesopotamia, la tierra del patriarca Abraham. Según las crónicas templarias, en esas torres se ocultan subterráneos que comunican con el mundo infernal y con la luz inmaterial que surge de las tinieblas. La drusa es una creencia dual, o sea que asegura la coexistencia y la lucha entre el Bien y el Mal. Y creedme, milord, que es cierto, aunque supere vuestro racional intelecto y lo creáis una patraña. Allí adoran a un becerro de oro alado, como el que aparece tallado en el amuleto de Zahir.

—Cada día que pasa este asunto me depara una nueva sorpresa —contestó el noble, tenso—. Sin embargo, hay algo que me inquieta. Parece como si los *cagots* supierais más que nosotros mismos del caballero Lasterra. ¿Ocultáis alguna cosa más? ¿Acaso profanasteis su tumba para haceros con las actas y con ese trasto diabólico?

Lauribar arqueó sus pobladas cejas y abrió los párpados como un batracio.

—Los *cagots* somos hombres dignos de fiar y no violamos camposantos, *sire*.

—Entonces, ¿por qué tenéis en vuestro poder estos irreemplazables tesoros? Rescataré la maltrecha memoria de mi antepasado navarro, pero con la verdad, sin supercherías.

El anciano meditó unos instantes y a continuación expuso en tono taciturno:

—Yo os revelaré cómo llegaron a nuestras manos, aunque tenga que desvelar otro secreto no menos confidencial referido al Temple. Escuchad, milord.

Súbitamente unas ráfagas de viento golpearon los contrafuertes de las ventanas y las aguas del Sena se rizaron de espuma blanca. Un aguacero persistente se cernió sobre el cielo de París, mientras Beton Lauribar le iba exponiendo su increíble confidencia como quien desgrana las preces de un oficio sacro. Con mesura y devoción.

John Saint-Clair Lasterra sintió en su piel un frío glacial.

SEGUNDA PARTE
El testimonio del caballero

Halitus diaboli

Es dichoso el hombre a quien ningún poder arrebata su juicio y ninguna violencia lo perturba. La fortuna, cuando lanza contra él el dardo más nocivo que posee, no lo hiere, y el granizo de la vida rebota en él, cruje y se disuelve.

L. A. Séneca, *Epístolas a Lucilio*,
Libro V, EP XVI

1

Jalwa ibn Hasan, la *alama*

Desierto de Siria, mes de junio del año del Señor de 1173

Las crestas de las dunas se tiñeron de oro rojizo y el aire se calmó.

La caravana de Alepo partiría en breve y Urso de Marsac, el templario encubierto, ansiaba ver a Jalwa por última vez. La encontró fuera de la jaima y sus ojos almendrados lo turbaron. La pitonisa era una muchacha sensible a las angustias del mercader francés y se la veía abrumadoramente consternada por la fatalidad que le había leído en las estrellas, por lo que lo alentó con su amable voz.

El templario le devolvió una sonrisa y pensó que, o era una consumada simuladora, o parecía que sentía por él estima. Se mostraba accesible, siendo él cristiano y extranjero. Los dos asumían la mutua atracción y se envolvieron en miradas de cercanía. Urso era un hombre solitario que mitigaba la clausura de monje soldado con la guerra, la dedicación al Temple, el ayuno y la oración; pero desde que intimara con Jalwa ibn Hasan, su presencia lo turbaba y provocaba en él un sentimiento que ningún otro ser humano le había producido.

«Debo mostrarme prudente. El ángel del mal se ha infiltrado en mi mente, y la alternativa de esta amistad resulta arriesgada, muy arriesgada. Mi vocación se halla sobre el filo de la navaja. ¿Podré resistir?»

Al sentir la cálida y excitante palpitación del cuerpo de Jalwa a su lado, una agitación, hasta entonces ignorada, lo estremeció.

«¿A qué abismo puede arrastrarme esta mujer?»

La bóveda del cielo los abrazaba con su templanza. Con el alma oprimida, Urso se interesó por su partida.

—Estáis muy pensativa. ¿Os acucia algún pesar, o es sólo el suplicio del viaje?

Jalwa, aparentemente serena, le contestó:

—Estoy feliz por ver a mi familia, pero triste porque acaban nuestras pláticas.

El falso mercader se abismó en la contemplación de su rostro.

—Vuestros gestos expresan desolación y mi alma también.

—De quién es la culpa sino de unas leyes deshonrosas que separan a hombres y mujeres por razón de su fe. No está bien visto que nos veamos. ¿Lo sabes?

—Mi espíritu os necesita —confesó Urso—, pero os aseguro que os visitaré en vuestra casa de Damieta. Mi nave suele navegar por esas aguas y está muy cerca de Gaza, el puerto de invernada.

—Almirantes de la flota imperial de Bizancio, pilotos genoveses y navarcas de Chipre me frecuentan para conocer su futuro. Yo soy la lengua, la boca y los labios de los espíritus. Serás bien recibido si tus deseos son honestos.

—Mi afecto por vos, *belle dame*, siempre será puro. No receléis de mí, no os rozaré ni un hilo de vuestra túnica, pues he jurado no tocar mujer. Está en juego mi honor y la salvación de mi alma, los dos principios que manejan mi vida —le aseguró el templario.

Los labios de la joven, con retraso y sorpresa, vibraron de asombro.

—Sabía que no eras un hombre como los demás. Me asombra que hallas ofrecido a Dios semejante voto tan difícil de cumplir para un varón. Me alegra que nuestras almas estén unidas por un ofrecimiento afín. Mi virginidad y tu juramento nos hacen semejantes, ¿no lo ves así? —replicó la sibila—. Pero ¿ocultas algún enigma inconfesable, *zorkan*?

—No, y tampoco es el resultado de ninguna flaqueza, Jalwa, sino la determinación de un hombre libre prometida ante Dios y sus ministros.

A pesar de su desconcierto, le preguntó fijándose en sus ojos azules.

—¿Eres tal vez un monje cristiano?

Dispuesto a ser franco, Marsac le respondió:

—Estoy obligado a callar, señora, entendedme.

—Te quiero comprender, pero me pareces tan extraño... —se sinceró.

—Era lo previsible, pero antes de la partida pasaré a despedirme y os ofreceré un recuerdo para que no me olvidéis en vuestras plegarias y roguéis al cielo.

—Soy una esclava de mis presagios, pero esperaré impaciente tu llegada.

Una compasión recíproca los invadió con un matiz de pesadumbre. Sus cuerpos se enfrentaron ansiosos, pero no se tocaron. «¿Qué pecado podía haberlo impulsado para comprometerse ante Dios con el voto de castidad?», se preguntaba Jalwa, a quien le resultaba difícil entenderlo. Urso de Marsac sintió una punzada por amarla y no poder abrazarla y devorar su piel. Su amistad era una rendición ante lo imposible, y sus miradas, por encima de la atracción animal, pura entrega.

El templario la vio desaparecer y la negrura invadió su alma.

Aquel afecto imposible poseía un sabor amargo, como el del acíbar.

Urso no podía mitigar el calor y la inquietud lo atenazaba.

Temía ser descubierto, con lo que colocaría a su orden en un grave aprieto.

Sacudiéndose los enjambres de moscardones, acompañó a fray Ubaldo hasta las celdas de los monjes para instalar los incensarios. Para no desairarlo, mientras conversaban, sus ojos no perdían un solo detalle del recinto sanjuanista. Con obsesión y sin que el lego lo advirtiera, curioseaba en los aposentos de los consejeros, en el del maestre, en los dormitorios, en la recoleta capilla, pero ninguna parecía guardar nada, pues carecían de muebles, estantes, alacenas o cofres. Eran un ejército en campaña, no unos bibliotecarios. El tesoro de Londres, de hallarse en la fortaleza, debería ocultarse en la impenetrable sala hipóstila, único lugar inaccesible, pues carecía de puertas exteriores. Pero ¿cómo infiltrarse en ella?

El enigma de acceso al santuario se convirtió en un verdadero reto para la mente meticulosa del templario, que dispuso todas sus dotes indagadoras para descubrir la entrada secreta, aunque le fuera la vida y tuviera que eludir a cien guerreros de San Juan. Sólo le quedaban tres días para averiguarlo, pues la caravana partía para Alepo, y las puertas del Krak se cerrarían a mercaderes y devotos tras la procesión de las luminarias. El visitador de Ultramar lo había convocado y debía regresar a Jerusalén para rendir cuenta de sus gestiones.

—No me cabe ninguna duda, Togrul. Si ocultan aquí el fruto del hurto, debe hallarse en esa endiablada sala, donde también sus antiguos dueños los infieles sarracenos guardaban sus tesoros. Pero ¿cómo acceder a ella? Indaga con Warim y corrompe si es necesario. Tenemos que averiguar cómo se entra en ese maldito lugar.

—A la hora de prima y de nona, un bibliotecario entra en el refectorio y después desaparece como si se esfumara de este mundo. Al toque del ángelus vuelve a aparecer como por arte de encantamiento y puedo aseguraros que en esa estancia no existe puerta ni portillo que la comunique con otra cámara. Comprobadlo vos mismo.

—¡Qué extraño! —vaciló Urso—. Hemos de descubrirlo, el tiempo nos acucia. Seguiré al escribano y daré con la entrada. ¡Te prometo que entraremos en la sala de las columnas! Nos convertiremos en la sombra de ese *fratello*. Él es la clave.

Resultaba claro que debía buscar la ayuda del cordial fray Ubaldo y merodear por la sala capitular a la hora del rezo del ángelus. Tras aceptar del despensero un refrigerio de tocino, sopa y vino de Megido, y con la excusa de revisar lo pebeteros, acompañó al lego momentos antes de que el monje bibliotecario apareciera como por arte de encanto en la sala. El escribano se sorprendió, pero bajó la cabeza y siguió su camino, sin tan siquiera saludar.

—¿De dónde ha salido? Me ha asustado, fray Ubaldo —dijo con comicidad.

—¿El hermano Hirson? Viene de atender a su labor en la biblioteca.

—Pero ¿es que traspasa las paredes? Me ha sobresaltado.

—¡No, por la Santa Cruz! —rió el despensero a carcajadas y luego explicó sin concederle importancia—: Tras ese tapiz de la Crucifixión se abre un portillo que da al huerto y a los aljibes. Es un atajo para no cruzar el peligroso patio de armas, donde siempre corretean caballos sueltos y a veces se escapa algún venablo.

No dijo más. Ni tan siquiera reveló que viniera de la sala hipóstila, pero para Urso era suficiente. La simplicidad y candidez de fray Ubaldo lo habían conducido sin gran esfuerzo al lugar de entrada que deseaba saber: el aljibe del agua. De repente por la espalda le corrió un estremecimiento de satisfacción.

Una hora después, como si paseara por la fortaleza, el templario tomó el sendero de piedra que conducía a la sala de las columnas y al huerto del castillo, solitario a aquella hora de la tarde. Se acercó a un mustio edificio de arcilla que cubría las cisternas. Parecía el reino de las lagartijas que correteaban por las paredes y de los vencejos que anidaban en la cubierta. Una desgastada aldaba, que cedería ante el empuje de una ganzúa, cerraba la portezuela del aljibe, donde parecía hallarse la puerta secreta que comunicaba con la inaccesible biblioteca. Ningún guardia la vigilaba y únicamente el guardián de la garita del murallón del oeste, que camina de un lado para otro con cansinos pasos, la mantenía en el ángulo de su visión. Un camino de arena trillado que llegaba hasta la portezuela anunciaba su frecuente uso.

«Por aquí debe de escabullirse el bibliotecario, y resulta evidente que la entrada a la biblioteca debe hallarse dentro del depósito de aguas. No existe otra solución», reflexionó.

Luego paseó su mirada por el edificio circular de ladrillo rojo sin puertas, su ansiado objetivo, y examinándolo con provocación, masculló:

—Esta noche estaré dentro de tu vientre y veremos qué nos revelas.

El ocaso mostraba el encanto apacible del valle del Orontes.

Jalwa parecía más sosegada y sonreía. La discreción confería a su rostro ovalado una acentuada palidez y en sus pupilas afloraba la desilusión. Urso aspiró el perfume de agraz y observó cómo inquietantes nubes grises se congregaban por encima de los torreones de la fortaleza.

—Esta noche habrá tormenta —inició el templario la charla.

—La quietud o la tempestad están en manos del cielo, *zorkan*.

Jalwa cerró los párpados y aspiró el aire lóbrego. Llovería, estaba segura. Urso se extasió en su contemplación y quiso grabar su imagen perfecta en las retinas, para luego evocarla tras la separación. Una gota húmeda descendía por sus pómulos, y Urso, sintiendo que pecaba, pasó su mano para limpiarle la lágrima. Su mirada era de súplica, pero no podía disimular su aflicción.

—¿Lloráis? —preguntó, conmovido, el extranjero.

—Nunca he podido disimular mis sentimientos —confesó, y se mordió los labios.

En una impulsiva reacción de afecto, Urso aprisionó sus manos entre las suyas. Los ojos de la joven se abrieron como dos grandes signos de interrogación.

—Antes de deciros adiós deseo haceros un regalo, Jalwa. El objeto más preciado de cuantos poseo y que me puede costar una gran penitencia si lo regalo. Juraré que lo he extraviado —continuó, y abrió la faltriquera para mostrarle el sello del *Secretum Templi*, joya que ya no precisaría, pues con la carta de tránsito franco firmada por el senescal de Jerusalén le era suficiente para moverse por aquellos territorios.

—¡El Abraxas! —gritó Jalwa, sorprendida—. ¿Es tuyo este anillo? Lo usan, como signo de poder y de secretismo los sacerdotes terapeutas de la isla Elefantina, en el Nilo, y ahora los monjes guerreros de la Cruz, los templarios.

—¿Lo conocéis, señora? Creía que...

—¡Claro, estoy instruida en lo arcano! La ciencia de los símbolos es una disciplina frecuentada en mi trabajo —manifestó sorprendida, y el héroe cosmológico con cabeza de gallo que embozaba su cuerpo con una armadura, dos serpientes y un escudo, relució en su mano con la luz dorada del atardecer.

De pura estupefacción, la mujer se enderezó, visiblemente espantada.

—¿Eres templario? —preguntó abriendo sus ojos desmesuradamente.

Urso asintió con la cabeza y un rojo rubor ascendió a su semblante.

—Siendo ésa la ineludible verdad, ¿lo consideraríais una indignidad, una traición? ¿Me aborreceríais, Jalwa?

—Yo lo consideraría como una ceguera por mi parte por no advertirlo antes, pero nada me extraña ya de la condición humana —se expresó la mujer—. Ahora entiendo los dilemas sobre tu suerte y los presagios que ausculté en las estrellas. Todo encaja. Me has conmovido y siento no poder haberte confirmado un feliz *saad*.*

—Os ruego guardéis silencio sobre esta revelación. Me va la vida.

—Cuentas con mi discreción, ninguna palabra escapará de mi boca. Pierde cuidado, pero siendo una paloma, ¿cómo te has enjaulado en un nido de gavilanes?

El calor era opresivo y el falso mercader se sentía desfallecer. Su faz seguía inflamada y dejó correr el flujo de sus emociones, tras ser descubierta su identidad.

—Soy un hombre solitario y entregado a una severa regla monacal, que además me impide sentir la más mínima esperanza de amar a una mujer —prosiguió—. ¿Comprendéis ahora mis vacilaciones? Estoy obligado a seguir el camino que he elegido.

---

* Augurio dichoso y afortunado.

—¿Y por qué te escondes? Ocultas algún secreto infamante. ¿Huyes quizá?

Como una liberación, el caballero enjugó el sudor de su frente y le confió el flujo pesaroso de sus inquietudes. Le relató lo que no lo comprometía, encubrió lo más delicado, y omitió nombres, lugares y planes inmediatos. Le contó su ingreso en la Orden del Temple, sus años en las naves de la orden, y a medias la empresa que le habían confiado, que maravilló a la joven zenguí.

—Eres un ser humano singular y doy gracias al Clemente por haberte puesto en mi camino. ¿Y no posees ninguna pista que te ayude a avanzar en las pesquisas? Estas tierras son un avispero de agentes, asesinos, dueños y señores y te será difícil lograrlo. Y puedes hasta morir.

La mirada de la adivina, a pesar de la confianza que sentía por el extranjero, se llenó otra vez de brumas; y en las retinas de Urso comenzó a aflorar un brillo de impaciencia. Urgó en el zurrón y entresacó el talismán partido de obsidiana olvidado en los subterráneos del Temple, donde había grabado parte de un toro alado.

—Sólo cuento con este objeto. Pertenece al desconocido que busco y que me llevará a desenmarañar mis pesquisas. Pero ignoro si es una imagen cristiana o pagana —le dijo con indolencia—. ¿Sabéis a qué secta, tribu o religión pertenece?

La boca de la zenguí tembló y exclamó sorprendida:

—¡El Aliento del Diablo!

—Qué nombre más infame —se interesó ávido Marsac.

La joven destiló síntomas de sobresalto.

—¡Este amuleto es un *horse*, un ídolo druso! Y no encierra nada perverso. No. Proyecta el lado infame del mundo, al que se le enfrenta la perfección divina, el resplandor de Dios.

Por un momento el templario se sintió protegido por la más bella de las cómplices. ¿Por qué no lo abandonaba todo y la seguía?

—¿Druso decís? —exclamó contagiado.

—¿Cómo ha llegado a tus manos, Urso?

—Al parecer el ladrón al que busco lo dejó abandonado en el lugar del sacrílego expolio.

—Pues se trata de una piedra negra de obsidiana de las que llevan consigo los *okkals*, los iniciados de esa orden de los drusos. Habitan las tierras del Líbano y también lugares sagrados de Nínive y Mesopotamia —profirió Jalwa al ver el centelleo de sus ojos—. ¿Sabías que tras ese ángel alado se oculta Satán, la antítesis de Dios? Por eso se llama el Aliento del Diablo.

El mentón firme del templario se estremeció.

—Entonces, ¿el poseedor de este talismán es un druso?

Jalwa pareció vacilar, como si contuviera un escalofriante secreto y bajó el tono de su voz, pues temía ser escuchada por oídos indiscretos.

—Indudablemente, y por ser un iniciado, su propietario cree en al-Bar, el señor del mundo, el que lucha contra los ángeles de las tinieblas que viven en la tierra. Estas piedras negras las llevan siempre consigo y se entierran con ellas. Debe de estar furioso por su pérdida, pues supone la piedra angular de su conocimiento y de su camino espiritual. Has de buscar a ese hombre.

—¿Y dónde? Es como buscar una aguja en un pajar —se lamentó Urso.

Jalwa permaneció unos instantes sumida en una inescrutable meditación, como si al descifrar el secreto del misterioso talismán hubiera liberado un genio maléfico, o un recuerdo olvidado la perturbara. Luego apuntó misteriosa:

—Búscalo en las Torres del Diablo.

Urso buscó los ojos de la muchacha, para asegurarle dubitativo:

—¿Las Torres del Diablo? Dónde puedo hallarlas.

Jalwa pensó qué locura había movido a aquel hombre honesto a emprender un viaje tan peligroso como nefasto. Conocía sobradamente a los drusos y no los toleraba. El camino del *zorkan* caminaba hacia un abismo poco recomendable.

—Son santuarios que se levantan en los montes de Sinyar, en Nínive de Mesopotamia. Cabalga hacia el norte, y a tres días de camino los hallarás si te haces de un buen guía. Esos parajes están definidos desde la antigüedad como territorios del Demonio. Ten cuidado con los salteadores y con esos drusos fanáticos.

—Lo que me decís resulta aterrador, pero os doy las gracias. ¿Pueden existir lugares así? —adujo Urso.

Con un cierto matiz sombrío, incluso temeroso, Jalwa le respondió:

—Tan reales y ciertos como que Dios nos ha creado. Ésa es tu misión.

Las posibilidades de hallar el tesoro perdido se ampliaba considerablemente con aquella precisa pista. Al instante, el templario se preguntó si sería un error seguir buscándolo en la encomienda del Krak de los Caballeros. Pero ya lo había decidido y aquella noche asaltaría la sala de las columnas. No podía dejar ningún cabo suelto; pero aquel sorprendente relato lo había conmocionado, hasta el punto de considerarlo el principal rastro del caso hallado hasta entonces.

La procesión de las antorchas, con la que se cerraban los fastos de San Juan iba a iniciarse, y Urso debía despedirse de la islamita, muy a su pesar.

—Me abriste los enigmas de tu corazón y jamás te olvidaré, *zorkan*.

—Jalwa, siempre recordaré estos días, no como un triste episodio de mi vida, sino como el más verdadero. La fatalidad nos ha unido en un momento equivocado, y yo sigo siendo un monje lleno de dudas. Pero tened por seguro que a vuestro regreso a Damieta, os visitaré. Mientras, os evocaré en la soledad de mis pensamientos. Tenedlo por seguro aunque peque contra mi regla.

La voz cálida de Jalwa, como una cantinela desgranada por un trovador, sonó en la quietud del crepúsculo, con tono de advertencia.

—Pero no relegues al olvido el destino que señalaron los astros —le recomendó—. No existe fuerza ni virtud humana que varíe lo que te ha prescrito.

A Urso se le hizo un nudo en la garganta y aspiró el perfume de la mujer durante un rato.

Tomó sus manos delicadas en las suyas y las besó con una estima que enterneció a la adivinadora, a quien un velo de lágrimas le arrasó los ojos. Su sangre de hombre le pedía fusionarse con su cuerpo sensual, desgarrar allí mismo sus ropas y amarla bajo el cielo bermejo, ahogarse en sus ojos, enroscarse entre sus brazos de ébano y embriagarse en sus efluvios, hasta conocer el límite del placer, el que los hombres alcanzaban en el éxtasis amatorio. Pero se contuvo y apretó los puños. Sin darle la espalda, y cavilando sobre la asombrosa revelación del talismán druso y de las hasta ahora desconocidas Torres del Diablo, se encaminó al fortín sanjuanista, preguntándose qué demonio de la noche se había instalado entre los dos.

Sin embargo sabía que ya jamás podría deshacerse del recuerdo de aquella mujer. La añoranza de Jalwa desbordaría su corazón. Los afanes que lo habían llevado a Tierra Santa quedarían eclipsados por una presencia mucho más avasalladora que su lealtad al Temple. Acalló la fuerza abrumadora que se imponía a sus lealtades y echó a andar. De repente advirtió que el mercader veneciano Orlando Scala lo seguía a corta distancia intentando disimular su presencia. ¿Habría escuchado su conversación con la ismaelita? ¿Por qué ignorada razón lo seguía? Reflexionó sobre su chocante conducta y se rascó la cabeza olvidando el encuentro. Había llegado la hora de investigar en la sala hipóstila.

Lo deseaba con una desazón impaciente que lo corroía por dentro.

La noche más corta del 22 de junio del año del Señor de 1173, la ardiente vigilia de San Juan, la del fuego catártico en honor del Bautista, el que preparó los caminos del Divino Salvador, estalló en el patio del Krak con todo el fulgor de un ejército de luminarias. Los *frany* habían trasplantado a Tierra Santa sus ancestrales ritos celtas asociados al sol, a la fertilidad y a la renovación de los espíritus, que aquella noche mágica eran purificados por el fulgor de la luna y por las lumbres que ardían alrededor de la fortaleza.

Decenas de candelas se habían encendido en las almenas y en

el patio de armas y los monjes sanjuanistas parecían apresurarse a celebrar la magna procesión de su santo patrón, pues en la lejanía zigzagueaban los relámpagos. Creyentes de Emesa, Hama, Trípoli, Montferrand, Margat y Latakia, mercaderes de los condados de Edesa y Antioquía, peregrinos armenios y fieles de las aldeas limítrofes imploraban el beneficio de la salud a la figura de la cabeza de san Juan Bautista sobre una bandeja de plata, como fuera ofrecida por Herodes a Salomé. La portaban cuatro monjes en unas angarillas, envueltas en un faldón púrpura. En la cabecera, un comendador portaba el estandarte del Hospital, iluminado por dos hachones que despedían un sofocante humo negro.

El parcheo de los timbales y el tintineo de una esquila marcaba el paso del regimiento de monjes soldados que enarbolaban en sus manos enguantadas antorchas encendidas. Embozados en capas negras, entre las vaharadas de incienso y entonando roncas salmodias, como un orfeón ascendido de los infiernos, parecían la santa compaña. Para darle mayor solemnidad, el Consejo de los Ocho cortejaba la imagen del patrón, mientras el gran maestre, su autoridad espiritual, clamaba:

—Aquel que nació sin el pecado original al ser anunciado al sumo sacerdote Zacarías proteja a la orden que lleva su nombre. Que el Mayor de entre los nacidos de mujer haga resplandecer nuestra enseña ante los infieles.

—*Sanctus Joannis Baptistae, miserere nostrum!* —replicaban los freires.

El caballero Marsac, en el que se detectaba la alarma, imploró la protección divina, y dispensando algunos empellones se escurrió entre los soldados. Se confundió entre un corro de maronitas y se aproximó sin ser visto hacia el murallón oeste, aprovechando que los vigías permanecían pendientes de la exaltación de la imagen, que procesionaría por el patio armero y luego rodearía las murallas.

«Preciso la ayuda del cielo. Señor, protégeme», imploró Urso.

A la hora de completas todo acabaría y debía darse prisa. Se echó sobre los hombros la capa parda y se dirigió hacia los aljibes escrutando con nerviosismo la garita del vigilante. La luna, a la que algunos nublados ocultaban, parecía perseguirlo y se mostró nervioso como un animal acosado. Esperó que el centinela diera la vuelta y se apostó en la puerta del depósito de aguas. Sacó la ganzúa y pulsó la cerradura, pero ésta no cedía. Entresacó el puñal del cinto y lo introdujo trasteándolo. Al poco giró con lentitud y saltó el engranaje. El pasador se había aflojado dócilmente con el pulso meticuloso de la daga.

Resopló de alivio y se introdujo en la estancia del aljibe donde se reflejaba el astro de la noche como el ojo de un cíclope. Remiró a su alrededor después de acostumbrar sus ojos a la oscuridad y observó una trampilla en el suelo, discretamente entreabierta, que daba paso a una escalera de cinco peldaños. Una mortecina luz parpadeaba en el fondo. Ya no podía dar marcha atrás y debía enfrentarse a lo desconocido. El tiempo y la paciencia iban a dar al fin sus frutos. Hubo de descender a tientas y sus manos y sus rodillas se tropezaron con las húmedas aristas. Creía que estaba fuera del mundo. Se apresuró por la galería sin mirar atrás, hasta que una etérea claridad le indicó el final de la escala, que se encaminaba recta hacia una puerta de hierro enmohecido, que se abrió con sólo empujarla.

Se hallaba en la sala hipóstila del Krark de los Caballeros, la biblioteca del alcalde de la fortaleza, y sus intimidatorias paredes le parecieron una mortaja de ladrillo rojo. La oscuridad lo cegó hasta que sus pupilas se acostumbraron a las bujías que iluminaban tenuemente los pocos enseres que exornaban aquel emporio del hermético saber hospitalario. El tragaluz desplomaba una suave claridad sobre la bóveda de la biblioteca que se elevaba hasta unos veinte pies. Las columnas, esbeltas como cipreses, soportaban unos policromados arcos, suspendidos sobre su cabeza. ¿Se había metido en una ratonera? Si lo sorprendían no tendría un lugar donde ocultarse, pues el aula, limpia y en perfecto orden, no podía estar decorada con más austeridad.

Un *armarium* acogía algunos libros sacros, talmudes judaicos, tratados griegos, rollos de Alejandría con extraños jeroglíficos, manuales sarracenos sobre poesía, historia y astrología, algunos Coranes, cilindros de papiro y antifonarios. Examinó luego dos arcones, que atesoraban péndolas argentas para escribanía, algunas diademas y abalorios persas y bizantinos, varias bolsas con dinares, cartas dirigidas al gran maestre, cartulanos y hules de marear de las costas mediterráneas y africanas, mapas minuciosos del desierto de Siria, de Arabia y del país de los ayubíes, y pliegos con la identidad de los hermanos de la dotación del Krak.

Pero ni rastro de las reliquias y de los documentos robados en Londres.

El gran secreto no mostraba su faz enigmática y se enfureció.

En el centro geométrico de la sala, dos candelabros de pie y de oro macizo escoltaban una peana de jaspe que soportaba una arqueta de plata, la que había admirado en manos del prior sanjuanista el día que había llegado a la fortaleza, y que el veneciano Scala aseguraba contenía los secretos más sagrados de los monjes Hospitalarios, así como el llamado Lirio de San Juan. ¿Qué revelaría realmente aquel enigmático nombre? ¿Una flor áurea? ¿Una reliquia desconocida? Un grueso cortinaje de terciopelo en el que estaba bordada una imagen de Nuestra Señora la Virgen y del Profeta del Jordán servían de contrapunto al tesoro más respetado de la orden. El pulso le latía violentamente, y se acercó temeroso.

«¿Y si allí se escondía el tesoro robado al Temple?»

Ansioso se dispuso a dar el siguiente paso. Abrirla sin que fuera notado.

Un sudor copioso perlaba la frente de Urso el templario.

2

La Fede Sancta

Se comportó como un felino y alargó la mano con recelo. Urso estaba excitado.

Asió el cofre y lo abrió. El interior estaba forrado de seda de Palmira. Inclinó la cabeza y, con el liviano albor de la claraboya, reparó en las tres piezas que encerraba la arquilla: una llave dorada con el cabezal de un águila bicéfala y con una inscripción, *Tesaurum Ierosilimitanis. Clavis Secunda et Una inter tria;** un manual de la Regla del Hospital con la peculiar marca de los monjes amanuenses de Fulda, y un rollo de fino papiro o *vellum* con bornes de oro, enlazado con una cuerda de cuero, que desató. Las hojas estaban divididas en dos columnas, iluminadas con letras y miniaturas en azul, rojo y siena, salpicadas de oro molido. Emocionado, releyó su título en latín: «*Lirius Ordinis Sanctis Joannis*».**

—¡El Lirio de San Juan es un vulgar papiro! ¡Por la *Beausant*! —masculló entre dientes sorprendido—. Y que contiene ¿fórmulas nigrománticas quizá?

Súbitamente resonó un trueno y zigzagueó un rayo. El recinto se llenó de un estrépito que amedrentaba. La lluvia retumbaba en las aspilleras y la oscuridad tomó posesión de la biblioteca. A Urso se le formó un nudo en la garganta, pues el estruendo era repetitivo, lúgubre. El pánico estuvo a punto de delatarlo.

* «Tesoro de Jerusalén. Llave segunda y una entre tres.»
** «Flor de la Orden de San Juan.»

—Ha estallado la tormenta. Al menos espero que me facilite la huida.

Indiferente a las violentas ráfagas que irrumpían por las troneras desplegó el pliego de papel de seda ante una de las vacilantes candelas. Lo examinó con curiosidad y releyó los textos latinos; no eran sino las transcripciones de las bulas pontificias de los procesos de beatificación y santidad de los miembros de la orden, cuyas virtudes habían sido estimadas como heroicas por la Santa Sede. Se detuvo y murmuró pesaroso:

—En un siglo de vida, los templarios no hemos obtenido aún ese privilegio del Papa. Ningún miembro del Temple ha sido elevado a los altares. Evidentemente algo nos está separando de la raíz de pureza de la que nacimos.

Emitió un gruñido de decepción. Enrolló La Flor del Lirio, y la depositó desencantado en su lugar. No había logrado lo que pensaba. Estaba equivocado. Parecía que el Hospital no estaba involucrado en el robo, o al menos allí no lo ocultaba; de modo que su próxima escena de investigaciones se reducía a las Torres del Diablo. Quizá fuera su postrera oportunidad. No había hallado ni uno solo de los objetos de su búsqueda y su fortaleza empezaba a flaquear. Escuchó los cantos laudatorios a san Juan, que menguaban como las llamas de las lamparillas y comprobó que los monjes regresaban de la procesión. Se persignó y se apresuró a salir. La oscuridad y la tormenta lo ayudarían a pasar inadvertido.

No debía prolongar más su estancia allí, pues podía arriesgarse a ser descubierto.

Fuera proseguía el fragor de los estruendos y las bofetadas de la tempestad que fustigaban la fortaleza. Desanduvo el camino, fundiéndose con la húmeda oscuridad. Al cerrar la portezuela del aljibe la noche era negra, opaca, como el paño de un catafalco mortuorio.

Pero no estaba solo.

La sorpresa fue tan impactante que se quedó petrificado. Balbució atónito, sintiendo cómo un sudor helado le empapaba el cuerpo. Un ejército negro, chorreando agua y con las espadas desenvainadas, lo aguardaba pegado al barrizal.

—¡Si dais un paso más os degüello! —gritó un sargento en francés.

La cólera de la naturaleza lo envolvió en una nube de irrealidad. «¡Maldita sea!», masculló aterrado; tragó saliva, mientras observaba a través de la cellisca cómo una hilera de frailes del Hospital le impedía el paso franco.

—O dais una explicación convincente de qué hacíais dentro de la biblioteca, o sois hombre muerto —lo increpó el soldado que se ocultaba tras la capucha.

—*Messire*, no soy un ladrón —protestó con firmeza—. Sólo la rareza de un recinto sin puertas y el interés por los libros singulares me trajo a curiosear. Os lo juro por mi salvación eterna. No soy un ladrón, sino un cristiano que mercadea honestamente.

—Los marchantes siempre habéis sido una ralea de bellacos sin alma, y por eso Cristo os echó a latigazos del Templo. ¡Registradlo y que fray Hirson haga un repaso del contenido de la hipóstila y me informe!

A medida que se sucedía el tiempo, el cielo se fue aclarando hasta perder su tonalidad sombría. La lluvia cesó, olía a tierra mojada. Un velo gris ocultaba la furtiva luna que iluminaba la fila de soldados sanjuanistas, recortados como demonios entre el centelleo de las antorchas. Un oficial lo registró minuciosamente y negó con la cabeza. Luego le arrancó con violencia la faltriquera del cinturón, que entregó al sargento. A la luz de los hachones le echó una mirada y pudo ver lo que contenía. Una bolsa de dinares, la mitad de un enigmático talismán irreconocible, un salvoconducto firmado por el senescal de Jerusalén, *messire* Tiberias, almendras asadas, un estilete toledano, yesca y pedernal, una bolsita de hierbas, un pañuelo de lino y un crucifijo de plata. Todo en orden.

Una sombra de preocupación cruzó por el rostro del jefe de la guardia.

«La Providencia quiso que le regalara a Jalwa el sello templario. Gracias al cielo, pues de lo contrario mi vida valdría ahora mismo menos que una higa», pensó el templario, a quien maniataron con una soga de esparto, empujándolo con saña.

—¡Conducidlo a las mazmorras hasta que rinda cuentas ante el maestre!

La más absoluta oscuridad reinaba en aquel antro pútrido.

El hedor era inmundo, irrespirable. Olía a paja podrida y a putrefacción y se escuchaba el chillido de las ratas y el goteo de la humedad fluyendo por las rugosas paredes. El guardia le ató el pie a una cadena pesada que pendía de una argolla que chirriaba. Estaba aterrado. ¿Lo torturarían? ¿Sospecharían que pertenecía a la orden rival del Templo? Se incorporó y siguió el perímetro de la ergástula. Su angostura lo llenó de un temor claustrofóbico y de una desesperación indomable. ¿Quién lo habría traicionado? Se aferró a los barrotes y cayó de rodillas, mientras evocaba en la desgracia la imagen tierna de Jalwa.

Estaba perdido, y su misión, condenada al fracaso.

A la luz de unas famélicas teas lo condujeron al amanecer a la sala de tormento excavada en la roca. Látigos, tenazas, embudos, flagelos de plomo, pinchos de hierro, varias jaulas y una rueda de tormento componían su tétrico exorno. Urso palideció. Era fuerte y había sido entrenado para soportar el dolor en grado sumo, pero ¿lo traicionarían sus fuerzas y se delataría a sí mismo, él que era conocido como el audaz Halcón del Temple? Lo desnudaron y lo sujetaron al potro con correas. Lo ataron de los brazos y lo suspendieron del techo, mientras lo azotaban virulentamente y le echaban sebo ardiente en las heridas abiertas. Urso gritaba, pero los sayones lo estiraban con una inquina inusitada. Le metieron a la fuerza agua helada hasta vomitar la bilis y lo purgaron con un bebedizo repugnante que le hizo retorcerse de dolor y vaciar sus tripas con vergüenza. Sentía espasmos y calambres de unos músculos que le dolían como si los taladraran con cuchillos.

Y durante tres días, dos verdugos con los rostros ocultos, lo sometieron a las más horribles torturas.

Entre tormento y tormento, el sargento que lo apresara, lo interrogaba insistentemente. Le hacía cuatro preguntas que le sonaban en las sienes como un tambor de batalla: «¿Quién sois? ¿Ha qué habéis venido? ¿Qué buscabais? ¿Os manda algún señor?». E invariablemente, con un hilo de voz cada vez más ahogado, el prisionero contestaba que era un mercader occitano de Miraval, que nadie lo enviaba y que únicamente buscaba libros y grimorios antiguos para luego venderlos en Occidente a buen precio.

Pero no suplicaba piedad de sus verdugos.

Su aspecto sufrió una pronta transformación. Las mejillas se le hundieron, los huesos se le dislocaron y los músculos se le desgarraron. Le traspasaban el cuerpo con quemantes tenazas y le negaban la piedad del agua y de la comida, sintiéndose cada vez más débil. Los chasquidos escalofriantes de los látigos, los ganchos despellejándolo, el olor a carne quemada y el ruido de sus huesos al dislocarse, no los olvidaría jamás. Cubierto de sangre, al tercer día de tormento lo arrojaron a la celda, incapaces de sacarle otras palabras que no fueran de exculpación. No sentía nada, su mirada azul se perdió ausente en los muros mohosos del subterráneo, negado tan siquiera a disputarles a las ratas el mendrugo de pan y el jarrillo de vino agrio que habían depositado a su lado.

La oscuridad descendió sobre Urso de Marsac envolviéndolo en un velo negro de desesperación. Se agitaba convulsivamente y el calvario padecido le hizo vaciar el saco de sus lacrimales, mientras gritaba vocablos de impotencia. Luego gimió quedamente y buscó el consuelo en el recuerdo de Jalwa, a la que evocaba arribando a su ciudad de Alepo. Las tinieblas del alma lo asaltaban con su cohorte de demonios y su martirio resultaba insoportable. Pero había aguantado a pesar del dolor inhumano que le habían ocasionado.

Su fuerza de templario no había flaqueado un ápice.

Urso compareció en el aula del castillo espantosamente torturado.

Le sangraba la cara y el semblante le ardía, tumefacto y amoratado. Una tos blanda lo atormentaba y un líquido blancuzco se le escapaba por los labios azulados y resecos. Insultos de indignación, seguidos de un alboroto censurador estallaron en la sala. En un sitial de alto respaldo, rodeado de sus consejeros, refunfuñaba el todopoderoso maestre del Hospital, *messire* Roger de Moulins, a quien aquel asunto lo tenía enfurecido. No apartaba sus pupilas del encausado, y se frotaba las manos rugosas, dejando ver el anillo de oro con la insignia de la cruz del Hospital.

La Sala Capitular había congregado a medio centenar de monjes guerreros y a algunos peregrinos y huéspedes occidentales, que murmuraban en voz baja sobre el insólito caso del ladrón de libros occitano. Lo traían agarrado por los brazos y apenas si podía tenerse en pie. Mostraba la nariz partida y costras de sangre seca asomaban por el mapa de su cara destrozada. Su firmeza parecía haber sido anulada y sus fuerzas lo hubieran abandonado, pero seguía aferrándose a la vida y a la misión que le habían encomendado. No había cedido con el tormento y lucharía hasta el final, aunque le faltaba el aliento y los músculos no le obedecieran.

De su boca no había salido una sola palabra comprometedora. Había sido entrenado para morir si era preciso en el potro y en la rueda, sin que de sus labios escapara su identidad de caballero del Templo de Salomón. En un tono reprobador, con la mano mesándose la barba, el prior lo taladró con sus pupilas escrutadoras. Su voz en francés hizo temblar al desfigurado reo, que lo miró sobrecogido.

—Como sois un seglar, ignorabais que el *significator horarum*, el hermano centinela de la noche, no duerme y escucha hasta el silencio. Os vio forzar la puerta y alertó a la guardia. Parece que el hierro candente os ha hecho confesar y que no sois espía ni agente de un rival o adversario a la orden. Nada os delata de lo contrario y está claro que pertenecéis a esa ralea de avaros comerciantes que aman más el dinero que su alma —manifestó colérico—. Pero, decidme, ¿por qué ese insano deseo de husmear en la sala hipóstila, donde se atesoran los pergaminos más señalados de la orden? De vuestra respuesta dependen mi clemencia o una sentencia ejemplar que os haga pender en una jaula de hierro en estas murallas hasta que os coman las entrañas las alimañas y muráis de hambre y de sed.

Falseando un sentimiento de culpa que no sentía, suplicó aterrado:

—Ya lo he repetido mil veces a vuestros sayones, *messire*. Comercio con libros, rollos alejandrinos, talmudes, grimorios, devocionarios y palimseptos. Desde hace tiempo, los más destacados bibliófilos de la cristiandad andan buscando raros ejemplares árabes de medicina, matemáticas y astronomía, dispuestos a pagar una fortuna. Es eso y nada más lo que me indujo a cometer ese imprudente error por el que ya he pagado con creces. Ejerced vuestra clemencia con este pecador, os lo ruego.

Dando un manotazo censurador en el sitial, gritó enrojecido de ira:

—¿Y puede saberse qué libro es ése? ¡Hablad o sois hombre muerto!

Urso de Marsac no sabía qué decir. Temía que se tratara de un ardid y se mostraba reacio a responder. ¿Qué título debía inventar? Si enumeraba la naturaleza de alguno de los robados en Londres, ¿no lo tacharían de templario, o de espía al servicio del Temple? Expuesto a las miradas acusadoras de los monjes sanjuanistas su cerebro no atinaba con ninguna respuesta convincente. Pero de repente, de la fila del público, resonó una voz en italiano.

—*Scusi, signori* —se oyó la palabra gesticuladora del veneciano.

Con gesto dubitativo, el gran maestre lo animó a intervenir. Lo conocía como cónsul de la Serenísima y confiaba en el italiano, cuyos ojos saltones brillaban.

—Podéis hablar, micer Scala, deseamos saber la verdad. ¿Conocéis a este hombre?

—Sí, eminentísimo *magister*. Ya sabéis de mi tarea como cónsul de la República de Venecia y de mis viajes a lo ancho y largo de este mundo. Conozco superficialmente a este hombre, al que por mi oficio he visto mercadear en los puertos del Mediterráneo. Siempre me ha parecido honesto, justo y temeroso de Dios, os lo aseguro. He compartido la caravana de Alepo con él y efectivamente me confió que varias *Scholas* europeas, y no pocos nobles eruditos, le habían pedido que buscara en Oriente una obra científica, aunque incubadora de herejías, muy de moda en las universidades de Salerno, París y Perpignan: *La Materia Médica* de Dioscórides, que al parecer sólo poseen los califas de Bagdad y de Córdoba.

—¡Instrumentos del Diablo que perturban las mentes! —vociferó el prior.

—No os ha engañado, *signore*. Contiene fórmulas médicas de elixires y electuarios de gran valor terapéutico que dicen obran milagros; como esta fortaleza fue antes musulmana, confiaba hallarla aquí, y sustraerla para su beneficio. Eso es todo, gran maestre, hacerse con un libro al menor costo. Podéis creerme, y yo no soy precisamente sospechoso de salvar de la horca o de frecuentar la amistad de comerciantes occitanos y marselleses, rivales nuestros en Oriente.

Argumento tan irrevocable y oportuno pareció convencer al prior.

—En sus pertenencias efectivamente se han encontrado tratados musulmanes y pliegos de *kagez* de Catay escritos en lengua persa y egipcia; y de la biblioteca no hurtó nada —intervino el hermano Hirson con voz de charlatán.

El prior del Hospital consideró con gravedad la declaración del bibliotecario y la impulsiva defensa del veneciano, al que respetaba más que confiaba, pues había colaborado en el traslado de hermanos a Europa y en el suministro de equipos y víveres. Lentamente se dejó ganar por el discurso conciliador del italiano, en el que ni acusaba ni defendía al acusado, pero que fue oída con circunspección por los inculpadores. En su fundamento, por otra parte desinteresado, flotaba un aire de sinceridad, y el gran maestre decidió creerle.

Urso, que ya se veía entregado al verdugo para ser colgado de los muros, no salía de su estupor y miraba con los ojos desencajados al veneciano, preguntándose qué extraño motivo lo alentaba a mentir para salvarle la vida. El auxilio no podía haber sido más providencial, pero se resistía a creer en la pureza de su defensa. El superior sanjuanista compuso una mueca dubitativa y rogó a sus consejeros que se acercaran. Cuchichearon entre ellos y acordaron la sentencia. Se levantó con la mirada pensativa y el gesto ceremonioso. La barba se le estremecía y sus rasgos se endurecieron. El silencio era severo y temeroso, de esos que hacen retumbar el miedo en el corazón. Urso esperaba con la mirada baja, y temblaba.

—*Confiteor Deo omnipontenti* —entonó la plegaria de arrepentimiento.

—Es evidente que el Señor ha privado de la prudencia a este truhán; pero en virtud de mi rango ejercitaré una piedad que no merece, pues está probado que no ha sustraído ningún objeto de valor irreemplazable. No deberíais conservar las manos con las que cometisteis pecado, pero para que no olvidéis que vuestros oídos son para atender a los mandatos de Dios, seréis desorejado del oído derecho y vuestros bienes serán confiscados. Y si fuerais visto en una encomienda del Hospital os convertiríais en reo de muerte. Ésta es mi sentencia, en nombre del Señor.

—¡Amén! —dijeron a una los caballeros negros.

Pero a su honor de aristócrata de rancia estirpe no le cabía más deshonra. «Desorejado como un vil plebeyo, como un salteador de caminos», pensó. Urso hubiera preferido proclamar que era un caballero templario y morir por la espada y no arrastrar de por vida un baldón propio de proscritos. Pero ya se lo había advertido su maestre: «Si algo te ocurre, no saldremos en defensa de tu dignidad. Estás solo, y el Temple espera el mayor sacrificio tuyo».

A Urso se le quebró la fortaleza y lágrimas amargas corrieron por su cara.

El cuerpo de Marsac era una pura llaga e incitaba a la compasión.

Antes de abandonar el Krak de los Caballeros con el zurrón de sus pertenencias personales al hombro tumefacto, bebió agua con ansiedad en una fuente de barro cocido donde abrevaban las caballerías. Pero la boca seguía tan áspera como el esparto. Su piel blanca se había convertido en un pergamino gris, manchada de sangre y de suciedad y con los ojos relucientes por la calentura.

Un paño de lino anudado a la mandíbula sujetaba su oreja extirpada, que el verdugo le había sajado con una hoja barbera. Un manchurrón rojizo y purulento evidenciaba el lugar ocupado por la oreja, que le punzaba como si le estuvieran aplicando un hierro candente. La abrasadura de la fiebre lo hacía tambalearse, y su aspecto demacrado y patibulario movía a la piedad a quien lo miraba. A un tiro de piedra del rastrillo lo aguardaban Warin y Togrul, con el gesto apenado, junto a la tienda del veneciano, que lo miraba de hito en hito y con ojos de compasión. El turcópolo, su escudero y Urso se abrazaron inconsolables. El sargento, con su rostro cetrino y arrugado, se tragaba el llanto y la rabia, ocultándola para no abatirlo más.

—Parece que Cristo nos ha abandonado, amigos míos.

—Pero habéis resistido a la tortura, señor. Os asemejáis al *ecce homo*. ¿Cómo han podido cometer tal villanía con un caballero de tan alta estirpe?

—Tuve que callar y ocultar mi origen. Me han atormentado sin compasión, como si fuera un vulgar malhechor —les explicó—. He visto a la muerte cara a cara y hasta el desaliento hizo presa en mí. Y aunque mis labios han permanecido cerrados, el tormento me ha dejado sin fuerzas para seguir con la misión.

—Ya nos llegará la hora del desquite, señor —lo animó Togrul—. Yo os ayudaré.

—Estoy vivo gracias a la generosidad de ese hombre —reveló señalando al veneciano—. Desde hoy lo auxiliaréis con la misma fidelidad que a mí.

Se aproximó a Scala y sin mediar palabra le tomó la mano y la besó.

—¿De qué forma puedo expresaros mi agradecimiento signore?

—Sólo Dios merece gratitud sempiterna. Entrad, os curaremos.

Esa noche, Urso de Marsac, entre delirios y dolores, no pudo conciliar el sueño forzado por el pesar y la fiebre, y miraba a través de la rendija del pabellón las peladas colinas de Emesa. Al amanecer se le acercaron Warin, Scala, Togrul y un criado que le lavó las heridas con castóreo, mirra y áloe de la isla de la Bendición, y luego le ofreció un cuenco de leche de cabra con una torta de *almori** que tragó a duras penas. Los bebedizos y destilaciones y la nuez de coca aliviaron sus dolores y lo animaron. Se cortó el cabello y ocultó con un turbante el hueco donde antes estaba su oreja. Refugiado en su infortunio, tomó aliento y se dirigió al italiano:

—Micer Orlando, he de formularos unas preguntas que me obsesionan. No es frecuente tal magnanimidad entre humanos. ¿Por qué me habéis salvado la vida? Nadie en este mundo depravado hace nada por nada.

Con un ademán triunfal, Scala le golpeó el hombro y reveló categórico:

—Porque sois un templario y no un vulgar mercachifle, señor de Marsac.

Un gesto de asombro sacudió a los guerreros templarios, pero el veneciano, a modo de respuesta, los apaciguó con un ademán amistoso. Luego prosiguió:

—*Scusi*. No andaré con remilgos. Vos respondéis a la identidad de fray Urso de Marsac, también conocido como el Halcón del Temple. Sois un caballero francés, de Miraval, y uno de los navarcas de la flota templaria que comunica Francia con Tierra Santa. En una ocasión visité vuestra galera errante, *El Halcón*, para realizar una transacción bancaria. Vuestra insignia con la calavera era muy respetada.

La revelación, con ser atinada, no era nada tranquilizadora.

—Y vos, ¿sois en verdad Orlando Scala, o un aventurero a la caza de templarios encubiertos? —se interesó poniéndose en guardia.

—Así es, y aparte de estar vinculado al consulado veneciano de Chipre y actuar como embajador y canciller, pertenezco desde hace años a la Orden Tercera del Temple, la hermética fraternidad de seglares de La Fede Sancta. Somos un grupo de hombres de fe

---

* Torta suave de harina con comino, canela, ajo y tomate de grato sabor, consumida por los árabes.

dedicados al arte, a la arquitectura, a la política y a las finanzas, que también seguimos la regla laica del Císter. ¿La conocíais?

Con una mueca suavizada por una sonrisa de circunstancias, contestó:

—Alguna vez oí a *messire* Odon hablar de esa cofradía de varones de mundo a los que nos une el ansia de conocimiento, la fe en Cristo y a Bernardo de Claraval.

—Esa orden secreta, con la anuencia del Capítulo General del Temple, ha instituido de nuevo la gran logia de maestros de obras y canteros que inició Hiram de Tiro durante la construcción del Templo de Salomón. Atiende al nombre de La Compañía de los Deberes, también bautizada como *La Compagnonnage*, una unión gremial en la que concurren artesanos, maestros constructores, canteros, *cagots* y arquitectos europeos, que se han transmitido los secretos de la construcción boca a boca desde la antigüedad. Sin embargo, el Temple se niega a hacernos partícipes de los secretos de la construcción que ha obtenido en Oriente. Y es ésta la causa por la que os he salvado. Os necesito, y os lo debía como cristiano y hermano vuestro.

Quería mostrarle su reconocimiento, pero no comprendía nada.

—No os entiendo, señor. ¿Qué relación tiene una cosa con la otra?

Orlando Scala lo miró fijamente con sus abultados globos oculares buscando la reacción que sus siguientes palabras provocarían en el templario, que tragaba saliva sin cesar, mientras miraba desconcertado a Warin y a Togrul.

—No deseo vanagloriarme por estar al tanto del secreto mejor guardado de la cristiandad, pero os diré la razón por la que os salvé de morir colgado.

—Hablad, os lo ruego, o me estallará la cabeza.

Mientras el templario y Togrul aguzaban sus sentidos, Scala continuó:

—Tanto vos como yo buscamos lo mismo: el tesoro expoliado en el New Temple de Londres. Vos por el honor perdido de la

Orden de los Pobres Caballeros de Cristo, y yo porque deseo una parte de él para ofrecérselo a mi hermandad. *Do ut des.** ¿Habéis comprendido, Marsac?

—¿Cuál, si puede saberse, es esa parte que buscáis?

—Os lo diré sin ambages. Las Tablas del Testimonio y el bastón reglado que perteneció al maestro de Tiro. Vuestra vida a cambio de una copia de ese documento del saber. Me lo debéis, caballero Marsac.

—¿Y por qué no lo solicitáis al gran maestre Saint-Amand?

—Le hemos cursado en cien ocasiones esa reclamación, pero insiste en que es un secreto intransferible de la orden y que sólo pertenece a la Iglesia de Dios. No comprendemos cómo puede sustraerse un bien semejante a la humanidad. El arco apuntado, que ya emplean los monjes constructores del Císter, debe ser utilizado y conocido por todos los arquitectos, sean o no religiosos. Debéis comprender que supone una revolución arquitectónica de índole universal. Y aunque nacido en estas tierras, en Siria y Armenia, los cálculos exactos del arco ojival son propiedad del Temple y de los frailes de Cluny y de Cîteaux, que se niegan una y otra vez a compartirlo con la Compañía Laica de los Deberes, a la cual pertenezco.

—¿Tan importantes son esas Tablas, micer Scala?

—De una trascendecia capital —refirió el veneciano—. La Santa Iglesia ha creado dos armas formidables para oponerse al islam: el ideal caballeresco y la cruzadas. Tierra Santa es hoy el palenque ideal para atraer a los hombres de guerra que antes asolaban Europa. Pero no dejamos de asemejarnos a quienes pretendemos aniquilar. La guerra y la sangre engendran más guerra y más sangre. Es como enfrentar un Satán a otro. Convertimos el mundo en un infierno.

—Pero los caballeros de Cristo luchamos por la fe.

—Creedme Marsac, a veces las religiones transforman sus mensajes en delirios irracionales contrarios a sus doctrinas. ¿Estáis seguro que matar en nombre de Dios agrada a Cristo?

---

* «Doy para que me deis.»

—No digáis disparates, cónsul. ¿Acaso conocéis otra forma?

—No me toméis por un petulante, pero mi hermandad así lo cree. El poder hay que visualizarlo con espectaculares contrucciones y mantenerlo con ideas que nos conduzcan a una superioridad moral sobre los musulmanes. La guerra, como único medio de desafío contra los infieles, nos convierte en bestias sin corazón y sin alma.

En la palidez del rostro de Urso afloró un reproche.

—¿Y cómo se consigue ese predominio si no es con las armas?

Había una locura gozosa en cada palabra que sugería Scala.

—Con el progreso, el saber, el orden y un arte que les deje ver nuestro poder, no con apocalípticas prédicas de clérigos febriles. Frente a las ricas mezquitas y palacios del islam hemos de oponer templos y edificios de igual esplendor, y leyes de convivencia más justas.

—Vuestra mente está perturbada por el mal del ensueño.

—Tal vez —dijo Scala—. Los miembros de la Fede Sancta pensamos que la cristiandad vive una espiritualidad distinta y por eso precisamos de esas Tablas. Nuestros hogares y santuarios son oscuros, irrelevantes. Pero si recuperamos los pliegos del saber que pertenecen al Temple, se conseguirá la puesta en escena de la luz divina en la tierra.

El calor era opresivo y Marsac contestó con sus labios resecos:

—No podéis fingir que no lo deseáis. Parece que os va la vida.

—Así es. Esas técnicas de la edificación no pueden seguir dependiendo exclusivamente a la Iglesia, pertenecen al pueblo de Dios. Hoy, en Flandes, Inglaterra, el Imperio, Italia, España y Francia, las ciudades crecen más allá de sus murallas. Los campesinos han hallado en ellas la libertad y precisan de mercados, arsenales, palacios, catedrales, acueductos y universidades, construidas según el nuevo modo.* Ahora los reyes son los burgueses y los banqueros. Poseen oro y dinero y desean embellecer sus burgos con obras grandiosas. Se nos presenta una oportunidad única. ¿Comprendéis

---

* Se refiere al que luego se denominaría «arte gótico».

ahora mi empeño en recuperar las Tablas del Testimonio para mi compañía?

El aire perfumado alivió el dolor de Urso y disipó su tribulación.

—Me habéis abierto los ojos a principios ignorados por mí —afirmó el templario—. La respuesta es bien sencilla, Scala. ¡Al vencedor, su botín! Si recupero el tesoro de Londres, ese libro será vuestro —le prometió el templario, convencido.

—Me convertiré en los ojos de vuestra nuca, Marsac. Gracias.

—Os soy deudor de mi vida —testimonió Marsac.

—Creedme, caballero, la Iglesia no puede convertirse en la única garante del progreso, mancharía su santidad y llenaría de oscuridad al género humano. El mundo laico que está naciendo en las nuevas ciudades necesita de ese saber secreto —insistió el veneciano.

—Micer Orlando, nada puedo negaros. Sabréis que ese tesoro sigue extraviado, aunque la mujer sabia que nos acompañaba en la caravana me ha puesto en la senda de una pista que puede resultar definitiva.

—¿Qué pista?

—Permitidme que la guarde en el anonimato. Es la garante de mi supervivencia. Os permito que me acompañéis en la búsqueda, y si lo hallamos, la Providencia nos dictará qué hacer.

—De acuerdo —aceptó el veneciano—. Pero ¿os fiáis de esa mujer? ¿No pensáis que tras esa inocente fachada y apariencia inofensiva pueda esconderse una traición? No quiero pareceros un confesor, pero estáis labrando vuestra propia perdición. Sois un hombre de Dios y habéis puesto vuestra alma en peligro de condenación eterna confraternizando con esa infiel.

—Relegad toda sospecha de concupiscencia, *signore* Scala. Siento por ella un afecto casto, sin la injuria de la carne, aunque sí me produce un tormento que me consume. Paraliza mi voluntad con su recuerdo y estimula mi imaginación con una felicidad imposible, pero la amo como los ángeles aman al Ser Supremo, con éxtasis y castidad. Creedme, no he tocado uno solo de sus cabellos.

—No deja de parecer una servidumbre impropia de un templario.

Urso apretó los labios y de sus pupilas escapó un destello glacial.

—La presentáis como si fuera un ángel de la muerte. Jalwa ibn Hasan es una doncella bondadosa de corazón, maestra de la elocuencia, temerosa de Dios y una muchacha honesta. Nunca ha fornicado con un varón y es virgen. Nuestros únicos enemigos han sido la maledicencia de los que nos han asediado y dos religiones asfixiantes que nos separan irremisiblemente.

—El eterno combate entre la lujuria y la pureza, el mal y el bien. Pero no hablo de ella sino de vos, un caballero blanco sujeto a un voto de castidad. Cuando os veía hablar con ella y seguirla, parecíais hechizado. Y temía por vuestra salvación.

—No he olvidado que me debo en cuerpo y alma a mi orden y que he sido designado para una misión sagrada, pero sabed que sigo en estado de gracia y que expío mi pecado en secreto, micer Scala. Golpeo mi cuerpo con el cilicio hasta hacer saltar sangre, pero ese fuego es como un veneno que emponzoña mi sangre. Es bella como un amanecer y limpia como el primer día de la creación, os lo aseguro. Cuando concluya esta endiablada empresa confesaré mi falta y expiaré mi culpa. ¡*Miserere mehi Deo*. Perdóname Señor Jesucristo!

—Desde el principio de los tiempos Eva tentó al hombre con la manzana de la discordia, y ninguno podemos sustraernos a esa maldición. Os comprendo.

—Sólo deseo la paz de mi alma y recuperar las fuerzas para proseguir mi cometido. Y el tiempo apremia. A vuestra piedad y hospitalidad me acojo.

—La tenéis, caballero. Asumiré el riesgo que me proponéis. Os ayudaré.

Ya fuera por el insoportable calor, porque el dolor inundaba su cuerpo o por la deshonra que había sufrido en el Krak, Urso, desorejado y afrentado, decidió no mirar atrás y confiar en el filántropo cónsul de la Serenísima de Venecia.

Tardaría mucho tiempo en reponerse de tanto pesar y tanta humillación.

Pero ¿debía confiar en el rastro desvelado por Jalwa? ¿No lo había precavido de letales peligros que lo aguardaban si se aproximaba a las Torres del Diablo?

No se detendría ante nada. Era un templario.

3

El Caballero de las Dos Espadas

Brian seguía enmohecido, como una lanza en desuso.

Y a pesar de la infidelidad de Melisenda, su corazón aún guardaba un rescoldo de su recuerdo. Sobre la raya del alba, el sol, que germinaba desde Hebrón, despertó a Brian, que abrió los párpados bostezando. Los haces de luz destellaban en la blancura de Jerusalén colándose como dardos entre las celosías.

Para él, su existencia se había convertido en agobiante, desde que lo había engañado la Princesa Lejana, y su corazón se mantenía frío como el vaho de Satanás.

—No haber amado es como no haber vivido —le confesaba a Alvar.

—Mordiste del fruto prohibido del Paraíso y penetraste por la rendija donde todos los varones caemos —le contestó con confianza—. El tiempo te curará.

—Melisenda cerró mi corazón y se llevó la llave de mis sentimientos.

—Es una mujer que sólo vive de las apariencias —replicó Alvar.

Aún no habían acabado su plática caballero y escudero, cuando Brian escuchó un bullicio de caballerías en el patio de armas y observó tras las rejuelas la pálida blancura de un caballo montado por un jinete desconocido. ¿Qué sería?

Un suceso oportunamente inesperado venía a cambiar su errática existencia en Tierra Santa. El giro de la rueda de su fortuna estaba a punto de espantar de golpe sus fantasmas. El palenque se llenó del polvo que levantaba una mesnada llegada de las tierras de Hispania. La formaban dos centenares de guerreros, entre caballeros, peones, arqueros, escuderos y almogávares. Un jubileo de curiosos llenó las galerías preguntándose quiénes eran aquellos soldados. Habían sonado los clarines y redoblado los timbales, mientras su capitán formaba la polvorienta tropa.

—¿Quiénes son ésos, Alvar? —preguntó Brian.

—Acabo de enterarme. Son compatriotas. Unos la llaman la Hermandad Blanca, y otros, de Monte Gaudio, y dicen que vienen de Castilla, señor.

—¡Por las llagas de la Crucifixión! Ésta sí que es una interesante novedad. Acudamos a verlos, Alvar.

Convocados por el chambelán, comparecieron el jovial Amalric, el senescal, el príncipe, el obispo de mirada cetrina Héracle de Cesarea, y el patriarca Aumery asido a su báculo y con una esclavina de damasco sobre los hombros, rodeado de camarlengos. Se acomodaron bajo un dosel tachonado de cruces de plata para recibir al contingente recién llegado de Ultramar. No todos parecían caballeros y se veían hidalgos de abarca con los semblantes embrutecidos enarbolando escudos blasonados con castillos y leones, y también veteranos de la frontera de al-Andalus que deseaban purificar sus culpas y alcanzar la condición de Defensores de Cristo en los Santos Lugares. Cerraban la partida algunos siervos de la gleba de barbas encrespadas, arqueros leoneses con arcos de fresno y mercenarios de la marca del Tajo con corazas de escamas cobrizas que habían preferido la promesa de botín en Palestina, a las escaramuzas en Jaén, Córdoba, Granada y Sevilla. Brian y Andía no quisieron perderse la parada.

—Algunos de ésos se han reclutado en un ejército de la Cruz, para escapar del cepo y la picota en alguna ciudad de Castilla —ironizó Alvar.

—Y a cambio de unas monedas de plata, un devenir precario y un camino de fatigas de más de dos mil leguas —sentenció—. Deben de estar locos.

—¡Más cruzados! ¡La peor hez de Occidente! —comentó uno de los cortesanos pulanos.

—Inocentes e inexpertos corderillos camino del sacrificio —rió otro.

—¿Cándidos estos? No sabéis lo que decís. Han destripado más moros que siete generaciones de francos en Palestina —respondió Andía, cáustico—. Llevan luchando cuatro siglos contra la morisma en sus tierras. Son guerreros bravos y experimentados, y yo que tú me guardaría de reñir con alguno de ellos.

Los *frany* enmudecieron ante el alegato del navarro y los contemplaron con curiosidad y temor.

Medio centenar de caballeros hispanos de la que llamaban la Hermandad Blanca, blindados de hierro de pies a cabeza, se erguían en los estribos de sus caballos árabes, que piafaban inquietos. Enarbolaban picas, adargas, gonfalones y estandartes, y se asemejaban a estatuas de acero. Las cimeras de colores tremolaban al ligero viento, y Brian, que los contemplaba desde su estancia, sintió añoranza de su querida Navarra.

—¿Quién de ellos alcanzará la gloria y quién la muerte en estas tierras, Alvar?

—¡Qué sé yo! Pero me ha alegrado verlos, señor. Son de nuestra sangre.

—Yo he percibido un contento inexplicable en mi alma. Te lo aseguro. Algo muy poderoso ha estallado dentro —replicó Brian en cuya mirada brilló un relámpago—. Al escuchar la lengua romance he sentido como un aire fresco y familiar en mi cara, y como si el dilema que corroe mi mollera, de repente se aclarara. ¡No sé!

—¿El dilema? ¡Qué dilema Brian! Estás un poco más loco cada día, señor. Tu mirada es otra desde que regresaste de esa visita a Arsuf —dijo Alvar, extrañado.

El jefe que dirigía la heterogénea partida, el conde Rodrigo Álvarez, rindió armas ante el rey y el Patriarca, quien difícilmente sostenía el cayado de pedrerías. El castellano vestía un hábito blanco inmaculado y una capa negra. Y rielando en el pecho y en el hombro lucía una cruz octógona roja coronada de gules, como todos los caballeros. Cabalgaba erguido como una columna del Templo. Se alzó la visera del yelmo y Brian pudo adivinar a un hombre de mirada penetrante que intimidaba, pero que transmitía confianza. La barba crecida y con hebras blancas le asemejaba a un caudillo macabeo. Un corte aserrado, posiblemente de un alfanje almohade, cruzaba en zigzag su nariz, otorgándole un gesto de fiereza. Con la mano apoyada en el arzón de su montura, clamó:

—Mi señor Amalric y monseñores: venimos humildemente desde Hispania a ofreceros nuestras espadas. Hemos consumado un largo y penoso recorrido por mar y tierra cabalgando hasta el reino de la Jerusalén Celeste, donde Jesús nos tomará cuentas el día del Juicio. Y venimos de allende el mar no sólo para cosechar la gloria, sino para combatir al servicio de la Santa Cruz y de vos. Os traemos cartas de mi soberano y tío don Alfonso VII, rey de Castilla, la Bula de Roma aprobando la Orden y las Ordenanzas de la Hermandad. Estamos deseosos de entrar en batalla cuanto antes y de ayudar a liberar el Reino de Dios de infieles y paganos.

El rey se sentía complacido y se le notaba en su rostro distendido.

—Sed bienvenido a mis tierras, conde, y tened por seguro que un soldado de Cristo se glorifica con la muerte de los infieles, pues no sólo no ofenden a Dios, sino que se granjean su favor y un lugar en el Paraíso.

La faz del conde era inescrutable, quizá por la fatiga del camino.

—Hemos dejado nuestras casas y abandonado nuestras herencias en Castilla y León, pero nos sentimos dichosos de ofreceros nuestro brazo, *sire*. Os rogamos nos concedáis un territorio que defender; tened por seguro que lo haremos hasta el fin y mientras nos quede una sola gota de sangre cristiana.

Tras una breve reflexión, Amalric le contestó con gesto cordial:

—Vuestra milicia recibirá castillos y tierras en la franja costera de Ascalón, donde más se precisa de fuerzas que contengan el empuje de Saladino. Hasta tanto compartiréis alojamiento con los caballeros del Templo en las caballerizas.

—Allí verteremos nuestra sangre, y daremos nuestra vida si es preciso.

Cantaron el *Benedictus* y alabaron a Dios con sus resecas gargantas, mientras tremolaban las lanzas y gallardetes y golpeaban con las mazas los escudos, como si un designio divino los hubiera llevado hasta allí desde el otro lado del mar.

La primera mañana en la que al fin Brian se sentía recuperado y pletórico, compareció con Alvar en la palestra, recibiendo los alborozados saludos del príncipe leproso, que se alegraba de su jovialidad. La liza se había prolongado con Balduino, y cuando regresaba a las cuadras, el capitán de la guardia real, un tolosano pariente del conde Raimundo, de nombre Wifredo, hizo sonar en el enlosado la bastedad de sus botas y el tintineo de las espuelas. Llamó a Brian, que se le aproximó. ¿Qué querría de él?

—Salud, Lasterra —lo saludó con camaradería y afabilidad—. Creo que deberías escuchar esta noticia, amigo mío. Mi prima Melisenda de Trípoli ha ingresado como beguina en un convento de clausura.

—¿Beguina?

—Sí, ya sabes, como dama laica, sin votos. Para meditar y hacer penitencia.

El caballero dio un respingo, invadido por una íntima estupefacción.

—¿Melisenda monja?

—Así es, aunque de forma pasajera —le aseguró el soldado—. Parece que llevada por el mal de la melancolía, cansada de hacer el mal contra sí misma y hacia cuantos la rodeaban, se ha retirado del mundo para poner su vida en orden. Lo necesitaba.

—¡No puedo creerlo, *messire* Wifredo! —se extrañó Brian.

—Parece que incluso ha intentado quitarse la vida en varias ocasiones. Cansada de extraviar corazones de caballeros entró en una profunda postración hasta decidirse a vivir un tiempo para la contemplación y la plegaria. Así me lo ha referido mi primo el conde Raimundo, muy preocupado por su salud y por su ánimo. Creí que deberías saberlo.

—¿Y en qué monasterio ha profesado, capitán? —preguntó, incrédulo.

—En un convento de Betania, en las clarisas de San Lázaro.

Un sesgo de ira asomó en sus facciones. Su alma no poseía ninguna defensa contra el desamor y la traición de los sentimientos. La sorpresa se adueñó inmediatamente de su corazón.

—Tengo que verla y leer en sus ojos que rechaza vivir en el mundo.

—No es prudente que la importunes —le recomendó exhalando un suspiro—. La abadesa Ivette, mi tía, aun conociendo tu noble casta y posición de rango, se opondrá frontalmente a que la visites. Olvídala, Lasterra, sigue mi consejo.

Sus facciones enrojecieron y la blanca cicatriz de su ceja se volvió roja.

—Un día la amé incluso más que a los de mi sangre, y aún su recuerdo afecta a mis más hondos sentimientos —contestó, y reflexionó unos instantes—. Me comportaré como me corresponde. Es mi fatalidad, jamás podré poseer a las mujeres que amo, ni desposarme con ellas.

El capitán poseía la firme convicción de que Brian de Lasterra amaba intensamente a Melisenda; y que como hijo de noble barón en un tiempo tenía pensado requerir formalmente la mano al conde Raimundo. Pero lo compadecía y lo respetaba.

«¿Por qué no ha querido compartir conmigo su vida? Está claro, no he conseguido deslumbrarla lo suficiente, ni tan siquiera despertar su admiración; y he de asumirlo», intentó conformarse Brian.

No comprendía cómo con el juicio demostrado desde que llegó a Oriente podía haber caído en las redes de aquella mujer propensa a la veleidad, destructiva y ambiciosa, aunque hermosa y atractiva. Había doblegado a muchos nobles con sus promesas, sometiéndolos con atrevidas artes amatorias en su lecho y sabía que se deleitaba cosechando corazones de enamorados despechados y burlados.

—Lamento haber sido el recadero de un mensaje que te supone amargura. Pero, Lasterra, ¿te hizo promesas de casamiento?

Un destello de impotencia apagó sus ojos, siempre vivaces.

—¡Nunca! Adormeció mi voluntad y no pude saber si jugaba conmigo o me amaba —confesó el hispano—. He sido el pelele de sus deseos y me siento mal. Me sedujo con promesas que nunca pensaba cumplir y me fue infiel cuando pudo.

—Creo que no dejó un solo día de pensar en el emperador Manuel, y con esa nostalgia morirá. Pero ¿ha destruido tu honra?

—¡No, pero anuló mi conciencia! —le confesó dolido—. El amor es el arma más mortífera de cuantas existen, creedme, Wifredo.

—Melisenda no amó a nadie jamás; su única pasión fue ocupar el trono del Imperio y casarse con Manuel Comneno. Se ha autodestruido sola, no por ti.

Lasterra, bajando la testa, se limitó a filosofar sobre las hembras.

—Los hombres, cuando amamos a una mujer, minimizamos sus defectos convirtiéndolos en virtudes divinas. ¿Por qué ellas son tan crueles con nosotros?

—Nosotros transformamos el objeto de nuestro amor en un icono a quien adorar. Ellas no toleran nuestros fallos, los sobrellevan sin más y nos manejan a su antojo —se sinceró el capitán—. Ésa es la diferencia, y por eso abundan más los corazones rotos de varones. Es nuestro sino, amigo mío.

Una tenue brisa endulzaba el aire bochornoso de Jerusalén.

Brian se desvaneció por el cobertizo de las cuadras. Por segunda vez en su vida, y sólo tenía veintitrés años, Brian se veía deshecho por un afecto imposible. Por diferencias de cuna hubo de dejar a Joanna en su Artajona natal, y ahora había sido abandonado por la despótica *dame* Melisenda. Sin embargo quería culpar más a su patológica tristeza y a la decadencia de su ánimo, que a sus emociones y afectos.

De golpe comprendió que las heridas que inflige el desamor a un corazón rendido son demoledoras y muy penosas de tolerar. Por razones que ignoraba, ¿decoro?, ¿venganza?, había renunciado a cualquier clase de amor. Sentía una cólera consciente, de esas que no permiten esperanza, aunque la vida le pareciera deseable.

«Que entre inciensos estériles, disciplinas y rezos encuentres la paz, Princesa Lejana; aunque mi corazón ha quedado devastado como si lo hubiera sacudido un vendaval. ¿Y tus promesas de amor eterno? Nunca te perdonaré tu traición y tus palabras ingratas, Melisenda, pues te has mofado de mis afectos jugando una partida venenosa contra mi inocencia. ¡Al diablo mi dignidad! ¿Acaso alguien tiene compasión conmigo?», farfulló, y golpeó con la fuerza de su acero una tea que se deshizo en mil pavesas y destellos.

No bien se habían retirado a descansar a los cobertizos asignados, Brian de Lasterra comenzó a vislumbrar que una extraña metamorfosis se estaba produciendo en su alma y que tenía mucho que ver con el rechazo, la infidelidad y la última decisión de Melisenda. Había invocado muchas veces a la muerte y llevaba meses viviendo a la sombra de la pesadumbre; pero la llegada de aquella compañía hispana que portaba impresa en sus gestos la braveza y el sacrificio, parecía haberle otorgado a su vida un nuevo horizonte.

No hacía sino pasear solo por la Ciudadela, observar a los cruzados de Monte Gaudio y meditar, sumiéndose en largos períodos de reflexión, como si su espíritu se hubiera exclaustrado del mundo. Alvar Andía estaba preocupado por su señor, achacándolo a la traición de la tolosana, pero no se atrevía a despertarlo de tan insondables cavilaciones. Súbitamente, Brian advirtió esa certeza incontestable que sólo concede una revelación interior que todo lo inunda y que quema las venas y espolea una mente aletargada. Estaba hastiado de aquella tierra, de los cortesanos corruptos, de los clérigos sibaritas y de las rencillas entre los pulanos, ávidos de riquezas y olvidadizos con el lema que movió a Godofredo en la Cruzada de los Príncipes.

Además su bolsa estaba vacía y las deudas lo acuciaban. Tras la perfidia de Melisenda, sólo pensaba en retornar a Navarra y encerrarse en sus lares de Artajona. Pero ¿era ésa la gloria con la que pensaba regresar? Sus dudas hallaron la tranquilizadora solución a sus cuitas. Y calladamente germinó en su corazón. Comenzó a sopesar la idea de enrolarse en la recién llegada hermandad de cruzados castellanos, y como monje guerrero atarse de por vida a los votos de castidad, obediencia, piedad y pobreza, y luchar por la Cruz y la salvación de su alma; ya que alcanzar la felicidad terrenal se le resistía con solo acariciarla con los dedos. Significaba su quizá definitiva oportunidad de enderezar su vida y recuperar la seguridad perdida.

«Siento un poderoso impulso que me empuja a cambiar de vida. ¿Estará en los planes de Dios?»

Durante varios días permaneció taciturno y ensimismado. Apenas si atendió a sus deberes en el patio de armas y no acudió al coso con el príncipe Balduino. Estaba decidido. Hablaría con el rey y con el conde Álvarez, y su corazón decidiría.

El monarca Amalric fue el primero en conocer la decisión del caballero Lasterra. Se acercó a él mientras observaba la doma de un caballo árabe, regalo del gobernador de sus vecinos ayubíes. Brian le besó el anillo, y se sinceró como si fuera su hermano. El corpachón del rey se contrajo por la sorpresa, pero un hombre piadoso como él no podía oponerse a determinación tan trascendental y meritoria.

—Me has dejado perplejo, Lasterra ¿Tú tomar los hábitos de monje y prometer votos tan duros? ¿Y me dejarás sin el mejor de mis capitanes? Jamás lo hubiera imaginado de ti. Pero ¡cómo oponerme!

Brian dudó unos momentos y descargó su alma.

—No quiero encontrarme en mi vejez de golpe con la soledad. Ha llegado el momento de reconciliar la vida desenfrenada y vacía que llevo, y comprometerme con mi futuro. El presente me está carcomiendo, *sire* —se sinceró.

—¡Eres tan fríamente impulsivo y a la vez tan sensato! Lo lamentaré.

—Creedme, *sire*, la vida es una estafa cuando la miras de lejos. Y vos que me tacháis algunas veces de mujeriego, os diré que tras mi fallida relación con *dame* Melisenda y la pasión absorbente y a veces humillante que sentí por ella, hasta el cuerpo de una mujer me parece agraviante. He cambiado, mi señor.

Temiendo que su frase ofendiera a su leal capitán, dijo con afabilidad:

—Debes actuar con máximo cuidado, pues son votos irrenunciables.

—Lo sé. Pero lo ideal no existe, mi rey. Quiero destruir cualquier tipo de afecto que haya enraizado en mi corazón. Vivo en un mundo vacío que he de llenar con algo honroso. Cuando jure mi promesa de luchar como un *miles Christi*, viviré una existencia plena. Ha sido una decisión largamente meditada.

—Que Dios Misericordioso te ayude. —El rey lo abrazó.

Brian se sintió halagado con las palabras del monarca y buscó a su confidente Andía, a quien encomendó su decisión. Alvar se quedó de piedra, mudo, balbuceante, y barbotó algunas discrepancias por su boca. Tardó en digerir la decisión de su señor, pero cuando lo hizo, su rostro se volvió del color del fuego y juró ante su espada seguirlo en su determinación, aunque ésta fuera asaltar las mismas puertas del Averno. Cavilaron, deliberaron e hicieron pesquisas entre sus compatriotas y con el mismo conde Rodrigo, quien, reconocido, lo animó a abrazar su causa y a ingresar en su orden con su prestigio bien ganado en Jerusalén.

—Os lo prometo ante mis capitanes, caballero Lasterra; si ingresáis en Monte Gaudio nuestra orden extenderá su influencia en estas tierras. El rey no para de alabar vuestros méritos. Os recibiremos con las manos abiertas.

Brian y Alvar conversaron entre ellos mientras bebían un vaso de *tamr* frío, el dulzón vino de dátiles que despachaban en las tabernas de Jerusalén.

—¿Qué has averiguado de nuestros compatriotas, señor?

—Que los más son castellanos, pero también hay alistados aragoneses, algún catalán, varios almogávares y unos pocos navarros, que por cierto conocen a mi hermano, y habían oído hablar del funesto episodio del incendio de la iglesia. Están mandados por un hombre de honor, don Rodrigo Álvarez, tercer conde de Sarriá, hijo de doña Sancha, la hermana de Alfonso VII de Castilla, la que pretendieron muchos reyes en su juventud. Forman una partida brava. Es lo que necesitamos.

—¿Y por qué han llegado hasta aquí teniendo al moro en sus puertas?

—Por una promesa de penitencia del conde —le explicó—. Uno de sus capitanes me ha revelado cómo se gestó la orden, que ya ha aprobado Roma con bulas y sellos y que se halla bajo la Regla y protección del Císter. En medio de un gran revuelo e ignorándose la causa verdadera, en julio del año pasado, quizá para ganar su alma al cielo tras una juventud disipada, el conde se presentó en Toledo ante el rey Alfonso y el legado pontificio de Roma, el cardenal Jacinto. Iba cubierto de cenizas y vestido con un hábito de arpillera, como un penitente. De rodillas ante ellos lloró por sus faltas pasadas y renunció al hábito de gran maestre de la poderosa Orden de Santiago, de la que había sido su fundador. Luego rogó licencia para crear una nueva hermandad de caballeros cruzados, a la que le dio el nombre de Monte Gaudio o Monte del Gozo. Recibió la bendición de su tío el soberano castellano y se ha presentado en Tierra Santa para luchar contra los agarenos.

—¿Y por qué ese nombre? No suena a lugar hispano que yo recuerde.

—Hace alusión a un otero muy cercano a Jerusalén, que tú y yo hemos cruzado más de una vez con la patrulla. Desde su cima se avista una panorámica fastuosa de la Ciudad Santa. El obispo Héracle me ha confesado que en ese cerro administraba justicia el profeta Samuel. Desde él los peregrinos divisan por vez primera la tierra de Cristo, colmando sus corazones de gozo y alegría. El conde don Rodrigo va a costear una iglesia en su parte más elevada.

La voz del sargento bajó de tono. Se lo veía preocupado.

—¿Y estás decidido a tomar los hábitos, renunciar al mundo y sus placeres y profesar como fraile por la perfidia de una mujer?

—Cayó una estrella en mi vida, Alvar, y al apagarse me ha dejado sin luz. Poseí a una mujer que era el universo entero y apenas si me di cuenta. Compréndeme, un hombre que ha perdido a sus dos únicos amores no tiene excusa para vivir. Mis afectos y su maldición caminan de la mano. Ya no volveré a amar jamás.

—Me cuesta creerlo, Brian.

—¿Crees que es una postura cobarde? —le preguntó el caballero.

—Brian, yo te he visto nacer y te he limpiado los mocos cuando eras un chiquillo, pero ¿quién sabe lo que acontece en el corazón de un hombre? —le respondió con dulzura— Pero ¿de verdad te hallas dispuesto a vivir entre silencios monacales, a aborrecer las mujeres, a no acicalar tus cabellos y barba como te gusta, y a renunciar a jugar a los dados y a refrescarte el gaznate con vino griego? Piénsalo bien antes de comprometerte con Dios. Tómalo como el consejo de un viejo gruñón que te quiere y que te seguirá después en esta locura.

—Estoy preparado, viejo cascarrabias. Espero poco de la vida.

—¿De veras? —sonrió—. No te veo levantándote de buen grado tres veces en la noche para rezar, tú que duermes a pierna suelta. ¿Vas a cambiar el hierro por el oro, la carne de caza por un plato de habas, la seda por la grosera estameña, y un lecho de plumas por el suelo y un jergón de paja?

—Sí, así es, y cuento con la ayuda del Altísimo para sobrellevarlo —le aseveró—. Pero no como un frailuco panzón que tú tanto aborreces, sino como un monje centinela del Santo Sepulcro y de los lugares en los que vivió el Salvador. No existe nada más grandioso en la vida, créeme, Alvar.

—¿Es ésa únicamente la razón de tan heroica decisión? ¿No me engañas?

—Soy como un condenado a muerte, Alvar, y además estoy arruinado. Acabé con el viático que me entregó mi padre y con mi soldada de caballero; en ese prostíbulo de Siloé me he dejado cuanto me quedaba. Sólo poseo mis armas y ese Corán herético que me legó mi abuelo y que no sé qué hacer con él.

—Deseo por tu bien que esta decisión no responda sólo a tus instintos, a veces irreflexivos. ¿Y qué te ha dicho el rey de estos reinos? Te admira y te respeta.

—A los poderosos no les preocupan los sentimientos de los seres humanos a los que gobiernan, pero el rey me ha concedido su parabién, aunque a regañadientes. El senescal Plancy me ha exonerado de mi compromiso; el príncipe Balduino, un alma excepcional, está emocionado con mi sacrificio, y el obispo Héracle lo aprueba, quizá para tener un amigo en una orden que no conoce, y que está muy cercana al Temple, pues compartiremos esfuerzos, cuadras y albergues.

—Quiera el Salvador concedernos su misericordia y que aclare tu mente.

—Alvar, el ser humano está de rodillas ante su destino, y, o te congracias con él o te hundes con él. Yo he escogido el primer camino.

—En ti, Brian, los asuntos amorosos se convierten siempre en desastres.

—Es mi sino, viejo amigo. El dolor por la separación de Melisenda había desgarrado mi alma, y el terrible cerco de su recuerdo me hacía imposible soportar cada instante. Esto ha sido un regalo caído del cielo.

—Tu decisión me parece meritoria y admirable. Y tu abuelo, el señor Saturnino, saltará de gozo en el rincón de los cielos que ocupa.

—Me recluiré tres días en la iglesia de Santiago —informó Brian—. Allí el Hijo del Trueno, el que ampara a las Españas, me ayudará a disipar mis dudas. ¡Abrázame!

—Que tu alma recobre la paz perdida —le deseó Alvar, emocionado.

Mientras los dos navarros se fundían en un estrecho abrazo, lejos de su verde y lejana patria, las pardas cimas del monte Sión y las murallas de la Ciudad de Dios nimbaban radiantes, con esa luminosidad que únicamente puede contemplarse en Jerusalén, la ciudad del reino milenario, la tres veces santa.

Brian había vuelto a recuperar el optimismo. Aún tenía mucho que hacer. Una nueva corriente de vida derribaba el dique de sus ansias.

Viviría de nuevo.

La templanza del alba caldeó el afilado frío de la noche.

Las veinticuatro badajadas del toque de laudes anunciaron el comienzo de la ceremonia de admisión en la Orden guerrera del Caballero Lasterra. Brian, arrodillado en las losas de la basílica, había velado desde el oficio de maitines empequeñecido ante la mole dorada de la iglesia del Santo Sepulcro, e inmerso en el aroma que exhalaban los tirabuzones de incienso. Un lego le había cubierto la cabeza con un paño blanco y el cuerpo desnudo con una túnica inmaculada de profeso, semejante a una mortaja; y bajo ella rezaba en profunda oración portando un cirio en la mano.

Las severas líneas de las paredes, ennegrecidas por la humaredas de los cirios, hacían que fijara su mirada en el altar y en la carcomida oquedad donde había yacido el cuerpo glorioso del Salvador antes de la *Resurrectio*, exornado por un delicadísimo enramado de plata martilleada y formando estrellas.

Desinteresado de cuanto le rodeaba, el futuro monje observaba con una devoción ejemplar el facistol de los Santos Evangelios y un librito de pastas grofadas con los estatutos de la orden. A partir de aquel día su mayor virtud debía consistir en el dominio de sus pasiones y en la renuncia a los honores mundanos y a la fama, sin olvidar las disciplinas que debía aplicar a su espalda, los severos ayunos y el sufrimiento por Cristo de las injurias, afrentas y padecimientos que sus jerarcas determinaran. Sol, viento huracanado del desierto, infieles a quienes matar, trabajo y oración sin recompensa serían en pocas horas sus únicas riquezas.

Con el alba una hilera de sombras blancas llenó parsimoniosamente el presbiterio, colocándose alrededor del ara. Alabaron al

Señor salmodiando el *Benedicamus Dominus,* y don Rodrigo, el maestre, se situó frente al postulante. Tenía las manos terriblemente resquebrajadas por el uso de la espada, la rodela y la maza y respiraba dificultosamente. Sus ojos inquietos denotaban que tenía prisa por vivir. El silencio agobiaba a Brian, que mantenía los labios apretados y aguardaba.

—Caballero aspirante Brian de Lasterra. ¿Conocéis y os comprometéis a acatar con estricta observancia la santa regla de la Orden de Monte Gaudio y las costumbres del Císter, como tus sendas de santidad?

Sin enorgullecerse o vanagloriarse de su decisión, repuso firme:

—Las entiendo y las acato con el corazón libre, maestre.

—Hermano en Cristo, ¿juráis que sois cristiano y que no estáis excomulgado?

—Lo juro.

—La templanza del alma, la abstinencia y el castigo del cuerpo guiarán vuestra conducta, que deberá ser en todo momento edificante —le recordó el conde—. ¿Renunciáis a las voluptuosidades y a lo superfluo del mundo?

—Renuncio, reverendo maestre —respondió Brian.

—¿Sabéis que ingresáis en la orden para servir y no a ser servido?

—Soy consciente de mi sacrificio.

Don Rodrigo carraspeó y alzó su voz de trueno.

—¿Negáis al demonio, a sus patrañas y a sus pompas?

—Lo niego y lucharé contra él y sus asechanzas.

—¿Estáis dispuesto a ser exacto en vuestras obligaciones, a rezar con corazón puro los rezos canónicos de la Santa Madre Iglesia, a no servir de piedra de escándalo de vuestros hermanos y a procurar vuestra salvación eterna?

—Lo procuraré con todas mis fuerzas, maestre.

La ceremonia estaba llena de emotividad. Don Rodrigo le preguntó:

—Caballero Lasterra, ¿juráis ante el Santo Sepulcro los votos de obediencia, humildad, piedad, castidad y pobreza?

—Los juro, y pido a Cristo Resucitado que me aliente para observarlos.

El conde siguió preguntándole las fórmulas del ceremonial de ingreso.

—¿Observaréis con agrado la penitencia, el sacrificio personal y la vida de austeridad propia de los soldados de Cristo, sometiéndoos en caso de grave falta a la autoridad del Papa de Roma?

—Cumpliré como me corresponde; y a su santo fallo me someto.

Con una gravedad que llegaba a los más recónditos rincones del templo, dijo:

—*Laus Deo!* Decid conmigo, caballero Lasterra: «Beberé del cáliz de salvación e imitaré en mi muerte la del Señor. He aquí la hostia viviente preparada para dar la vida por la fe».

El recogimiento era tan profundo, que Brian se emocionó al repetirlo.

—Sed puro, como Cristo y la Virgen lo fueron y espejo de templanza y frugalidad —lo conminó don Rodrigo—. Llevad una vida sobria y proteged vuestro espíritu frente a los acechos del Maligno con la coraza de la fe. Vuestro triunfo será nuestro triunfo y vuestro fracaso el nuestro, y no esperéis misericordia si os alejáis de la virtud. Desde hoy perteneceréis a la Orden de Monte Gaudio con el rango de caballero de espada, como corresponde a vuestro antiguo linaje.

—Amén. Jamás un Lasterra cosechó tan alto honor, señoría.

—Si faltáis a alguno de estos juramentos perderéis la «casa» y el manto blanco, se os atará una soga al cuello, se os desnudará y seréis expulsado de la orden y de la comunidad sin la menor compasión. Y vuestra alma se condenará.

—Lo acepto, gran maestre —declaró y enrojeció.

—Os impongo la cruz de ocho puntas que representan las nueve virtudes teologales, los pilares de nuestra orden: el goce espiritual, la vida sin malicia, la contrición, la humildad, la justicia, la caridad, la sinceridad, la pureza de corazón y el sufrimiento por causa de la fe —enumeró y le prendió el signo en su pecho—.

Que el Señor te guíe y no te permita desfallecer, y tu recompensa será el cielo

—¡Amén! —contestaron a una los caballeros, legos y sargentos.

—*Ex Deo nascimur* —dio don Rodrigo el grito de guerra de la orden, que pronto se haría famoso en los campos de batalla de Gaza y Ascalón.

—*Et in Jesu morimur!** —corearon en respuesta los caballeros hispanos.

Le dieron a besar la insignia de Monte Gaudio, la cruz roja octogonal, le cortaron los cabellos, le impusieron los hábitos blancos y la capa negra, y le entregaron una espada toledana finamente cincelada con el pomo gravado con una cruz octogonal, aunque él había velado toda la noche con el acero de su abuelo. Don Rodrigo cogió con las dos manos la vieja daga de los Lasterra y tocó con ella sus hombros y su cabeza rapada, mientras los chantres entonaban el *Te Deum Laudamos*.

—Tomad el hábito blanco en señal de pureza, la cruz como símbolo de nuestra tradición cristiana, y el cinturón rojo como signo de valor.

—Los recibo con humildad y con el auxilio divino los defenderé —afirmó.

Mientras los caballeros rezaban con sus voces resquebrajadas el *Venite Exultemus Domino*, Brian firmó con su puño y letra el juramento de fidelidad, un crujiente pergamino que rubricó don Rodrigo y dos caballeros como testigos. Luego los fue abrazando uno a uno besándolos en el rostro, con el corazón vibrante como las llamas de los velones. Al ocupar su asiento, uno de los escuderos colocó a su lado el ajuar que le correspondía: una manta ligera, la pelliza de piel de oveja, un cuenco, un paño de lino para los lavatorios, la alforja, un bonete de fieltro, el ropaje y también el equipo militar, un escudo ovalado, tres cuchillos y un caldero.

A Alvar Andía le parecía que su pupilo ni sentía ni oía. Cuando se acercó a besar sus mejillas, le susurró al oído:

---

* Nacimos de Dios y en Jesús moriremos.

—Brian, nunca vi a un caballero cruzado con dos espadas en su cinto.

—Ciertamente, y no me desembarazaré de ninguna de las dos, si mi maestre me lo permite —le sonrió.

Alvar Andía pretendió haberlo visto verter dos lágrimas que se deslizaron por sus pómulos en el instante en que besó la cruz roja de la orden; pero Brian lo negó cuando se abrazó emocionado a su viejo maestro de armas.

A partir de aquel día, los caballeros de Monte Gaudio perpetraron actos de suicida arrojo en la frontera y cobraron fama de invencibles y de fieros soldados. El maestre del Temple, *messire* Odon, hombre temerario y astuto, les brindó su amistad y hospitalidad desde el principio, y hombro con hombro lucharon contra las avanzadas de Saladino. Los cruzados hispanos abastecieron y levantaron una fortificación cerca de la costa, en el sur del reino, desde donde se divisaban la orilla del mar, desde Gaza a Ascalón, que quedó bajo su control militar. Muchas patrullas enviadas por Saladino perecieron durante los enfrentamientos por la enconada defensa de los hispanos y los templarios.

Don Rodrigo demostró ser un hombre experto en la guerra y sutilmente sabio para gobernar un ejército de monjes guerreros célibes, que contemporizaban la oración con la guerra. El conde parecía conocer cada doblez del corazón de sus hermanos y lo que pasaba por su magín. Era el líder que Brian siempre había deseado obedecer y seguir. Pronto conocieron las artimañas de los sarracenos, que solían atacar al amanecer, y los esperaban en las puertas del castillo para, al resguardo de las murallas, acabar con los escuadrones que enviaban desde Egipto.

Brian se acostumbró a cabalgar por la ribera del mar de noche si más compañía que las tenebrosidades rasgadas por la luna y sus fieles soldados. Se colaban silenciosamente a través de la niebla que flotaba sobre las aguas y, sin ser vistos, caían en la retaguardia de las partidas punitivas de Saladino, que sufrían derrota tras derrota. Su vida había cambiado totalmente y ya casi había relegado al olvido el recuerdo de Melisenda. Asistía a los oficios sagrados, libraba justas, entrenaba a los más bisoños a derribar a sus oponentes, enseñaba a su grupo de jinetes a luchar a caballo y los ejercitaba para la guerrilla. Su nombre creció en nombradía por su pericia con la lanza y la espada, y el conde don Rodrigo lo ensalzaba como su principal baluarte.

Su leyenda de héroe creció en los castillos fronterizos.

Tanto sus hermanos como los exploradores y capitanes de Saladino comenzaron a llamarlo el Caballero de las Dos Espadas, pues atacaba sin rodela, calado el yelmo, y enarbolando los dos aceros: el de su abuelo Saturnino de Lasterra, con el pomo de jade verde, y el que le regaló don Rodrigo el día de su profesión. Iba contra las ordenanzas, pero el conde, visto su valor y eficacia en el combate, jamás se lo reprochó.

—¡Son como una plaga de langosta! ¡Esos cristianos lo arrasan todo! —aseguraban los infieles.

Recuperaron poblados y torreones tomados por la fuerza por los musulmanes, que habían asesinado a hombres y damas *frany* despojándolos de sus tierras, aunque perdieron muchos hermanos hispanos en el empeño. Brian fue herido en dos ocasiones: una en el hombro y otra en su mano izquierda, y en las dos hubo de guardar reposo debilitado por la fiebre. Pero demostró a don Rodrigo que era un verdadero señor de la guerra. En compañía de un destacamento del Temple rechazó con sus jinetes castellanos, navarros y aragoneses un desembarco clandestino de tropas de Saladino en las playas de Gaza, que hubiera tenido graves consecuencias para la estabilidad del reino. Los sorprendieron en las orillas y cayeron sobre ellos dando sablazos a diestro y siniestro, antes de que olieran el olor a la tierra.

—*Ex Deo nascimur et in Jesu morimur!* —gritaban los hispanos.
—*Vive Dieu, Saint Amour!* —contestaban los templarios, enardecidos.

Lasterra, erizado de flechas y atacado por todos los flancos, luchó con tal saña y destreza, que sus hermanos sintieron redoblar su confianza a su lado, aun siendo inferiores en número. Más experimentados en el cuerpo a cuerpo y en el uso de las lanzas y la jabalinas, no les concedieron tregua y los asesinaron sin compasión a pesar de su furia. Acometieron contra los musulmanes, como si fueran demonios en la noche. Embrazaron los escudos, picaron espuelas y afrontaron la carrera por la arena como rayos. Las lanzas de los hispanos y los templarios despedazaban a los jinetes de Saladino sin concederles pausa; muchos, alzados en vilo, caían de sus sillas partidos en dos y entre alaridos de muerte.

Brian derribó en la acción de guerra a una veintena de oponentes, conquistando los unánimes elogios del gran maestre y de sus aliados templarios, mientras avivaba su legendaria fama en la frontera, donde hablaban de un diablo que tenía por manos dos espadas de fuego. Las tropas de Saladino no salían de su asombro ante el vigor y la fuerza de aquellos demontres vestidos de blanco. En sólo unos meses los caballeros de Monte Gaudio se habían hecho ferozmente famosos en la franja costera de Gaza, y Lasterra se había convertido en el asombro de los caballeros llegados allende el mar y en la mano derecha de don Rodrigo.

Alvar Andía, que había ingresado como sargento en la orden, siempre luchaba a su lado, codo con codo, para protegerlo, pues conocía su congénito amor al peligro. A Brian no le gustaban las ventajas injustas y guerreaba caballerosamente, como le habían enseñado en Artajona, por lo que engrandeció la admiración que sentían por él los jinetes enemigos, y hasta su nombre fue pronunciado en más de una ocasión en el salón del trono de El Cairo. Los dos navarros lidiaban juntos, con ferocidad, mientras sus espadas, entre tajos, golpes y acometidas, astillaban los escudos de los sarracenos y la sangre infiel fluía por los campos de Ascalón. En pocas semanas devastaron las tierras del confín divisorio, como un torbellino que arrastraba cuanto hallaba a su paso. En el combate aprestaban sus filas y sus luchas eran encarnizadas, temibles. Las dos espadas de Brian brillaban en la lucha como dos cometas, y donde aparecían, sembraban el terror.

—El Caballero de las Dos Espadas no es mortal, es un *yfris**
—solían decir de él los *ghazi*, los temibles guerreros de Saladino.

El rey de Jerusalén envió a través del senescal Plancy caballos de refresco y víveres y una carta personal al conde don Rodrigo felicitándolo por sus éxitos militares. Aquellos guerreros llegados desde Hispania eran más esforzados de lo que pensaban, y aunque cada vez eran menos y escasos en número, no temían a la muerte. Allá donde atacaban sembraban la desolación, pues eran más expertos y disciplinados que las huestes del rey.

La paz se hizo en la frontera y con ella la calma.

Saladino, que se había proclamado en Egipto al-Malik an-Nasir, el Rey Victorioso, no envió a la costa ninguna tropa de castigo más y se olvidó de los cristianos hasta la primavera, ejercitándose en los montes de Muqatàm a su deporte preferido, el *chogan* o polo kurdo, aprendido de niño en su natal Heliópolis.

Pero para Brian fueron los días más duros. La ociosidad y el sosiego lo aturdían. Apenas había entrado en un sueño profundo cuando los monjes guerreros eran convocados a maitines en la fría capilla del fortín, que se llenaba de figuras blancas y silenciosas, dispuestas a ensalzar a Dios. Sólo se escuchaba el impertinente concierto de los grillos y el rumor del mar. Llegó a odiar el mortecino repique de la campana de rezos que tañía fray Ramiro, un viejo castellano de Saldaña.

Brian se adormecía con las sombras vacilantes de los cirios y con los sahumerios de la cera y del incienso, mientras dedicaba un pensamiento de nostalgia hacia Melisenda. «¿Se hallará aún meditando en el convento de San Lázaro? ¿Habrá cambiado su alma atormentada por otra más compasiva?», se preguntaba. Y acabó por convencerse, aunque en resignado silencio, que prefería los tiempos de guerra: «Cada uno lleva aparejado su destino en el alma».

Pero su estrella le tenía dispuesto un sesgo impensable.

---

* Demonio en la teratología islámica.

4

Cadenas

La caravana donde viajaba Jalwa proseguía su tránsito hacia Alepo.

Con el alba habían caído unas gotas finas y la *alama* se arrebujó en su manto. Cada vez más desconfiada, sólo ansiaba llegar cuanto antes a su destino.

Mareada en la bestia bamboleante, tenía la sensación de que avanzaban muy lentamente. En el caravasar de Hama, la expedición se había dividido en dos; la menos numerosa seguiría hasta Alepo, y la otra, la que llevaba las mercaderías más ricas, cruzaría el Éufrates para concluir el viaje en Bagdad. Tras el mediodía el sol quemaba y los roquedales echaban fuego. El cielo rutilaba macilento y el frescor del ocaso se resistía a comparecer. Y cuando quedaba poco para la declinación del sol, Jalwa tuvo un sobresalto.

De repente, uno de los vigilantes dio la voz de alarma.

En el horizonte de Chaizar, un tropel de jinetes con turbantes negros y capas rayadas, salteadores selyúcidas y grupos desgajados de los ejércitos de Nur ad-Din, que asolaban Siria desde la primavera, habían aguardado la escisión de la partida para hacerse con el botín de joyas, especias y esclavos, que luego podrían vender cómodamente en los puertos de Egipto y Chipre. Una nube de flechas acabó con los mercenarios etíopes que la guardaban, mientras el caos, el espanto y un griterío ensordecedor se enseñoreaban del desértico camino.

Los guardias de Jalwa cayeron a su lado con la garganta atravesadas y vomitando sangre. La muchacha y su sirvienta abandonaron la litera y echaron a correr por un riachuelo reseco, pero sin el menor resultado, pues fueron apresadas antes de alcanzar los repechos por varios asaltantes, los más sanguinarios bandoleros del Antitaurus, Cilicia y de los desiertos de Siria y Yazira. Intimidadas por los gritos y por los látigos, fueron llevadas a rastras hasta la caravana, donde las obligaron a ponerse de rodillas y a apretujarse con los otros viajeros, que gritaban como posesos. Antes de que protestaran ni tan siquiera, se vieron atadas a una cuerda junto a una treintena de presos, acemileros jóvenes, mujeres y niños, que imploraban piedad con los ojos desvariados y las manos crispadas y ofrecían sus joyas y pertenencias rogando la libertad. Un mercader de Alepo los increpó, y uno de los jinetes, de un tajo fulminante, lo decapitó, yendo a parar la cabeza contra unas rocas, donde rebotó como una calabaza sanguinolenta. Los más asustados chillaban con lamentos penetrantes y lloraban, mientras eran acallados a golpes. Jalwa ahogó una exclamación de horror, como si una llaga le quemara la garganta.

Un miedo áspero y animalesco les taladraba las entrañas.

A los más ancianos los habían degollado y arrastrado sus cuerpos por los rastrojos, mientras a los otros apresados los intimidaban con insultos y salivazos; con sus alfanjes desnudos y las fustas de cuero les rozaban los rostros, lívidos y llorosos por el pavor. En menos que se reza una plegaria al Altísimo, los prisioneros, apremiados por los bastonazos y puntapiés, fueron instalados en dos carromatos tirados por troncos de mulas y cerrados con recias lonas y hebillas de hierro. Les habían metido tal terror en el cuerpo que parecían muñecos mudos e insensibles al horror que no tardarían en sufrir. Un sicario de rostro renegrido y boca desdentada les advirtió, agresivo:

—¡Viajaremos toda lo noche para eludir a las destacamentos *frany*, pero si gritáis mientras cabalgamos prenderemos fuego a los toldos y os abandonaremos a vuestra suerte. Permaneced callados, o no veréis salir el sol!

Inmediatamente algunos bandidos adoptaron el aspecto de mercaderes para engañar a las patrullas y eligieron el camino del puerto de Margat, mientras los otros desaparecían profiriendo gritos espeluznantes con los camellos y dromedarios cargados con el botín. Se dirigían por las escarpaduras hacia Palmira, el gran zoco de Siria, donde venderían los despojos robados a buen precio. Y cuando acudiera al lugar alguna avanzadilla del príncipe de Antioquía o del conde de Trípoli, los forajidos de ambas partidas se hallarían a muchas lenguas de allí.

El sendero, seco y pedregoso, era despiadadamente calcinado por el sol.

Jalwa se resistía a aceptar lo que había ocurrido a tan sólo un día de camino del hogar de sus padres. Pero sí creía que un infierno, semejante al más terrible de los suplicios del ultramundo, la esperaba lejos de sus seres más queridos. La angustia la había dejado muda, aniquilada, y ni los pataleos y las llamadas de clemencia mermaban el estremecimiento que sentía. Prefirió de momento no confesar su identidad, pues estaba demasiado asustada. Temblorosa dirigió su mirada hacia arriba y rogó a Dios fuerzas para arrostrar el suplicio que le aguardaba.

Luego besó el anillo del Abraxas y evocó con pesar a *zorkan*, el extranjero.

Un nuevo tiempo, el del desconsuelo y el pesar, sería la medida de su vida.

Un criado con una linterna en la mano buscó a Brian en su celda.

El monje estaba de un humor de perros a causa de una muela que le dolía intensamente. Estaba algo cansado de la observancia monacal, y aunque le parecía indecoroso, ansiaba entrar en combate. Lo condujo luego a través de los corredores de la fortaleza en silencio, hasta acompañarlo al refectorio. ¿Para qué lo convocaba don Rodrigo, su prior, a hora tan inadecuada? ¿Habría concluido la tregua de paz y habrían de disponerse para la guerra?

Pero cuál no sería su sorpresa que al entrar en la sala capitular de la fortaleza, a su lado, se hallaban el gran maestre del Temple, *messire* Odon de Saint-Amand, y fray Achard d'Arrouaise, el prior templario de Jerusalén, el que aseguraban autor del herético «Poema de la Virgen del Temple», con el que había intentado unificar el credo de Jesús con las enseñanzas de Mahoma. Había luchado con ellos en Ascalón, y le inspiraban respeto. Ambos le parecían guerreros despiadados y audaces, a pesar de su monástico aspecto.

—*Adsumus, magister** —saludó al entrar en la estancia llena de armas.

El caballero, sorprendido, inclinó la cabeza y aguardó, mientras observaba al arrogante maestre francés, su mandíbula cuadrada alzada y los ojos de un verde limpio ojeándolo de arriba abajo. Su cuerpo se hallaba tenso y la mano enguantada asía la empuñadura de la espada. Su cara arrugada y los labios apretados denotaban un carácter colérico, y sus pupilas poseían un fulgor penetrante. Se veía que era un hombre incapaz de exteriorizar sus sentimientos y permanecía con el entrecejo fruncido, señal inequívoca de preocupación. Brian estaba intrigado: «Los dos priores juntos. ¿Qué querrán de mí? Seguro que nada bueno».

—Hermano Brian. Hay un tiempo para luchar y otro para holgar, preparar la guerra e indagar sobre la estrategia de nuestros adversarios —insinuó el conde.

Lasterra, confundido con la frase, ignoraba dónde quería llegar.

—*Messire* Odon, en honor de nuestra amistad —siguió don Rodrigo—, nos reclama un favor personal sobre un asunto que requiere la más absoluta de las reservas. En virtud de la santa obediencia te pido que te os ofrezcas para prestarle tu ayuda. La Orden de Monte Gaudio se sentiría muy honrada si accedes, Brian.

La mirada del caballero se colmó de una malsana curiosidad, y entrados en confianza, la mirada del gran maestre del Temple adquirió una viveza perturbadora.

—Es un honor dirigirme a vos —dijo alzando su barba pelirroja—. Tengo cifradas mis esperanzas en una empresa de alto valor para el Temple, Caballero de las Dos Espadas —dijo fray Odon.

---

* «Heme aquí, maestro.»

—Mi vida se ha escrito con esos dos aceros, *messire*. Nací siendo un soldado.

—Reconozco la lealtad y el valor a siete leguas, y vos andáis sobrado de ambos. Os seré franco, escuchad. Hace dos años unos desconocidos robaron ciertos objetos del tesoro del Temple de Londres, aprovechando la confusión de la noche y unas obras que se estaban realizando en la encomienda.

Con una terca insistencia en sus labios terció el prior jerosolimitano:

—Los documentos robados son, unos comprometidos, y otros de gran valor espiritual para la cristiandad. Pero todos capitales para el Temple. ¿Lo comprendéis?

—Sí, *messire* —replicó Brian, confundido.

—El caso es que más de una docena de mis mejores agentes los han buscado sin descanso en Oriente y en Occidente, pero sin éxito alguno —continuó el maestre—. Unos han muerto en el empeño y otros han vuelto con las manos vacías, y eso que hemos sobornado a mercaderes, soplones y tratantes de medio mundo para encontrarlos. Han desaparecido de la faz de la tierra.

—Algo escuché en Trípoli, pero lo consideré cosa de locos —apuntó Brian.

—El caso es que el último de los hermanos enviado a buscarlos, Urso de Marsac, hombre capaz, lúcido y temerario, y en el que había puesto mis mejores augurios, fue hecho prisionero y torturado por esos frailes envanecidos del Hospital, mientras husmeaba en el Krak, al parecer tras un indicio seguro.

En las pupilas de Brian estalló un chispazo de desconcierto.

—¿Y lo han atormentado sabiendo que era un templario?

—No, viaja de incógnito —refrendó el francés—. No obstante, ese despreciable Roger des Moulins, el prior del Hospital, es capaz de la peor de la villanías. Y aunque lo han soltado, hemos perdido su pista. Sólo conocemos que fue socorrido por Orlando Scala, un agente veneciano, y que va en pos de una pista cierta. Sin embargo, ambos se han evaporado en los desiertos de Siria. Y para embrollar más el asunto, un mercader de Sión de joyas me trajo hace sólo unos días esta *Boulle*, un anillo secreto al que llamamos el Abraxas —lo extendió en su mano—, propiedad del Temple. Lo portaba el hermano Urso como salvoconducto para moverse por las fortalezas de la orden. Pero ¿por qué se habrá deshecho de él? ¿Lo han matado? ¿Se lo han robado quizá? ¡Nos hallamos desconcertados y desolados!

Al navarro se le escapó una exclamación de incredulidad por lo sorprendente de la historia. ¿Le estaba hablando de una conspiración? Hasta el momento lo había atendido con cierta despreocupación, pero agudizó sus sentidos.

—Me parece un juego perverso, maestre.

Más que una frase lapidaria fue un grito de angustia.

—Temo a Dios, pero sospecho de los hombres, caballero Lasterra.

—¿Y queréis que yo dé con su paradero en el laberinto de Siria?

A pesar de su mueca dubitativa, Saint-Amand se lo suplicó.

—Así es, hermano. El Temple no puede oficialmente denunciar su extravío, se trata de una misión secreta, y menos aún moverse por tierras controladas por los hospitalarios, el conde Raimundo y los asesinos de Alamut, con los que nuestras relaciones son catastróficas. Recelarían y sería peor el remedio que la enfermedad.

—Vuestra orden de Monte Gaudio es nueva en Tierra Santa, carece de compromisos y es respetada. No levantaréis recelo alguno y os ayudarán —aseguró D'Arrouaise.

—Os lo pedimos por los Clavos de la Pasión y por la caridad cristiana que nos une —rogó de nuevo fray Odon—. Tememos por su vida y es un hermano imprescindible para la orden ya que capitaneaba la nave ambulante de fondos y recursos. Don Rodrigo y yo hemos pensado que con vuestro escudero Andía y algún criado que conozca el terreno, podíais aceptar la misión sin grave peligro para vuestra integridad. Tendréis un crédito ilimitado con unos pagarés que os entregaremos, un salvoconducto y nuestra bendición. Nuestra gratitud será eterna hacia vos y hacia el conde Álvarez. ¿Aceptáis el reto, caballero?

Brian los miró con recelo y acentuó sus suspicacias.

—No es fácil la misión que me encomendáis, señorías, y bien parece un misterio insoluble. Conozco esas tierras y sé que componen un infierno colmado de alimañas donde es difícil saber qué religión practican quienes caminan a tu lado, o qué señor los gobierna, si cristiano, pagano o musulmán. No puedes ni fiarte de tu sombra, pero si un cruzado está en peligro, y más si es un templario, no debo rechazar el auxilio. He prometido como caballero de Cristo dar mi sangre por mis hermanos. ¿He de devolvéroslo o simplemente llevarle un mensaje?

—Dar con su refugio, paradero o posición, conocer si le ha ocurrido algo, si ha hallado lo que hemos buscado con tanto denuedo; y luego, que vuestra prudencia y rigor decidan —le rogó Saint-Amand.

Don Rodrigo asintió con la cabeza. Quedaba claro que era una orden.

—Sé que es una carga para ti, fray Brian, pero nuestros hermanos templarios se debaten entre su honor y la salvaguarda de la fe —dijo don Rodrigo a su protegido—. Sé que el deseo del riesgo te seduce y que lo harás con agrado y eficacia.

—Contad conmigo, maestre.

En la cara del prior del Templo afloró una complaciente sonrisa.

—Dirigíos primero a Trípoli, y tras la Ciudadela, en el mismo mercado de los especieros, tiene la casa el cónsul veneciano con el que ahora viaja. Sus secretarios os dirán qué camino han tomado. Aguardaremos con inquietud vuestras noticias —concretó D'Arrouaise, y le entregó el anillo del Abraxas que había pertenecido a Marsac, una carta lacrada con el sello de la orden y del senescal, una bolsa de oro y dos pagarés que podían ser efectivos en cualquier cambista o banquero de Oriente. Luego le describió el aspecto personal de Marsac, de su escudero Warin, el normando nariguda, y de su ayudante Togrul, un armenio de tez cetrina, así como los últimos movimientos en aquellos territorios.

El conde Rodrigo, complacido con su decisión, le descubrió paternal:

—Quedas exonerado de las ordenanzas de nuestra regla, hermano Brian, mientras dure la búsqueda. Tómate el tiempo que precises y proporciónanos una jubilosa alegría; pero de todas formas, para Cuaresma, si no lo has hallado, regresa.

Con la mirada pensativa, Lasterra cruzó las manos y manifestó:

—Que el Señor me asista. Trataré de ayudaros, *messire* de Saint-Amand. Os juro por la Sangre del Señor que mis espadas y yo moriremos juntos por esta causa si es preciso. Daré con vuestro hermano aunque tenga que revolver piedra a piedra de aquí a Damasco.

—Desde que os conocí comprendí que sois de esos hombres que saben recibir los honores con modestia, y al mismo tiempo desecharlos. Gracias, caballero —le manifestó el maestre templario apretando su mano.

¿Habían omitido alguna información deshonrosa que no debía conocer? ¿Por qué no lo buscaban los templarios si era un miembro tan distinguido de su orden? ¿A qué se debía tan secreta reserva? ¿Se hallaba el Temple en una situación tan embarazosa que con su poderosa influencia solicitaba a un pobre Caballero de Monte Gaudio su favor y ayuda?

Algo le olía a putrefacto y su corazón, como el recto juicio de Alvar, le dictaba que aquella búsqueda le acarrearía ingratos inconvenientes.

«¿Qué significa este anillo extravagante y por qué se habrá desembarazado de él ese templario perdido? Mi magín me previene. Esta misión en la que tan interesados están los dos grandes maestres va a desviar el curso de mi vida. Estoy seguro de ello. Pero ¿podré después retornar a mi vida de paz?»

Urso había recuperado sus bríos, decidido a seguir la pista que le había proporcionado Jalwa en las ignotas tierras del Tigris y del Éufrates.

Aunque aún se sentía débil y tenía el aspecto de un viejo, se atrevió a ayudar a Warin y Togrul a levantar la tienda. Debían descender sin demora por las pedriscas del valle del Orontes, y con la compañía de Orlando Scala y de sus criados enfilar las trochas de la región de Shamiya, donde se alzaban las Torres del Diablo y celebraban sus ritos los drusos y zenguíes. El veneciano conocía a algunos seguidores de al-Drasi, y confiaba en sus buenas relaciones con algunos libaneses que practicaban aquella extraña religión. Era su última oportunidad, y los salvoconductos que portaba el diplomático le facilitarían las cosas.

Urso aguardaba a Scala que se había acercado al zoco de Emesa a comprar provisiones para el viaje, y se movía inquieto. Éste llegó sofocado, preocupado, extrañamente taciturno. Se rascaba sus ojos saltones del polvo que movía el viento y eludió la mirada del templario, que no obstante lo observaba ansioso.

—¿Algún contratiempo, micer Orlando? Os noto intranquilo y reservado.

El tono de su voz hizo temblar más aún al templario.

—No pensaba decíroslo para no añadiros más pesar. Pero ya que lo habéis advertido os referiré que ha ocurrido un hecho luctuoso que os ensombrecerá el alma. No se habla de otra cosa en Emesa y Chaizar.

—¡Desembuchad, por vida de Dios! Estoy en ascuas.

Scala procuró no herir excesivamente sus atribulados sentimientos.

—Pues preparaos, *monseigneur* de Marsac —le advirtió—. La caravana donde viajaba hacia Alepo vuestra confidente y amiga, la *alama* Jalwa ibn Hasan, ha sido asaltada por los bandidos de las montañas de Tadmor, mercenarios de Nur ad-Din, y posiblemente salteadores selyúcidas del Selef, que desde hace varios años suelen bajar por la costa de Antioquía, y acopiar el suficiente botín para pasar el invierno en sus miserables poblados del Taurus. Han dejado muertos por doquier y un rastro de devastación a su paso. Las mujeres, los muchachos más fuertes, los adinerados y los niños, según el testimonio de unos pastores de Hamas, fueron conducidos al mercado de esclavos de Latakia. A estas horas vuestra adivinadora puede hallarse navegando por las aguas de Arsuf, Chipre o el golfo de Alejandreta, y su destino será el harén de un visir egipcio, el de un cadí de Arabia, o algún prostíbulo de El Cairo. Nefasto destino, y os aseguro que lo lamento, pero el signo de cada uno está marcado en las estrellas…, como ella aseguraba. ¿Lo recordáis?

Urso no pudo reprimirse, pues su ira y su miedo lo hacían temblar.

—¡Por la Vera Cruz, no seáis tan cruel! Pobre Jalwa, no lo resistirá.

El templario creyó volverse loco. Estaba desquiciado por el sufrimiento que había padecido y la noticia le añadió más aflicción. Todo lo que le había ocurrido tras conocer a Jalwa lo creía inhumano. Su corazón ya no podía resistir más fatigas y reveses. Había sido tratado como una bestia por los monjes del Hospital, pero el cruel suplicio padecido se desvanecía ante la intolerable congoja que sentía por la suerte de la *alama*. Su alma estaba embargada por un furor insostenible y no podía dominarse. Se hallaba perdido en una región inhóspita y hostil, rodeado de enemigos, y con la sola ayuda de Togrul, el servicial Warin y de micer Scala. No valía la pena odiar a sus superiores y a su orden, por la que daría su vida, pero sentía una amargura indecible pensando en el calvario que debía estar padeciendo la adivina: «Dondequiera que estés, mi alma te reconfortará. Mis pensamientos se hallan encadenados a los tuyos por una fuerza misteriosa».

Su espíritu se había envenenado y su dolor jamás sería reparado.

Se había enfrentado muchas veces con el mal en sus formas más diversas y sanguinarias, pero esta desgracia superaba lo permisible. Había recibido una puñalada cruel que le había traspasado las entrañas. Después de permanecer en silencio, inmóvil como una roca, emergió de su mutismo y se recompuso. Dirigiendo sus pupilas azules hacia Togrul y el veneciano, juró:

—Cuando concluya esta misión la rescataré. ¡Lo prometo por la *Beausant*!

—¿Estáis loco, mi señor? —saltó Warin—. ¿Vais a abandonar la regla?

—Os condenaréis para toda la eternidad —se expresó asombrado el turcópolo.

—Este rapto forma parte de la misión. Y así lo cree mi corazón.

—¿Y cómo lo lograréis, *caro signore*? —intervino Orlando creyéndolo un desvarío de su cerebro enfebrecido—. Sería como buscar un pez en el océano. *Una stella lucente disceda dal ciel*. Y esa luz os ha cegado los ojos y os ha vuelto loco.

Urso le quitó la palabra de la boca y le habló como un oráculo:

—No soy un ingenuo, pero he concebido un plan, aunque no será nada fácil llevarlo a cabo, micer Scala. Antes de despedirnos la obsequié como recuerdo de nuestro encuentro con una joya inconfundible y poco corriente, un anillo privativo del Temple, que sólo usan los miembros del capítulo general. Esos bandidos se lo habrán confiscado antes de venderla o de embarcarla. Comenzaré a indagar en Latakia, y ese arete me conducirá hasta ella, como el ovillo de Ariadna hasta la salida del laberinto. Empeñaré cuanto poseo y buscaré ayuda en el mismísimo Temple para rescatarla. Es un alma pura que merece ser redimida y albergarse en el redil de la grey de Dios, y es mi obligación recuperar una joya de valor irreemplazable para mi maestre y de paso rescatarla. ¡Lo haré y lo juro por mis heridas!

Urso de Marsac se sentía desesperadamente solo.

La profecía de Jalwa comenzaba a cumplirse con toda su crudeza.

El aire de la cámara del obispo Héracle estaba cargado de misterios.

En contra de su costumbre había convocado conjuntamente a su esbirro personal, el druso Zahir ibn Yumblat, y al monje benedictino fray Zacarías de Tesifonte, el secretario que le servía de emisario en asuntos delicados y de extrema importancia. El fraile parecía un fiel reflejo de su superior, con la cara relamida, el belfo caído y los gestos pulcros y atildados, casi femeninos. Mientras aparecía el prelado no se hablaron. Se miraban en silencio, con mutuo desagrado, apartando sus caras de la luz que entraba por las celajes de la arquitectura del palacete patriarcal. Zahir se entretenía contemplando la mágica perspectiva de Jerusalén, mientras el sacerdote leía su breviario devotamente.

Compareció el obispo tras las oraciones de la hora de sexta, elegantemente ataviado con un hábito de fustán morado en el que destacaba su valiosa cruz pectoral de amatistas. Por Jerusalén corría el rumor de que, la mano derecha del Patriarca y ejecutor de sus órdenes, había cambiado de amante y que ahora rendía su corazón enamorado ante Paschia di Riveri, una hermosa italiana de cabellera leonada y ojos verdemar, esposa de un comerciante de Nablus, a la que había instalado como barragana en aquel mismo palacio colmándola de presentes, y a quien la gente conocía como *Madame l'Évèque*: «La señora del obispo».

«Perverso clérigo, tan lascivo como un mico de Etiopía», pensó Zahir.

Ambos inclinaron la cabeza y le besaron el abultado anillo. Sus gestos eran pausados, calculados, como los de un felino. Sin poder evitarlo, Zahir le sostuvo la mirada y se le encendió la piel, recordando a sus familiares presos sufriendo en las mazmorras de la Torre de David. Fray Zacarías, vástago segundón de una familia ilustre procedente de Dijon, le sonreía con un rictus beatífico. Nadie ignoraba que ansiaba convertirse en canónigo con la ayuda del metropolitano de Cesarea, aunque tuviera que jugar su partida con sutil tacto y suciedad bajuna, lamerle el trasero y servirle de lacayo en sus ambiciones más execrables y secretas.

El obispo se pavoneó jactanciosamente frente a sus dos sicarios.

—Poseo informaciones fidedignas de que al fin, ese torpe y altivo maestre del Temple, Odon de Saint-Amand, después de rastrear media Europa, ha deducido que el tesoro robado en Londres por ti, Zahir, se halla en Tierra Santa. Aunque ignora dónde y por qué. Así pues, ha llegado el momento de desalojarlo de aquí secretamente y trasladar la parte más preciada de él a Europa, para emplearla en un beneficio muy provechoso para mí —manifestó con autoridad—. El patriarca Aumery no durará eternamente y es conveniente ir jugando mis cartas en la Santa Sede de Roma. Hay que plegarse a la voluntad de Dios, pero también estimularla.

El fraile asintió aduladoramente con falso fervor, y aguardó.

—A tal efecto, tú, mi fiel fray Zacarías, aprovechando que unos monjes de Montecasino regresan a Italia tras peregrinar por los Santos Lugares, te unirás a ellos y llevarás contigo y a buen recaudo, algunos de los objetos robados, los más preciados, que entregarás a nuestro benefactor el cardenal Eneas Fabio Aldobrandini, y una carta para Su Santidad Alejandro III, en la que le informo del fallido asunto de la conversión de los *assasiyum* de Alamut y de las andanzas de los templarios en el reino de Jerusalén, a los que detesta tanto como yo.

—¿No le envió el rey un memorando pidiendo la anulación canónica del Temple? ¿Creéis que precisa de más información? Tal vez os perjudique, señoría. Dejad que sea Amalric el perverso de la causa, no vos. Son malos enemigos.

—Ha sido el mismo Papa quien me ha pedido mi opinión sobre esa frustrada conversión y de la conducta de los templarios en Jerusalén; y no puedo desperdiciar esa feliz circunstancia llovida del cielo —esbozó Héracle con una sonrisa—. Al tiempo le ofrezco esos extraordinarios presentes para que obre como mejor le convenga, con la seguridad de que en breve, espero, darán el fruto deseado a favor de mi nominación como patriarca de Jerusalén. Todos son eslabones de la misma cadena adecuadamente anudados y en el momento más preciso, fray Zacarías.

—¿Y el rey y el emperador Manuel? Ellos también han de sancionar vuestro nombramiento. Son muchas las manos que han de estampar la firma en la bula.

—El rey Amalric y su hijo, el príncipe leproso, comen de mi mano. Los gobernantes buscan ser guiados en sus acciones por el Altísimo y yo le proporciono esa seguridad. Luego lo hará Roma con los presentes que muy pronto brillarán en alguna de sus basílicas atrayendo ríos de oro de los peregrinos que acuden de toda la cristiandad. Yo doy, y ellos me lo devolverán con prodigalidad. Reliquias son igual a riqueza y bendición de Dios, hermano Zacarías —se expresó triunfal—. En cuanto al emperador, podemos inducirlo a mi designación. No lo dudes.

—Os expresáis como si estuvierais en el púlpito iluminado por el Espíritu Santo —lo aduló el monje benito—. No dejo de admirar vuestro sibilino intelecto cada día que transcurre, ilustrísima. El sentido común, la osadía, la inteligencia y la oportunidad rigen vuestros actos.

—Así lo espero, fray Zacarías. Prepara tu viático, pon tu alma en paz y gracia divina, y no olvides que pagas con tu vida si el presente y la epístola al Papa no llegaran a su destino. Confío en ti, como en el Santísimo Sacramento.

—Descuide vuestra paternidad. Considerad la misión cumplida.

—Mañana te llamaré para entregarte las cartas y la arqueta.

—Siempre a disposición de vuestra ilustrísima —expuso servil el fraile.

La actitud del druso, que los observaba con una expresión mezcla de acatamiento y de desprecio, era de una frialdad creciente, que se ampliaba a medida que probaba la ambiciosa codicia del obispo, que unió sus manos en la cruz que adornaba su túnica color burdeos.

«¡Miserable! La ventaja de ser un preboste es que puedes manejar los hilos que mueven a los hombres a tu antojo. Toda la vida dedicada a una farsa de engaños, maldades e hipocresías por poseer más y más poder. Tu juego es el chantaje y la intimidación. ¿Y te llamas hombre de Dios? Ojalá te quemes en los infiernos como un cañaveral seco», pensó el druso para sus adentros.

—En cuanto a ti, mi fiel Zahir, te encomiendo otra misión no menos importante que las demás: ¡Espiar! Como os decía, el Capítulo del Temple, según mis confidentes, ha enviado a Palestina a indagar a un capitán de la flota templaria del Mediterráneo. Atiende al nombre de Urso de Marsac, es francés de cuna y se hace pasar por comerciante de libros y de esencias. En esa orden de arrogantes lo conocen con el apodo de el Halcón del Temple, pues se trata de un soldado al parecer arrojado e inteligente. Es de estatura media, fornido, pómulos salientes, de ojos claros y de cabello rubio, casi albino. Habla varias lenguas y porta un salvoconducto del senescal Plancy y un sello del Temple, de los que usan los prebostes y maestres, que le abre muchas puertas. Cuidado con él.

—Destacará en estos desiertos como un camello en una mezquita —adujo.

—Una buena *zihara* y un turbante todo lo encubren, Zahir. Ha cruzado sin descanso este Reino y los condados del norte en busca del tesoro robado. Ha husmeado en cuevas, tabernas, fortalezas, mercados, bibliotecas y encomiendas, sobornado a truhanes, espías y soplones de todas las ciudades. Al parecer es hombre obstinado y pertinaz en sus acciones. No podemos perderlo de vista, o naufragará mi previsión. La última vez se lo vio en las galas de San Juan, en el Krak de los Caballeros Hospitalarios, y no me gustan sus fisgoneos. Puede irse de la lengua y poner a pensar a alguien que no deseamos; y mi plan se desmoronaría sin remisión.

—¿Y qué he de hacer, *messire* Héracle?

—Convertirte en su sombra y tenerme informado de sus pasos —dijo grave.

—¿Y si he de obrar con determinación expeditiva? —preguntó el druso.

—¡Hazlo sin pestañear, tendrás mi bendición! Mata si es necesario —lo animó el prelado—. No estoy tranquilo con los templarios bufando a mis espaldas.

—Señoría, ¿será ésta mi última prueba, la que preceda a la puesta en libertad de los míos? Os he servido lo suficiente como para estimular vuestro beneplácito.

El obispo se fue enfureciendo conforme Zahir acentuaba el tono de su voz. Los ojos adoptaron un fulgor de mórbida ira, y una llama congeladora endureció su semblante impasible.

—¿Hablas de compensaciones, villano? —gritó Héracle fuera de sí—. Tú y tu ralea atentasteis contra mí y contra la sagrada vida del Patriarca y aún debéis purgar vuestra culpa. Yo determinaré cuándo está satisfecho vuestro pecado.

—Maldito seáis —masculló apretándose las manos.

El fraile asistía impávido a la disputa, e inclinó levemente la testa, como si estuviera ausente. El obispo, usando su repertorio de ofensas, vociferó:

—¡Cuida tu lengua, miserable infiel, o tu familia será pasada a cuchillo!

Las amenazas del jerarca reverberaron en los sólidos muros, y el druso, por toda respuesta, hincó la rodilla en tierra y le besó la mano con gesto contrito.

—Perdonadme, señoría, la desesperación ha dictado mis palabras —se excusó.

—Tu insolencia es más patente cada día y has sumado un error y un sacrilegio más a tus pecados, Zahir —le contestó inflexible—. Los infieles estáis cegados a la doctrina de Cristo y lleváis el infierno con vosotros. Sería una buena acción abrirte los ojos a la fe algún día. Si fueras cristiano te perdonaría en confesión. Ahora sólo puedo exculpar tu atrevimiento y castigarte —manifestó, y con la mano le propinó una ruda bofetada, incrustándole el anillo en la mejilla.

Un hilo de sangre, caliente y salada, le llegó al druso hasta la boca.

—Quiero que disfrutes de mi generosidad, pero tú la rehúsas como un mal hijo —se quejó Héracle con un tono de reproche que arrasó el alma de Zahir.

Tras un instante de silencio, el druso se esforzó en hablar.

—A ella me acojo, señoría. Vuestra largueza es impagable para mí —mintió.

—Puedes retirarte. Preséntate a mí antes de partir.

La atmósfera viciada de la cámara obispal le oprimía, y una vez más constataba que ninguna de sus alegaciones rompería el muro de perversidad del dignatario. No le quedaba otro recurso que el de la paciencia y la astucia. Adoptó la imagen indigna de un perro faldero y abandonó la sala.

Lenguas de fuego escapaban del valle de Hebrón, tenues como fantasmas del infierno, mientras por la dorada aureola de la mezquita de la Roca, una bandada de palomas aleteaban libres con sus vuelos acrobáticos.

—¡Pronto os veré así, lo juro por el toro sagrado! —murmuró Zahir, acordándose de su mujer, de su padre y de sus hermanos presos.

Fuera, la Santa Sión bostezaba en medio de un calor abrumador, caliginoso.

5

Roma caput mundi

Roma le pareció al falso peregrino caótica, pero radiante.

Las claridades del alba despuntaban sobre las crestas de la Urbe Santa y un viento frío bufaba por los repliegues de la ciudad de los Pontífices.

—¡Santos Pedro y Pablo, amparadme! —rogó entre dientes.

Caminaba solo, con un fardo atado al pecho, junto a otros peregrinos. El caminante reflejaba cansancio por las leguas caminadas desde Monte Casino. Descansó en el puente del Panaro y se extasió en la contemplación del firmamento que desplegaba unas tonalidades azuladas que lamían las agrietadas ruinas, las cúpulas de los templos, los mármoles del Panteón, los campaniles y los tejados del Trastevere. El viejo emporio de los césares, erizado de torres, desmochado y devastado, era pasto de las ciénagas y de pavorosas pandemias de malaria.

Las malezas y las hiedras cabalgantes se habían adueñado del antiguo Senado, del mutilado Capitolio, de la torre de los Conti, de las columnatas del Quirinal y de los vetustos *palazzos* del Celio. La vida de Roma parecía regida por la inmundicia, el caos y la anarquía. ¿Qué quedaba de la magnificencia de la ciudad de antaño? El viajero, que portaba una cruz de madera colgada al cuello y se cubría con una capa andrajosa, se deslizó por el derruido muro de la Scrofa, y avanzó asido al bordón de encina por las fétidas callejuelas de la Parione y de piazza Navona, donde menudeaban las hosterías, prostíbulos y tabernas.

Se apartó de un grupo de matones de rostros brutales —los feroces *caporioni* y *condottieri* romanos—, de los vinateros de Ripetta, de los porquerizos con sus piaras de cerdos, de los cambistas y de los vendedores de reliquias, que lo miraban codiciosos del zurrón que atenazaba con sus manos. Salvó las charcas inmundas del Campo di Fiori y cruzó el puente de Sant'Angelo confundido entre un grupo de devotos tudescos que cantaban himnos con ramos de abedul en las manos.

Por la Vía Lata confluyó con una fervorosa riada humana que se dirigía al Borgo, el barrio levantado alrededor de la plaza de San Pedro, a postrarse ante la tumba del apóstol, en medio de un tufo a hálitos humanos que repugnaba. El gentío, entre el resonar de címbalos, plegarias y las vaharadas de incienso, ascendió por las escalinatas del Vaticano, un lugar maldito para los romanos, basurero imperial e infame cementerio de paganos, en el que Constantino, implorando el perdón por el asesinato de su esposa Faustina, había erigido la basílica de San Pedro, gemela de San Juan de Letrán, donde residían Alejandro III y su Curia.

Sólo en la seguridad de sus murallas podían protegerse los papas de los asaltos y banderías de los sanguinarios Orsini y Colomnas, las dos familias rivales de Roma, que habían transformado la ciudad en un solar de impunidad, bandidajes y crímenes. El recién llegado, que había arribado del puerto de Jaffa de riguroso incógnito, aguardó en el patio porticado, el Paradissus, a que abrieran las puertas de la basílica vaticana, la Romana para los capitalinos y la Raveniana para los peregrinos, ya que la Argéntea, de plata repujada, sólo se descubría en los años jubilares. Hizo sus abluciones en una de las dos fuentes, la de La Piña, cubierta con una cúpula de pórfido rojo, con los pavos reales que la exornaban y que significaban para los fieles la inmortalidad y la vida eterna.

Era Pentecostés y los peregrinos estaban ansiosos de penitencias y de absoluciones. Al abrir los portones los *fraticelli* de la Cofradía de la Trinidad, encargados de orientarlos y protegerlos, penetraron en tropel, para postrarse ante la tumba del Pescador y ante la Santa Faz. Las reliquias eran los imanes que atraían a los creyentes y oro sin tasa para quienes las poseían. La Iglesia ya no era Cristo, sino la grandeza de los huesos de los santos a los que venerar; y los clérigos, ansiosos de riquezas, jugaban con la credulidad de los creyentes olvidándose del mensaje de pobreza y caridad del Salvador. Un capellán no dejaba de enardecer a los orantes:

—Peregrinos, os halláis en la mansión del Padre de reyes y emperadores, el Vicario de Nuestro Salvador y el Guía del orbe cristiano. Gloria y honor al obispo de Roma y a San Pedro, el que guarda las Llaves del Trirregno.

El cálido resplandor de los cirios invadió el templo. Pero el extraño forastero no entró, sino que aguardó en el pretil de la fontana, hasta que se quedó solo. Entonces se dirigió al decano de los frailes guías, un hombrecillo cejijunto, y de pringoso hábito jacintino. Cuando estuvo frente a él le susurró un santo y seña, y un poderoso nombre que le hizo sobresaltarse.

—*Roma caput mundi.* Traigo un mensaje para el cardenal Aldobrandini.

El cofrade trinitario dudó un breve instante, pero reaccionó con rapidez. Algo le había hecho cambiar sus facciones desangeladas. ¿Qué relación podía tener aquel insignificante peregrino mal vestido y peor desaliñado con su eminencia?

—Seguidme —le contestó en italiano.

Desaparecieron sigilosamente con dos guardias armados por el atajo de Santa Sabina para cruzar el Tíber y comparecer más rápidamente en Letrán, la iglesia episcopal de los romanos pontífices, a una media legua fuera de las murallas. Un sol sin calor se había enseñoreado de la mañana al comparecer ante el palacio pontificio. El desconocido, que portaba un burdo zurrón de berrueco a sus espaldas, respiraba convulsivamente y caminaba con dificultad. Una guarnición de guardias apostólicos de las tres llaves, cubiertos de pies a cabeza con jubones rojos y amarillos, y con el distintivo de las «llaves» de San Pedro, disuadía de las rapiñas a los salteadores del burgo y a los mercenarios de la Campaña. Eran gente pendenciera, en su mayoría mercenarios alistados en la Romagna.

El guía lo condujo a través de las salas Imperial y Conciliar, decoradas con pinturas paganas, donde transitaban como moscones capellanes con sobrepelliz, obispos de hábitos violáceos, *cursores* o correos pontificios, y una pléyade de frailes cistercienses del monasterio de Terracina, los secretarios privados del Papa, que custodiaban además el Archivo Secreto y el *Scriptorium* Pontificio.

Un olor a cera fría, a resina de sandáraca y a incienso impregnaba la densa atmósfera de la basílica, un castillo almenado que salvaguardaba a los Romanos Pontífices del mal exterior. Ascendieron por la Scala Sancta y dejaron atrás la Cámara Apostólica, guardada por dos soldados encorazados y armados con adargas. Alejandro era un hombre de Dios que hablaba en un dulce acento sienés y de exquisito gusto por el arte. No encontraba ningún placer en los enredos de la política, que había dejado en manos de sus Curiales.

En la antecámara del poderoso Eneas F. Aldobrandini, cardenal de la Santa Croce, Auditor Pontificio, Bibliotecario, Archivero y Conservador del Sello Papal, los recibió un diácono de sotana roja, roquete blanco y un collar con las llaves del *Triregnum*, que fue informado por el trinitario que le susurró al oído algunas frases. Por su voz aflautada, rostro angélico y por los ademanes afectados, al recién llegado le pareció un castrado de los cantaban en los Santos Oficios.

—Seguidme. Su eminencia se halla en la Torre Constantina.

Un portón insalvable de hierro cerraba el paso al inaccesible Scrinium Lateranense, el archivo secreto papal, que los palatinos llamaban *la torre de los secretos*. El diácono golpeó la aldaba y al poco se escuchó el forcejeo de un cerrojo y se abrió un cierre minúsculo, por el que surgió un rostro simiesco e inexpresivo de un clérigo que lo interrogó con la mirada.

—*Laudetur Iesus Christus* —exclamó el diácono—. *Monsignore* aguarda a este mensajero de Jerusalén. ¡Abre la puerta!

La prohibición y el silencio envolvían el torreón. Flotaba una irrespirable bruma a sebo de lamparilla que irritó el paladar y la nariz al enviado, que estornudó. Un ejército de archiveros, *escrip-*

tori, interpretadores de claves y escribanos, redactaban protocolos, interpretaban las cartas interceptadas por los agentes, falsificaban sellos y contestaban a las cancillerías de la cristiandad. Anaqueles, estantes, *armarium* y dovelas reventaban atestadas de cánulas, pergaminos, legajos y carpetas grofadas, ordenadas por índices y por reinados papales, que precisarían de un siglo para poder ser leídos en su totalidad. Contempló maravillado el extenso archivo, recopilado a través de un largo pasillo que compendiaba los libros de la *Ierarchia* o la *Regest*, las crónicas de los papas, desde san Dámaso a Alejandro III, con los lomos apergaminados y las letras miniadas en oro.

—¡*Mirabile visu*, digno de admirar! —exclamó el viajero.

Cruzaron otra estancia rodeada de estantes inmensos y sellados con pestillos, que pregonaban en italiano y latín: *Buste degli Indici*. OPUS DIABOLI.* En él se custodiaban, ajadas por los siglos, las epístolas encausadas por herejía, las profecías prohibidas de los papas, los informes de los heresiarcas más insolentes de la historia y las doctrinas sospechosas condenadas por Roma. Una levísima capa blanca, como un sudario de polvo, los envolvía. El secretario se adelantó y anunció al forastero, quien penetró en una recoleta estancia con paso temeroso.

El prelado Aldobrandini lo recibió con una expresión severa y abstraída, dándole a besar el anillo. Corto de estatura, ancho de hombros, de barba bífida y rubicunda, poseía el semblante huesudo de los eremitas del desierto. El poderoso príncipe de la Iglesia, amo y señor de aquella babel de misterios, influencia y poder, empotrado en su sitial y tras una mesa de roble viejo, se asemejaba a un descifrador de arcanos, a un convocador de demonios en su cátedra infernal.

—Dios os guarde, eminencia. Soy fray Zacarías de Tesifonte, secretario del obispo de Cesarea, *dominus* Héracle de Guévaudan.

Después de doblar la espalda en señal de respeto, el visitante se despojó de la capa y del embozo, dejando al descubierto una ton-

---

* «Obras del Diablo», protocolos del Índice Secreto.

sura frailuna, un hábito talar de estameña con cogulla y un cíngulo de nudos, propio de los monjes de San Benito. Sin duda era un hombre de Iglesia por sus modales, y el *cortesani* se quedó estupefacto, pues la inicial brusquedad de sus maneras y su aire rudo con el que se había presentado, no hacían sospechar su identidad clerical. Al cardenal no era la carta que esgrimía en la mano lo que le había llamado la atención, sino el extraño fardel del que no se separaba, y que sujetaba con sus manos velludas.

—Traigo un mensaje personal para el Santo Padre de mi superior, que por su especial naturaleza debería conocerlo personalmente. El obispo me aseguró que su eminencia me conduciría ante su presencia, dado el secreto y la gravedad del mensaje del que soy portador.

Al cardenal no le agradó el talante exigente del *fratello*.

—Su Santidad no se halla en palacio —replicó agriamente—. La inseguridad que se vive en la ciudad y la oposición del cardenal Monferrato, ese borracho y lascivo hijo de Satanás, le ha llevado a tomar la determinación de refugiarse en Civitá Catellana. Vivimos tiempos de desolación, *pater*. Entregádmelo a mí, es igual.

El fraile dudó. No eran ésas sus instrucciones y no se lo facilitó.

—Por la santa obediencia debida os ordeno, fray Zacarías, que me lo deis ahora mismo —manifestó el prelado con dureza extendiendo la mano.

Con trémulo gesto, el monje adelantó su mano artrítica y lo depositó entre los dedos del enojado cardenal, que rompió con un estilete el lacre, extendiéndolo ante su cartapacio. El pergamino, escrito con rasgos latinos de especial finura y mayúsculas aladas, era un galimatías, pues estaba epigrafiado en clave.

—Ahora es letra muerta pero pronto le haremos cobrar vida —apuntó, y ordenó autoritario—: ¡Que lo transcriba inmediatamente fray Bembo!

El monje benedictino, para congraciarse con el cardenal, dijo:

—Todo texto cifrado posee su clave, y según me dijo el amanuense del obispo Héracle la clave la proporciona la alegoría con la que empieza el texto, ¿no es así, eminencia?

Cada vez le gustaba menos aquel fraile de faz marchita, nariz aplastada y cuencas amoratadas, que al parecer conocía secretos que debía ignorar.

—Sí, padre, es un sistema antiquísimo utilizado por la Iglesia —replicó lacónico—. La Barca de Pedro recibe los embates de un mar embravecido y tiene que defenderse de las armas de sus enemigos.

Para exasperación del cardenal, el monje insistió en el cifrado de la carta.

—¿Y existe una sola solución posible para descifrarlo, señoría? El obispo y yo andamos enfrascados en la disquisición del Apocalipsis de San Juan, mensaje mágico y cifrado donde los haya, y apenas si hemos avanzado dos versículos empleando la clave romana. —Fray Zacarías hablaba con zalamería, queriendo granjearse la camaradería del jerarca, que lo observaba cada vez con más recelo.

—No crea vuestra paternidad que es tan difícil —intentó no ser explícito—. La interpretación de los documentos transcritos no es una ciencia oculta, sino una simple redefinición matemática. Cada letra está relacionada con un dígito árabe, y su combinación, sólo conocida entre estas paredes, nos clarifica el cuerpo del texto en muy poco tiempo. Número por letra. Eso es todo.

Se produjo un dilatado silencio, que rompió Aldobrandini al poco.

—¿Trasladáis para Su Santidad únicamente esta carta, o alguna otra cosa más, fray Zacarías? Os lo refiero porque observo que guardáis con especial celo el fardel de vuestras pertenencias. Parece que protegierais el mismísimo Santo Grial.

El clérigo compuso un gesto ladino y astuto.

—Es muy posible, eminencia. La carta os lo especificará.

¿Conocía el benedictino lo que ocultaba el mensaje? Si no, ¿por qué se mostraba tan arrogante y misterioso? Decididamente no le gustaba aquel taimado mensajero. De súbito, el cardenal lo vio con claridad. «Este fraile altanero es un descarado que quiere sacar provecho de los secretos con los que traba conocimiento como secretario del obispo Héracle.»

El avisado purpurado alzó la barbilla y contrajo su rostro surcado de arrugas. El tiempo bostezaba lentamente y sólo se escuchaba el chisporroteo de las velas, el rasgueo de las péndolas y las plumas de los escribanos y los granos del reloj de arena deslizándose por el cristal. Aldobrandini paseó por la estancia pensativo, mientras su labio inferior, húmedo y carnoso, temblaba con las reflexiones que lo intranquilizaban. Era la persona más capaz de cuantos habían presidido el Archivo Secreto Lateranense en las últimas décadas, y con la ausencia del Papa de Letrán, el ambicioso purpurado se había convertido en la autoridad real de la curia papal. Pero no admitía disidencias, ni sacerdotes insolentes en su entorno. Lo crispaban más que la chusma irreverente de las tabernas de la Ripa. Y la altivez del benedictino lo perturbaba, con su mueca ladina agazapada entre sus dientes amarillos.

Al cabo de una hora apareció fray Bembo, el perro fiel del cardenal y su confidente y confesor, un trípudo clérigo agustino traductor de claves, y jefe de la oficina de los *bullatores** de Letrán. Aguardó en reflexivo silencio, tras carraspear para ser advertido. Los churretes de tinta surcaban sus manos gordezuelas y se limpiaba el sudor con la bocamanga, como si lo escrito en el pliego lo hubiera alarmado.

—¿Y bien? —preguntó, expectante, el cardenal de la Santa Croce.

Con un gesto poco locuaz, fray Bembo dudó en expresarse.

—¡Vamos, habla, por la santa Madonna! —protestó el prelado.

—La carta transcrita es de la mayor trascendencia religiosa y política, eminencia —reveló—. Hacía tiempo que no interpretaba un despacho secreto que revelara secretos tan confidenciales y destacados, os lo aseguro, *signoria*.

Aldobrandini sintió en sus sienes un alfilerazo, mientras tomaba en sus manos la epístola reproducida. Se detuvo antes de leerla, como si los dos frailes que lo miraban inquisitivamente pudie-

---

* Redactores pontificios de actas.

ran culparlo de indiscreción. Luego la leyó de espaldas, frente al ventanal que daba al transepto de la basílica.

Rectio Alexandrus, pp. III, Servus Servorum Dei, in Roma, Caput Mundi. Beso vuestros pies y vuestro anillo del Pescador, Santidad, como vuestro hijo más insignificante, al tiempo que deseo participaros un asunto de índole secreta y de grandiosa importancia para la primacía de la Iglesia de Roma en Jerusalén, por la que lucho sin descanso y sin escatimar pesares.

Qué lejos quedan, Santo Padre, los tiempos heroicos en los que los príncipes, los caballeros y los monjes de la Cruz rechazaban los honores y el oro en la tierra que vio nacer, morir y resucitar a Nuestro Señor. Hoy, las hijas predilectas del mal, la soberbia, la rapiña y el atropello, mancillan la tumba de Cristo. Los soldados de la Fe, los templarios, multiplican sus pillajes y viven como sultanes en los palacios arrebatados al islam, mientras los nobles pulanos, en vez de practicar el Evangelio de Jesús, conspiran entre sí para aniquilarse.

El buen gobierno del rey Amalric I produce prosperidad, y mientras Dios le conceda vida, Saladino jamás osará salir de su madriguera. Pero en cambio existe un miembro del Cuerpo de Cristo en Tierra Santa que paulatinamente se está pudriendo: el de los Caballeros Pobres de Cristo. Si bien sirvieron a la Cruz unidos al rey de Jerusalén y en comunión de fuerzas, hoy, bajo el maestrazgo de Odon de Saint-Amand, obran según sus intereses y en detrimento de los santos provechos de la Iglesia. De esa forma este Reino irá a la deriva.

No he conocido jamás a hombres que se hayan adaptado mejor que los templarios a estas tierras. Han bebido de sus fuentes de conocimiento, han penetrado en el esoterismo egipcio y han comprendido como nadie el saber que atesoraban sus bibliotecas, pero lo han aprovechado sólo para aumentar su dominio. Por eso bien merecen, si no la supresión de la orden como os reclama el rey Amalric, una severa admonición de Vuestra Santidad, que mi débil superior, el patriarca Aumery de Nesle, no se atreve a imponerles.

Santidad, como sabio cirujano, debe curar ese miembro enfermo que puede emponzoñar en el futuro el Cuerpo de la

Santa Esposa de Jesucristo. Su conducta nada edificante, y lejos de la espiritual mesura, merece una respuesta terminante de Roma antes de que sea demasiado tarde. Sería muy caritativo por vuestra parte o se convertirán con los años en la escoria de Dios. Sus almas están en grave pecado, que no es otro que el del orgullo, la avaricia y el desmedido afán de riquezas. «Donde están tus tesoros, allí está tu corazón», dice el Señor. Ésos han sido los errores que los han conducido a separarse del liderazgo del rey de Jerusalén y de frustrar, con un crimen brutal y estéril, la mayor y más sonada conversión que vieron los tiempos, la retractación de la doctrina de Mahoma de los *assasiyum* de Alamut. Estos soldados de Cristo han incurrido en la ira de Dios. Que el cielo se lo demande y rindan algún día cuentas ante el Juez Supremo y Colérico.

A tal efecto es mi deber advertiros, Santidad, de la afinidad promiscua entre estos templarios arrogantes y los herejes islamitas, como lo prueba la copia que os despacho del Poema de la Virgen del Temple, escrito, no por la mano del Maligno como parece, sino por Achard d'Arrouaise, el prior del Temple en Jerusalén, que intentaba distribuir entre los peregrinos para que la cantaran en el vía crucis, y que los mismos templarios guardaron a buen recaudo en su más lejana encomienda de Londres.

¿Sabía Vuestra Santidad que incluye referencias poco acertadas del Corán, el demoníaco libro de los fieles de Mahoma? Dios no puede permitir tal apostasía en su reino terrenal, que compromete gravemente los principios inamovibles del Evangelio. Por eso, Dios mismo ha puesto en mis manos prueba tan comprometida, cuya transcripción os envío para que obréis con ella como vuestra voluntad estime, para mayor gloria de la Iglesia.

Por otra parte, y por razones que no vienen al caso, debo comunicar a Vuestra Santidad un asunto de máximo secreto, relacionado también con los caballeros templarios; en concreto con el tesoro expoliado en el New Temple de Londres, el espectacular robo que tan grandes suspicacias levantó en las cancillerías. A pesar de que aún sigue entreverado en el más oscuro de los enigmas, objetos del citado expolio me fueron ofrecidos hace unos meses por un mercader genovés a cambio de una sustanciosa cantidad de oro que hube de desembolsar de mi erario personal, aunque con alegría, por la complacencia que experimentaba mi corazón al poder serviros con filial lealtad, y rescatar de manos indeseables reliquias tan santas.

Permita Vuestra Santidad que explique esto.

Admitimos que un santuario cristiano es tanto más importante cuantas reliquias más notorias atesore en sus altares. Y como la Providencia divina ha tenido a bien conservar de los tiempos evangélicos objetos santificados por el mismo Jesucristo, os envío dos de los relicarios robados de las arcas del Temple, que harán de Roma la ciudad más prestigiosa del orbe cristiano, frente a Jerusalén, Santiago de Compostela o Bizancio. Se trata del Lignum Crucis de santa Elena y del Titulus Crucis o Damnationis, el INRI, obsequios que brindo a Vuestra Santa Paternidad como incondicional hijo que defiende y que defenderá la autoridad del Vaticano en Ultramar, pues las campañas de la conquista de Jerusalén han cambiado la faz del mundo.

De paso, Santo Padre, la Cátedra de Pedro asestará un golpe de gracia a la prepotente Iglesia separada de Bizancio, que poseía estas dos reliquias de Nuestro Señor, aunque depositadas en los subterráneos del Temple de Inglaterra como garantía de un préstamo solicitado a los templarios por el emperador. Con esta cabriola del destino, Vuestra Santidad tendrá en su poder dos instrumentos de la fe de capital jerarquía, para presionar a Manuel de Bizancio, celoso de la primacía romana, y a la despótica Orden del Temple, que mantiene una dura pugna con el Patriarca nombrado por Roma y con el piadoso rey de Jerusalén, Amalric, defensor leal del Santo Sepulcro.

Como siempre, este devoto hijo vuestro seguirá sosteniendo el báculo del anciano patriarca Aumery de Nesle, cuya clepsidra del tiempo está presta a deslizar su último grano en este mundo, y tal como Vuestra Santidad me ordenó.

Besa vuestros pies vuestro hijo en Cristo más leal y adicto.

Dixit Heraclius, episcopus Cesariensis. A.D. 1173 In festivitates Sancta Sanguine Christi.

El cardenal titular de la Santa Croce se quedó mudo, desconcertado.

La sorpresa había aflorado en sus facciones, quedándose con la boca entreabierta. Hacía tiempo que la revelación de una misiva cifrada no lo dejaba tan alarmado. Una luz nueva e inquietante sobre los reinos cristianos de Ultramar, se abría ante sus ojos, y dudaba si hacerla llegar o no al Romano Pontífice.

—Si no la hubiera escrito nuestro fiel obispo Héracle de Guévaudan y esgrimiera su sello, creería que es una vulgar falacia —manifestó con la voz ahogada.

—Es auténtica, eminencia. Mi superior se debe en cuerpo y alma a vos y al Santo Padre. Y ya conocéis su compromiso personal con la Cancillería Apostólica.

Aldobrandini cruzó una mirada de urgencia con fray Zacarías.

—¿Estáis al tanto del contenido de esta carta, *caro fratello*? —lo aduló.

—Sí, claro, su ilustrísima Héracle la redactó ante mi presencia, antes de ser cifrada. Soy hombre de su confianza —confesó esgrimiendo una sonrisa de perro faldero, que al cardenal le pareció amedrentadora.

—De modo que guardáis en ese morral las santas reliquias de Cristo Jesús que anuncia esta carta, como si tal cosa. Relicario poco adecuado, *pater*.

—Así es, eminencia, pero seguro —sonrió malicioso—. He sido un privilegiado y la he guardado con mi vida entre vigilias, desvelos y mil padecimientos.

—¿Y las habéis trasladado desde Jerusalén solo, arrostrando el peligro de haber sido robadas y extraviadas para siempre? ¡Ha sido una temeridad!

—*Messire* Héracle no es un hombre irreflexivo —contestó fray Zacarías, altivo—. Me acompañaban en la flotilla genovesa cinco hermanos benedictinos de Monte Casino que habían ido a Jerusalén de peregrinación. Tres de ellos, y dos legos armados, me han escoltado hasta las puertas de Roma, aunque ignoraban de qué tesoro exacto era portador. Éste es un asunto entre Su Santidad, vos y mi obispo. Descuidad por ello, señoría.

Una lealtad de semejante envergadura por parte del obispo

Héracle era valorada por el cardenal, que tenía noticias de primera mano de Jerusalén, del rigor con el que administraba el diezmo que llegaba de Tierra Santa y el impuesto llamado de Saladino que se cobraba en las parroquias de Occidente y que administraba las inversiones de la Iglesia en Ultramar como si fueran propias. ¿No era evidente que postulaba abiertamente su candidatura como Patriarca de Jerusalén cuando Aumery muriera, o cesara en el cargo? Pero no era menos cierto que no sólo dependía de Roma la elección, sino también del visto bueno de Amalric y del emperador de Bizancio, y hasta allí no llegaba su largo brazo de poder.

—El obispo nos da cuenta de un hecho gravísimo para el futuro de la Iglesia en Tierra Santa referido a los caballeros del Templo. Si deseamos evitar males mayores a la Santa Iglesia, deberíamos atajar sus desmanes. Lo hablaremos con el Santo Padre.

—Mi máxima, eminencia, es que siéndoos leales nuestra fortuna está hecha —manifestó fray Zacarías iluminando su rostro.

«Este fraile sigue volcando veneno por su boca. ¿Cómo confía en él Héracle si tiene una lengua tan ligera y aspiraciones tan desmedidas? ¿Desea el cargo de su superior si éste accede al patriarcado? Sabe demasiadas cosas de la curia y de los negocios pontificios, y puede convertirse en un peligro. Esto debe permanecer en el más oculto de los secretos», malició Aldobrandini.

—¿Podemos contemplar y besar esas salvíficas reliquias, hermano?

—Tengo órdenes estrictas de mi obispo de no depositarlo, si no es en las manos del Sumo Pontífice, Alejandro. No obstante, no puedo privaros de que las admiréis, eminencia —refirió, y extrajo de su zurrón una bolsa de cuero condenada por un aro que abrió con una llave que pendía de su hábito. De él exhibió una caja taraceada con marfil y maderas preciosas, la desvalijada en Londres.

—¡Fascinante! —exclamó el cardenal, gran conocedor de los vestigios de la antigüedad—, una caja de espino blanco, la misma madera de la que estaba acabada el Arca de la Alianza, el *Lilium inter spinas*, la zarza espinosa de Moisés en el Sinaí, la corona de espinas de Cristo, la *spinachristi*, la que protege el secreto del ojo del ignorante no iniciado en los secretos del conocimiento. Una caja muy del gusto por el secretismo esotérico de los templarios.

Fray Zacarías, absorto con la cultivada disertación del prelado, abrió la arqueta ante la mirada alucinada del purpurado y del hermano Bembo. El cardenal de la Santa Croce se llevó la mano a los labios conteniendo una exclamación de veneración, y el monje, encendido de unción, se arrodilló santiguándose.

—¡El *Titulus Damnationis* y el *Lignum Crucis*! —exclamó el absorto mitrado.

Los dos cortesanos de Letrán contemplaron el ajado fragmento del santo madero de la Cruz, que se parecía al maderamen de un barco naufragado. Luego se inclinaron para besar el INRI, una tabla de dos palmos de largo y una cuarta de ancho, de lo que parecía madera de nogal mediterráneo, y cuyos bordes estaban seriamente deteriorados. Una tosca capa de yeso reseco, en su día blanco y ahora amarillento, la embadurnaba, aunque podía leerse con claridad el motivo de la condena del ajusticiado. El lado derecho aparecía escasamente legible, pero el izquierdo estaba intacto y las letras, grandes y negruzcas, destacaban como si poseyeran luz propia. Las líneas no mostraban una línea perfecta, pero el texto, impecable y diáfano, proclamaba: «I. NAZARINUS REX»

—*Per la Santa Croce!* —dijo, asombrado, el cardenal—. Está garabateado en el mismo orden que relata el Evangelio de San Juan, el único apóstol presente en la agonía del Gólgota, y lo hace en hebreo cursivo, griego y latín —señaló Aldobrandini tras rozarla con sus dedos y matizar—: Es curioso que el término griego de Nazareno aparezca como «*nazarenous*», cuando lo correcto sería «*nazoraios*», tal como aseguraban san Ambrosio y san Cirilo de Jerusalén.

—¿Creéis entonces que es una falsificación, eminencia? —dijo Zacarías.

—No, al contrario, creo que es el documento histórico de la época de Cristo mejor conservado, el más espectacular retazo de la historia de la Iglesia y de la pasión de Jesús. Y su pérdida podría haber sido una irreparable desgracia ¿Qué rayos hacía escondido en las cuevas de los templarios? Estimo que el legionario que la escribió era romano o sirio y por lo tanto un analfabeto en la lengua de Píndaro. Un indicio que le otorga credibilidad, no cabe duda. Un falsificador lo hubiera rotulado correctamente —explicó—. Todo lo concerniente al Salvador me produce una fascinación misteriosa que reta a mi razón y a mi fe, aunque reconozco que me produce graves interrogantes. Me habéis hecho inmensamente feliz, *pater*.

Fray Zacarías, alzando su voz chillona, añadió con jactancia:

—Aseguran que la santa cruz con la inscripción fue hallada por santa Elena en una cisterna, bajo los encenagados cimientos del templo de Venus.

—Y por lo tanto un lugar fangoso, el más idóneo para conservar un vestigio del pasado, pues al descubrirlo recobra el esplendor de antaño. Bien, *fratello*, podéis guardarlo a buen recaudo. Habéis sido un privilegiado al haberlo guardado cerca de vuestro corazón durante la travesía. Ellos os han protegido, no me cabe duda.

—¿Y podré ver pronto al Santo Padre? —se interesó Zacarías—. Comprended que debo insistir en reunirme con él, dada la importancia de mi cometido.

La perspicacia e insistencia del correo irritó al cardenal.

—Me hago cargo, pero descuidad, *fratello* —repuso—. Mañana estoy convocado a una audiencia con Su Santidad. Partiremos tras los oficios de maitines y le ofreceremos la carta y este presente, cuya jerarquía valorará como merece. Una pareja de mi guardia personal os custodiará durante la noche. Es demasiado valioso lo que atesoráis y el Maligno siempre está presto a importunar y a enredar.

El mensajero respiró satisfecho antes de responder.

—Mil gracias, eminencia. Al fin podré dormir tranquilo pues he cumplido mi misión tal como *messire* Héracle deseaba. *Laus Deo!*

—Dormiréis plácidamente, no os quepa duda. Id con Dios.

Sin embargo, la falsía cobraba fuerza en la mente del cardenal, que no podía dejar pasar una oportunidad como la que se ofrecía para dotar a la Iglesia de la que era titular, de unas reliquias que le proporcionarían riquezas sin tasa. Su amada basílica de la Santa Cruz de Jerusalén, el *Sesorium* romano, antes palacio del emperador Constantino y de Heliogábalo, necesitaba de un impulso vivificador. ¿Y no se le presentaba en bandeja la coyuntura? Ya en tiempos de santa Elena se había construido en su templo una capilla donde se había esparcido tierra del Gólgota y guardado unas astillas del madero santo, unas espinas y un clavo de la Crucifixión. Los papas Silvestre I y Lucio II la habían consagrado como templo, añadiéndole un campanario y un claustro monacal. Pero él, su protector, la convertiría ahora en uno de los centros de peregrinación más concurridos del orbe cristiano.

La idea lo inquietaba como un aguijón. Pero estaba decidido a actuar.

Un fraile ignorante y un obispo fornicador, intrigante y poco escrupuloso, no podían convertirse en un obstáculo para sus venales propósitos. ¿De qué serviría incomodar al Santo Padre y añadirle una contrariedad más a su maltratado corazón? Conocida su obsesión por la justicia y su adicta inclinación a los templarios, ¿no les devolvería inmediatamente las reliquias, usurpando un bien capital a su querida Roma, que tanto lo precisaba en las horas de tribulación que sufría, enfrentada al Imperio y a los señores romanos?

Decididamente había juzgado ocultárselo. Y debía actuar con firmeza.

Él no titubeaba nunca y se consideraba antes que nada ministro y protector de la Sede de Pedro; lo que se aprestaba a cometer lo hacía *ad maiorem Dei gloriam* y por el amor de Cristo. La idea se le había ocurrido espontánea e inesperadamente, sin pensar en la salvación o condenación de su alma, por lo que hizo un gesto de connivencia a fray Bembo quien, entendiendo la orden, asintió bajando la testa.

«Los designios de Dios son oscuros y torcidos; pero sé que me redimirá, pues lo hago por su grandeza y honra», se reconfortó el cardenal.

Fray Zacarías sonrió ladinamente para sí. Había cumplido con éxito la misión más comprometida de su carrera, que se prometía óptima, e impresionado favorablemente al poderoso cardenal Aldobrandini. Seguido del monje redactor y de los guardias que velarían su descanso, se dirigió a las estancias de invitados del ala oeste. El benedictino, satisfecho, se detuvo unos instantes en la balaustrada del peristilo y divisó las colinas de Roma a sus pies, y al Tíber serpeando como un cristal carmesí en la lejanía. Frente a él expiraba dulcemente un sol caduco, orfebre de nubes cárdenas.

Fray Zacarías de Tesifonte, incrédulo, no pudo reaccionar.

Los dos sicarios del cardenal se abalanzaron sobre él y en un santiamén lo degollaron salvajemente. Su cuerpo cayó al enlosado entre atroces convulsiones, empañando de rojo las losas de jaspe. El hermano Bembo, sin el menor rasgo de piedad, le arrancó el morrión, que ocultó bajo su cogulla, regresando a la estancia de Su Señoría, Eneas Fabio Aldobrandini, que lo aguardaba como un duende cómplice que espiara a una ninfa deseada en la espesura.

—Había volado demasiado alto —comentó el traductor carcajeándose.

—Y la avaricia, hermana de la soberbia, lo ha perdido.

—Vuelve a Dios lo que es de Dios. Roma es la depositaria legítima del mensaje y del tesoro de Cristo —sentenció fray Bembo.

—La Iglesia de Cristo lo soporta todo, incluso los errores y yerros de sus príncipes, por eso sus piedras permanecerán eternamente —aseguró el purpurado.

—Así sea, eminencia —contestó, servil, fray Bembo—. Sin embargo, me pregunto qué ocurrirá cuando llegue a oídos del obispo Héracle que sus ofrendas no las ha recibido Su Santidad.

—Le escribiremos que se halla en Letrán y se lo agradeceremos con una carta sellada por el Santo Padre, y callará —aseguró con mordacidad—. Estoy seguro de que ese prodigioso robo ha sido obra suya. ¿Cómo ha podido ser tan temerario? Me he preguntado durante meses quién podría haber sido el autor y hoy vengo a confirmar mis sospechas, avisado por el mismo lobo que devoró a los corderos. ¡Ironías de la vida! Odia a los templarios, y la codicia mide su vida. Pierde cuidado de un posible escándalo.

—¿La codicia, señoría? No os entiendo —se extrañó el monje.

—Claro, la codicia, el estiércol de la gloria, aunque muy necesario para alcanzarla. Contéstame, ¿qué es lo que más ambiciona un ser humano?

—No sabría deciros, *monseignore*. ¿El oro, el poder tal vez?

—Sólo aquello que lo rodea y que está habituado a ver, lo que es bello a sus ojos cada día, algo muy apetecible y que tiene al alcance de la mano. Y ahora reto a tu inteligencia. ¿Qué es lo que más apetece a nuestro obispo de Cesarea? Lo declara en su carta, que es todo un tratado de ambiciones. ¿No lo adivinas?

—Pues…, ¿el triunfo de la Iglesia en Tierra Santa, eminencia?

—No, mi querido Bembo. Héracle de Guévaudan anhela la mitra de patriarca de Jerusalén, ser el representante de Dios en su reino terrenal, donde seguir calentando los lechos de sus amantes. La última, una adúltera italiana, mujer de un comerciante de Nablus de la que aseguran posee la hermosura de Afrodita. Y de camino administrar un tesoro inagotable, ser árbitro entre emperadores, reyes y sultanes y decidir qué queda atado o no en Palestina. ¿Te parece poco?

—*Quid pro quo. Do ut des.* «Regalo para recibir. Doy para que me des.»

—Así de fácil, Bembo. La ambición hace presa en las almas más mezquinas, lo mismo que el fuego prende antes en la paja de las chozas más indeseables y míseras. Y ese zorro vestido de púrpura no parará hasta conseguir lo que desea —añadió el prelado—. Es igual que nosotros y conviene tenerlo de nuestro lado, pues la ambición se une a la astucia y la crueldad y no se hermana bien con la caridad. A él le da igual que lo reciba Alejandro o yo, su mano derecha. Tan sólo anhela que quede claro en Roma quién es el donante. Nada más.

—Vuestra sutil inteligencia nunca se agota. Me asombráis —contestó Bembo.

—Ha llegado el momento de convertir la basílica de la Santa Croce en la meta de peregrinaje del mundo cristiano; a partir de ese momento caudales sin cuento reventarán nuestras arcas —proclamó Aldobrandini al acariciar con sus manos la caja amarfilada, que miró con ojos de rapacidad.

—Los peregrinos ignoran nuestro querido templo y la comunidad de frailes que lo cuidan no pueden sostenerse con sólo vuestras limosnas, eminencia. Habéis obrado sabiamente, aunque habrá que hacer las mejoras oportunas —se pronunció fray Bembo, que se limpió con saliva un coágulo de sangre de su mano.

—Ciertamente, *fratello*. Entrega las reliquias al prior fray Alberico y que mientras tanto las empareden en la capilla de Santa Elena.* Nada de esto debe trascender y ya lo anunciaremos oportunamente al mundo con toda la pompa, cuando las obras estén conclusas, convenga a nuestros intereses y pase un tiempo prudencial. ¿Dónde pueden reposar mejor estas reliquias que junto a las dos espinas y al clavo que traspasó las sagradas manos del Crucifixo?

—*Roma caput mundi, lux et domina orbis* —contestó el monje triunfal.

Las campanas de la basílica doblaban a vísperas y un ocaso anaranjado se adueñaba de la Ciudad Eterna, cuando fray Bembo salió sigilosamente por un portillo del palacio de Letrán. Ascendió por la cuesta del Esquilino con una caja de plomo sellada con el emblema de su eminencia, oculta bajo su capa. Se dirigió, sorteando a los transeúntes y a los carros, hacia la Domus Sessoriana, como conocían los romanos a la iglesia de la Santa Croce in Gerusalemne. Se detuvo a recuperar el resuello y rezó una jaculatoria al pasar ante el Coliseo y el Anfiteatro Castrense, lugares donde tantos cristianos habían derramado su sangre por Cristo. Golpeó la aldaba del monasterio y un lego lo hizo pasar.

Luego se oyeron los armónicos neumas del canto gregoriano.

---

* El 1 de febrero de 1492, mientras se realizaban unas obras, fue hallada en la citada capilla una caja de plomo del siglo XII, con el sello del cardenal titular de la Santa Croce, que contenía las reliquias referidas.

Bajo el puente de Sant'Angelo, donde el río se estrecha formando una ciénaga arenosa y negruzca, unos barqueros encontraron el cuerpo de un fraile benedictino degollado. Lo habían arrojado entre unas jaulas desparramadas, cerca del arco de piedra del puente, como otros tantos en la impunidad de la noche.

Pero Roma despertaba esplendorosa al romper el día, como un clarín de luz.

6

La Torre del Diablo

Desde que Zahir abandonó Jerusalén, no oía más que malos augurios.

Su busca del templario al que llamaban el «Halcón del Temple» lo conducía hacia el norte. Los viajeros del bajel en el que había viajado desde Arsuf hasta Margat hablaban de asaltos de malhechores, de epidemias en Armenia, de calamidades en Siria y de la llegada de nuevos cruzados a Constantinopla, la mayor plaga que podía enviar Dios a aquellas tierras.

Cuchicheaban los peregrinos en la cubierta de caravanas perdidas y de una maldición que había caído como la langosta sobre los caravasares de Alepo, Bagdad, Medina, Damasco y El Cairo. En el último año pocas habían llegado sin contratiempos a su destino, perdiendo los mercaderes inmensas fortunas en cargamentos de especias, marfiles, esclavos sudaneses y en telas de Zedan.

—Fábulas de comadres para asustar —solía decir el druso con gesto sombrío.

Los desorientados transeúntes, al arribar al puerto, buscaban seguridades para viajar, y cada cual creía encontrar en las nubes de polvo o en las tupidas nieblas a bandidos que los aguardaban para asaltarlos y quitarles la vida. Los marchantes se quejaban de los piratas del golfo que habían armado flotas enteras desafiando el poder del príncipe de Trípoli, el conde Raimundo, y el tibio emperador Manuel Comneno. Zahir, que viajaba solo como era su costumbre, rogó al cielo que en el curso de su búsqueda no tuviera que hacer frente a esas criaturas infernales, que tenían amedrentados a los lugareños. Pero él sabía defenderse y escapar de situaciones comprometidas.

Compró una acémila en el bazar del ganado y se dirigió a Trípoli, donde un druso amigo le informaría del paradero del escurridizo templario. No se movía una hoja en todo el territorio que no lo supiera Jatun, al-Rashid —«el distinguido»—, quien solía rodearse de lujos asiáticos y gobernaba una tupida red de confidentes y delatores desde Trípoli hasta Samosata y desde Ispaham hasta La Meca. Como los alrededores de la ciudad no eran muy seguros durante el crepúsculo, el lanzador de cuchillos hizo tiempo en una posada hasta que clareara para atravesar la Puerta de Beirut. Con las primeras luces se vio con Jatun, un hombrecillo ataviado con una *zihara* de púrpura bizantina, los pies calzados con babuchas bagdalíes, y con un solo ojo útil que todo lo escudriñaba. Se aposentaron en un rincón de una de las tabernas del adarve de los zapateros, donde degustaron vino almizclado de Tarso y un delicioso *nabidh*, un néctar de dátiles con áloe de Ceilán. Se oían risotadas, dados golpeando las tablas, clientes pidiendo un jarrillo de vino y furcias de Samarcanda con el velo levantado vendiendo sus encantos en el umbral de la puerta.

—*Salam Alaykum, Kilij-Arslan*, Espada del León —lo saludó.

—Que el Altísimo te proteja, Jatun. S*alaam* —contestó. Después de contarle sus cuitas, el estado de su familia y la misión que lo había llevado hasta Trípoli, añadió—: ¿Qué me dices de ese templario entrometido? Creo que lo llaman el Halcón del Temple y no hace sino hacerse notar allá por donde pasa. ¿Sabes dónde está?

—¿Quién no lo conoce en estos puertos? —le respondió categórico—. Parece como si después de despilfarrar sus caudales sobornando a soplones y espías y de hacer más ruido que un batallón de dromedarios en un zoco de porcelana, hubiera hallado una pista concluyente. Fue arrojado como un perro del Krak de los Caballeros, y se le ha unido un tipo estrafalario, pero de gran poder en estas costas, el veneciano micer Scala, un tipo influyente en estas tierras. No me gusta hacia dónde se dirigen.

—Habla, Jatun, me tienes en vilo. ¿Adónde se encaminan?

Jatun parecía agobiado y dudó en continuar.

—A un sitio peligroso para ti —descubrió misterioso—. Exactamente a la Torre del Diablo de Shaij-Adi. Uno de nuestros más sagrados santuarios. Así me lo aseguró un pastor de cabras seguidor de nuestro maestro. Le llaman *zorkan*, «ojos del cielo», y medio país sabe que busca algo de vital importancia para esa orden de asesinos vestidos de blanco. ¡Que Allah los confunda!

Zahir se quedó pensativo, abstraído en una secreta meditación.

—¡El talismán que perdí! —saltó como un escorpión.

—¿Perdiste tu Aliento del Diablo? ¡Qué fatalidad!

—¡Se me partió en dos y hube de abandonar una parte de él! Está claro que algún malnacido los ha puesto tras mi pista. Y si me descubren, mi familia presa tendrá los días contados. No puedo perder un solo instante. He de detenerlos antes de que hagan averiguaciones e interroguen a alguno de nuestros ulemas. Mi vida y la de los míos corren peligro. Si descubren que mi amo el obispo está tras esto, somos todos muertos. Me arriesgaré y viajaré de noche. ¡Qué contratiempo, malditos sean los *ifris* del infierno!

—No te comportes como un loco —le transmitió su preocupación por cabalgar sin compañía—. Espera. En una semana llega desde Arabia la caravana de Acaba y de Maan. Va escoltada por un ejército de nabateos y pasa por Shaij-Adi.

—¿Tan peligrosos se han vuelto esos selyúcidas? No puedo perder un instante. Me va la vida, Jatun —dijo resignado—. He de partir hoy mismo.

—De siempre esos ladrones han sido saqueadores capaces de las mayores mezquindades. Tienen aterrorizada a la región por el débil gobierno de Bizancio.

—¿Qué provecho pueden sacar de un aventurero pobre como yo esos bandidos? —se tranquilizó Zahir a sí mismo—. No se fijarán en mí.

—Sé que no te convenceré, pero pon en guardia tus sentidos. Que el Misericordioso te acompañe. Coge el camino de Apamea, es el más seguro. Yo avisaré con tiempo de tu llegada a nuestros hermanos de Shaij-Adi.

Zahir lo abrazó y dejó caer en la mesa unas monedas de plata.

Trastornado por las noticias, se dirigió primero a Hama y luego a Alepo, con el propósito de embarcarse en un *caique* fluvial de los que transitaban por el río Tigris, al que los labriegos llamaban al-Furaq. Se detendría luego a descansar en Rawat, y desde allí, a lomos de una mula, viajaría hasta la vieja Nínive, donde se hallaba la Torre del Diablo de Shaij-Adi. Había realizado aquel viaje muchas veces y no lo amedrentaba. Ignoraba la delantera que le llevaban el templario y el veneciano, pero él contaba con la ventaja de conocer el terreno como la palma de su mano, y eso le infundió ánimos. Antes del mediodía se apartó del camino, ahora transitado por viandantes y acemileros, y bajo la sombra de un árbol descansó y degustó una frugal escudilla de queso y almendras.

Cumplió con la oración a Dios mientras pasaba las cuentas de su *subha*, la cadena islámica de oraciones, y con el ocaso se echó al camino a lomos de su rezongona acémila. Dio un rodeo por las murallas de la vieja Homs y descansó en unos vestigios abandonados lleno de capiteles desmochados, casas enterradas bajo la arena y la maleza, donde merodeaban los alacranes. A la hora de nona bordeó las colinas de Duhur y un agricultor que regaba su huerta, al saberlo druso como él, le ofreció cena y cama, que agradeció con respeto.

Zahir se levantó del catre antes de que cantara el gallo y cabalgó durante las primeras horas, durmió en una arboleda, y reanudó la cabalgada al atardecer, que duró toda la noche. Al quinto día de itinerario remontó un promontorio pelado para inspeccionar los alrededores, y vio que la vía hasta el embarcadero fluvial de Tabaqat, donde embarcaría y recibiría ayuda e información de sus hermanos drusos, estaba poco transitada. Miraba a los viajeros, pero sin emitir un gesto ni una palabra que lo comprometiera. El atajo le pareció horrible, pues nubes de moscas de muladar y mosquitos de las aguas estancadas se lo comían vivo, y la mula sacudía constantemente el rabo. Pasaban las horas y a veces se dormía en la montura, hasta que un galope, unos pasos o el rastreo de unas sandalias lo despertaban. Conforme se acercaba al río apreciaba miradas de miedo en los aldeanos, que recelaban de su presencia, pues en el cinturón relucían sus puñales.

Se salió de la calzada, rezó las oraciones y comió un mendrugo de pan correoso. Decidió dormir unas horas cerca de un bosquecillo de mirtos y palmeras, cuando oyó un lamento lastimero. Al principio no le hizo caso, pero agudizó el oído. Asió una de sus dagas y se acercó con cautela; y cuál no sería su asombro cuando se dio de bruces con un hombre desnudo y medio muerto atado a un árbol. Lo observó con recelo por si era una trampa y comprobó que estaba moribundo. Resultó ser un perfumista de Mosul, a quien le habían robado los dos pollinos, el dinero, la mercancía, más de cien redomas de esencias y la ropa. Estaba en la agonía. Lo desató, le dio a beber agua, y habló con él en voz queda. Sus últimas palabras fueron de advertencia.

—Es un aviso del Cielo, hermano. No te fíes de nadie y reza a Dios por mí.

—Que el Misericordioso vele por tu alma —contestó Zahir, que le cerró los ojos y cubrió de piedras el cadáver, como le ordenaba su fe.

Siguió la vereda con un nudo en la garganta. Aceleró el trote y los ojos se le llenaron de contento. A lo lejos, sólo a unas horas de caminata, se adivinaban las verdes riberas del Tigris, sus frescos cañaverales y el alminar azulado de la mezquita de Rawat. Elevó los ojos al cielo y agradeció al Clemente su ayuda en aquel arduo viaje que al fin concluía sin contratiempos. El viento cambió a poniente y cayó una lluvia densa y negra. El camino se cubrió de agua y barro y no tuvo más remedio que refugiarse en una posada que olía a estiércol, vino agrio y orines rancios. Pasó unas horas de descanso y le compró al tabernero un cantarillo de hidromiel. Observó que algunos hombres ociosos lo miraban furtivamente, pero pensó que era una ofuscación de su mente cansada. No obstante echó mano a uno de sus cuchillos y se marchó de allí.

En la decadencia del crepúsculo cesó de llover. Azuzó con los talones al animal y contempló en el recodo a un anciano esquelético que lo saludó deseándole paz y ventura en su viaje. Llevaba una túnica remendada y un cayado de madera de ébano. Zahir se paró, pero no se alarmó, sino que lo miró directamente a los ojos comprobando la bondad de su arrugado rostro. El lanzador de cuchillos no se arrepentía de su temeridad, antes bien sentía un inmenso alivio, ya que él era un druso, a los que en Oriente llamaban «Los Esperanzados», porque desde hacía un siglo esperaban con impaciente confianza la triunfal llegada del califa Hakim, el último representante de Dios en la tierra, que había desaparecido mientras daba un paseo nocturno en su burro por las laderas del monte Muqatam de Egipto.

Según su doctrina drusa se presentaría disfrazado de mendigo, de pobre, de un desarrapado anciano o de un peregrino menesteroso. Había desaparecido enigmáticamente del palacio de El Cairo, y sus seguidores aguardaban su inminente retorno. Desde entonces los drusos, y Zahir con más razón por ser un iniciado, reverenciaban a los indigentes por si eran la reencarnación de su Mesías esperado. Y por si el Sultán Perfecto había adoptado aquel disfraz de viejo desposeído, lo trató con la mejor de sus solicitudes.

—*Salam alaykum*, hermano —lo saludó Zahir deteniéndose.

—*Salam* —contestó el anciano—. ¿Viajas solo?

—Soy un siervo de Dios y Él me ampara —dijo, pero la alarma lo inquietó.

A veces los ladrones de caminos se servían de ladinos subterfugios para levantar la caza y en vez de un testimonio de fe hacia su guía, aquel inocente abuelo podría acarrearle su desgracia. Un gesto de sobresalto pasó por su mente. Retuvo el aliento. Oyó unas respiraciones leves a su espalda y el corazón le dio un vuelco.

Pero ya era demasiado tarde.

Antes de que pudiera reaccionar tenía una soga alrededor del cuello y un alfanje en la cara. Unas manos ágiles le quitaban las dagas y lo golpeaban con saña en medio de una iracunda violencia, que dio con su cuerpo en tierra.

—¡Si coges uno de los cuchillos eres hombre muerto! —lo aleccionaron.

—¡Soy un druso y me dirijo en peregrinación a Shaij-Adi! Tened piedad de un creyente siervo de Allah. Dejadme marchar y os entregaré cuanto poseo.

—Eso ya lo tenemos, insensato —lo cortó carcajeándose el que parecía el jefe de una banda de salteadores de sólo cinco hombres, un hombretón con unos bigotes descomunales, grasoso y que cojeaba ostensiblemente.

Pensó que eran armenios por su acento y ladrones de poca monta. Iban a pie, aunque llevaban dos asnillos con un cargamento que olía a fragancias y bálsamos, por lo que Zahir pensó que eran los asesinos del perfumista de Mosul. Lo amordazaron y lo ataron al arzón de una de las caballerías, y lo conminaron:

—¡Adelante, majadero! A ver dónde podemos librarnos de ti y venderte a buen precio. Y reza para que sea pronto, pues si no lo vas a pasar mal.

—Cuanto antes te compren, antes comerás —gritó uno de los bandidos.

A Zahir ibn Yumblat se le derrumbó el mundo sobre su cabeza.

Su desgracia no podía ser más frustrante y pavorosa. A menos de media jornada de camino, cuando tenía al alcance de la mano el final de los riesgos y la seguridad y el apoyo de sus fraternos drusos, la fortuna lo había abandonado; más por cuanto había querido ser cumplidor con los dogmas que profesaba

«Maldita sea. ¿Qué va a ser de mí y de los míos? Aquí acabó todo. El obispo, ante mi desaparición, se deshará de ellos y todo habrá concluido. Qué fatalidad por todos los *ifris* del infierno. ¿De qué han servido mis penosos trabajos si he caído en una trampa como un conejo? Me han engañado como a una comadre de mercado. Y hablan de venderme como esclavo. Dios Misericordioso, no lo permitas, te lo ruego», bufó atormentado como una bestia herida.

Variaron el rumbo varias veces. Subieron y bajaron empinadas cuestas, viraron hacia el sur y luego hacia el oeste, para confundir al cautivo; tras dos jornadas por trochas escarpadas con pasos a menudo estrechos y peligrosos, alcanzaron un pueblo sin nombre, con una mezquita de adobe y madera raída. Sus habitantes tenían una traza ruin y el druso pensó que no podía acabar sus días en peor y más miserable lugar. Enjambres de tábanos lo martirizaban cebados en sus magulladuras, la sed le atenazaba la garganta y sus tripas pedían clemencia. Las calles del poblado estaban infectadas de toscos soldados y turcos de aspecto feroz; sus pies no podían dar un paso más. ¿Qué espantoso destino lo aguardaba? Su única certidumbre era que ya no podría rescatar a los suyos y se desesperaba.

«Allah dispensa su ira a quien menos lo merece», se lamentó.

Ignoraba dónde se hallaba y un temor tétrico acabó derrumbándolo.

Zahir estaba desfallecido por el hambre, pero se sentía demasiado aterrorizado para reflexionar y sentir la gazuza de su vientre. Lo encadenaron por el cuello a un pilar, como una bestia, en un cercado maloliente. Frente a él y unidos por la misma desgracia se hallaban tres chiquillas atemorizadas que se consolaban agarradas entre sí, y un joven que no cesaba de gimotear y al que se le notaban los latigazos en la espalda. Bebió de un cántaro que había en el cobertizo hasta saciar su sed y devoró con ansiedad unas migajas de pan, desmoronadas por el suelo.

El polvo había conseguido oscurecer la luz del sol y sintió frío.

El druso les preguntó dónde se hallaban, pero negaron con la cabeza. No lo entendían pero con gestos y palabras sueltas le hicieron intuir que habían sido vendidos por sus padres, acuciados por las hambrunas, y que provenían de las regiones lejanas del Kublay Kan. Apenas si durmió, ovillado como un gusano con la cabeza en las piernas, incapaz de aceptar su trágica suerte, mientras uno de los ladrones los custodiaba sin perderles ojo. Hacía tiempo que, para su desventura, las guerras escaseaban y por la tensa paz instaurada por Amalaric y Saladino, los esclavos eran un producto falto, y por ende muy lucrativo.

Al clarear el sol, sonó la voz del almuédano convocando a la *jutba*, la oración del viernes. La mañana germinaba brumosa y fría, y los musulmanes, tras la festiva solemnidad solían visitar los cementerios, comer al aire libre, descansar y visitar los bazares y zocos. Sus captores habían elegido aquel día para venderlos en el mercado, pues concurrían en la plaza de la mezquita agricultores, contrabandistas, mercaderes de productos prohibidos, tenderos y alfareros de los contornos que precisaban de mano de obra esclava.

Los sacaron a empellones de la empalizada, los baldearon con agua helada, les proporcionaron ropas limpias y los alimentaron con un cazo de leche y unas gachas de avena. Zahir gritó y pataleó, con el corazón enloquecido, pero una garra lo atrapó por el pelo y lo arrojó al suelo violentamente. Se serenó y observó a sus captores, hombres jactanciosos, chulescos, como si tuvieran el apoyo y la benevolencia de las autoridades de aquella región, y lo sacudió un escalofrío brutal de impotencia. Las miradas de las niñas eran trágicas, patéticas. Los ataron por la cintura y los condujeron a un estrado donde se celebraría la almoneda. Allí se amontonaban con otros cautivos de miradas huidizas, mientras Zahir rumiaba su desgracia y trataba en vano de deshacerse de su temor.

A su alrededor brotaban las risas de los compradores y la indiferencia de los transeúntes, pero ningún ademán de compasión. Le encadenaron las manos a la espalda, y el jefe, el hombretón de los mostachos, pregonó la excelencia de sus productos. Levantaba las túnicas de las niñas, para que advirtieran que eran aún vírgenes y se deleitaran con su piel olivácea de brillante suavidad. Luego abría la *zihara* del muchacho, al que habían castrado horriblemente, pues los eunucos eran muy cotizados en los mercados de esclavos. Los compradores miraban con gesto indiferente, pero pronto comenzaron a circular las bolsas de dinares. Antes del mediodía las niñas *intactas* habían sido vendidas a un proxeneta que regentaba prostíbulos en la zona, en medio de unos lamentos que ponían el vello de punta.

En un burdel de aquellos entornos no durarían con vida más de tres años.

Le llegó el turno a Zahir, por el que nadie había mostrado interés.

—¡Amigos, admirad las carnes prietas, dientes sanos y la fuerza de este joven *ukkal*, un indómito guerrero druso habituado a la batalla, y tan frugal como un sufí!

Puso sus ojos en él un hombre alto y grueso, de barba bífida y nariz roma, al que le bailaban cuatro dientes en sus sanguinolentas encías. Vestía un rico *burnus*, un albornoz listado al modo persa, y un turbante rojo. Lo ojeaba de forma desconfiada mientras masticaba unas raíces de almáciga, que luego escupía al suelo. Después de regatear, irse, volver y de nuevo porfiar, palpó los brazos y las piernas del druso, y viendo que eran fibrosos y fuertes, lo compró por poco más de doscientos dinares.

Sin miramientos lo ató al aparejo de su montura, y Zahir, caminando con los pies convertidos en una pura llaga, lo siguió hasta una almunia campestre, a no más de tres leguas del pueblo. Su nuevo amo era poco locuaz. Lo miraba de reojo, con desconfianza, como si tasara sus dotes de corredor. En la hacienda había plantados cientos de almácigos, arbustos con el tronco cubierto por una capa cérea, que rielaba un ligero brillo cobrizo y un intenso olor a resina.

Un viejo cojitranco y dos chiquillas que parecían también cojear, recogían las hojas de los lentiscos y con unas espátulas rascaban las cortezas extrayendo las costras de goma que arrojaban a grandes cestos y capachos de esparto, volcándolos luego en lonas de yute. ¿Sufrirá esta familia alguna enfermedad de las piernas? No obstante pensó que si aquél era el trabajo que le aguardaba, no le parecía excesivamente agotador, y el lugar, solitario y abrupto, era más que propicio para elaborar un plan de fuga. Su mente astuta ya trabaja en silencio y se le alegró la faz.

«No debo hallarme muy lejos de Alepo, el fabricante por excelencia del almácigo, que tan bien pagan los boticarios y herboristas. Gracias a Dios», pensó.

Al llegar a la casa, su comprador saludó a una mujer que estaba embarazada, y cuchicheó con ella, pareciéndole por el gesto, el acierto de la compra. Sin mostrar la menor compasión, su amo le ató las manos y los pies a unas argollas mirando hacia la pared, pareciéndole a Zahir una postura anómala para mantener a un esclavo. El anciano y las muchachas se acercaron cojeando y lo miraron con compasión, y ante la atónita mirada del druso, el amo afiló un cuchillo corvo, que expuso al reflejo del sol. Se situó tras el druso, le alzó la túnica y éste pensó que iba a marcarlo en el lomo como una res. Pero cuál no sería su asombro cuando, tras un certero corte, le seccionó de un tajo los tendones de la corva derecha. Zahir, que ignoraba sus intenciones, emitió un aullido animalesco, y perdió el sentido por el desmedido dolor que sintió. La mujer le colocó una costra verdosa en la herida y se la vendó con una tela de lino. El druso, pálido y atenazado por el horrible daño, no podía creer lo que aquella alimaña de nariz aplastada había perpetrado con su pierna.

—¡Maldito seas! —lo maldijo entre lamentos—. Has pisoteado mi sagrada *horma* y humillado mi genio y mi *nif*,* lo más venerable para un creyente del islam.

El hacendado no hizo caso de sus palabras y lo observó con furor y desprecio.

—Mi nombre es Husayn, tu nuevo amo y señor. No respirarás, ni mearás, ni comerás, si no es con mi consentimiento. ¿Entendido? Y si has pensado en escaparte, antes que se reza una oración a Allah, mis perros y yo te habremos encontrado, y entonces más te hubiera valido no haber nacido.

Zahir emitió un largo gemido que taladró el alma de los otros esclavos.

—¿Cómo te llamas? —preguntó el amo, y hasta su nariz le llegó el tufo a vino.

—Zahir ibn Yumblat, y vengo de Trípoli —gimoteó—. Ten piedad de mí. Dios puede castigarte con la ceguera eterna por hacer esclavo a un hermano en la fe.

Un puñetazo sordo en el cuello lo hizo desistir de afearle su conducta.

---

* *Horma*, el sagrado honor de los musulmanes. *Nif*, el amor propio de todo ser humano.

—Puedes pedir por mí un rescate y te lo darán, amo —insistió Zahir—. Mi pueblo me conoce como *Kilij-Arslan*, y te darán lo que les pidas.

Husayn lo creyó un loco desesperado y reveló entre risotadas:

—¿Rescate? Yo no lo preciso, escoria; quiero unos brazos fuertes, nada más. Desde hoy te llamarás «Perrodruso». ¡A ver, vosotros, desatadlo, lo vamos a guiar a su nuevo puesto de labor! Cuanto antes lo vea mejor. Así se le bajarán esos humos altaneros de matón de sabandijas.

Zahir, arrastrándose como una bestia, creía que estaba inmerso en una pesadilla y sus ojos exploraban angustiados el lugar hacia donde lo conducían. Al fin llegaron a una planicie y el druso se incorporó sobre la pierna fuerte. Frente a él contempló a otro cautivo cojo, comido por los piojos y las moscas, que se agarraban a sus llagas a borbotones. Atado a un yugo de caballería, empujaba una tranca de hierro que hacía girar una piedra de molino. La cónica losa de granito trituraba las costras de resina seca, convirtiéndolas en un pulido limo, fino, suave y oloroso. Tenía los tobillos ensangrentados, atados con una correa, y la piel correosa como un tahalí. Se movía como un animal de tiro, ajeno al mundo, a la fatiga y al dolor.

Zahir no acababa de creer el castigo que le aguardaba.

—Os turnaréis en el trabajo y empujarás la pértiga con cuidado para conseguir un blando mantillo. Un burro, con su fuerza, lo convertiría en polvo y perdería mi negocio. ¿Comprendes, Perrodruso? Ese desagradecido, aguanta poco —opinó Husayn, y acercándose le propinó un puntapié que le hizo ser arrastrado por la palanca. El infeliz le devolvió una mirada de odio y siguió con su rudo trabajo.

Zahir golpeó el suelo, desesperado, mientras sollozaba arrasado en lágrimas. Cuando trató de incorporarse, un terrible calambre y una punzada insoportable en la corva herida lo hicieron caer de nuevo. No sobreviviría más de un año a aquel terrible tormento. La muerte era fácil para él, lo difícil sería vivir. Significaba demasiado castigo para un hombre. Incluso para él, la Espada del León. Y no había esperanza de rescate. Tenía que asumirlo.

—Ponedle unos grilletes y conducidlo al chamizo de la acequia. A partir de ahora ése será su palacio de residencia, junto a las ranas. —Y soltó una risotada atroz.

—*Es-san-aleika*, «que la desgracia caiga sobre ti, miserable» —lo maldijo Zahir.

Al anochecer le llevaron un sopicaldo caliente con trozos de tocino y col que devoró como una alimaña hambrienta. Aquélla era la Noche de los Hados del octavo mes de Sahaban, el de «la división», vigilia en la que los musulmanes conmemoraban la conquista de La Meca por el Profeta, regalándose dádivas y golosinas. Zahir no había podido recibir más funesto presente.

Su alma estaba partida en dos.

Se arrastró hasta el agua, dorada con la luminosidad del crepúsculo, y se asió al borde de la acequia, que le pareció el mismísimo «el-Araf», el muro del infierno. Con una incontenible irrupción de llanto, maldijo al obispo Héracle, a su estrella y al desalmado ser humano, su nuevo amo, que iba a acabar con su vida y empeños.

Descubrió reflejado su rostro en la superficie del estanque, y se preguntó: «¿Es mi propia angustia la que contemplo, o es la condenación de mi familia la que se refleja en las retinas de mis ojos?». Consideró que jamás podría huir de aquel andurrial, mutilado, débil y desnudo y admitió su mala suerte desde que había extraviado parte de su Aliento del Diablo en la fía y húmeda Londres. Sin saber el nombre de su cárcel definitiva, muy pronto, los ángeles de la muerte, Neker y Monkir, recogerían su alma desdichada. Era como si el caparazón de su vigor se hubiera agrietado definitivamente, como un melón podrido.

La noche apenas era más deseable al día y sólo la ira lo mantenía alerta.

Pero antes de reventar como un buey, aceptó que acabaría volviéndose loco.

Urso, Warin, Togrul y Scala se adentraron en la tierra sagrada del Sinyar.

En las cercanías de Mosul, en la mítica Mesopotamia, contemplaron sobrecogidos las ruinas de la vieja Nínive, destruida por la cólera de Dios, y en la lejanía, las cúpulas y minaretes de Basora, sede de los sabeos, y también Nayaf, donde velaba su sueño eterno el califa Ali, el imam de los shiíes.

Los salvoconductos del veneciano salvaron la situación, sobre todo el firmado por el visir de Nur ad-Din, que les permitía viajar por las tierras de los temibles *zenguíes*, no sólo sin el menor contratiempo, sino protegidos por una escolta puesta a su disposición por el sultán de Damasco y comandada por seis jenízaros de aspecto intimidador y de otros tantos mercenarios renegados del ejército imperial, que los condujeron hasta las mismas puertas del templo. La firma en el documento, en el lado izquierdo, con el Anagrama del sultán: *Le galib ibn-Allah*. «Él es el vencedor», allanó las dificultades y encontró firmes aliados.

Un soplo terroso recorría las orillas del Tigris, y Urso de Marsac respiraba con dificultad. No se había repuesto aún de las torturas sufridas en el Krak y llamaba la atención la extremada palidez de su rostro, la lúgubre oquedad de la oreja ennegrecida y unas imperceptibles manchas en la espalda y el pecho, seguramente secuelas del suplicio del potro al que fue sometido. Su proverbial resistencia parecía resquebrajarse cada día que pasaba. Apenas si sentía uno de sus brazos, pero impasible en su montura, resistía las penalidades y cabalgadas sin rechistar.

Así lo requería su condición de caballero del Temple.

El camino se transformó para la comitiva en una oscuridad blanca, cuando surgió ante sus ojos la colosal imposta del santuario de Shaij-Adi, un *jaulat* druso, una isla de piedra caliza en la inmensidad de desértico páramo. Luchando contra la inquietud que los embargaba, desmontaron atónitos. Una luz dorada flameaba con la polvareda que el viento sacudía desde los cerros próximos. La comitiva parecía una banda de fugitivos, cubiertos de suciedad, polvo y barro. La Torre del Diablo, una de las siete que se alzaban en el viejo mundo desde el principio de los tiempos, emergía como un recinto intimidante y ciclópeo, semejante a los zigurat de la vieja religión de Persia.

Extraviado en la planicie de un páramo, parecía a primera vista que estaba abandonado, como si sus inquilinos hubieran huido apresuradamente al escuchar los cascos de las caballerías y adivinar la presencia de los jenízaros. Sus paramentos estaban defendidos por columnas gigantescas talladas con sierpes, toros alados y figuras demonológicas del tiempo de los babilonios. Por su rareza les pareció a los extranjeros que estaba suspendido entre dos mundos, el satánico y el irreal.

—La serpiente del paraíso dispuesta a engañar a los mortales —dijo Togrul.

—El mundo está lleno de dioses. Allá donde vas, existe uno que antes ignorabas —manifestó Scala.

En los alrededores reinaba la ausencia de sus indescifrables fuegos y luces blancas que los neófitos aseguraban aparecían de forma aparatosa cuando se iniciaba la lucha entre el Bien y el Mal. El silencio era absoluto y manaba de arriba, derramándose como una cascada desde la alta Torre del Diablo hasta los sillares que la sostenían. Aquel templo era desde luego de los que estremecían y la confusión sobrevolaba en medio de una atmósfera enigmática. Urso respiraba casi gimiendo, y mostraba precaución ante lo arcano.

La perspectiva de los visitantes se cifraba ahora en la gran puerta de hierro que daba paso al interior. Estaba entornada, pero sin ningún vigilante que la guardara. Los recién llegados no perdían de vista la imponente torre piramidal, culminada con una pértiga dorada con las cinco esferas de Allah; era tan puntiaguda que su vértice parecía atravesar el firmamento. En aquel lugar imperaba el rumor silbante del viento que dispersaba una melodía inquietante. Con pasos atropellados, los visitantes lo rodearon magnetizados por los signos de sus paredes y que Togrul definió como enseñanzas de Zoroastro, el primer profeta de la humanidad.

Sobre la cumbrera de la puerta se podía reconocer un aviso en árabe, persa y griego destinado a asaltantes y profanos indeseables, en el que se penaba su violación con amenazas celestes y muertes terribles. En letras rutilantes sobre un bronce antiguo, se pregonaba el lugar donde se hallaban: Dar es-Salaam, la Casa de la Paz.

Orlando Scala saludó en voz alta y en perfecto árabe, encaramado en la silla de la cabalgadura, pero no recibió ninguna contestación. Dejaron unos presentes en el escalón, e insistieron. El silencio los alarmó. No obstante, el templario y el veneciano decidieron entrar y rogaron a la guardia que los esperaran allí. No vacilaron en empujar el portón y adentrarse en el interior, un dédalo desértico de corredores y estancias de proporciones irracionales, que parecían no conducir a ningún sitio. A Urso le pareció que encontrar la salida sería imposible y le resultaba incomprensible que nadie hubiera salido a recibirlos. Pasadizos angostos iluminados con antorchas donde se observaban inscripciones de la doctrina drusa y escalinatas húmedas que se sumergían en una negrura abismal, componían su extraño diseño.

Quizá el arquitecto que había ideado el laberinto los conducía a los Pozos de Diablo. Luces amarillentas y fogonazos llameantes relampagueaban al final de los pasadizos. Al fin desembocaron en un espacio luminoso repleto de pequeñas hogueras que parecían encendidas por la misma naturaleza. Urso y el veneciano pudieron comprobar que las supuestas «lucernas diabólicas» eran en realidad las salidas naturales del que se conocía como «aceite de piedra mesopotámico», la nafta que empleaba la escuadra imperial de Bizancio en su secreto «fuego griego» para incendiar las embarcaciones enemigas, sin que nada tuviera que ver con presencias satánicas. Eso tranquilizó a los dos visitantes.

Orlando Scala conocía los arcádicos ritos de las tribus yazidíes del Sinyar, y sus creencias sobre la Sagrada Dualidad, el predominio del Príncipe de las Tinieblas, la antítesis de Dios, sobre el ángel Miguel, así como su veneración por el toro de oro y el pavo real, ave mítica en la que aseguraban se ocultaba Satán. Estaba al tanto de que empleaban el toro como animal sagrado, como amuletos contra el aojo, y también como llamadores de sus casas, templos y lugares sagrados.

—¿Habéis visto, Urso? El demonio está representado en todas partes. ¿Serán adoradores del Príncipe de las Tinieblas?

—No me extraña. El Maligno es el gran inventor de los predicadores de los credos para mantener asustadas a las gentes. Si no cómo explicarían las maldades del mundo creado por un espíritu en esencia Bueno y Puro. Satanás justifica la presencia de Cristo, el vencedor del Mal. Todo es un artificio maquinado por sacerdotes, ulemas y santones. Sólo he visto el mal en el corazón del hombre.

—¿Sois un monje o un hereje, *monseigneur* de Marsac? —se extrañó Scala.

—No. Sólo un hombre al que se le están abriendo los ojos con la maldad, ese demonio que habita en la parte de reptil de cada ser humano. Hasta hace muy poco era un alma insobornablemente cándida, protegida por la seguridad de mi orden. Pero se me ha mostrado la irracionalidad de mis semejantes de una forma cruel y desde ahora seré más ecuánime cuando mire al cielo.

—Entonces, ¿vuestra existencia de oración y de guerra santa se ha esfumado del alma?

—No sé. Un escepticismo larvado en mi cerebro crece en mí, micer Scala. Hoy soy más incrédulo.

Volvieron sobre sus pasos buscando alguna presencia, y como guiados por una mano recóndita se encontraron en lo que podía llamarse el tabernáculo de la Torre del Diablo. Un velo teñido de negro impedía el paso al santo de los santos. Los visitantes se purificaron en una fuente cuya agua provenía de un caño cavado en la roca. Lo descorrieron y contemplaron a los ulemas rezando de rodillas e inclinando sus torsos hacia delante. Se despojaron de sus botas y avanzaron hacia el espacio santo, cuyo ambiente parecía ocultar un enigmático secreto.

Aunque la religión musulmana no permitía representar figuras, en varias hornacinas se podían contemplar toros alados, pavos reales y palomas, tal como le había asegurado Jalwa la noche de su despedida. Una imagen del toro sobre un altar, sentado en el trono como una deidad antigua, presidía el lugar de oración, bajo el cual humeaban decenas de pequeñas piedras, muy parecidas al talismán druso que portaban. ¿Cómo era posible semejante blasfemia? Del techo colgaban lámparas de aceite que exhalaban hilos blancos de humo y sonaban como un dulce tintineo, como el de las campanillas sacudidas por el viento. Un resplandor impoluto se materializaba a través de las lucernas de la torre, alcanzando todos los rincones del lugar de oración.

—*Salam Alaykum* —se expresó el cónsul de la Serenísima.

El eco de sus palabras reverberó distorsionado en los muros de la Torre del Diablo y un tropel de rostros se revolvió hacia ellos. Los visitantes mantuvieron la calma cuando una veintena de pares de ojos se clavaron en ellos. Un grupo de drusos, los iniciados, rezaban con un libro en las manos. Sus rostros anónimos los miraban desconcertados. El guía del culto dual, un anciano ataviado de blanco, de larguísimas barbas entrecanas y cráneo rapado, los interpeló:

—¿Quién se atreve a quebrar la paz de este templo?

—Somos hombres de paz. Mi nombre es Orlando Scala, cónsul de la República de Venecia, y mi acompañante Urso de Marsac, caballero franco —declaró en árabe, mientras le ponía delante de los ojos el salvoconducto del sultán.

—*Salaam*. Sed bienvenidos —rectificó, e hizo una señal a un sirviente que les trajo vino y un plato de sal, que se llevaron a los labios en señal de bienvenida.

Con sonrisa afectada, el veneciano le preguntó por las representaciones zoomorfas que se exhibían en las hornacinas, pura paganía y ajenas al islam.

El maestro ulema le devolvió una mirada reprobatoria, pero arguyó:

—No son sino el bien y el mal, el toro y la paloma, las dos realidades que reinan en el mundo en una lucha que durará hasta el fin de los tiempos. Es lo que los drusos llamamos la Sacra Dualidad. Ésa es la inescrutable situación de la historia del hombre desde que abandonó el edén perdido, *sahib*. Dios frente a frente con Satán. Adán desafiando a la serpiente Lilith, la pérfida, la que lo engañó.

El anciano le recordó la historia del patriarca Jacob y el nombre de Betel, donde Dios le mostró el pasaje de la ciudad de la luz, el lugar que unía la tierra con el cielo y donde luchó contra el ángel.

—Es el combate eterno entre las fuerzas del mal y las de la luz que dirime nuestro señor espiritual al-Bar desde la creación del mundo, *sahib* —le expuso—. Pero en los días del Juicio Final los ángeles reducirán a los demonios y entonces habrá llegado la armonía universal. Éste es uno de los siete templos donde existe esa comunicación con las fuerzas ultraterrenas, y no me preguntéis la razón, porque la ignoramos. Pero sí puedo aseguraros que en establecidas ocasiones se manifiesta el poder de estos ángeles caídos que dirimen cruentos combates con los ángeles en estas Torres o bocas de los abismos. Batallan en una escalera de luz vivísima que desciende a los infiernos y asciende a los cielos, a través de uno de los pozos de aceite de piedra que este santuario oculta a los ojos de los mortales por designio de Dios. Y yo lo he contemplado aterrado en más de una ocasión.

—Resulta asombroso, maestro —dijo Urso.

—De mis labios, dedicados a la búsqueda de Dios, jamás saldría una mentira —continuó con reserva—. Sé que no habéis venido desde Jerusalén para hablar de teología, hermano. Adversas noticias os han precedido.

Urso esbozó una sonrisa en medio de su perplejidad.

—¿Sabíais que os visitaríamos? Nos dejáis desconcertados —dijo Urso.

—Así es, *sahib*. ¿Qué deseáis de esta pobre comunidad de místicos?

—Únicamente esperábamos saber si este talismán roto es druso y si conocéis a su poseedor, nada más. No nos trae hasta este lugar santo nada más, creedme —aseguró Marsac, que le mostró el talismán abandonado por Zahir en Londres.

El anciano le sostuvo la mirada, y luego avanzó amenazador.

—¿Venís a cobrar el impuesto de las gentes del Libro? ¿Qué le ha ocurrido a nuestro hermano? Somos una fraternidad pobre, pero aunque tardemos un año, lograremos recaudar en nuestras comunidades lo que nos pidáis. Ese hombre no merece sufrir más de lo que la Providencia le ha enviado ya.

Urso y Scala se miraron, ignorantes de lo que manifestaba.

—¿Qué decís, hombre de Dios? —respondió Scala—. Ignoramos de qué y de quién habláis. Os lo juramos por nuestro libro sagrado. Ningún mandato superior nos ha traído para indagar sobre este amuleto. Sólo buscar a un hombre, hacer negocios y unas preguntas que nos inquietan y que estaríamos dispuestos a pagar generosamente. Nada más.

Como si la contestación le hubiera parecido impertinente, insistió.

—Entonces, ¿no os envían sus captores?

—¿Captores? Ignorábamos que hubiera sido hecho prisionero.

—¿Ni tampoco ese obispo altanero y lascivo?

Aquella descripción no ayudaba, pues respondía a muchos eclesiásticos que conocían. Pero la alusión a un alto clérigo cristiano los desconcertó aún más.

—¿A quién os referís, maestro? —se extraño el cónsul, mostrando su contrariedad—. ¡No nos envía ningún tratante de esclavos, ni ningún prelado, ni ningún rey! Creo que estáis jugando con nosotros. No es propio de un hombre dedicado a la oración y al saber oculto burlarse de personas de bien. Nos hemos acercado a este recinto portando regalos, y en la puerta os hemos dejado unas vasijas con aceite, áloe, incienso y sándalo para vuestras ceremonias. No hemos recorrido cien leguas por esos desiertos para servíros de escarnio.

El ulema volvió, perplejo, la cabeza y sus discípulos lo secundaron.

—Entonces, ¿no conocéis al dueño de este *horse* o amuleto druso?

El veneciano abrió con desmesura sus ojos saltones y se envalentonó.

—En modo alguno, amigo mío. Eso es lo que pretendíamos saber —soltó Scala—. Una *alama* y *buhali* de Alepo, mujer piadosa y conocedora de vuestros ritos y que intima con las fuerzas sobrenaturales, nos ha asegurado que pertenece a un miembro de esta comunidad. Ésa es la razón de haberos importunado.

El santón no podía negar la evidencia, y aquella referencia a la mujer sabia del islam pareció desatarle la lengua. Ninguna *alama* revelaría a unos extraños perversos secretos de su fe y de los suyos. De modo que no pudo evitar una mueca de estupefacción. Observó detenidamente a sus huéspedes, comprobando que no parecían ni filibusteros ni salteadores de caminos y también sus modestas exigencias. Pero pasaban por tiempos de aflicción y debía mostrarse discreto.

—¡Nos confundís! —exclamó mesándose las barbas—. Sin embargo, convencidos por vuestros bienintencionados propósitos, os diré que sí. Es nuestro hermano.

—¿Y esas piedras del ara son también amuletos de vuestra fe? —preguntó Urso.

—Ciertamente, y ese humo que exhalan es lo que llamamos el Aliento del Diablo, pues las hemos extraído de los pozos que se comunican con los infiernos.

—¿Adoráis a Satanás? —se interesó el veneciano.

—¡De ninguna manera, extranjero! Pero cada amuleto que cuelga de nuestro cuello nos recuerda la lucha que hemos de mantener constantemente contra el mal.

—Pues a quien buscamos se le extravió la mitad de su recuerdo.

—Esa figura fragmentada que me mostráis pertenece a uno de nuestros hermanos iniciados, concretamente a un *okkal*. Quizá el más aguerrido de nosotros. Lo llamamos en nuestro dialecto Kilij Arslan, la Espada del León, y ha sido probado por Dios con infortunios que acabarían con las esperanzas de un coloso. ¡El Muy Sabio lo preserve!

—¿Y podríamos conocer su identidad, o dónde se halla? —enfatizó Scala, con todo su poder de persuasión—. Sólo queremos información y hacer un trato de vital importancia con él, nunca ocasionarle ningún daño. Os lo aseguramos.

—Debo callar y callaré —insistió el vejete.

—Pero comprendednos, no deseamos su mal, sino departir con él.

—Nos previno de vuestra llegada, y eso nos ha alertado. Ignoramos vuestras verdaderas intenciones. Él pensaba visitarnos, pero desgraciadamente le perdimos la pista tras partir de Alepo. Nuestros hermanos lo aguardaban en Rawat, mas no llegó a su destino. Y para nuestra desgracia nos han avisado nuestros contactos que posiblemente, como viajaba sin más compañía que su asno, haya sido capturado por traficantes de carne humana de Cilicia, de los que surten los mercados de Idib, Aftanaz y Ad-duhur. Hacía semanas que merodeaban por esos pagos.

—¿Creéis entonces que haya podido ser apresado por ellos? —se interesó Scala.

—Eso nos tememos —contestó el anciano—. En el pasado mes se han celebrado almonedas de esclavos en esas poblaciones para trabajar en las plantaciones de almácigo. Ahora mismo está en paradero desconocido, no sabemos si cautivo, enfermo o muerto, pues ningún hermano lo ha visto por estos caminos. Pero si sigue con vida, su alma debe de penar angustiada, aunque posee el aval de la *baraka*.* Por eso os hemos tomado por traficantes o cobradores de rescates.

—Lo deploramos tanto como vosotros, ulemas —afirmó el Halcón—. Vemos que nuestro viaje no ha servido para nada; aunque al menos poseemos la seguridad de que íbamos en la dirección debida.

El viejo los miró con fijeza, tratando de valorar los efectos de su negativa.

—No saldrá una palabra más de mi boca, pues no entendemos vuestras últimas pretensiones —porfió, desabrido—. Gracias por vuestros generosos presentes. Y ahora idos en la paz de Dios, éste es un lugar terrible. Y olvidaos de ese talismán. Destruidlo, pues os puede acarrear infortunios sin nombre.

---

* Don divino de la suerte para los musulmanes.

Improvisaron un saludo de despedida, mientras unos criados regresaban de la puerta con los obsequios, que al ulema le parecieron opulentos, por su risita satisfecha. Scala pensaba que el anciano, quizá sin pretenderlo, había hablado lo suficiente como para seguir el ovillo de la madeja, y no quiso insistir en las indagaciones. Simularía que abandonaban las pesquisas sin más, pero Urso abandonó el templo con paso tambaleante, mientras digería una información del santón que al parecer había pasado inadvertida a Scala. La idea alborotó su cerebro y cobró vida propia. De improviso se reanimó, pues caminaba cabizbajo, alzó sus ojos azules y se detuvo. Volvió sobre sus pasos e interpeló al anciano:

—Maestro ulema. Antes habéis mencionado a un prelado cristiano. Por la bondad de Dios, ¿nos podíais revelar su identidad? Tal vez ese clérigo nos pueda sacar de dudas y sea con él con quien tenemos que negociar, y no con vuestro hermano extraviado. Es de vital importancia para muchos hombres piadosos.

Al anciano la pregunta le produjo una vaga inquietud. Caviló que, si hablaba, Zahir y ellos mismos se librarían de aquellos inquisitivos moscardones para siempre.

—Mi pueblo —dijo grave— conoce a ese ambicioso discípulo del Diablo, que no de Dios, con el sobrenombre de el-Yazar, «el carnicero», pues hace años persiguió a los de nuestra sangre con terrible saña. Su nombre es Héracle de Cesarea, y quiera el Muy Justo que pague su iniquidad en esta vida o en la otra.

Tanto Scala como Marsac sintieron como si un torrente de agua helada cayera sobre sus molleras. Intercambiaron miradas de asombro, mientras la revelación se asentaba en sus mentes y la asimilaban poco a poco, reponiéndose de la sorpresa. ¿Acaso había perdido el juicio aquel vejestorio? ¿Estaba señalando con el dedo acusador a quizá la autoridad máxima de Roma en el Reino de Jerusalén? ¿Qué oscuro destino o fuerza terrenal se había empeñado en que el robo del tesoro del Temple pareciera cada día más una conspiración colosal? ¿Qué conexión podían tener entre sí el obispo de Cesarea y el druso poseedor del talismán? ¿Y no era extraño que supiera que lo buscaban en aquel lugar? La pista resultaba a todas luces inconcebible y descabellada, pero sin duda espectacular.

Los forasteros, a modo de despedida, respondieron con una inclinación de cabeza. Las piezas, al fin, comenzaban a encajar en aquel dislocado jeroglífico.

Lentamente el bochornoso crepúsculo, homenaje cómplice del desierto, los envolvió en su rojo abrazo.

7

Zaraoth

Urso y Scala se vieron obligados a improvisar un nuevo rumbo.

El templario, irritado por el cambio de planes, pareció experimentar una metamorfosis en su cuerpo. El verano en el desierto de Siria era especialmente duro; se le notaba extenuado y sin fuerzas, y una constante sed lo torturaba. Togrul, Warin y el veneciano lo achacaban a la concatenación de infortunios vividos y al cansancio, pero Marsac estaba cada día más pálido, inapetente y continuamente sediento. Las ulceraciones aparecidas tras abandonar el Krak, habían tomado un tono terso, y progresivamente se le habían pasado al cuello, que él ocultaba con el turbante. Carraspeaba sin cesar y se quejaba de un dolor punzante en la espalda, que el cónsul atribuyó a las penosas cabalgadas.

—En Trípoli os tratará el mejor médico de Palestina y mejoraréis. Sufristeis un tormento que otro hombre no hubiera soportado —lo confortó el veneciano.

—¿Y cuál es ahora nuestro plan, micer Scala? La información recibida lo cambia todo.

—Vamos a la caza de un hombre y la falta de opciones es también una opción a la desesperada —le manifestó el cónsul—. Nos queda un vago rastro de ese hombre, que al menos sabemos es conocido como la Espada del León. Debemos desandar el camino y buscar en esos tres lugares que ha mencionado ese desconfiado santón. Si el druso salió de Alepo y no llegó a Rawat para embarcarse, debe hallarse retenido en esa zona, o aguarda escondido por iniciativa propia. Y si no, ¿por qué su precipitada salida de Jerusalén para esperarnos a Shaij-Adi, y evaporarse luego en el aire? Está detenido contra su voluntad, o muerto, está claro.

—Es razonable lo que decís. Vamos entonces en la dirección exacta.

—Conozco también al más reputado tratante en Alepo de almácigo, Benyamin Sholomo, un judío de Tarso. Salvé a su hijo de ser condenado a galeras y me estima y respeta. Vende esa sustancia para las farmacopeas de los hospitales y para los harenes, pues es un apreciado producto de tocador y una medicinal golosina. Él nos pondrá en la pista. Esos tratantes de esclavos campan a sus anchas y se pavonean por el territorio como si tuvieran protectores en el poder. Él los debe de conocer.

—Es como perseguir un esquife en el mar, *monseigneur* Orlando.

—Lo sé, pero ¿queréis descubrir lo que habéis venido a buscar?

—Un templario muere antes que abandonar una misión —le susurró Urso.

—Eso es lo que quería oíros decir. ¡Animaos! Y aunque sea desconcertante, no olvidéis que nos queda aún un indicio al que acudir, el del obispo Héracle.

—Yo diría que esa revelación resulta inesperada. Produce vértigo pensarlo. ¿No os parece? —confesó el templario, incrédulo—. ¿Quién podía ni imaginarlo?

Les aguardaban unos días inclementes de marcha a través de las montañas, en las que se tenía la sensación de no adelantar. Pero estaban decididos a seguir, aunque sus monturas reventaran bajo sus sillas. Los días rutilaban soleados, propios del tórrido verano que prosperaba en la región, aunque algunas nubes de poniente comenzaban a ensuciar el lustroso azul del firmamento. Urso capeaba el temporal de dificultades, a pesar de que sus fuerzas estaban cada día más mermadas. «¿Me llevará Dios hacia otro fiasco?», se preguntaba. Un sudor gélido enjoyaba su cara y sentía escalofríos, pero callaba y cabalgaba sin lamentarse.

El itinerario se hacía cada vez más escarpado, como trazado por una Providencia caprichosa, y la impaciencia por hallar al druso acrecentaba su ansiedad. Pero si algo lo animaba a continuar con su búsqueda, más que su amor a la *Beausant*, era la suerte que podía haber corrido Jalwa. ¿Con quién tendrían que lidiar en aquellos desiertos antes de embarcarse en su búsqueda personal?

Conforme se acercaban a los lugares señalados por el ulema de Shaij-Adi, dejaron atrás áridas llanuras exentas de arboledas. Las cabalgaduras estaban agotadas y los viajeros y escoltas jadeaban sofocados. Comenzaron sus pesquisas en campos, tabernas y posadas, mostrando el salvoconducto del sultán y soltando dinares en lugares discretos y en manos adecuadas. Pero ni la persuasiva presencia de los soldados resultó decisiva a la hora de dar con el druso, a quien parecía habérselo tragado la tierra. Recibieron vagas referencias, pero embargadas por el miedo.

Algunos labriegos de Idib y ad-Duhur, aseguraban haber visto a un hombre que no conversaba con nadie por aquellos parajes viajando en una acémila, pero sin precisar si había sido vendido en el mercado de esclavos, como si tuvieran recelo de los bandidos. Orlando Scala, cansado de la búsqueda, se decidió a enviar a su amigo Sholomo un mensaje con uno de los jenízaros, mientras descansaban en Aftanaz.

Regresaron a los pocos días con una información concreta. Y encontrarlo resultó sorprendentemente fácil. En el mensaje, Sholomo señalaba a varios cultivadores de almácigo que se habían hecho recientemente con mano de obra siria, pero aludía a uno en concreto, de nombre Ahmad Husayn, que hacía poco tiempo había comprado un esclavo en el mercado de Aftanaz, y al que según el mayordomo que hacía las compras, se jactaba llamándolo «Perrodruso». Su hacienda se hallaba a media milla, en el camino del norte de Idib. De no ser ése el hombre que buscaba se comprometía a remover cielo y tierra para dar con él, pues mantenía con Scala una deuda de honor. Partieron al poco de la salida del sol. El cielo era tan zarco, que colmaba de luz los campos y el abrupto camino. Casas bajas de arcilla y barro, a ambos lados de los linderos de la calzada, se acurrucaban en medio de huertas frondosas, campos de azafrán y ubérrimas plantaciones. Un labriego les indicó la almunia de Husayn, que sobresalía sobre las demás por estar decorada con tejas vidriadas de Qaxan. Rodeada de palmeras y cipreses, se escuchaba el zumbar de las abejas y los rumorosos murmullos de las acequias y las norias. El aire era purísimo y Urso parecía recuperado y de mejor humor.

El cultivador del almácigo los recibió con déspota sequedad. Exhibía una mueca de fastidio, pero la presencia de los jenízaros mermó su desagrado. Los miró con desconfianza y aguardó, mientras las jaurías de alanos ladraban en las jaulas, extremo que extrañó a Scala, pues los musulmanes detestan a los perros, ya que espantan a los ángeles y a los espíritus de los muertos.

—*Salam*. ¿Hablo con Ahmad Husayn? —preguntó Orlando en árabe.

—Si lo fuera, ¿quién desea hablar con él? —contestó con evasivas.

—Hombres de negocios y de paz. Nos envía Benyamin Sholomo, y si sabes leer, verás, amigo, que viajamos bajo la protección del sultán —contestó y le mostró el salvoconducto con el sello del temido Nur ad-Din.

El terrateniente quiso responder con tono de amabilidad, pero no le salía.

—¿Y de qué negocios queréis tratar conmigo?

—Comprarte un esclavo a buen precio. Queremos que nos lo revendas y te garantizamos que harás un negocio redondo —aseguró el cónsul.

—Yo compro esclavos, no los vendo —replicó, huraño.

—¿Y si te pagáramos el doble de lo que tú has desembolsado? Esto te ayudaría a vencer tu desacuerdo, y el príncipe y Sholomo te estarían muy agradecidos. Ese druso que compraste en Aftanaz te acarreará problemas y el sultán lo ampara —mintió.

Se produjo un largo mutismo. Las miradas se encontraban y se combatían en una pelea silenciosa. «¿Era una jactancia, o el extranjero decía la verdad? ¿Y si no, por qué era escoltado por guardias palatinos y portaba un papiro con el sello del señor de los creyentes?», se preguntaba consternado el hacendado.

No debía tentar al Cielo y parecía que no se trataba de una comedia. Se excusó con gesto contrariado para sacar más tajada y se decidió a probarlos.

—Ese druso, si es el que decís, *sahib*, no vale menos de quinientos dinares y es un trabajador excepcional. ¿Sabéis su nombre? Tal vez se trate de un malentendido y busquéis a otra persona. Ocurre a veces.

—Se le conoce como la Espada del León —corroboró Urso.

En un asalto de amabilidad les rogó que lo siguieran, y Urso esgrimió una sonrisa. ¿Sería aquél el hombre a quien buscaban? Azorados por el encuentro y abrumados por la situación, trataron de aminorar la sorpresa. El encuentro podía poner fin al enigma de la desaparición del tesoro del Temple. Al llegar al molino se detuvieron en seco, como si una zarpa los agarrara.

Estuvieron unos instantes observándolo entre confusos y enternecidos.

La imagen que contemplaban no podía ser más cruenta e inhumana.

Un silencio impávido, cortante, que nadie se atrevía a desbaratar, se adueñó de la escena. Tras reponerse de la sorpresa, observaron lo ojos fieros del encadenado y cómo el sudor y una ligera capa blanquecina empapaban al esclavo por entero. La rutina del trabajo forzado lo había desnaturalizado. Poseía una expresión de animal embrutecido y el cuerpo lo tenía deslomado y raquítico. ¿Qué terrible pecado había cometido aquel hombre para merecer semejante tormento?

Entre resoplidos agónicos movía lentamente la piedra de molino y era evidente que se hallaba al límite del derrumbe físico. Urso sentía el corazón sobrepasado por la desdicha desmedida de aquel semejante, y el enigma del Temple londinense le parecía ahora un tema baladí. El esclavo se detuvo a una orden de su amo. Bebió agua del cántaro, caliente como la orina de un dromedario, mientras una mueca de fiereza se dibujó en su rostro, como si deseara seguir con su suplicio y acelerar cuanto antes la llegada de la muerte y el fin de su tormento. «Triste destino el de este hombre», pensó el templario.

—Ahí tienen a *Kilij-Arslan*, Zahir ibn Yumblat. ¿Es quien buscáis?

Urso no le respondió, sino que se adelantó y expuso ante su rostro el medio talismán del toro alado perdido en los subterráneos del Temple de Londres, que se balanceó ante la mirada atónita del esclavo. Su objeto más querido, que había perdido para su desgracia en las cloacas londinenses, tintineaba ante él. «Por la mula del Profeta, no puede ser», pensó al contemplarlo.

—¡Que sea él quien lo diga y si se decide a colaborar! —declaró el templario.

Zahir, en aquel preciso momento, decidió sobrevivir. Metió su mano en el ennegrecido cinto que recogía sus harapos y entresacó la otra mitad del emblema, que con su mano temblorosa encajó en la que le mostraba el cristiano.

—Soy aquel a quien buscáis. ¿Qué queréis de mí, cristianos?

—Devolverte la libertad y también tu talismán perdido —ratificó Marsac.

—¡El Aliento del Diablo al fin restaurado! La fortuna vuelve a sonreírme.

El corazón le latió a Zahir atropelladamente, desbocado. La elección resultó inevitable. Zahir tenía la cabeza rapada, ignoraban que fuera cojo y parecía un espectro en vida. Temblaba y hasta tartamudeaba, rumiando y valorando la nueva situación. ¿Sería peor entregarse a los cristianos que seguir atado al molino como una bestia hasta reventar? Una oportunidad de salvar a su familia se le abría como la flor al rocío. Retuvo el aliento, pero se comportó como un condenado sumiso. ¿No era aquél el *zorkan* de ojos azules que lo buscaba, y su acompañante, el veneciano que le había descrito el obispo? ¿Acaso no saltaba a la vista que era un templario, aunque su aspecto fuera deplorable? La arrogancia de los monjes blancos saltaba a la vista. Y ahora podía convertirse en su salvador. Pero ¿a cambio de qué? Debía ser precavido y jugar sus cartas a su conveniencia.

Urso le lanzó una bolsa con lo acordado y Husayn le cortó las correas.

Zahir, desarmado por la imprevista fortuna que lo salvaba del sufrimiento de ver zozobrar su mundo, los miró con agradecimiento. Se le notaba contento de contar con aliados que antes había considerado enemigos, y que desde aquel momento, si sus intenciones eran piadosas, los tomaría por hermanos. Pero ¿debía confiar en ellos? ¿Conocía sus propósitos verdaderos? El tesoro del Temple planeaba sobre su liberación, lo sabía. ¿Lo conocería también el pérfido Héracle? Arrastrando la pierna tumefacta les besó los pies, ante la animadversión del amo, que con un gesto torvo se introdujo la bolsa en el cinto, sin contar las monedas.

Como quien declara sus pecados a un confesor, Zahir musitó a Urso:

—Os debo la vida, y desde hoy Zahir ibn Yumblat será vuestro siervo.

Urso lo miró con aire digno, y por toda respuesta ordenó.

—Subidlo a una de las mulas y atadlo, partimos para Trípoli.

El sol se difuminó en la penumbra por el horizonte de Margat, como el dedo de un niño borra una línea en la arena. De repente, Urso sintió un frío que le taladró el alma.

Sus fuerzas, sin saber por qué, agonizaban como el día.

El caballero Lasterra aguardaba la orden del maestre para emprender la búsqueda del templario Marsac; cuando lo convocó sorpresivamente, fue para entregarle una carta de la abadesa Ivette. Brian se alarmó y don Rodrigo lo notó.

—¡Qué extraño! Es un correo de la abadesa de San Lázaro para ti, hermano. ¿Tienes algún conflicto con esa santa mujer en el que yo pueda ayudarte?

—No, maestre. Es un asunto del pasado que cerré en la clandestinidad de mi espíritu cuando juré los votos. Posiblemente sea una petición de limosnas.

—Ya sabes, hermano, que en mí tendrás siempre un hombro donde aliviarte.

Don Rodrigo le entregó sonriéndole un papiro lacrado. Era contrario a la regla recibir correspondencia de una dama, pero al ser ésta religiosa, no le concedió mayor relevancia. Sin esperar respuesta saludó marcialmente y dio media vuelta.

Brian, en la reserva de su celda, desplegó el papel con preocupación. La epístola, escrita en impecable latín sajón, decía:

> Hermano en Cristo, Brian de Lasterra, que Jesucristo y su Santa Madre os guarden y os concedan la suficiente firmeza para guardar los votos que prometisteis y para luchar por la Santa Cruz. Disculpad si como una intrusa me inmiscuyo en vuestra intimidad monacal, pero he de cumplir con la virtud de la caridad, participándoos la trágica noticia de la muerte de *dame* Melisenda de Trípoli, que hace diez días fue llamada a la presencia de Dios, entregando su alma al cielo. Descanse en paz.
>
> Os aseguro que mi pluma se resiste a comunicároslo pues su vida se ha apagado dolorosamente. Pero creedme que no hubo alma más purificada por la aflicción y la tristeza que la suya. Pasé largas horas de plática a su lado y sé que, cuando erais un caballero laico, la conquistasteis con vuestro sentido de la honradez y de la amistad y que la confortasteis con admirable cariño cuando lo precisó, incluso cuando os traicionó. Me aseguraba que nunca había intimado con un hombre tan sensible como vos, y cuando se enteró que habíais ingresado como monje de la Cruz en la orden de don Rodrigo, quizá por despecho por vuestro amor frustrado, arrojó ríos de llanto.
>
> Antes de morir me suplicó que no la juzguéis con dureza, pues la dominaba un espíritu malévolo que carcomía su mente, abrasaba sus carnes y trastornaba su ánimo, como un anticipo del purgatorio.
>
> En los últimos meses se abismó en confusas incoherencias que aumentaron sus trastornos de ánimo. La pesadumbre entorpecía la

trabazón de sus ideas, y su mente se agitaba caótica, como una clepsidra desquiciada. Aguardaba la muerte como una liberación y de un tiempo a esta parte ni las purificaciones de estómago para expulsar su mal, ni los vomitivos ordenados por el físico Barac para expulsar la bilis de la melancolía, sirvieron de nada; los espasmos y los cólicos desgarradores en su depauperado cuerpo la dejaron sin vida.

Os ofreció su muerte y no dejó de amaros mientras vivió, pues murió con vuestro nombre en la boca. Yo creo que quiso morir, para no serviros de tentación. Hasta ahí llegaba su amor por vos. Me aseguró de vos que ninguna ingratitud cierra vuestro corazón y que ninguna indiferencia lo cansa.

Sois un hombre admirable y os aseguro que *dame* Melisenda de Saint-Guilles os seguirá amando desde la eternidad. Pensad que en el alma de todo ser humano existen sentimientos que ignoramos y que sólo el dolor los saca a la luz. Cada sesgo de su pensamiento, cada aliento y cada uno de sus impulsos fueron para vos, su caballero ausente, su monje atado a votos sagrados, ya que ejercíais sobre ella una peculiar fascinación.

Aceptad que el amor no siempre conduce al matrimonio. Vos os acogisteis a la regla del Císter, y ella, al silencio de mi claustro.

Está enterrada en la cripta del convento, donde aguardará el día del Juicio Final. Sé que no existe compensación para vuestro dolor, aunque seáis un hombre de Dios, y que la amarga noticia os desconsolará, pero aliviad vuestro espíritu con la certeza de que goza del Séquito de los Santos. Me rogó que os dijera que sentía haberos decepcionado, y os anima a que alcancéis la santidad en vuestra orden, ahora que ya ha desaparecido la tentación de vuestro espíritu. ¿Lo fue realmente para vos?

Os devuelve vuestra *joie de vivre*.* Sed feliz, caballero, con vuestros santos empeños de combatir por la fe en el Reino de Dios y rezad por su salvación, pues os puedo asegurar que ella ayudó a adelantar su muerte. No quiso ningún sepelio ostentoso, ni que se escribieran necrológicas elogiosas de su vida, ni tan si-

---

* Alegría de vivir, vitalidad.

quiera un epitafio que perpetuara su memoria. Os bendice mi mano consagrada con el óleo santo, en el Nombre del Padre, del Hijo y del Espíritu Santo.

En Betania, reino de Jerusalén.

† Hna. Ivette de la Santa Faz,
Abadesa de San Lázaro

Brian, con el corazón alterado por la luctuosa noticia, miró al cielo.

«Aunque me hubieras abandonado y traicionado, siempre serás para mí la allegada de mi corazón, la que abriste tus secretos y delicias —masculló entre dientes—. Espero que al fin hayas encontrado la paz en la Mansión de los Bienaventurados y escapado de la jaula de tu tristeza. Yo aguardaba que nuestro amor fuera eterno, heroico, un huracán que derribara bastiones y que prevalecería sobre cualquier impedimento. Pero sólo fuimos dos marionetas en manos de los poderosos, lo que viene a convencerme de que la maldad de la especie humana no tiene fin. Que tu alma encuentre la luz. Siempre reinarás en mi alma, *dame* Melisenda, a pesar de que mi vida y mis anhelos estén empeñados en la defensa de la fe. ¿Será verdad que aceleraste tu muerte para no convertirte en mi constante tentación? ¡Cómo conocías mi alma y mis sentimientos, Melisenda! No pasó un día desde el desdichado episodio de Arsuf, cuando te vi acariciada por otro hombre, que no pensara en ti, y que Dios y mi Regla me perdonen por amar y ser amado.»

Luego se hundió en una recóndita meditación: «¿La habrían asesinado? ¿Era otra baladronada más de Raimundo que se quitaba de en medio a una hermana incómoda? ¿Por qué siempre aparecía el físico sirio Barac en las muertes de los miembros de la nobleza pulana? ¿Qué significaban las palabras de la abadesa que insinuaba que había participado en su propia muerte? ¿Se había suicidado al comprobar que no podía sostener un amor sólido en su vida? ¿Hasta tanto podía haber llegado su sacrificio para no comprometerlo en su voto de castidad? Era muy propio de su pasional personalidad, siempre contradictoria».

Los fantasmas de la duda se despeñaron por su mente, e insensible al sufrimiento, destrozó el papiro en mil pedazos. Luego rezó por su alma. No la olvidaría jamás. Un nuevo ciclo de su vida comenzaba para él.

El viento árido del desierto le secó las lágrimas.

Lasterra sabía que la misión encomendada constituía un juego peligroso.

Había acatado el mandato de don Rodrigo, pero no le agradaba fisgonear como un raposo por los desiertos de Siria acerca de un extraño templario y un veneciano desconocido y loco. Había aceptado la muerte de Melisenda como una liberación, y percibía que su corazón se sentía libre y redimido. A nadie le habló del asunto, pues pertenecía a la clandestinidad de los secretos del alma. Dios no había creado un universo sólo para los dos y ahora comprendía que la vida no es un cúmulo de accidentes arbitrarios, sino un tapiz de acontecimientos de precisa exactitud. En cuanto a Marsac, creía tener un plazo más que suficiente para encontrarlo, pero sospechaba que poseía pocas posibilidades de hallar el tesoro robado. La misión le ayudaría a disponer su espíritu en paz, y así lo asumió.

—Esta tarea puede envolvernos en una espiral de eventos indeseable, Alvar.

—Nunca me gustó ese altanero prior de los templarios —asintió el sargento—. Juega con dos barajas y conforme a sus intereses. Don Rodrigo debió negarse, pero busca su favor y su beneplácito.

Brian, Alvar y los dos escuderos partieron en busca de Urso de Marsac por la Puerta Dorada de Jerusalén. La noche anterior la había pasado en vela, rezando. Había renovado su juramento de fidelidad y juró ante el altar que lucharía como una fiera herida para cumplir el servicio que le habían encomendado los dos grandes maestres. De súbito el orto del sol se oscureció. Las nubes se volvieron dúctiles y grises. Se avecinaba una tormenta de verano. Tras horas de cabalgada galopaban por las trochas de Nazaret. Un relámpago y luego un trueno rabioso reventó en las escarpaduras del monte Tabor, que parecían contender todos los demonios del infierno. Un diluvio negro y violento les impedía seguir.

Alvar, inclinado a la superchería, lo consideró como un mal agüero.

Echado en un catre sobre la pared, Urso de Marsac apenas podía disimular que lo consumía un mal extraño. Con un velón pegado a sus sienes se dejó auscultar por un físico amigo de Scala, que había acudido a su casa de Trípoli. Eliseo Leví, un hebreo de Beirut, taciturno, obeso y de gestos reposados, era el único médico en el Principado que contaba con botica propia abastecida de sustancias curativas, y que seguía las enseñanzas del adelantado Avicena.

Leví pronosticaba las enfermedades con una técnica novedosa, la *uroscopia*, el examen de la orina. Aprendida en Basora y Bagdad, su fama había alcanzado tal notoriedad, que incluso se desplazaba a El Cairo para atender a las esposas y familiares del sultán. El examen de Urso fue exhaustivo, incluso doloroso, aunque le administró nuez de coca para que no sufriera. Tanteó su piel húmeda y macilenta, la boca violácea y las pústulas del cuello y brazos, y hubo de preguntarle por la suerte de su oreja, pues la creía perdida por la infección.

Tras un largo rato de reflexiones y estudios del cuerpo del templario, en el que empleó lancetas, escarpelos de plata y también la *acción ígnea* para comprobar la sensibilidad de la piel, observó con preocupación las costras putrefactas en los hombros y llamó a Orlando Scala. Los cristianos aguardaron su diagnóstico con recelo. Leví, con el semblante contrariado, movió la cabeza negativamente.

—Señorías —reveló como si fuera un oráculo, mirando por encima de las antiparras—, micer Urso padece una grave enfermedad de la piel. ¿Es lepra, es lo que se conoce como el mal de la rosa? Lo ignoro, y ahora mismo, cuando aún no ha brotado en toda su virulencia, no puede diagnosticarse. No es una tiña severa, pero lamentablemente yo aseguraría que es la antesala del peor mal que puede alcanzar a un mortal: la lepra.

La respuesta le llegó al cerebro de Marsac rápida y dolorosa, como una lanzada certera en el meollo de su espíritu. El enfermo vaciló entre el asombro y el desaliento. Y la decepción y la amargura lo embargaron hasta el punto que perdió momentáneamente el sentido. ¿No era considerada en la cristiandad como una maldición divina? Era una puñalada en el corazón mismo, que inmediatamente comenzó a destilar un flujo gris en su mirada.

—¡Qué decís, por la Sangre del Señor! —exclamó Urso casi desmayado.

—No deseo ennegrecer vuestro ánimo, señoría, pero si no sois atendido en un hospital para leprosos y se os administra antes de medio año el remedio adecuado, se os arraigará en todo el cuerpo y esas manchas se convertirán en hediondas supuraciones y la carne se os caerá hecha pedazos. Y os convertiréis en un impuro a los ojos de los hombres y de Dios —se expresó el físico, categórico.

Sus palabras cayeron como cae una lápida en su tumba, seca y atemorizante.

—El Cielo me lo manda para purgar mi pecado de la carne o por yerros de mi familia. Cristo, juez de sus fieles, me mortifica por mi desvarío con Jalwa la *alama*.

—Los humanos solemos atribuir al Creador intervenciones que ignoramos —dijo Leví untándole el lóbulo de la oreja, el pulgar de la mano y del pie derecho con óleo de palma, según la costumbre judía hacia los leprosos para purificarlos.

—Pues yo estoy firmemente persuadido de la mano divina en todo esto, *ma foi!* —declaró el caballero, desmoronado.

—Posiblemente os infectasteis en las mazmorras del Krak.

Urso evaluó las terribles consecuencias que podía acarrearle y se lamentó.

—¡Malditos monjes negros! Siento la justicia de Dios en esta enfermedad, micer Eliseo. Pero practicaré actos de contrición día y noche para curarme. Temo presentarme así ante mis superiores, contaminado y leproso, pues supondrán que me ha caído un castigo del cielo por una acción innoble. Mi honor tirado por los suelos, *par Dieu!* ¡Estoy abocado a la condenación eterna! Por qué me habéis enviado este mal terrible, Dios mío —gritó desesperado.

—Adonai no envía enfermedades, señor, las sana. El mal se halla en la naturaleza, en el aire, en los seres vivos, en el agua, en nuestros humores o en el barro que pisamos. Nadie puede maldecir con una dolencia, ni tan siquiera el Ángel Caído —lo cortó categórico—. Pero os transmito una esperanza: la enfermedad apenas si acaba de prender en vuestra piel y en vuestra sangre. Creo que podéis curaros si os apresuráis a ponerle remedio. Aunque no es fácil, eso es cierto.

Urso lo miró con confianza, como si hubiera arrojado un rayo de luz.

—¿Y cómo? —preguntó el templario, expectante.

—Os lo explicaré —reveló, enigmático—. De nada sirven las fumigaciones, sudoríferos, purgaciones con sanguijuelas y unciones mercuriales. Primero debéis rasuraros el pelo del cuerpo y de la cabeza, quemar vuestras ropas y someteros a una higiene diaria con agua de beleño, para que el *zaraoth* o «escama» no progrese por vuestra piel.

—¿Vos podéis hacerlo? Os pagaré lo que me pidáis —señaló Urso.

—No, debéis ingresar en un lazareto. Y no en cualquiera —se expresó misterioso—. Sólo existen cuatro en el mundo civilizado que yo conozca que puedan curaros. La Casa de la Sabiduría de Bagdad, la Universidad de El Cairo y otros dos hospitales de Occidente, el de San Lázaro de Bozate, en el Reino de Navarra, y el de Bad Teinach, en tierras del Sacro Imperio. Sus aguas sulfurosas suelen curar los abscesos de la piel. En las dos primeras no os admitirían pues no sois musulmán, y además sois un *frany* y templario por demás.

—Lo decís como si fuera un baldón, *par Dieu!* —lo cortó, irritado.

—Yo os aconsejo que os dirijáis a Navarra, y debéis trasladaros cuanto antes. Sus médicos siguen las enseñanzas de Yulyul de Córdoba, de Ali Abbas, Hipócrates y Avicena. Aplican la cirugía de Abulcasis sobre el enrojecimiento de la piel y están muy avanzados en las enseñanzas de Guilles de Corbeil sobre la curación de las enfermedades infecciosas de la dermis. Os someterán a una exhaustiva curación con un elixir o pomada, de nombre «Marhammar». Es el secreto mejor guardado de la medicina y parece ser que su principal ingrediente es el aceite de chaulmogra, raro producto que sólo se halla en Catay. Es costosísimo y raro y sólo ellos saben administrarlo de forma adecuada. Es vuestra única salida y debéis procurarla.

El Halcón del Temple se hundió aún más.

—¿Pretendéis que cruce el mar de parte a parte, ¡por la Santa Lanza!? Ése es un viaje largo y peligroso. Es más una penitencia que una curación y puedo morir en el empeño. ¡Estáis loco!

—Vos habéis cruzado el mar cien veces, Marsac. No os lamentéis —dijo Sacala.

—Os aconsejo, caballero, que os sometáis al cuidado de los hermanos del Lazareto de Bozate de Arizcum, si en algo respetáis vuestra vida. Estos monjes médicos curaban leprosos en Hispania años después de la desaparición del Imperio *rumi*.* Llegaron a Palestina con Godofredo de Bouillon, el primer cruzado, y se empaparon del saber médico musulmán y judío. Muchos murieron en la batalla y regresaron diezmados a sus cenobios de Navarra, cerca del Pirineo. Su hospital, que yo he visitado, se ha convertido en el centro donde mejor se trata este mal y muchos nobles y prebostes lo frecuentan. Ellos son vuestra única tabla de salvación. No lo demoréis.

—La fortuna os cierra la vida, pero os abre un postigo y os rescata. Sólo somos instrumentos ciegos en manos de la Providencia —dijo Scala—. Curaos antes.

---

* «Romano», en árabe.

Urso se sentía avergonzado con el mal contraído y estaba inquieto.

—Pero mis superior me han encomendado una misión a la que me debo y también he de procurar el rescate de un alma gemela que sufre, Jalwa la *alama*. No me es posible ahora, ¡por la *Beausant*! —se lamentó—. Cuántas desgracias juntas.

El físico comprobó la angustia del enfermo y sin alzar la vista le refirió:

—Pues el sino os ha impuesto un tercer cometido, señor de Marsac, ¡sanaros! Debéis comenzar a pensar en partir cuanto antes para Occidente.

Entre las brumas de su mente, espesadas por aquella terrible revelación, no percibía otra cosa que abatimiento. Una grieta se había abierto peligrosamente en su ánimo indomable. Estaba atemorizado, pero la desesperación, que suele parir ideas arriesgadas, iluminó de repente su mente. Se incorporó de la cama vacilante, como sonámbulo. Un fuego extraño salía de sus pupilas azules.

—No me llamo Urso de Marsac, caballero de la Cruz, si no cumplo con estos tres deberes, ¡por mi espada! No, no estoy dispuesto a convertirme en un *mezel* inmundo. Y a la misericordia de Dios me acojo para consumar los tres cuidados con los que me reta la vida. *Miserere mei Deo.** Los emprenderé uno tras otro, hasta que Dios me dé fuerzas. Y si he de morir en el empeño, a Él ofrezco mi vida.

—Ahora estáis a tiempo, después será demasiado tarde —apuntó Leví.

El médico y el veneciano meditaron sus patéticas palabras, pero no parecieron sorprenderles. Sabían que el templario poseía una voluntad de hierro.

Al anochecer, los criados del cónsul lo envolvieron en una túnica de lino, con un capacete de lienzo de yute, que le cubría el rostro mutilado, tras bañarlo y rasurarle el vello de sus miembros.

---

* «Dios, ten misericordia de mí.»

A Urso le pareció que lo habían cubierto con un sudario. Respiró los efluvios otoñales, atendió a los murmullos del mercado y constató su amarga y afligida situación. Volvió la cabeza y lloró amargamente.

No podía sentirse más desgraciado y desahuciado de la fortuna.

8

Confidencias en Trípoli

La mano del destino seguía tejiendo una red que conducía a unir el sino de tres hombres que dormían bajo el mismo techo del consulado veneciano en Trípoli, Zahir el druso, Scala el veneciano y Marsac el templario.

Pero ¿añadiría el albur un nombre más a la trama que el azar urdía?

En pleno sofoco del mediodía, el cónsul y el monje guerrero se decidieron a interrogar al druso y escuchar sus confidencias. Temían su mutismo como si rondaran a su primer amor. Zahir llevaba dos días en el cobertizo del corral atado de la mano a un poste, sin quejarse. Había sido aseado en el patio, cortado las greñas y comido cuanto le habían servido sin decir una palabra, aunque los criados habían guardado una prudencial distancia, pues olía mal y lo temían.

Sorprendidos por la falta de agradecimiento a su señor, lo consideraron poco hablador y también un ingrato. ¿Les respondería tras haberlo salvado de la muerte con la indiferencia? Hasta ahora había sido un perfecto desconocido para ellos, pero en aquel momento el éxito de la misión dependía del taciturno druso.

A primera vista, a Urso le pareció un hombre vulgar, pero su calurosa acogida parecía indicar que estaba dispuesto a hablar. A Zahir, por otra parte, el apelativo del Halcón del Temple, le pareció pretencioso, pues parecía un desecho humano y no un intrépido guerrero de la Cruz a los que conocía por su bravura. Para aliviar su pesar, el druso omitió los detalles de su odisea y se dispuso a hablar.

—A estas alturas te habrás hecho mil conjeturas de por qué te libertamos y sobre todo qué queremos de ti —le habló Marsac en perfecto árabe.

—Que Allah os refresque los ojos, pero así es —repuso Zahir, atento.

—Mi nombre es Urso de Marsac, caballero templario. El de mi acompañante, cuya hospitalidad disfrutamos, micer Orlando Scala, cónsul de Venecia en Oriente. Nos debes la vida y esperamos de ti cooperación.

La introducción parecía satisfacer al druso. Dispuso sus sentidos en atención, no sin admirar el cambio de atavíos y de aspecto del *zorkan*. Scala, en la misma jerga árabe en la que había hablado, se dirigió a Zahir, aunque con menos cordialidad.

—Para evitar errores y que no exista ninguna sobrentendido equívoco, te diré que sabemos quién eres. Te llamas Zahir ibn Yumblat y tu pueblo te conoce con el sobrenombre de la Espada del León. Deseamos que nos ayudes.

—Los nombres que nos dispone el pueblo siempre son demasiado amables.

—Creo que te consideran un *ukkal*, un guerrero entrenado para sufrir, para acometer acciones osadas y para dar tu sangre sin emitir una sola queja. ¿Es así?

—¿Quién os ha informado de esos detalles, señorías? Estoy perplejo.

—Una mujer *alama* del islam y tu maestro ulema de Shaij-Adi, donde tú te dirigías antes de ser apresado. Visitamos la Torre del Diablo, como tú bien sabías. Allí fuimos partícipes de sabrosas informaciones y de hechos asombrosos.

—La lengua de mi maestro habló más de lo que debía.

—Te aprecia y deseaba rescatarte. No seas ingrato, Zahir. Dimos contigo por otros medios —replicó el veneciano, que aguardaba auténticas confesiones.

—¿Y qué quieren de mí sus señorías?

Urso ya había fingido más de la cuenta. Estaba cansado y quería terminar.

—Ese talismán te pertenece; y no lo niegues pues nos lo confirmó tu maestro de la Dar es-Salaam. Huelga decir que este fragmento fue extraviado por un ladrón en una de las galerías del Temple de Londres, donde se perpetró hace tiempo el robo más espectacular, sonado e insoluble de cuantos se tienen noticia. Una verdadera obra de arte, créeme, tanto por parte de la mente perversa que lo ideó, como del que lo ejecutó. ¡Admirable! Buscadores de tesoros, mercaderes de arte y de reliquias, agentes de mi orden, del rey de Inglaterra, del Papa y del emperador de Bizancio andan tras él desde entonces y no han logrado sacar ni una sola pista, aun prometiendo cantidades fabulosas de oro. Me inclino ante ese ladrón.

Zahir se guardó mucho de mostrar cualquier gesto triunfal.

—Ignoro de qué me habláis, mis generosos anfitriones. No sé nada. Soy un pobre druso que trabaja por su tierra y guerrea cuando mis ulemas declaran la *yihad*, la guerra santa, a los *frany* invasores. Y excusad mi impertinencia —mintió.

Urso se obstinó y elevó su firme mentón en señal de disgusto.

—Lo ocultas deliberadamente, Zahir y no te conviene. Todos los dedos te señalan a ti. Pero quédate tranquilo, sólo lo sabemos micer Scala y yo —dijo Urso.

El druso vaciló más que nunca. Debía ser astuto si quería salir de allí.

—Tu maestro —insistió el cónsul— nos habló de tu relación de subordinación a su excelencia reverendísima Héracle de Cesarea. ¿Te une además alguna relación con tan alta autoridad eclesial de Jerusalén? Nos parece decididamente rara esa servidumbre. ¿Es tu cómplice? ¿Es tu amo? ¿Fue él quien urdió el robo de Londres? Conociendo su codicia y su aversión al Temple, no es de extrañar.

Tras la terminante y probada descripción que había hecho Scala de los hechos, pareció como si el cielo le estallara a Zahir en los oídos. Si se empeñaban y lo amenazaban con someterlo a tormento, tendría que confesar sus claves.

—No puedo hablar, señorías, entendedme. Si despliego mis labios, mi padre, mis dos hermanos y mi mujer serán degollados al instante por mi amo, que es precisamente ese obispo que habéis nombrado. *Monseigneur* Héracle es un basilisco en el que se reúnen todas las perversas cualidades de la naturaleza. Los mantiene encerrados en las mazmorras de la Torre de David, junto a mi voluntad, mi alma y mi lengua. Si hablo soy hombre muerto y ellos serán ejecutados.

Zahir hablaba otro lenguaje y el templario lo comprendió.

—Das muestra de una prudencia que te honra, pero si accedes a revelarnos dónde se halla el tesoro expoliado en las cámaras del Temple de Londres, tal vez con ese mismo chantaje y con la autoridad de quienes representamos, podamos liberarlos —admitió el italiano—. Con tu testimonio, Héracle está en nuestras manos.

Zahir admitió la explicación, pero no estaba satisfecho.

—Lo meditaré, señorías. Me hallo a vuestra merced y mi corazón no hace sino destilar gratitud hacia vuestras personas. Pero no puedo, significa la muerte para mi gente.

El templario lo corrigió con severidad, pero con humano trato. Y sin una sombra de duda en su rostro demacrado, lo conminó:

—No te lo tomes a la ligera, Zahir. Detesto la mentira. No te engañes hasta el punto de sacrificar tu libertad y la de los tuyos por un clérigo corrupto y lascivo. Elige la opción acertada, o sea la que te ofrecemos. De lo contrario todo puede ir a peor, pues destaparemos públicamente el asunto. ¿Es eso lo que deseas?

—¡No, por favor, *messire*! Significaría el exterminio inmediato de los míos. Os expondré la verdad —declaró con tono de amargura—. Firmé un documento de por vida como siervo de Héracle de Guévaudan, pero con engaño y coerción, os lo aseguro. ¿Cómo puedo restañar en unos instantes una herida que me lastima desde hace años? Ese hombre, que engaña a todos en la corte, ha empalado, ahorcado o decapitado a decenas de drusos. ¿Y no he de temerlo? Es el diablo reencarnado.

—Por la cruz templaria a la que sirvo, que nuestra boca permanecerá sellada, *ma foi!* —lo previno enternecido—. Si confiesas la verdad moveremos en secreto y con reserva cielo y tierra para que tu familia quede libre.

El veneciano, más en tono de amenaza que de blandura, le avisó:

—Te lo advierto, nosotros también podemos ser persuasivos y tenemos todo el tiempo del mundo hasta que decidas declarar. ¡Piénsalo! Si no vuelves pronto, tu amo el obispo creerá que existen problemas y entonces se deshará de ellos.

¿Le estaban prometiendo la inmunidad para él y la libertad para los suyos? Hasta aquel instante el secreto mejor guardado del mundo parecía tambalearse.

Urso se había ganado la confianza de Zahir y había despertado su interés, pero el druso se sentía inmovilizado por una fuerza secreta y no se decidía a hablar.

Sólo había que esperar a que descorriese el cerrojo de sus labios.

Los jinetes avanzaron por las calles de Trípoli, iluminados por el sol naciente. El que parecía el jefe desmontó, y tras sacudirse del rostro las ramas de un oloroso arrayán, enfiló decidido hacia el caserón de Scala, el rico negociante y canciller veneciano. ¿Habría atinado con el lugar indicado?

La aldaba resonó disonante en la fresca quietud del alba.

Tras el portón surgió una voz llena de vitalidad que preguntaba en la jerga *frany* por micer Orlando. El recién llegado, al que acompañaban unos escoltas a caballo, se ajustó el turbante y se limpió el polvo de la capa, de las espuelas y las botas. El criado lo saludó de manera gentil y le preguntó por su identidad.

—Me llamo Brian de Lasterra, caballero de la Orden de Monte Gaudio, y busco a *monseigneur* Scala. Es urgente, avísale. Me envía el gran maestre del Temple —declaró, y le puso una moneda en la mano, según la costumbre franca.

—Podéis entrar, señor —lo invitó hospitalariamente.

Cuando compareció el cónsul, Brian se quedó pasmado y

apenas si pudo articular palabra. No podía ni sospechar tan siquiera que quien buscaba fuera el misterioso mercader con el que se había tropezado insistentemente allá donde había estado, desde Marsella hasta Jerusalén. Sus mismos ojos saltones, el rostro rosáceo y surcado de venillas azules. «Por el gallo de la Pasión —dijo para sí—, ¿quién era realmente aquel hombre con el que se había encontrado por medio mundo? ¿Qué relación mantenía con el templario que buscaba? ¿Sabría algo sobre su paradero?»

El viajero parecía ofendido y lo miró con curiosidad, con un gesto de sorpresa, que no pasó inadvertido al diplomático, quien lo invitó a entrar en un lujoso gabinete. Brian le mostró agradecimiento por la hospitalidad y rechazó una copa de vino de Volpaia que le ofreció. Después de identificarse y mostrarle los salvoconductos con el sello dual de los templarios, por espacio de media hora le relató el propósito que lo había llevado a Trípoli.

Le mostró el anillo del Temple, el Abraxas regalado por Urso a Jalwa y rescatado por su orden, los pagarés firmados por D'Arrouisse y la carta de presentación de Saint-Amand. Scala se quedó sorprendido por la misión del caballero, pero no por la preocupación del Temple. Resultaba evidente que sus superiores estaban preocupados por la tardanza de Marsac por informar de sus fracasos o progresos. Al cabo de un rato constató sus verdaderas intenciones, por lo que le testimonió su incondicional apoyo, prometiéndole que le facilitaría una entrevista con el templario, también huésped de su casa. ¿La insensata búsqueda que había emprendido había concluido? ¿Qué hacía Marsac oculto en Trípoli? ¿Había hallado el tesoro expoliado? No podía creerlo. Su tarea había concluido más fácilmente de lo que esperaba

—Mi cometido ha resultado sorprendentemente sencillo —se extrañó Brian.

—No lo creáis. Os auguro dificultades. El caballero Marsac no aceptará de buen grado el regreso, pues tiene en su mente otros proyectos bien distintos.

—¿Otros proyectos que no sean la obediencia a su maestre? —se extrañó.

Luego le explicó la encrucijada de deberes que atribulaban a Urso de Marsac, testimoniándole con abatimiento el incipiente contagio del mal de la lepra y su estado de postración e inquietud. Brian se quedó sobrecogido.

—Dudo que quiera acompañaros a Jerusalén, micer Lasterra. Su enfermedad y sus promesas se lo impedirán, y no creo que pretendáis hacerlo a la fuerza.

—Soy un caballero, *signoria*. Pero me gustaría verlo y oírlo de su boca.

—Lo haréis y le podréis mostrar el anillo, Lasterra. Se llevará una gran impresión, os lo aseguro —le adelantó misterioso, esgrimiendo una grave sonrisa.

Salieron al jardín y Brian le agradeció sus generosas palabras. Tras conversar sobre asuntos banales de la corte franca y de la nueva orden hispana, el veneciano, curtido en los vericuetos de la diplomacia, pensó que podía beneficiarse del rango del caballero, pues había confesado ser amigo del rey de Jerusalén, del obispo Héracle e instructor de armas del príncipe leproso Balduino.

—Caballero Lasterra, acompañadme, os lo ruego. Deseo un favor de vos.

El veneciano lo condujo del brazo al cobertizo donde seguía atado Zahir.

Abrió los ventanales y señaló al druso que se tapaba el rostro ocultándose de la claridad. Zahir, asombrado, fijó su mirada en el visitante y abrió sus pupilas.

—¿Conocéis a este hombre de verlo en la corte de Jerusalén, señor?

Brian se sorprendió de las sorpresas que estaba recibiendo en aquella casa. Rumió recuerdos lastrados en su memoria y contestó balbuceante:

—Sí, creo que es uno de los criados del obispo de Cesarea. Lo he visto en palacio varias veces con fray Zacarías de Tesifonte —aseguró encogiéndose de hombros—. Es un lacayo a su servicio. Pero ¿por qué lo tenéis atado? ¿Ha cometido algún crimen? ¿Qué hace aquí, en vuestra casa? Sois una caja de sorpresas, *messire*.

—Aunque no lo parezca, lo hemos salvado de la muerte, caballero.

Brian, cada momento que pasaba en aquella mansión, estaba más inquieto con el marjal de misterios que se respiraba en cada recoveco. Comenzó a recelar del anfitrión, disponiendo sus sentidos en guardia. Tantas casualidades no podían converger en un mismo lugar y serle además favorables. De improviso, a Zahir le dio un vuelco el corazón. Había conocido al caballero recién llegado y no le quitaba ojo. ¿Qué hacía allí y por qué lo observaba? Qué rumbo más irónico y desconcertante tomaba su recién inaugurada libertad, pensó, extrañado, el druso. Retuvo el aliento y manifestó en tono adulador:

—¡Disculpad, *sahib*! ¿No sois acaso el Caballero de las Dos Espadas? Yo os he visto lidiar en Jerusalén. ¿Sabíais que hasta Saladino os venera y os teme?

Zahir se había mostrado extrañamente locuaz, maravillando al cónsul.

—Veo que sois muy célebre, *messire* de Lasterra, incluso entre los infieles sarracenos. ¡Sorprendente! —dijo Scala, que reflexionó para sí: «Este hombre ha llegado en un momento crucial y favorable. Estos juegos me cautivan, aunque sean peligrosos. No hago nada censurable si aprovecho la ocasión para alcanzar lo que persigo. El Cielo abre caminos providenciales, a propósito en este asunto».

Micer Orlando, acogedor, lo invitó a seguirlo:

—Acompañadme, caballero. Muy pronto se clarificarán vuestras dudas y tendréis la oportunidad de servir a vuestra orden y al Temple con una ayuda esencial. ¿Y no es ése el objetivo que os ha traído hasta aquí?

—Servir a mis superiores y devolver a Marsac es mi único cometido.

—Pues eso es lo que haréis, señor. ¡Os lo aseguro! —dijo en tono enigmático.

Al mediodía el anfitrión habló por separado con el recién llegado, con el druso y con el templario, mientras Leví lo curaba.

Había ideado un plan maestro en el que cada uno desempeñaría su papel puntual. Todos sacarían provecho y todos cumplirían con sus deseos. ¿Podría pensarse algo más logrado?

Desarmados por la persuasión elocuente del veneciano, consintieron en reunirse aquella misma noche y escucharse recíprocamente, alrededor de una mesa ricamente abastecida de manjares y elixires. Urso se mostró en principio reacio a sincerarse con un desconocido caballero llegado de Jerusalén y hablar de sus pretensiones, pero debía escucharlo.

—Es portador de un objeto que revolucionará vuestra alma, Urso —lo interesó.

No obstante, a la hora de nona, Scala se embozó en su capa y salió sigilosamente de la casa acompañado por dos criados armados. En su bolsa acarreaba el sello del Abraxas que traía como carta credencial Lasterra. Se lo había requerido para que un orfebre conocido testificara su auténtica procedencia. ¿Qué tramaba el veneciano y por qué lo movía un interés tan sospechosamente altruista?

Dobló la esquina y se esfumó camino del arrabal de los plateros.

Los tres hombres allí reunidos ansiaban, cada uno en su fuero interno, que la rueda del destino comenzara a moverse de nuevo, aunque su impulsor fuera un misterioso monje guerrero originario de Hispania. ¿Qué órdenes traía del maestre del Temple? Los dos, el druso y el templario, habían caminado por sendas desoladas y ansiaban el consuelo de la palabra. Aquel mediodía, un ejército de nubarrones negros desgranó el día azulado, salpicando el cielo de Trípoli con retales cenicientos.

El azar seguía administrando sus vidas con persistentes dilemas.

La cálida noche del estío caía sobre Trípoli con su velo de sombras.

Del jardín de la finca de Scala ascendían ecos con olor a frutos maduros, y en el agua de la alberca se reflejaban la cúpula estrellada y un lechoso cuarto de luna. La maravilla de un incendio rojo se extenuaba ante el negro de las tinieblas, y Brian, absorto, pensaba en Melisenda, mientras llegaban los comensales. Era la misma hora mágica en la que solían amarse, no muy lejos de allí. La cámara era un solaz de sosiego, apta para las confidencias y los compromisos. A lo lejos se escuchaba un laúd, rasgado quizá por un cantor de fábulas del mercado de las especias.

Cuatro seres humanos unidos por el azar, Brian, Zahir, Marsac y Scala, se acomodaron sobre cojines esparcidos alrededor de una mesa ricamente engalanada. El anfitrión les regaló una bolsita de cuero con una piedra de almizcle perfumado y hojas secas de sándalo y ámbar, que colgó de su cuello como perfumadores. Zahir había recompuesto el Aliento del Diablo, uniendo las dos partes con un arete de hierro. Aguardaban las palabras del diplomático, cuyo rostro estaba iluminado sesgadamente por la claridad de las candelas. En las miradas de los comensales se podían adivinar gestos de curiosidad, en medio de una atmósfera tensa y recelosa. ¿Qué pretendía de ellos el astuto veneciano?

Eran cuatro hombres demasiado distintos.

Varias mesitas con jarras de plata y fuentes con humeantes viandas denotaban que la velada sería larga. Micer Orlando se dejó caer sobre un diván de cuero bagdadí y mandó a los criados que se marcharan y atrancaran la puerta. Como mediador quería estar alejado de oídos indiscretos. Sus tres convidados no podían disimular su preocupación y se movían inquietos sin pronunciar palabra. A Zahir, desencadenado por vez primera desde que fuera rescatado, se lo notaba nervioso, como si no perteneciera a aquel alarmante cuadro.

Urso miraba con desconfianza al hispano. Su mirada centelleaba con el fulgor de la rebeldía y el orgullo, y no perdía de vista a sus compañeros de mesa, impaciente por saber qué le aguardaba. El cónsul le había prometido que sus sueños de desaliento se allanarían con la presencia del caballero hispano; para sosegarse se miró en uno de los espejos descubriendo la palidez de su semblante.

«Dios, ¿por qué me has enviado esta letal e infame enfermedad?», se decía.

Micer Orlando sirvió platos libaneses de palominos escabechados, *sani* o gachas persas, capones con gelatinas de membrillos, congrio escabechado con salsa de albahaca, *labsan** e hinojo, pan candeal con ajonjolí y huevos fermentados con limón y cidra, y escanció de un azumbre un exquisito vino de Corinto. Luego se dirigió a sus invitados diciendo:

—Creo firmemente que el destino nos ha unido esta vigilia en mi casa. Todos sin excepción poseemos intereses que convergen en un mismo asunto: el robo del tesoro del Temple de Londres y en sus consecuencias. Los cuatro deseamos algo y hemos de ser generosos con una parte de nosotros mismos. Mi último invitado en comparecer, el caballero Brian de Lasterra, ya conoce por mi boca la mayoría de los hechos acontecidos en los últimos meses y os aseguro que él posee la llave para que el plan que voy a exponer a vuestra consideración alcance el éxito deseado.

Brian, que escuchaba con una mueca petrificada, se interesó, extrañado:

—No os comprendo, micer Scala. ¿De qué plan habláis? Yo sólo debo convencer al hermano Marsac para que me acompañe a Jerusalén. Ése es mi único y sagrado cometido. Lo demás no me interesa y no tengo por costumbre secundar las locuras de un momento de enajenación de desconocidos.

Aquella réplica sumió al veneciano en un abismo de desilusión.

—*Caro amico*, os aseguro que sois la llave maestra que lo abrirá todo —afirmó—. Pero antes que exponga mi proyecto, Zahir el druso está dispuesto a revelar hechos inconcebibles del caso que nos ocupa, así como su intervención en los hechos que nos han reunido aquí. A cambio quiere un compromiso de protección para él y los suyos, que yo le he prometido en nombre de todos.

El infiel tragó saliva. Aún dudaba si descorrer o no el candado de sus labios. Pero no tenía otra opción. En un tono monocorde y en la lengua *frany*, desgranó su relación de sometimiento con el

---

* La mostaza de Oriente.

obispo de Cesarea, su situación y la de su familia. Luego, en medio de un halo de misterios, narró el episodio del robo en Londres y los avatares vividos, con todo lujo de detalles.

El silencio era absoluto, casi religioso, y los asistentes lo miraban sin pestañear y sin probar bocado de los suculentos manjares. Cosechó exclamaciones de asombro por parte de los tres comensales quienes, perplejos, no daban crédito a lo que escuchaban. ¿Estaría fabulando para salvarse? ¿Habrían de creer sin más la epopeya de la depredación más extraordinaria que habían conocido los últimos tiempos?

Cuando finalizó, Zahir bebió del vino comedidamente, triunfal, heroico.

Nadie hablaba.

9

Alianza de destinos

Los tres cristianos presentes en la mesa contuvieron la respiración. Brian dispuso sus músculos en alerta y, a pesar de la sorpresa, no pudo sujetar la pregunta.

—¿Es cierto lo que has revelado, druso? Me cuesta aceptarlo —se sinceró.

—Que mi alma se condene en los infiernos si os he mentido, *messires*.

Emergiendo con embarazo de la impresión, reconoció Brian:

—La verdad es que la historia resulta verosímil, por extraordinaria que parezca. Pero creo que has ejecutado un acto de desesperación, más que de valor.

—No lo sabéis bien, *sahib*. La cólera contenida, la injusticia y el dolor que sufre mi sangre desde hace años, me proporcionó alas —asintió el druso.

Urso, tratando de no mellar su imperturbabilidad, parecía desconfiar de lo que revelaba aquel hombre. Una expresión dura se adivinaba en su gesto. ¿Debería acusarlo, o simplemente aplaudirlo por tan destacado trabajo, aunque perjudicara a su orden? Resultaba asombroso, no le cabía duda.

Zahir, doliéndose de la pierna, mostró su persuasión más veraz.

—Me hallaba al borde del derrumbe, agotado, asustado, pero resistí porque en cada objeto que robaba veía el rostro de mi doliente familia, y un eslabón menos en sus cadenas. Fui sobrepasado por una tragedia desmedida, y no me tengo por un delincuente o un criminal. Es mi triste destino, señorías. Pero lo sucedido es tan cierto como que mi sangre soporta la desolación del Cielo —juró con un lamento desgarrador—. Y a vuestra piedad me acojo para que mi tormento cese.

—¡Por la vida de los santos! —observó Scala—. Es la acción más arrojada que he escuchado en mi vida. Creo que ni el mismo diablo se hubiera atrevido a perpetrar ese hurto. Yo diría que vuestra misión podía considerarse como épica. El Temple de Londres se tiene como un fortín inexpugnable.

—La necesidad es madre de acciones arriesgadas —declaró Zahir sin jactancia.

El templario, mientras digería la prodigiosa confesión, sentía ese frío entibiado que perciben los moribundos. ¿La creerían sus superiores cuando al fin se la narrara? Solamente cabía esperar y ver si revelaba dónde se hallaban las obras robadas. Sin embargo, admitir que la mente diabólica que había ideado el espectacular robo había sido la del obispo de Cesarea, era muy difícil de asimilar.

—¿Cómo un príncipe de la Iglesia puede desestabilizar a la espada que lo sostiene? ¿Qué demonio lo inspira? Para el Temple se ha convertido en reo de muerte y lo pagará con su cabeza. Pero hemos de contrastarlo antes.

—No seáis iluso, Marsac —aseguró Scala, sarcástico—. Nunca lo probaréis. Ya se habrá cubierto las espaldas. A ese clérigo lascivo sólo lo mueve el turbio propósito de convertirse en patriarca de Jerusalén. Lo demás poco le importa.

Urso bufaba para sus adentros. No podía tragar ninguna vianda y tras un silencio alarmante, se explayó:

—No puede haber condena lo suficientemente infame para castigar a ese jerarca de la Iglesia. Ni que viviera varias reencarnaciones sometido a tormento pagaría por la villanía que ha perpetrado. ¡Maldito sea! Él es el causante de mi mal; de tu esclavitud, Zahir, y de la aparición en escena del caballero Lasterra, que ha visto truncada su tranquila vida de monje por este asunto retorcido y demencial.

—El obispo ha fabricado para mí la pesadilla más atroz que un ser humano puede soñar —intervino de nuevo el druso—. Jamás lo perdonaré.

Tras unos instantes de vacilación, el cónsul intervino conciliador.

—Lo hecho, hecho está. Ahora debemos ocuparnos de la reparación. Zahir, debes decirnos dónde has ocultado el tesoro y hundiremos en el fango a Héracle de Guévaudan. Serás recompensado si hablas, te lo prometo por mi salvación.

«¿Un ladrón puede volverse en hombre honrado sin más?», pensó Brian.

Algo más sereno y tras la impresión que acababa de provocar, Zahir dijo:

—Aunque la voracidad de ese obispo no conoce límites y sé que aún puede aplastarme con su zapato, os revelaré la suerte que han corrido las prendas que traje de Britania. Escuchad, señorías —insinuó Zahir, enigmático.

Los asistentes a la cena lo observaban sin tan siquiera pestañear.

—Pues bien —prosiguió—. Siguiendo un plan premeditado, Héracle se ha desprendido de dos reliquias, que ya ha utilizado en provecho propio. Me refiero al fragmento de la Veracruz y al *Titulus Damnacionis*, el INRI. Ambos han viajado a Roma. Fray Zacarías de Tesifonte las ha puesto en manos del todopoderoso cardenal Eneas Aldobrandini. Ésas ya han volado y no se pueden recuperar.

—¡Por el gallo de la Pasión! Qué sujeto más ladino y ruin —señaló Orlando.

—Os aseguro que ese fraile, cuando regrese a Tierra Santa, hablará por los codos ante un tribunal y por mi fe que se recuperarán —atestiguó Urso, enfurecido.

Scala intervino con sequedad. No podían divagar y olvidar el plan.

—Sed práctico, señor de Marsac. Dadlos por perdidos. Por mucho que hable ese monje, ni el cardenal ni el papa Alejandro soltarán nunca esas reliquias tan apetecibles, que llenarán de caudales las arcas papales. Están donde deben estar —declaró y se sonrió mordazmente, pues aquel capítulo de la búsqueda lo complacía—. El emperador de Bizancio sale ganando. Cuando se haga pública su aparición en una de las iglesias de Roma, quedará liberado del compromiso de pagar la deuda al Temple. Malas noticias para vuestra orden, Marsac, y no sabéis cómo lo siento.

El templario parecía desorientado. Evaluó la situación de las cosas y vio que aún no estaba todo perdido. Con ojos de sospecha interrogó al druso.

—A mi orden le interesan más los libros robados en la cámara.

—¿Cuáles, señoría? —quiso mostrarse importante el musulmán.

Urso lanzó sus palabras tasando el alcance que podían lograr.

—¿Siguen en poder del obispo Guévaudan el «Poema de la Virgen del Temple» de *messire* D'Arrouaise, y la reposición del Libro de los Jueces del maestre Hasting? Decidme que sí, o me incrustaré la espada en el corazón ahora mismo y todo acabará. No lo podría resistir mi ánimo y mi tarea se habría ido al traste. Estoy contagiado del mal más execrable del mundo, les he fallado a mis superiores, y el ser más puro que he conocido en la tierra, Jalwa la *alama* de Alepo, ha desaparecido sin dejar rastro. ¿Merece la pena vivir, si hasta mis fundamentos de fe se tambalean?

Zahir, calándolo con sus pupilas, lo confortó.

—No desesperéis, *messire* de Marsac. Esos documentos capitales para vos aún están en su poder. Son dedos acusadores contra el Temple y los guarda para que la orden no se oponga a su elección como patriarca. Os lo dije, es un zorro ladino.

—¡El muy bellaco! Entonces no los soltará jamás, ¡Vive Dios!

—Lo hará, amigo mío, tenedlo por aseguro —señaló, misterioso, Scala—. Y el papiro de los constructores del Templo de Salomón y el bastón de medidas, ¿los ha vendido? Te escuchamos, Zahir.

El druso quiso hacerse el relevante. Era la figura de la cena y esperó.

—Salieron de Inglaterra conmigo, a espaldas de un oso —reveló tras una pausa—. Luego cruzaron el Mediterráneo en la panza de un laúd y de un alborgue, pues me hice pasar primero por un cómico lanzador de cuchillos y luego por un músico ambulante. Quedaos tranquilo, *sahib* Orlando, Héracle lo guarda en su cámara privada. No obstante, algo me hace pensar que tampoco volverán al seno de los Pobres Caballeros de Cristo, pues a su debido tiempo lo pondrá en venta al mejor postor o al que más pueda beneficiarlo. Debéis resignaros, señor de Marsac.

Urso estalló. No podía disimular su decepción.

—¡Qué dices, infiel engreído! Pertenecen al Templo y a él volverán.

Los días de descanso en aquel oasis de paz le habían dado fuerzas, pero el veneciano no quería que el vehemente Urso diera al traste con su meditada idea.

—No, Marsac —terció el veneciano—. Ése es el precio que yo exijo por mi contribución a que recuperéis los pliegos inculpatorios de Achard d'Arrouaise y del maestre inglés Hasting. Ya os lo dije cuando os salvé en el Krak de los Caballeros y vos lo aceptasteis en presencia de Togrul el turcópolo. ¿Lo habéis olvidado quizá?

—No, no lo he olvidado. Perdonadme —dijo bajando la mirada.

La intempestiva intervención de Scala había sido apropiada y necesaria.

—La Fide Sancta, como miembro de La Compañía de los Deberes, *La Compagnonnage* o El Compañerazgo —explicó el cónsul—, ha sido excluida injustamente de sus secretos y precisamos de ese conocimiento y de la regla dorada de Hiram de Tiro. Las arcanas fórmulas matemáticas y algebraicas, aplicables a la nueva arquitectura, también serán usadas en los edificios civiles que muy pronto se alzarán por toda Europa. ¿Creéis, en realidad, que es justo que solamente el Temple y los monjes del Císter sean sus poseedores exclusivos? El Creador sapientísimo no lo aceptaría así.

El desapasionado carácter del templario se rehízo.

—Excusad, Scala. Para seros franco, si regreso con esos dos delicados documentos que tanto dolor han causado al Temple, mi prior se dará por satisfecho. Que Roma conserve esas dos reliquias me parece inobjetable. Sobre las Tablas del Testimonio me consta que en la casa madre de París existen otras copias. Es bueno que el conocimiento se difunda. Nada debe ocultarse a la razón y al progreso del hombre, os asiste la razón —replicó accesible.

Sus vidas habían colisionado como una ola poderosa, y se hallaban incómodos, pues ignoraban cómo concluiría todo. Orlando Scala sirvió entre tanto un postre de tortas de alcorza, miel y almojábana de queso, uvas de Taif de Arabia, y un sirope de menta, anís, naranja y palo de áloe. Luego escanció un vino dulce de Quíos en las copas y sonrió maliciosamente a sus invitados. ¿Qué se proponía ahora?

Brian recompuso su expresión indiferente. No alcanzaba a comprender aquella trampa que le había tendido la Providencia de forma tan sorpresiva. ¿Y dónde entraba su participación? El sagaz veneciano había asegurado que en su mano estaba la llave de la solución. Pero ¿qué solución y qué llave? Él sólo esperaba llevarse de allí al templario y recuperar los protocolos. Nada más. Todo lo demás eran cantinelas celestiales y se estaba desesperando con tanta verborrea.

No obstante, el interés por acabar con todo aquel desvarío había prendido en su corazón y miraba con complicidad al valeroso druso y al desventurado Marsac, cuya faz estaba cada vez más enflaquecida. ¿No parecía con su cuerpo desplomado un cadáver andante? Su alma sintió una grandísima compasión por él. Los convidados miraron al veneciano, pues esperaban ansiosos que detallara su meticuloso proyecto. Los incomodaba tanta pasividad, y Scala lo hizo, ni expresivo, ni abrumado, sino en un tono persuasivo.

—Excusad mi vanidoso convencimiento, pero os aseguro que no existe otra maniobra mejor. Hemos de completar este dislocado rompecabezas que ha unido nuestras vidas, porque así es como se comporta el antojadizo sino de los hombres. Escuchad. Nuestro amigo Zahir, experto en robos enrevesados, no se trajo de Londres únicamente los objetos que están en boca de todos. Hay más, amigos.

Hubo murmullos embarazosos e intercambio de miradas perplejas.

—¿Robaste más cosas, Zahir? No ha trascendido en la orden —citó Urso.

—El Cielo dispensa a veces coincidencias asombrosas a los que respetan y sufren por el nombre del Altísimo, *messire* —refirió el druso sin engreimiento.

—Resulta que Zahir —siguió el veneciano— husmeó por accidente en la caja privada del tesorero inglés. Allí encontró una carta sellada por el obispo, nuestro sin par Héracle de Guévaudan, que parecía puesta allí por un hado providencial y burlón. El maestre del Temple guardaba una prueba crucial contra el prelado de Cesarea. Ahora, como es obvio, se halla en poder de Zahir, que la guarda a buen recaudo en las montañas de Dahr El-Kadib, un territorio cercano al Monte Líbano, donde habitan los Hijos de la Naturaleza y los místicos maronitas. Ese pliego se convertirá en nuestra arma contra Héracle, pues lo coloca al pie de los caballos y al borde de la separación de la Iglesia, e incluso del patíbulo.

La salida del laberinto parecía probable y cercana. Urso confiaba, aunque no le agradaba que el documento hubiera volado de las seguras cajas londinenses.

—Os oímos, micer Scala. ¿De qué naturaleza es esa evidencia?

—¡Irrebatible y palmaria! —aseguró triunfal el cónsul—. Esa esquela acusa directamente a su ilustrísima Héracle de haber pagado el intento de asesinato del anterior emperador, Balduino de Bizancio, opositor reticente a su candidatura como siguiente patriarca de Jerusalén. Los templarios de Beaufort, sabedores del complot, interceptaron la orden, mataron al emisario y aunque apresaron al asesino a sueldo, éste falleció cuando lo interrogaban, muerto quizá por orden de Héracle. Entonces el maestre del

Temple decidió guardar la prueba para una mejor ocasión y puso de por medio, y para su total seguridad, dos océanos y un continente.

—Héracle ignora entonces que Zahir posea esa nota, ¿no? —apuntó Urso.

—Así es, y ahora la podemos enarbolar como nuestra principal baza —rió radiante el veneciano—. Se enfurecerá como un fauno, pues lo creía destruido. Pero a los perversos y ladrones, siempre se les queda suelto algún cabo.

—¿Y por qué no se la exhibe el mismo Zahir? ¿Para qué nos necesita?

—No saldría vivo de la Torre de David y su familia sería ejecutada al instante. ¿Quién va a creer a un druso, o a veinte drusos? Esa carta la llevaré yo personalmente a palacio. A mí no puede manipularme. Me ampara la impunidad como representante de la respetable y nobilísima República de Venecia. Además me necesita —indicó enigmático.

—¿Que os necesita? —se extrañó Urso—. No seáis vanidoso, Scala.

El cónsul caminaba con paso firme hacia la consecución de sus deseos.

—Como lo oís, Urso. La secuencia de nuestros próximos movimientos se hará de esta forma. Saldremos de aquí los cuatro con nuestras respectivas escoltas. Zahir y yo recuperaremos en Monte Líbano la carta inculpadora. Nos dirigiremos luego a Jerusalén, donde solicitaré una audiencia urgente con Héracle de Guévaudan, con el señuelo de que soy un enviado del Imperio. Cuando nos hallemos frente a frente le mostraré la carta inculpatoria, de la que solamente llevaré la mitad, pues la dividiré en dos. Al instante quedará amargamente sorprendido, pues verá que, de hacerla pública, peligran sus intentos de hacerse con la mitra patriarcal. Constituiría un escándalo sin precedentes que acabaría de golpe con su carrera hacia el patriarcado.

—Bien puede cortaros el pescuezo, *signore* —intervino Brian.

—Posiblemente me amenazará, sí. Pero yo le relataré pormenorizadamente la preparación y consumación del robo de Londres, con lo que quedará desarmado, añadiendo que Zahir se encuentra en mi poder. No unirá una cosa con otra, y se sentirá aún más confundido. A cambio de mi silencio y de hacer desaparecer en el fuego la carta, le ofreceré otro aliciente aún más poderoso, que no rechazará.

—Sois diabólico —intervino Urso—. ¿Qué le brindaréis si puede saberse?

El cónsul adoptó el más enigmático tono del que era capaz.

—Bien, he concebido este proyecto de forma minuciosa. Todos conocemos la enraizada amistad entre Bizancio y la Serenísima República de Venecia, a la que sirvo. Pues bien, le evidenciaré mi prestigio ante el emperador Manuel, anunciándole que ha accedido a su nombramiento como futuro patriarca, a cambio de una sustanciosa suma que él mismo me proporcionará —descubrió, y de su faltriquera extrajo un pergamino con los sellos del Imperio, en el que Comneno, *Helios basileuei*, validaba a través del *logoteta* o primer ministro, la candidatura de Héracle de Cesarea, como patriarca de Jerusalén, ante la inminente desaparición en la escena del decrépito monseñor Aumery de Nesle. Es el apoyo que deseaba tan angustiosamente, ya que el Papa de Roma, estimulado por los recientes regalos, y el rey Amalric, el otro firmante, están asegurados desde hace tiempo.

—Se relamerá de placer —terció Zahir—. Al fin lo habrá conseguido.

—Después, con el gozo en el rostro, me abrazará y consentirá en lo que le solicite, aunque sea calentarle las sábanas a su amante —declaró sarcásticamente.

El corazón le dio un vuelco al templario. Retuvo el aliento y preguntó:

—¿Y qué le exigiréis a cambio, *messire* Orlando?

—Las Tablas del Testimonio, los pliegos de Achard d'Arrouaise y del maestre inglés Hasting, que os entregaré a vos. Y además el fin del compromiso de vasallaje de Zahir ibn Yumblat con la inmediata liberación de su familia. No podrá negarse.

—Muy fácil lo veis. Ese eclesiástico es un cocodrilo del Nilo —recordó Urso.

—Un caimán que comerá de mi mano, os lo aseguro. La codicia lo cegará. Le parecerá que ha tocado el cielo con la mano y no rechazará mi ofrecimiento. ¿Qué le importan a él cuatro pergaminos heréticos y la vida de cinco infieles? ¡Nada! Sé cómo reaccionan los hombres ante la promesa del poder. No os defraudaré.

—¿Ese documento es auténtico, micer Scala? La cancillería veneciana es conocida por sus brillantes falsificaciones —le recordó con sorna el templario.

—Lo es. El emperador se vende por treinta monedas de plata. Es un gobernante venal y se halla en la bancarrota. Una buena bolsa lo convierte en un corderillo y es capaz de vender hasta la Hagia Sofía o el Hipódromo de Bizancio.

Brian se mostraba impaciente. Aquel maldito asunto, aunque admirable, no conducía precisamente a concluir su misión prontamente. Sin levantar la vista apenas, y mientras saboreaba el vino griego, lo previno con contrariedad:

—No seáis excesivamente optimista, Scala. El obispo Héracle no suele mostrarse generoso. Lo conozco bien y puedo aseguraros que es un áspid con dos cabezas —aclaró y miró al templario—. No obstante a mí sólo me interesa una cosa, hermano Marsac, cuando recuperéis esos documentos, ¿os comprometéis a acompañarme y presentarnos ante vuestro maestre?

Expuesta así la cuestión, le pareció razonable a Scala, pero tenía preparado para él una intervención distinta en su proyecto y le contestó, afable:

—Aquí es donde entráis vos, Lasterra, pero no como suponéis. Lo siento.

—No os entiendo. Explicaos —reclamó Lasterra con gravedad.

—Antes mostrad a Marsac el anillo que os ha entregado *mes-*

sire Odon —le suplicó con un ademán indescifrable—. Os lo ruego, caballero.

El freire de Monte Gaudio vació su escarcela y dejo caer sobre la mesa el anillo que le había confiado el maestre templario para presentarse ante Urso de Marsac y probar la veracidad de sus intenciones. Al verlo tintinear, el templario se quedó de una pieza, como petrificado. ¿Bromeaba el desconocido? ¿Qué papel desempeñaba el navarro en la vorágine de su vida? ¿Por qué tenía en su poder el sello que había regalado a la desgraciada Jalwa? ¿Había sido apresada y vendida a los caballeros de aquella nueva orden hispana? Un relámpago de esperanza y estupor iluminó las nubes negras de su angustia. No le salían las palabras. Balbuceó incoherencias y al fin manifestó:

—¡El Abraxas, el *Secretum Templi*! ¿Cómo lo tenéis vos, señor?

—Me lo entregó vuestro superior *messire* de Saint-Amand —concretó grave—. Significaba la carta credencial que obraría el milagro para que confiarais en mí; y además el pasaporte para que me acompañarais de vuelta a vuestra encomienda.

Por un momento pareció que a Urso se le derrumbaba su mundo templario.

—¡Qué fatalidad! ¿Y cómo llegó a manos de fray Odon? Se supone que...

—Se lo ofreció un joyero de Trípoli, que a su vez había pujado por él en una almoneda de unos piratas que se dedican al corso y la venta de esclavos. Pero no sé más —le participó Lasterra que lo colocó en su mano.

—Yo contestaré a vuestra pregunta, Marsac —se ofreció el veneciano.

—¿Qué me ocultáis? ¿Vos?

El anfitrión parecía prometer los mejores augurios, pero lo agobiaba.

—Sí, yo, *caro mío*. Esta misma tarde he hablado con ese mercader de joyas y sé dónde se halla vuestra protegida Jalwa ibn Hasan, la *alama* de Alepo.

Sus palabras sonaron como un aldabonazo que detonara en

sus mismas sienes. Orlando de Scala iba demasiado lejos. ¿Intentaba humillarlo en presencia de infieles y desconocidos? ¿Qué nueva treta le preparaba su infausta estrella?

—¿Vos sabéis dónde se encuentra Jalwa y lo habéis silenciado, por la *Beausant*? ¿No os comportáis con demasiada crueldad, señor? —le imploró nervioso.

—Lo he sabido hoy mismo, Urso y lo conoceréis de inmediato.

A Brian, el interés del monje por una mujer, le pareció una actitud impropia de un guerrero del Señor. Su conducta de cristiano y de caballero dejaba mucho que desear. Advertido por el veneciano, le explicó el estrecho vínculo que unía al templario con la *alama*, mujer virgen y sabia, por otra parte puro y desinteresado. El navarro admitió, no sin sorprenderse, que el sino tomado por la vida de aquel monje del Temple había sido sorprendente y fatal. Y por su culpa, su propio destino comenzaba a adquirir también un derrotero imprevisible.

—¡Decidme dónde está! Hablad ya, o se me escapará el befo por la boca.

—Bien, os lo diré de la forma menos traumática —dijo Scala, y tragó saliva.

Urso, inmune a cualquier sensación de desánimo, no perdió de vista los labios del cónsul. Eran las únicas palabras que deseaba oír en su vida.

—Os explicaré, amigo. Jalwa, tras ser apresada por los bandoleros de Cilicia, fue vendida en Margat por un tratante de esclavos a nada más ni nada menos que al poderoso mercader Tahafut al-Findi —le aclaró—. ¿Sabéis quién es, Marsac, vos que frecuentáis las costas de Chipre, Malta y Egipto con vuestras galeras?

—Lo ignoro, lo admito —replicó Urso, ansioso por saber más.

—Creía que por navegar en la flota del Temple conocíais al principal proveedor de esclavos y huríes del poderoso Saladino, la Espada de Allah.

La revelación no le había servido de consuelo; antes bien, nombrar a Saladino era como cortar de un golpe todas sus esperanzas de recuperarla. ¿Cómo podrían acceder a tan alto personaje del islam? Jamás la podría rescatar de allí, y el escaso entusiasmo que había conseguido notar, se diluyó como la nieve en verano.

—¿Me queréis decir que la dulce Jalwa forma parte del harén personal del diabólico Anticristo? ¡No puede ser, *ma foi*! No merece ese final. ¡Éste es el fin!

—Ésa es la irrefutable verdad, *messire* de Marsac. Y debéis aceptarla.

—¿Y no forma parte de vuestro plan libertarla, Scala? —preguntó abatido.

—Sí, y es precisamente el colofón de nuestra misión, aunque el más arduo y difícil, y en el que tengo pocas esperanzas. Lo tengo pensado. No os abatáis.

—Explicaos, cónsul. Sabéis que contáis conmigo, aunque pierda la vida.

—Espero que no, Urso —lo reanimó Scala—. Cuando recuperemos los documentos haré correr el rumor de que habéis desaparecido cuando ibais a Shaij-Adi y las Torres del Diablo, incluso que habéis muerto. Así corremos un velo de sombras sobre vos para que la búsqueda de Jalwa y vuestra curación puedan llevarse a cabo en paz y sin sobresaltos e injerencias indeseables. ¿Qué os parece?

El templario se sumió en una intensa deliberación interior y aceptó:

—Lo veo atinado. Sólo deseo desaparecer del mundo. Habéis comprendido mi situación en su justa medida. ¿Y cómo liberaremos a Jalwa?

—Lo sensato sería olvidarla, pero al menos lo intentaremos. ¡Es delicado y comprometido, lo sé! —especificó—. Pero conozco lo suficiente a Tahafut al-Findi, y sé que es codicioso, pero astuto como una raposa, y espléndido cuando es necesario. He reflexionado que si unimos nuestros dineros y hacemos una buena oferta, tal vez el cadí del sultán al-Fadil de al-Kairyya acceda a desprenderse de ella. Debemos intentarlo al menos, aunque no debéis haceros excesivas ilusiones.

—Eso si el gran Saladino no se ha encaprichado de ella

—añadió Zahir—. Una mujer que entra en el serrallo de un sultán ya no sale jamás de él. No lo lograréis.

A Marsac se le había secado la garganta. Era una empresa imposible.

—Ha pasado muy poco tiempo. Quizá no haya sido presentada al sultán. Antes deben prepararla en las artes amatorias y en la vida cotidiana del harén. Así que había pensado que, tras entrevistarme con Héracle, nos reuniéramos en el puerto de Jaffa. Allí en una nave veneciana nos trasladaríamos a Damieta, y sin demora alguna, nos dirigiríamos a El Cairo, en una caravana de sal y con guías beduinos. Una vez en la capital me entrevistaría con al-Findi, el tratante de esclavos y con el visir al-Fadil, si es que acceden a verme. Nada perdemos, y si colocamos en la mesa de trato una buena cantidad de oro, podremos tantear la liberación de Jalwa. Los hombres de estado, cuando hablan, no lo hacen por hacer más felices a sus súbditos, sino por dinero. Ésa será nuestra ventaja. Aunque todo depende de la fortuna, la mudable cómplice en el camino de nuestras vidas.

El templario, fríamente, sólo confiaba en Dios.

—¿Y luego? ¿A qué barco del albur nos cogeremos? —preguntó Marsac.

—Liberemos o no a Jalwa —siguió el veneciano—, es necesario que antes del cierre de la navegación en el Mediterráneo, naveguéis hasta Barcelona y os sometáis al examen médico de los hermanos del Lazareto de Bozate de Arizcum, en Navarra. No podéis dilatar por más tiempo una práctica que os puede salvar la vida y curaros ese estigma que cada día que pasa progresa más y más.

Brian, hasta ahora, había advertido cierta coherencia en aquella locura, pero poco a poco tenía la sensación de que su sino se había dislocado definitivamente.

—¿Pensáis trasladaros a Navarra? ¡Es mi tierra! —expuso, asombrado.

—¿Conocéis ese convento de leprosos, señor? —se interesó Urso.

—Sí, y lo temo como al mismo Ángel del Mal. He cabalgado cerca de sus muros en alguna ocasión. Los navarros le profesamos a ese hospital de San Lázaro veneración, pero también un miedo cerval. Se alza en el valle de Baztán, cerca del río Bidasoa. Aseguran que lo construyeron los misteriosos *cagots*, esos maestros arquitectos del Diablo que vos habéis nombrado antes, micer Scala. Es un refugio para enfermos gafos que goza de celebrada fama a ambos lados de los Pirineos. Hasta reyes, cardenales y prebostes acuden a ser tratados por los hermanos terapeutas de sus afecciones de la piel. ¿Y pensáis desplazaros hasta la otra parte del mundo, así, sin más? ¡No sabéis lo que decís! Estáis locos.

—Es la recomendación del físico Eliseo Leví y a esa decisión me aferraré cómo extrema solución —lo cortó Urso de mal humor—. Es la única oportunidad de no terminar como leproso y con una carraca en la mano pidiendo limosna y misericordia de mis semejantes. Es mi destino y tiemblo al pensar que Dios me quiere probar por mis yerros. He de encaminarme hasta el fin del mundo, o mi alma me lo demandará hasta la eternidad. ¿Lo entendéis, caballero?

—Pero la navegación es larga y peligrosa. Podéis morir en el intento.

—Que Nuestro Señor decida. Estoy en sus manos.

Scala intentó convencer a Brian que aquella delicada tarea debería llevarla a cabo su hermano de armas. Su misión era intentar juntarlos.

—El viaje en una nao templaria, y vos lo sabéis, no dura más de un mes. *Messire* de Marsac podrá regresar antes de la Pascua de la Natividad, o en caso contrario por Cuaresma y concluir su misión cargada de éxito. Ése es mi plan; que con la gracia de Dios puede intentarse. No tenemos otra opción. Decidíos, Urso, el tiempo apremia. ¡Intentémoslo al menos!

El mundo se derrumbaba ante él, ¿qué podía perder si no? Estaba decidido.

—Me place, Scala y a él me entregaré en cuerpo y alma, aunque más bien parece un ilógico desvarío concebido por un loco demiurgo. Emprendamos cuanto antes la marcha y encomendémonos a Dios para que podamos cumplirlo. Jerusalén primero, El Cairo después y finalmente Navarra. Ése es el camino que me ha prescrito el Altísimo y a él me entrego en cuerpo y alma. ¡Que el Cielo nos asista!

—Unos lo intentan, otros lo consiguen —terció Scala—. Ésa es la vida. El oro, además de nuestra fe inquebrantable, allanará las trabas del camino.

Zahir no quería soslayar la angustia de su salvador y se ofreció:

—*Sahib* Urso, podéis disponer de los bonos que robé en Londres. Al fin y al cabo vuelven a manos templarias. Yo ya no los necesito.

—Gracias, amigo —le declaró sonriéndole—. Eres un alma noble, Zahir.

Brian se preguntaba una y otra vez dónde pensaba Scala inmiscuirlo en aquella incoherente empresa, pero había llegado el momento de comprometerlo. El cónsul de la Serenísima estaba decidido, aunque percibía en el gesto del hispano que estaba ajeno a sus intereses y reacio a unirse a la misión. Puso a contribución toda la capacidad de persuasión que poseía. Le escanció vino en la copa y declaró:

—También había pensado en vos, Lasterra; no creáis que os he olvidado. Necesitamos vuestros fondos y vuestra espada. Podríais ayudarnos con el dinero templario que Saint-Amand os ha facilitado, y acompañarnos al menos hasta El Cairo. Marsac os necesita a su lado. Os han convertido en su ángel protector.

Legítimamente contrariado, se resistía a secundarlos. Negó con la cabeza. No lo veía claro y una sombra de vacilación afloró en su faz. No, no aceptaría.

—¿Hoy caballeros y mañana fugitivos? Extraño misterio. No contéis conmigo…, y siento defraudaros. No creo seros imprescindible —se defendió.

—No seáis cínico, Lasterra; lo seréis más de los que imagináis. No sé si es insensatez o ceguera. Pensad que al fin y al cabo Marsac no se pondrá en vuestras manos, mientras no resuelva ese asunto de Jalwa la *alama* en El Cairo; y después se someta al examen de su mal por parte de los médicos de Bozate. Pensadlo, señor. Acompañadnos. Vuestro concurso nos aportará seguridad.

Brian no estaba decidido a arriesgar su vida en tan descabellada empresa, en la que planeaba el amor a una mujer que intentaban recuperar de manos de sus verdugos, por lo que minimizó sus posibles contribuciones. Lo cortó enérgico.

—¡Alto, *signoria*! Pensad también en el punto de vista del sabueso, que soy yo. No quiero pareceros un hombre despreciable, ni tampoco faltaré con descortesías a vuestra hospitalidad, pero no me incluyáis en esta operación de rescate que parece dictada por demonios. No contéis conmigo. Volveré sobre mis pasos y en paz.

En los oídos de Urso sonó la frase con egoísta ingratitud.

—A veces unas palabras hieren más profundamente que una espada —dijo.

—Volveos conmigo, señor de Marsac y olvidaos de esta descabellada locura. ¡Os debéis a vuestra orden! —insistió Lasterra mirando al templario.

—Veo que no os impulsan muy altos ideales y actuáis de modo egoísta. Sin caridad no sois nada, caballero de Dios.

El Caballero de Monte Gaudio lanzó a Scala una mirada de reto.

—No creáis que carezco de convicciones y de nobles sentimientos —contestó el hispano—. El honor y la obediencia a mi regla dirigen mis acciones, señor Scala, pero juré que llevaría a este hombre y el tesoro de Londres ante su prior. Y eso es lo que haré, aunque me cueste la vida y mis hábitos. ¿Qué garantías de éxito creéis tener en esa demencial empresa que queréis emprender?

—Dadas las circunstancias, las que la fortuna y nuestra inteligencia nos marquen —replicó con gravedad el diplomático italiano.

—Pues ni aun así me desviará ni un ápice de lo que he venido a hacer, os lo aseguro —insistió Brian—. No pienso viajar a Egipto, ni mucho menos meterme en un cascarón de madera y cruzar de Oriente a Occidente ese mar endiablado. Estáis decretando vuestro propio suicidio. No saldréis vivos de El Cairo o de las furias del océano. No, no contéis conmigo. Mi misión ha concluido.

Urso consideró que aquel desconocido no deseaba arriesgar su pellejo en un viaje que no le acarrearía ningún beneficio. Lo comprendía. Pero tenía esperanzas de recuperarlo a la causa. Era un caballero del Señor, y lo probaría.

—Señor Lasterra, no seáis iluso —le reprochó Marsac—. Mis caminos son otros. Yo soy quien decide cuándo, cómo, con quién y desde dónde regreso. Así que si habéis jurado sobre la cruz que me devolveríais a mi encomienda del Temple, antes deberéis convertiros en mi sombra protectora, seguirme a donde yo vaya y cumplir con lo que os han ordenado. Es eso lo que os han pedido nuestros superiores, ¿no?

—Ciertamente, *monseigneur* de Marsac —lo miró Brian cohibido por su arrojo.

—¡El Temple es mi obra, es mi vida, hermano! Volveré como un héroe a los ojos de mi orden, o no volveré nunca —enfatizó Marsac—. Sólo así regresaré con vos. Antes, queráis o no, he de ocuparme de esa alma excelsa que sufre la esclavitud como un acto de caridad cristiana y como un deber de caballero; luego he de concederle una oportunidad a este mal que se apodera de mis humores. Ya he sufrido bastante como para someterme a un prior caprichoso y a un guerrero despiadado como vos, que sólo piensa en cumplir una fría misión sin más. ¡Regresad si así lo deseáis, pero no hurguéis más en mi dolorida alma, *ma foi*!

La respuesta no había podido ser más clara, tajante e intimidatoria.

Aquel gesto no estaba exento de patetismo y de tragedia; y en Brian hizo mella. La herida por la pérdida de aquella excepcional mujer estaba abierta en su corazón. Él lo comprendía en toda su exactitud, pues su corazón lo había sufrido antes. Pero ¿y si todo era un engaño? No obstante pensó que era la manera de protestar del templario ante un sino adverso y un universo desfavorable. ¿Cómo podría contestarle? Repentinamente Lasterra, que era un sentimental, fue consciente de que le ofrecían la oportunidad de ser incluido en una empresa heroica y única. Reflexionó durante largo rato, en medio de un marjal de silencios, mientras sus miradas se rechazaban. Degustaron algunos sorbos de un elixir dulzón y refrescante, y al poco, su corazón comenzó a sentirse solidariamente fraterno con la causa.

¿Cómo había podido mostrarse tan desapegado de causa tan humanitaria? ¿No tenía tiempo hasta la Cuaresma para devolverlo a su gran maestre? ¿Por qué entonces su intransigencia, el miedo a navegar y las prisas? Sabía por propia experiencia que los seres humanos, sabios o torpes, caballeros o villanos, son muñecos en manos del azar, que traza la ruta de sus vidas. ¿Por qué preocuparse entonces? No vivía una aventura así desde que Melisenda había dejado el mundo, y desde entonces su vida había transcurrido entre la monotonía y la espera de una batalla digna donde combatir por la Cruz.

¿Acaso no le daba además la oportunidad de visitar a su familia en Artajona? ¿No deseaba desde hacía tiempo abrazar a los suyos y besar a su madre? A pesar de las dificultades, comenzó a agradarle la idea, desquiciada pero osada, y no tenía precisamente apego a la vida. Su corazón lo había decidido. Aun presintiendo un gran peligro, necesitaba a aquel loco templario, como al parecer, él necesitaba su concurso. Debía preparar sus bagajes y disponerse a cabalgar muchas leguas y a transitar cientos de anas marinas con paciencia y valor. No podía reprocharle nada al templario y se sentía ridículo.

Brian respetaba sobre todas las cosas el infortunio. De pronto contestó:

—*Messire* de Marsac. Mi prior y el vuestro me impusieron como plazo el fin de la Cuaresma para encontraros, ayudaros a buscar lo robado en Londres y regresar. Nos queda aún suficiente tiempo. Perdonadme, os lo ruego, me había olvidado de la consideración que debe unir a los soldados de Cristo. Os seguiré hasta el fin del mundo, pero sólo os pido que prometáis que, finalizados vuestros empeños, regresaréis conmigo a Jerusalén.

—Tenéis mi palabra de caballero, señor de Lasterra. Lo juro por mi espada.

El veneciano, satisfecho, alzó su copa y propuso un brindis.

—¡Por la proposición más sensata que se puede hacer a un hombre!

—Abandono este lugar pero sigo el camino de Nuestro Señor —dijo Brian.

—El destino, que a veces desbarata las previsiones de cien sabios, nos ha juntado irremisiblemente —replicó el veneciano—. Salgamos a su encuentro. Él nos colocará en nuestro sitio, o nos destruirá.

Al templario le salieron unas frases del corazón, sin pensarlo.

—Todos tenemos un precio que pagar y también algo que ganar en esta empresa. La empezaremos juntos y la concluiremos de igual modo. Que santa María nos proteja. La peor decisión es la indecisión. Saldremos mañana mismo.

—Un solo latido y cuatro corazones, un solo pensamiento y cuatro almas. Una cuerda de cuatro ramales es difícil que se rompa. Ni las mismas fuerzas del infierno nos detendrán —sentenció Brian, cosechando el beneplácito de todos.

Tal testimonio de amistad y la unión de aquellos corazones unidos por el destino, en unos fatal y en otros altruista, habían impresionado a Lasterra, a quien la monótona rutina de la fortaleza de Ascalón había terminado por desnaturalizar su voto de luchar por la Cruz. Le había parecido que se hallaba entre una multitud de valientes, frente a un ejército furioso antes de la batalla. Un sacrificio sin piedad y sin generosidad significaba para él una misión despreciable. La unión entre hombres de honor era un atributo de Dios, y le gustó la tarea que le proponían. La grandeza de su oficio de guerrero era unir, y aquellos tres hombres formaban un regimiento hermanado por la reputación y la generosidad.

De súbito, Brian arqueó las cejas y lo miraron con estupor. Recompuso su expresión con un gesto resuelto y enigmático. Había llegado el momento de los actos salvadores. Era su forma de protestar contra la maldad del mundo y resarcirse de su inicial reticencia. Su sino errante había colisionado con los destinos de Scala, Zahir y Marsac y no podía sustraerse al milagro de un desinterés decidido. Los ánimos de sus compañeros lo habían contagiado de un imprevisto arrojo.

Limpió el sudor que empapaba su rostro y sonrió con franqueza.

—Os ruego que me prestéis oídos. Podéis guardaros el oro, señor Scala, y tú también, Zahir —expuso extrañamente arrogante y misterioso.

—Os escuchamos —dijo Scala, y dejó la copa en la mesa—. ¿Qué os ocurre?

Lasterra hizo un gesto decidido con ambas manos y su expresión se volvió seductora. Sus palabras, lejos de tranquilizarlos, parecieron agitarlos más.

—Debéis saber que poseo el ariete que hará caer muros, puertas, torreones, ejércitos y voluntades en El Cairo. Y os profetizo que hasta el mismo Saladino me rogará que vaya a verlo a su palacio. Será mi contribución a la causa. Al fin cumplo un compromiso y puedo desembarazarme de algo que me quema en las manos desde que llegué a estas tierras. *Monseigneur* de Marsac, dad por segura la liberación de vuestra protegida *alama*. No os puedo decir más, pero creedme. La voluntad de Saladino se derrumbará ante nuestros pies. ¡Os lo juro por mis dos espadas!

Su afirmación produjo en sus compañeros más mella de lo que podía imaginar. ¿Qué arma tenía escondida en el bolsillo? ¿Estaba delirando? ¿Era el fruto de su anterior oposición al plan? ¿Había bebido demasiado vino de Quíos?

—¿De qué locura habláis? —Urso lo miró con los ojos desorbitados—. ¿De alguna intervención divina? ¿De un milagro, caballero? Nos habéis conmovido.

—No mezcléis al Cielo. Poseo el arma más poderosa y persuasiva que existe en este mundo para vencer a un musulmán —aseguró triunfal—. Y os aseguro que hasta el mismo sultán de los infieles, Saladino, se arrodillará ante mí.

Tres pares de ojos lo miraron atónitos y escandalizados.

A Urso de Marsac, como si fuera un moribundo, le había abierto una puerta a la esperanza. Sólo se escuchaba el tintineo de las copas de cristal y sus respiraciones entrecortadas. El templario se hallaba al borde del derrumbe y lo observó entre incrédulo y hechizado. ¿A qué defensa se refería? ¿De qué arma presumía? ¿Había perdido la cabeza aquel caballero que parecía el paradigma de la prudencia, el valor y la circunspección?

Se miraron estupefactos y se agitaron en sus asientos.

Un silencio perburbador planeó por la sala.

10

Su ilustrísima Héracle de Cesarea

Jerusalén. Final del verano. A.D. 1173

El obispo Héracle, desvelado, tenía su mirada perdida en el vacío.

No había podido conciliar el sueño, ni dejado de pensar en el mensaje y en el medallón de oro que le había enviado hacía dos días el cónsul de Venecia, *signore* Scala, como carta de presentación. Le solicitaba una entrevista urgente y le traía gratas noticias del emperador Manuel. ¿Cómo podía negarse a recibirlo ante tan poderosos avales?

En su última estancia en Roma había contemplado un emblema igual al enviado por el veneciano en el pecho del influyente cardenal Leone Orsini, aunque nadie le había podido revelar su auténtico sentido. ¿Qué significaban las enigmáticas letras, F. S. K. I. P. F. T. que lo circundaban? Y el escudo central con la palabra «Amor», ¿qué representaba? Inconscientemente sintió alarma en su estómago.

«¿A quién sirve ese diplomático? ¿A una hermandad secreta? ¿A la Curia de Roma? ¿A Venecia? ¿Al emperador de Bizancio? En unas horas saldré de dudas», pensó para sosegarse, aunque no lo lograba.

Mientras, la hermosa Paschia di Riveri, su amante italiana, prolongaba su descanso adormecida en el lecho. Reposaba la cabeza entre el almohadón de seda y el hombro del prelado, quien, insomne, acariciaba su cabellera perezosamente. Con el alba, una suave brisa zarandeó los visillos, que se abombaron como las velas de un barco. Su curvilínea silueta apenas estaba cubierta por sutiles tules que dejaban ver el fruto embriagador de sus carnes tiernas, su sexo y sus senos ampulosos.

Madame L'Evêque, «la señora del obispo», apodo acuñado por la corte de Jerusalén para la bella adúltera de Nablus, se había convertido en la soberana del corazón del jerarca. Nadie como ella sabía despertar su ardor viril y sus deseos de poder. Eran dos almas gemelas en la codicia, la buena vida y el derroche; aunque la coima se asemejaba a una avecilla vulnerable, no era mujer ignorante y estúpida, sino una pantera guarnecida con las garras de la codicia y la pasión.

Su ambición, como la de su varonil enamorado, no conocía límites.

Una gracia orgullosa emanaba de sus ojos glaucos, que solían centellear en su rostro ovalado. La larga cabellera, de la tonalidad del azabache, caía sobre sus hombros, mientras algunos cabellos se adherían a las comisuras de sus labios. Su horizonte no se limitaba sólo a satisfacer los más bajos instintos del calculador obispo, sino a dominar sus ambiciones y a gastar sin tino sus riquezas en ricas ropas, perfumes, joyeles y pasamanerías de Arabia. Algunos cortesanos aseguraban que tenía alojado en su corazón un escorpión insaciable.

El purpurado se fijó en el caprichoso jugueteo de la luz en las rejillas y en los puntos de claridad que relucían en la piedra desnuda, en los pesados tapices persas y en los divanes adamascados en oro. Pero ni aquel juego lo entretenía y algunas arrugas sutiles bajo los ojos denotaban ansiedad y desvelo. La entrevista que le esperaba con el cónsul de la Serenísima, lo tenía preocupado. Cansado de agitarse entre las sábanas, sus dos pupilas se clavaron en el cuerpo goloso de la mujer y un deseo salvaje fulguró en su mirada. Deseaba gozar de nuevo de Paschia, cuyo único deseo era satisfacer sus inclinaciones viriles. Con dedos perezosos le acarició los senos, el precioso tatuaje grabado con alheña en su bajo vientre, y excitado la apretó contra sí. No había tenido bastante con la larga noche de pasión, y la tomó por la cintura, besándola con un ardor prometedor, ante el suspiro de ella.

Saboreó con lascivia su piel tierna, el cuello altivo y su cimbreante talle y Paschia, medio dormida aún y con indolencia felina, se hundió con los ojos cerrados en el abrazo de su apasionado amador, quien la ahormó entre el arco ardiente de sus brazos. La mujer sintió su aliento húmedo que olía a vino de Jericó, mientras se dejaba arrastrar a un océano de placer. Las respiraciones se les entrecortaban y entre arrullos se embriagaron el uno del otro. Héracle la mordisqueó, penetrándola con su poderosa turgencia viril. Entrelazados, rodaron por el lecho, mientras sus vientres se golpeaban con ardor. Temblando de goce, la excitó y la poseyó con grandioso ímpetu. Finalmente los cuerpos se relajaron y tras aspirarse mutuamente, se dejaron caer extenuados en los almohadones revueltos.

La voracidad sexual del obispo no conocía límites y el encuentro había sido breve, pero impetuoso. La concubina no había conocido jamás a un amante tan ferviente. «Tu dulzura, Paschia, ilumina mi alma y purifica mi corazón de las maldades del mundo. ¿Qué haría yo sin ti», solía decirle.

El eclesiástico se incorporó del lecho y se puso en manos de su ayuda de cámara. Paschia, con desgana y vacilando como una sonámbula, se entregó también a los cuidados de dos sirvientas. Sin abrir los ojos sumergió su cuerpo nacarado en un baño caliente que le había preparado su sierva armenia suavizado con aceites de almendra, ligustro, agraz, agáloco indio y algalia.

Una hora más tarde, después del rezo de laudes, un hombre encapuchado atravesó el patio desierto precedido por un lacayo de Guévaudan, dirigiéndose hacia su cámara privada. Héracle de Cesarea, que lo esperaba impaciente, paseaba con las manos detrás de la espalda como una fiera enjaulada. Nadie había visto comparecer a Scala en palacio, salvo la guardia, y se movía sigilosamente, pero con seguridad. Su semblante se mostraba grave, cuando el *maior domus* lo hizo pasar.

—Excelencia reverendísima, el cónsul general en Oriente de la Serenísima República de Venecia, su señoría Orlando Scala.

—*Laudetur Iesus Christus* —lo recibió Héracle, prevenido.

—*Salutem*, ilustrísima —respondió inclinando la cerviz para besarle el anillo.

Al poco quedaron solos en el aposento. El obispo lo miraba altanero, pero con mirada huidiza. ¿Qué quería aquel hombre que se decía portador de un mensaje del emperador Manuel Comneno? ¿Por qué se dirigía a él y no al rey? Scala se sintió envalentonado, pero pensó: «¿Y si con su altivez daba al traste con su plan?». Héracle lo invitó a acomodarse, e impaciente tamborileó los dedos en el sitial.

—Y bien, *monseigneur* Scala, ¿qué urgencia os trae ante mí? Vuestro medallón y la carta me han alarmado, os lo aseguro.

En un reflejo inconsciente, Orlando entresacó de su pecho el protocolo firmado por el emperador y por el logoteta bizantino, en el que rielaban los sellos púrpura del Imperio, con la loba romana, la cruz y el SPQR. Héracle leyó el acta entre asombrado y triunfante. «¿Al fin lo he conseguido y sin grandes contraprestaciones? Pero ¿qué pedirá a cambio? Ese zorro no da nada gratuitamente», caviló, y le preguntó ansioso:

—No podíais acarrear mejor noticia, *signore*. Al fin una puerta cerrada se abre a mis justas y honestas pretensiones. Gracias sean dadas al emperador y a Dios.

—No sabéis cuánto celebro, reverendísimo padre, que seáis el postulado para suceder al patriarca en la Sede de Jerusalén. Sin embargo, he de anticiparos que tan delicada decisión ha costado meses de sutil diplomacia, unida a otro delicado asunto.

—¿Otro asunto? Explicaos, Scala. No os entiendo —dijo desabridamente.

El veneciano, por toda respuesta, humedeció sus labios y, según el plan establecido, le expuso sin ambages una a una sus condiciones para que aquel apoyo tuviera efecto, explicándole cómo fue hecho preso y luego liberado Zahir.

Héracle no exteriorizó lo que pensaba, pero su pánico y alarma eran reales.

—¡Ese miserable druso! Sabía que no podía confiar en él. ¡Maldito sea!

—Ahora su vida me pertenece.

Luego, con estudiados movimientos, Scala le mostró la mitad de la orden firmada por su mano en la que confesaba su participación en el fallido magnicidio de su majestad imperial. Héracle de Guévaudan se quedó mudo y paralizado, y el veneciano no garantizaba que pudiera dominar la fiera que escapaba de sus pupilas. Después de recuperar el aliento, el prelado abrió los ojos desorbitadamente y luego los cerró con fuerza, componiendo una expresión simiesca de cólera que asustó al huésped, cuyo miedo era innegable y movía nerviosamente la mano acariciando la cruz pectoral de amatistas. La saeta había dado en el centro de la diana, provocando una tormenta en su cerebro.

Las dudas irrumpieron en el espíritu del eclesiástico y una zozobra terrible lo dominó. La sospecha lo había agarrotado y su voz se quebró como el cristal. Héracle poseía la catadura de un hurón atrapado. Aspiró el aire a boqueadas. ¿Ese papel no lo había destruido el asesino como él había ordenado? Lo habían descubierto y todos sus planes se podían ir al traste si aquel papel veía la luz pública. Además, la situación se presentaba peliaguda y el escándalo resultaría fatal. Hasta Roma y el rey Amalric le retirarían su apoyo de trascender la prueba. Un ardor desconocido le quemaba la frente. El miedo lo vencía y una tenaza de hielo le oprimía los labios. No podía hablar. Un silencio expectante se adueñó de la estancia.

—Vuestra fama de virtuoso e incorruptible se ha quebrado, reverendísimo padre.

Una voz de desafío surgió al fin de la boca crispada del obispo.

—¿Cómo os atrevéis a hablarme así? —le espetó, enfurecido—. Sois un grosero infamante. ¿Cómo sabéis todo esto? Me confundís. Pero sabed que en modo alguno estoy dispuesto a acceder a vuestros deseos. Es un chantaje ignominioso y no cumpliré ninguno de vuestros requisitos. Es más, llamaré de inmediato a la guardia.

En aquel momento un insecto que husmeaba en el velón que presidía la mesa, chamuscó sus membranosas alas en la llama. Ambos lo advirtieron y una siniestra sonrisa afloró en el semblante de Scala, que alegró sus ojos abombados.

—¿Estáis dispuesto a seguir la suerte de ese moscardón, *messire*? No llamaréis a nadie, pues caballeros de alta alcurnia aguardan fuera el resultado de esta reunión.

Desarmado, Héracle sudaba, e inquirió medroso:

—¿Quién está detrás de todo esto, cónsul? ¿Los templarios? ¿Roma?

—Los templarios son las víctimas, como vos, os lo aseguro, ilustrísima.

Con el orgullo lastimado, Héracle sopesó la propuesta. Cercos de sudor le surgieron en el cuello de la sotana color burdeos y en los sobacos, mientras gotas saladas se le escurrían por la frente. No era cuestión de paciencia, sino de una decisión inmediata. ¿Aquel hombre acudía en su ayuda, o a hundirlo? ¿Quién más había detrás? Envarado, y pálido como una pared recién enyesada, se interesó.

—¿Quién os manda para extorsionarme, señor? ¡Vamos, hablad! No saldréis vivo de la Ciudadela y correréis la suerte de la familia de ese perro infiel.

Scala sintió una profunda animadversión hacia el clérigo.

—No me asustáis, eminencia y además no os atreveréis a tocar ni un solo hilo de mi capa —se mostró firme—. Pero ya que lo preguntáis os diré que represento al Capítulo Secreto de La Fide Sancta, cuyos cofrades, reunidos de entre lo más selecto de la cristiandad europea, incluso condes, cancilleres, cardenales y papas, os hacen una razonable propuesta, pues os liberan de unos documentos indeseables que os queman en las manos y os abren de par en par las puertas del patriarcado de Jerusalén. ¿No supone esto acaso una suerte milagrosa para vos, dadas las circunstancias?

Se quedó atónito, intuyendo el trágico destino que le aguardaba si se obstinaba en no mostrarse colaborador. Héracle recordó al purpurado Orsini. Scala no mentía. En el medallón que adornaba su corpulento pecho aparecían las mismas enigmáticas letras, el misterioso acrónimo que lo había desvelado, F.S.K.I.P.F.T, y que le enviara su visitante antes de la entrevista. Con temor supersticioso lo depositó en su mano, mientras el veneciano lo guardaba en la faltriquera.

—¿Qué significan esos signos, micer Scala? El azar me hizo coincidir con uno igual en el palacio papal de Juan de Letrán de Roma, hace unos años.

Con una franqueza inequívoca, Scala capeó el temporal y le revelo:

—Exactamente **F**rater **S**acrae **K**adosch.* **I**mperialis **P**rincipatus. **F**rater **T**emplarius, o lo que es lo mismo, «Hermano consagrado del Principado Imperial. Hermano Templario». Pertenezco al grado cuarto de la Hermandad Laica del Templo, *messire*. ¿Habéis oído hablar alguna vez de ella?

Al obispo le vino a la memoria un informe secreto que hacía meses le había pasado el patriarca Aumery de Nesle, para que se mantuviera atento a las operaciones en Palestina de aquella poderosa Cofradía de seglares no sometidos a votos. En él se informaba de *especialissimo modo* —en secreto—, que se trataba de una orden de gran prestigio, amparada por el Císter y algunos líderes europeos, paralela a los monjes templarios. Estaba formada por profanos muy influyentes de Europa, en especial de Italia, la mayoría militantes del bando de los gibelinos, partidarios de separar el poder temporal del espiritual del Papado; y deseosos de refundar una cristiandad, donde el Romano Pontífice abandonara la idea de aparecer ante los fieles como un poderoso señor de la guerra, o un rey con corona terrenal.

Aseguraban los pliegos llegados de la Curia Romana que mantenían contactos con los místicos sufíes de Oriente, con los arquitectos *cagots*, y con los temibles *assasiyum* de Alamut, pues buscaban como ellos el significado esotérico de las doctrinas espirituales de las tres grandes religiones monoteístas. Según el protocolo de Roma también se los llamaba la Hermandad de Fedeli

---

* Vocablo hebreo que hoy se emplea en las logias masónicas. Significa «consagrado».

d'Amore, «los fieles del amor»,* advirtiendo que en sus logias —un recuerdo de los colegios de arquitectos de la época imperial— se estudiaba el universo a través de la música, la geometría, la física, la astrología y los ciclos cósmicos.

Y si sus hermanos templarios se dedicaban a la guerra y a la banca, esta cofradía de sabios, poetas, escultores, pintores, escritores y nobles se consagraba a destilar la ciencia y el conocimiento de los clásicos perdidos, así como las influencias espirituales del islam, del judaísmo y de las religiones antiguas de Oriente. El despacho detallaba que aún no habían conseguido la bendición del papa Alejandro por su carácter secreto y esotérico y por defender la división entre la espada y la cruz, el sacerdocio y el Reino.

Sus obras, que debían ser leídas con prevención, estaban veladas bajo un manto de alegorías y símbolos que la Santa Iglesia no podía bendecir, pues defendían el aspecto femenino de la divinidad, enalteciendo en sus escritos a la Isis egipcia, a la Madre Tierra mediterránea, a la Shakti hindú y a la Skekiná judía, que equiparaban con la Virgen María. Roma advertía que se comunicaban con una jerga secreta, por si interceptaban algún escrito comprometido. Solían avisarse mediante la gematría, un método en el que a cada letra del alfabeto hebreo le correspondía un valor numérico. El 3, el 7, el 9 y el 11, y sus múltiplos, eran lo dígitos que empleaban, debidamente aplicados. El 9 era su número cabalístico, el llamado número de Adán —el Aleph— y de la Identidad Suprema. «Me mostraré prudente», se dijo.

—¿Decís, micer Orlando, que os dividís en grados de jerarquía?

—Así es, ilustrísima. Hemos de franquear siete niveles de conocimiento, antes de acceder a la suprema jerarquía, invisible y secreta, rememorando las siete artes liberales o los siete Cielos. Los adeptos hemos de superar cuatro estadios para alcanzar la visión

---

* Se consideraron hermanos de esta orden: Guido Cavalcanti, Casagrande della Scala, Dante Alighieri, Boccaccio, Guido Guinizzelli, Petrarca, Brunetto Latini y otros eruditos unidos al nacimiento de las Universidades de Hispania, Inglaterra, Escocia, Francia, el Imperio y Flandes.

intelectual completa del universo. Y muchos lo han alcanzado, os lo aseguro.

—¡Sorprendente! —aseguró—. ¿Y esa palabra central de vuestro medallón?

—¿Os referís al vocablo «amor»? —preguntó sonriendo—. Para nosotros posee otro significado bien distinto al usual, señoría. Su verdadero sentido es: «a», negación, y «mor», muerte. O sea, «sin muerte».

—¿Hombres que nunca mueren? Me sorprendéis, cónsul —dijo mordaz.

—Los hermanos de la Fide Sancta morimos como cualquier mortal, pero hemos hallado un motivo para morir. Vamos al reino de Hades por el camino del amor y del saber arcano. Sostenemos que más triste que la muerte es la manera de hacerlo. Ella sólo es un paso adelante, y aunque los seres vivos lo temamos, no es sino el nacimiento a la eternidad y al conocimiento —señaló con gravedad.

—Amigo Scala, lo peor es morir. Estar muerto es lo mejor —se carcajeó.

Aturdido por la revelación que le había hecho aquel extraño veneciano de ojos saltones, se vio obligado a meditar sobre el trato que le pedía. Frunció sus cejas afiladas y se hundió en una intensa abstracción. Había que dejarlo todo bien atado, eliminando cabos sueltos y sospechas. Se sentía como un perro humillado y debía explorar sus auténticos propósitos. Dudaba si negarse o no.

—Volviendo a vuestros ruegos, os he de participar que la cantidad que me pedís para el emperador constituye pecado de simonía. ¡Comprar un cargo eclesiástico es un oneroso yerro para un cristiano! —afirmó con santurronería.

—Pero ¿existe alguna virtud que vos no hayáis vilipendiado y ultrajado?

El obispo encajó en silencio el golpe. Mientras tanto, encajada tras la puerta, Paschia, su amante, escuchaba y contenía la respiración. No había perdido detalle de la conversación y se sublevaba interiormente. De modo que, con su natural propensión a la acción, pintada y arreglada, irrumpió en la sala con todo el esplendor de su belleza. Tenía que abortar aquel diálogo demencial. El rubor cubría sus mejillas compitiendo con el antimonio con el que se había ensombrecido los párpados. Exhibía una mueca de indignación y la mata de pelo negro y rizado se la recogía con peines de plata. Se ataviaba con jornea de muselina azul, adornada con galoncillos bordados en oro, que la convertían en una aparición fascinadora.

—Buenos días, *signoria* —saludó al veneciano—, prestadme unos instantes a su ilustrísima.

—Como vos gustéis, *dame* Paschia —respondió Scala levantándose como un resorte, pero sin poder sobreponerse de la sorpresa.

El obispo le lanzó una mirada aviesa. Tras un gesto conminatorio de la mujer accedió como un corderillo a seguirla. Conversaron en voz baja, al fondo de la estancia, cerca de la chimenea donde crepitaban dos leños de cedro. La dama que convivía con él en pecado, con una sonrisa en los labios, le susurró comedidamente:

—Querido, toda grandeza proviene de una pérdida dolorosa. ¿Estáis loco, monseñor? ¿Ese hombre os entrega en bandeja lo que más deseáis y lo rechazáis por un estúpido e infantil orgullo? Tomadlo ya de una vez, y desembarazaos de esas ascuas que os queman en las manos, por vida de Dios. Aceptad, mi señor.

—Paschia, ¿cómo eres tan osada? No debiste aparecer. ¿Qué pensará?

—El único recurso que os queda es ceder —le recomendó con implacable sequedad—. Habéis de arriesgar. Vuestra vida y vuestros sueños están en peligro. ¿Es que estáis tan ofuscado que no lo veis? ¿Qué obispo cristiano paga con oro a los asesinos de un emperador y roba las arcas del Temple sin pagar por ello? Debéis dar gracias al Cielo por esta oportunidad que se os brinda. Acceded sin dilación.

Su amor clandestino era para él una bendición, una rosa del

placer, y debía hacerle caso, pues la razón la asistía. Aplacó su furia y le sonrió.

—Más que una amante eres una reina para mí, Paschia. El dulce aliento del amor aún perdura en mí —dijo recordando con nitidez sus arrumacos en el lecho.

—Ahora no es tiempo de requiebros, *messire* —lo incitó la muchacha—. Ceded, o podéis perder cuanto poseéis y dar con vuestros huesos en una mazmorra. Es muy grave la amenaza que se cierne sobre vos. No dejéis escapar la certidumbre de vuestro gran sueño y dad gracias a vuestra estrella.

El obispo besó sus manos sin pudor, asintiendo dócilmente. Paschia sabía que la verdadera naturaleza de su alma era la ambición, que como una devoción esclava, lo dominaba. Sucumbía también a los excesos de la carne, pero en aquella ocasión debía someter su arrebato a la razón. Reflexionó y decidió aceptar el ofrecimiento con todas sus consecuencias, pero también con sus recompensas.

—Bien, Scala, procederemos al acuerdo —proclamó el obispo exultante.

—*Signoria*, disculpadme por haberos interrumpido, pero un grave asunto doméstico requería la atención de monseñor —se despidió la bella, protegida con una sonrisa de complicidad y dejando tras de sí un oloroso aroma a azahar.

—Quedáis exculpada, *belle dame*. Id con Dios —replicó Scala, y pensó para sus adentros: «No sé cómo os comportaréis con las piernas abiertas en la cama, pero como diplomática y persuasiva no tenéis precio, *signora*».

Luego le dedicó una mirada de agradecimiento, complacido de haber encontrado en un territorio hostil una aliada de tal beldad e inteligencia. El obispo afiló su semblante, mientras un relámpago de lucidez iluminó su mente. Había comprendido la doble amenaza de aquel intruso, pero no dejaría al futuro el menor resquicio de una inculpación fatal. Debía arriesgarse.

—Micer Scala, como solución extrema, accedo al trato. Es una oferta sensata, lo reconozco. Ahora mismo os entregaré los textos heréticos firmados por el prior de Jerusalén, ese necio de Achard d'Arrouaise, sobre la Anunciación de la Madre de Dios y el no menos blasfemo epítome de Hasting, en prueba de mi buena voluntad. Esos templarios pecan de orgullo y ambición y un día lo pagarán caro, pues perderán la protección de Roma. No se puede tentar a Dios, tanto y tan a menudo.

A Scala le importaban una higa los Pobres Caballeros de Cristo y dijo:

—¿Y las Tablas del Testimonio? ¿Y la familia de Zahir, señoría?

Orlando adivinó en sus ojos la mirada de un depredador sin alma.

—No me fío de vos —lo previno—. Pero como he adivinado que lo que más deseáis son esos pliegos de fórmulas matemáticas y el bastón de cantero, obraremos de esta forma. Ahora os llevaréis los documentos sacrílegos de esos templarios, y mañana al alba, tras el rezo de laudes, un enviado mío de confianza os aguardará en la Puerta de Siloé con el papiro de las Tablas y los cuatro familiares de ese infiel ingrato. Pensaba ahorcarlos o empalarlos para escarnio y como disuasión para levantiscos, pero me mostraré compasivo por esta vez. Vos, para recordármelo, me entregaréis la otra parte del papel inculpador, que en mala hora redacté.

El veneciano creyó intuir una treta, pero la eliminó de su mente.

—Se hará como pedís, *messire*. Allí estaré. ¿Cumpliréis vuestra palabra?

—¡Soy un hombre de Dios ungido con el Óleo Santo, ¿por qué dudáis?! No obstante, *signore*, quiero algo más de vos —le pidió, dejando aturdido a Scala.

Una inquietante corriente de recelo perturbó el ambiente.

—¿Qué puedo poseer yo que os interese ilustrísima?

Bajo la suavidad de una media sonrisa, germinó una mirada de hiena.

—Por vuestra condición de negociante y diplomático, estoy seguro que frecuentáis a muchos mercaderes del reino. Pues bien, haceos con un recibo de cualquiera de ellos, cristiano, judío o sarraceno, firmado y sellado, como si se me hubieran ofrecido y luego hubiera comprado esos objetos robados en el Temple de Londres, para ser salvados de una irreverencia indeseada. Así jamás se me podrá achacar ese robo y se celebrará mi caritativa acción. ¿Entendéis?

Debía reconocer que el obispo de Cesarea poseía instinto para la política.

—Hábil ardid, eminencia. Así elimináis de un solo golpe dos inculpaciones que os podrían pesar en el futuro. El asesinato y el robo. Lo tendréis, no lo dudéis.

—Los templarios resultan diabólicos como enemigos, Scala —aseguró mordaz—. Vos tendréis a esos apestosos drusos y también esas malditas Tablas, mañana mismo. Y yo, mi patriarcado, pero libre de cualquier sospecha. En dos semanas un banquero de Bizancio pondrá en manos de Manuel Comneno una elevada suma que compensará su sabia decisión. Ya me la cobraré en su momento del «tributo de Saladino». Que me envía Roma.

—Sois infinitamente inteligente, señoría —reconoció el cónsul—. Siempre he admirado la agudeza y el talento en política, aunque es obvio que no se puede ser al mismo tiempo un mandatario de hombres y además honrado. Os exculpo.

El grado de sutileza entre aquellos dos hombres había llegado al cenit.

—La política, micer Orlando —sentenció el prelado—, no es asunto de moralistas. Es el arte de obtener de cualquier situación el mayor beneficio. Nada más. Y muchos reyes y cancilleres lo olvidan. Así les va.

—Es curioso, ilustrísima. El dux de Venecia asegura algo parecido. La última vez que lo vi me ratificó que la política es la habilidad de servirse de los propios compatriotas, haciéndoles creer que se les sirve a ellos. ¿Y acaso no es cierto?

Héracle de Guévaudan lo observó implacable, pero con admiración.

—Id en la paz del Altísimo —lo cortó, riéndose de su ocurrencia.

Una sonrisa de satisfacción emergió en los labios del purpurado.

Mientras Scala se encaminaba a las afueras de la ciudad, a la hospedería de El Samaritano, donde lo esperaban sus camaradas, el veneciano rugió de satisfacción. La impaciencia por contárselo lo hizo tropezar dos veces. Su osado plan comenzaba a cumplirse sin fisuras, aunque debía reconocer que sin la intervención de «la señora del obispo», tal vez se hubiera ido al traste. «¿Se arrepentirá? No lo creo. Ya es tarde. Se ha puesto el disfraz de prelado intachable y ha sentido verdadero pavor. Eso me beneficiará», pensó Scala, que aceleró el paso.

Aquel día no dormiría tranquilo hasta tocar con sus manos los documentos y ver frente a sí a los prisioneros drusos. ¿Superarían el peligroso obstáculo conociendo a Héracle y su rastrera forma de actuar?

Sobre Jerusalén flotaba una neblina húmeda y brillante, como la piel de un felino.

Esa noche, Orlando Scala intentó en vano conciliar el sueño. Al amanecer, después de las oraciones del alba, se movió camino de la Torre de David con pasos cautelosos. No se fiaba del obispo.

Miraba en todas direcciones y las venillas azuladas de la nariz se le hincharon. Pronto se cercioró de la falta de presencias extrañas que lo alertaran. Sus pasos sonaban amplificados en la muralla y su respiración jadeaba entrecortada. Recorrió con su mirada los aledaños de la puerta de Jaffa y no percibió al emisario, cuando las preces de laudes ya habían concluido en las cercanas iglesias del Santo Sepulcro y de Santiago, y una luz rosácea germinaba por levante.

Mientras tanto, Zahir, Urso, Togrul, Warin, Andía y Brian habían entrado en la ciudad al mismo tiempo que el veneciano, pero por la Puerta de Sión. Así evitarían sospechas. Uno tras otro, envueltos en recios albornoces y capuchas se escabulleron por el dédalo de callejuelas solitarias. El veneciano se detuvo, había oído pasos tras él y echó mano a la espada. Había alcanzado ese punto de su plan en el que, aunque temía algún tipo de trampa, ya no podía abandonar. Su mente se hallaba dispuesta a afrontar eventos desconocidos e indeseados. Respiró profundamente y tomó valor.

Orlando asía con fuerza la otra mitad de la carta inculpadora del obispo, como si se tratase del pliego que salvara su vida. Avanzó despacio por la calle que llamaban del rey David, consciente de que se metía en una ratonera. De repente vio parpadear dos faroles, y unas figuras medio escondidas entre los matacanes del portal. Le hicieron señas y se acercó cauteloso. El corazón le palpitaba.

—¿Sois vos micer Orlando Scala el veneciano? —preguntó uno de ellos

—Yo soy —contestó el embajador con voz firme

—Nos envía el señor obispo. ¿Traéis la otra media carta y el recibo del mercader?

—Aquí están —dijo, y los mostró en su mano enguantada—. Y las Tablas y al bastón de cantero, ¿vienen con vosotros?

—¡Primero el *medioescrito*! —lo conminó uno de los encapuchados, que parecía un fraile por sus formas, tonsura e indumentos.

Aquel gesto amenazante y soez hizo que el cónsul se la entregara. No tenía otra opción, pero no perdía detalle de su compañero, que sostenía el rollo de papiro de las Tablas, del grosor del brazo de un hombre. El fraile acercó el farol al pliego y lo juntó con el otro trozo. Luego los confrontó y los estudió detalladamente.

—Sí, es la otra mitad. ¡El ductus caligráfico, el color de la tinta y la línea donde se superponen los dos son correctos! Habéis cumplido como un cristiano honorable. Entregadle el cilindro —ordenó a su compañero.

—Tomad, pesa como un tambor de plomo, ¡por todos los diablos!

Scala, cuando lo tuvo en su poder, retiró el paño púrpura con recogimiento y lo identificó a la luz del alba y con la linterna que le ofrecía el monje. Lo examinó con la intensidad de un pedagogo, y tras verificar que era auténtico, exclamó:

—Al fin la ciencia del gran maestro Hiram de Tiro y de los sacerdotes egipcios de Elefantina en mis manos. Es conforme el trueque. Gracias sean dadas al Altísimo. Bien, ¿y los familiares del druso? No los veo. Era lo convenido, *frater*

El fraile benedictino señaló una esquina de la Ciudadela, y entre una maleza de sombras y las medias luces del amanecer distinguió por sus ropajes a una mujer y a tres hombres, uno de ellos muy encorvado, atados por la cintura con una soga. Los custodiaban tres carceleros armados con alfanjes, inmóviles como efigies.

—Ahí los tenéis. Os lo entregarán de inmediato. Yo os dejo, micer Scala. Su ilustrísima me aguarda. Sois un hombre de honor. *Salutem* —manifestó, servil, el secretario y desapareció como un trasgo por uno de los portillos del palacio.

—Seguidme, señor —le rogó el otro lacayo, cuya cara no podía ver.

Se acercaron a los presos con pasos cortos. El criado del obispo, con una sonrisa taimada, miraba a uno y otro lado para comprobar si menudeaba algún testigo indeseable. Mientras tanto Brian, Marsac, Zahir y los escuderos, sin levantar sospechas y pegados a las piedras de la iglesia de Santiago, habían llegado al lugar del canje y contemplaban la escena sin ser vistos, tras una reata de asnos que bebían en el pilar. Todo se iba sucediendo como Scala había planeado.

Orlando se bajó la capucha y pudo contemplar a los cautivos con la luz primigenia del día. Unos harapos deshilachados se les adherían a sus cuerpos famélicos, desnutridos y sucios. Miraban al veneciano con ojos de conmiseración y de asombro, sin entender qué sucedía. El semblante del cónsul era semejante al de una máscara griega, sin gestos, inanimado. ¿Cómo había podido sobrellevar Zahir aquella tragedia tan desmedida?

Le ardía el pecho contemplando aquellos desechos humanos con sus rijosas muecas, que le tendían las manos encadenadas implorando piedad, mugrientos, malolientes, arrastrando los pies en patética marcha. Se dejó conducir por el sirviente, instante que aprovechó el siervo del obispo para sacar de su capa una daga que tenía escondida entre los pliegues, con intención de golpearlo con la empuñadura. Retrasó un paso su andar y alzó el puño sin que lo advirtiera el veneciano. Eran las órdenes de *messire* Héracle.

De súbito, de una de las esquinas de la Ciudadela escaparon dos cuchillos que brillaron como relámpagos en la oscuridad y sisearon como dos serpientes en la noche. Los dardos de Zahir fueron a clavarse en la blandura del cuello del matón, que cayó chorreando sangre en el suelo, sin saber de dónde habían partido aquellos dos rayos justicieros.

—¡Micer Scala, id tras ellos! ¡Si entran en la Ciudadela estamos perdidos! —gritó Zahir en un alarido de angustia.

Una voz resquebrajada, como salida de ultratumba, le contestó. Era la esposa del druso que había identificado aquella tonalidad ansiada.

—¡Zahir! ¡Es Zahir! —gritó la mujer, desencajada.

—¡Sálvanos hijo mío! —le suplicó el padre, desesperado.

Los tres esbirros halaron de la soga hacia la fortaleza, mientras los prisioneros se resistían con sus escasas fuerzas, pero con tenacidad. Con gestos desmañados los conminaron golpeándolos con látigos:

—Vamos, piojosos drusos. ¡Adentro, diantre!

El templario, Scala, Brian y los escuderos, luchando contra su aturdimiento, corrieron para evitar que entraran en las mazmorras, que tenían a un tiro de piedra, mientras Zahir, cojeando y con su pierna a rastras, gateaba como un felino. Los guardias de las dos puertas quedaban lejos y con el comienzo de la actividad en la urbe y el rumor de los rebaños y de los acemileros, no habían advertido el trajín. Jadeando, con las capuchas sueltas y medio asfixiados llegaron los caballeros con las espadas desenvainadas. Los tres carceleros se quedaron inmóviles.

¿Quiénes eran aquellos guerreros *frany* que los miraban con caras de reto dispuestos a segarles el pescuezo? ¿No parecía uno de ellos el navarro al que llamaban el Caballero de las Dos Espadas? ¿Estaban preparados para enfrentarse a un cuerpo a cuerpo con ellos? ¿Cómo que aquellos infieles tenían defensores tan principales? No lo comprendían y con la escasa iluminación, hasta creían que hubiera muchos más emboscados en las cercanías. Brian, para intimidarlos, golpeó al primero en la cabeza con la hoja plana. No quería arriesgarse a matarlo. El esbirro se desplomó con la frente ensangrentada y los otros dos echaron a correr hacia los calabozos del patriarca. Scala asió la soga de los condenados y la cortó de un tajo. Luego les lanzó su capa.

—¡A la Puerta de Sión! —ordenó—. Juntaos y cubríos con los capotes. Iremos juntos y no recelarán. Si preguntan diré que sois esclavos míos. Zahir, no hay tiempo para agasajos. Primero huir, después abrazarse. Es la única oportunidad para escapar.

—¡Maldito obispo! Su conducta es una afrenta —masculló Urso.

—Ya os lo advertí, ha evidenciado su mala fe. No sólo no ha garantizado vuestra seguridad, sino que ha querido quitaros de en medio —dijo Brian al cónsul.

—Lo preparó todo para eliminar cualquier prueba que lo inculpara en el futuro —contestó Scala—. Muerto yo, y con Zahir en sus manos, lo hubiera logrado.

—Es un consumado simulador, pero el castigo llegará del Cielo a ese mal nacido —expuso Zahir, que abrazaba en silencio a los suyos.

El frescor de la amanecida pareció prestarles bríos. Los guardias de la Puerta de Sión, que quedaban fuera de la visión del escenario de los hechos, los detuvieron con hoscas miradas. No le dedicaron a los drusos la más mínima atención, pues cuando advirtieron a los caballeros *frany*, apartaron a un carromato y un rebaño de cabras, para dejarles el paso libre. Posiblemente habían reconocido a Brian de Lasterra, cruzado muy celebrado entre la soldadesca franca y los monjes guerreros de la Cruz, donde su fama había traspasado fronteras.

—Gracias, oficial, Dios os lo pague —dijo Urso, cortés.

Aceleraron el paso, aunque Zahir y su padre, un anciano de largas barbas blancas, no tenían fuerzas para sostenerse en pie. Cuando se vieron fuera de las murallas y cruzaron a trompicones las laderas del monte Sión y los aledaños de la tumba de David, creyeron en los milagros. Cerca de la piscina de Siloé, en un huerto apartado del camino, habían preparado un carro tapado con lonas, con viandas, atuendos y algunas armas.

Se asearon con presura en el agua y cambiaron sus ropas. A Zahir y su llorosa, pero alborozada familia, les parecía increíble lo que les había sucedido. Ahora sólo les cabía huir rápidamente de allí y felicitarse más tarde por lo ocurrido. Después de descender a los infiernos, la salida al mundo de la luz los había instalado en una burbuja de gozo. Y aquellos tres cristianos, a los que hacía sólo dos meses no conocía, habían sido los artífices: «La providencia del Altísimo es ilógica», pensó.

Envueltos en una claridad incierta, los drusos se recuperaban de su tragedia. La mujer de Zahir le acariciaba la pierna herida, y él, su cabello enmarañado, como quien acaricia una rosa; con sus ojos grandes y oscuros lo miraba con intenso cariño, con una tozudez tierna, mientras en su dialecto se contaban los tristes sucesos vividos en aquel tiempo que parecía trazado por el mismísimo diablo.

—¡Vamos, debéis partir sin demora! No me fío del obispo —recordó Scala.

Los cristianos intercambiaron con los drusos las palabras justas, mientras los contemplaban abrazarse llorosos. Aceptaban su sino e intentaban olvidar al obispo cristiano que había convertido sus vidas en un castigo. Sólo ansiaban desaparecer y comenzar a escribir el libro de una nueva vida, de otra realidad, de otras voces y de otros vientos.

Sus liberadores estuvieron observando la escena, hechizados. ¿Acaso en nombre de la cruz no los habían humillado y atormentado? Era un momento conmovedor. Habían abandonado la putrefacta cárcel y necesitaban espacio, calma y soledad para olvidarse del fétido aire, de las fiebres letales, de los irritantes parásitos, de la tos compulsiva, del hambre y de sus pulmones enfermos. Zahir, aturdido, se acercó para despedirse. La gratitud era la bandera que izaba su faz.

—Quiero que el Aliento del Diablo, aquel que un día estuvo en contacto con lo divino y escupió su vaho poderoso, sea para vos, Lasterra. Sois el hombre enviado por Dios, para salvar los sueños de mi salvador. ¡Tomadlo! También la divinidad posee su contraste, su ala sombría, su fatal oscuridad. Coexiste con su luz.

Brian se agitó sorprendido, pues lo consideraba una paganía.

—Mi orden no me permite llevar amuletos, Zahir —se excusó.

—Sois un hombre bondadoso y os conviene recapacitar que la maldad también florece en este mundo, la simiente corrompida del bien de Dios. Aceptadlo.

Después de un obstinado mutismo, Brian eligió su lado comunicativo.

—Bien, lo llevaré en secreto entre mis pertenencias para meditar sobre la perversión del hombre. Gracias —balbució, palpándolo con sus dedos.

—La vida está marcada por azares que tuercen nuestro camino, pero sin mudar un ápice el destino que la Providencia nos marcó al nacer. Ahora, gracias a sus señorías, soy un hombre completo, aunque tenga una pierna inútil. Habéis mitigado la fría aridez de mi existencia con vuestra magnanimidad. Gracias.

—He tardado en comprender que los héroes no nacen del aire, sino del vientre de una mujer —se expresó Scala—. Formas parte de una familia valiente.

—Quizá no exista el Cielo, y que Allah me perdone, pero rezaré todos los días de mi vida para que tres caballeros de la cruz alcancen lo que buscan. Señor de Marsac, volveréis a Tierra Santa sano, os lo aseguro. Que el Clemente pague vuestra generosa caridad con creces —dijo, y les besó las manos con labios temblorosos.

Zahir, por vez primera desde hacía años, sonrió con alborozo y sus ojos, fríamente grises, se colmaron de un velo de lágrimas. ¿Se volverían a cruzar otra vez los caminos con aquellos hombres audaces y generosos?

El carromato que llevaba a los drusos a su patria se movió lentamente bordeando el valle de Hinnón, camino de Ascalón. Los pastores eran gente solidaria; los ampararían llegado el caso si eran detenidos por alguna patrulla templaria. En el puerto los aguardaba una nave portera que enarbolaba la bandera del león de Venecia preparada de antemano por Scala. Con un poco de suerte, cuando Héracle de Cesarea reaccionara, mandaría un grupo de soldados con el propósito de darles caza, pero no por aquella vía, sino por el camino de Nazaret y Tiberíades.

Pero sería una persecución estéril. Los drusos, mientras tanto, navegarían por el saco del Mediterráneo rumbo a Trípoli, a un día de marcha del río Orontes y de los montes del Líbano, donde se esconderían de la ira del artero e indigno obispo Héracle de Guévaudan.

Así lo había preparado micer Scala y poseía el halo del éxito y de la fortuna.

Cuando desaparecieron por la tumba de los Herodianos, Brian comentó:

—Ese Zahir tiene *baraka*, «el don divino» que dicen los musulmanes.

—Yo no dejo de pensar en la mala fe del obispo con esa pobre familia —manifestó Marsac, que aún recordaba el violento rescate de su familia.

—Ese prelado está tan cerca de la tierra como una serpiente —terció Scala—. No conoce nada del cielo al que dice que representa. ¡Es un tirano!

—Pensad —refirió Brian—, que el mayor enemigo de la libertad no es aquel que se mea en ella, sino quien la ensucia con la ambición, como *messire* Héracle, a quien muy pronto veremos con la mitra de patriarca para mayor gloria de la Santa Iglesia.

—Convenceos, caballero Lasterra, sin justicia no hay libertad, y Héracle es un consumado déspota —expuso Marsac—. Tiene un caparazón de insensibilidad hacia sus semejantes que aterra. Hasta el rey Amalric lo teme.

—¡Qué flagrante mascarada! Pero ahora Zahir es el dueño de su vida —contestó el hispano—. ¿Qué sería para él vivir con la condena de los suyos sobre su espalda? ¡Que Dios los ampare!

—Partimos de inmediato a Jaffa, pero por el camino de las montañas. Hemos de acometer el último capítulo de la misión, y ya pensaremos cuándo restituimos a *messire* de Saint-Amand los escritos que tanto añora. Hemos de abandonar Jerusalén inmediatamente y poner tierra de por medio para evitar males mayores. En El Cairo sí que precisamos de la ayuda de todas las cortes celestiales y de la consumación del compromiso de Brian que tanto nos ha intrigado. ¡Dios nos valga! —los animó Scala, que había demostrado ser un líder incansable.

Brian había concluido el día antes su acuerdo con Joab ibn Efrain, retirando las parcas pertenencias que aún permanecían depositadas en sus arcas. Alzó la mano y organizó la partida. Urso de Marsac apenas si podía montar su corcel esgrimiendo una mueca de contrariedad. ¿Quizá afloraba doliente debido a su triste destino?

El templario se desesperaba. Se hallaba tan insensible a las emociones, tan abrumado por sus preocupaciones, que observaba lo que le rodeaba sin ver. Sentía la lenta y acechante llegada del dolor en sus articulaciones y el progreso del mal de la lepra. ¿Conseguiría detenerla en Navarra? ¿Llegaría a partir? Ya hasta lo dudaba.

Ahora únicamente pensaba en la dulce Jalwa y en el castigo de su esclavitud. La *alama* había penetrado en las fibras de su corazón, en su pensamiento y en su alma. Nunca había detectado en ella el menor indicio de maldad, sino una integridad y una pureza insobornables. ¿De dónde emanaba esa vivacidad que escapaba de su mirada y esa fascinación que ejercía sobre él?

Después desvió sus pensamientos hacia el enigmático Caballero de Monte Gaudio que los conminaba a seguirlo. ¿Era verdad que Lasterra poseía la llave para abrir el corazón de Saladino? ¿Cómo se las ingeniaría para cumplir las exigencias del *atabeg* kurdo? ¿De qué naturaleza era el arma que había anunciado tan secretamente poseer? ¿Acaso no era una revelación lo bastante insólita como para considerarla como poco probable? ¿Estaría la mano del Maligno en tan inexplicable fanfarronada? Pero debía concederle una oportunidad para que lo demostrara. Era un caballero y un monje de Dios. «Que la fe lo inspire en el momento oportuno.»

«Qué cruel sesgo ha tomado mi estrella. En las manos de Dios y de este extraño amigo abandono mi destino», pensó con angustia.

El día había adquirido la porosa luminosidad del cristal.

11

Salah ad-Din, el adalid de los leales

El Cairo, finales de agosto del año del Señor de 1173

A Brian, el crepúsculo de El Cairo le pareció un espejismo de oro.

Era el instante mágico en el que la tarde preludiaba su declinación y su esplendor rivalizaba con el tinte turquesa del Nilo. Un cielo nacarado y caliente sucumbía ante las tinieblas. La ciudad, como una cortesana opulenta, se acurrucaba entre sus murallas granate, y al contemplarla fascinado, se le cortó el habla.

El aire era más sutil, a pesar del polvo calcinado; el firmamento, más deslumbrante, y las calles, plazas y zocos, más misteriosos que los de Jerusalén, Damasco o Trípoli. El fin del verano se apresuraba a su fin y los cariotas atestaban las calles, sentados bajo las parras, con los quitamoscas en las manos, improvisando risas, fumando hierbas aromáticas en las *shihas* de latón y bebiendo hidromiel y refrescos de nébeda. En los patios comían *jawi* de cordero; *taamiyas*, las crujientes empanadillas de alubias; dátiles y golosinas de canela y hojaldre, mientras charlaban y se regocijaban hasta la embriaguez, aspirando el aire fresco del río.

Urso, Scala, Lasterra, sus escuderos y los guías beduinos traspasaron la Puerta de Bab Zuweila en medio de un bullicio ensordecedor. El veneciano mostró el salvoconducto firmado por el sultán de Damasco y les franquearon el paso.

En el aire flotaba un olor penetrante a fogón; a especias; a *mezzes*, las picantes salsas con las que condimentaban cuanto comían;

a guiso de *kofta* o cordero y sobre todo a hachís, el gran entretenimiento y placer de sus habitantes. Cubiertos con albornoces sirios ingresaron en el barrio de al-Fustat, el emplazamiento de la primitiva ciudad, fundada hacía cinco siglos por el conquistador Aman al-Ass. Inmediatamente les llegó el retozón batir de las panderetas que se mezclaban con las invocaciones de los almuecines invitando a los creyentes a la oración. El veneciano los condujo a la suntuosa casa de un mercader amigo, en el aristocrático barrio de al-Ghurieh, donde residían los diplomáticos de las cortes del norte de África, de al-Andalus, Bizancio y Palermo y de algunos reinos de Europa.

Aquella misma tarde, Orlando Scala redactó una carta dirigida al cadí al-Fadil, en la que le explicaba sus pretensiones. La envió a palacio, con la seguridad de que serían recibidos pronto, como había augurado Lasterra.

Y si los había engañado, sabían que eran hombres muertos.

Se sucedieron tres monótonos días atormentados por las moscas.

Mientras Scala evaluaba la situación, la respuesta del primer ministro no llegaba. Comenzó a soplar el molesto *jamsin*, un céfiro arenoso proveniente del desierto. Urso y el cónsul estaban de un humor de perros. ¿Habrían enojado a Saladino con el anzuelo de Lasterra? ¿Deseaba probarlos? ¿Los creía unos embaucadores y estaba dispuesto a librarse de ellos? ¿Se habían metido como sumisas ovejas en una trampa letal? ¿No había asegurado Lasterra que el sultán se echaría a sus pies de inmediato? Scala aplacó sus ánimos, manifestándoles que Venecia y el sultanato de Damasco habían firmado un pacto de amistad, y que él era el garante de su cumplimiento. Pero aun así desconfiaban y la inquietud comenzó a corroerlos.

—Saladino nos mantiene en jaque —se lamentó Scala.

—Esperemos que no sea en jaque mate —replicó Brian, ansioso—. Mi ofrecimiento debería haber logrado el milagro.

Lasterra, obligado por las miradas de recelo de Marsac y agobiado por el calor y la ociosidad, se echó a la calle con Togrul y Andía, y pronto se dejaron encandilar por la ruidosa vida de la capital, en una mañana bochornosa. En una plazoleta cercana un grupo de mujeres vestidas de negro bailaban en círculos, siguiendo un ritmo de irresistible sensualidad, al que se unían muchachos de pelo aceitoso que hacían tintinear pequeños platillos, y beduinos del Nilo, que tocaban flautas y alborgues. Togrul les informó que era una danza sagrada para exorcizar a los demonios y a los malos espíritus.

Se hallaban muy cerca de la fortaleza que estaba construyendo Saladino y que dominaba la ciudad con su imponente arquitectura y el color de arcilla roja de Armenia, que refulgía como un escudo de bronce. Constituía el símbolo de su poder y alzaba su silueta inexpugnable por encima del monte Muqatam, el centinela que vigilaba la ciudad dominada por el victorioso Saladino. Los extranjeros cruzaron las puertas de la Ciudadela y entraron en la primitiva El Cairo, la parte fundada por Gohar el siciliano. Se extasiaron ante las dos joyas de la urbe: la Universidad de al-Azhar «la espléndida», y la mezquita de al-Husayn, cuyo esbelto minarete se asemejaba a una colosal adarga de oro.

La aljama se hallaba rodeada de otras mezquitas menores, como si fueran minúsculas crías nacidas al calor sagrado de la mayor. Entraban centenares de creyentes a orar y místicos llegados del mundo musulmán a recibir las enseñanzas de sus ulemas, los maestros más reconocidos de Oriente. Por la noche se iluminaba con miles de las candelas para recibir a la muchedumbre de los creyentes que escuchaban al frescor de sus patios los salmos y tradiciones del Profeta y recitaban al unísono infinitas loas al Altísimo.

Togrul les señaló en la lejanía las pirámides de Giza, el vestigio del Egipto faraónico y los condujo luego a la iglesia cristiana de San Sergio, la más antigua de El Cairo, templo muy respetado por los mahometanos, pues en aquel lugar se había refugiado la Sagrada Familia en la huida a Egipto; la Virgen María era un personaje muy respetado en el islam. Se perdieron luego por la maraña de callejuelas de la medina y consumieron un refrigerio en la más famosa vía de El Cairo, la al-Batiniya, donde se abrían decenas de prostíbulos, la mayor mercadería sexual vista jamás por los navarros, tiendas de libros, olorosas boticas de drogueros, bazares de perfumes y joyas, y los antros donde se fumaban las pipas de hachís con sus humaredas y el inconfundible tufo a carbón quemado.

A Brian le extrañó la abundancia de establecimientos donde se tomaban jarrillos de un estimulante elixir rojizo que llamaban *karkade*, un té de hibisco, que probaron antes de continuar con su paseo. Brian notó de inmediato el peso de la historia que se hacía sentir en las abarrotadas calles, donde los cairotas se hacinaban bajo los toldos multicolores de los tenderetes. Las mujeres los miraban a través de las verjas con sus velos negros para sustraerse de miradas indiscretas, aunque según Togrul existía un lenguaje secreto de gestos para transmitir deseos y pasiones entre enamorados.

Al mediodía bebieron, en un mesón del arrabal de Mansuriya, un delicioso vino de dátiles, el *tamr*, acompañado de cordero asado. Sentados bajo un toldo rayado contemplaban cómo los curanderos, sacamuelas y saltimbanquis entretenían a los viandantes en las esquinas. Era la ciudad más viva jamás vista por Brian, el compendio de Oriente, el vergel del disfrute del cuerpo, la ciudad musulmana más andrógina de cuantas existían. Observaba absorto a los narradores de cuentos que componían en las paredes sombras chinescas, las más de ellas eróticas. Los aguadores, perfumistas y tenderos les metían por los ojos los granizados, las aguas de rosas, los pañuelos de seda y las cajitas de madera de marfil, mientras los poetas y los estafadores merodeaban por las plazas, donde jueces de largas barbas imponían justicia según el nuevo código suní.

El Cairo siempre había pertenecido al credo fatimí, hasta que el *atabeg* Saladino había sumado a Egipto al credo del califato abasí. El país entero había adoptado la creencia suní, más por miedo al vencedor que por convencimiento. Y se notaba en el ambiente. Espías y agentes secretos pululaban por los barrios disfrazados de mendigos para detectar a los herejes y a sus más deletéreos adversarios, los *asesinos* de Alamut y los seguidores del profeta Alí. Observaron a algunos desgraciados fatimíes empalados o crucificados y sintieron un gélido escalofrío en la espalda.

—Ahora comprendo el odio que le profesan a Saladino los *asesinos* del Viejo de la Montaña, los hermanos de fe de los fatimíes expulsados —se expresó Brian.

—Cualquier día lo asesinarán o lo envenenarán, y no sabrá quién ha sido —contestó Togrul, que recomendó regresar a la seguridad del albergue.

Los días de espera y los momentos de excitación concluyeron. El *atabeg* Saladino los recibiría tras la oración de la mañana de la fiesta de Malud, el cumpleaños del Profeta, en el palacio de al-Adid, víspera de los fastos del Aid Mawlid al-Nabi. Sus astrólogos lo habían considerado como día fasto y propicio y así lo notificaba la carta que había recibido Scala con el lema de palacio.

Sin embargo, la inquietud de los extranjeros, lejos de aminorar, se acrecentó. Pocos extranjeros eran recibidos en audiencia por el líder del islam, el carismático general que hacía sombra a su señor, el sultán de Damasco, del que era súbdito aunque a veces irreverente, indisciplinado y díscolo. Los musulmanes de Oriente sabían que, una vez muerto el anciano Nur ad-Din, Saladino se convertiría en el guía universal de los creyentes y en el enviado de Allah que concluiría las conquistas iniciadas por él y expulsaría a los cristianos de Palestina y Siria. Era su destino.

La noche de la espera fue horrible para el hispano. Nubes de mosquitos y tábanos brotaban de las paredes agrietadas de la casa y lo atormentaron durante la vigilia; además, la idea de encontrarse con el renombrado general, lo mantenía tenso. Amaneció un día radiante, con algunas nubes bajas de reflejos violeta. El polvo leonado de Giza trazaba filigranas en un aire inmutable, casi irrespirable. La corte les envió unas mulas enjaezadas al bulevar de los embajadores y partieron hacia palacio.

Desde hacía tres años, Saladino se había hecho fuerte en El

Cairo, donde lo consideraban su soberano por derecho de conquista. El señor de Egipto se despertaba al alba, tomaba con su esposa, la sultana Ismat, un té con menta y luego cabalgaba con su hijo Afdal, un jovenzuelo de diez años, por las colinas cercanas. Como buen kurdo, le enseñaba cada día a jugar al *chogan* o polo, y lo entrenaba en las artes de la guerra, aprendidas en Armenia de su tío Shirkuh,* «el tuerto, el gordo», un guerrero excepcional que había muerto de gula, tras un atracón en un banquete, y de quien Saladino lo había aprendido todo.

Se detuvieron en la plaza del alcázar de al-Adid y aguardaron. Al poco se abrió un portillo en el gran arco y un criado los invitó a seguirlo. En el vestíbulo, Scala y Lasterra fueron recibidos en el *Diwan al-Insha*, la cancillería, por el cadí al-Fadil, un hombre de porte majestuoso y ademanes afectados, que en señal de amistad les besó tres veces las mejillas. Urso de Marsac, Warin, Togrul y Andía aguardarían fuera, cerca de los abrevaderos, según lo convenido.

Atravesaron corredores que se abrían a grandes ventanales por donde penetraba el frescor de un jardín edénico, lleno de pájaros exóticos y de animales feroces traídos de las selvas de Sudán. El cadí les señaló una leona atada a la fuente con una cadena de plata, y dijo:

—Ésa es la *albiya*** preferida del sultán. Tan fiera como parece come de su mano como una mansa paloma. Salah ad-Din ama a los animales fieros.

Sin aventurarse a hacer comentarios, los extranjeros fueron invitados a perfumarse en el *hamman*, el baño palatino, antes de comparecer en el salón de audiencias. Sólo se escuchaba el rozar de las babuchas de los eunucos y sus borceguíes deslizándose por el suelo. El palacio era en verdad una fortaleza militar, aunque silenciosa y laberíntica, donde reinaba la armonía, el lujo y la riqueza.

* «El León».
** «Leona».

Y cuando ya creían estar ante el salón regio, hubieron de cruzar una interminable avenida techada de madreselvas y campanillas que no dejaban pasar la luz, para darse de bruces con un portón de bronce dorado, cincelado con suras del Corán, que daba paso a un patio de sublime belleza veteado de mármol y rodeado de columnas despojadas del templo de Osiris, en Menfis. En el centro se erguía una fuente, en la que aleteaban palomas, pajarillos de colores y tórtolas.

Una quietud tibia flotaba en el aire y un aroma a rosas, frutos maduros y hierbas aromáticas lo embargaban. Al fin fueron conducidos hasta una espaciosa sala que refulgía como el sol. Estaba dividida en pequeñas estancias, separadas por cortinajes de terciopelo cetí, bordados con soles de oro. Recubierta de espejos, sedas de Zedán, divanes de brocado y pebeteros que exhalaban volátiles hilos de sándalo, estaba concebida para la admiración del visitante y el deleite de los sentidos. Eunucos, jenízaros y guardias nubios armados velaban por la seguridad del *atabeg*, su guía y señor. Nunca se sabía dónde podía esconderse un *hashash* de Alamut o un fatimí loco, y el jefe de la guardia pagaría con su cabeza el menor intento de atentar contra la vida de Saladino. A Brian, que lo observaba todo maravillado, le pareció una exhibición inmoderada de poder y de aparato escénico.

Un fulgor áureo alumbraba los arabescos y las figuras geométricas de los techos, que llenaban de una tonalidad azafranada el recinto. De la pared del fondo colgaba un tapiz bordado en aljófar, rubíes y esmeraldas, con leyendas sagradas del Kitab.* Alfombras de Samarcanda y muselinas de la India, exornaban el mullido suelo por donde caminaban hundiéndose bajo sus pies.

A Brian, como huésped e invitado, se le había permitido entrar armado con las dos espadas envainadas y ataviado con sus indumentos blancos de la Orden de Monte Gaudio, aunque al comparecer en el salón del trono debía colocar sus armas a los pies del sultán, en señal de sumisión y amistad. Scala, vestido *alla*

---

* El Libro por antonomasia, el Corán.

italiana con una garnacha milanesa de franela *frappé* y un gorro emplumado de Ypres, lucía como un rey. Se detuvieron a una orden del gran chambelán y aguardaron.

Sentado sobre un diván de oro y de marfil se encontraba, hierático e inmóvil como una estatua, Salah ad-Din ibn Ayub, el Adalid de los Leales, Saladino. Se engalanaba con los más altos atributos de un monarca: el turbante blanco con broche dorado, la túnica escarlata y un alfanje incrustado de pedrerías sobresaliendo de un cinturón de cordobán damasquinado. Alrededor de su figura, los fulgores del día y de los candelabros de oro tejían una aureola que parecía hacerlo levitar. Sobre su voluminosa testa se alzaba un techo deslumbrante, que se asemejaba a un santuario cincelado con adornos y alvéolos policromos, como si fuera un colosal panal de miel.

Brian y Scala se tocaron la frente en señal de respeto ante el al-Malik an-Nasir y se inclinaron respetuosamente. Luego Lasterra depositó las dos espadas en uno de los escalones de jaspe, y ambos aguardaron de pie, gesto que reclamó de inmediato la atención de Saladino. El general los saludó con una espléndida sonrisa. A su lado se hallaban el intérprete del sultán Tarik ben Isa, el primer ministro al-Fadil, un escriba, el Katib o secretario y el general Keutburri, su mano derecha en la batalla y en sus conquistas.

Pero Brian quedó decepcionado. Creía que su aspecto físico era bien distinto y mucho más imponente. ¿Acaso un guerrero de su jaez, un curtido estratega de la guerra que pasaba años de campaña, cabalgadas, privaciones y peleas podía presentar tan baja estatura y un aspecto tan frágil?

Sin embargo nada menoscababa su inalterable imperturbabilidad.

La expresión de su rostro se adivinaba resuelta, la tez le brillaba bronceada y la barba corta, pero afeitada pulcramente, le conferían no obstante un aspecto de dignidad. Su rostro irradiaba melancolía y su sonrisa infundía una confianza arrebatadora a quien lo miraba. Scala le había asegurado que tenía un ojo postizo, pero el hispano no lo pudo constatar, pues apenas si habría los párpados, donde se adivinaba un fulgor conciliador y una vitalidad arrebatadora. Había cumplido treinta y seis años en el pasado mes de Safar, «el que está vacío», y por sus enfrentamientos con el sultán Damasco, el piadoso Nur ad-Din, al que no rendía cuentas de sus victorias, muchos fieles lo llamaban ingrato e insolente, aunque lo idolatraban como a un enviado de Allah.

Los musulmanes lo consideraban la esperanza del islam, el líder indiscutible y deseado. Le deseaban larga vida y que sus banderas salieran siempre victoriosas en los combates con los *frany*. Saladino era un hombre ambicioso y ansiaba convertirse en sultán único. Y aunque usaba aquel tratamiento y sus fieles así lo aclamaban, sólo era un *atabeg*, general o alto dignatario de su señor de Damasco. Sin embargo, a pesar de su poder y popularidad, nunca se mostraba imprudente, grosero, indiscreto y soez, como su tío «el Tuerto». Y su vida la presidía el respeto a la palabra dada, la mesura, el valor y la compasión. Entregado a la causa de Allah, se mostraba como un caballero y un líder con gran sentido del estado. No era vengativo, y así lo había demostrado con Amalric y el príncipe *metzel*, a los que en más de una ocasión había tenido a su merced, perdonándoles la vida.

Sin embargo, su deseo capital era recuperar Jerusalén y devolver la Cúpula de la Roca al islam. Y su única obsesión, que la proclama a los cuatro vientos, era enfrentarse y matar con sus propias manos al cínico, cruel y arrogante Reginaldo de Châtillon, prototipo del príncipe ladrón y cruel, un cristiano torturador y sanguinario que había dirigido los destinos del principado de Antioquía y que se comportaba como una hiena sin alma, tanto con fieles como con no fieles. «Su aliento es una ofensa para los seres humanos y para Dios», había dicho del franco.

El chambelán golpeó con el varal el suelo de pórfido rojo, y anunció:

—¡El Predilecto de Allah, el caritativo, el insigne en la nobleza, el que desbarata la soberbia de sus enemigos, el que mancha de sangre sus estandartes, el pacificador de Siria y Egipto, el halcón de la integridad, el calígrafo del Profeta, a quien Dios prolongue su vida, Salah ad-Din ibn Ayub, el Adalid de los Leales! Ante vuestra excelencia el caballero de la Orden de Monte Gaudio, Brian de Lasterra y el cónsul de la Serenísima, Orlando Scala de Venecia.

—En nombre de Allah el Misericordioso, *al-salam alaykum*, sea la paz sobre vosotros —los recibió el general con su voz acerada.

—*Salam*, excelencia —contestó en árabe el veneciano.

Sin abandonar su porte señorial, Saladino no parecía satisfecho. Se removía incómodo entre los cojines y se dirigió a los visitantes severo, inquietándolos.

—¿No habéis pensado que los lobos invitaban a los corderos a su guarida? Podía cortaros el cuello si sois unos blasfemos y abusáis de mi tolerancia.

Brian pensó que habían tropezado con una trampa bajo la hojarasca, pero no tuvo miedo, antes bien manifestó comedidamente:

—Excelencia, soy un caballero de la Cruz, y mi compañero, un cónsul, por lo tanto la verdad y la piedad rigen nuestras acciones. Jamás me hubiera atrevido a chancearme de vos. A micer Scala ya lo conocéis sobradamente.

Se hizo un largo silencio, donde la densa atmósfera podía cortarse.

—Caballero, nunca me atrevería, ni aun en mi casa, a hacer mofa de vuestros sentimientos. Sólo deseaba probar si la mentira dictaba vuestras acciones. Ahora he visto que defendéis vuestro honor como os corresponde. Sois en verdad un soldado —respondió, afable, Saladino y la tensión se aminoró—. No he dejado de prestar atención a vuestros sables. ¿Un monje guerrero de la cruz con dos armas? ¿No lo prohíben vuestras ordenanzas? Por ello he callado y no he dejado de preguntarme si por ventura nos seréis vos ese hispano al que mis leales de Ascalón y Jaffa llamaban el caballero de las «Armas Verdes» o de «las Dos Espadas». ¿Sois vos acaso? Sería una cabriola del azar inesperada y sorprendente.

Lasterra, desconcertado, reprimió un respingo. Se agitó asustado.

—Me temo, piadoso sultán, que ese mito y yo somos una misma cosa. Mi espíritu reside en esos dos aceros, señor, y con ellos defiendo mi fe y mi honor.

—No lo presentéis como un dudoso título. Yo soy también un guerrero y huelo a muchas leguas a un combatiente valeroso. Defendéis vuestra bandera a riesgo de la muerte, y eso os enaltece. El albur, ese caprichoso duende que merodea en la vida de los mortales, ha tenido a bien poneros frente a mí y me complazco indeciblemente. ¿Cómo que cambiasteis la armadura por los hábitos de monje?

—Señor, un desengaño de amor y una promesa incumplida, así lo han querido. El dolor suele parir decisiones desesperadas —le informó, afable.

El señor de El Cairo parecía mostrarse halagado y sonreía.

—¿Acaso el dolor se halla ausente de la vida de los mortales? —contestó Saladino, filosófico—. Creedme, con esa valiente decisión acrecentáis a mis ojos vuestros méritos. Contáis con mi admiración. El destino ha conspirado para hacernos enemigos, y Dios, en su inmensa sabiduría, así lo ha determinado.

—Nos regocijáis altamente, magnífico general —admitió Lasterra.

Saladino conocía las verdaderas pretensiones del navarro y lo que acarreaba en su alforja, y aunque ardía en deseos de constatar si divulgaba la verdad y no era una baladronada, por cortesía se contuvo. Luego desvió la conversación hacia otros derroteros. Así lo requería la etiqueta cortesana del sultanato suní.

—¿Cómo se encuentra de salud el soberano Morri?* Os aseguro que lo tengo por un monarca valeroso y prudente. Y en su hijo, el príncipe Balduino *el metzel*, creo adivinar grandes cualidades como gobernante, aunque el mal leproso terminará por devorarlo. Va a ceñir la corona en un mal momento. El reino franco está en plena descomposición y las bocas de mis mujeres me su-

* Nombre familiar con el que conocían los sarracenos al rey Amalric I de Jerusalén.

plican que acuda a rescatarlas de los desafueros y rapiñas de los *frany*. En especial de esa alimaña llamada *messire* de Châtillon. No es un guerrero de honor. Es un Satán brutal y sin sentimientos. Estas tierras han soportado tres generaciones de ultrajes abominables —se expresó Saladino, extrañamente profético—. Ha llegado el tiempo de la remisión, si al fin el Clemente nos cubre con su favor. Antes de morir liberaré Jerusalén de la soberbia cristiana. ¿Merece la tumba de Isa bin Marian, vuestro Jesús, tanta sangre derramada?

Brian, en un alarde de osadía y de conocimiento de la lengua árabe, contestó:

—*Allahu aalam*, eso sólo Dios lo sabe, mi señor.

Aquella dura réplica estuvo flotando en el aire unos segundos.

—Ciertamente. Es la contestación propia de un luchador que lo fía todo al filo de su acero y a su valor —replicó—. ¿Y qué otra cuestión os ha trasladado hasta esta corte, caballeros?

Lasterra vaciló. Saladino señaló con el dedo extendido su zurrón, como si fuera la vara de un zahorí. El cristiano, con estudiados movimientos, entresacó de su capa un bulto misterioso. Estaba envuelto en una tosca tela de arpillera y atado con un bramante oscuro y ajado. Parecía como si hiciera muchos años que no había sido abierto, ni menos aún expuesto a la luz del sol. Brian se acercó y lo depositó en una mesita de taracea andalusí, junto a un jarrón que contenía jacintos negros, la flor preferida del profeta Mahoma.

El cadí al-Fadil desbarató con un estilete el cordaje, y con devoción, pues conocía por la carta de presentación su contenido, apartó la arpillera que se desmenuzó entre sus manos. Al desvelarlo a la contemplación de los presentes, los ojos miopes del cadí parecieron salírsele de las órbitas y las arrugas de su rostro adoptaron la tonalidad del marfil. Era verdad. Estaba allí, ante él.

Un haz de luz descubrió la sublime perfección del objeto que tanto había obsesionado a los creyentes en el último siglo, y en las últimas semanas a los amigos de Lasterra. Se trataba de un Corán de tapas grabadas en oro, con cantoneras de plata bruñida y tachonado de diminutos fragmentos de aljófar de Filoteras, que parecían dibujar un lazo en su portada. En otro tiempo debió de ser de color púrpura, pero que con el tiempo había tomado una tonalidad amarillenta.

El ejemplar era conocido entre los creyentes como el Corán de Uzman o El Lazo Púrpura de Jerusalén. Durante años había presidido el *mihrab de la Qibla*, o muro sur, de la Mezquita de la Roca de Jerusalén, siendo tenido por su antigüedad, prestigio y factura como el más sagrado entre los inviolables libros musulmanes. El joven rey de Jerusalén, Kilij Arslam, ordenó que fuera sacado por el gran ulema de la ciudad santa en solemne procesión y confiado a un mensajero para que lo condujera a Damasco en secreto, días antes de la llegada de los cruzados de Godofredo de Bouillon, a los que un traidor musulmán, fabricante de corazas, abrió un portillo para hacer suya la ciudad.

Sin embargo, el emisario jamás llegó a su destino: la mezquita principal de la capital del sultanato, donde se guardaba un atril vacío para cuando compareciera. Muchos creían que había sido robado; otros, que destruido por los cruzados, y los más, que Dios lo había preservado del ultraje, ocultándolo de la barbarie *frany*. Aseguraban algunos ulemas del islam que las rosas púrpura de Jerusalén no florecían con igual esplendor desde que el Corán había desaparecido.

Su depositario, un *mutazil* o místico del islam, que viajaba sólo para poder pasar inadvertido y así colarse por las filas enemigas de los francos, se había refugiado en una pobre aldea de Maarra, creyendo que los cruzados pasarían de largo camino de Jerusalén, despreciando el poco estratégico villorrio, pero con tan mala fortuna que la villa fue arrasada días después por las hordas cristianas, que en su devota locura llegaron a guisar en grandes ollas a sus habitantes y ensartar a los chiquillos en lanzas para luego asarlos y devorarlos en un aquelarre de ferocidad y barbarie. Tras aquella ignominia, que afrentó a Dios mismo, El Lazo Púrpura de Jerusalén desapareció sin dejar rastro Nadie sabía qué había sido de él.

De inmediato corrió de boca en boca el rumor de una leyenda, contada generación tras generación, que hablaba de que Allah el Misericordioso lo había depositado en un lugar inaccesible a los mortales, y que cuando su Providencia lo determinara, lo haría visible para que sirviera de estandarte en el asalto y recuperación de la tres veces Santa. Y el tiempo se había cumplido.

«El día que el islam recupere El Lazo Púrpura, Jerusalén será libertada», aseguraban los ulemas de las mezquitas, que rogaban día tras día por su aparición.

Saladino se incorporó como un resorte del diván y extendió sus manos, en las que el cadí depositó el ejemplar sagrado. Como enloquecido profirió:

—¡La Palabra Perdida de Uzman, el Lazo perfumado y tantas veces deseado! La profecía se ha cumplido, y Dios ha querido que sea de la mano de un cristiano y que sean mis dedos, los del más humilde creyente, los que al fin lo acaricien.

—Ironías del azar, excelencia —repuso Brian.

Saladino estuvo largo rato contemplando el libro, e incluso leyó una de sus suras, «la Hormiga», que releyó susurrando en posición devota. Se hallaba en buen estado a pesar del tiempo transcurrido, quizá al haber estado depositado donde el calor era escaso y la humedad pródiga. No movía un solo músculo y su inicial júbilo se trocó en desconfiada perplejidad. Se acomodó entre los almohadones, taladró con su mirada a Brian y manifestó:

—Habéis de saber que para los musulmanes el único libro verdadero que existe es El Libro Azul del Cielo. El Corán es tan solo el reflejo divino de la palabra de Mahoma. Por eso a los cristianos os llamamos las Gentes del Libro, al que parecéis adorar.

—Dios habla a sus criaturas de muchas maneras. No os falta razón, excelente señoría —dijo Scala.

—¿Y cómo ha llegado hasta vos el Corán de Uzman? El sultán de Damasco, Musthazir-Billah, murió desesperado aguardando su llegada. ¿Lo habéis robado de algún lugar sagrado del islam? Para nosotros el califa Uzman ibn Affan es un ulema santo e insigne. Tuvo la revelación de reunir «la palabra eterna» del Profeta, dispersa en hojas de palmera y en tiras de cuero, en un compendio, que con el correr de los años se convirtió en nuestro libro sagrado: el Corán. Sólo quedan dos de esos primitivos códices. Éste, El Lazo Púrpura, y el llamado Manuscrito de Samarcanda ¿Ha sido el fruto de algún trueque indigno? ¿Lo habéis escarnecido?

—Soy un hombre temeroso de Dios —negó el navarro.

—¿No habrá sido entonces profanado? Espero que sobre él no se haya cometido ningún sacrilegio. Seríais reos de la peor de mis cóleras —amenazó Saladino.

La sorpresa había secado su garganta, pero Brian respondió fríamente:

—No dudéis de mi honradez, señor. Siempre fue respetado y ennoblecido.

—Explicaos entonces, *rumi* —ordenó, severo, el sultán.

Brian se sintió como si hubiera agraviado su dignidad, y de golpe enmudeció. El cristiano lanzó al ilustre musulmán una mirada apaciguadora, que inmediatamente captó su atención. Sus pupilas denotaban un dominio interior que contrastaba con el elegante fatalismo del Comendador de los Creyentes. ¿Por qué había despertado tanta turbación en el *atabeg*?

—Escuchad, mi ilustre señor —apuntó el cristiano.

Saladino no añadió nada más, para no estropear la magia del instante.

12

El Lazo Púrpura de Jerusalén

Brian no podía evitar sentir dudas, pero habló con persuasiva inspiración.

—Señoría, ¿recordáis los tiempos de la Primera Cruzada?

—Siendo un niño, en mi ciudad natal de Takrit, no escuchaba más que historias de la infeliz llegada de los *frany* a estas tierras —confesó con sequedad.

—Os contaré entonces. Prestadme oídos, os lo ruego. Perdido en aquella ingente masa de guerreros —le explicó—, un noble navarro, joven y asustado, pero bizarro y caritativo, acompañaba al conde Raimundo de Tolosa en la hueste que soñaba con conquistar Jerusalén. El azar quiso que fuera uno de los primeros soldados que compareciera en las murallas de Maarra, tras la devastación de la ciudad y de la actuación tan calamitosa de unos pocos soldados de la Cruz, que las crónicas nos han narrado como atroces para nuestra vergüenza. El caso es que este cruzado salvó a uno de aquellos pequeños de ser ensartado y auxilió luego a un hombre moribundo, que no tuvo tiempo de huir. El gesto de humanidad que había tenido con el chiquillo le llamó la atención; y en su agonía le entregó ese mismo paquete que ha destapado el cadí, haciéndole ver por signos que era un libro bendecido por Dios y que lo entregara en un lugar sagrado del islam. Sabiendo que iba a morir, le pidió con lágrimas en los ojos que lo salvara de la ira de aquellas fieras, de la destrucción y del fuego, pues su pérdida podría acarrear la ira de Dios. Ese caballero, excelencia, no sé si porque no lo entendió, pues ignoraba el árabe, por miedo, piedad, terror o superstición, o porque es un libro de excepcional belleza, lo tomó en sus manos, mientras el hombre moría entre sus brazos.

—Encomiable y piadosa acción. Proseguid, os escucho.

—Pero ¿dónde iba a entregarlo si no conocía vuestro idioma y al poco tiempo hubo de regresar a su país, sin conocer ni tan siquiera a un musulmán? Volvió con él a Occidente, donde supo, por un judío docto que lo examinó, que se trataba del famoso Corán de Uzman, «El Lazo Púrpura», extraviado tras la conquista de Jerusalén, y tan deseado por los fieles de Mahoma, que lo creían perdido. De modo que, según el juramento dado, honró como merecía tan sacro ejemplar, veló por él y, para que no fuera objeto de alguna irreverencia, lo depositó en una iglesia perteneciente a su familia, Santa María del Olivo, junto a una esquirla del Lignum Crucis, un vaso con arena del Santo Sepulcro y una Virgen Negra que le regaló Godofredo de Bouillon, el gigante de Lorena. Antes de morir, y ya anciano, al redactar su testamento y repasar su azarosa vida, hizo jurar a su hijo que si en tres generaciones ningún soldado, clérigo o peregrino de la familia visitaba Tierra Santa, aquel libro de Dios, que nadie se había atrevido a mancillar, por considerarlo secreto, arcano y jerga de infieles, se entregaría a la mezquita aljama de Córdoba, sellando con su propia sangre, que caería una maldición sobre la estirpe, si no se cumplía su voto de caballero y cruzado.

Saladino se quedó estupefacto y se le escapó un gesto de asombro.

—¿Y quién fue aquel hombre tan lleno de sabiduría y humanidad? —se interesó.

Las palabras de Brian fluyeron desde lo más hondo de sus sentimientos.

—Mi abuelo, Saturnino de Lasterra, señor de Artajona, en el reino de Navarra. No tenía ni una gota de sangre villana, sino de noble y digno aristócrata —descubrió, ufano pero sin jactancia, la identidad de su salvador.

Saladino movió los labios borboteando palabras inconexas y arriesgó una mirada de perdón hacia el cristiano. Había errado en su apreciación.

—Excusad si he desconfiado de vos, pero sé que la naturaleza del hombre es corrupta, perversa y depravada —se excusó Saladino—. Gracias sean dadas a vuestro antepasado. Por su espléndido acto ha perdurado este Corán irreemplazable. Creedme, el recelo porque hubiera sido ultrajado me ha mantenido alterado estos días. No debí dudar de quien es conocido por su reputación como el Caballero de las Dos Espadas. ¿Conocéis la leyenda que rodea este Corán tan peculiar? Tal vez de haberlo sabido lo hubierais destruido. Pero ya es tarde, aunque su fábula merodea por los predios de la fantasía.

Había llegado el momento de recompensar al caballero cristiano tras recibir una señal cómplice de su mano derecha, el poderoso al-Fadil.

—El cadí me ha hablado de una petición que deseabais hacerme sobre una mujer creyente de mi propiedad —se expresó Saladino con reserva—. Se han hecho las averiguaciones pertinentes sobre esa esclava que deseabais libertar y os diré que efectivamente forma parte de la servidumbre de mi casa. Pertenece al séquito de la *sayyida*.* Al saber que era una *alama* he dado orden para que inmediatamente sea liberada, aunque no la pondré en vuestras manos, pues según la *Sharía*, nuestra ley fundamental, sería una flagrante profanación de nuestros usos. Lo comprenderéis.

—Perfectamente. Gracias, excelencia —manifestó Scala inclinando la cabeza—. Solo deseábamos su liberación.

—Sería contrario a nuestra doctrina —siguió el *atabeg*— entregársela a gente de otra fe, por lo que he dictaminado que ingrese hoy mismo como *waiza*, lectora del Corán, en una de las mezquitas de El Cairo, raro honor concedido a una mujer. La he interrogado y lo merece por sus virtudes y sapiencia. Allí vivirá y

---

* Sultana, gran señora del harén de Saladino.

será respetada como una princesa del islam. Desde hoy será favorecida por mi mano, y libre y emancipada, se hallará, si así lo prefiere, bajo mi protección. Al comunicárselo ha aceptado al instante, agradeciendo la bondad de su destino. No obstante me ha inquietado vuestra preocupación por una hembra infiel. ¿Qué relación tenéis con esa mujer? ¿No os parece extraño en unos extranjeros? ¿Qué propósito os ha movido a libertarla, incluso solicitándolo de las más altas estancias del reino?

Saladino merecía su gratitud y sus explicaciones, e intervino Scala.

—Es fácil de explicar, mi señor. Constituía la promesa sagrada de un templario, que la conoció en tránsito de una caravana a Alepo a donde se dirigía.

El general kurdo le quitó la palabra, alarmado.

—¿Un templario decís? ¿Acaso me habláis de trato carnal y sacrílego?

—Perded cuidado, *illustre signore*, no asistí como testigo a relación más pura que ésa, excelencia. Son dos almas gemelas a las que unió su semejanza. No tocó uno solo de sus cabellos, pero la admira como la más selecta de las personas, hasta el punto de poner en peligro su vida y la permanencia en su orden. Un amor desinteresado y acrisolado por el sufrimiento. Ahora hemos cumplido su deseo y al fin la paz sosegará su alma. No deseaba otra cosa que saberla libre. Nada más.

—Es increíble creer lo que me reveláis, y efectivamente demuestra la honestidad de vuestras intenciones y de ese monje. ¡Un templario y una *alama*! Inconcebible y contrario a la razón en dos credos enfrentados. No creí a un *frany* capaz de tan castos sentimientos —comentó—. ¿Cómo se llama ese caballero?

—Urso de Marsac, capitán de la flota del Temple, y un hombre probado por Dios con calamidades y desgracias sin cuento. Nada receléis de él, honorable general.

—La Providencia del Altísimo es insondable, no cabe duda.

—Y nuestra gratitud será eterna hacia vos, mi señor —concluyó Scala.

—Vuestras exigencias han sido comedidas —argumentó Saladino—. Soy yo y los creyentes los que os agradecen la generosa devolución de El Lazo Púrpura, y a tal efecto, cuando lo supe, dispuse que el hombre que pusiera ante mí el Kitab de Uzman recibiría de mi persona perpetua amistad y un presente de alto valor para premiarle su acción.

Brian pensaba que no merecía tanta gratitud, y que la devolución era más una necesidad que una buena acción, que sólo el azar la había enaltecido.

—¿Un presente? —Se asombró—. Lo he hecho para cumplir la promesa de mi abuelo. No estáis obligado a nada, gran señor. Olvidaos de cualquier recompensa.

—Es mi deseo, caballero Lasterra —insistió Saladino.

Hizo una señal al cadí, quien puso en sus manos una arqueta de marfil. Luego preguntó enigmático:

—¿Sabéis jugar al *sahatranj*, o ajedrez, como lo llamáis los cristianos?

Brian ignoraba dónde quería llegar el sultán y balbuceó intrigado:

—En Navarra es conocido entre la nobleza, y hube de estudiarlo como parte de las Siete Disciplinas de la Caballería. Después *dame* Melisenda de Trípoli me enseñó a dominar sus estrategias y celadas.

—Pues bien —siguió Saladino—, como reconocimiento a la valerosa acción de vuestro abuelo y a vuestra generosidad, aceptad como presente mi ajedrez personal. Está tallado en cristal chino y bañado en oro. Su valor es incalculable, creedme. Quiero obsequiaros con mi juego más querido. Tomadlo y recordad a Salah ad-Din cuando despleguéis en él vuestra sabiduría de la caza del rey enemigo.

El cadí lo desplegó en la mesa. Su acabado resultaba perfecto, refinado, exquisito. Las figuras rutilaban como dardos dorados sobre el tablero de 8 × 8 casillas, fabricado en cedro de Líbano, marfil y oro del Sudán. Saladino explicó que el tablero había sido obrado por artesanos persas en cuadrículas rojas y amarfiladas, con los bordes decorados con teselas bizantinas, en los que aparecía su nombre, en recuerdo de aquel día inolvidable de la recuperación del Corán de Jerusalén. Las figuras contendientes, los arqueros, elefantes y torres, comandados por sus reyes, estaban fabricadas en cristal de Catay* y pinceladas por expertos miniaturistas de Ispahan. Denotaban gestos y actitudes casi humanas, como si de un momento a otro fueran a cobrar vida en sus casilleros. El caballero Lasterra y Scala tenían los ojos clavados en el soberbio presente y admiraban las piezas rojas o hindúes y las glaucas o etíopes, de uno y otro ejército, perplejos con la magnificencia del regalo.

El caballero se sintió complacido y honrado. Sonrojado le expresó:

—Estoy abrumado con tanto honor, altísima dignidad. Gracias.

—En lo sucesivo sólo el campo de batalla nos desunirá —señaló el general.

—En él no hay nada glorioso, mi señor. La guerra extrae de nosotros mismos lo peor; aunque es mi oficio y no sé hacer otra cosa.

—Sois un hombre privilegiado, pero no olvidéis que tarde o temprano la causa justa es la que gana. El Profeta asegura: «El Paraíso yace bajo la sombra de la Espada». Yo no soy un general de salón y me duele cuando veo la sangre de mis semejantes derramada. Pero ahora mi alma destila satisfacción, pues los creyentes del islam, cuyo destino me ha confiado Allah, han recuperado la Palabra sacrosanta del Profeta. *Salam* —concluyó Saladino, que se incorporó majestuosamente del diván tapizado en oro—. Que el Muy Sabio os acompañe y os conceda larga vida.

Los cristianos inclinaron la cabeza, hasta que el chambelán les dio la señal para levantarla. Saladino había desaparecido del espacio de su visión. ¿No parecía el señor de Egipto demasiado cuidadoso con su aureola de semidiós? En actitud respetuosa abandonaron el salón de audiencias, sumidos en la conmoción.

* China.

—El Príncipe de los Creyentes me ha asegurado que se ha mostrado muy complacido con vuestra visita —manifestó el cadí con voz atropellada.

—El destino nos ha concedido la gracia de conocer al gran guía del islam y nos sentimos dichosos por haber quedados satisfechos. Gracias, cadí, el Altísimo cubra con su sombra esta casa y a los que la habitan —respondió el cónsul.

—Id en la paz del Invisible —los despidió al-Fadil sin ninguna frialdad.

Caminaron hacia la salida y Scala suspiró profundamente, pues salir airosos de aquel envite no se presumía nada fácil. Saladino no podía haberse manifestado con ellos más benigno, conciliador y lleno de gratitud.

En el mismo instante en que abandonaban el palacio, un guardia con la cabeza rapada acompañaba respetuosamente a Jalwa ibn Hasan, la *alama*, hasta una de las mezquitas y se perdía por un pasillo del alcázar. Caminaba rozando el suelo con el velo de seda que arrastraba, ajena a que aquellos cristianos eran los ejecutores de su liberación y de un futuro lleno de honores. Brian no pudo sustraerse de admirar sus facciones semiocultas por la *miqnaa* y oler su denso perfume. Era una mujer de facciones hermosas, melena recogida que hacía resaltar sus ojos incitadores, de andar tranquilo y esbelta como un junco del Nilo. Su boca de color rojo natural, se movía en su rostro armonioso. Y la contempló absorto, con extrema fascinación.

—*Celsa madona, bella e netta nella persona** —sentenció Scala.

Urso, impaciente y atosigado, esperaba mientras tanto frente al portón del palacio. Con los puños apretados rezaba para que la entrevista concluyera felizmente. Pero no podía ni soñar que Dios le deparara el bálsamo de contemplar el instante de la redención de Jalwa.

Miraba indolentemente a unos ladrones, que con las manos atadas a la espalda pagaban sus culpas en la picota, cuando súbita-

---

* «Excelsa mujer, hermosa y pulcra en su persona».

mente la vio aparecer en el umbral de la puerta dorada, rodeada por la guardia, que le rendía los honores de una reina. «¡Por san Pedro y san Pablo!», masculló entre dientes incrédulo, pero con todos sus músculos en alerta. No podía creerlo. ¿Qué milagro había ocurrido dentro de aquellos muros? La contempló de lejos, mientras se subía a un palanquín adornado de sedas y era tratada con altísima consideración y respeto. ¿Qué grandeza había acontecido allí dentro? ¿Adónde se dirigía que la llenaban de cortesías? Urso contuvo la respiración. Estaba nervioso y un impulso lo hizo adelantarse para saludarla, pero Togrul lo aferró por el hombro y respetuosamente le recomendó:

—¡No lo hagáis, *messire*, os arrepentiríais! No debe veros en vuestro estado. Que os recuerde como erais, el *zorkan* de los ojos azules, el gallardo soldado de Cristo, no un hombre derrotado, desorejado y enfermo.

—Es cierto, Togrul, sufriría y su alegría se convertiría en llanto inconsolable. Algo grande ha acontecido pues, como ves, la colman de miramientos. Era lo que yo anhelaba.

—Quedaos con el primer recuerdo y Dios premiará vuestra acción. Si supiera que sois un leproso, se moriría de dolor, señor de Marsac —le aconsejó Warin.

—Me hiere lo bastante la situación, pero no hasta que sangre mi alma. Te asiste la razón, Warin. Un impulso del corazón me ha demandado ponerme ante ella y respirar su aliento —aseguró—. Agradeceré eternamente el gesto de Lasterra.

Marsac reprimió un estremecimiento de vergüenza, pero adivinaba que Jalwa, por sus gestos, había apaciguado su alma y olvidado su condición de cautiva. Pero ya no la volvería a ver jamás. «¿Encontrarás el principio de tu sosiego? Tu alma, habitada por la gracia del Misericordioso, ha escapado de la jaula, Jalwa, pero qué vulnerable me pareces.»

Tras sobreponerse de la sorpresa, sintió la gelidez de la muerte en el alma. Se notó súbitamente agotado. Jalwa y él constituían el vivo ejemplo de dos destinos paralelos, de dos caminos condenados a no encontrarse nunca. De repente Jalwa giró la cabeza, como si un impulso la obligara a hacerlo y entreabrió su boca golosa. Pero no advirtió nada extraño, ni a ningún ser conocido, sólo a tres hombres encapuchados que se apoyaban en el pilar del abrevadero y que la observaban con curiosidad y atrevida insolencia. Bajó la mirada y desapareció para siempre.

«Ya no siento la lujuria de la carne, y el amor, cuando se troca en benevolencia y piedad, ya no es amor», pensó el templario.

Y sintió una culpable delectación.

El Cairo brillaba aquella limpia mañana del mes de Rabi al-Awal, como si dardos de sol hirieran con su luz el cielo y la bendita tierra del Nilo.

Arribaron a Damieta agotados y polvorientos.

Urso de Marsac había entrado en un mutismo preocupante, con su delgadez enfermiza y las manos temblándole sin cesar. Mucho se temían que la lepra hubiera hecho presa en él, y que fuera demasiado tarde para detenerla. En sus facciones podía leerse el infortunio que padecía, y en la mirada de Brian, la preocupación por el peligroso viaje que se disponían a emprender en breves días.

Aquella noche un veneciano amigo de Scala, uno de los mercaderes más ricos de la ciudad, les ofreció una cena. El festín se inició a la puesta de sol y duró hasta medianoche. En ella no participó Marsac, para no aparecer entre los invitados con los estigmas del mal y la oreja mutilada. Heridos por el temor a no ser comprendidos, el templario y Lasterra decidieron, antes de emprender el azaroso periplo, enviar a Jerusalén los documentos recuperados del tesoro de Londres, para no levantar suspicacias y explicar someramente a los maestres sus averiguaciones, pero sin mencionar el paradero de Urso.

Brian tenía ganas de conocer el manuscrito con el que algunos pretendían la aniquilación moral y física del Temple, por el que suspiraban los jerarcas templarios y sus enemigos. A Marsac se le ensombreció el rostro al abrirlo, y lo expuso a su vista:

—Todo es cuestión de usurpación de poder, no de ortodoxia en la fe. Por estos legajos muchos han muerto, otros han sufrido dolor y mis superiores viven en un sin vivir.

El libro mayor se parecía al usado por los monjes en sus rezos. La cubierta estaba revestida por cuatro nervios y un tentáculo en piel de lechón nonato. La inscripción del frontispicio, en latín, atendía al título «Poema de la Virgen del Temple». Estaba escrito, según leyó, por Achard d'Arrouaise, el prior templario de Jerusalén, quien le había solicitado la búsqueda de Urso. Su interior parecía un códice de coro, con las abarquilladas hojas divididas en dos partes e iluminadas con miniaturas primorosas en rojo siena y azul, y rociadas con oro pulverizado.

—Vuestro prior de Jerusalén es un formidable guerrero. He luchado con él en el campo de batalla, ¿cómo que lo tachan de hereje? No lo entiendo.

Urso empleó el tono con el que solía calmar a sus amigos.

—Mi *douce frere* Achard lleva viviendo en Jerusalén muchos años y se ha dado cuenta de que todas las religiones monoteístas son una misma cosa, y que al Dios musulmán, judío y cristiano lo adoramos por igual. Sólo pretendía unir creencias y acercar a gentes enemigas. Escribió este manual de jaculatorias para creyentes de las tres religiones. Proyectaba decorar el santuario de la Cúpula de la Roca de Jerusalén con estas jaculatorias, a fin de que los peregrinos, en su ronda secuencial del vía crucis, lo cantaran devotamente, y también que los caballeros templarios lo recitaran en la ceremonia de profesión. Pero desdichadamente se convirtió en vórtice de críticas y fue retirado. Su valor como argumento contra la envidiada Orden del Temple radicaba en que se hacía una referencia nada afortunada a ciertos versículos de la sura tercera del Corán sobre la «Anunciación» a María, el nacimiento de Jesús y su misión en la tierra. Como sabéis, Santa María e Isa, Cristo, son muy venerados en el islam.

—¿Y cuáles son esas referencias islámicas que pretendía incluir D'Arrouaise en un devocionario cristiano? —se interesó el navarro.

—Unas alusiones con las que corríamos el peligro de ser considerados como una hermandad de herejes, y por tanto ser separados del cuerpo de la Iglesia. Recuperar estos dos libros resultaba de una importancia capital para mi orden, y en manos espurias, se convertía en un auténtico torbellino de desgracias.

—¡Por vida de Dios! —exclamó Brian—. Ahora comprendo lo que se ha organizado con su desaparición y cobra aún más valor nuestra misión.

—Por supuesto. ¿Sabéis leer en latín?

—No muy bien, soy un noble y por tanto no muy versado en letras —respondió Lasterra.

—Pues os traduciré esos versículos del Corán que hizo suyos Achard d'Arrouaise para cristianizarlos. Roma y las jerarquías de la Iglesia romana pusieron el grito en el cielo. Prestad atención: «Y cuando los ángeles dijeron: "¡María! Dios te ha escogido y purificado. Te ha designado entre todas las mujeres del universo. ¡María! ¡Ten devoción a tu Señor, prostérnate e inclínate con los que se inclinan". Tú no estabas con ellos cuando echaban suertes con sus cañas para saber quién de ellos iba a encargarse de María. Tú no estabas con ellos cuando disputaban. Cuando los ángeles dijeron: "¡María! Dios te anuncia la buena nueva de una Palabra que procede de Él. Su nombre es el Ungido, Jesús, hijo de María, considerado en la vida de acá y en la otra y será de los allegados"».

—¡Santo Cielo! Esas frases coránicas parecen de nuestros Evangelios.

—Pero esto no es todo. Existen más alusiones a nuestra fe en el Corán, y también fueron recogidas en el poemario por *messire* Achard. Escúchalas: «Cuando Jesús percibió su incredulidad, dijo: "¿Quiénes son mis colaboradores en la vía que lleva a Dios?". Los apóstoles dijeron: "Nosotros somos los asistentes de Dios. ¡Sé testigo de nuestra sumisión!". Cuando el Altísimo dijo: "¡Jesús! Voy a llamarte a Mí, voy a elevarte a Mí, voy a librarte de los que no creen y poner, hasta el día de la Resurrección, a los que te siguen por encima de los que no creen. Luego, volveréis a Mí y decidiré entre vosotros sobre aquello en que discrepabais. Para Dios, Jesús es semejante a Adán, a quien creó de tierra y a quien dijo: "¡Sé!" y fue. Di "Creemos en Dios y en lo que se nos ha revelado a Abraham, Ismael, Isaac, Jacob y las tribus, en lo que Moisés, Jesús y los profetas han recibido de su Señor. No hacemos distinción entre ninguno de ellos y nos sometemos a Él"».

Sumido en una silenciosa cavilación, Lasterra le confesó:

—Parece maravillosamente análogo a nuestro credo, Urso.

—Y un peligroso error, Brian. Un quebradero de cabeza para los míos, que felizmente y gracias a cuatro locos se ha recuperado por la gracia de Dios.

—¡Ahora comprendo por qué estaba guardado en el fin del mundo y bajo siete llaves!—exclamó Brian, que también observaba otro librito más delgado con tapas de cordobán granate y estampado con estrellas de oro en delicadas hojas de fino *vellum*. Su letra sajona era un dechado de exquisitez.

—Y este otro ejemplar, ¿también es considerado como descarriado de la fe?

—Así lo ha tachado el patriarca y los *scriptores* del Archivo Secreto de Roma. En verdad se trata de una recreación libre del Libro de los Jueces mandada redactar por el maestre de Inglaterra *messire* Hasting. Zahir se lo robó ante sus mismas narices, pues dormía justo encima de la cámara del tesoro de Londres. ¡Ironías de la vida!

—¿Y qué desviaciones han descubierto entre sus páginas?

Una inquietante corriente de descontento asomó en su faz.

—¡Otra indigna falacia, Brian! Nuestros enemigos quieren recriminar al prior Hasting que defiende la vieja leyenda de la estirpe real de Jesús, resucitada tras la llegada de los cruzados a Jerusalén. Según mi hermano inglés, los nuevos «Jueces» somos nosotros, los templarios: «Los hijos de Judá combatieron contra Jerusalén y la conquistaron y la pasaron al filo de la espada y prendieron fuego a la ciudad», dice el Libro de los Jueces. Hasting sostiene que somos los caudillos profetizados por las Sagradas Escrituras, guías escogidos por Dios, revestidos de cualidades para hacer frente a las dificultades y salvar a la Cruz en tiempos adversos. Somos los que profesamos obediencia ciega a la Ley de Dios y los que liberaremos a la cristiandad de la esclavitud del islam.

—¿Cuándo decís caudillos, queréis decir reyes? Desde que llegué a Jerusalén he escuchado una y otra vez vuestra pretensión de instaurar un linaje de monarcas mesiánicos, un *Rex Mundi* auspiciado por el Temple. ¿Es cierta esa leyenda?

Sonriendo a medias, pareció sacudirse una cuestión para él risible.

—¡Falsedades! Únicamente anhelamos asentar en nuestras almas el Reino de los Elegidos y alcanzar algún día el trono de la Jerusalén Celeste. El resto son infundios. Cristo murió por nosotros y nosotros morimos por él. «Tu trono ¡oh Dios! será firme para siempre. Cetro de rectitud es el de tu reinado.» Este salmo es nuestro único ideal de soldados de la Cruz. Nada más.

Lasterra, arrastrado por el ímpetu visceral de templario y la defensa de sus ideas y del verdadero espíritu de su orden, asintió devotamente.

—Pues devolvamos a sus dueños naturales estos dos libros. En menos de diez días se hallarán en manos de don Rodrigo y de vuestro gran maestre Odon.

—Partiré para Occidente con la tranquilidad del deber cumplido, y gracias a Scala, el druso y tú, hermano.

—Y regresarás curado para seguir luchando por la cruz —lo tuteó.

—Dios oiga tu plegaria, amigo mío. Mi gratitud hacia ti será eterna.

El templario se retiró a su cámara, cansado y Brian pidió a un sirviente una escribanía y una copa de vino de Shiraz. Marsac no debía ser nombrado, y escribió:

Salutem: Eminentisimus Magister, dominus Rodericus:*
Me hallo sumido en la angustia por un poderoso dilema que me hace dejar Oriente y embarcarme con el sargento Andía ha-

---

* Salud. Eminentísimo maestro don Rodrigo.

cia donde se pone el sol, en pos de una pista ineludible que la misión me ha impuesto como una penitencia, y bien sabe Dios que no lo deseo. Pero es la voluntad del Señor, en bien de la Cruz y de los santos empeños de nuestra orden. No tengo elección y me es imposible en estas circunstancias rendiros cuenta de mis avances, pues la época para navegar llega a su fin y los puertos se cierran en unos días, hasta San Blas.

Y así, por mor de la Providencia, cuando la búsqueda de Urso de Marsac, mi hermano de espada, se encaminaba hacia buen término, mi misión se ha enrevesado de tal manera, que sus pasos parece dictarlos el mismo Diablo. Se rumorea que el templario ha desaparecido o que ha muerto, y con él el oscuro secreto del tesoro de Londres, cuyos pormenores, causas, ejecutores y suerte corrida por los objetos robados, conozco como al pomo de mi espada.

No obstante, antes de finalizar la Cuaresma, plazo que me concedisteis vos y *messire* de Saint-Amand, os daré rendida cuenta de toda esta dislocada empresa que me trajina como una hoja seca de aquí para allá, del norte al sur, y de levante a poniente de este perro mundo. En el momento más insospechado ha surgido una contingencia no prevista, un accidente de la búsqueda, que sobreviniendo de la manera más inesperada, hace que cambie el itinerario y la conducta de mis pesquisas.

Ya sabéis, el azar se nos escapa como el agua entre los dedos, y como mortales, nos vemos dominados por la perpetua variación de lo que planeamos de antemano. Y lo que parecía un manso camino, una misión rutinaria, se ha convertido en una intrincada escalera de caracol, que bien parece no concluir nunca. Como sé que los agentes del patriarca, esos intrigantes buitres que revolotean por toda Palestina, pronto os informarán sesgadamente del asunto, os diré que por causa de mis pesquisas me vi envuelto en acontecimientos tan espectaculares como turbadores, como la liberación de un druso en Jerusalén, espía de su ilustrísima Héracle de Cesarea, en el rescate de una *alama* fatimí y en un precipitado viaje al corazón de El Cairo, morada de nuestro adversario más deletéreo, por quien que fui recibido junto al cónsul de Venecia.

El gran Saladino departió conmigo y me obsequió con uno de sus objetos más queridos y personales, tras una audiencia inolvidable, en la que demostró ser un gobernante piadoso y tolerante. Hasta he de manifestaros que su favor ha influido para consagrarme con más ahínco a esta endiablada misión. He sopesado mi decisión con celo y todo os lo explicaré convenientemente a mi regreso, maestre. Ahora conviene callar y ocultar. Lo celebraréis, os lo aseguro, y os ruego que no dudéis de mi lealtad a la orden y a la Cruz de la Redención, aunque escuchéis acusaciones engañosas y absurdas contra mí, que pretenden dañar mi reputación. Sé que la resolución del problema queda pendiente, pero sabed leer mis silencios, gran maestre, os lo ruego.

No sé cuándo recuperaré la paz perdida, ni cuándo podré presentarme ante tan poderosos maestres, y hasta dudo si logrará hacerlo el caballero Marsac. Y ahora, al aprestarme a partir hacia Palermo, todo amenaza con desvanecerse a mi alrededor. Percibo en mi alma un sentimiento culpable, y dudo si estoy cumpliendo con mi deber, o me arriesgo a no ser comprendido e incluso tachado de desleal, perjuro, amigo de infieles y traidor a mi fe.

Aunque estas palabras os causen un inesperado desconcierto, confiad en mí. No existe ninguna intención retorcida, tampoco he desertado y os juro por mi salvación que regresaré, colmando de dignidad nuestra enseña. El mensajero os acompaña los dos documentos robados en Londres que tanto preocupaban a la reputación del Temple, el poemario de la Virgen de Achard d'Arrouaise, el prior de Jerusalén, y el texto herético del maestre Hasting, los dos libros que habían puesto su ortodoxia en tela de juicio. Verdaderamente son dos textos incendiarios con los que los inquisidores de Roma inflamarían más de una hoguera.

Es una prueba irrefutable de que estoy inmerso en cuerpo y alma en la búsqueda que juré cumplir, aunque ahora, por temer injerencias indeseables que pongan en riesgo su feliz conclusión, he de encubrir y silenciar. Sé, *magister*, que las apariencias están en contra de mí, pues circunstancias sospechosas y abrumadoras así lo dictan.

Pero aun así no desconfiéis de mí, os lo ruego, pues no he variado ni un ápice la senda de la rectitud, ni he dejado de cumplir mis votos, y antes de hacerlo, me clavaría mi espada en el corazón. Nunca os di argumentos para dudar de mi respetabilidad. Regresaré cuando cumpla el plazo, con mi honor impoluto y espero que con la misión cumplida.

Vuestro devoto hijo, fr. Brian de Lasterra, Caballero de Monte Gaudio, que se abandona a la voluntad de Dios, en quien busca su único consuelo.

En Damieta, primeros de septiembre. *Anno Domini* 1173.

Brian sopló sobre la tinta y vertió en ella polvos secantes, sellándola y anudándola con torzal de cáñamo. Casi había perdido la esperanza de que lo comprendieran. Pero ¿era consciente de las represalias y hostilidades que lo amenazaban en el futuro? ¿Qué conocían los templarios de la civilización de aquel mundo que los hacía tan despreciativos de los señores *frany* y tan cercanos a los misterios de Oriente?

Fuera seguía la lluvia y el viento. No hacía demasiado calor y el viento se había serenado. Pero el mar borrascoso no quería demostrarles su hospitalidad. En la densa oscuridad de la noche, su mente estaba alerta, sin poder contenerse en hacerse una y otra vez la misma pregunta sobre su extraño cometido:

—¿Quién me mueve, la caridad, la locura, el Maligno?

13

Los monjes terapeutas de San Lázaro

La chalupa no pudo alcanzar la galera veneciana a causa de un mal viento.

Marsac, Scala, Lasterra, Warim, Togrul y Andía hubieron de volver a la casa del mercader, mientras del puerto ascendía el fragor de las palmeras batidas por las ráfagas y el trapeo de los velámenes. El tiempo era desapacible y un parasol de yute los protegía de la atmósfera alterada. Reposaban con los ojos abiertos, bebiendo té, *arak* y elixires de limón y nébeda, pues con el viaje, una etapa de sus vidas parecía acabar e iniciarse otra presidida por lo incierto. Lo importante era que hasta aquel momento no había ocurrido ninguna desgracia de la que arrepentirse, y que ya sólo restaba salvar el escollo de una navegación de treinta días, para intentar salvar la vida de Urso.

Dos días después, con la primera marea, la flotilla veneciana, compuesta por dos galeras, una nave portera y dos jabeques de vela latina, se echó al fin a la mar con destino a Palermo. Transportaba cargamentos de seda, marfil, y especias de Malabar, por lo que iba fuertemente guardada por mercenarios macedonios y circasianos.

Brian no se sentía un hombre de mar, y manifestaba sin ambages su miedo pegado a la amurada de estribor, ensimismado en un vacío contemplativo: «Quiera el Señor que en el curso de esta endiablada travesía no tengamos que hacer frente a la muerte, a algún naufragio o a un encuentro desagradable con piratas». Una y otra vez se preguntaba si no habría cometido un acto irreflexivo, pero entonces observaba al templario y su semblante de pesar, y su alma se serenaba.

Navegando en grupo y con el tráfico del Mediterráneo, costaba pensar que fueran a ser asaltados o padecer el contratiempo de algún siniestro grave. El Caballero de Monte Gaudio sólo anhelaba sosiego, aunque tenía la sensación de que no podría conseguirlo hasta pasadas muchas semanas, y avistar las costas de Hispania. La embarcación halaba marinera, y sólo cuando estuvo a bordo, el navarro pudo darse cuenta de que atendía al nombre de *Stella Maris*.

—Somos instrumentos en las manos de Dios. A Santa María y a la Santísima Trinidad nos acogemos —imploró alzando su espada.

La primera singladura, con los velámenes hinchados y la mar mansa como un plato de melaza, fue pura delicia para navegar. Al fondear en Chipre se levantó sin embargo una peligrosa mar de leva y un oleaje gordo, que hizo que la flota se dispersara al buscar el abrigo en Famagusta. Brian echó hasta las tripas, y en varios días no tomó nada, pues el rancho, un sopicaldo de habas, tocino y avena, salpicado de algún parásito o gorgojo muerto, no lo soportaba su vientre. El capitán del barco, un siciliano severo como un juez, que tenía la boca torcida y parte del cuerpo paralizado, quizá debido a un aire, se chanceaba de Brian con su voz gangosa.

—¡Señor caballero, no se hizo el océano para vos!

—Cada uno lo suyo, capitán. Lo mío es el terruño donde yo asiente bien mis botas y pueda mear sin que el mundo me dé vueltas, ¡qué le vamos a hacer!

Al zarpar de Chipre y dejar el puerto de Nicosia, el navarro reaccionó. Aunque se sentía descompuesto, se integró en las labores de vigilancia subido en el cabestrante, o ante el timón de proa. Así olvidaría sus mareos, y recordaría su temeridad. Aprendió a hacer nudos marineros, el ahorcaperros, el trébol, el ballestrinque y el as de guía, y se acostumbró como la marinería a beber vino almizclado, que le asentó el estómago y cambió su humor.

Cada día que transcurría, los viajeros se demostraban unos a otros el testimonio de una indeleble amistad; y el templario, que no pareciera tener ningún miedo, le apretaba el hombro al navarro si lo veía apurado, pues no podía olvidar que sin su espectacular intervención ante Saladino, Jalwa jamás habría recobrado la libertad.

Al otear el vigía el embarcadero de Candía, en Creta, la niebla y la mar picada hicieron que Lasterra sintiera un vértigo incontenible. «¿Qué locura me ha movido a emprender este viaje y avanzarme a las aguas de este mar que es capaz de tragar en una "salve" hombres y embarcaciones?», protestaba resignado. Y a veces se preguntaban si realmente era un loco manifiesto que bien podía ser acusado a su regreso de prófugo y proscrito, pues aquella misión poseía todos los indicios del más colosal de los desatinos. El veneciano pareció adivinarle sus pensamientos, y lo serenó:

—Lasterra, en esta empresa existe una divina coherencia que nos ayudará. Nuestra tozudez y generosidad serán recompensadas, ya lo veréis.

—La verdad, cónsul, es que en este momento no temo ni a una posible zozobra, ni las furias del abismo, o al cautiverio de unos corsarios. Sólo temo al juicio de mi maestre. No sé si comprenderá mi obligada deserción.

—La adivinará. La entrega por un semejante nunca puede ser objetada, y menos por un hombre dedicado a la defensa de la fe —lo reconfortó.

El navarro rumiaba los avatares que le habían ocurrido hasta aquel momento y se preguntaba cómo habría interpretado la carta don Rodrigo. Pero no lo defraudaría, aunque tuviera que recurrir a soluciones extremas. La travesía no duraría menos de un mes y recalarían en Barcelona pasadas las fiestas de San Mateo, por la vendimia, si las cosas discurrían tal como Scala había planeado. La fortuna le había dado un revés con una mano, pero con la otra trazaba caminos de esperanza. Y aunque vacilaba entre el desánimo y la exaltación, percibía que su estrella jamás lo abandonaría.

Paulatinamente la línea de costa fue desapareciendo y sin peligros que temer, sobrepasaron Rodas, luego el laberinto de islas del Dodecaneso y más tarde las Espóradas. Dejaron a un lado las Kiriades, donde hubieron de sortear dromonas de vigilancia del Imperio, naos con la bandera negra y la calavera del Temple y galeras rojas de los caballeros de San Juan. El mar Jónico y los rompientes de Cefalonia los recibieron con remolinos que azuzaban la nave, que se bamboleaba como una birlocha china, para suplicio del navarro.

El mar no parecía dormir nunca. En la larga singladura por las costas del Peloponeso, unas veces estaba tan manso como la palma de la mano, como que de repente surgían vientos endiablados que ocultaban las estrellas, apagaban los fanales y en la oscuridad total crujían las lonas y los maderámenes, cundiendo el pánico en Brian. El hispano se atormentaba y soñaba tendido en los cordajes estar sujeto por la mano del Maligno, en náufragos asidos a una tabla y espantos angustiosos. El mar era para Brian la poderosa naturaleza por antonomasia, y le resultaba temible.

Otras veces, con la mar en calma o anclados en una cala, se dejaba llevar por los ruidos de la cubierta, por el trapeo de las velas y por los cantos rítmicos de la tripulación, que lo conducían a un estado de paz y de inconsciencia reparadora. Al mediodía cantaban el ángelus y por las noches la Salve marinera y el *Tantum Ergo*, cuando el sol y las nubes creaban puestas de sol supraterrenas.

Al cabo de dos semanas, con vientos favorables y el oleaje despejado, dejaron el mar Jónico navegando a bolina, y ciñendo una costa luminosa. Mantener el rumbo resultaba fácil para los pilotos y sólo el peligro de algunas marejadas impidió acceder a las aguas del peligroso estrecho de Mesina. Vagos resplandores de tormentas lejanas germinaron en el horizonte de Siracusa y el navarro se persignó y rezó hacia lo Alto. Sólo deseaba pasar como un pasajero invisible, que todo el mundo lo eludiera y que aparecieran cuanto antes los farallones de Monjuich. Pero aún quedaban al menos quince días de tormento, rancho nauseabundo, galleta rancia, agua podrida, desazones y más mareos.

Sin subir las bonetas de las velas, embocaron la áspera Sicilia, la de montes pelados, laderas sembradas de olivos y viñedos y rebaños de cabras merodeando por las escarpaduras de sus populosas ciudades, Catania, Agrigento o Mesina. Atracaron en medio de una fina lluvia en el puerto de Palermo, donde el templario, el hispano y sus escuderos abandonarían la nave, que seguía singladura hacia Venecia, donde Scala debía reunirse con sus hermanos de la Compañía de los Deberes y entregarle las codiciadas Tablas del Testimonio, por las que medio mundo intrigaba y mataba. La tripulación descansaría dos días, harta de arenques y abstinencias, y llenarían las bodegas de agua dulce y víveres, apañarían las brechas de algunos velámenes y arreglarían las roturas de remos y cubiertas.

La despedida de los tres amigos, a los que el azar había reunido, fue triste.

Suspiros ocultos obligaron a Orlando Scala a volver su rostro. Con turbación y desconsuelo, el veneciano notó que a Lasterra y a Urso también le brillaban los ojos tras una nube. Una oleada de vacío les inundó el espíritu. Habían transcurrido semanas inolvidables, que muchos narradores de cuentos tomarían como mentiras. El cónsul pensó que el destino de los hombres toma a veces un derrotero enigmático, que sobrepasa al intelecto de los hombres. Sentía una emoción embriagadora con el tesoro que portaba en su zurrón, la panacea de las matemáticas, el cálculo preciso de los números y las enigmáticas medidas para alzar edificios que compitieran con las catedrales y las encomiendas que el Císter y los templarios construían desde Toledo a Malmo.

—*Addio, caros amicos* —se despidió abrazándolos—. Rezaré para que vuestra dolencia sea curada por esos monjes y que no concluya en un mal peor.

—Lo que Dios determine lo aceptaré con sumisión, Orlando.

—*Ciao, amico* —le contestaron al unísono Brian y Urso.

—¿Se cruzarán de nuevo nuestros caminos, Orlando? —preguntó Brian.

—*Chi lo sà!* —replicó—. Que Dios os auxilie en vuestra empresa. Pocos hombres en su vida tuvieron la oportunidad de vivir una experiencia tan irreemplazable.

—Id con el Señor, cónsul. Siempre hallaréis en nosotros unos amigos seguros.

—*Salutem*, caballeros —balbució y volvió el rostro, emocionado.

Despachada la noche entre insomnios y recuerdos lastrados por la amistad, con la marea siguiente, Urso y Brian se enrolaron con sus escuderos en una escuadra de naves mallorquinas, *uxer* rápidos y bien armados que navegaban entre Sicilia, el Tirreno, Barcelona y las islas Baleares. Pagaron su embarque y el capitán se sintió satisfecho de llevar en su nave a caballeros cruzados, aunque sentía recelo por el que iba encapuchado y extrañamente tapado.

Abandonaron las costas de Sicilia con vientos favorables, rumbo al grupo de las Eólidas, donde contemplaron los agrestes volcanes del Strómboli y el Vesubio, y la abrupta costa de Capri. Atracaron al amanecer en Nápoles, donde desembarcaron hasta la marea de la noche para asistir a la procesión de San Genaro, cuya sangre, atesorada en una redoma y por un extraño designio del Cielo, se licuaba todo los años el 19 de septiembre. Urso y Lasterra unieron sus rezos y dispusieron su destino en manos del santo milagroso.

Al zarpar de Nápoles escaparon de un severo temporal. Mantenían como referencia las costas bajas de Etruria y el navarro suspiró de alivio. Pero roló entonces un céfiro de costado, el temible *labeche*, que llamaban así los marineros pues procedía de Libia. Era un viento traicionero y letal; si cogía a la embarcación cerca de la costa, se corría peligro de encallar. Brian, con el miedo en el cuerpo, metió la mano en su zurrón y asió el Aliento del Diablo que le había regalado Zahir, rogándole fortuna para acabar con aquella pesadilla. Era la primera vez en su vida que se encomendaba a un talismán de una religión antigua.

La mar se hizo cada vez más gruesa y al doblar el cabo Piombino, Alvar Andía, a causa del terrible vaivén, rodó por la cubierta y estuvo a punto de perder el pie e irse a la mar. Fue curado por el barbero, que le recomendó reposar en la bodega e ingerir tisanas de adormidera. Las olas bañaron la cubierta y hubieron de amainar velas y fiarse sólo de los trinquetes.

A Brian se le puso el estómago en pie, pero la escuadrilla se coló marinera por las angosturas del canal córsico, en el mar Tirreno de Liguria, feudo de la Señoría de Génova y aguardaron a que el viento aminorara. Los contramaestres andaban con cuidado, pues los genoveses eran malos compañeros de viaje, enemigos cervales de los catalanes y bucaneros bien reconocidos en aquella parte del Mare Nostrum. Y si oteaban la cuatribarrada de Aragón, solían soliviantarse y perder la calma. Siguiendo la estela de la nave nodriza saltaron al golfo de Sainara para desde allí, con las velas desplegadas, recalar en el puerto de Marsella, última singladura antes de poner rumbo a Barcelona.

Brian cuidaba del desnucado Andía, que se quejaba del fuerte golpe en la testa, con una aparatosa venda en la frente. La hora de avistar Cataluña pareció acortarse. Tal vez fueran las ansias de atracar las que la propiciaron. El caso es que dos días después, el caballero Lasterra escuchó entre sueños el grito de ¡*tierra!*, como quien escuchara coros celestiales. Habían concluido los días perrunos y las ráfagas de agua que despachaba el océano y de vez en cuando también el cielo. La sangre le bullía a Lasterra por dentro y se impacientaba.

Jamás había deseado tanto pisar tierra firme, y hasta lloró de contento.

Al fin contempló exultante los edificios de la lonja y la Casa del Mar y el Castillo. Acodados en proa admiraron la multitud que menudeaba en el muelle, las pilas de mercaderías en la dársena, los embarcaderos atestados de cocas, galeras de la flota real, los escuadrones de soldados del rey, el ir y venir de los carromatos y las torres de las iglesias, que casi podía tocar con la mano. Brian, agarrado al obenque, aspiró la brisa y se complació de haber arribado sano y salvo a las Españas.

Estaba harto de respirar salitre, pisar excrementos de rata, pasar frío y hambre, hacer sus necesidades en la amurada y de soportar aquel mareo incapacitante que lo mantenía al borde de la desesperación. Sus músculos eran alfileres que le punzaban y los parásitos se lo comían vivo. Un mes y cuatro días de derrota habían cambiado su aspecto y sus cuerpos, famélicos, sucios e inestables, que competían con sus ojeras, rozaduras y largos cabellos y barbas.

—¡Gracias, Señor Santiago, por habernos protegido! —oró Brian de rodillas, con la cabeza metida entre las manos.

Se batieron los garfios y cordajes, y el piloto calculó las brazas del arenoso fondo, timoneando con presteza la nave, que atracó serena en el pantalán. Rondaba un día gris y celajes algodonados ocultaban la luz matutina. El mar oscilaba apacible y sus aguas adquirían la tonalidad del lapislázuli. Agarraron las bolsas de sus pertenencias y cruzaron el Portal del Froment medio borrachos por la falta de costumbre a pisar tierra. Marsac, Brian, Andía, Warim y Togrul salvaron los tablones del Mercat del Born, doblaron la esquina del carrer de Montcada, y por Regomir se dirigieron hacia las posadas del carrer dels Escudillers.

Ocuparon tres habitaciones en el albergue Las Dos Doncellas, donde se asearon, comieron una fritada de huevos y una *escudella* con todos sus arreos y durmieron hasta hartarse. En la Plaça Nova adquirieron caballos, dos acémilas y viandas para el viaje, y al amanecer del día siguiente, por el Portal de l'Àngel, abandonaron el emporio catalán, en derrotero a los verdes valles de Navarra.

Pero la congoja por Urso se encaramaba por la mente de los jinetes, que cada día que transcurría lo veían más enflaquecido y macilento.

Con la llegada del otoño, el camino por donde cabalgaban constituía una senda de hojas caídas que hacían resplandecer las frondosidades sepultadas por cielos amarillentos. El aire refrescaba y los membrillos y las granadas liberaban sus frutos en los huertos. Hervideros de cuervos batían sus alas en busca de presas descarnadas por los lobos entre los torrentes que descendían de las cumbres de Alcubierre, que brillaban en el otoño como sables. El aire que respiraban olía a lluvia, mientras atravesaban los llanos de Urgel, Osera y Fraga.

Se detuvieron un día para recuperar fuerzas en Berga, el cruce de caminos entre Cataluña y Aragón. Los espinos de los senderos estaban resecos y una estación claudicante se enseñoreaba de los prados y labrantíos. Los cinco guerreros, vestidos con sus hábitos blancos de cruzados, cabalgaban erguidos sobre sus corceles, como si fuera los liberadores del Santo Sepulcro, que regresaban de Jerusalén plagados de heridas. Las gentes alzaban la cabeza, unos les rogaban su bendición, otros los miraban asustados y algunos hasta se persignaban como si fueran hombres santificados por la Tierra Santa que pisara el Cristo.

Se acogieron a la hospitalidad del monasterio de San Juan de la Peña, y a marchas forzadas, pues el tiempo apremiaba para Marsac, ingresaron por Sangüesa en el reino de Navarra, un paraíso de verdor donde siseaba un viento húmedo con olor a pinos, pámpanos de viñas y hayedos. Los labradores, pilluelos y mozas se inclinaban a su paso, rogándole la caridad de imponerles sus manos, por creerlos santos. Desde allí, impacientes pero esperanzados, cabalgaron hacia el valle de Baztán.

Pero, ¿lo deseaban o lo temían?

A menos de media legua de Arizcum encontraron, sentado bajo un árbol, a un tañedor de vihuela, que con un ojo a media vela, parecía que huía de la justicia, pues recelaba de los ruidos y de los caminantes. Al ver a los guerreros cruzados se llevó un susto de muerte, y pensó que comenzaba a flaquearle la mollera. No sabía que se organizara ninguna cruzada en el reino, y se espantó.

—Amigo, qué sendero hay que tomar para llegar a Bozate —le preguntó Brian.

—¿Os dirigís hacia el Valle del Más Allá?* ¿Sabéis que es un lugar maldito donde se pudren los leprosos? Dicen que ahí se emplean artes de hechiceros.

---

* Así llamaban al lazareto los lugareños navarros.

—¡Lo sabéis o no, pardiez! —lo cortó Andía con severidad.

—Sí, claro. Tomad el sendero de la derecha. Os llevará justo al lazareto.

—Gracias, hermano —le replicó Urso, que temblaba.

Cuando desaparecieron de su vista, el músico, que creía delirar, exclamó:

—¡Perro camino, cada día está más lleno de alucinados e hideputas!

Tras un bosque acaparado por el silencio, se dieron de bruces con un edificio siniestro, como jamás habían visto antes. Envuelto entre vapores y neblinas impresionaba por su forma maciza y rectangular, los cuatro pisos uniformes y parejos, pintados de color amarillento. Carecía del más mínimo exorno y las ventanas, alineadas y simétricas, le conferían el aspecto de una prisión. Jinetes y caballerías se detuvieron. Aquel lugar intimidaba, pues no se asemejaba en su perfil a ninguno de los edificios religiosos de la cristiandad. ¿Aquello era un monasterio? El huerto que lo rodeaba era cuidado por una docena de monjes de hábitos grises, quienes, en silencio y sin alzar la vista, cultivaban hierbas medicinales.

Habían alcanzado su destino y Urso se impacientó.

El solitario paraje, muy cerca de una aldea de Arizcum, era el convento de los hermanos de San Lázaro de Bozate, que con tanta vehemencia le había recomendado el físico Eliseo Leví. Sonó la campana con insistencia, y los soplos de poniente extendieron sus ecos por la comarca, llegando incluso hasta el río Bidasoa, a unas cuatro leguas, en cuyas aguas los hermanos legos pescaban truchas y cangrejos rojos que servían de dieta a los leprosos. Descabalgaron, y sólo Urso permaneció cubierto con la capucha. Ni un tambor de batalla le provocaba tanto espanto como el hallarse bajo aquella mole que suponía llena de gafos. Por su rango, el grupo fue recibido por el padre prior, que los bendijo con agua bendita y los saludó con unos versículos de la Biblia extraídos del Levítico:

—«El sacerdote cogerá en sus manos flor de harina amasada y se la ofrecerá al enfermo que se purificará con ofrenda delante de

Dios Adonai, a la entrada de la Tienda de reunión.» Es cosa santísima y la palabra de Dios mismo.

—¡Amén! —Replicaron los frailes que les ofrecieron a los recién llegados pan, agua y sal.

Al saber que los caballeros acompañaban a un templario, al parecer gafo, sus miramientos fueron desmesurados. El superior le manifestó con afabilidad que la angustia le sería tratada inmediatamente por los físicos del lazareto y que la comprobación de haber contraído enfermedad se le realizaría dos días después, cuando hubiera sido purificado, lavado con agua sulfurosa, depilado y sublimado sus humores con el ayuno y la oración.

Sin embargo, Urso de Marsac demostró estar aterrado. Y si temblaba todo su cuerpo, era porque no podía esquivar el pavor de ser declarado leproso.

Brian, Warim, Andía y Togrul, mientras los monjes diagnosticaban la gravedad del mal, fueron aposentados en una casa cercana al tétrico hospital que llamaban «el Refugio Real», un cobertizo de madera concebido para acoger a peregrinos, familiares de paso y nobles que requirieran el auxilio de los monjes terapeutas. Rodeado de bosques frondosos y prados con flores tardías, abrazaba un patio de columnas de piedra, en cuyo centro se alzaba un bucólico palomar donde centenares de palomas disfrutaban del templado sol del otoño. Aquel lugar estaba desierto y muy pocos lugareños se atrevían a acercarse, por lo que la discreción y la reserva estaban garantizadas, tal como Urso había pedido.

Lasterra y los escuderos, para acallar su intranquilidad interior y matar el tiempo, salieron a pasear por los alrededores del albergue. Sin embargo, pronto constataron que no estaban solos, a tenor de los ruidos de herramientas y de órdenes de capataces que escucharon muy cerca de la empalizada. A un tiro de arco descubrieron un pequeño poblado formado por una treintena de casas de traza circular techadas con bálago y heno, de donde escapaban los humos de los hogares. Los viajeros se mostraron interesados y se acercaron a la valla que resguardaba la aldea, y su sorpresa creció hasta la desmesura. Ante sus miradas atónitas se abrió una visión enigmática. ¿Qué era aquello y quiénes sus insólitos moradores?

No menos de medio centenar de hombres, en una afanosa actividad, se dedicaban a fabricar vigas gigantescas de madera, artesonados para templos y todo tipo de bastimentos de madera, de los que se veían como esqueletos de las catedrales, palacios y castillos. Todos adornaban su jubón con un distintivo singular, una pata de oca de color carmesí. Pero lo más extraño es que aquellos artesanos parecían gemelos. Tenían la misma cara ancha, los pómulos salientes, pupilas azules, la tez pálida, el pelo rubio, y las piernas arqueadas, como dos alfanjes enfrentados.

Al fijarse detenidamente en ellos, en las mujeres y en los chiquillos que cruzaban el poblado con cubos de paja, agua y ropa lavada, evidenciaron que se hallaban estigmatizados con las mismas manchas rosáceas y las pústulas que habían hecho presa en la piel de Urso. Los laboriosos operarios advirtieron su presencia y contemplaron los hábitos blancos de cruzados y la cruz paté de Togrul y de Warim, se mostraron extremadamente amables y los saludaron con sumiso respeto.

—No entiendo nada —dijo Brian—. ¿Quiénes son estos corteses hombrecillos que parecen salidos de una fábula de faunos y de brujas? Ignoraba que vivieran aquí.

El caballero escuchó la explicación del reservado Togrul,

—Señor, esos seres son *cagots*, los que llaman «la raza maldita».

—Y que según Scala son cofrades de las Compañías de los Deberes.

—Así es, *messire* —reiteró el turcópolo—. Pero no os confundáis por su aspecto. Son hombres sabios donde los haya, la mayoría maestros canteros, carpinteros, extraordinarios cordeleros y amigos de los Pobres Caballeros de Cristo. Yo he pasado media vida en Francia con mi señor de Marsac y sé que estas comunidades viven desperdigadas por este valle de Baztán, y por el otro lado del Pirineo, en Saint Jean-Pied-de-Port. No obstante muchos han emigrado a la Bretaña francesa, perseguidos por las gentes incultas y el rumor levantado por quienes los envidian, que los tienen por leprosos. Y como todo el mundo los rechaza, se casan entre ellos. De ahí su asombrosa similitud y el contagio inexorable del mal que padecen. No puedo deciros más. Es cuanto sé.

—¡Por vida de Dios, que lo creo porque lo contemplan mis ojos!

Permanecieron mudos y alabaron la grandeza de Dios. Brian, durante toda la noche, rumió con preocupación el drama del ambiente. La naturaleza le había enviado a su hermano y amigo Urso el más miserable de los castigos.

Y al día siguiente ese drama se destaparía con toda su crudeza.

La jornada no comenzó esperanzadora.

Por lo idílico del lugar habían olvidado el estado de postración de Urso, pero acaeció un hecho en el lazareto que quebró la entereza de los recién llegados. El hijo de un noble del Perigot, de nombre Guy, iba a recibir ante sus padres y la comunidad de frailes la penosa condición de contagiado de la lepra e iba a ser declarado *gafo*, en medio de un ritual siniestro. Los parientes, amigos y visitantes, que ocupaban el lugar derecho del presbiterio de la capilla, para evitar el contacto con los enfermos, aceptaron la invitación con desgana.

En el coro, lejos de los sanos, y envueltos en mantos negros, se alineaban los enfermos, que se asemejaban a espantajos monstruosos tras la balaustrada, aunque nada tenía que ver su condición con la de los leprosos pobres y de condición humilde que se hacinaban en repugnantes barracones de las leproserías que se extendían de Oriente a Occidente. Brian sabía que eran sometidos a curas aberrantes y vejatorias perpetradas por curanderos que quemaban las costras aplicándoles azufre y que, en una cruel deshumanización, violaban y sodomizan a adolescentes que ingresaban en los lazaretos con simples sarnas y que se infectaban del mal ante tanta depravación. Muchos eran declarados leprosos mediante un simple y nada científico Juicio de Dios, como si se tratara de un veredicto inapelable.

La prueba más común que se les realizaba era orinar en un bacín en el que previamente el sacerdote había vertido limaduras de plomo, y si éstas no flotaban, significaba que el enfermo estaba contagiado del mal. Pero no era el caso del muchacho al que, antes de ser señalado como leproso, los sabios monjes habían sometido a pruebas que cualquier galeno daría por buenas.

El prior de San Lázaro de Bezate ofició el rezo *pro infirmis*, para pedir al cielo valor para el desafortunado muchacho, que aquel mismo día se incorporaría al lazareto.

—¡Esta comunidad de hombres de Dios no cree que el pecado sea el culpable de que la lepra se halla extendido por tu cuerpo, Guy! —le aseguró solemne—. Tus acciones no han resultado reprobables a los ojos del Altísimo, debes saberlo. La causa sólo el Señor la sabe en su divina Providencia. Desde hoy, y para preservar a los que amas, vivirás en esta leprosería. No palparás nada puro con tus manos, no conversarás con cristianos sanos, no peregrinarás por veredas estrechas, no entrarás en las villas de este reino, y no arrojarás tu aliento a los puros. Toma estos guantes, esta campanilla, este hábito con capucha, la caña para caminar, el escapulario de San Lázaro, la cuchara de palo, la escudilla para yantar y este cestillo, que únicamente usarás tú. Que el Todopoderoso te conceda valor para soportarlo. Amén.

El joven Guy de Perigot lo aceptó con entereza, pero con los ojos perdidos en la lejanía. Era consciente de que se había convertido en un desheredado, que había perdido para siempre el amor de su familia, la vida y sus placeres, de los que apenas si había disfrutado por su edad. El fraile lo señaló con su dedo índice y le lanzó un doloroso anatema. El indefenso muchacho, transido de tristeza, lo asumió temblando de debilidad y de terror.

—*Sis mortuus mundo, vivus iterum Dei.** —El prior pronunció la fórmula usual de condición de leproso, con la solemnidad de un pantocrátor.

La despedida de sus padres fue desgarradora y la puerta del

---

* «Has muerto para el mundo, pero vives en el camino hacia Dios».

convento se convirtió en un vórtice de despedidas y sollozos de sus padres, hermanos y deudos. Al poco aparecieron las fantasmales figuras de los leprosos que recogieron al nuevo inquilino para mostrarle la celda donde viviría hasta morir. Brian, con asco más que piedad, observó sus encarnaduras podridas comidas por los gusanos y los grotescos miembros cubiertos de bubones, que se desprendían con el solo contacto. Auténticos cadáveres vivientes que se aproximaban como espectros al asustado Guy, que los miraba con horror. Parecían un escuadrón de endriagos desnaturalizados surgidos de los infiernos y el muchacho se echó para atrás. Algunos acechaban con ansiedad al nuevo inquilino, que en medio de un temeroso silencio se negaba a seguirlos.

Aquella ceremonia contagió a Urso de una ominosa desolación. Sus amigos lo observaron y descubrieron a un hombre angustiado y pálido que estaba empapado por el frío sudor del pánico. El mundo y su horror parecían pasar por su mente y las pústulas rosadas se le volvieron pardas. Le lanzaron desde lejos miradas de apoyo y de valor, pero el templario estaba sumido en la más amarga desesperación. Ya se veía como un miembro más de aquella cofradía tétrica que parecía la Santa Compaña, y sus piernas no le respondían para escapar de allí. ¿Acaso reconocía en él los mismos síntomas del muchacho?

El ritual había desencadenado en Marsac un nerviosismo incontrolado, y aturdido por lo que el examen del día siguiente podía depararle, siguió a uno de los monjes médicos de forma atropellada. Se rendía a la evidencia de haber contraído un mal horrendo y comprendía que la vida le había tendido una celada mortal y desguazado sus convicciones de cuajo. Al poco se desplomó y fue recogido por cuatro hermanos de San Lázaro, que lo introdujeron por un oscuro pasillo. Fue lo último que vieron Brian, Andía y Togrul, que se miraron angustiados.

¿Estaba en lo cierto Eliseo Leví y por el tiempo transcurrido estaba contagiado del mal de la lepra? ¿Qué clase de divinidad infligía tan crueles tormentos a sus seguidores más fieles?

Se retiraron a la casa del bosque asediados por presentimientos siniestros. Lejos de resolver sus dudas, éstas se habían acrecentado. La montaña se volvió gris y un aire helado azotó sus rostros.

Sus cabezas estaban embotadas.

Ya no podían pensar más.

14

La trampa de Miraval

Entumecido por el aire cortante, el monasterio se desperezó bajo un sol marchito. Los pájaros lanzaron sus trinos, pero sin abandonar los cobijos. Entre la desdicha y el ansia, ninguno de los huéspedes había hallado el olvido en el sueño.

Urso apareció envuelto en una túnica blanca que parecía un sudario.

«¿Cómo puede un hombre llegar a envejecer tanto en tan poco tiempo?»

Su aspecto reunía todos los indicios de un hundimiento total. Conmovido por la oscura sospecha de ser un leproso, se presentó en la sala donde lo aguardaban sus amigos, testigos del dictamen médico, el prior y cuatro físicos vestidos con estrafalarios ropones negros, caperuzas del mismo color y guantes de cabritilla. Insensible a lo que acontecía, Brian espió de soslayo al templario y vio que estaba pálido, pues la presencia de los monjes castraba cualquier gesto de normalidad. La situación era trágicamente patética. Lo confortaron con palabras de consuelo y comenzó el examen. Pero un inquietante sesgo de dudas perturbaba el ambiente.

—Primero, *messire* de Marsac, vais a «pasar por la piedra».*
Acomodaos sobre esta losa de mármol —le ordenó el superior.

La singular práctica dejó boquiabiertos a los soldados, que vieron cómo Urso era desnudado y con brutal sequedad echado

---

* De esta práctica realizada con los leprosos procede la frase hecha.

boca arriba sobre una fría piedra que había estado toda la noche a la intemperie y que debía de estar tan gélida como un témpano de hielo. El presunto leproso clavó sus huesos en ella y dio un respingo. Así estuvo hasta que uno de los físicos, con un estilete de plata, pinchó su piel en varias partes, reaccionando el templario con un impulso doloroso a cada punción.

El médico, que exhibía una mueca de severa reflexión, le examinó la boca, los dedos, sus partes pudendas y luego la orina y las heces que le habían recogido los hermanos legos. Acto seguido raspó con una espátula incandescente sus pústulas rosadas, para sin demora, con un pincel de pelo de tejón, pintar todas y cada una de las ulceraciones que Marsac mostraba en el cuello, los brazos y las piernas, con un líquido viscoso. Tras una hora de exploraciones y estudios, el prior de San Lázaro y sus médicos se retiraron a un rincón a deliberar, tan graves y circunspectos como si poseyeran el don de la clarividencia.

El templario, sumido en la oscuridad de sus inseguridades, tiritaba y sus acompañantes se miraban ansiosos, aguardando lo peor. La campana del cenobio tocó a sexta y retumbó en la sala como un atabal de batalla. El silencio era sepulcral y nadie se atrevía ni a respirar. La impaciencia por conocer el diagnóstico inquietaba a Urso y a sus compañeros, que se agitaban pegados a la pared de la sala, mudos como epitafios.

—¡Hermanos, vestid al caballero con sus hábitos del Templo! —ordenó seco el prior.

Habían sido dos días de duelo y precisaban conocer la verdad ya.

—Acompañadme a mi celda —les rogó el abad con el gesto preocupado.

¿Acaso no era una pésima señal su faz alterada y pedirles que lo acompañaran a un lugar tan privado en vez de declararlo allí mismo? Una vez en la austera habitación aguardó a que el paciente recobrase el aliento. Urso tenía sus ojos clavados en los labios húmedos del abad de San Lázaro que contenía su nerviosismo difícilmente. Brian cogió por el brazo a Urso, pues se hallaba al borde del derrumbe, especulando si era gafo o no. Al fin el prior alzó su grave mirada y decidió concretar.

—Dios ha escuchado nuestras oraciones. Por los méritos de Cristo he de deciros que no sois un enfermo leproso, aunque si no ponemos remedio, prontamente podéis llegar a serlo, pues padecéis una severa corrupción de la piel. *Magnificus est Rex Mundi super omnes reges et leges universae terrae** —afirmó enfático, y Urso bufó sonoramente, aflojando sus músculos y llorando como un niño.

—¡Gracias sean dadas al Altísimo! Del mal, el menor —se alegró el templario persignándose, al tiempo que recibía la felicitación de sus acompañantes.

—Los designios de lo Alto son un misterio. Al «pasar por la piedra» —siguió el fraile—, si vuestro cuerpo se hubiera cargado de manchas blancas, el diagnóstico hubiera sido terminante: contagio del mal leproso. Los hermanos de salud de San Lázaro creemos que con semejante método la linfa de la sangre, en su sistemático discurrir, determina con su color y concentración si se es gafo o no. Después, con los otros exámenes hemos comprobado que carecéis de úlceras en los pies, en las manos y en la cara, que vuestros dedos poseen movimiento y que reaccionáis al calor y al dolor como una persona sana.

—Y entonces, ¿qué mal me ha enviado el Salvador? —rogó Urso.

—Posiblemente el llamado Mal de la Rosa, muy semejante a la lepra, o una degeneración de los humores que pigmentan la piel. Esa enfermedad que trajeron de Oriente los legionarios del emperador Tiberio se ha extendido por la cristiandad como una plaga bíblica. Muchos enfermos principian así y terminan como gafos. Es difícil de erradicar y precisa de un durísimo tratamiento al que seréis sometido desde hoy mismo hasta la Epifanía del Señor, si es que decidís imponeros esa dura penitencia al cuerpo.

—¿Es doloroso, *pater*? —se interesó el templario—. He padeci-

---

* «Grande es el Rey del Mundo sobre todos los monarcas y las leyes de la tierra».

do en los últimos meses una tragedia desmedida y no sé si mis fuerzas lo soportarán.

—Más que doloroso yo diría que es monótono y agotador. Precisa de una voluntad de hierro, que vos, por vuestros votos de soldado de Cristo, seguro que poseeréis —lo tranquilizó—. ¿De qué encomienda procedéis, señor? Os lo digo para comunicárselo a vuestro superior y que provea a este lazareto de los fondos necesarios para el tratamiento, largo y costoso para la hacienda de cualquier cristiano.

El paciente esgrimió una mueca de contrariedad. No sabía qué responder. Entonces Lasterra terció, dispuesto a explicar lo inexplicable.

—Señor abad, el caballero Marsac ha contraído ese mal en Oriente, en la vorágine de una misión secreta encomendada por nuestros respectivos maestres, Odon de Saint-Amand y don Rodrigo Álvarez de Monte Gaudio, por lo que hemos de mantener la máxima reserva en su cura. Os aseguro para vuestra tranquilidad que nada espurio ni infame se esconde en nuestro cometido. Os lo explicarán estas credenciales firmadas y selladas por ambos priores. Y lo que os manifiesto lo juro por los Evangelios. Aquí tenéis el pago de su viático, estancia y curación.

Y le arrojó sin contemplaciones una bolsa colmada de marcos de oro, mostrando al prior el anillo, el *Secretum Templi* y los dos salvoconductos.

Brian los expuso sobre la mesa, y el monje lanzó una mirada ridículamente calificativa. Pero su escepticismo se borró de su faz cuando brilló ante sus ojillos de hurón el anillo Abraxas y la firma y sello, de quizá uno de los hombres más poderosos de la tierra, el maestre del Temple, *messire* Odon de Saint-Amand. Y desde aquel momento, todo resultó sorprendentemente fácil. Sus recelos se tornaron en exquisiteces, cortesías y hasta en temor. Después explicó:

—Todo correcto, señorías. Mantendremos silencio y reserva sobre su estancia, y nadie de esta comunidad divulgará vuestra identidad, aunque lo pidiera el mismo Papa de Roma. Únicamente se atenderá y se dará razón en este hospital a los caballeros aquí presentes El procedimiento médico que recibiréis sin interrupción durante tres meses es el secreto supremo de esta abadía. ¿Os parece bien, caballero?

—Excelente, *pater*. ¿Y a qué tratamiento me someteré?

El prior dudó y se mostró inseguro. Pero pensó en la bolsa y en el rango.

—Señor de Marsac —se expresó intranquilo—, desde hace siglos, los monjes de este lazareto tienen por ocupación exclusiva la mejora de un remedio medicinal que cure o detenga esta dolorosa enfermedad. Partiendo de libros antiquísimos hallados en el templo de Esculapio en la isla Tiberina de Roma, de los tratados de Avicena y de las enseñanzas de las universidades de Salerno y Montpellier, comenzamos a experimentar la cura. Pero ha sido el descubrimiento del tratado de Dioscórides sobre enfermedades de la piel en Egipto, y la exhumación de dos volúmenes capitales comprados a precio de oro en Córdoba, un compendio de medicina del muladí Sulayman ben Yulyul, médico del califa Hisan II, y del *Tabaqat* de Ibn Sacid, terapeuta árabe de Toledo, los que han propiciado adelantar siglos en la cura de la lepra. Sus fórmulas secretas han hecho progresar la efectividad de los fármacos extraordinariamente.

—¿Y tiene nombre ese remedio filosofal? Nos han hablado de ingredientes casi milagrosos, aunque escasos y difíciles de conseguir —se interesó Urso.

El superior deseaba silenciarlo, pero abrió sus labios con reticencia.

—Esa pomada se la conoce con el nombre secreto de Marhammar y se asegura que su descubridor fue el físico Andrómaco, un griego que atendía los achaques del emperador romano Nerón y de su esposa Popea. Una redoma vale más de treinta dineros. Se aplica sobre las llagas, rosetones y postillas con efectividad casi milagrosa, pero requiere al mismo tiempo aseo, pulcritud, reposo, paciencia y la ayuda del Creador. Está compuesto de partículas de agallas de *al-radraji*, un pez de roca, de *al-jilat*, un producto sacado de leche vacuna, parecido al requesón, ralladuras de sufuro de mercurio —el rojo cinabrio de los alquimistas—, cromato de plomo, verde de Verona, que le confiere un aspecto verdoso a la pócima, raíz de cohombro, aceite de piedra, hojas maceradas de centaura, limaduras de cinc y un raro producto traído por los genoveses desde Catay, el aceite de chaulmogra, un ingrediente caro y escaso, y crucial para el ungüento.

—Una esperanza para el mundo —reflexionó Marsac—. Me entregaré a esta curación, padre, y que el Señor perdone mis pecados. A vuestros cuidados me abandono.

—Dios no nos prescribe las enfermedades por los yerros cometidos, señor, sino para comprobar nuestro amor hacia su creación y a las leyes inexorables que la gobiernan. El *Marhammar* os curará si no padecéis una recaída impredecible —lo consoló el prior, que no hacía sino mirar a hurtadillas el anillo del *Secretum Templi*, cavilando qué alta jerarquía de la orden templaria sería aquel enigmático caballero, al que inconcebiblemente le faltaba una oreja, como a un vulgar ladrón.

—Mientras dura la vida, dura la esperanza —dijo Urso, que le besó la mano.

Pero ¿acaso la esperanza no es la segunda alma del que sufre?

La capilla del monasterio donde Urso se fue a rezar, se mostraba terriblemente austera. Carecía de adornos, de retablos suntuosos y sólo un crucificado de extremidades ensangrentadas, le recordaba que Él también había sufrido.

«Tengo que mantenerme fuerte. Dad fuerzas, Señor, a vuestro más insignificante siervo: *Crastina die delebitur iniquitas terrae, et regnaverit super nos, oh Salvator Mundi*»,* imploró Urso, a quien la nariz se le había vuelto afilada y prominente y su extrema delgadez hacía resaltar sus huesos pulidos y amarillentos, salpicados con los rosetones carmesíes del mal.

---

* «Pronto se extinguirá la iniquidad de la tierra y reinarás sobre nosotros, oh Salvador del Mundo.»

Esa misma noche, prepararon la despedida del enfermo, cenando con él en el convento. El equipaje de Brian y Alvar Andía estaba preparado: los hábitos blancos, las cotas de malla, el viático y los caballos. Togrul y Warim se quedarían en el lazareto para auxiliar a su señor y guardar su protección y privacidad. Luego, pasada la Natividad, volverían a reunirse en aquel mismo lugar.

Lasterra y Marsac, vestido éste con el «ropón negro de la humillación» —como él lo llamaba—, se fundieron en un amistoso abrazo al despedirse.

—Esto será como una hibernación, Urso. Una leve interrupción en tu vida que te servirá para meditar sobre los últimos acontecimientos vividos. No te abandonamos y tu actitud no ha podido ser más admirable. Yo pasaré la Pascua de la Natividad con los míos, a los que no veo hace tres años, y después de la Epifanía, regresaré para acompañaros de regreso a Jerusalén. ¿Recordáis vuestra promesa?

—No te preocupes, Brian. Soy un hombre de honor, no un villano. He aprendido junto a ti que amistad y gratitud son las mejores virtudes de un hombre. Antes de la Cuaresma habremos restañado heridas y acallado críticas; nuestros superiores bendecirán el feliz término de nuestra misión que nos ha acarreado apuros sin fin —lo animó el enfermo con su mirada de complicidad.

—El cielo no puede demandarnos nada…, pero no confío en los hombres. La mayoría poseen dos caras y son regidos por el odio y la impiedad —se sinceró—. Creo, hermano Urso, que ha sido la acción más desprendida de nuestra vida.

—No te quepa duda, Brian, pero me aterroriza enfrentarme a esta enfermedad que ha sumido mi vida en un desaliento —descargó su alma Marsac—. No obstante, apelando a nuestra amistad te quería pedir un último favor.

—Te escucho, amigo mío. —Lo tuteó—. Nada que esté en mi mano te podré negar.

Parecía que se había atenuado el dolor del semblante del contagiado.

—Desearía, Brian, que en estos dos meses de holganza con tu familia visitaras a mi viejo padre, Miles de Marsac, en Miraval, cerca de Carcasona. Ofreced ambos un velón a san Roque y una limosna por mí en su iglesia, os lo encarezco. En menos de cuatro jornadas cubrirás la distancia desde Artajona. Bésale la mano en mi nombre y dile que me encuentro vivo, que soy fiel al Temple y que si le llega alguna noticia infausta sobre mí, no la tome en cuenta. Testimóniale que una misión secreta me mantiene oculto. Te creerá siendo tú un caballero de la Cruz. Hoy ya debe de saber de mi desaparición, pues mi familia siempre estuvo muy unida a la orden y dos familiares míos son comendadores del Temple en Nevers y Caen. Pero por nada del mundo le menciones lo de mi enfermedad. Lo mataría.

¿Podría mostrarse mezquino con tan filial deseo? Lo comprendió, y la respuesta salió rápida y espléndida como una bocanada de aire fresco.

—Urso, no dudes de que cumpliré tu deseo. Tu padre sabrá por mi boca la gran acción que has desempeñado por Dios, el Temple y la cruz. No sufrirá por eso.

El enfermo le lanzó una mirada cargada de gratitud, complacido porque al fin en su vida había descubierto un amigo sincero y desprendido. La amistad, para Brian, no era una virtud suficiente, si ésta no iba acompañada de algún acto heroico.

¿Qué no debía a Lasterra que tanta lealtad le había demostrado?

Marsac había renacido, reconciliando su alegría y su sufrimiento. Entre asechanzas y trampas, inquietudes y adversidades, se abría la certeza de la curación.

Urso decidió entonces que debía sobrevivir.

Al acercarse al castillo de Artajona, nubes sombrías desgranaban el sol de la tarde, salpicando las almenas ennegrecidas con retales de escarcha. En la mente de Brian afloraron recuerdos del pasado que lo emocionaron.

Los visitantes galoparon por el camino que trepaba hacia el peñasco pardo del Castillo de Artajona y saludaron con los guanteletes de hierro. Resonó el cuerno del vigía y el rastrillo se abrió a la vista de sus hábitos blancos y la cruz de sus pechos y capas. Los acres olores de las cuadras, del palenque y de las cocinas le llegaron familiares a su nariz y a la de Andía, que se miraron sonrientes. Encaramado sobre la torre de la fortaleza ondeaba el pendón de la familia. Brian distinguió el castillete de oro, los dos osos, la cruz de Jerusalén, las cuatro estrellas, la espada y las dos cruces de consagración de la Cruzada, la enseña de su abuelo Saturnino, el capitán de Ramiro de Navarra y de Godofredo de Bouillon, el príncipe de Lorena, que había alcanzado la gloria en Jerusalén antes que él.

Brian se quitó el yelmo y declaró para sí: «Abuelo, tu promesa ha sido cumplida. Ya puedes reposar en la paz de los santos. Tu noble acción ha merecido la admiración hasta de nuestros enemigos. Ruega por mí al Señor en su Reino».

Había sido doloroso soportar tres años de abandono de la familia, pero al contemplar el hogar de los suyos le parecieron un soplo. Había adquirido una experiencia extraordinaria de la vida después del exilio y regresaba como un *miles Christi*, admirado por amigos y enemigos, y con su tropiezo de juventud pagado con creces y con gloria. Descabalgaron delante del pilón y los siervos y soldados se quedaron estupefactos al ver al hijo del señor y al sargento Andía ataviados con indumentos blancos de caballeros de la Cruz. ¿Qué había ocurrido en la vida de Brian que ignoraban? ¿Acaso no parecía un héroe artúrico que regresara con el Santo Grial?

—¡Señor, ha llegado vuestro hijo Brian! Dios de los Cielos —gritó un arquero.

Brian tuvo que dominar sus emociones, para no echarse a llorar.

Sus padres y sus hermanos le tendieron los brazos alborozados y arrasados en lágrimas y todos fueron a abrazarse al viejo roble de los Lasterra, el que les insuflaba valor y les suministraba la vida. No podían sentirse más gozosos y satisfechos por la llegada del más valeroso miembro de la estirpe. El señor de Lasterra, que mostraba una venda amarilla en el pie a causa del mal de la gota, no hacía sino gemir y lloriquear y preguntarle por aquel hábito de cruzado que lucía. Su madre doña Leonor se quejaba de su extrema delgadez y de que su nariz se había vuelto tan aguda como el pico de un pájaro; y que a pesar de las gestas y notoriedad que relataban de él, lo veía descuidado, sucio y hambriento. Lo besó reiteradamente en las mejillas y le alisó el pelo como si fuera un niño.

Sentía una ternura inigualable por su hijo menor, y era la única que había notado algunas heridas azuladas en su cuerpo y una fina cicatriz que le cruzaba la sien. Sus hermanas, Amaranta y Adeliza, abrazadas a su cintura, le manifestaron que había experimentado un cambio pasmoso y que parecía un paladín de Rolando.

Aquella noche, y las sucesivas, hubo fiesta sonada en el castillo de los Lasterra. Brian se convirtió en el dueño de la palabra, de las preguntas infinitas, de las cortesías y de las atenciones. Nadie de la casta, ni en los más optimistas sueños, podía imaginar siquiera que un miembro de su sangre si hubiera convertido en un monje de la Cruz, que hubiere compartido sudor y sangre con el rey de Jerusalén, que hubiera luchado hombro con hombro con los grandes maestres del Temple y del Hospital, que fuera amigo de los jóvenes príncipes Balduino y Sibila, de Raimundo de Trípoli, del patriarca de Jerusalén, y que hubiera estado a dos pasos del emperador de Bizancio y de los embajadores del Viejo de la Montaña. Pero su emoción llegó al paroxismo cuando les narró que habían entregado el libro traído por el abuelo en las mismísimas manos de Saladino, a quien en la cristiandad se le tenía como una leyenda y que era considerado como la reencarnación del Maligno, el Anticristo por antonomasia y la Bestia profetizada en el Apocalipsis.

—Fui recibido en su palacio de El Cairo, y departí con él como con vosotros. Es un príncipe sereno y generoso.

Jamás habían imaginado que su querido Brian hubiera sido objeto de atenciones de este género, que los juglares cantaran sus hazañas y que lo llamaran el Caballero de las Dos Espadas, o el Caballero Verde, el temido por la morisma sarracena de Oriente. Su padre, que alguna vez se había reprochado haber empujado a su hijo menor a peregrinar a Tierra Santa, en un acceso de debilidad delante de los clérigos de Tolosa, ahora se sentía orgulloso al contemplarlo tan bizarro y tan dueño de sí mismo. Siempre había sido un muchacho tierno, muy pegado a los faldones de su madre, la matrona hombruna y autoritaria de Artajona, pero que aquellas noches se mostraba tan enternecida con la vuelta del hijo pródigo.

—Ya puedo morir tranquilo pues has cumplido la promesa del abuelo Saturnino. Esta familia al fin respira serena, pues ha saldado su juramento con Dios. ¿Cómo es ese sultán Saladino, el mayor enemigo de la cristiandad? ¿Es verdad que su aliento destila fuego y que sus ojos echan azufre de los infiernos?

Brian soltó una sonora carcajada y con la mirada afable manifestó:

—Es el Príncipe de los Creyentes musulmanes y un hombre austero, piadoso, caritativo y cortés, y tan buen soldado como nosotros mismos, padre. Es un caballero de honor. Sólo que es de otra sangre y de otro credo al que defiende con toda su alma. Como vos y como yo. ¿Sabíais que me hizo un presente?

Brian pudo darse cuenta que mientras repartía algunos regalos y exponía a su admiración el ajedrez regalado por Saladino, sus figuras de cristal tallado en oro, iluminadas por los flameros, el fuego del hogar y los velones amarillentos, adquirieron una cualidad próxima a lo humano. No había tenido ocasión de admirarlo con detenimiento y en aquel instante le pareció exquisito y hermoso. La admiración de la familia alcanzó un entusiasmo insospechado. ¿Qué mérito había contraído Brian, que hasta el enemigo de los enemigos de la cruz le ofrecía amistad y regalos? Los juglares, que cantaban en un pequeño coro, acallaron su canto.

Cesó el tañido de los laúdes y de las vihuelas y un silencio beatífico se hizo en la sala. La familia, los escuderos, los nobles de la casa, los vasallos invitados y los domésticos fijaron sus miradas en aquel objeto extraordinario que brillaba como cien soles. Jamás sus retinas habían contemplado joya de tal prestancia.

—Es para vos, padre —se lo ofreció con afecto—. Un obsequio propio de reyes. Yo soy un monje con voto de pobreza y no puedo poseer propiedades, ni objetos suntuarios ni lujos, ni mucho menos jugar al ajedrez, cosa propia de cortesanos. En sus cantos está burilado el día de la recuperación de El Lazo Púrpura de Jerusalén, con el nombre de los donantes, al-Faldi, el cadí de El Cairo y el mismo Saladino, así como el receptor de la dádiva, yo mismo. Es para vos. Guardadlo en recuerdo del abuelo Saturnino, a quien iba dirigido el regalo por su bondad, arrojo y generosidad.

Y desde aquel día fue el objeto más preciado de la estirpe Lasterra, que lo tenía como un relicario y lo exponía a la visión de los feudatarios sólo en las fiestas muy excepcionales y señaladas.

Las semanas anteriores a la Nochebuena, la nieve, el viento, la escarcha y la lluvia encenagaron los campos y caminos. Pero cesó pronto el temporal y unos cielos límpidos y morados hicieron renacer la vida en el territorio. Hacía un frío boreal, pero no tan fiero que una buena pelliza de lana de Bigorre no pudiera remediar. El señor de Lasterra organizó en honor de su hijo justas y lizas, e invitó a la lid a sus tributarios y a caballeros amigos, a las hijas de los herreros, de los artesanos y de la soldadesca a que participaran en las fiestas y bailes, en los torneos y en los concursos de tiro de arco y de lucha. Y todos acudieron para ver y tocar al famoso Caballero de las Dos Espadas, que una y otra vez se veía obligado a relatar las batallas contra los infieles en Jaffa y describir a sus esclarecidos amigos.

Brian participó con el sargento Alvar tan solo en juegos de garrocha, pero en ninguna competición de lanza, pues era un monje de la Cruz y no podía exhibirse. Pasaron los días y el Caballero de Monte Gaudio entró en un prolongado mutismo y sus padres y hermanos lo notaron. Al cruzado se le encendieron los recuerdos y se mostraba preocupado por lo que pensara su maestro don Rodrigo de su deserción obligada: «¿Entenderá el sentido de los singulares acontecimientos que desviaron mi vida monacal?», cavilaba.

Allí, en el silencio de la fortaleza, marcado por el rumor del viento de la montaña, meditaba sobre su vida en Jerusalén y el misterio de las cosas pasadas, y las horas, en su huerto familiar, parecían quedarse inmóviles, en suspenso, como si el tiempo no transcurriera. Procuró comunicar a sus padres con dulzura que debía trasladarse por unos días a Miraval para presentar sus respetos al padre del templario por el que había ido hasta Navarra, y así cumplir una misión encomendada por los dos grandes maestres.

Regresaría para despedirse, por lo que el corto viaje no pareció tan traumático. Su madre mostró su amor materno colmando la mula de provisiones y su rostro de caricias. Brian, que sentía un intenso deseo por regresar cuanto antes a Jerusalén, convocó al sargento Alvar; al amanecer de la última semana de diciembre se dirigieron por el camino de Saint-Gaudens y Perguiham hacia los predios de Miraval. Los caminos estaban aún enlodados por la escarcha y por los aguaceros que habían caído en el territorio.

Los riachuelos de las laderas del Pirineo brillaban como saetas de plata, despidiendo fulgores afilados. Bajaron por el valle del Garona, y acogiéndose a la hospitalidad de los castillos y monasterios, cruzaron la comarca sin contratiempos, cruzándose con labriegos, buhoneros, peregrinos jacobeos, mercaderes y frailes. Las puertas se les abrían de par en par con la sola visión de sus indumentos blancos y la capa cruzada. La marca era refugio y origen de muchos templarios, por lo que eran recibidos como enviados de Dios y cortésmente agasajados por los castellanos de Muret, Pamiers y Carcasona. Los querían retener en sus casas con finezas para que les contaran historias de Palestina y nuevas sobre el avance de Saladino, pero estaban obligados a seguir.

Al cuarto día de marcha alcanzaron al fin Miraval y el caserón de los Marsac, un lugar, donde para su extrañeza, proliferaban rumores engañosos sobre Urso el templario, pues los recibieron con hosquedad y sospechas. Miles de Marsac, un anciano que por el color del pelo y piel casi albinos, parecía oriundo de los países del septentrión nórdico, vivía en una mansión de escudos partidos cercana a un puente de piedra de la montaraz villa de Miraval. Se encaramaba bajo las murallas de un castillo roquero y más parecía una granja de patanes que la casa solariega de un noble. Unos criados uncían a unos caballos bretones de largo pelaje y empacaban paja en el establo, donde hozaban los cerdos y correteaban los gansos y las ocas.

Al ver a los monjes guerreros le indicaron con sequedad el aposento del barón de Marsac. La esquila de una iglesia tocaba a oración y del río llegaba una humedad intolerable, mitigada por el rescoldo de un hogar que ardía en la mugrosa estancia. Tres alanos temibles gruñeron mostrando los dientes ante su aparición.

Brian saludó al padre de Urso en el lenguaje lemosín, aunque no recibió las muestras de hospitalidad que esperaba. Ningún agradecimiento salió de su boca, una vez que le narró sólo lo convenido sobre su hijo. ¿Ocurría algo anómalo? ¿Los esperaban quizá? ¿Habían de mantener la vigilancia? Urso le había asegurado que tenía familiares templarios y tal vez éstos recelaban del Caballero de Monte Gaudio y lo habían puesto en guardia. Él lo comprendió, pero no Alvar, que le hizo un aparte molesto e inquieto. No le gustaba su soez actitud y maliciaba algo infame.

—Brian, partamos inmediatamente, el recado de Urso está dado, ¿no? No me gusta esta gente.

—Debemos hacer los honores del recibimiento y ofrecer un óbolo a san Roque. Se lo prometí a Urso. Mañana saldremos sin falta —lo corrigió afable—. ¿Qué hemos de temer? Sabe que soy hermano de espada y de cruz de su hijo.

Lasterra hubo de esforzarse en no descubrir lo secreto de la misión al barón de Marsac, quien embutido entre abrigos de borrego no hablaba apenas y parecía desconfiar, mientras se frotaba las manos llenas de sabañones. El poco locuaz anciano parecía un hombre consumido y apenas si se movía del sitial. Con los pelos ralos y deslucidos, los ojillos indagadores y las arrugas amoratadas de los ojos, parecía un duende de los bosques, presto a saltarles a la cara. A Alvar le parecía un vikingo malencarado, usurpado de una vetusta memoria del pasado. En un francés ininteligible, el viejo les rogó a media voz:

—Sentíos como en vuestra casa. Esta noche compartiréis mesa conmigo.

Brian, ante la negativa del barón, se dirigió solo a la iglesia y cumplió con el voto de Urso, dedicándole una vela y una pródiga limosna al santo patrón de los apestados y leprosos. Después de cumplir con sus oraciones, Lasterra y Andía regresaron con el ocaso a la casa solariega del viejo Marsac, que no tenía ningún interés por mostrarse accesible; antes bien, no ocultaba una sospechosa irritación. La cena no pudo ser más austera, mustia y lacónica. Brian, deseoso de echarse en el lecho, se despidió de su descortés anfitrión, que de nuevo se mostró con una frialdad extraña a la razón, sin apenas interesarse por su hijo. No hacía sino recordar la carrera meteórica de Urso, como si éste hubiera muerto, y se comportaba de manera suspicaz, sin hacer ninguna alusión a dónde se hallaba, ni agradecerle sus desvelos. «¿Ni una sola muestra de gratitud? No lo entiendo.»

—Mañana saldremos con el alba, *messire*. Debo despedirme de los míos y encontrarme con vuestro hijo para regresar a Jerusalén. Gracias por vuestra acogida.

El anciano, con su rostro de gárgola, los intimidó.

—Espero que no os extraviéis por el camino. Id con Dios, caballero.

Andía se volvió hacia Brian, y le cuchicheó al oído, muy irritado:

—¿No habéis oído, señor? Ese hombre trama algo. Partamos ahora mismo.

—¿Qué más dan cuatro horas más que menos, Alvar? Con los maitines alzaremos el vuelo. Prepara los caballos y no malicies más. ¡Compórtate! —le ordenó.

—¡Maldita sea, por todos los demonios! —protestó el avisado Andía.

Pasada la medianoche, Alvar bostezaba desvelado por los estentóreos ronquidos de los sirvientes. De repente reprimió una exclamación. En el letargo nocturno, una figura embozada se deslizó por el corredor donde dormían los huéspedes y descendió hasta la cuadra. Seguro de lo que se disponía a acometer, lo oyó cómo aparejaba una mula, y luego, confundido entre los carros de heno, abandonaba el caserón. Andía, que permanecía con un párpado a medio cerrar, se encaramó al ventanuco y observó con atención la dirección que tomaba: el camino real de Carcasona. «¿Un sirviente abandonando tan sigilosamente la casa y sin encender tan siquiera un candil? Ese malnacido tiene órdenes precisas y sabe lo que hace. Me juego el pescuezo.» Su mente le decía que su seguridad y la de su amado señor corrían peligro. Sonó el ladrido lejano de un perro que rompió el relajo del sueño, pero poco a poco la sórdida mansión quedó otra vez en silencio y la quietud se adueñó del lugar. El sargento, alarmado, no pudo pegar ojo.

La luz de un sol receloso fue aclarando la neblina del alba, disipando sus jirones grises y húmedos. Silenciosos e intranquilos, Brian y Alvar, después de hacer las abluciones y rezar las oraciones preceptivas de la regla, aprestaron las monturas. Se echaron los escudos a la espalda y las capas blancas con la cruz roja de gules brillaron en la amanecida. Sin embargo, Andía, que salió en primer lugar, tiró de las bridas y frenó el corcel. ¿Qué significaba aquello?

Aquellas personas, aquellas figuras armadas, no eran las que imaginaba ver.

Se volvió hacia Lasterra y con el rostro descompuesto lo detuvo.

—¡Problemas, Brian, como que Cristo ha nacido! —exclamó rabioso.

Los ojos del caballero echaban chispas al distinguir frente a ellos a una docena de jinetes pertrechados con lanzas de fresno, escudos blasonados con las llaves pontificias y cotas de malla. Atenazado por funestos presentimientos asió el pomo de sus dos aceros con los labios apretados. Andía se aferró a la silla y enarboló su lanza, dispuesto a clavársela al primero que se abalanzara sobre ellos. Unos criados cruzaron un carro de heno en el camino, cortando el paso de salida. Los ejes rechinaron en el silencio y Brian comprobó que tenían a su favor la superioridad del número. Con una rapidez asombrosa desenvainó la espada y con el filo asestó al primero de los guardias un tajo violento en el brazo. El soldado cayó de la silla entre chillidos y echando sangre a borbotones.

—¡Daos preso en nombre del obispo de Carcasona! —se oyó una voz seca.

De súbito, diez jabalinas le cercaron el pecho intimidatoriamente. Brian se estremeció de rabia, desconcierto y frustración. Soltó los aceros y se dejó apresar con docilidad por sus captores. Aquello, o morir matando. El nombre de la más alta autoridad eclesiástica, que debía protegerlo, lo había desarbolado. Por sus venas comenzó a discurrir un flujo helado. ¿Qué significaba aquello? Al instante, el asta de una azagaya le golpeó en el hombro, perdió el equilibrio y vino a darse cuenta de que estaba descabalgado y sobre un charco de barro. Nada pudo hacer, sino cubrirse de una granizada de golpes, mientras desarmaban a Alvar y le ataban las manos a la espalda. Brian, desde el suelo, y entre los cascos de los corceles, miró incrédulo a sus captores y contempló los adustos semblantes de tres eclesiásticos y el estandarte morado de la cruz. Las cogullas y los capelos púrpura, vinculados al poder de la Iglesia de Roma, acobardaban a cualquier cristiano.

Uno de ellos se adelantó unos pasos y le espetó a la cara:

—¡Brian de Lasterra, quedáis detenido en nombre de Dios!

—¿De qué se me acusa? Por la Santa Madre. ¿Por qué me detienen? —preguntó.

—Debéis responder de distintos cargos ante un tribunal eclesiástico, como de la desaparición del templario Urso de Marsac y de otras inculpaciones, indignas de un monje de la Santa Espada —le soltó el fraile desabridamente.

—¡Sólo puede juzgarme la Santa Sede! ¡Soy un comendador de la Orden de Monte Gaudio!

—Y así será, no lo dudéis, caballero. Mientras, rezad por vuestra oscura alma.

Dos de los guardianes arrastraron al caballero y lo sacaron a empujones de la hacienda. Entre un griterío escandaloso lo confinaron en un destartalado carromato, una jaula para ladrones, herejes, brujas y asesinos. Alvar balbucía palabras incoherentes echando pestes contra los frailes, los clérigos y la soldadesca, en tanto maldecía al señor de Marsac, un felón zaherido y vengativo, al que detestaba.

—¡Madito seáis, Marsac, sois un endriago del infierno y lo pagaréis caro!

—¡A ese escudero vocinglero llevadlo a la cárcel del conde! Que quede incomunicado. A éste lo conduciremos al palacio del obispo, a Carcasona. Allí, con la rueda y el hierro hablará por los codos —ordenó el inquisidor y Brian palideció.

—Dios me asista —imploró, y su rostro se enfureció de indignación.

—¡Arrebatadle las bolsas y los zurrones! —gritó uno de los eclesiásticos.

Sin oponer resistencia, dejó que lo encadenaran de pies y de manos, dando tropezones tras sus raptores. Por un momento zigzagueó en su cabeza el terror de la cárcel y de lo que podía aguardar en la cámara de tortura, y se conturbó.

Al abandonar la partida el caserón señorial, salió al dintel el anciano Marsac, quien con una risita de triunfo manifestó al aire inmóvil:

—¡Bastardos, pagaréis con la horca la muerte de mi hijo Urso!

Agotado por el frío, el traqueteo del armatoste y el malestar del alma, Brian fue conducido a la cárcel arzobispal de Carcasona. La mañana de enero no podía germinar más fría y de las desnudas ramas de los árboles colgaban carámbanos como estiletes. La inmensidad de los tejados cobrizos y los torreones de pizarra lucían como espejos, en el instante en el que los esquilones convocaban al rezo del ángelus. Cruzaron el enfangado umbral de la fortaleza, donde los cascos de los caballos y las ruedas se atascaban, entre un fárrago de latigazos y blasfemias.

Fue conducido a un lóbrego calabozo, donde lo tiraron como un fardo.

Incomunicado y aterrado, sólo al tercer día se le administró pan duro, un sopicaldo repulsivo y agua que olía a estiércol. Pretendían hundirlo con el ayuno y las privaciones. Lasterra sufría con resignación unas condiciones insoportables entre los cuatro muros chorreantes, donde apenas si gozaba del calor de su capa. Pero ¿acaso podía hablar? ¿No le había jurado a Urso que callaría? No podía proclamar a los cuatro vientos la verdadera causa de su estancia en Navarra y su palabra de caballero era la llave de su honor. Se hallaba en un comprometido callejón sin salida, odioso e insoportable, y el espanto lo torturaba.

A partir de aquel día, comenzó la afrenta y la deshonra para Brian.

Transcurrieron cinco días de enclaustramiento y ninguno de sus acusadores daba señales de vida. Gritaba y golpeaba la puerta, pero era evidente que pretendían quebrar su voluntad para que atestiguara sobre Marsac y el secreto asunto del Temple. Desalentado, se ovilló en su capa como un gusano herido. ¿Qué sería de él si nadie podía ayudarlo, si todos sus valedores se hallaban en Palestina, o muy lejos de allí? Al sexto día, dos sicarios de trazas brutales entraron en la mazmorra. Le arrancaron el hábito de Monte Gaudio con saña y lo envolvieron en una vestidura de rasposa estameña, que le hacía sentir un frío insoportable. Sabía que iban a torturarlo.

Con los castigos de la tortura física, intentarían doblegar el fornido cuerpo de aquel hombre de guerra. Lo arrastraron a la sala de tormento y el pavor lo traspasaba. Sorprendido, pero no vencido, se sometió a las investigaciones bajo la supervisión de una alimaña contrahecha vestida con una túnica de tafetán color morado, Trifon de Torcafol, el instructor del caso y oidor del Santo Tribunal romano, que dictaba sin cesar pensamientos propios y equivocados al relator del sumario, un fraile cisterciense desaliñado que lucía más tinta en sus manos y bocamangas que en el tintero. Hora tras hora le hicieron toda clase de insidiosas preguntas sobre la posesión de un talismán pagano, el Aliento del Diablo y el paradero del templario Marsac, hasta que le pesaban los párpados como el plomo y las piernas le flaqueaban.

—¡Hablad, par Dieu, o abriré vuestro cuerpo con tenazas ardientes! —le gritó.

—No puedo desvelaros dónde se halla el templario. Debéis saber que sólo hablaré ante un juez de la Santa Sede; y si dislocáis uno solo de mis huesos responderéis ante el Papa.

—¿Adoráis a ídolos paganos, mal caballero? Este amuleto os conducirá a la horca.

—Sólo adoro la cruz. Esta piedra es una pieza más e insignificante de una misión sagrada y secreta, y no descorreré el cerrojo de mis labios aunque me abraséis las entrañas. Preguntad al maestre Odon de Saint-Amand y a don Rodrigo, conde de Sarriá, y ellos contestarán a vuestras preguntas —se defendía Brian.

Torcafol se retorció de ira. Aquellos nombres que había puesto como testigos, había cortado de cuajo sus macabras intenciones de atormentarlo en el potro y la rueda y sonsacarle un testimonio aunque fuera en los hierros.

—No os impacientéis, el vicario pontificio para Provenza y Languedoc, Hugues de la Roche, y el visitador de Ultramar del Temple, monseñor Boniface, se hallan de camino. ¡Y Vive Dios que hallaréis en ellos al más duro tribunal que os podáis imaginar! Os arrepentiréis de no haberme confesado vuestras confidencias.

—Estoy curtido en el sufrimiento y no me sacaréis ninguna confesión, señor.

—El patíbulo os espera, os lo aseguro —lo intimidó Torcafol—. No seáis necio y hablad, y os aseguro que seré misericordioso con vos en el juicio.

—Me fiaría más de una serpiente que de vos, *messire* —le espetó Brian, agotado—. Tengo amigos poderosos que acudirán en mi auxilio.

—Pues mientras llegan seréis atado a los grilletes. Así vuestra soberbia decrecerá y tal vez vuestra sucia boca se afloje, ¡idólatra de paganías! ¡A la pared! —aulló el acusador.

Dos días con sus noches estuvo Brian colgado del muro, viendo pasar ante sí a los carceleros con sus embrutecidos rostros y sus figuras toscas a la luz de los hachones de sebo, provistos de sus atroces herramientas de tortura. Pero en el pozo de su dolor apenas si escuchaba su voz intimidatoria.

—¡Señor, aplaca mi temor y mi confusión, por piedad! ¿Cómo se me puede reprochar mi exceso de generosidad? —mascullaba.

No sabía si por órdenes recibidas desde lo alto, o por prevención, en ningún momento emplearon las tenazas candentes. «Tal vez por mis hábitos o porque la acusación no está debidamente fundamentada me están librando del tormento.»

Pero sus fuerzas lo iban abandonando irremisiblemente.

Fue descendido de las argollas casi inconsciente y arrastrado por los sayones a la celda, donde, desfallecido, perdió el conocimiento. Al despertar comprobó que lo habían cambiado a otra celda menos sombría con lecho de esparto y cuerdas y una lucerna minúscula por donde entraban los débiles rayos del sol. Olía el nauseabundo hedor de la sangre de otros atormentados, los excrementos humanos, las defecaciones de las ratas y el tufo de la paja podrida, mientras en sus oídos resonaba en sueños el eco cruel de las preguntas de sus carceleros. «Por una estúpida misión bendecida por los dos grandes maestres me veo como un cordero camino del degolladero.»

Poco a poco se fue acostumbrando a las miradas de horror de sus guardianes, al espantoso hedor a cadáver, a los gritos desgarradores de algunos penados enloquecidos, al lamento monótono de los que eran torturados, seguramente herejes o cátaros, y a los llantos de los que iban a ser ajusticiados, que imploraban clemencia a voz en grito. Parecía que Dios había trastocado su destino y se hallaba a merced de hombres que desconfiaban de su lealtad; entre ellos posiblemente don Rodrigo y el mismísimo maestre del Templo.

Pensó en intentar la huida cuando los carceleros distribuían el fétido condumio de agua caliente y habas, pero su escasez de fuerzas y el laberinto de pasillos que desconocía lo hicieron desistir. No le llegaba ningún sonido del exterior, pero si el río Aude crecía, ascendía el agua medio palmo, y entonces las ratas salían de sus escondrijos y debía matarlas a golpes con las cadenas, si no quería que le mordieran cuando el sueño lo venciera.

—Por el amor de Dios, ¿qué grave pecado he cometido contra el Cielo para merecer esto? —Y movía la cabeza con desesperación—. ¿Cuándo veré la luz del sol?

Paulatinamente comenzó a perder la esperanza de ser liberado. No lo atormentaban, se habían olvidado de él. Y el anunciado juicio tampoco se celebraba. Su razón entonces invadió los vericuetos del desvarío, y con la cabeza pegada al muro se mordía los puños para no enloquecer, sumiéndose en un llanto lastimero. ¿Había volado demasiado alto y la Providencia le quemaba las alas por arrogante? Entumecido por la insistencia del hambre y el frío, paseaba de un muro a otro, como una fiera enjaulada, y se enfurecía pues hasta los sacramentos se le habían negado. Perdió la noción del tiempo y en la oscuridad de la mazmorra rezaba retahílas de paternóster a la convocatoria de las campanas de Saint-Nazarie, que lo mantendrían con vida mientras durara su reclusión en la infesta cárcel del obispo.

Pero de seguir así, ¿quién lo salvaría del abismo de la locura, o de la inconsciencia a la que se veía abocado? «Ya nunca jamás saldré vivo de aquí. Me han olvidado. La demencia es un atributo del Diablo y he de mantenerme cuerdo», se decía agotado. Sólo un milagro acabaría con aquel suplicio de muerte, aunque ignoraba hasta cuándo aguantarían su estómago, su piel, cada vez más marchita, y la alarmante fragilidad de sus huesos.

Siguieron los días y nada sucedió. Sólo sentía dolor, frío y desesperación.

La medida de su resistencia se hallaba en el límite. ¿Hasta cuándo aguantarían sus pulmones el fétido tufo de aquella cloaca? Sus pupilas se abismaban en la vacuidad porosa de las horas inacabables, y poco a poco encontraba el refugio de su espíritu en la ausencia, en la nada; aunque deseaba reanimar sus sentidos, no lo conseguía. Con una mueca de amargura en los labios, Brian asistía consternado al desvanecimiento de sus fuerzas.

Llegó incluso a invocar a la muerte, pero se aferraría a la *umbra veritatis*, la sombra de la verdad, como único recurso para sobrevivir. Estaba detenido en lo más oscuro del envés del mundo, en el infierno de la exasperación. Agotado, rezó entre dientes: «*Pater noster qui es in coelis, sanctificetur nomen Tuum, adveniat regnum Tuum. Fiat voluntas Tua, sicut y coelo et in terra*». ¡Ten piedad de mí, Señor!

Únicamente le había quedado el recurso de la oración, y mientras acechaba cualquier ruido en la oscuridad de la mazmorra, tomó conciencia de que algo dentro de él había agonizado sigilosamente.

Brian, vencido y derrumbado, contemplaba su derrota definitiva.

EPÍLOGO

Inclínate siempre al lado contrario del miedo y la desesperación. No nos espantemos ante un riesgo dudoso, como si fuera cierto. Conservemos la calma, así el recelo no se convertirá en temor, pues la verdad siempre prevalece.

L. A. SÉNECA,
Epístola a Lucilio,
Libro III, 13, 13

Lux ex tenebris

Carcasona, palacio obispal, febrero del año del Señor de 1174

Los jueces se mostraron impresionados con la narración del encausado.

Sobre la raya del atardecer, un sol bermejo se asomaba por los tejados de Carcasona. La luz movediza de los flameros culebreaba por los arbotantes de la bóveda y los mantos de seda morada de los prebostes y curiales. Doblaron las campanas a vísperas y se persignaron. La autodefensa del caballero había sido homérica.

Brian de Lasterra permanecía de pie, frente al tribunal, seguro e imperturbable.

Le habían permitido defenderse, pero no esperaban que lo hiciera de una forma tan inconcebible. ¿No juzgaban su narración como una espectacular epopeya? Los magistrados se miraban confundidos con la crónica de los hechos. Superaba con creces lo que un enfebrecido cerebro pudiera tan siquiera imaginar. ¿Cómo podían estar involucrados en aquel laberinto de intereses las más altas jerarquías del Temple, de la Sede Apostólica de Roma, el todopoderoso obispo de Cesarea, y tan influyentes figurantes del gobierno del mundo?

El relato de confesión poseía visos de veracidad, y el encausado había jurado sobre los Evangelios, además de estar atado por votos sagrados. Don Rodrigo retiró los cargos de deserción e incumplimiento de los votos sagrados y corroboró cuanto concernía a su misión. Su noble testimonio ayudó a ser creído.

Brian los observaba con su semblante ojeroso y ausente. Había purificado con la verdad la suciedad que habían arrojado sobre él con infames calumnias, pero ¿le creerían todos los miembros, incluido el rencoroso Trifon de Torcafol? La historia se parecía más a una narración griega, que al testimonio de un monje de la Cruz. Pero aquel caballero de Cristo había servido a Dios más fielmente que muchos de los prebostes que lo habían acusado. ¿Acaso su sangre derramada en el combate contra los enemigos de la Cruz, y sus luchas en los Santos Lugares contra las huestes de Saladino, podían hacer dudar de su fidelidad a la Iglesia y a sus ministros?

—*Lux ex tenebris*, se ha hecho la luz desde las tinieblas —se pronunció el cardenal De la Roche, abrumado por su declaración—. Nos habéis impresionado y os creemos.

Torcafol y Lasterra entrecruzaron por unos instantes miradas de provocación.

El cruzado había soportado sus brutales métodos y sus retorcidos argumentos sin quejarse, sin apelar a sus derechos. Pero Torcafol, con su pelo ralo y rojizo revuelto, tamborileaba la mesa con el frío tacto de sus dedos, dispuesto a no darse por vencido. Su mirada cetrina, como la de un hurón al acecho, se clavó en él. No podía dejar escapar a la presa y perder su reputación. Se acarició la barbilla, ladeó su manteo para ocultar la joroba, e insistió con vehemencia:

—Con la venia de su eminencia —pidió permiso Torcafol.

—La tenéis, *messire*. Preguntad, si es que os ha quedado alguna duda.

El semblante del acusador, que no se había alterado, era de reproche.

—El relato del reo ha sido grandilocuente y grandioso, lo reconozco. Pero estoy firmemente persuadido de que es la mentira más pretenciosa y mejor urdida de las que he escuchado en mi vida de juez de Dios. Han aparecido en vuestro relato el Vaticano,

Venecia, el obispo de Cesarea, la Compañía de los Deberes, la Fede Sancta, el rey Amalric, Saladino o el Viejo de la Montaña. ¿Os quedan más instancia de la administración del mundo a las que implicar en vuestros turbios manejos? Sabéis que callarán y que nunca podrán testificar, y por eso las involucráis en vuestra defensa. El tiempo pasado en las mazmorras ha trastornado vuestra mente. A mayor mentira, habéis pensado, mayor misericordia. ¡Pero no será así, caballero!

Guiot de Provins, el hidrópico magistrado que se asemejaba a un saco de sebo, interrumpió al juez instructor, y con su papada bamboleante, hurgó en la herida.

—Las dudas de mi docto colega micer Torcafol también me apremian a mí. Yo os pregunto, Lasterra, ¿disponéis de testigos reales que corroboren vuestro relato y que testifiquen sobre esa fantasiosa fábula que hemos oído durante días? Ese druso pagano ha quedado en Palestina y el caballero Marsac, o ha muerto en los desiertos de Siria, como sostiene micer Boniface, o se pudre en un lazareto de Oriente, y por consiguiente no pueden comparecer aquí. Y claro está, ese *signore* Scala, si es que es una persona real, estará ahora mismo gozando de las delicias de la dulce Venecia —manifestó con sonrisa irónica—. No os creo del todo, caballero. Os habéis aprovechado del robo, habéis eliminado al templario y habéis desertado de vuestra orden huyendo de Tierra Santa con dineros suficientes como para vivir como un príncipe. Gracias a Dios que el brazo de la justicia divina es largo. ¿Qué respondéis?

Los candelabros de la mesa iluminaron sesgadamente el rostro amarfilado del legado pontificio Hugues de la Roche. Y en postura de vacilación se mantuvo durante un largo rato. Torcafol había sembrado de nuevo la duda en el tribunal.

—¿Qué decís a eso, Lasterra? En verdad os creemos, pero no habéis aportado ni una sola prueba, un objeto de los que habéis mencionado, y sobre todo ni un testigo que lo corrobore.

Brian miró al colérico Torcafol y bajó la cabeza. Era como golpear un yunque.

—¡Confesad de una vez la verdad y no dilatemos más esta mascarada! —lo presionó golpeando la mesa con gesto iracundo—. ¡Dios exige justicia!

Brian se concedió unos instantes para ordenar su mente. Luego rogó:

—Suplico en estos solemnes momentos a vuestra eminencia, que con el máximo secreto se disponga un mensajero que convoque ante esta sala al caballero templario Urso de Marsac, y que se suspenda la causa. Con ese testigo os bastará.

Torcafol no podía verse eclipsado y se adelantó con gesto nada tranquilizador.

—Resultará inútil, eminencia. Desde que el acusado mencionó el leprosario navarro, realicé inmediatamente mis pesquisas. Urso de Marsac no se halla en Bezate, como él sostiene. Su superior así lo ha testificado ante un emisario oficial de este tribunal. Aquí tenéis un pliego firmado por el prior en el que atestigua que ninguno de los enfermos de ese hospital atiende a ese nombre —aseveró tendiéndole el pergamino, que el purpurado leyó instalándose en su aquilina nariz unos vidrios redondos.

El cardenal le cursó a Brian un gesto poco alentador.

—¿Es cierto lo que sostiene el acusador, caballero Lasterra? Esta carta daría al traste con vuestra confesión. Queremos creeros, pero...

Con frío escepticismo, *messire* Trifon gritó en un tono triunfal:

—¡Se trata de otra falacia más, eminencia! De otra huida a ninguna parte.

Brian se había expuesto a las miradas, murmullos y dudas de los relatores.

—Ruego a vuestra señoría en nombre de Dios —rogó con firmeza—, que dejéis libre a mi escudero Alvar Andía. Él os traerá ante vuestra presencia al comendador del Temple. Os lo pido a en nombre de la Sangre derramada por Cristo, eminencia.

—¿Acaso cree vuestra paternidad que mis magistrados y ese prior son unos perjuros? Nadie en ese lazareto lo conoce ni tan siquiera. ¡Marsac no existe, porque ha sido sacrificado por este caballero desleal! —terció el juez—. Es una argucia más.

Brian encajó el argumento de Torcafol con gravedad e ira. Su barbilla se estremecía. Paseó su mirada por los magistrados y se dejó ganar su confianza.

—¡Las palabras del acusador tratan de sembrar la duda! ¡Es una infamia, ilustrísima, y estoy en mi derecho de exigir la presentación de testigos! Yo os aseguro, *monseigneur* De la Roche, que más declarantes y objetos de los que os imagináis harán acto de presencia en esta sala si accedéis a mi petición. Y entonces me creeréis. No desdeñéis esas pruebas. Sólo se dilataría la causa unos días más, y mi vida pende de un hilo. Me acojo a la protección de la Santa Sede, la única que puede salvarme. *Miserere mehi Deo!*

Más que un ruego sonó como un lamento de angustia.

—Dilaciones, ilustrísima, tardanzas nada más —insistió Torcafol—. ¡No le creáis!

—Esta Curia me ha incriminado con falsos testimonios y cometeréis un error terrible si me condenáis. Siempre he procurado vivir cerca de Dios y lejos de la mentira —se defendió el de Monte Gaudio, desesperado.

Sin inmutarse, el cauteloso príncipe de la Iglesia se decidió a apagar el incendiario discurso de Torcafol. Con un talante reposado se pronunció:

—Para mí es suficiente. No se puede frivolizar con la condena de un *miles Christi*. ¡Accédase a la petición del encausado, y así quede reseñado en las actas!

Al constatar las muecas dubitativas del cardenal, Torcafol bramó de ira:

—¡Este hombre ha mantenido complicidades con los carniceros de Mahoma, con ese monstruo sanguinario de Saladino y con paganos comedores de hachís. Así lo ha confesado. ¡Ha robado y asesinado y ha escupido sobre lo más sagrado! ¿Vais a permitir que se dilate esta causa, con un reo tan claramente culpable? Quiere retrasar la sentencia y librarse de la excomunión y de la horca.

Brian insistió, sin renunciar a su derecho, y gritó como un halcón herido:

—No exijo misericordia, sino justicia, *messires*.

—¿No lo percibís? Lo dice el Génesis, eminencia: «No dejarás con vida al perverso» —perseveró Torcafol.

«Mis testigos han de acabar con él, antes de que él acabe conmigo. Pero ¿y si Torcafol está en lo cierto y a Urso le ha acontecido algo irreparable y ha muerto?», pensó Brian, inseguro, viendo que a aquella fiera insaciable nada lo contentaba.

Una luz espectral, atenuada por la lluvia, llenó de tonos púrpura el aire de la sala. Las toses y comentarios cesaron. Se hizo el silencio y los cuerpos se enderezaron. Los magistrados y asistentes percibieron que el legado pontificio estaba furioso y que el reo no imploraba clemencia, sino lo que le correspondía. No lo intimidaban las exhibiciones de autoridad de Torcafol, al que algunos comenzaban a aborrecer por su excesivo celo.

—Eminencia —habló Brian—, habéis apreciado con mi relato el talante de mi vida. No pretendo esparcir la discordia en este santo tribunal, sino persuadiros de que he dicho la verdad. Tan sólo deseo despojarme de la vergüenza que ha recaído sobre mí y sobre mi orden, apelando a vuestra benevolencia. No deis crédito a esas oscuras acusaciones formuladas contra mí y averiguad por la propia boca de Urso de Marsac cuanto os he dicho.

—¡Eso es concederle ventaja al diablo, ilustrísima! —bramó Torcafol.

—El templario vive y se halla en ese lazareto, os lo juro —lo cortó Brian.

Se alzaron murmullos de asombro. Muchos dudaban si el relato escuchado era una prueba incontestable de su inocencia o una baladronada del acusado. De la Roche se mantuvo en un mutismo sigiloso y hosco, de esos que levantan expectación.

—¡Bien, ruego silencio! En nombre de la Sede Apostólica —exclamó al cabo—, accedo a vuestro ruego, Lasterra. Estáis bajo mi custodia, y el albur hace que no pueda regresar a Aviñón, pues están reparando mi carroza y espero además un correo de Letrán.

De modo que como debo permanecer en esta ciudad al menos dos semanas más, aguardaré ese tiempo a que llegue vuestro testigo. Ni un día más. Y si así no fuera, vuestra alma corre el peligro de condenarse inexorablemente, y vuestro cuerpo, de pender de una soga.

—*Sic me Deus adiuvet, et haec sancta Dei Evangelia** —respondió Brian, sumiso.

—Si no compareciera el templario Urso de Marsac, seréis acusado formalmente de su desaparición y de cómplice de la pérdida del tesoro del New Temple de Londres, como de trato sacrílego con los enemigos de la cruz. Convocad a mi presencia a ese escudero, que desde este instante es también un testigo inviolable del proceso, acogido además a la autoridad de Roma. ¡He dicho! —afirmó De la Roche con firmeza.

—¡La causa se aplaza durante diez días! ¡Es la palabra de Dios! —pregonó el secretario haciendo sonar la campanilla. Todos se alzaron, inclinando la frente.

El ambiente era asfixiante. La sillería crujía y el aire azotaba los plomizos vitrales, por donde se filtraba una claridad helada que llenaba de graves dilemas la sala. Brian estaba esperanzado, aunque se veía como un prófugo que deseara huir. Las voces destempladas del sinuoso *messire* Trifon habían cesado, pero el juez no quería ensanchar la distancia que lo distanciaba de su presa. Había creado un viscoso clima de discordia y descreimiento general, y estaba contento: «Iluso. Ese templario está muerto y la soga pende de tu cuello».

Sin embargo, cuando Brian era de nuevo encadenado por los sayones, miró de soslayo a Torcafol y adivinó en su faz cetrina un temor confuso que corrompía su alma. «No le ha bastado una confesión salida de las fibras de mi alma, pero sus acusaciones jactanciosas se han agriado. Lo presiento», pensó.

El viento se coló por las rendijas del portón y apagó el velón del escribidor fray Suger, que consideró que la malaventura se cernía sobre aquel molesto caso.

* «Así Dios me ayude y sus santos Evangelios.»

Una penumbra neblinosa acariciaba los torreones cónicos de la ciudad de Carcasona, que se despertaba con el canto del gallo en medio de una claridad orfebre de sombras.

Durante el tiempo de suspensión del proceso concedido por el cardenal De la Roche, no se había hablado de otra cosa en los corrillos de los mercados y mentideros. El guante tirado por el acusado al atrabiliario Torcafol significaba un reto inesperado, que mantenía a toda la comarca en vilo. Sin embargo, ante la incomparecencia del templario, nadie apostaba un maravedí por el caballero navarro. El desabrido juez había jurado que lo colgaría de la horca en dos semanas y el verdugo ya tensaba la soga en el patíbulo. Un jubileo de curiosos, fisgones, mendigos y truhanes, se amontonaba en la puerta. Aseguraba el reo que el testigo haría hablar a las piedras, pero al final había resultado ser una falacia, ya que no existía tal declarante. Ni se había presentado ante el cardenal, ni ningún templario, enfermo o no, puro o gafo, había entrado por las puertas del burgo. La gente desocupada murmuraba en las plazas que el de Monte Gaudio llevaba enroscada la serpiente del mal en su cuello y que era un venero de embustes.

¿Qué cristiano iba a creer lo que había contado?

—¿El testigo es de la Hermandad Blanca? La más baja inmundicia de la cristiandad —opinó un viejo desdentado que se frotaba las manos con el frío—. ¡Matan por placer!

—No aparecerá, ¡ya lo veréis! Nadie lo ha visto —aseguró un limosnero—. Y el cardenal se ha cansado de esperarlo.

Sin duda De la Roche necesitaba escuchar al testigo, que según aseguraban nadie había visto llegar del lazareto de Navarra, y al no verlo ante sí, apretó los puños con desagrado evidente. Si finalmente comparecía, de su testimonio sopesaría si condenaba al de Monte Gaudio, o lo eximía de cargos. Tenía prisa por acabar el sumario y golpeó la mesa dando por iniciado el proceso.

—¡Que comparezca Urso de Marsac! —ordenó el obeso Guiot de Provins.

Los guardias se miraron unos a otros. Nadie le había confiado su custodia. No había testigo de la defensa. En el estrado nada se movía, ni nadie comparecía por los pasillos del aula. Torcafol sonreía triunfal. Ninguno de sus sicarios, repartidos por las puertas y caminos de entrada a la ciudad había visto llegar a un templario, ni tampoco a ningún caballero de su catadura, proveniente de los caminos de los Pirineos. Habían interrogado a mercaderes, mercenarios y guardias, y ningún cristiano había visto al inasequible templario. La situación arrancó un estremecimiento al abatido Lasterra.

Buscó con sus ojos entre el público, pero sólo vio el vacío.

«Estoy perdido, Dios y mis amigos me han abandonado.»

Se veía más vulnerable que nunca y un rictus de amargura daba testimonio de su desánimo. Se volvió de nuevo a mirar hacia la puerta, alertado por el roce de unos hábitos monacales y sus retinas primero se extrañaron y luego brillaron. Alvar y Urso, vestidos con las túnicas grises de los hermanos de San Lázaro, pedían la venia para pasar al estrado. Habían dado un largo rodeo y, temiendo al venal Torcafol, se habían unido a un grupo de peregrinos de Béziers que venían de Compostela, albergándose en un mesón de romeros jacobeos pegado a la muralla.

«Parece como si volviera de entre los muertos. Su piel es de cera», pensó el juez.

¿Quién iba a recelar de unos frailes peregrinos que regresaban bendecidos de la tumba del Zebedeo? Urso se desprendió de la cogulla y de la capa, quedando al descubierto su hábito templario, tan blanco e inmaculado como si esgrimiera una armadura de batalla celeste. Se detuvo frente a la tribuna con serenidad y con los ojos desafiantes. Ninguna mancha relucía en su cuello, estaba fornido y el color de su rostro demostraba vigor. Su piel se había regenerado y adquirido una nueva lozanía. Urso era un hombre nuevo.

Sus labios esgrimían una sonrisa mordaz y no mostraba ningún amargor.

Torcafol lo observó como si fuera un demonio resucitado, una turbia presencia no deseada. Lo contemplaron perplejos, mientras cruzaba una mirada de amistad con Brian, que permanecía de pie, custodiado por dos guardias. Urso hincó la rodilla en tierra, e inclinó la cabeza ante De la Roche en señal de respeto. Permaneció en dicha postura hasta que De Provins le indicó que se incorporara. Levantó la cabeza y clavó sus ojos azules y vivísimos en la curia. Lasterra pudo comprobar que apenas si le quedaban secuelas de su mal, tan sólo una albina palidez en el rostro.

Había recuperado su fortaleza y el pelo dorado y sólo algunas manchas imperceptibles quedaban de su lacerante enfermedad. Todo en él era fuerza, y se irguió vertical como la columna de una catedral. Era evidente que el mal había aminorado y que la lepra no haría presa en su carne. «Gracias, Mi Señor», pensó Brian gozoso. En el pecho y en el hombro refulgían la cruz roja ochavada y en su cintura el cordón que le recordaba la promesa de celibato y de obediencia debida.

El voluminoso Provins lo invitó a prestar juramento solemne ante la cruz.

—¿Sois Urso de Marsac, caballero del Temple?

—Lo soy —respondió orgulloso.

—¿Lo reconocéis como tal, *messire* Boniface? —preguntó a su atónito prior.

El jerarca del Temple se incorporó del sitial, y lo examinó, aturdido.

—Sí, efectivamente es mi *douce frere* Urso. Gracias sean dadas a Dios.

Como quien deseaba confirmar lo inverificable, el magistrado prosiguió:

—¿Admitís a la Iglesia como juez único para enjuiciar a sus hijos descarriados?

—*Sicut matrem et magistram agnosco*: «La reconozco como madre y maestra» —hizo Urso su obligación de acatamiento a Roma, complaciendo a De la Roche.

—Si mentís seréis reo de excomunión. ¿Lo sabéis? —preguntó.

—Pertenezco al priorato del Temple y los votos me atan a Dios y a la verdad.

El tono imperioso del templario había impresionado a los

jueces, y la tez de Torcafol enrojecía por momentos ante tan perturbadora comparecencia, que creía irremisiblemente falsa. Le devolvió una mirada de resentimiento al *bel cavalier* de Miraval, mientras se preguntaba malhumorado si había ejercido estricta justicia con Lasterra, o se había dejado llevar por su celo. Sus argumentos para llevar al cadalso al navarro se estaban desmoronando y la cólera y el rencor lo corroían por dentro.

—¿Conocéis a este *diavoli servi*, caballero Marsac? —preguntó señalando a Brian.

—Ésa es una observación malévola, señoría, que no puedo admitir, ni admitiré. Puedo aseguraros que el encausado es el hombre más incorruptible que he conocido en mi vida. Además andáis errado respecto a este valeroso hermano de la espada. Sobre él no se cierne la Sombra del Diablo, sino la de Dios.

Un brillo mórbido, una llama perturbadora, congeló el rostro del juez. ¿Podría Marsac apartar de un manotazo las imputaciones que quería incriminar a Lasterra?

El tenaz interrogatorio de los jueces al templario duró dos días. Desde la hora prima hasta la nona, Urso, con voz templada y firme, corroboró una por una las palabras de su amigo Brian, exculpándolo de cualquier cargo. A medida que contestaba a las preguntas del tribunal, los acusadores cobraban conciencia de la veracidad del relato que había pronunciado el navarro, semanas antes. El representante del Papa se mostró visiblemente conmovido y Torcafol, con sus negros ojos fijos en el templario y los nudillos blancos de presionar en la mesa, vio que el caso se le escapaba definitivamente de las manos.

—Lo que hizo este caballero en Tierra Santa y fuera de ella —explicó Urso—, fue movido por la caridad, y por eso imploro a vuestras excelencias que lo exoneren de las acusaciones. No robó ningún objeto del tesoro expoliado ni tampoco los pagarés, sino que hizo uso de ellos para consumar la misión que se nos encomendó, y con mi conformidad. Mantener mi enfermedad en secreto ha sido la causa de todos los males.

Brian recibió con satisfacción sus palabras y esbozó una sonrisa de complicidad. Marsac le inspiraba gran confianza y los gestos de sus jueces ya no le impresionaban.

—¿Y qué me decís de ese amuleto de idólatras y paganos?

—Lo aceptó del druso sólo por amistad; ya habéis oído que sólo es una representación del Mal para meditar sobre el Bien, su antítesis. Preguntadle a *messire* Boniface. Él sabe que es cierto. ¿Acaso en los capiteles de nuestras iglesias y catedrales no se representan diablos, quimeras, animales y gárgolas? Sólo los infames sospechan de la maldad de sus semejantes.

La instrucción, que hacía días estaba en un callejón sin salida, se había abierto al valle de la legitimidad. Torcafol, acostumbrado a sus métodos intimidatorios, parecía no darse por satisfecho y un sesgo de desconfianza asomó en su fisonomía.

A De la Roche, después de la ardiente defensa del templario, se lo vio satisfecho. Al fin podía dar como finiquitado el proceso y regresar a Roma.

—Bien es verdad que este tribunal no ha infamado el hábito de Lasterra, sino que ha querido verificar si sus confesiones eran falsas o verídicas —dijo.

Torcafol con su herido orgullo bullía en el sitial como un animal enjaulado. El cansado cardenal, observándolo, se interesó por su nerviosismo:

—¿Os ocurre algo? Os noto inquieto. Habéis hecho cien preguntas a Marsac y a todas os ha contestado sin titubear. ¿Os queda alguna duda, mi dilecto Trifon, sobre la inocencia del encausado? Sois en verdad tenaz como un martillo de herrero.

—Me pregunto si vais a convenceros, eminencia, con el testimonio de un solo hombre —se envalentonó, intentando su última treta.

—¿No os cansáis nunca, *messire* de Torcafol? Y si cien declarantes os trajéramos, a cien rechazaríais —se mostró irritado el purpurado—. ¿No os ha parecido suficiente? El alegato del testigo ha sido claro y de primera calidad. Rechazo vuestra demanda.

Después de la fogosa réplica del legado pontificio se hizo un silencio opresivo. El navarro estaba indignado ante la mera idea de tener que volver a las mazmorras. Un rictus de contrariedad afloró en su faz ante su triste y adverso destino.

Pero no estaba derrotado.

De repente se escuchó cierto alboroto entre el público y los guardias anudaron sus manos y esgrimieron las lanzas, para que nadie pudiera penetrar en la sala. Para su sorpresa, el hombre que empujaba y protestaba alzando el brazo parecía un noble, pues vestía una garnacha italiana esplendorosa y un sombrero emplumado de Gante. Además, de su cuello colgaba un collar de oro, propio de los diplomáticos y cancilleres. De la Roche pensó que no debía mostrarse desatento. Envió a fray Suger para que se interesara sobre la identificación y propósitos de aquel desconocido personaje. El amanuense regresó con una esquela en la mano, que entregó al legado de Roma.

El prelado se acercó las antiparras de vidrio con cápsula y percibió los sellos de la Serenísima República de Venecia, y lo que en él se decía, indicándole con la mano que accediera al tablado. Los lanceros se apartaron, y se abrió un pasillo de expectación. Brian y Urso, sorprendidos al ver avanzar por la sala a Orlando Scala y a un acompañante de ostentosa vestimenta, iluminaron sus facciones. Ellos eran guerreros, pero Scala era un maestro de la palabra elocuente. El veneciano daría a Torcafol el golpe de gracia. Estaban firmemente persuadidos.

—Exponéis en la esquela que podéis añadir luz a este caso —declamó el cardenal—. Jurad primero y luego hablad, os lo ruego.

El diplomático no se hizo rogar y desplegó todos sus argumentos.

—*Ego, Orlandus Scalensis, firma fide credo et profiteor omnia et singula, quae continentur in symbolum fidei, quo Sancta Ecclesia utitur.** —improvisó un juramento en latín perfecto que impresionó a los magistrados. Aquél no era un hombre cualquiera.

---

* «Yo, Orlando Scala, con la fe firme, creo y profeso todos y cada uno de los principios contenidos en el símbolo de la fe de la Santa Iglesia romana.»

Miró después con desprecio a Torcafol, que sintió como si un estilete penetrara en los pliegues más secretos de su alma. No contaba con aquella inquietante comparecencia. Brian pensó que la rueda de su fortuna había cambiado el giro.

—Mi nombre es Orlando Scala, cónsul de Venecia para los asuntos de Ultramar. Ahí tenéis mis credenciales, eminencia —señaló en un latín perfecto, y pasó un documento al cardenal—. Se me ha mencionado repetidamente en esta causa y es mi derecho defenderme y volcar luz sobre el caso de un caballero intachable.

—Tenéis el uso de la palabra. Podéis hablar —lo animó el purpurado.

—Pues bien, eminencia, en presencia de los señores miembros de la comisión y de los curiales acusadores, quiero hacer constar una circunstancia importante para la causa, que zanjará de una vez por todas las dudas que se han cernido sobre Brian de Lasterra, al que tengo por el caballero más generoso de los que he conocido en mi larga vida. *Un huomo de animo generoso, mente excelsa e inclito cuore.* Me resulta desconcertante que se conceda más credibilidad a las suposiciones de *messire* de Torcafol que a la palabra dada por dos soldados que están ofreciendo continuamente la vida por la Santa Cruz en tierras de infieles. ¡Me parece inconcebible!

A Torcafol se le puso el rostro cerúleo, verdusco. Su orgullo estaba herido.

—¿Pertenecéis a la Hermandad de los Canteros? —atacó el juez—. Esa cábala de maquinadores que encierra esoterismo y extrañas señales que se apartan de la fe.

El feroz Torcafol pretendía lanzarse a uno de sus astutos monólogos, pero Scala lo detuvo aludiendo a dos palabras que en la cristiandad tenían mucho peso.

—Y también a la Fede Sancta, que responderá por mí, *messire* —contestó grave.

La alusión hizo que Torcafol se eclipsara rápidamente y se sentara en su sitial sin articular palabra. No convenía irritar a tan altas instancias. Scala prosiguió:

—De modo que a fin de que este tribunal no sea engañado más por discursos arrebatados, quiero testificar yo mismo y también una persona que ha venido desde la misma Roma para corroborar lo que digo. Y lo haré con tres objetos que se han mencionado aquí. ¡Y si a la vista de estas pruebas que voy a presentar no se retiran los falsos testimonios que han inculpado al caballero Lasterra —alzó la voz y la mano—, acudiré al Papa mismo y a mi amigo el cardenal Aldobrandini, firmante de este escrito!

—¡No será preciso apelar ante tan santa instancia! —soltó Provins sobresaltado, asintiendo el cardenal.

—Para probar cuanto digo me acompaña el maestro Wiligelmo de Módena,* de la cofradía de los *Comacini Magistri*, al que el cardenal Eneas Fabio Aldobrandini ha solicitado la reforma de la iglesia de la Sancta Croce para dar cobijo a las dos reliquias enviadas por Héracle de Cesarea..., obviamente, las expoliadas del Temple de Londres.

De la Roche, con sus ojos inquisidores, se dirigió al arquitecto preocupado por el cariz que tomaba el caso. En modo alguno podía inmiscuir en él al autoritario secretario de Estado de Letrán, el más poderoso jerarca de la Iglesia romana, y al Santo Padre Alejandro III, a los que debía su capelo, su nombramiento y las prebendas de las que disfrutaba.

—¿Es cierto lo que afirma Scala, *signore* Wiligelmo? —preguntó el purpurado.

El arquitecto, un hombre de rostro cuadrado, obeso y de andar distinguido, se acercó al estrado, y en una declaración comedida, reveló a los curiales:

—Es rotundamente cierto, *signoria*. Hace unos meses recibí esta carta desde Letrán, firmada por el cardenal y validada por los sellos de Su Santidad Alejandro III, en la que se me insta a presentar un proyecto de remodelación y mejora de una capilla del

---

* Escultor y arquitecto que intervino en las obras y esculturas de la catedral de Módena.

citado templo romano para albergar un Lignum Crucis y un relicario que contiene el INRI, o Titulus Crucis, recientemente donados por un obispo de Tierra Santa a Roma. Como veréis en él, se me acompaña un pagaré por cien marcos de oro para el proyecto. Mi «marca de cantero», un compás, la veréis bajo mi firma y cerca del sello de San Pedro y San Pablo y las Llaves Pontificias —explicó, y sin la menor apariencia de triunfalismo entregó en manos del legado pontificio el recibo, que lo releyó con intensa concentración y no menos intranquilidad.

—¡Por las llagas de la Crucifixión! —exclamó el cardenal, sobresaltado.

Scala pareció sentirse halagado y siguió con su enérgica defensa.

—Y por si algún curial de los presentes, como el suspicaz *messire* de Torcafol, pretende insinuar que el caballero Lasterra ha inventado o fantaseado nuestra misión, aquí presento a vuestra consideración dos elementos claves en su confesión. El primero es el llamado «ajedrez de cristal de Saladino», ahora perteneciente a la familia Lasterra, de donde lo he rescatado. —Extrajo de su faltriquera la caja de taracea y marfil, dio a leer a fray Suger la leyenda en árabe, que corroboró, y la abrió para que los jueces admiraran las relucientes piezas de vidrio tallado—. Podéis contemplarlo, y creed luego.

Las palabras del veneciano resonaron como un veredicto. La cara de Torcafol parecía tallada en cera. Sus inquietantes palabras habían sido sonoras, incuestionables y envolventes y sedujeron a los jueces que aún permanecían escépticos.

—Soy de aquellos que tienen terror al Juicio Final y pido perdón al caballero Lasterra —se exculpó el hidrópico De Provins, que sudaba como un cargador de muelle.

—Con vuestra venia, eminencia, os mostraré la segunda prueba, pero ha de ser ante los ojos titubeantes del prior del Temple, micer Boniface de Poitiers.

La sala enmudeció. Sólo se oía el rasgueo de la pluma de fray Suger.

Scala, como un prestidigitador admirable, ni cáustico ni cordial, y en un tono de voz meliflua, convocó al estrado al dignatario del Temple en Provenza y visitador de Ultramar. Se trataba de un soldado hosco y de mirar oblicuo, quien a una orden del cardenal se incorporó del asiento y descendió al estrado trémulo y alterado. Entresacó de la bocamanga una estampilla de latón, de las usadas para sellar protocolos, impregnada de cera de abejas y cerote. Afablemente, se la mostró al jerifalte del Temple, que había enrojecido.

—Ésta es mi segunda prueba. ¿Sabéis lo que es esto *monseigneur*?

—Un molde de cera..., creo entender —dijo, perplejo y balbuciente.

—¿Y no os dice nada la figura en él impresa? Miradla bien. ¿No es una llave quizá? El vaciado es perfecto y la cabeza del llavín deja ver la forma de un águila de dos cabezas, y el vástago retorcido está rematado por cuatro hendiduras de apertura, de disímil anchura y longitud. ¿No os trae nada a la memoria?

El templario consideró la pregunta con gravedad. Luego sintió un estremecimiento en su interior, y por toda respuesta exclamó mirando al cardenal:

—¡Por la Sangre Divina, *par Dieu et ma foi*!* Es la llave templaria del Tesoro de Jerusalén! ¿Cómo lo habéis conseguido, señor? No puedo creerlo. No me consta que hubiera sido robada de la cámara de Londres.

—Pues sí, pero no receléis, no se ha hecho copia alguna —explicó Scala radiante—. Es una prueba más de que el caballero Lasterra habló con veracidad. Fue la jerarquía del Temple la que dudó de él y la causante de su detención y posterior juicio. El padre de Marsac, asustado, lo denunció, pero ya estaba dada la orden de detenerlo allá donde lo encontraran, y el obispo de Carcasona cooperó. Esto es para vos, micer Boniface, aceptadlo como un regalo de Lasterra y del valiente Zahir ibn Yumblat, que lo guardó

---

* Exclamación de los templarios alusiva al Santo Grial. «¡Por Dios y mi fe!»

de la codicia de Héracle de Guévaudan en las cuevas del Líbano. No nos guió la codicia, sino la caridad y el cumplimiento del deber, *signore*.

—*Vive Dieu, Saint Amour!* Me siento abochornado —respondió Boniface, sofocado—. Pero debéis comprendernos. Habíamos perdido a nuestro *douce frère*. Urso de Marsac y valiosos tesoros que nos pertenecían. Hemos recuperado a nuestro hermano, el Secretum Templi y los documentos que podían perjudicarnos en manos enemigas de la orden. Las reliquias bien están donde están, y vos merecíais por vuestra clarividencia las Tablas del Testimonio.

Con una voz dura y resuelta, Scala se dirigió al comendador del Temple.

—¿Retiráis entonces los cargos contra Brian de Lasterra?

—No sólo los retiro en nombre del maestre Odon y de la cúpula templaria, sino que si lo exige el caballero Lasterra, les pediremos de rodillas perdón a él y a don Rodrigo. Los templarios somos hombres de honor, y sabemos humillarnos cuando la causa es justa.

—No es preciso —intervino Brian con brutal sequedad—. Vuestras palabras son suficientes para lavar mi honor. *Messire* de Torcafol me ha deshonrado, pero lo que más me ha dolido es que me retirara el consuelo espiritual en la cárcel, considerándome como un hereje. Ejercitaos en la magnanimidad, señor Trifon; conviene a vuestro corazón mezquino y a la remisión de vuestra alma.

Los ojos feroces de Scala se serenaron y se produjo un silencio embarazoso. Los magistrados evitaban la mirada del veneciano, debatiendo su inflamada defensa. El duelo con Torcafol resultaba absurdo. El veneciano había ganado. Un susurro cómplice a favor de la inmediata absolución se alzó en la sala. Hasta parecía que el severo Cristo que presidía el tribunal lo exigía. El escenario que había montado Torcafol para llevar al cadalso a Brian, se había desmoronado como un castillo de pavesas secas ante un fuego devorador.

—*In nominen Patrem dominatorem universi, judico!** —se pronun-

---

* «En el nombre del Padre dominador del universo dictamino.» Frase primitiva cristiana para sentenciar o bendecir.

ció De la Roche—. El litigio ha concluido y Brian de Lasterra queda absuelto de los cargos que se le imputan. Cristo nos ha mostrado el camino de la verdad, y por la jurisdicción del Papa y de la Santa Sede de Pedro que me ha sido delegada, invoco la protección del Espíritu Santo y doy por cerradas las actuaciones del sumario contra el Caballero de Monte Gaudio. ¡Quedáis libre! Amén.

—*Deus subicit nobis suam omnipotentiam*, «Dios somete a nosotros su omnipotencia» —corroboró fray Suger, dando por cerradas las anotaciones del caso.

—Dios, en su infinita misericordia, siempre ofrece el perdón a quien camina por la senda de la verdad —concluyó el cardenal, que salió solemnemente de la sala.

—*Roma locuta, causa finita!** —declaró, alborozado, Scala.

Inmóvil en el sillón, el aspecto del juez acusador era patético, su semblante parecía el de una máscara de cera, y su mirada apenas si recordaba un atisbo de arrogancia. Trifon de Torcafol había extraviado su imperturbabilidad y parecía reducido a una caricatura de feria, risible y grotesca. Su crueldad gratuita se había convertido en la más amarga hiel para su propia sangre. Scala había asestado un golpe definitivo a sus argumentaciones al invocar la autoridad del Papa, y la curia que antes lo había adulado y auxiliado, evidenciaba muestras de espanto. Los jueces admiraron la dialéctica y la diplomacia del veneciano y respetaron al fin la resistencia y la decisión del caballero navarro y de Urso de Marsac, así como su memorable misión.

¿Cómo debía actuar Brian para revivir alguna alegría de su interior si su corazón era una piedra? Había sufrido una tragedia desmedida y sonrió levemente. Los prebostes miraban al exculpado y a Trifon de Torcafol, quien con las mandíbulas apretadas no dejaba de reprocharse su incapacidad para haberlo mandado antes al cadalso. Mientras recogía su capa, gastó sus últimas energías en enviar una mirada de odio a Urso, Scala y Lasterra, que se habían fundido en un amistoso abrazo.

* «Roma ha hablado, la causa ha concluido.»

—Tu infierno personal ha concluido, Brian, pero no por un conjuro cabalístico, sino por el arma de la verdad —le confesó el veneciano apretando su hombro—. En Roma supe de tu juicio y acudí sin dilación.

—Gracias, Orlando. Tu testimonio ha resultado definitivo.

Un alud de felicitaciones cercaron al Caballero de Monte Gaudio, en especial la de don Rodrigo, que estaba paralizado por la alegría. Aun así profirió a voz en grito:

—¡Se ha hecho la Pax Christi y se ha establecido la unánime concordia! Un simple ademán de ese Torcafol, y su miserable testa la parto en dos! —lo amenazó.

—Don Rodrigo —lo detuvo Brian—, el mejor modo de vengarse de un enemigo es no parecérsele. ¡Que sufra en silencio su derrota!

Torcafol los escuchó. Tardó en reaccionar y lo taladró con su mirada despiadada y desafiante, como perdida en el vacío. Había concluido el escarnio y su más sonado fracaso. Brian, embotado por la satisfacción, aunque todavía lacerado por el hambre y el frío, había perdido la noción del tiempo.

—¿Y qué haremos ahora, Brian? —le preguntó el templario.

Lasterra estaba encallado. Había tocado fondo.

—¿No es ya tarde para probar nada? Mi alma me dicta que el tiempo de aventurarme en gestas redentoras ha expirado, Urso. He sufrido pesadillas atroces, transitado por las calles de la desolación y agonizado en la oscuridad del dolor. ¿Cómo podré restañar estas heridas? Precisaría de una eternidad de tiempo —reveló, triste.

—Comparto tu dolor, Brian, pues yo he sufrido tanto como tú. Sin embargo, toda esta tragedia que hemos soportado me ha contagiado de un absurdo arrojo. Nuestras vidas han coincidido para algo, Brian. ¡Es el destino que así lo quiere! Exploremos lo que la Providencia nos tiene preparado todavía en Palestina.

Desarmado por los consejos del templario, la mirada de Lasterra, que permanecía poseía por un extraño fulgor, se iluminó. Y lleno de gratitud le confesó:

—Tienes razón, Urso. Somos hombres de guerra y nuestro destino es jugarnos la piel por la Santa Cruz. No sabemos hacer otra cosa, ¿no es cierto? Eres un guerrero intacto y te has recuperado, y yo también lo lograré —le contestó, animado.

—La Santa Sión nos aguarda, nuestra particular Tierra Prometida. Siento una nostalgia insaciable de aquella tierra, Brian. La vida nos tiende una nueva emboscada. Deseo partir ya, o terminaré desnaturalizándome. Somos aliados de la espada, Lasterra.

Brian estaba harto de la sedante rutina de los últimos meses, y aunque tenía el cuerpo maltrecho por las penalidades de la cárcel y el espíritu afligido, se sobrepuso.

—Pues entonces allí nos toca morir, en el Reino imposible de Dios —exclamó—. Estoy deseando contemplar las rosas del Líbano, deslumbrarme con las cúpulas de Jerusalén, contar las estrellas del cielo de Siria, llenar el cuenco de mis sentidos con sus aromas y cabalgar tras los estandartes de la Cruz.

—Dios será testigo de que lo cumpliremos —le contestó Urso con afabilidad.

El cielo de Carcasona, ocre y gris, amenazaba aguas de tormenta.

Brian de Lasterra miraba ahora al mundo de forma diferente.

Regreso al Valle de los Elegidos

Pascua Florida de año del Señor de 1174

En cuanto remitieron las lluvias, regresaron al Valle de los Elegidos.* Dios había levantado su dedo de cólera, concediéndoles una tregua a sus vidas.

Zarparon por Pascua Florida en una flota de *busiers*, naves de carga del Temple, cuando la vida estallaba a su alrededor como una llamada a la alegría. La costa de San Juan de Acre surgió entre la blancura de la latente niebla. El sol se levantaba tras los torreones de la fortaleza templaria teñidos de un azul que se propagaba en celajes plateados. La luminosidad rasante convirtió el momento en una visión ultraterrena y Brian suspiró de gozo. «*Exultemus Dominum!*», oró para sus adentros.

Marsac había contagiado a Brian de un temerario arrojo; y de sus tragedias y del juicio, sólo les quedaba un oneroso recuerdo. La fidelidad de los dos caballeros a la misión fue reconocida públicamente, y los grandes maestres se mostraron indulgentes y reconocidos, tanto con Marsac como con Lasterra, que fueron elevados al rango de comendadores, con voz y voto en los capítulos generales.

Brian sufría terribles dolores de espalda, tal vez causados por su estancia en las mazmorras de Carcasona, y las cabalgadas le resultaban un suplicio. Sin embargo, regresar a aquel escenario de

---

* Nombre con el que los cruzados conocían al reino de Jerusalén.

sortilegios, respirar el aroma de los sicómoros de Ascalón y Jaffa y los aires de Jerusalén, le sirvió de bálsamo para sus padecimientos. Palestina seguía siendo para él la gran alegoría de las opciones enfrentadas por las creencias de los hombres. «¿No son en verdad una sola? No en vano todos los mortales nos sujetamos a las mismas leyes divinas y rezamos a lo Alto.»

El estado de las cosas apenas si se había mudado en Oriente.

La desavenencias entre Saladino y Nur ad-Din habían alcanzado su punto máximo; y aunque Amalric *El Morri*, atizaba el fuego de la desunión entre el sultán y el *atabeg* de Egipto, los *frany* sufrían virulentos ataques de los sarracenos por el norte y por el sur. El rey de Jerusalén se hallaba en una situación extremadamente delicada, y aguardaba tras las murallas sin atreverse a atacar, acosado por la duda. Pero de forma imprevista la situación cambió. Nur ad-Din, el sultán asceta y santo, murió el 15 de mayo de 1174 en Damasco, dejando sus estados en manos de un niño de once años, su hijo Malik as-Salih, fácil presa para un león curtido en el poder como Saladino.

El pequeño sultán firmó una tregua con los príncipes cristianos, mientras Saladino, en su atalaya de El Cairo, se mordía las manos de rabia. Aquella desnaturalizada alianza lo maniataba para realizar su gran sueño: la conquista del Reino de Jerusalén. Pero el caprichoso destino jugaba a favor del general kurdo, que tenía fama de iluminado y de zorro paciente. Muy pronto se iba a convertir en el vengador de la fe islámica y en el campeón del credo suní.

El 11 de julio de 1174, las campanas de Jerusalén tocaron a gloria. El rey Amalric I había firmado el deseado acuerdo de paz con Malik. Pero imprevistamente, cuando el monarca regresaba de Paneas, contrajo una grave disentería, acompañada de fiebres y vómitos terribles. A los pocos días, las campanas de las iglesias volvieron a redoblar, pero esta vez a muerto. Amalric había expirado en su lecho de la Ciudadela de Jerusalén, vomitando las entrañas por la boca. Tenía treinta y nueve años y no había un solo cristiano que no deseara que hubiera vivido por más tiempo y que llorara su muerte con intranquilidad.

Un único pensamiento corrió como el viento por las celdas y cuadras de Monte Gaudio. «El Reino de Dios tiene sus días contados», declaró don Rodrigo a Lasterra. Se especuló mucho si había sido envenenado, bien por los templarios, sus más deletéreos enemigos, quizá por los *asesinos* de Alamut que jamás le perdonaron el fiasco de su conversión al cristianismo, o en último caso por Raimundo de Trípoli, que así se acercaba un poco más al trono de Jerusalén, que tanto anhelaba.

Los acontecimientos se precipitaron, y aunque la ley ordenaba la inmediata expulsión de los leprosos y la pérdida de sus derechos al trono, Balduino IV, el príncipe *mezel*, que tenía entonces 14 años, fue coronado como soberano indiscutible, ya que era considerado por los pulanos, cortesanos y cruzados, como un muchacho de espíritu insobornable, un extraordinario jinete, gran guerrero y gobernante de corazón compasivo. Y aunque los príncipes de Palestina creían que la realeza franca estaba herida de muerte y a merced de las zarpas de Saladino, rindieron homenaje al joven rey, a pesar de sentir un gran dolor al mirarlo.

Las aclamaciones en la Ciudad Santa fueron ambiguas, pues el pueblo recelaba de la Corona en la que colocaban su destino. La esperanza de sobrevivir en aquella parte del mundo estaba depositada en sus manos inexpertas y leprosas. Las órdenes militares lo apoyaron sin reservas y Brian, en la ceremonia, le besó las manos enguantadas ante la emoción del nuevo rey.

No muy lejos de allí, en las dulzuras del Nilo, Salah ad-Din, el protector del islam, estaba firmemente decidido a reedificar la religión suní y hacerse con el dominio de la *Dar al-Harb*, el mundo islámico conocido. Saladino era un hombre ambicioso y estaba dispuesto todo. Extremadamente inteligente, buen estratega y mejor político, puso sus ojos en Damasco, unificando en pocos meses la Siria musulmana y el Egipto suní. Y desde aquel día Saladino se convirtió en la trompeta que despertó a los muslimes dormidos; alrededor de su estandarte blanco se unificaron una tras otra las tribus mahometanas de Etiopía a Arabia y de Siria a Armenia, que le exigían inmediata venganza de los *frany*.

Únicamente retrocedió ante un enemigo letal, los *asesinos* de Alamut, los comedores de hachís, que lo llamaban «el sepulturero de nuestros hermanos fatimíes». Atentaron contra su vida en tres ocasiones y entraron en su tienda otras tantas. Aterrado, dejó de hostigarlos y regresó a Egipto para no molestarlos jamás

Sin embargo, liquidar el reino cristiano de Jerusalén le iba a ser difícil al Adalid de los Leales. Miles de Plancy, señor de Transjordania y senescal del reino, ejerció de tutor del príncipe leproso e hizo frente a Saladino con bravura; pero se equivocó al ejercer el poder de una forma despiadada e impopular. Una noche fue atacado en la calle por una banda de cortesanos disfrazados, que lo remataron a puñaladas, ensañándose después con su cadáver, que fue descuartizado. Los nobles ofrecieron entonces la regencia al conde de Trípoli, Raimundo III, hermano de Melisenda. Inmediatamente el sagaz príncipe regente firmó una paz con Saladino.

El rey Balduino comenzó a reinar como correspondía a su recia estirpe y a su sutil talento. Cabalgaba legua tras legua por los desiertos de Siria y Judea a lomos de su cabalgadura, armado, con malla y casco y en medio de un calor sofocante, sin emitir una sola queja. Visitó todas las fortalezas y castillos y nadie comprendía cómo la lepra no había arruinado aún sus fuerzas. En Escalón hizo demostración pública de su amistad con Lasterra, a quien abrazó en presencia de los grandes maestres. Estaba dotado de una inteligencia natural para la política, le gustaba el poder y había nacido para gobernar a los hombres. Se comportaba como una persona pletórica y sana, pero los problemas le crecían como un torrente en primavera. Palestina, unida en torno a su rey, vivía un tiempo de preocupación.

Sin embargo para Brian, aquélla seguía siendo una tierra de milagros.

Se sucedieron tres años de paz y de calma, pero tan tensa como el arco de un mongol. Brian, con sus hermanos de Monte Gaudio, vigilaba la costa, y Marsac, la flota templaria. Los grandes capitanes del rey, Raimundo de Trípoli, Bohemundo de Antioquía, el maestre del Hospital y el conde de Flandes, partieron hacia el norte de Siria con un formidable ejército para atacar a los zenguíes, que hostigaban a los cristianos del Líbano. Al conocer la situación de división de las fuerzas cristianas, Saladino quiso aprovecharse y atacó el sur con sus regimientos mamelucos, por la ciudad de Escalón. De inmediato cundió el pánico en Jerusalén. Los agoreros aseguraban que la cruz de la iglesia de Santiago la había descuajado un rayo, partiendo en dos el cáliz de la consagración; que lobos del desierto de Ayla habían llegado hasta el altar de una ermita de Belén; que las plagas carcomían las viñas y que clérigos de Nazaret predicaban apostasías contra Cristo.

Amenazada Jerusalén por tantos malos augurios, el rey leproso no se intimidó y consiguió reunir treinta mil hombres para enfrentarse al rey de Egipto. Formaban el ejército de choque los caballeros del Templo, de Monte Gaudio, el príncipe Reginaldo de Châtillon y el tío del rey, Jocelin de Courtenay, ambos salidos recientemente de las cárceles turcas. Balduino exhibió su enérgica condición física y su fe sobrenatural, demostrando al mundo que era tan buen estratega como valiente militar. Decidió esperar a Saladino en las llanuras de Montgisard, a treinta leguas de Jerusalén, cerca de Nazaret, mientras aguardaba los refuerzos del norte, que llegaron tarde. El obispo de Belén, *messire* Aubert, portaba la Santa Veracruz, la reliquia que había otorgado la victoria a las huestes cristianas una y otra vez. ¡A quién temer entonces!

Los escuadrones de la Cruz se batieron ágiles como leones y aullando como perros. Envolvieron a los musulmanes como las llamas de un incendio, destacando el rasgo de valor y el sentido táctico de Balduino, que combatió con sus compañías, como el primero de los soldados. Los de Monte Gaudio y los templarios recibieron la orden de desmantelar el triple círculo de jinetes mamelucos que guardaba a Saladino. La empresa no era fácil y muy arriesgada. Hubo un instante en el que Brian, a través de su celada, vio la figura blanca del sultán, protegido por las lanzas y escudos de la escolta, y observó que Saladino se alzaba en los estribos para presenciar sus evoluciones señalándolo con la fusta de mando. Lasterra enarbolaba sus dos espadas, y con el escudo en la espalda, hacía estragos entre los sarracenos.

—No solo es grande en honor, sino en arrojo —se oyó barbotear a Saladino.

Con un ejército cinco veces mayor, al general kurdo no le dio tiempo a reorganizar su ejército tras el acoso de los cruzados hispanos y de los templarios. La mayoría de los *ghazzi*, los mamelucos de su guardia personal, murieron defendiéndolo y sin su decisiva contribución hubiera sido capturado el sultán.

—¡Por Jerusalén y la Vera Cruz! —se escuchaba el grito de guerra de los cruzados, que cortaban cabezas y destripaban islamitas sin piedad.

El invencible ejército de Saladino, envuelto por los contingentes de los monjes cruzados, huyó en desbandada hacia el desierto de Sinaí, perdiendo en la fuga caballos, impedimentas y botín, que cayeron en manos de los *frany*. Pero aquel 25 de noviembre del año victorioso del Señor de 1177 no pudo ser más aciago para Brian, ya que resultó fatal para sus afectos.

Urso de Marsac, el *bell cavallier*, y Alvar Andía, su maestro del alma con el que había vivido y luchado espada con espada, encontraron la muerte en el combate, cuando perseguían a Saladino entre las dunas del valle de Moisés.

Al sargento navarro lo había aplastado la piedra de una catapulta. El rostro no tenía ningún signo de terror, como si no hubiera advertido el peligro. El cuerpo del templario Marsac fue hallado en una hondonada erizado de flechas, y con un tajo en la garganta que lo había desangrado. Tenía la cara bañada en su propia sangre. Apenas si se le notaban unas rosáceas manchas en el cuello y su mirada inerte poseía el matiz de la luz de otro mundo. Lasterra había depositado en ellos una confianza ciega y su muerte le parecía insoportable, acrecentando su frustración.

—Agonizasteis desamparados, pero disteis una lección al mundo —musitó.

Abrazó sus cuerpos yermos con las manos tintas en sangre, en el instante en el que se levantó un remolino que enturbió sus iris grises, irritándole la garganta. El bermejo sol de la tarde acariciaba las armaduras de los muertos cuando fueron expuestos para recibir los óleos, las preces *post mortem* y los salmos de David. A Brian le causó un vuelco en el corazón y lloró de pesar, cayéndole por la barba un rastro de sangre, polvo y el salitre de las lágrimas.

—*Aeternum vale, amicos*, adiós para siempre, amigos. Mitigasteis la aridez de mi existencia con vuestra ayuda y vuestra estima. Pero os perdí.

La mayoría iban a ser enterrados en aquella tierra extraña y tan lejana de sus lares de Artois, Lorena, Bigorre, Sajonia, Navarra o Normandía. Sin duda, superado por aquella desdicha desmedida, Brian oró con la garganta reseca.

—¡Que san Miguel, el pesador de las almas de los muertos, sea benévolo con vosotros, amigos Urso y Alvar, mis dos cómplices de la vida!

Brian jamás olvidaría sus cuerpos tintos en sangre, tirados en el suelo áspero, iluminados como estatuas de cera por la luz de la luna. Los caballos piafaban abandonados en aquel Gólgota de devastación y olisqueaban a los cruzados muertos blindados de acero, con las manos y las rodillas ensangrentadas, las adargas de fresno hechas trizas, los estandartes desmedrados y las espadas astilladas. «¿Habrán alcanzado al fin los dulces valles de la Jerusalén celeste, la Ciudad de Dios? —se preguntaba Brian cuando el dolor del alma se le hacía insoportable—. *Requiecant in pace sanctorum*, descansen en la paz de los santos.

Otro eslabón de la cadena de sus apegos se había desbaratado. En aquel adverso anochecer, lleno de sangre y algarabía por el triunfo, extravió algunas claves del mundo que amaba, y sintió la más desoladora orfandad.

«No quiero morir solo», le había dicho Urso en Carcasona.

Y había muerto a muchas millas de Miraval, con una saeta que le atravesaba la cruz patê del pecho y el cuello hendido, pero rodeado de hermanos. Balduino había salvado el Reino de Dios, y Brian, perdido a sus dos más leales amigos, que su corazón no podía soslayar.

Lasterra se desplomó en la estera de la tienda, maltrecho y anestesiado.

Le pesaban los párpados, los labios los sentía resecos y un sabor amargo invadía su garganta. No podía dormir y contempló la lluvia de estrellas que cruzaban el firmamento. Su corazón estaba en otra parte.

Al regreso del combate, y como agradecimiento al valor demostrado, el conde don Rodrigo y la Orden de Monte Gaudio recibieron de la hermana de Balduino, Sibila, condesa de Jaffa y Ascalon, diversas fortalezas de aquella franja y algunas otras donaciones de los clérigos del Santo Sepulcro.

Pero la orden había sufrido pérdidas irreparables y no podía subsistir sin guerreros hispanos que la sostuvieran.

De forma inesperada y no prevista por Lasterra, la actividad guerrera de la Orden de Monte Gaudio fue decreciendo, pues los soldados morían y eran reemplazados, no por oriundos de las Españas, sino por aventureros pulanos y armenios sin escrúpulos. El sueño de la Orden de Caballeros de Monte Gaudio se iba disipando como un sueño al amanecer. «Nada permanece, nada perdura, todo se desvanece en la nada», reflexionaba Brian, que observaba que, en un mundo convulso, muchos de sus hermanos morían como estúpidos corderos enviados al degolladero, y cada vez decrecía más la nómina de caballeros nacidos en la vieja Iberia. Y de los que quedaban, imitando a los templarios, no eran precisamente irreprochables en sus costumbre y el entusiasmo religioso había decrecido.

Don Rodrigo luchaba contra la flojedad religiosa, pues prevalecía la profesión de las armas, sobre la de monjes consagrados a Dios. Olvidaban con frecuencia la severidad de la disciplina, tomándose libertades que entristecían al gran maestre, quien descorazonado reunió un día a sus caballeros manifestándoles:

—A pesar de mis esfuerzos y de la sangre vertida en esta tierra bendita, nuestra orden no ha arraigado con la efectividad deseable. Los cofrades mueren y nadie de la lejana Hisperia viene a relevarlos. Por eso he convenido con el rey, con el patriarca y con el maestre del Temple, *messire* de Saint-Amand, que todos nuestros efectivos pasen a engrosar la Orden de los Pobres Caballeros del Templo de Cristo, con los mismos votos y obligaciones. Los que lo deseen pueden permanecer en Palestina, y los que no, regresar conmigo a las tierras de Castilla o Aragón, donde los moros se rehacen. ¡Que cada cual decida según su conciencia, y que Dios nos ampare!

La decisión fue recibida con sorpresa, pero tras el capítulo general, Brian, percibiendo el ambiente de discordia que se respiraba entre los cruzados, optó por regresar a España con don Rodrigo, donde era más necesario su concurso para ayudar en las empresas de los reyes de León, Navarra, Castilla y Aragón.

El reino de Jerusalén marchaba a la deriva y se resquebrajaba día a día, como el cuerpo de Balduino, que se le caía a pedazos. El monarca no creía en sus barones y capitanes, y su salud iba en franca regresión. A Sibila, su hermana, no hacían más que buscarle esposo para garantizar la continuidad en el trono, pero las pasiones y las luchas soterradas, encaminaban el reino cristiano hacia una lenta agonía. Tras el espejismo de Montgisard, Saladino se rehízo y venció al rey leproso sucesivamente en Paneas, March Ayuny y Acre, donde el maestre templario, el orgulloso Odon de Saint-Amand, fue hecho prisionero, muriendo después en la cárcel por inanición, pues según la regla de su orden, se negó a ser rescatado, ya que no podía aceptar que alguien tuviera el mismo valor que él. «El templario sólo puede ofrecer por su rescate su cinturón rojo y el puñal», aseguró.

Cumplió como un león y su ejemplo fortaleció el espíritu del Temple.

El anciano patriarca de Jerusalén, Aumery de Nestle, hombre clave en los períodos de disturbios y en la paz del territorio, se retiró de la vida pública cansado y muy enfermo, sucediéndole como era previsible el paradigma de la vanidad, el desorden moral, la codicia y la lujuria, Héracle de Guévaudan, que contó con el apoyo de Bizancio, del rey, y de Roma; y sobre todo de su antigua amante, la madre del rey, la intrigante Inés de Courtenay.

El presuntuoso obispo lo tenía todo bien atado.

Tomó posesión en medio de los cánticos del *Benedictus*, ataviado con una capa de terciopelo con brocados bizantinos, más ostentosa que el manto de un emperador. Al fin había conseguido lo que tanto había ambicionado frente a la candidatura del venerable y sabio Guillermo, arzobispo de Tiro, que no había recibido los apoyos adecuados. Jamás se había visto en Jerusalén a un patriarca tan libertino y tan ávido de opulencias. La ambición, pareja a la arrogancia, había hecho presa en el alma mezquina de Héracle, como el fuego prende con más rapidez en la choza de un campesino que en el palacio de un marqués.

Guillermo, terriblemente enojado, marchó a Roma a denunciar la alarmante corrupción del reino de Jerusalén y la fraudulenta elección del nuevo patriarca. Pero hasta allí llegó el brazo asesino de Héracle, en un arrebato de osadía. La víspera de ser recibido por el Papa murió envenenado por un sicario de Guévaudan, que lo había seguido hasta la Ciudad Eterna, y con la ayuda de un sicario del cardenal Aldobrandini. Los lobos se aliaban para cazar. Había arriesgado mucho para dejarse vencer por un asceta, por muy ilustrado y santo que fuera.

Con semejante elección, el reino de Jerusalén moriría irremisiblemente.

Don Rodrigo y Lasterra comprendieron que su misión en Tierra Santa, con tan corta mesnada y escasos medios, había alcanzado su término. Aquella noche velaron ante el Santo Sepulcro, y con el amanecer dejaron atrás las murallas de la Ciudad Santa. Don Rodrigo no volvió tan siquiera la vista atrás. El sol había dejado de abrasar los tejados, y el otoño cubría los muros con una ceniza gris. Un diluvio de barro y lluvia teñía los días de septiembre del año del Señor de 1181, y la mermada Orden de Monte Gaudio dejó sus fortalezas, en lenta y triste retirada, chorreando agua por arneses y capotes. El heroico sacrificio de aquellos hombres había obtenido escaso fruto. Algunos caminaban lisiados, con sus rostros consumidos y marchitos, y arrastraban los pies como un ejército derrotado.

Brian se sentía desconsolado, viendo doblarse como arcos los cipreses y palmeras de Jerusalén que tanto le gustaba contemplar. Abandonaba apegos y recuerdos en aquella tierra, pero aún le remordía el gusanillo de la nostalgia insaciable de su tierra natal. Aunque tarde, percibió que su felicidad y lo que había buscado toda su vida, tampoco estaba allí. Volvió a mortificarse con el bamboleo de la nave portera rumbo a Tortosa, pero arribaron sanos y salvos, antes de la Pascua de la Natividad, cuando las aguas comenzaban a revolverse en el Mar Interior.

Brian había sobrepasado la treintena y aún se sentía enérgico y vivo.

Pero dejada atrás demasiados recuerdos que le pesaban en el alma como una losa.

El monje del Temple

Todo lo que había querido Brian estaba muerto, o se había desvanecido.

Y con su parco mundo que siempre llevaba a cuestas, regresó a Navarra.

Cuando visitó el desolado promontorio de Artajona, se le desmoronaron las estructuras de sus afectos más queridos. Su padre y su adorada madre Leonor yacían juntos en el panteón familiar. La viruela habían desmembrado su esquema familiar, contaminando sus recuerdos y aquellos sueños, que creía cerrados bajo la llave del olvido en los laberintos blindados de su memoria. «Quiera el Creador derramar su misericordia sobre mi alma solitaria y guiar mis pasos vacilantes, ahora que la soledad más absoluta me embarga», imploró en la cripta. Enterró las cenizas de Alvar en su tierra de Sangüesa, cumpliendo sus deseos, y se vio sumido en el más absoluto desamparo. ¡Qué remotos quedaban aquellos años de fe, amistad y bravuras!

Para él había llegado el momento de las dolorosas decisiones.

Brian no podía estar especulando infinitamente si cambiaba sus hábitos de Monte Gaudio por los del Templo de Salomón. La señal le vino del cielo al ser nombrado gran maestre del Temple, el catalán Arnoldo de Torroja, un monje guerrero con el que había luchado hombro con hombro en Tierra Santa. Sólo así aceptó cambiar su distintivo de la cruz octógona de gules, por la enseña paté. Además, así complacía el deseo de don Rodrigo. También pesó el recuerdo de un aliado de su alma, Urso de Marsac. «¿Qué más me da servir a Dios bajo una u otra bandera? Seguiré tu estela, Urso, y en tu recuerdo ingresaré en tu cofradía.»

«El Creador te ha escogido otra vez. Cíñete la espada con gloria y honor —le anunció el maestre Arnoldo cuando lo consagró y le impuso la cruz roja—. Anda y cabalga por la causa de la verdad, la piedad y el derecho. Harás proezas con las armas en tu mano. Tus flechas serán agudas, los pueblos se te rendirán. Tu trono ¡oh Dios! será firme para siempre. Cetro de rectitud es el de tu reinado. Ése es nuestro ideal sacado del salmo 45 de las Sagradas Escrituras.»

Dios le había hablado por segunda vez al oído.

Su mirada ya no poseía el fulgor de la inocencia, sino el halo de una luminiscencia oscura, pues sus soledades se aparejaban con su espíritu castigado. Y al fin tuvo la certeza de que lo que realmente había buscado desde que había salido de Artajona era el sosiego de su espíritu. El rey Alfonso, segundo de Aragón, les encomendó a los nuevos templarios la defensa del castillo de Alfambra —el fortín rojo lo llamaban—, en Teruel, la Garad musulmana, una fortaleza en forma de barco, en el antiguo principado de los Banu-Razi de Albarracín.

Se alzaba soberbia en las alturas, como un nido de águilas, con el río Alfambra a sus pies, un brazo de plata que la envolvía. Había caballeros de varias nacionalidades de la cristiandad, y Brian fue nombrado comendador de la fortaleza. Se le unieron otros templarios, algunos descendientes de la casta de Íñigo Arista, el primer monarca de Navarra; de los Abarca, y del rey Sancho, caballeros de antigua sangre, deseosos de combatir contra la morería del sur al servicio de la *Beausant*.

De Tierra Santa llegaban noticias alarmantes de sus hermanos franceses. Al rey Balduino el *mezel*, casi ciego y mutilado por la lepra, se hundía en la impotencia. Le crecían los descontentos como la cizaña entre las vides, preludiando la muerte del monarca, que ocurrió en marzo de aquel mismo año de 1185, cuando frisaba los veinticinco años. Con el rostro devastado por el mal y su alma desolada, ingresó como un justo en el reino de los Bienaventurados.

«Ese joven leproso ha sabido hacerse respetar. Que Allah lo cubra con su manto y le muestre el camino de Djenet», juzgó Saladino al conocer la noticia.

Aquella noche, Brian rezó durante toda la vigilia por el valeroso príncipe, al que había adiestrado en las artes de la guerra.

Desde entonces Palestina se cubrió cada día más de sangre y de negruras.

Tres años después, una mañana de San Blas, en la que la escarcha parecía acero, comparecieron en el castillo templario de Alfambra, unos monjes benedictinos acompañados por caballeros cruzados, provenientes de Jerusalén. Predicaban la Tercera Cruzada, y entre ellos se encontraba el normando Gawain, el camarada de armas de Lasterra, y preceptor del príncipe Balduino, que se fundió en un abrazo con Brian, mientras se miraban a los ojos velados por las lágrimas.

—Mi buen amigo —le dijo consternado—, el Reino de Jerusalén no se parece en nada al que conocimos tú y yo. Tras la muerte de nuestro querido Balduino se dividió en dos clanes enfrentados: el del formado por Raimundo de Trípoli y los monjes del Hospital, y el rival, el dirigido por Héracle y los templarios, ahora aliados y antes enemigos. Muerto tu maestre Torroja, en Verona, donde había acudido a entrevistarse con el Papa para solicitar una nueva cruzada, lo dirige ahora el temperamental Gerard de Rydefort, que se ha asociado con el ruin Héracle.

—Las alimañas suelen reunirse al olor de la carroña —repuso Brian.

—El caso es que el moribundo Reino de Dios —prosiguió— se hallaba comandado por Héracle, el hada maléfica Inés de Courtenay, el rey pelele Lusignan y por el cínico Reginaldo de Châtillon, a quien por su crueldad le tocó interpretar el más odioso papel de las cruzadas.

—Y con estos odiosos guías, Saladino se relamería de placer —dijo Brian.

—Así es. Había llegado la hora de la revancha. Dos años después del óbito del Rey Leproso, el sultán de Egipto y Siria convocó a los creyentes a la guerra santa, y el mayor ejército cristiano reunido jamás en Tierra Santa se concentró en las fuentes de Seforis, frente a las colinas de los Cuernos de Hattin, para sacudirse definitivamente de la gran amenaza, el carismático Saladino, quien astutamente nos tendió una celada letal a campo abierto. Aquello no era un tropa, era una plaga.

—Desde Godofredo de Bouillon siempre rehusó el enfrentamiento campal. Ahí radicó la clave de la permanencia de los cristianos en Palestina durante un siglo. ¡Qué error!

—Estás en lo cierto, Lasterra, y Saladino sólo tuvo que aislar la caballería de los peones y arqueros e ir aniquilándolos poco a poco con sus veloces jinetes selyúcidas. Cabalgamos sin cesar, acuciados por el polvo, las hogueras que encendían a nuestro paso, la sed y el caos. Corría un verano sofocante y los pozos se habían secado, por lo que nos mantuvo lejos de las aguas del lago Tiberíades. Héracle, siempre cobarde en su proceder, rechazó portar la Vera Cruz, y le cedió el honor al obispo de Acre, quedándose él cómodamente entre las sábanas de Paschia.

—Muy propio de su generosa caridad cristiana —recordó Lasterra.

—¡El desastre fue apocalíptico! Sucumbimos estrepitosamente ante la matemática estrategia de los infieles, que desplegándose en una planicie llena de árboles frutales, nos impidieron proveernos de agua. Así que nuestros hermanos no murieron sólo bajo los alfanjes islamitas y las cargas de caballería, sino por la sed, pues no podían acceder a las fuentes, que Saladino interceptó a sangre y fuego. Nuestros hermanos morían pidiendo una gota de agua. Perecieron millares de cruzados entre olas flotantes de espejismos, el incendio de los aires y el infierno del polvo. Cayeron como ovejas, con los ojos hundidos en sus órbitas, desesperados, sedientos.

—¿Y tú cómo conservaste la vida, conociendo tu arrojo?

—Saladino dejó a mi señor Raimundo y a su tropa que escapáramos vivos.

—Decididamente ese hombre es un musulmán irreprochable —comentó Brian recordando su fugaz encuentro en el palacio.

—El caudillo kurdo, tras Hattin, obtuvo la definitiva victoria que tanto ansiaba. Hizo prisioneros desde el nuevo rey Guido de Lusignan hasta lo más florido de la aristocracia *frany*, entre ellos a Reginaldo de Châtillon, la brutal sabandija, a quien decapitó con su propia espada.

—Saladino estaba muy ofendido con este príncipe por su crueldad.

—Era un lerdo y un bárbaro —protestó—. Se perdió para siempre la Vera Cruz repujada en oro, el Arca de la Alianza cristiana, el talismán de las victorias. Fue vendida por unos mercenarios en Damasco y, aunque volvió a verse en Persia al poco tiempo, luego desapareció para siempre.

—Ridwan, el ángel del paraíso del islam se encontrará gozoso.

—El Reino de Dios en Palestina ha terminado, hermano Brian. Saladino, ha hundido su alfange en el corazón de la cristiandad.

—Cuánta sangre y dolor estéril —señaló el templario.

—De modo que dueño de la costa de Palestina, de Siria y de Egipto, Saladino recogió los frutos de la victoria. Poco después, conquistó Jerusalén para el islam, sin matanzas, sin saqueos, sin sangre. Se vio a Saladino enardecido; fluía por su mirada la generosidad del conquistador y asumió la indulgencia del vencedor compasivo. La liberó como un dios antiguo que devolviera el culto a sus dioses tras años de afrentas. Todo cristiano pudo abandonar la ciudad tras pagar un rescate de diez dirham, y lo hicieron derrotados, abochornados y llenos de amargura. Héracle, con *madame La Patriarchesse*, pagó su liberación y abandonó Jerusalén con cinco mulos con los serones colmados de oro, negándose a pagar la redención de los más pobres, que fueron hechos esclavos.

—Sin compasión, un hombre ya no es humano. Y el sueño de Saladino se cumplió al fin —recordó Brian sus palabras proféticas en El Cairo.

—Finalmente —siguió relatando el normando—, el viernes 9 de octubre de 1187 tuvo lugar la gran ceremonia de la victoria enemiga en la mezquita de al-Aqsa de Jerusalén, antes cuartel templario. Pronunció el discurso el cadí de Damasco, Muhi Ibn al-Zaki, ataviado con una rica túnica negra de pedrerías. Comenzó la oración con estas palabras: «¡Honor del islam a Saladino, que ha devuelto a esta nación el Corán de Uzman y su pisoteada dignidad! En sus manos portaba un libro extraviado, de gran valor para esos infieles en la Primera Cruzada: El Lazo Púrpura».

Brian se sonrió irónicamente. Pocos conocían su secreto sobre el Corán.

—¿Y el conde don Raimundo? Le profesé gran devoción a ese hombre.

—El gran sostén del reino murió de frustración y de pena tras la derrota.

Un silencio espeso se abrió entre ambos. Cruzaron sus miradas y conjeturaron que el tiempo del honor en Tierra Santa había concluido.

Los monjes benitos predicaron por aquellos días la cruzada en tierras de Aragón. El ardor cruzado se levantó en tolvaneras por todo el territorio, enardecido por las peroratas de los apóstoles de la Cruz. Encabezarían la expedición Ricardo de Inglaterra, el viejo emperador Federico Barbarroja y Luis de Francia. La Cruzada de «los tres reyes» la llamaron, pero a la postre constituiría un colosal fracaso.

Meses después, en las postrimerías del año del Señor de 1188, y aceptando la apremiante petición del rey aragonés, el *freire* Brian de Lasterra fue nombrado Preceptor del Temple en Rosellón y Navarra cuando aún no había cumplido los cuarenta años. Sin embargo, la caída de la Ciudad Santa había supuesto para los templarios el principio del fin de su dramática decadencia. Los Pobres Caballeros de Cristo superpusieron por encima de la defensa de la

Santa Fe, la propagación de su colosal y ambicioso sistema bancario. Pero el Evangelio lo proclama: «No se puede servir a dos señores, a Dios y a Maman, la deidad del dinero». Ésa fue la causa, primero de su poder y esplendor, y luego de su dramática ruina.

Por entonces comenzaron a llegarle al prior Lasterra más evocaciones del pasado, como fantasmas resucitados; pero ya su alma se hallaba serena. Dedujo en la soledad de sus meditaciones que la experiencia pasada no era más que una forma de nostalgia. Que la razón pura no sirve para vivir y que el verdadero encanto de la vida suele ser silencioso, igual que la felicidad. Por su rostro había pasado la mano inexorable de los años, aunque aún conservaba su apostura de guerrero.

En la frontera con el moro luchó temerariamente, en encarnizados combates y en campañas de devastación y castigo, padecido el dolor y en el sufrimiento y palpado la oscuridad de la muerte.

«He hecho lo que más me placía, ocupando el sitio señalo por Dios, y en algo tan simple reside la dicha. No he huido de mis semejantes, sino que los he servido, olvidando el "ojo por ojo" y alejándome de la codicia y la soberbia.»

La lenta rueda de la vida pasó, muesca a muesca. Y los sinsabores de Brian de Lasterra tocaron a su fin, cuando había pasado la raya de los sesenta y tres años y había cumplido con su condición de hombre. Un domingo de Quasimoso de 1213, de esos que tensan las caras con el frío y el vaho se muda en escarcha, no pudo levantarse del lecho. Tenía el corazón fatigado tras seis décadas de azarosa vida. Postrado en la yacija del adiós definitivo, con el tapiz de la memoria incólume y añorando las dulzuras del Reino Perdurable, el rostro del prior templario adoptó la cadavérica blancura de la muerte. Con esfuerzo tomó el acero de la vaina, con la alegoría tan amada para él: *Cedat gladium meum solum veritati*, «que mi espada sólo se rinda ante la verdad».

El recuerdo de su abuelo Saturnino se hizo presente, y el brillo del hierro aclaró las tinieblas de su mente, dulcificando el temor a morir que sentía en sus entrañas. Su pasado estaba sepultado y la evocación de sus momentos felices ya no constituía complacencia para él. El caballero Lasterra nunca hacía un recuento de sus faltas, de la sangre derramada, de la muerte sembrada en nombre de Dios. Para él no existía el remordimiento. Obraba según su conciencia y pedía perdón si erraba. Nada más. Sin embargo para él, el recuerdo del dolor pasado, significaba dolor en su corazón.

Expiró con la piedra y sus dos espadas asidas con las manos, como las mortajas del Juicio Final, y rodeado de sus hermanos templarios, que lo admiraban y amaban por su templanza, valor y generosidad. Una herida en el costado luchando en la Marca de al-Andalus contra los africanos almohades de al-Nasir, le laceraba las entrañas como un hierro abrasador, acabando con su proverbial fortaleza. La había recibido luchando con su regimiento templario que acudió en ayuda del rey Sancho el Fuerte de Navarra en la gloriosa batalla de las Navas de Tolosa, la de los tres reyes, junto a los audaces monjes hospitalarios y los calatravos.

—Murió blandiendo sus dos espadas, y declarando a gritos su honor y su fe en la Cruz —recordó su lugarteniente mientras le cerraba los ojos.

Una flecha disparada por un mercenario turco con sus temible arcos de madera, cuerno y tendones, le traspasaron la cota de malla, desgarrándole costillas, tendones y un pulmón. Participó herido en la gloriosa carga contra la guardia negra, los *imeselelén*, quienes atados por las rodillas con cadenas para no huir, protegían la tienda de su general. Había encontrado su final en una triunfal acción de guerra, como hubieran querido su hermano Urso de Marsac y Alvar Andía.

Recordó a su abuelo, a su madre Leonor, a Joanna y a sus amigos conocidos en Tierra Santa, y tuvo una especial remembranza para Melisenda de Trípoli, el único amor mundano de su existencia. «El puente entre los vivos y los muertos es el recuerdo y mi mente me dice que te olvide. Sin embargo contigo conocí el amor y la pasión y mi corazón me asegura que cuando mi voz enmudezca para siempre, él te seguirá hablando en la eternidad. Ni Dios mismo puede destruir un amor verdadero y borrar las marcas que prueban su existencia.»

Tuvo un invocación de amistad para el *bell cavalier* Urso de Marsac. Como él mismo, Urso también había conocido el amor, la cárcel, el sufrimiento, la largueza y la enfermedad, y había dado su sangre por la fe. «Los que no han sufrido como él no saben nada de la existencia, y no se conocen ni a sí mismos, ni al bien ni al mal», solía recordar.

Sus vidas habían sido determinadas por un designio divino, y él lo sabía.

«Nos amaron un tiempo y luego nos olvidaron. Ésa es la ley del hombre.»

En medio de desgarradoras muestras de dolor, la fiebre teñía de transparencias su rostro afilado y cada respiración le quemaba la fea magulladura. Sintió ese frío que sólo aprecian los moribundos y se le escapó la vida entre cauterizaciones y apósitos de sanguijuelas, que lo acercaron a la oscuridad absoluta.

—¡Qué pronto pasa todo cuando se ha vivido! *Iudica me Deus meus secundum misericordiam tuam, et emitte lucem tuam et auxilium tuum** —susurró antes de morir.

Brian de Lasterra dejó de vivir sereno y al servicio de Dios Omnipotente.

Al expirar, la montaña roja contuvo el aliento en un majestuoso silencio y el sol derramó un diluvio de haces púrpura sobre la encomienda.

«*Dies Irae. Quantus tremor est futurus, quando Iudex es venturus, cuncta stricte discusurus. Dies Irae*», cantaron los monjes de la guerra con el féretro al hombro.

Lasterra había nacido a la vida eterna, y se había liberado al fin del lastre humano y de los sufrimientos que padecen los mortales bajo el sol. Los hermanos colocaron crespones negros en las almenas de la encomienda.

La tierra lo abrigaba en su seno, como una madre, bajo el peso inmutable de la nada.

---

* «Júzgame mi Dios según tu misericordia y envíame tu luz y tu auxilio.»

John Saint-Clair y el memorial Lasterra

París, dos siglos y medio después, año del Señor de 1442

John Saint-Clair Lasterra estaba satisfecho con su obra.

Su tarea había sido mayúscula. Había interpretado sin descanso el manuscrito que le habían transmitido los *cagots* y lo había reescrito con toda la pasión y minuciosidad de las que era capaz. Había pasado noches y días enteros en su gabinete reproduciendo los pergaminos del juicio contra Brian de Lasterra, su antepasado, ajeno al paso del tiempo. Las manos las tenía manchadas de tinta y su piel olía al negro *atramentum*.

John había transfigurado lo incomprensible en verosímil, y le placía.

La luz primaveral de París se asomó por entre las techumbres mojadas. En el fuego del hogar se quemaban unos leños de sauce y los flameros alumbraban la placidez de la alcoba. Ximena de Lasterra no podía sentirse más gozosa al acariciar con sus manos la crónica del Caballero de Monte Gaudio, el Caballero de las Dos Espadas, que recuperaba del polvo del tiempo. Olvidó el suplicio del mal reumático que le martirizaba las articulaciones, como si los legajos constituyeran el más bienhechor de los lenitivos. Se cubrió los hombros con una hopalanda de armiño, y se incorporó del lecho.

—El indicio de la piedra templaria resultó decisivo, John. ¡Lo sabía! Yo rastreé infructuosamente en los registros, cédulas, epistolarios y protocolos de la familia y jamás pude esclarecer nada. Y al fin, los *cagots*, esos seres execrables y de almas desdichadas, resultaron ser el remedio. ¿Quién podía imaginarlo?

—Ni la mente más fantasiosa. Pero son gente de buena voluntad, dispuesta a ayudar. Y lo que ayer fue dudoso, hoy, por mi mano, su fidelidad y tu celo, se ha convertido en cierto.

—Gracias, hijo mío —se expresó, y le besó la mejilla—. ¿Y cómo obtuvieron esas actas? ¿Son el resultado de sangre derramada? ¿Se sirvieron de malas artes o de supercherías? ¿Quizá de la profanación de algún archivo o tumba? No me gustaría que sobre la memoria de Brian de Lasterra recayera ningún crimen nefando.

—Descuida, madre. Te voy a confiar cómo llegaron a poder de los *cagots*, para tu tranquilidad Me rogaron la más absoluta de las reservas y te ruego corras un cerrojo en tus labios, pues su difusión puede acarrearles penosos daños.

—Hace tiempo que descuidé ese antojo, pero sí, ansío conocerlo.

La mirada de John, antes delicada, adquirió un fulgor chispeante. El caballero dominaba los modos del convencimiento para persuadir a quien lo escuchaba. Carraspeó y el aposento se colapsó de interrogantes.

—Disipa todas tus dudas y fascínate, madre. Todo cuanto voy a relatarte me lo reveló el maestro carpentario, el *cagot* Beton Lauribar. Su boca rebasa verdad. Escucha: «Un domingo de Cuaresma del año del Señor de 1213, expiró Brian de Lasterra, y como cualquier *freire* de la Cruz, fue sepultado en el cementerio templario de Alfambra. Según la usanza se lo enterró boca abajo, clavado el sudario a una tabla y envuelto en la capa blanca con la cruz paté. Alzaron un túmulo de piedras sobre su cuerpo, de modo que ni cincuenta hombres juntos podrían desbaratarla. Así que su tumba nunca fue violentada, porque nada valioso contenía».

—Llegué a pensar que las actas habían sido robadas de su tumba.

—Pues desecha esa sospecha, madre. Según Lauribar, el acta cuarta, la entregada al conde don Rodrigo, al abolirse la Orden de

Monte Gaudio, pasó al comendador templario del Rosellón y Navarra, o sea, a Brian de Lasterra. Y al morir nuestro antepasado, sus escasos efectos personales y los registros oficiales, la piedra templaria sobre la que solía meditar, un amuleto druso llamado el Aliento del Diablo, que tantas veces le había servido para pensar que en la existencia de los mortales las acciones más nobles cohabitan con la mezquindad y la maldad, fueron enviados al Archivo Secreto del Nuevo Temple de París.

—¿Y cómo consiguieron los *cagots* sustraerla del Temple? ¿Las robaron?

John giró la cabeza de un lado a otro, recelando de oídos indiscretos.

—Aquí es donde radica el enigma que se resistía a confesar. Préstame oídos y guarda el secreto para siempre —le confió en voz queda—. «Trasladémonos al lunes 11 de marzo de 1314, en el que el último maestre templario, Jacques de Molay, murió quemado en la isla de los Judíos, frente a Notre Dame. ¿Concluyó allí el Temple? No. Unas semanas antes se había filtrado en los círculos templarios parisienses que se preparaba el asalto al Temple por parte del ministro del rey Felipe, Nogaret. Para evitar una catástrofe y la destrucción de la orden, el maestro de Normandía, Geoffrey de Charney, mano derecha del gran maestre, envió mensajes cifrados a todas las encomiendas de Francia, con la idea de salvar vidas, secretos y tesoros. ¿Y sabes, madre, a quién envió como correos con tan grave nueva?

—No sabría decirte, hijo. —Se le escapó un gesto de duda.

—¡A los *cagots*! Ellos fueron entre otros, con su pericia y osadía, los que avisaron a la flota del Temple, anclada en la Rochelle, que desapareció para siempre, apartándose de la voracidad de Nogaret. Ellos también ayudaron a que muchos templarios salvaran su cabeza, propiciándoles medios para exilarse a Escocia. Geoffrey de Charney les confió para su custodia y posterior devolución, algunos de los más comprometedores archivos del Temple, para que no fueran pasto del fuego o del expolio.

—Y claro está, en esos archivos se guardaban las actas de Brian —afirmó.

—Justamente, madre. Los *cagots* de Bretaña fueron los depositarios de muchos de ellos, con el deber de devolverlos a la orden en el momento en el que se restableciera de nuevo, cosa que como bien sabes no sucedió, ni ya sucederá nunca.

—No deja de poseer su lógica. Es conocido que los *cagots* sirvieron fielmente al Temple y compartieron sus secretos —añadió doña Ximena.

—Y ya que lo sabes, madre, que sea la prudencia y la reserva las que rijan tu conducta. Nadie debe saber jamás este secreto, pues podría comprometerlos. He empeñado mi palabra y jurado por la salvación de mi alma total discreción. Poseen guardados muchos secretos por los que muchos asesinarían.

—Descuida, hijo —replicó la mujer.

Luego asió en sus delicadas manos la carpeta de tapas grofadas, alentada por el interés. Su pecho le golpeó fuertemente. Estaba conmovida.

—Ahora sí podré cerrar el recuerdo de un suceso impagable de mi sangre. Era una urgencia para mi cansado corazón. Y al fin he obtenido mi recompensa.

Por sus pómulos se deslizó una lágrima solitaria de regocijo.

—Aguarda a leer el desenlace, madre. Te sorprenderá.

—Tu modestia te impide vanagloriarte, pero has realizado un meritorio trabajo. La fatalidad me privó del cariño de tu padre y del calor de mi tierra, John. No puedes ni imaginarte la importancia que tienen para mí estos pliegos reescritos por ti. Desde hoy será mi patrimonio más querido. Estoy impaciente por descubrirlos con mis ojos. Mi goce se encarna en estos legajos tan anhelados

Un silencio insondable y una oleosa tibieza se hicieron en la estancia. Lo acarició con sus largos dedos, y ya estaba deseando encender las velas, abrirlo, y hundir su mirada cautivada en la crónica. El fulgor de la lumbre tiñó de tonos cobrizos los rostros de la madre y del hijo. El tiempo parecía haberse detenido.

Ximena de Lasterra sintió un atisbo de la genuina felicidad.

Nota del autor

Los soberanos de Castilla, León, Aragón y Navarra, demasiado ocupados en combatir a los árabes en su mismo suelo, nunca pudieron secundar las expediciones a Tierra Santa emprendidas por los reyes de la cristiandad. Sin embargo, gran número de caballeros, a título personal, sí se alistaron en esas mesnadas de cruzados para liberar los Santos Lugares y se distinguieron en la lucha contra los infieles por sus heroicas proezas; por otra parte ocupación natural, si atendemos al carácter caballeresco del momento histórico.

Nos han llegado los nombres de algunos de aquellos audaces adalides que abandonaron la península Ibérica para alistarse en los ejércitos de la Cruz, como Golfer de las Torres, el infante castellano don Alfonso del Jordán, Pedro González Romero, Aznar Garcés, Hugo y Galcerán de Pinós, o don Ramiro Sánchez, hijo del rey Sancho García de Navarra, paladines muy celebrados en su tiempo.

La tradición navarra y los protocolos de la Nobleza Executoria del Reino, nos atestiguan la existencia de un cruzado singular, Saturnino Lasterra, natural de Artajona, en la merindad de Olite, que partió de su casa solariega en el siglo XI y participó en la Primera Cruzada, la llamada «de los príncipes», como capitán de la hueste del vástago real, don Ramiro. Regresó a sus lares trayendo en su arzón como reliquias santas, una alforja con tierra del Santo Sepulcro, un lignum crucis y una imagen de estilo románico-gótico de la Virgen, objetos que depositó en la ermita de Nuestra

Señora del Olivo, así llamada por hallarse en los terrenos de un olivar de la familia. En el siglo XVII, tras ser visitada la iglesia por el obispo Sandoval, ésta cambió de nombre y pasó a llamarse de Nuestra Señora de Jerusalén.

En cuanto a la hispana Orden de Monte Gaudio, primera de índole militar para desplegarse en Tierra Santa, debe su fundación a Rodrigo Álvarez, tercer conde de Sarriá, hijo de Álvaro Rodríguez, segundo conde del mismo título, y de la infanta Sancha, hermana de Alfonso VII, rey de Castilla. Don Rodrigo renunció al hábito de Santiago, de cuya Hermandad fue fundador y comendador mayor.

La singular orden española fue aprobada por el papa Alejandro III el 24 de diciembre de 1173 y se regía por la regla del Císter. Su nombre se debe a un monte desde el que los peregrinos que viajaban a Tierra Santa en la Edad Media, procedentes de Europa, contemplaban Jerusalén a sus pies. El primordial propósito de esta Compañía de Caballeros de hábitos blancos, cruz octógona coronada de gules y capa negra, fue el de proteger a los peregrinos, así como acudir a los sitios donde fuera solicitada su ayuda en defensa de la Cruz.

En 1177, Sibila, hermana del rey leproso, Balduino IV de Jerusalén, condesa de Ascalón y Jaffa, les donó rentas, torres y castillos en el citado territorio y también obtuvieron donaciones del Santo Sepulcro. No obstante, pasados unos años, la Orden de Monte Gaudio no llegó a arraigar con la efectividad deseable y tuvo que abandonar su casa fundacional de Palestina por falta de medios y de hermanos profesos, estableciendo su casa central en Alfambra, Aragón. En octubre de 1188, Alfonso II, comprobando la decadencia de la orden de monjes guerreros, le encomienda la redención de los cristianos que cayeran en manos de infieles. Años más tarde, el monarca aragonés, confirmando que carecían de la esencial disciplina, y que la defensa de la frontera de Aragón corría grave peligro, decidió disolverla, cediendo a la Orden del Templo de Jerusalén sus posesiones y efectivos, humanos y materiales.

Índice

Prefacio 9
El juicio 11
John Saint-Clair y la cuarta crónica 27

PRIMERA PARTE

1. Robo en el Temple 47
2. *Terribilis est locus iste* 63
3. Brian de Lasterra 73
4. La penitencia 89
5. La Princesa Lejana 105
6. Jerusalen, la tres veces santa 125
7. *Non nobis domine* 147
8. El príncipe *mezel* 165
9. El emperador es el sol 187
10. El secreto de los asesinos 195
11. *El Lirio de San Juan* 207
12. Las dagas de la perfidia 229
13. La lección del águila 249
14. John Saint-Clair y el Aliento del Diablo 265

SEGUNDA PARTE

1. Jalwa ibn Hasan, la *alama* 275
2. La Fede Sancta 289
3. El Caballero de las Dos Espadas 307
4. Cadenas 329
5. *Roma caput mundi* 347
6. La Torre del Diablo 367
7. *Zaraoth* 391
8. Confidencias en Trípoli 409
9. Alianza de destinos 421
10. Su ilustrísima Héracle de Cesarea 443
11. Salah ad-Din, el adalid de los leales 467
12. El Lazo Púrpura de Jerusalén 483
13. Los monjes terapeutas de San Lázaro 499
14. La trampa de Miraval 515

EPÍLOGO

Lux ex tenebris 541
Regreso al Valle de los Elegidos 563
El monje del Temple 575
John Saint-Clair y el memorial Lasterra 585

NOTA DEL AUTOR 589